石蹴り遊び

石蹴り遊び

フリオ・コルタサル
土岐恒二訳

水声社

フィクションの楽しみ

目次

指定表

本書は、本書独自の流儀において多数の書物から成り立っているが、とりわけ二冊の書物として読むことができる。読者には、左記の二通りの可能な読み方のうち、いずれか一方を選択していただきたい。

第一の書物は、普通の方法に従って読まれ、第56章で終るものであるが、その末尾のところには煌《きら》びやかな三つ星印があり、これは「終り」という語に相当している。したがって読者は以後の続篇をなんの未練もなく放り出してもかまわない。

第二の書物は、第73章から始まって、以下、各章末に指定されている順序に従って読まれるものである。混乱したり忘れたりした場合は、左記の順番を参照するとよい。

73-1-2-116-3-84-4-71-5-81-74-6-7-8-93-68-9-104-10-65-11-136-12-106-13-115-14-114-117-15-120-16-137-17-97-18-153-19-90-20-126-21-79-22-62-23-124-128-24-134-25-141-60-26-109-27-28-130-151-152-143-100-76-101-144-92-103-108-64-155-123-145-122-112-154-85-150-95-146-29-107-113-30-57-70-147-31-32-132-61-33-67-83-142-34-87-105-96-94-91-82-99-35-121-36-37-98-38-39-86-78-40-59-41-148-42-75-43-125-44-102-45-80-46-47-110-48-111-49-118-50-119-51-69-52-89-53-66-149-54-129-139-133-140-138-127-56-135-63-88-72-77-131-58-131-

章の位置が手早く検索できるように、それぞれの章の該当数字を、奇数ページ下欄の表題のあとに示してある。

そしてとりわけ若い人たちに益し、風俗習慣全体の向上に寄与したいという希望に燃えて、私は格言や助言、教訓のたぐいを一巻にまとめてみた。それらは、年齢、身分、条件のいかんにかかわらずすべての人の精神的、世俗的な幸福に、また、われわれが現にそこに生きているキリスト教的市民国家の繁栄と秩序のみならず、他のいかなる国家または政体の繁栄と秩序にも、この世のいかほど遠謀深慮をもって聞こえた哲学者ですら考え及ばぬほどしっくりと適合した、あの一般倫理の基本なのである。

『旧約ならびに新約より抽出せる聖書の精神と一般倫理』
マルティーニ神父によるトスカーナ語の、引用原典脚注付きの著述
首都のサン・カイエターノ宗団の一員によるカスティーリャ語訳
許可済み
マドリード、アスナール社刊、一七九七年。

時候が涼しくなりはじめると、つまり秋もなかばになると、きまってわっしは常軌を逸した不可解なあらぬ妄想にとりつかれるんで、たとえばつばめになってあったかい国へ飛んで行きたいとか、蟻になって穴んなかへもぐりこんで夏に溜《た》めこんだ物を食っていたいとか、動物園にいるような毒蛇になりたいとか、なぜかっていうと蛇は暖房のきいたガラスの檻《おり》んなかに後生大事にいれられてるもんで寒さでかちかちになったりなんかしないもんな、そういうことは貧乏人の身の上に起ること、高くて服も買えず、灯油はなし炭はなし薪《まき》はなし石油はなしで暖まることもできんのだから、それに銭もないからな、小銭さえもって出りゃどこの飲屋へでもはいってけっこうなカストリを一杯注文できるしそうすりゃそれでけっこう暖まることもできるんだが。もっともそんなもの飲みすぎちゃよかないよ、そりゃ飲みすぎりゃ悪い習慣になるし悪い習慣がからだに悪いのは自尊心によくないのと同じだからな。万事につけて善行に欠けて運命の坂道を転がり落ちはじめると、人間らしい威厳もへったくれもないおそろしい汚辱にまみれるのを誰も救うことはできないし、誰もけっして人が転んではまりこんだ泥沼から助けだすために手を差しのべてなんかくれやしない、たとえおまえさんがコンドルで、若かりしころは高いお山のてっぺんをひと越えに飛びこえることができたにしても同じこと、いや年をとりゃ精神の発動機を失くした急降下爆撃機みたいにまっさかさまに墜落するのが関の山。どうかわっしがここにこうして書いたことが誰なりとなにかの役に立って、その人が自分の行状をかえりみて後悔してもあとのまつりなんてことになりませんように、どうか自分の過失で万事がおじゃんてなことになりませんように。

セーサル・ブルート『吾輩《わがはい》がもしかくいう吾輩でなかったらなにになりたいかという話』
（「セント・バーナード犬」の章）

向う側から

一国を代表しなければならないことほど
あなたを人間的に扼殺《やくさつ》するものはありません。
——ジャック・ヴァシェ、アンドレ・ブルトンへの手紙

1

ラ・マーガと会えるだろうか？　たいていぼくが出かけてセーヌ通りを行き、コンティ河岸に出るアーチをくぐれば、すぐにも、川面《かわも》に漂う灰色にくすんだオリーヴ色の光の中に彼女の姿が見分けられたものだ。そう、ポン・デ・ザールの片側から反対側へと行きつ戻りつしていたり、じっと佇《たたず》んで鉄の欄干から身をのりだすように水面を覗きこんだりしている彼女のすらりとしたシルエットが、橋の上にくっきりと刻まれていたものだ。そうしてぼくが、ごく自然に通りを横ぎって橋の袂《たもと》の階段を登り、細腰のように幅が狭くなっている橋の上に上がってラ・マーガに近づいて行くと、彼女は驚いた様子もなく頬笑《ほほえ》むのだった。彼女もぼくと同様、偶然の出会いがぼくたちの人生においてはおよそ偶然とは程遠いものであること、ちゃんと約束をしてデートするような人間は手紙一本書くにも罫《けい》の引いてある紙でなくちゃいけないし、練り歯磨きのチューブはいつも下の方からきちんと搾り出すような人間なのだと信じていたのだ。

しかし彼女はいま橋の上にはいないだろう。彼女の透きとおるような肌のほっそりとした顔はマレー地区のユダヤ人街の古ぼけた戸口を覗きこんでいることだろう。もしかしたら揚げたじゃがいもを売る女とおしゃべりをしているかもしれないし、セバストポール大通りで熱いソーセージを食べているかもしれない。とにかく橋の上まで上がってみたが、ラ・マーガはいなかった。いまぼくの前方にラ・マーガの影はなかった。なるほどぼくたちは互いの塒《ねぐら》を熟知していた。たしかにパリの不良学生であるぼくたち二人は互いの部屋を隅々まで、安っぽい刳形《くりかた》やけばけばしい壁紙の上に、さながら開いた小窓のようにブラックだのギルランダイヨだのマックス・エルンストだのの絵葉書がべたべた貼られているさままで互いによく知っていたけれども、たとえそうでもぼくたちは互いの住いを尋ねて行くことはないだろう。むしろ橋の上やカフェのテラス、映画クラブで出会うとか、あるいはカルチエ・ラタンのどこかの中庭にしゃがみこんで猫と戯れているところにばったり出会うほうが好きだった。ぼくたちは互いに相手を探し歩くことはしなかったが、歩いているうちに出会うことがわかっていたものだ。おお、マーガ、きみに似た女と行き逢うたびに、鋭利な刃物のような、また水晶のような休止が、耳を聾《ろう》する沈黙のようにどっと押し寄せ、それがついには濡《ぬ》れた雨傘をすぼめるときのように、寂しく崩れ縮むのだった。まるで雨傘のようにだ、マーガ、きみもたぶん憶えているだろう、いつか三月の凍てつくような日暮れごろ、二人でモンスーリ公園の崖下に生贄《いけにえ》のように投げ捨てたあの古い雨傘のことを。それをぼくたちが投げ捨てたのは、それをコンコルド広場で見つけたときそれはすでに少し破れていたのだし、それにもうそれはきみが最大限に活用したからだった。とくに地下鉄《メトロ》や乗合バスの中では、その傘を人々の肋骨《ろっこつ》の間にこじいれて人混みをかきわけ、いつまでもぼんやりと空を見つめて時を過ごしたり、二匹の蠅がバスの天井にえがく線を見るともなく見つめるのだった。あの日の午後も俄雨《にわかあめ》が降り出して、ぼくたちが公園に入ったとき、きみが誇らしげにその雨傘を開こうとしたところ、きみの手から広がったのは冷たい稲妻と黒雲の破局ともいうべきしろもので、ずたずたに千切れた布が、外れて下がった骨の閃光の間に落ちかかった。ぼくたちは、ずぶ濡れになりながら、まるで気でも違ったかのように笑いこけ、広場で出会った雨傘は公園で尊厳死を遂げねばならぬ、ごみ缶や道路の側溝の卑賤《ひせん》な循環にまきこんではいけないと考えた。そこでぼくはそれをできるだけきちんと巻いて、公園でいちばん高い、鉄道線路の上にかかる小さな陸橋のそばまで持って行き、そこから濡れた芝生の崖の底めがけて力いっぱい投げ落した。そのとき、きみは一声、叫び声をあげたが、ぼくにはそれは漠然とながら、ワルキューレの呪いを聞く思いだった。雨傘は崖の下に沈んで見えなくなった、まるで船が緑色の波に、嵐を孕《はら》んだ緑色の波に、《冬よりも夏に手強い海》に、不実な大波に、負けて沈んでゆくように。マーガ、ぼくたちは長い間、ジョワンヴィルと公園とに恋して、濡れた樹木のように、あるいはひどくつまらないハンガリア映画かなにかの俳優たちのように、抱きあっていたっけ。そうしてその傘は草の中に、小さく黒く、まるで踏みつけられた昆虫のように横たわっていた。それはぴくりとも動かず、その発条《ばね》の一本とて以前のように伸びはしなかった。事畢《ことおわ》りぬ。すべて終った。おお、マーガ、それでもぼくたちはまだ満足しなかった。

　なぜぼくはポン・デ・ザールまでやってきたのか？　十二月のあの木曜日、ぼくはどうやらセーヌ右岸へ渡ってロンバール通りの例のカフェで葡萄酒を飲もうという魂胆だったらしい。その店ではマダム・レオニがぼくの手相を観て、不意に人を驚かすことを言ったりする。ぼくは一度もきみを連れていってマダム・レオニにきみの手相を観てもらったことはなかった。たぶんぼくに関するなにほどかの真実をきみの手に読みとられることを恐れたためだろう、なぜならきみはつねに恐ろしい鏡、恐るべき反復の道具だったから。ぼくたちが愛しあうことと呼んでいるのは、たぶんぼくが黄色い花を手に持ってきみの前に立ち、きみは緑色の蠟燭を二本持ち、時間がぼくたちの顔に諦《あきら》めと訣別《けつべつ》と地下鉄の切符の雨をゆっくりと吹きつけることだったのだ。だからきみをマダム・レオニの店にけっして連れて行かなかったのさ、マーガ。それから、これはきみがぼくに言ったから知っているんだが、きみはきみがヴェルヌイユ通りの小さな本屋に入るところをぼくに見られるのを嫌がったね、あの本屋では猫背の老主人が何千枚というカードを作っていて、史料編纂《へんさん》については知るべきことはなんでも知っていたが。きみはよくそこへ行っては猫と戯れていたが、老人はきみを中へ入れてなにも尋ねずにときどき上のほうの棚の本をきみに手を伸ばして取ってもらうだけで満足だった。きみはよくその店の大きな黒い導管のあるストーヴで暖をとったものだが、そのくせきみは、きみがそのストーヴのそばに行こうとしていることをぼくに知られたがらなかったものだ。しかしこういったことはすべて然るべきときどきに話すべきだろう。ただし、なにごともその然るべきときをいつと決めるのはむつかしいが。あのときも、ポン・デ・ザールの欄干にああやって肘をついて、酒糟《さけかす》色の伝馬船を見つめていると、まるでこの上なく美しい大ゴキブリのように清浄無垢《むく》に光り輝いて通りすぎて行き、緑色に塗ってヘンゼルとグレーテルのカーテンをしめた窓を見ていると、白いエプロンをした女が船首にワイヤを張って洗濯物を吊《つ》るしているのが見えたものだ。あのときも、マーガ、ぼくはこうして迂回《うかい》することに意味があるだろうかと訝《いぶか》しんでいたのだ、なぜって、ロンバール通りへ行くにはサン・ミシェル橋とシャンジュ橋を渡ったほうが便利なはずだから。しかし、もしあの晩きみが、それまでもたびたびそうだったように、ちゃんとそこにいてくれたら、ぼくは迂回に意味があったと納得していたことだろう。ところが案に相違して、あのときぼくはきみに会えなかったことを、迂回と呼んで貶《おとし》めているわけだ。あとはただ、ランバージャケットの襟をたてて埠頭沿いに行き、大きな店がシャトレー広場まで軒を並べている界隈《かいわい》に入ってサン＝ジャックの塔の菫《すみれ》色の影の下を通り、きみに会えなかったことやマダム・レオニのことを考えながら、目指すロンバール通りへ上がって行くだけだった。

　そうだ、忘れもしない、ぼくはある日パリへやってきた。そうだ、忘れもしない、しばらくの間は、人のやることをやり、人の見るものを見るというふうで、生きているとは名ばかりの生活だった。そうだ、忘れもしない、シェルシュ＝ミディ通りのとあるカフェからきみが出てきて、ぼくたちは言葉をかわしたのだった。あの午後はなにもかもぶちこわしだった。なにしろぼくは、アルゼンチンで身についた習慣のせいで、片側の歩道から反対側の歩道へ渡るということがどうしてもできず、いまではもう思いだせない街路のほとんど照明もしていないウインドーを覗きこんで、たわいない品々を見て歩くことができなかったのだから。あのときぼくはいやいやきみについて歩き、きみのことを気どり屋で無作法な女と思ったものだが、そのうちにさすがのきみもそうしていつまでも飽きない自分に嫌気がさし、ブール・ミシュ（ブールヴァール・サン・ミシェル）のさるカフェに入ることになったわけだが、そこで急にきみは、クロワッサンを二個食べる間に、きみの人生についてたっぷりとぼくに話してくれたのだった。

　それまで嘘っぱちと思われていたことが実はみなほんとうだったとは、どうしてぼくに推測できただろう。夕暮れの菫色、土気色をした顔々、片隅に生きる人々を襲う飢餓と運命の転変といったものを含みこんだフィガリ（ウルグアイの画家）の絵の世界。ずっとあとになって、ぼくはきみを信じるようになった。あとになってというのは理由があってのことで、たとえばマダム・レオニがいる。彼女は、きみの胸とともに眠ったこともあるこのぼくの手を見て、ほとんどきみが言ったとおりの言葉をぼくに言ったのだった。《その娘はどこか苦しんでいるわね。いままでずうっと苦しんできたのよ。とっても朗らかで、黄色が大好きね。その娘の鳥は九官鳥、時は夜、橋はポン・デ・ザールだわ》（酒糟色の伝馬船だよ、マーガ、どうしてまだ時間のあるうちにぼくたちはあれに乗らなかったんだろう。）

　さてぼくたちは互いに知り合ったばかりなのに、まるで人生がそう画策してでもいるかのように、次々と細かい雑用が生じていつもすれ違ってばかりいた。きみは嘘をつくことを知らない人だったので、ぼくは即座に悟ったものだ、ぼくの望みどおりのきみを見るためには、まず初めに両眼を閉じる必要があり、それから、たとえば（ビロードのゼリーの中で動いている）黄色い星、といった最初に心に浮かんだものを思っている、するとやがて気質と時間の真赤な躍動が生じ、マーガ世界へのゆるやかな潜入が可能になるのだと——無器用と混乱の世界であると同時に、クレーの蜘蛛、ミロのサーカス、ビエイラ・ダ・シルバの灰色の鏡などの刻印をとどめる羊歯《しだ》の世界、きみがチェスのビショップのように動くことを願うルークのように動くことを願うナイトのように動きまわっている世界。それから当時、ぼくたちはよく映画クラブへ行って無声映画を見たものだった。そのわけは、はっきりはしないが、ぼくにもぼくなりの教養があったからで、きみは憐《あわ》れ至極にも、きみの誕生に先だつあの激しく引き攣《つ》った黄色い絶叫、そこを死んだものたちが流れたこともあるあの縦溝の中の乳状液についてはなにひとつ知らなかったのだ。しかし、不意にハロルド・ロイド（アメリカの映画俳優）がそのあたりを通りかかると、そのときみは夢の水を払いのけて、結局みんなとてもよかった、パープスト（オーストリアの映画監督）もフリッツ・ラング（オーストリア生れのドイツの映画監督）もよかったと納得したのだった。気にいったのが見つからなければいつまでも破れ靴をはき、この程度なら我慢できるといったものを頑として受けいれないきみの完璧主義にはいささかうんざりさせられたものだった。オデオン辻《カルフール》でハンバーガーを食べたり、自転車でモンパルナスへ行ったり、どこのホテル、どんな枕でも構わなかったものだ。しかしまた別の折りにはオルレアン門まで出かけ、その都度、ジュルダン大通り以遠の未整理地区についていろいろ知るようになった。その界隈では、ときどき真夜中に〈蛇のクラブ〉の連中が集まって、はなはだ矛盾した存在だが、盲目の占い師と話をしていることがあった。ぼくたちは自転車を路上に置いたままもう少し奥へ入りこみ、その界隈は空のほうが地上よりも貴重な、パリでも数少ない土地のひとつだったので、立ちどまって空を見上げたりした。ごみの山に腰をおろしてしばらくのあいだタバコを吸っていると、ラ・マーガはぼくの髪の毛を撫《な》でたり、誰が作ったのでもないメロディーを鼻唄で歌ったりするのだったが、そのたわいない口遊《くちずさ》みも溜息や思い出で途切れがちだった。ぼくはそうした間合に乗じてよしなしごとを思い浮かべるのだったが、そういうやり方は何年か前に入院中に始めたことで、そうやるたびにそれはますます実りの多い、欠くべからざることのように思われてくるのだった。非常な努力をして、もろもろの副次的な形象を結合させたり、匂いや顔などを思い浮かべたりしながら、ぼくは一九四〇年にオラバリア（ブエノスアイレス南西郊外の市）で履いていた一足の栗色の靴のことを、完全な忘却からやっとのことで抽き出した。あの靴はゴムの踵《かかと》と非常に薄い底革がついていて、雨が降ると水が魂まで浸透してきたものだ。この靴を記憶の手に持ちさえすれば、あとはなんでも記憶に蘇《よみがえ》ってくるのだった——たとえばドニャ・マヌエラの顔とか、詩人エルネスト・モロニとか。でも、その回想ゲームは、取るに足りない些細《ささい》なこと、驚くにあたらないこと、忘れ去られていたことばかりを取り戻すことにあったから、ぼくはその靴を手にすることを拒絶した。そうして、どうにも思いだすことができずに身を震わせ、想起の遅滞を企む蛾の攻撃にさらされながら、時間にキスしてしまった愚かなぼくは、結局その靴の向う側に、ブエノスアイレスで母に貰ったソル（太陽）印の茶の缶を見た。それから小さな茶匙《ちゃさじ》、黒い小鼠どもが水盤の中でぶくぶくと泡を吹きながら生きたまま激しくのたうちまわっている鼠捕り網。記憶というものは、たんにアルベルチーヌたちや、愛情と下腹部の大いなる日誌のみならず、すべてのことをとどめているものだと確信して、ぼくはフロレスタで、ぼくの勉強机にいれておいた品々を、ゲクレプテンという名のどうしても思いだせない娘の顔を、五年生のときのぼくの筆箱に入っていたペンの本数を、脳裏に再現することに執念を燃やしたものだったが、そんなふうにして震えながら絶望してやめてしまい（というのは、それらの小さなペンをどうしても思いだすことができなかったからで、それらが筆箱の中、特定の仕切りの中に、ちゃんとあることはわかっているのに、いくつあるのかは思いだせず、またそれらが二本なり六本なり入っている正確な時を確定することがどうしてもできないのだった）、そのうちにラ・マーガが、ぼくにキスしたり、タバコの煙と熱い吐息をぼくの顔に吹きかけながらぼくを現実へ引き戻す、そうしてぼくたちは笑い、またぞろあのクラブの連中を探してごみの山の間を歩きはじめるのだった。そのころまでには、探求こそぼくの運命であり、これといった目的もなしに夜間出歩く者の象徴であり、羅針儀の扼殺者《やくさつ》の道理であることに、ぼくは気がついていた。ラ・マーガとパタフィジック（アルフレッド・ジャリの造語。一種の疑似学問を表わすノンセンス語）について話しているうちに、やがてぼくたちは飽きてしまった。なぜなら彼女の場合もまた（ぼくたちの出会いがそうだったし、多くのことはマッチの火のように暗く朧《おぼ》ろで儚《はかな》いものだったが）絶えず異例の事態に陥ったり、人間のためのものではない小屋に押しこまれたりという目に会ってきたからで、しかもそれで他の誰を蔑《さげす》むでもなく、自分たちのことを安手のマルドロールとも、特権的に歩きまわるメルモスとも思ってはいなかった。ぼくは、蛍がこのサーカスとしての世界のもっとも瞠目《どうもく》すべき驚異であるという争う余地のない事実から大いに自己満足をおぼえているなどとは思わないが、にもかかわらず、意識というものの存在さえ措定すれば、この光る虫はその小さな腹部に光をかきたてるたびに特権意識をくすぐられる思いがするに違いない、と理解することができる。ラ・マーガもちょうどそれと同じように、彼女の人生において規範が正しく発動しないためにつねに彼女を巻きこんできた嘘のような縺《もつ》れに魅惑されていた。彼女という女は、その上を渡っただけで橋を壊してしまうような女、あるいは五百万宝くじの当りくじをついさきほどどこかのウインドーの中に見たばかりだったことを思いだして大声で泣きだすような女なのだ。ぼくはというと、少しぐらい異例なことが身に起ることにはすでに慣れっこになっていて、たとえば部屋に入って暗闇のなかでレコード・アルバムを手に取るとき、よりによってアルバムの背の中で眠っていた図体の大きな生きた百足《むかで》が手のひらの上を這《は》いまわるのを感じても、あまりこわいとは思わなくなっていた。そういうことのほか、シガレットの箱の中に灰色か緑色の大きな糸くずが入っているのを見つけたとか、機関車の汽笛が、その間合いといい調子といい正確にルートヴィヒ・ヴァン・ベートーヴェンのある交響曲の一節と、職権をもって合致するのを聞いたとか、あるいはメディシ通りの〈公衆便所〉に入って行くと、ひとりの男が然るべき姿勢で排尿しているのを見たが、その者はその立っていた仕切りからやおら離れ、くるりとこちらを向いてぼくに見せたのは、まるで典礼用品か貴重品のように手のひらに支え持っていた、信じがたい大きさと色あいの一物で、その瞬間ぼくはその男がある別人（実際にその別人と同一人ではなかったが）とそっくりなのに気がついた、とか。その別人とは、二十四時間前には〈地理教室〉でトーテムやタブーについて講じていた男で、小さな円筒形の象牙《ぞうげ》、琴《ライアー・バード》鳥の羽毛、儀礼に用いられた貨幣、不思議な化石、海の星、干魚、王様側室の写真、猟人の供物、匂いを放つ大きな黄金虫など、かならず出席してくる女子を驚きにみちた喜悦でぞくぞくさせる品々を、大事そうに手のひらにのせて聴講者の目にさらしたばかりだった。

結局のところ、ラ・マーガについて語ることは容易ではない。彼女はいまこのときも赤い布切れを見つけるまでは飽かず地面を見つめながら、ベルヴィーユかパンタンのあたりを確かに歩いているだろう。もしそれが見つからなければ彼女はそうやって一晩じゅうでも探しつづけるだろう。もしその贖《あがな》いの保証、赦免もしくは猶予の印を発見できなければ、なにか恐ろしいことが自分身に起るものと思いこんで、目をぎらぎらさせながら、ごみバケツを漁《あさ》りつづけるだろう。ぼく自身もそういう印に従うし、またぼくも赤いぼろ切れを探すはめになることがよくあるので、それがどういうことなのかを知っている。子供のころから、ぼくはなにかを地面に落すと、それがなんであれ、すぐにそれを拾い上げなければならなかった。それというのも、もしそうしなければ、なんらかの不幸が、ぼくにではなく誰かぼくの愛する人、それも、落した物の名の頭文字で始まる名前の人にふりかかるからだった。いちばんいけないのは、ぼくがなにかを地面に落すとき、なにものもそれを未然に阻止することはできず、また、誰か他人にそれを拾われてしまっても魔力は依然として働いているので、それでよいというものでもない、ということだった。そのためぼくはしばしば狂人扱いをされたし、いったんもの探しを始めるときには、手から取り落した一本の鉛筆なり一枚の紙切れなりを慌てて掻《か》き集めようとするときには、確かにぼくは常軌を逸していた。ちょうどいつかの晩、スクリブ通りのあのレストラン、重役さんや銀狐《ぎんぎつね》の娼婦《しょうふ》や裕福な夫婦者やがわんさといるご大層なレストランで、角砂糖の塊を一個落したときのように。あのときぼくたちはロナルドやエチエンヌといっしょだった。ぼくの落した一個の角砂糖は、ぼくたちの席からかなり遠いテーブルの下で止まった。最初にぼくの注意を引いたことは、どうして角砂糖がそんな遠くまで転がったのかということだった。なぜなら一般に角砂糖というものは、見ればわかるように平行六面体をしているから、床にぶつかるとほとんどすぐに静止するものだからである。ところがその角砂糖はまるでナフタリンの玉かなにかのように振舞い、そのためぼくの不安はいっそう増大して、とうとう最後には実際にぼくの手から捥《も》ぎ取られたのだとさえ思われてきた。ロナルドはぼくの顔見知りだが、角砂糖がどこに止まるだろうかと見ていて笑いだした。そのためにぼくの不安はいっそう募り、憤怒さえおぼえたほどだった。ボーイが、パーカー万年筆か義歯か、なにやら貴重品を落したものと思ってやってきたが、実際には彼がしてくれたことはぼくを困惑させるばかりであり、ぼくは許しも乞《こ》わずに床に這いつくばって、（当然ながら）なにか重要なことがからんでいると思って好奇心でいっぱいの客たちの靴のあいだに角砂糖を探しはじめた。例のテーブルには、肥った赤毛の女と、もう一人の、それほど肥ってはいないが同じように娼婦然とした女と、二人の重役もしくはそれらしき人物がいた。ぼくが最初にしたことといえば、あの角砂糖がどこにも見あたらないことを納得することだった。もっとも、砂糖の塊が（まるで雌鶏《めんどり》たちのようにせわしなく動いていた）それらの靴のところまで跳ねていったのをこの目で確かに見たのだけれど。悪いことに床には絨緞《じゅうたん》が敷いてあり、それが古ぼけて気持の悪いほど汚れていたのだけれども、角砂糖は毳《けば》のあいだに隠れてしまってどうしても見つからなかった。ボーイがそのテーブルの向う側から這いつくばり、そうやってぼくら二人は、上のほうで気でも違ったように鳴きはじめた靴＝鶏たちの間を、二匹の四足獣のように動きまわった。ボーイはまだパーカー万年筆かルイ金貨だと思いこんでいて、テーブルの下の一種非常な親密さと薄暗さを意識しながら、そうやって二人いっしょにいるうちに、彼に尋ねられてぼくがほんとうのところを白状すると、彼はまるで定着液を噴きかけたくなるような顔をしたが、ぼくは笑う気にもなれず、不安がぼくの胃の入口に二重の錠をかけ、ついにはぼくはほんとうの絶望に身をまかせて（ボーイは憤慨してすでに立ち上がっていたが）女たちの靴を掴むと靴底の土踏まずの窪《くぼ》みの下に角砂糖が隠れていないかどうか見ようとしたが、その間も雌鶏どもは高らかに鳴き、雄鶏《おんどり》重役どもはぼくの背中を嘴《くちばし》でつつく始末、ぼくがテーブルの下をつぎつぎと移動しているときにはロナルドとエチエンヌの高笑いも聞こえていたが、ついにぼくは第二帝国（ダンカン・ファイフ製作の椅子）の足の後方に隠れていた角砂糖を見つけだした。誰も彼も憤然としていたが、それはぼくとても同じことで、角砂糖を手のひらにしっかりと握りながらそれが皮膚から滲《にじ》み出る汗と混じりあい、胸くそ悪くも一種のべとつく報復、日常茶飯の挿話のひとつとなって解体してゆくのを感じていた。

（一―2）

2

ここパリでの生活は、初めは瀉血《しゃけつ》というか、内面に加えられた笞刑《ちけい》というか、青表紙のばかげたパスポートが背広のポケットに入っていることや、ホテルの鍵が鍵掛け板の釘に安全にかかっていることを、いつでも感じていなければならなかったものだ。不安、無知、眩惑《げんわく》——これはこう呼ばれる、とか、それはこうやって求める、とか、いまあの女は頬笑もうとしている、植物園ならその通りのもっと向うです……。パリ、汚れた鏡のそばに貼られたクレーの絵葉書。ラ・マーガはある日の午後、トンブ・イソワール通りのぼくの部屋まで昇ってくるときにシェルシュ゠ミディ通りに現われたのだったが、トンブ・イソワール通りのぼくの部屋まで昇ってくるときには彼女はいつも一輪の花か、クレーかミロの絵葉書を一枚持ってきたし、もし金銭《かね》の持ち合わせがなければ公園でプラタナスの葉を一枚拾ってくるのだった。当時ぼくは早朝の街路でよく針金と空箱を拾い集めては、モビールといっても暖炉の上でくるくる回る輪郭だけの、ろくでもない装置を作ったが、ラ・マーガはそれに色を塗るのを手伝ってくれたものだ。ぼくたちは恋をしていたわけではなく、つき離したきわどい技巧を弄《ろう》して愛しあったものだったが、そのあとでは恐ろしい沈黙に陥り、ビールのコップに浮かぶ泡がしだいに麻くずのように見えはじめ、ぼくたちが互いに見つめあっているうちに生ぬるくなり、消えて行き、そうしてぼくたちはそれが時間というものであったと感じたものだった。結局最後にはラ・マーガは起きあがって漫然と室内を歩きまわるのだった。一度ならず、ぼくは彼女が鏡に映った自分の肢体にうっとりと見とれ、シリアの小彫像のように手を乳房にあてがって、まるでゆっくりと愛撫《あいぶ》するように視線を肌にまとわらせているのを目撃した。そんなとき、ぼくは彼女をぼくのそばに呼び寄せて彼女が少しずつぼくの上に倒れかかってくるのを感じたい、あれほど孤独を味わい束の間の愛に没入したあとで、彼女の肉体の永遠性と向かいあい、もう一度のけぞりたいという欲望にどうしても逆らうことができなかった。

その当時ぼくたちはあまりロカマドゥールのことを話題にしなかった。快楽はエゴイスティックで、ひたいに皺《しわ》を寄せ、呻《うめ》き声をあげながら、ぼくたちにぶつかってきては、汗で塩辛くなったその手でぼくたちを繋ぎあわせるのだった。ぼくはラ・マーガの無秩序を一瞬一瞬の自然な状態として受けいれるようになり、二人はロカマドゥールの思い出を通り越して温め直したスパゲッティの皿へと移行し、葡萄酒とビールとレモネードをちゃんぽんに飲み、通りまで降りて街頭の老女に牡蠣《かき》を二ダース割ってもらい、マダム・ノゲの壊れたピアノを叩いてシューベルトの歌曲やバッハの前奏曲を弾いたり、ビーフステーキときゅうりの塩漬けを食べながら『ポギーとベス』で我慢するのだった。ぼくたちの生活を取り巻いていた無秩序、言いかえると、ビデが自然の成り行きで徐々にレコード保存所や、まだ返事を出していない手紙の保管所に変ってゆくような秩序は、そのことをラ・マーガに言いたいとは思わなかったが、ぼくには慣れることの必要な訓練のように思われたものだ。ラ・マーガには現実というものを秩序だった言葉で提起する必要などないのだということをぼくが理解するのに時間はかからなかった。無秩序を褒めたりしたら、それを非難するのと同じように彼女を呆れさせたことだろう。彼女にとって無秩序というものは存在しなかったのだ。ぼくはそのことを、彼女の財布の中味を見た瞬間に(それはレオミュル通りのとあるカフェにいたときのことで、雨が降っていてぼくたちは互いに欲望を感じはじめていたが)知ったのだった。もっとも、他方ではぼくはその無秩序を受けいれ、その正体をみきわめてから後は好感さえ抱くようになっていたが。ぼくと世間との関係は、ほとんどすべてこうした不利な立場で成り立っていたのであり、もう幾日もしつらえたことのないベッドに身を沈めながら、ラ・マーガが地下鉄で少女を見かけてふとロカマドゥールのことを思いだしたといってさめざめと泣くのを何度聞いたことだろう。あるいは彼女がエレオノール・ダキテーヌの肖像をつくづく眺めて午後を過ごしたあとで髪を解かし、必死になって自分をエレオノールに似せようとしているのを眺めていると、こうしたぼくの人生の初歩は、単なる弁証法的運動、行為のではなく不品行の選択、群居の礼儀ではなく安直な不品行の選択にすぎない以上、すべて悲しい愚行ではないかという思いが、まるで精神的な噯気《おくび》のように、ふとこみあげてくるのだった。ラ・マーガは髪を結い、それを解いて、もう一度結い直した。彼女はロカマドゥールのことを考え、フーゴー・ヴォルフを何曲か(下手に)歌い、ぼくにキスし、この髪どうかしらとぼくに尋ね、黄色い紙にデッサンを描きはじめるのだったが、そうしたすべてが紛《まぎ》れもなく彼女であった。いっぽう、ぼくはぼくで、わざと汚れたベッドに入り、わざと生ぬるくなったビールを飲むというふうで、それがつねにぼくでありぼくの生活であった。ぼくはぼくの生活をもって他人の生活と相対峙《たいじ》していたものだ。しかしそれでもやはりぼくはかなり誇らしげに思っていたのだ、ぼくが意識的な浮浪者であり、この世の酸いも甘いも知ってしまったことを。また、ラ・マーガやロナルドやロカマドゥールや例のクラブやそちこちの通りやぼくの道徳上の疾患その他の膿漏《のうろう》や、ベルト・トレパやときおり味わう飢餓や、ぼくをよく助けてくれたトルイユ爺《じい》さんのことを。あの爺さんはぼくが音楽やタバコ、つまらぬ醜行やあらゆる種類の交換の横行する吐き気をもよおすような夜の下で喘《あえ》いでいるのを助けてくれたものだったが、たしかにそうした一切の下にありながら、あるいはそうした一切に加えて、ぼくは、普通のボヘミヤンが衒《てら》うように、ぼくの懐中のでたらめさ加減がじつはもっと高尚な精神の秩序にもとづいているとか、あるいはなにか別の、同じようにいやらしい美名をもつものであるかのように装うことはしたくなかったし、また、こんなむさ苦しい貧乏から脱するためには最低限の品位さえあれば（品位だよ、きみ）それでいいという考えも受けいれるわけにはいかなかったのだ。そういうふうにしてぼくはラ・マーガと出会ったのだが、彼女はそれと知らずにぼくの目撃者、ぼくのスパイとなっていたというわけだ。そういうことをあれこれ思い、また、在ることより思うことのほうがいつだって易しい、ぼくの場合はあの名文句の〈故《エルゴ》に〉は〈故に〉でもなんでもない、と知ることとの苛立《いらだ》たしさ。それゆえにぼくたちはよく左岸沿いに散歩に出たものだった。そうしてラ・マーガは、自分がぼくのスパイ、ぼくの目撃者であることも知らず、彼女にとっては大きな謎でしかなかった文学からクール・ジャズに至るさまざまなことにぼくが精通していることに、いたく感心するのだった。ラ・マーガのそばにいると、こうしたいっさいに対してぼくは反撥《はんぱつ》を感じた。ぼくたちは磁石と鉄のやすり屑《くず》、攻撃と防御、ボールと壁の弁証法に従って愛しあっていたのだ。思うにラ・マーガはぼくについて誤った幻想をいだき、ぼくが偏見ごときに悩まされてはいないとか、いよいよ浮薄でいよいよ詩的な彼女の味方になったとか思っていたに違いない。こうした実に危うい満足、こうしたまったくの虚偽の休戦のさなかに、ぼくは手を伸ばして触れていたのだ、無尽蔵の素材がそれ自身のまわりに巻きついているパリという糸玉に。大気と、窓辺に映る雲や屋根裏部屋の混沌《こんとん》たる熱塊に。あのころは無秩序というものはなく、あのころは世界はなにやら石化し確立されたもの、蝶番《ちょうつがい》を要《かなめ》として回転する四大の戯れ、街路と樹木と名前と月日のからみついた糸枷《いとかせ》でありつづけた。償いの門を開かねばならなくなるような無秩序はなく、あるのはただ不浄と貧窮、気の抜けたビールの残るコップ、片隅のストッキング、セックスと毛髪の匂いのするベッド、透きとおるように白い華奢《きゃしゃ》な手をぼくの腿《もも》にすべらせて、いつまでも愛撫をひきのばしながらこの虚無の中の警戒から一瞬ぼくを解放してくれる女。いつだって遅きにすぎた、なぜならぼくたちはあんなに幾度も愛しあったのに、幸福というものはもっと別のなにか、たぶんこの平安やこの快楽よりもさらに悲しいなにか、一角獣か孤島のようなたたずまい、不動へのはてしない降下だったに違いないのだから。ラ・マーガは知らなかったのだ、ぼくのキスが彼女の存在の彼方で開きはじめる眼のようなものであったことを、またぼくが別の世界の映像に心を奪われ、あたかも暗い舳《へさき》に立って時間の海の水を切って進む目くるめく水先案内人になったかのように歩きまわり、彼女の存在を無視していたことを。

　五十何年だったか、あの当時ぼくは、ラ・マーガの存在と、現実に起っていたはずの事象を異なったふうに考える観点との狭間《はざま》に自分が閉じこめられているように感じはじめていた。ひとたび独立を回復したら自分でも自分を自由だとは感じなくなるだろう、とすべてのことがぼくに語っているとき、マーガ世界とロカマドゥール世界に反抗するのは愚の骨頂だった。人いちばい偽善者であったとはいえ、ぼくの肌、ぼくの脛《はぎ》、ラ・マーガとのぼくの享楽のさま、格子越しにキェルケゴールを読む鳥籠《とりかご》の中の鸚鵡《おうむ》たらんとするぼくの試みを、同じ高さで偵察されていることにはうんざりだった。なによりもうんざりだったのは、ラ・マーガがぼくの目撃者でありながらそのことにまったく気づかず、逆にぼくの自主独立を信じていることだったように思う。しかし違う、ぼくがほんとうに絶望的になったのは、自分はもはや自分がマーガ世界に閉じ込められていると感じていたあの当時ほど、ぼくの自由に接近することはないだろうし、逃亡を願うことは敗北を認めることである、と知っていたからだった。認めるのも辛いことだが、いろいろなショックが重なったせいか、マニ教的な閃光に当てられたのか、無味乾燥な愚かしい二極分裂に陥ったのか、ぼくはラ・マーガがロカマドゥールを訪ねるためにぼくを引っぱり出したモンパルナス駅の階段で、どうしても足を踏み出すことができなかった。あのとき起っていたことを、いちいち説明しようとしたり、秩序と無秩序、自由とロカマドゥールという観念をまるでコチャバンバ街のどこかの中庭にゼラニウムの鉢でも並べて飾るように持ち出したりしないで、どうして素直に受けいれないのか？　たぶん便所かオリーヴ園の入口の掛け金にうまく行きあたるためには、愚かしさの底まで落ちることが必要なのだろう。さしあたってはラ・マーガが空想を恣《ほしいまま》にして彼女の息子をロカマドゥールと呼ぶに至った経緯にぼくは驚いていた。例のクラブではぼくたちはすでに理由を探すことに飽きてしまい、ラ・マーガは、息子は父親と同じ名前だとしか言わなかったが、父親が姿をくらましたので息子をロカマドゥールと呼んで、里子として育ててもらうために田舎へやったほうがいいということになったのだった。ときどきラ・マーガはロカマドゥールのことを口にせずに何週間も過ごすことがあったが、それはいつも彼女が将来リート歌手になりたいと願う時期と一致していた。そんなときは、カウボーイの赤毛をした大頭のロナルドがピアノに向かって座り、ラ・マーガはフーゴー・ヴォルフを猛烈な大声で歌うので、隣室のマダム・ノゲは、セバストポール大通りの屋台店で売るプラスチックのビーズを糸に通しながら、身震いしているのだった。シューマンを歌うラ・マーガはかなり好ましかったが、それもみな月のせいであり、あの晩ぼくたちがすることになっていたことのせいであり、さらにはまたロカマドゥールのせいでもあった。それというのもラ・マーガがロカマドゥールのことを思いだすとたちまち歌のほうがおざなりになってしまったからで、ロナルドはひとりピアノに向かい、彼のビバップ風の楽想を少し弾いたり、ブルースの甘美な力でぼくたちを悩殺したりするしかなかったものだ。

　ロカマドゥールについては、少なくとも今日のところは書きたくない。いずれ自分自身にもっとずっと接近して、ぼくを中心から引き離している一切のものを振り落すことが必要となるだろう。ぼくはいつも最後には、自分が言っていることがわかっているというこれっぽっちの保証もなしに中心を暗示する仕儀となり、われわれ西欧人が自分たちの生活を律するために用いる幾何学という安易な陥穽《かんせい》におちいってしまうのだった。軸、中心、存在理由、世界の臍、インド＝ヨーロッパ的郷愁のかずかずの名称。ぼくがときどき描写しようと努力するこの生活、ぼくが一枚の枯葉のように動きまわるこのパリでさえも、もしその背後に軸への願望、心棒との出会いが脈打っていなかったら、可視的なものとはならないだろう。同じ一つの乱調のために、なんという言葉、なんという名辞の氾濫《はんらん》か。ときとしてぼくは、愚かさが三角形と呼ばれ、八かける八は狂気もしくは一匹の犬である、と信じる。ラ・マーガというあの凝固した星雲を抱きしめながら、ぼくは考えるのだ、パンの塊で人形を作ることは、ぼくのけっして書かないであろう小説を書くことや、民衆を救済する思想を命がけで擁護することと同じだけの意味をもつ、と。振子はたちまちその揺れを完了し、ぼくはふたたびもろもろの心安まる範疇《はんちゆう》の中にまぎれこむ。無価値な人形、卓越した小説、英雄的な死。ぼくはそれらを最小のものから最大のものへと順番に並べてみる。人形、小説、ヒロイズム。ぼくはオルテガによって、シェーラーによって、みごとに探求された価値の序列に思いをめぐらす。美的なもの、倫理的なもの、宗教的なもの。宗教的なもの、美的なもの、倫理的なもの。倫理的なもの、宗教的なもの、美的なもの。人形、小説。死、人形。ラ・マーガの舌がぼくをくすぐる。ロカマドゥール、倫理、人形、ラ・マーガ。舌、くすぐり、倫理。

(－116)

3

眠られぬままにベッドの上に身を起していたオラシオ・オリベイラの口には、三本目のタバコに火がついていた。彼は目の前で眠っているラ・マーガの髪をやさしく撫《な》でた。それは月曜の夜明け前のことで、彼らは日曜の午後と夜を、読書したり、レコードを聴いたり、寝床から起きだしてコーヒーを沸かしたりマテ茶をいれたりして過ごしたのだった。ハイドンの四重奏の終楽章がまだ鳴っているうちにラ・マーガは眠りこんでしまい、オリベイラもそれ以上聴きつづける気がしなくなって、ベッドに入ったままプレーヤーの電源を切った。レコードはなおもしばらく回転していたがスピーカーからはもう音は出てこなかった。なぜかはわからなかったが、この愚かしい無気力は彼に昆虫か子供の一見無益な動作を思わせるのだった。彼は眠れなくて、タバコをふかしながら、開け放した窓から、向かいの屋根裏部屋を見ていた。そこではときどき屈背《くぐせ》のヴァイオリン弾きが夜更けまで練習していることがあった。暑い夜ではなかったが、ラ・マーガの体が彼の脚と右脇腹に熱く感じられた。彼は少しずつ体を離し、長い夜になりそうだと思った。

ラ・マーガとの逢引きで最後まで喧嘩したり腹立たしい思いをしたりせずに別れることができたときなどいつもそうであったように、彼はとてもいい気分だった。ロザリオ（アルゼンチン、サンタフェ州の市）のれっきとした弁護士である兄からの手紙は、オリベイラがとっくに振り切ってしまった子として市民としてのもろもろの義務について航空便箋《びんせん》四枚にびっしり書いてよこしたものであったが、彼にとって重要な用件はなにもなかった。ただ、その手紙が彼にはとてもうれしかったので、彼はそれをスコッチ・テープで壁に貼っておいた。そのため彼の友人たちもその喜びをともに味わうことができた。ひとつだけ重要な用件といえば、彼の兄が「代理人」という微妙な呼び方をしていた闇ルートを通じての送金の確認であった。オリベイラは考えた、これで前から読みたいと思っていた本を少しは買うことができるだろうし、ラ・マーガに三千フラン渡せばそれで彼女は買いたいものを、たぶんフラシ天の、ほとんど実物大の象の縫いぐるみを買って、ロカマドゥールをびっくりさせることもできるだろう。朝になったらトルイユ爺さんのところへ行ってラテンアメリカからの最近の手紙を整理してこなければなるまい。出かける、する、整理する、ということは惰眠をむさぼるのに助けになるようなことではなかった。整理する、とはうまい言い回しだ、する、なにかをする、善いことをする、小水をする、暇つぶしをする、あらゆる組合わせの可能性を秘めた行為。しかし、あらゆる行為の背後には、ひとつの抗議があるのではないだろうか。なぜなら、およそなにかをするということは、なにかに到り着くために出発すること、あるいはあるものをそれがあそこにではなくここにあるように動かすこと、あるいはその家に入らないかわりに、またはその隣の家に入るかわりに、その家へ入る、ということを意味しているだろうからである。つまり、すべての行為には、なにか足りないものがあるということの容認、なにかまだ為されていなくて、しかもそれをすることが可能であるようななにかがあるということの容認、現在の不足・欠落・僅少の絶えざる証拠を前にした暗黙の抗議があるのではないだろうか。行為は欠落を埋めてくれるとか、もろもろの行為の総計こそまさしく人生の名に値する人生であると信じるのは、道学者の幻想かもしれない。断念することのほうがいいこともあろう。なぜなら行為の断念は抗議そのものであり、抗議の仮面ではないのだから。オリベイラはまたタバコに火をつけたが、このじつに些細な行為に彼は思わず皮肉にも笑いを浮かべ、その行為そのものを嘲笑《あざわら》った。ほとんどつねに注意散漫や言葉の罠《わな》によって歪曲《わいきょく》されている皮相な分析など、彼にはどうでもいいことだった。ただ一つ確かなことは、胃の入口あたりに感じられる重苦しさ、なにか具合が悪くなりそうな、まずけっしてよくはならないだろうと思われる、肉体的な疑惑であった。しかしそれさえも問題ではなく、集団的な虚偽も、放射性同位元素かバルトロメ・ミトレ（アルゼンチンの政治家・大統領）の大統領職の研究を始める人の恨みがましい孤独も、早くから拒否してしまったことこそ重要であった。もし彼が若い頃になんらかの選択をしたとすれば、それは彼が急いで熱心に《教養》を積み、それによって己れの身を守ろうとはしなかったことであった。そういうごまかしはアルゼンチンの中流階級はとくにうまく、彼らは国家的現実、あるいはいかなる現実からも身をかわし、彼らを取り囲んでいる空虚から自分たちの身は安全であると考えているのだ。おそらくこういう一種計画的な怠惰（とは彼の相棒トラベラーの定義だが）のおかげで、彼はあの俗物どもの集団（彼の友人たちの多くは、しかもたいていは誠意をもって、その集団に加入した。なぜならそうすることは可能なことであり、多くの先例のあることだったから）に入ることを巧みに免がれることができたのであった。あの連中はある種の専門化によって問題の核心に触れることを避けていたが、皮肉なことに、そうすることによってアルゼンチン人たることの最高の血統証明書を与えられたのであった。その上、アルゼンチン人であるとかエスキモーであるとかいった歴史的問題と、行動か諦めかといったような問題を混同することは、彼には安易で欺瞞《ぎまん》的なことのように思われた。彼は、誰の鼻先にもくっついていながらほとんど見過ごされているもの、客体の概念の中の主体の重みを、薄々感じとるほどには人生を知っていたのであった。ラ・マーガは世の中には珍しく、共産主義なりクレタ＝ミュケーナイ文明なりについて形成される観念にはつねに人相が影響力をもつものであり、また手相をみればその手の所有者がギルランダイヨなりドストエフスキーなりに対してどう感じているかが顕われているものであることを片時も忘れない類の人だった。そのためにオリベイラのほうは、自分の血液型や、幼少の頃を立派な叔父たちに囲まれて過ごした事実、青春時代の成就しなかった恋、虚弱ぎみであったことなどが、彼の宇宙観において第一に重要な要素となっているかもしれないと認める傾向があった。彼は中産階級であり、ブエノスアイレス人であり、アルゼンチンの国民学校出身者であったが、そうした事実はそう簡単に片づけられることではない。いけないのは、彼があまり地方的なものの見方をすることを恐れたために、万事につけてイエスとノーを慎重すぎるほど秤《はかり》にかけて考量したすえ受けいれることにより、結局は検査官の立場から天秤の秤皿《はかりざら》を見るようになってしまったことであった。パリにいても彼にとっては万事がブエノスアイレスのままであり、その逆もまた然りであった。愛のどんなに熱烈な瞬間においてさえ、彼は失われたもの忘却したものを思い患い、それらの味を噛みしめるのだった。少しずつ反射運動に、技術になってゆく危険なまでに快適な、安易でさえある態度。中風患者の恐るべき覚めた正気、完全に愚鈍な運動家の盲目ぶり。人は生き生きとした身振りを、単なる自衛本能、真理を把握することよりも騙《だま》されないことのほうに熱心な意識の運動へと縮小しながら、哲学者か浮浪者の不活発な足どりで人生を歩みはじめる。俗人の静寂主義、穏健な不動心、注意深い不注意。オリベイラにとって重要なことは、気を失わずにあのトゥパク・アマル（十八世紀ペルーのインカ族の首長。反乱を鎮圧されスペイン総督に処刑された）の四つ裂き刑の光景に立ち会うことであり、毎日彼の周囲で可能なかぎり形式をとって宣布される、あの憐れな自己中心主義（クリオーリョ中心主義、郊外中心主義、文化中心主義、民間伝承中心主義）に陥ることではなかった。彼は十歳になった年のある午後、楽園樹の木蔭で歴史や政治の長談義にふける叔父たちといっしょに過ごしたことがあったが、そのとき彼は、叔父たちが有無を言わさず承認を迫る断固たる調子の拳骨《げんこつ》でテーブルを叩きながら発するあの実にイスパニア＝イタリア＝アルゼンチン的な《俺がそう言ってるんだ》（“¡Se lo digo yo!”）という文句に対して、初めておどおどした反応を示したのだった。*“Glielo dico io!”* 俺はやつらにそう言ってるんだ、糞《くそ》！　この〈俺〉に、いったいどんな論証的価値があるのだろうか、とオリベイラは考えはじめたのだった。大人のいう〈俺〉には、いったいどんな全知が含まれているのだろうか、と。十五歳で、彼は《ただ己れの無知なるを知るのみ》ということを知り、それに伴う毒人参（ソクラテスは毒人参の毒杯を仰いだとされる）は彼には必然的なものに思われたのだった。俺はやつらにそう言ってるんだ、などという文句で人々に挑むもんじゃない。ずっと後年、彼は、もっと優秀な形態の文化においても、権威の重みや感化力、すぐれた教養と知性が与える自信、といったものが、それを口にする当人にとってさえ巧みに偽装された、その文化固有の《俺がそう言ってるんだ》を生みだしていることを知って面白く思った。逆の立場から冷静な評価によって補正されることもなく、いまや《俺はいつもそう考えてきた》《なにが確かといって》《それは明々白々だ》といった言い方がつぎつぎとなされている。あたかも個人が寛容、知的懐疑、感情的動揺の道をあまり遠くまで行くことのないようにするために、種が個体の中で威力を持とうとするかのように、ある点まで行くと、胼胝《たこ》が、硬化が、限定が始まった。つまり、黒か白か、急進的か保守的か、同性愛者か異性愛者か、表象的か抽象的か、サン・ロレンソ（サッカー・クラブ）かボカ・ジュニアーズ（サッカー・クラブ）か、肉か野菜か、商売か詩文学か、といった区分けが始まった。そうしてそれでよかったのだ、なぜなら種がオリベイラのようなタイプの人間を信用するはずはなかったのだから。兄の手紙はまさしくそのような拒絶の表現であった。

《そうしたすべてのことのうちでもっともいけないのは》と彼は考えた、《結局は必然的に *animula vagula blandula*（さまよえるいとおしき魂よ）で終りになることだ。どうしたらいいのか？ こんな疑問をいだいていては、けっして眠ることができなくなるだろう。オブローモフよ、*cosa facciamo?*（そうするか？）歴史の大声がわれらを行動へと駆りたてる。復讐せよ、ハムレット！ 復讐を果たそうか、ハムレット、それともチッペンデイルの高級家具とスリッパと立派な暖炉に安らかに身を落ち着けようか？ かのシリア人は、とにかく、よく知られているように、恥知らずにもマルタを賛美した。戦いを挑むのか、アルジュナ！ もろもろの価値を否定することはできないのです、優柔不断な王よ。戦いのための戦い。危険を賭《と》して生きること、エピクロス主義者メーリアスや、リチャード・ヒラリー、キヨ、T・E・ロレンスのことを思え……。幸いなるかな選ぶ者、選ばれてあることを受けいれる者、美しき英雄、美しき聖人、完璧な逃避主義者よ》

　そうかも知れぬ。なぜそうではいけないのか？ しかし、おまえの視点は葡萄を眺めているあの狐のそれと同じなのかも知れない。それにも一理はあるかもしれないが、それはけちな嘆かわしい理屈、きりぎりすに対する蟻の理屈だ。覚めていることが無為に通ずるとすれば、それは疑わしいことになるのではないだろうか？　ことさら悪魔的な形の盲目を隠蔽することになるのではないだろうか？　火薬筒をかかえた勇士の猪突《ちょとつ》猛進、栄光に包まれた英雄的軍人カブラルは、あらゆる意識（それは一兵士に求められるようなものではない）を越えたある絶対的なものの瞬間的な顕現、超幻視を暗示させていたが、それと対置すれば日常的な明察、寝床の中で午前三時にタバコを喫いながらの私室の洞察など、もぐらの洞察ほどの効能もない。

彼はこういったことをすべてラ・マーガに話したが、その間彼女はずっと目を覚ましていて、眠たそうに猫なで声を出しながら彼に寄りかかっていた。ラ・マーガは目を開き、考えごとに耽っていた。

「あなたはなにもできなかったのね」と彼女はいった。

「なにもしないくせ、そのまえに考え過ぎて」

「ぼくは熟慮が行動に先行すべきであるという原則を信じてるんだよ、ばかばかしいが」

「あなたはそんな原則を信じているのね」とラ・マーガが言った。「ずいぶん面倒なのね。あなたは目撃者みたい。美術館に行って額縁絵を観る人なのよ。つまりわたしが言いたいのは、そこに額縁絵があり、あなたは美術館の中にいる。でも、近くにいながら同時に遠い存在でもあるのよ、あなたって人は。わたしは一枚の絵、ロカマドゥールも一枚の絵、エチエンヌも一枚の絵、この部屋も一枚の絵なんだわ。あなたはこの部屋にいると思ってるんでしょうが、でも本当はいないのよ。あなたは部屋を見ているの、部屋の中にいるのじゃないわ」

「このお嬢さんは見ることを聖トマス様にそっくりお任せしようっていうんだね」とオリベイラが言った。

「どうして聖トマス様なの？」とラ・マーガが言った。「その人、信じるためには見たいというおばかさんだったの？」

「そうさ、可愛い人」とオリベイラは言いながら、とどのつまりラ・マーガはこの聖者の真の姿を正しく衝《つ》いている、と思った。見なくとも信じることのできる彼女、生の持続、生の連続と一体をなしている彼女は幸福だ。部屋の中にいながら、その手に触れ、ともに暮しているすべてのものに市民権を与えてきた彼女は幸福だ、川を下る魚に、木の葉に、空の雲に、詩のイメージに。魚、葉、雲、イメージ。まさしくそれだ、さもなければ……

（－84）

4

こうして、夢のようなパリでの彼らの放浪がはじまったのであった。彼らは夜の合図に導かれるままに、浮浪者のふとした一言や、暗い通りの奥の明りに照らされた屋根裏部屋から生れ落ちた道順に忠実に従い、気持の安まる小さな辻広場のベンチに休んでキスしあったり、小石と片足跳びで天国へ上がるあの子供じみた儀式ともいうべき石蹴り遊びを眺めたりした。ラ・マーガはモンテビデオにいる友達のことや、子供時代のこと、レデスマとかいう人物のこと、父親のことなどを話していた。オリベイラは興味なさそうに聞きながら、興味が沸かないことにわれながらいささか嘆かわしく思っていた。モンテビデオといったってブエノスアイレスと同じことだし、彼には定かならぬ断絶をはっきりさせることが必要だったのだ(あの放浪者トラベラーはどうしているだろうか? 彼と別れて以来、どんな面倒に巻きこまれているだろうか? それからあのおとなしいゲクレプテン、都心の喫茶店)、だから彼はつまらなそうに聞き流しながら、砂利の上に棒切れで絵をかいたりしていたが、ラ・マーガのほうは構わず話しつづけていた。チェンペとグラシエーラがなぜいい娘《こ》かっていうと。ルシアーナが船まで見送りにきてくれなかったのにはがっかりしたわ。ルシアーナはスノッブなのよ、それで彼女は誰に対してでも我慢するってことができないんだわ。

「スノッブってどういう意味で言ってるの?」オリベイラは興味をそそられて尋ねた。

「そうね」とラ・マーガは言って、なにか愚にもつかぬことを言いだすことがあらかじめわかっている人のような様子で顔をうつむけながら「わたし、三等で来たのよ、でも、もし二等船室に乗ってたらルシアーナは見送りにきたと思うわ」

「そいつは聞いたこともないほどうまい定義だ」とオリベイラが言った。

「それに、ロカマドゥールもいたし」とラ・マーガが言った。

こうしてオリベイラはロカマドゥールの存在を知ったのだった。その子はモンテビデオではちゃんとカルロス・フランシスコと呼ばれていた。ラ・マーガは、ロカマドゥールの出生についてはあまり詳しく触れたがらないらしく、ただ、あのときは堕《お》ろしたくなかったけれども、いまではそのことを後悔しはじめている、と言うだけだった。

「でも結局のところ悔んでなんかいないわ、問題はどうやって生きて行くかよ。マダム・イレーヌは高い月謝を取るけど、歌のレッスンは受けなければならないし、なにかとかかるの」

ラ・マーガは、なぜパリへ出てきたのか自分でもあまりよくわかっていず、オリベイラは、これではもし船賃と旅行会社と査証《ビザ》がちょっと違っていたらシンガポールかケープタウンに下船することになっていたかもしれないと考えて、なるほどと思うのだった。ただひとつ大事なことは、彼女がモンテビデオをあとにして、彼女が慎ましくも〈人生〉と呼ぶものと正面から相対したということだった。パリの大きな利点は、彼女がかなりフランス語を知っていたこと（多分にピットマン式速修だったが）と、絵画の名作、映画の名作、要するに文化をそのもっとも輝かしい形において目のあたりにできることであった。オリベイラにとって、この見取図は感動的なものであった（もっとも、なぜだかわからないが、ロカマドゥールのことがそれにちょっぴり水を差したけれども）、そうして、彼は、全地球的な経験を求める形而上的願望を抱きながらラ・プラタ川より遠くへ行くことのできない、ブエノスアイレスの輝かしい女友達のあれこれを思い浮かべるのだった。この女は若い身空で、あまつさえ息子までかかえて、三等船室に乗りこみ、懐中無一文で歌の勉強のためパリへ向けて出帆したのだ。それでもまだ足りずに、彼女はものの見方を彼に教えた。教えたといっても彼女自身はそれと気づいていず、ただ、道の真中で突然立ち止まって、なにもないが奥のほうに緑色の薄明り、あるいは煌々《こうこう》たる白灯が見える玄関の門から中を覗きこみ、それから門番を怒らせないようにこっそり忍び入って大きな中庭に姿を現わすそのやり方に学ぶべきものがあったというわけだ。さて、ときには古い彫像があったり、鉄の井桁《いげた》があったり、あるいはなにもなくて、ただ丸い舗石を敷きつめた摩滅した石畳だけの、壁に緑の蔦《つた》が這いからみ、時計屋の看板が見えたりしているそうした中庭には、片隅の日陰に小柄な老人が腰をおろし、そして猫たちが、いつもきまって猫たちが、にゃんこ、にゃんにゃん、猫ちん、猫、猫、猫が、灰色や白や黒やどぶ猫が、時間と、温もった舗石との主、ラ・マーガの変らぬ友である猫どもがいて、彼女はそいつらの腹をくすぐってやったり、愚劣とも謎ともつかぬ言葉で話しかけて、次に会いにくる日を正確に約束し、助言と忠告を与えるのだった。オリベイラはラ・マーガといっしょに歩きながら、ラ・マーガにはほとんどいつでもビールのコップをひっくり返したり、テーブルの下から足を抜いたとたんにボーイが躓《つまず》いて、悪口雑言を浴びせられたりしかねないところがあるのに、それでも腹が立たないことを、ふと不思議に思うのだった。オリベイラは幸福な気分だったが、それにしても、ものごとを然るべくきちんと処理しない彼女の流儀、勘定書の大きな数字はてんで無視するくせに、たかが三桁のつつましい数字の最後の桁にいつまでも夢中になったり、あるいは道の真中で立ち止まったり（黒塗りのルノーがブレーキをかけて二メートル手前に停車し、運転手が顔を出してピカルディ訛りで売女《ばいた》呼ばわりした）、あたかも道の真中から見る遠いパンテオンの眺めのほうが、歩道から得られる眺めよりもはるかにいいとでもいうように、立ち止まったりする彼女の流儀には、しょっちゅう腹立たしい思いをさせられたが。万事がそんな調子だった。

オリベイラはすでにペリコやロナルドと知り合っていた。ラ・マーガが彼をエチエンヌに紹介し、エチエンヌは彼ら二人をグレゴロヴィウスに紹介してくれた。〈蛇のクラブ〉はサン゠ジェルマン゠デ゠プレの夜にすでに結成されていた。みんなはなにを話していても決まって彼女に説明してやらなければならないことにいささかうんざりしていたにもかかわらず、あるいは単に彼女がフォークを上手に使えないために、皿に山盛り出された揚げたじゃがいもを遠く宙へ飛ばしてしまい、それがほとんどいつも、別席の人の髪の上に落ちたりして、ラ・マーガとしたことが大変うっかりしましてなどと言いながら陳謝しなければならない始末だったので、誰も彼もラ・マーガのことをなにやら欠くべからざる自然な存在としてただちに受けいれたのだった。グループの中ではラ・マーガはどことなくしっくりせず、オリベイラの考えるに、彼女はクラブの誰とにせよ個別的に会うことのほうを好んで、エチエンヌやバブズと連れだって街を歩いたり、また彼女のほうでは彼らを自分の世界へ引きずりこむつもりは全然ないのに彼らのほうが乗合バスや経歴やの常軌を踏み外すことをひたすら望んだからこそ彼女は彼らを自分の世界へ引きずりこむのだった。だからこそ、クラブの連中はみな、些細な理由で彼女に侮蔑的な言辞を浴びせたがるくせに、なんらかの形でラ・マーガに感謝していたのだった。まるで犬か郵便ポストのように自信たっぷりのエチエンヌも、ラ・マーガが彼の最新作の絵を前にして自説を開陳に及ぶと顔色なしだったし、ペリコ・ロメロでさえも〈女にしてはラ・マーガは端倪《たんげい》すべからず〉とあっさり兜《かぶと》を脱いだ。何週間も、何カ月も（日を数えるのはオリベイラは苦手で、幸福なるが故《エルゴ》に未来という時間はないのだった）彼らはいろいろなものを見物し、起るべきことは起るにまかせ、仲好くしたり仲違いしたりしながらひたすらパリを歩きに歩いていたが、そうしたことはすべて新聞のニュースや家族の義務とは無縁のところで進行していたし、いかなる形にせよ国庫の負担または精神の負担となるようなことはなかった。

こつ、こつ、こつ。

「さあ、目を覚まそう」オリベイラはときどきそう言うことがあった。

「なんのために？」ラ・マーガはポン・ヌフの上から、走り去る伝馬船を眺めながら反問した。「こつ、こつ、こつ。あなたの頭の中には一羽の鳥が巣喰っているんだわ。こつ、こつ。それがあなたをしょっちゅう嘴《くちばし》でつついて、あなたにアルゼンチンの食物を食べさせてもらいたがっているのよ。こつ、こつ」

「そいつは結構なことさ」オリベイラは不服そうに言った。「ぼくをロカマドゥールと混同しないでくれ。この調子だとしまいにはぼくらは食品店の店員や門番に幼児語で話しかけて、ひどい面倒を引き起すことになるぞ。ほら、あそこに黒人娘のあとをつけてるやつを見てごらん」

「あの女なら知ってるわ、プロヴァンス通りのカフェで働いてるの。彼女は女が好きなのよ。あの男も可哀そうに骨折り損ね」

「きみとやばいこともあったのかい、あの黒人女は？」

「もちろんよ。でもそれで友達にもなったのよ。わたしは彼女に口紅をあげたし、彼女はわたしに可愛らしい本を一冊くれたわ、レテフとかいう人の、いやそうじゃない……待って、レティフだったかしら……」

「そうか、なるほど。で、たしかに彼女とは寝なかったんだね？　きみみたいな女にはさぞ興味津々だっただろうに」

「あなた、男の人と寝たことあって、オラシオ？」

「もちろん。経験だよ、わかるだろ」

ラ・マーガは憎たらしげに彼を見つめ、この人、わたしをからかってるんじゃないかしら、これはみんなこの人が、頭の中に棲《す》みついてこつこつやってるあの鳥のせいで、アルゼンチンの餌をくれってせがんでいるあの鳥のせいで、かっかっとしているからじゃないかしら、と考えた。そのとたんに彼女は、サン＝シュルピス通りを通行中の夫婦連れがひどくびっくりしたことに、彼に飛びかかって彼の髪をくしゃくしゃにかき乱したので、オリベイラは彼女の腕のなすがままにされるしかなく、二人とも笑いだした。夫婦者は彼らを見て、夫のほうはほとんど笑みをこぼさんばかりに晴れやかな顔をしたが、妻のほうはラ・マーガの振舞いにすっかりあきれはてていた。

「きみの言うとおりだ」とオリベイラはとうとう本音を吐いた。「ぼくは度しがたい男さ、うん。こうやって眠ってるほうが結局はずっといいのに、起きるなんてことを言い出すとは」

彼らはショーウインドーの前で立ち止まり、覗きこんで本の表題を読んだ。ラ・マーガが聞き役にまわり、表紙の色や本の大きさを目安にして質問した。オリベイラは彼女のためにフローベールの位置づけをしてやり、モンテスキューとはと語り、レイモン・ラディゲはなぜと説明し、テオフィル・ゴーチエはいつと教えてやらなければならなかった。ラ・マーガは聴きながら指でガラスに落書きしていた。《頭の中の小鳥がアルゼンチンの餌を欲しがっている、か》とオリベイラは自分の話し声を聞きながら考えていた。《憐れなもんだ、ぼくも、おふくろも》

「これではなにも理解したことにならないことに気がつかないのかい？」オリベイラはとうとう彼女にそう言った。「きみは路上の耳学問で教養が身につくと思っているかしらないけど、ねえ、そんなことはあり得ないんだよ。それがお望みなら『リーダーズ・ダイジェスト』を予約すればいい」

「あら、いやよ、あんなつまらないもの」

頭の中の小鳥、とオリベイラは独りごちた。彼女がではなく彼がである。それにしても彼女の頭の中にはなにがあるのだろう？　空気か、炒《い》り玉蜀黍《とうもろこし》の粉か、なにやら受けいれがたいものに違いあるまい。あの頭の中には中心というものがないんだから。《この女は目をつむっていても的を射当てることができる》とオリベイラは考えていた。《まさに禅の流儀による弓術だ。しかし彼女が的を射当てるのは、それが流儀であることを知らないからに過ぎないのではないだろう

か。それに引きかえ、このぼくは……こつ、こつ。ぼくらは万事こうなんだ》

　ラ・マーガが禅哲学のような問題を質問するとき（そういうことは、いつもノスタルジアとか、あまりにも遠いためにかえって基本的なことと考えられるに至った知識とか、メダルの表面、月の裏面とかが話題にされていたあのクラブでは起り得ることだった）、グレゴロヴィウスが形而上学の初歩を彼女に説明しようと努力しているのを、オリベイラはペルノーを舐《な》めながら楽しそうに眺めていたものだった。なにごとであれラ・マーガに説明してやろうというのは無分別なことだった。フォーコニエがうまいことを言っていたっけ、彼女のような人にとっては謎はまさに説明とともに始まる、と。ラ・マーガが〈内在〉とか〈超越〉とかいう言葉を聞いて、その美しい眼を大きく見開くと、そこでグレゴロヴィウスの形而上学も中断されてしまうのだった。最後にようやく彼女は禅を理解したという自信めいたものに辿《たど》り着いて、疲れたように吐息を洩らした。ひとりオリベイラだけは、彼らみんなが弁証法的に探求していたあの無時間の雄大な台地に、ラ・マーガがいつでも姿を現わすことを知っていいた。

「きみはそんなくだらないこと、わからなくていいよ」とオリベイラはよく彼女に忠告した。「なんで要りもしない眼鏡なぞ掛けようとするんだい」

　ラ・マーガにも少々疑念はあった。彼女は、三時間もたてつづけに議論できるオリベイラとエチエンヌにすごく感心していた。エチエンヌとオリベイラの周りには白墨で描いた円のようなものがあって、彼女はその円の中へ入り、なぜ文学においては不決断の原理がそれほど重要なのかを、また、オリベイラとエチエンヌがあれほど尊敬し、あれほど話題にしていたモレリが、なぜ自分の著書を、そこにおいてはいっさいを滅ぼすひとつの幻想のうちに小宇宙と大宇宙とが合体するところの、一個の水晶玉たらしめたいと願っていたのかを、理解したかったのであった。

「きみに説明することは不可能だ」とエチエンヌは言った。「これがメッカーノ（〔商標〕建築物や機械などの模型を作るための鋼鉄製の組立部分セット）七番とすれば、きみはさしずめ二番がやっとというところだ」

　ラ・マーガは悲しくなり、道端から小さな葉っぱを一枚かき寄せて、ちょっとの間それに話しかけ、手のひらの上でそれをあちらこちらと動かし、仰向けに寝かせたり、口を下にして寝かせたり、さすったり、しまいには葉肉を除いて葉脈を剥き出しにしたので、繊細な緑色の幽霊が彼女の肌を背景にしだいにくっきりと描き出されていった。エチエンヌはだしぬけに彼女からそれを取り上げ、光にかざした。そういったことがあるために、みんなが彼女を賛美し、彼女に邪慳《じゃけん》に当ったことを少し恥じて、それでラ・マーガは優位に立ってビールをもう一杯、さらに、もしできれば揚げたじゃがいもをも請求できるのだった。

（－71）

5

最初のときはヴァレット通りのホテルでだった。昼食のあとの小雨はいつだって嫌なものだが、あの凍てつくような小糠雨《こぬかあめ》、あのゴム臭いレインコートに逆らってなんとかしなければならなかったので、当てもなく、建物の玄関に雨宿りしながら、通りを歩いているうちに、とつぜんラ・マーガが身を縮めてオリベイラにすり寄り、二人は痴《し》れたように見つめ合った。ホテル。瘡蓋《かさぶた》だらけのデスクの向うで老婆が心得顔で彼らに声をかけた。この猥《みだ》りがわしい天気ではほかになにかすることがあるかえ。老婆は脚を引きずって歩く。一方の脚よりずっと太いその悪い方の脚を持ち上げるために一段ごとに立ち止まりながら、四階までそうやって階段を昇って行く彼女を見ているのは苦痛だった。化粧石鹸《せっけん》やスープの匂いがどこからか漂い、廊下の絨緞には誰かが青い液を零《こぼ》した跡が、翼を広げたような形のしみになっていた。部屋には窓が二つあり、継ぎ接《は》ぎだらけの赤いカーテンが掛けてある。湿っぽい明りが、まるで天使のように、黄色いベッドカヴァーを掛けた寝台まで浸透していた。

ラ・マーガはそれを虚構化するつもりで無邪気に振舞い、オリベイラがドアの掛け金を調べている間、窓の傍にいておもての通りを見るふりをしていた。こうしたことにかけては彼女はあらかじめ出来上がった図式を持っていたに違いなかった。あるいはおそらくつねに同じ順序に従って、まず札入れをテーブルの上に放り出すと、タバコを探し、おもての通りを眺め、タバコの煙を胸の奥深く吸いこみ、壁紙について批評し、そうして待ちうけていたのだ、明らかに彼女は待ちうけていたのだ、男性がその役割を十全に果たせるように、必要とあればつねに男性が主導権を取れるように、必要なあらゆる身振りをしていたのだ。ある時点で、それがあまりにもばかげていたので、彼らは笑いだしてしまった。隅っこに蹴とばされた黄色いベッドカヴァーが、正体なく壁に倚《よ》りかかった人形のようだった。

　彼らはベッドカヴァーやドア、電気スタンドやカーテンを比較するのが癖だった。ホテルの部屋は第五区のほうが第六区より彼らの気に入った。第七区ではろくなことがなくて、隣室で大きな物音がしたり、下水管が陰気な音をたてたり、いつもなにかしら珍事が出来《しゅったい》したが、オリベイラがラ・マーガにトロップマンの話をして聞かせたのはそんな折りのことであった。ラ・マーガは彼にぴったりと体を寄せながらその話に聴きいり、わたしもツルゲーネフの物語を読まなければならない、これから二年間に（なんで二年間なのかは自分でもわからなかったが）読まなければならない本の数は全部で信じがたいほど沢山ある、と思った。別の日にはそれがペシオ（アンリ・ペシオ、筆名ダニエル・ロプスのことか）だったり、またあるときはヴァイトマンだったり、また別のときはクリスティだったりした。ホテルにいると、彼らは結局最後にはほとんどたいてい犯罪について話をしたいという欲求に駆られるのだった。しかし同時にまたラ・マーガは、とつぜん生真面目な感情の潮に襲われて、平らな天井をじっと睨みながら、シエナ派の絵はエチエンヌが断言するほど素晴らしいものなのかどうか、レコード・プレーヤーと、フーゴー・ヴォルフの曲を買うために節約する必要はないかどうかを尋ねることがあった。彼女はときおりヴォルフを口遊《くちずさ》むことがあったが、中途で忘れて腹を立て、止めてしまうのである。オリベイラはラ・マーガと愛しあうことが好きだったが、そのわけは、彼女にとって愛しあうこと以上に重要なことはあり得なかったからであり、また同時に、そこが理解しがたいところなのだが、彼女がいわば彼の快楽に従属していたかと思うと、たちまち彼に追いついて肩を並べ、それゆえに必死にしがみついてそれを長びかせてくれたからであって、それはあたかも彼女が目を覚まして自分のほんとうの名前を知り（ラ・マーガとは女魔術師の意）、それからふたたび仄《ほの》暗い永遠の薄明の領域へと沈んで行くかのようであり、そのことが、完全さを恐れるオリベイラを魅惑したのだった。しかしラ・マーガは、ふたたび記憶の世界へ戻ったとき、思いださなければならないと漠然と考えながらどうしても思いだすことができないでいた記憶を取り戻したとき、たしかに傷ついていたのだった。そんなとき彼は彼女に深いキスをし、新たな愛の戯れへと誘ってやる必要があった。すると、もう一人の女、祓《はら》い清められた女が彼の下で大きさを増し、彼を引きずりこむ、すると彼女は猛り狂う獣のように、目は虚空を見つめ、手は内側に曲げ、さながら山腹を転がり落ちる彫像のように神話的な恐ろしい形相で、はてしなくつづく嗚咽《おえつ》と哀れっぽい呻き声の合間に、爪で時間を引き裂きながら、身を快楽に委ねるのだった。ある夜など彼女は彼に歯をつきたて、血が出るほど彼の肩を咬《か》んだことがあった。それというのも彼はすでにいささか腑抜けになって横向きに寝てしまったのだが、そこには漠然とながら暗黙の協定があったからで、オリベイラは、ラ・マーガが彼から死を期待しているように感じた。死、それは彼女の奥にひそむ彼女の覚めた自我ではないなにか、壊滅を叫び求めるなにやら隠微な姿態、夜の星々を砕き、空間をもろもろの疑惑と恐怖に帰す、仰向けの嬲《なぶ》り殺しであった。あのときただ一度だけオリベイラは、殺すことがすなわち牛を海へ帰し海を空へ帰すことにほかならない神話的なマタドール（止めを刺す闘牛士）のように中心を外れて、ラ・マーガを長い夜の間じゅう（彼らは後日その夜のことをあまり語りたがらなかった）責め苛《さいな》んだのだった。オリベイラは彼女をパシパエに変え、彼女の体を二つ折りに曲げ、彼女を若衆のように扱い、彼女と交わり、哀れ至極な売春婦の隷従を彼女に要求し、彼女を星宿の高みにまで高揚させ、血の匂いのする両腕で彼女を抱き、さながらロゴスへの挑戦のように彼女の口中に迸《ほとばし》る精液を彼女に飲ませ、彼女の腹部と臀《でん》部の暗い陰を吸い、それを彼女の顔まで持っていくと、男だけが女に与えることのできる知識のあの仕上げに、彼女自身をもって彼女に終油を施してやり、肌とヘアーと涎《よだれ》と恨み言で彼女を焦《じ》らし、彼女の絶倫の精力をことごとく使い果たさせ、枕とシーツにぐったりと身を投げだした彼女が幸福のあまり彼の顔に顔を埋めて啜《すす》り泣くのを感じながら、新しいタバコに火をつけて、ホテルから、部屋から、夜のほうへ顔を向けるのだった。

　それからしばらくしてオリベイラは、彼女が満ち足りた気持になり、愛戯を供犠へと高めることを要求しはしないだろうかと心配になってきた。とりわけ彼が恐れたのは、犬のようにべたべたした愛撫と化したそのなんともいいようのない感謝の表わし方であった。彼は自由という、ラ・マーガに似つかわしい唯一の衣裳が、まめな女らしさとなって解消してしまうことを望まなかった。しかし、ラ・マーガがブラック・コーヒーや、ビデを使いに化粧室へ行くといった日常的な意識の平面まで戻ってきて、さきほどまでは最悪の混乱に陥っていたものであることが明らかになったので、彼はやっと安心した。ひと晩じゅう専恣《せんし》なまでに弄《もてあそ》ばれ、鼓動し膨脹する多孔性の空間へと開放されたあとで彼女が意識の此岸へと戻ってきたとき、最初に呼びかける言葉は、当然ながら彼女を鞭《むち》のように打つものでなければならなかった。そうして、しだいにこみあげてくる驚憚《きょうたん》の色を微笑と漠たる期待とで和らげようと努めながらベッドのそばへ戻ってきた彼女の姿に、オリベイラはことさら満足の念をおぼえるのだった。彼女を愛さなくなったら、欲望が熄《や》んでしまったら（なぜなら彼は彼女を愛していないのかもしれないし、欲望はいつか熄むものだから）こうした愛の戯れの供犠はいっさい弊風として忌避すること。こうして始まったのだ、何日も何週間も何カ月も、あらゆるホテルの部屋、あらゆる広場での密会、あらゆる愛の姿態、市場のカフェで迎えるあらゆる夜明けが。荒々しい曲芸、微妙な作戦、覚めた損得勘定が。このようにしてオリベイラは、ラ・マーガがほんとうに彼が殺してくれるのを待ち望んでいること、彼女の死は不死鳥のそれであって、それこそが哲学者たちの会議、つまり〈蛇のクラブ〉の座談への入会資格であることを知るようになったのだった。ラ・マーガは学びたがった、自己教育を願った。オラシオは浄めの供犠の主宰者の役柄へと高められ、指命され、けしかけられたが、議論をすれば噛みあわず、あまりにも対照的な方向へ行ってしまうので彼らが一致することはほとんど一度もなかったからには（そうしてそのことを彼女は知っており、よく理解していたが）、そうであるからには出会いの唯一の可能性は、彼女が彼との合致を達成し得る愛の行為において、オラシオがラ・マーガを殺すこと、ホテルの部屋という天国において彼らが裸になって対等の資格で向かい合い、そこで彼が陶酔のうちに彼女を締め殺して、その開いた口から一すじの糸を引いて涎が垂れるのをそのまま構わず、まるでいまようやく彼女の実体を認識し、真に彼女を我がものとし、自分の側に彼女を引き寄せはじめたかのように、恍惚として彼女を見つめたあと、不死鳥の復活を成就し得るところにあった。

（－81）

6

何時に、何区で会うという漠然たる取り決めをすることが彼らのテクニックだった。会うことができずにカフェでぷんぷん怒っていたり、公園のベンチで〈本をもう一冊〉読んだりしながら、一日じゅうひとりで過ごすかもしれない危険に挑戦することが、彼らは好きだった。〈本をもう一冊〉という説はオリベイラのもので、ラ・マーガは純粋な浸透性ゆえにそれを受けいれていたのである。実際、彼女にとってほとんどすべての本は読むほどに未読の本のあることを悟らせるものであった。彼女は全身これ無限の渇望となり、期限を切らずにある期間（三年から五年の間と見積られていたが）ゲーテやホメロス、ディラン・トマス、モーリャック、フォークナー、ボードレール、ロベルト・アルルト、聖アウグスチヌス、その他クラブで話題にのぼった著作家たちの全作品を読むことを望んでいたのかもしれない。それに対してオリベイラはちょっと肩をすぼめるつれない反応を示すだけで、ラ・プラタ川流域の変貌について、二六時ちゅう本を読んでいる人種や、太陽と愛にたいして不実な才媛《さいえん》気どりの女たちでうようよしている図書館や、印刷のインキの匂いが大蒜《にんにく》の喜びを台なしにしている家庭について話をするのだった。その当時の彼は、樹木を眺めたり、地べたで見つけた紐の切れ端や、シネマテーク（パリ第十六区にあるフィルム・ライブラリー）の黄ばんだフィルムの映写や、カルチエ・ラタンの女たちを眺めたりするのに大忙しで、あまり本は読まなかった。彼の漠然たる知的傾向は無益な瞑想のうちに融解し、ラ・マーガが、ひとつの日付けなり解釈なりで彼に助けを求めても、彼はまるでなにか無用なことのように気のない教え方をするのだった。《でもあなたはちゃんと知ってるじゃない》とラ・マーガはむっとして言う。すると彼はわざわざ知識と知恵の相違について彼女に教えを垂れ、ラ・マーガがまだ果たしていない、そして彼女を絶望的な気持にさせる個人的な研究（つまり歌）の練習でもしたらどうかと提案するのだった。

　これこれの場所へはまだ一度も行ったことがないという点で意見が一致すると、彼らはその界隈で会う約束をし、そしてほとんどいつでもちゃんと出会うのだった。そうした出会いが、ときには信じがたいほどの僥倖《ぎょうこう》と思われることもあったので、オリベイラはもう一度確率の問題を持ちだして、疑り深くもそれをあらゆる角度から検討した。たとえばラ・マーガがヴォージラール通りのその角を曲がろうと決めたその瞬間に、そこより五丁下がったところでオリベイラが、ビュシ通りを上がることをやめにしてこれといった理由もなくムシュー・ル・プランス通りのほうへ向かい、そのまま進んで行って、とつぜんそこに、ショーウインドーの前に立ち止まって剥製の猿みたいにぼんやり考えこんでいる彼女の姿を認める、などというのはあり得ないことだった。カフェに腰をおろして互いの道順や不意の変更を詳細に再現し、なんとかテレパシーで説明をつけようとしたがいつもうまく行かなかった。それでもやはり迷路のように入り組んだ街の通りで彼らは出会ったのであり、ほとんどいつでも最後には出会うことができて気でも違ったように笑いこけ、彼らを豊かにしてくれるある力の存在を確信するのだった。オリベイラはラ・マーガの、基本的な計算をも平気で無視するでたらめさに魅力を感じた。彼にとって確率の分析、選択、あるいは単に歩行占いの信奉であったものが、彼女にとっては宿命以外のなにものでもなかった。《それで、もしぼくに会わなかったらどうする?》と彼が尋ねると、《わからないわ、でもあなたは現にここにいるじゃない……》という返事。不可解なことに、彼女のこの返事は彼の問いを無効にし、彼の論理的根拠の凡庸さを暴露するものであった。それ以後オリベイラは本に毒された己《おの》が偏見と闘うことができるように感じ、逆にラ・マーガはアカデミックな知識に対して抱いていた侮蔑感に逆らうようになった。こうして彼らは、パンチとジューディ（イタリア喜劇に起源をもつイギリスの人形芝居の夫婦。長い鉤鼻の屈背パンチは最後に妻を殺す）よろしく、互いに惹かれたり反撥したりしながらやって行くことになったのだった、あたかも愛が着色版画か言葉なきロマンスで終ることが、望ましいとは言わないまでも必要なことであるかのように。だが愛は、その言葉は……（－7）

7

ぼくはきみの口に触れる、一本の指できみの口の縁《へり》に沿って触れる、ぼくはきみの口を描いてゆく、まるできみの口がぼくの手から生れるかのように、まるで初めてきみの口が半ば開こうとしているかのように、そうして、描く行為を完全に消去し、ふたたび始めるためには、ぼくは目をつむりさえすればよく、そのたびにぼくはぼくの欲する口を生じさせるのだ、ぼくの手が選んできみの顔に描く口、あらゆる口という口の中から選ばれた口、きみの顔にこの手で描くためにこの上なく自由にぼくが選んだ口、ぼくが理解しようともしない偶然によって、ぼくの手がきみに描いてやる口の下から頬笑みかけるきみの口と正確に一致する口。

　きみはぼくを見る、近くからぼくを見る、だんだんと近づき、やがてぼくたちは一眼巨人《キュクロペー》を演じ、互いにだんだん近づいて見つめ合い、目は大きくなり、相互に接近し、重なりあい、一眼巨人《キュクロペー》同士が見つめあい、息と息が混じりあい、口と口が出会いがしらに唇で互いに噛みあいながら生温かく踠《もが》き争い、舌はかろうじて歯に押しあてられ、重い空気が古い香水の匂いと沈黙を荷って行き来する口腔《こうくう》で戯れあう。やがてぼくの両手がきみのヘアーの中に沈み、きみのヘアーの底をゆっくりと愛撫しようとするとき、ぼくたちはまるで花や魚をいっぱいに頬張ったような、すばしこく動く、なんとも知れぬ匂いのする口でキスしあう。そうしてもしぼくたちが咬みあうならば、苦痛は快美なものとなり、もし息を互いに同時に、短く恐ろしく吸いあって窒息するならば、その瞬間的な死はうるわしいものとなる。そうして唾液が一つに混じりあって、熟れた果実の風味だけとなり、ぼくはきみがぼくに体を寄せて水中の月のように震えるのを感じる。

(−8)

8

　ぼくたちは午後になるとよく魚を見にメジスリ河岸へ出かけた。時候は三月、豹《ひょう》の月、蹲踞《そんきょ》の月だったが、すでに黄色い太陽は日ごとにすこしずつ赤味を増していた。川沿いの歩道から、懐中不如意ではなんの得るところもない古本屋の屋台などは無視して、金魚鉢を覗きこむ瞬間を待っていたのだ（ぶらぶら歩いて互いの出会いを遅らせながら）、日なたに並べられたすべての金魚鉢を、まるで宙吊りにされたような何百匹もの赤と黒の金魚たちを、球状の大気中に宙吊りにされた、鳴かず飛ばずの鳥たちを。不合理な歓喜がぼくたちの腰をとらえ、きみは歌いながらぼくを引っぱって道の反対側へ渡り、宙吊りの魚たちの世界へと入ってゆくのだった。

　金魚鉢や大きな広口瓶が路面に並べられ、観光客や、熱心な子供たちや、雑多な珍品逸品（〈一個五五〇フラン〉）を漁り歩く紳士たちで雑沓する陽射しの下に金魚鉢とバケツが置かれていた。太陽と空気とを混ぜあわせた水の球体、赤と黒の鳥たちがその小さな水の気圏の中を静かに舞いながら旋回する。ゆっくりとした動きの、冷たい鳥。ぼくたちはその鳥たちを見つめ、戯れに鼻がぶつかるほど目をガラスに近づけて、水中の蝶を捕える網を手にした金魚売りの老女を怒らせ、そのたびにぼくたちは魚とはなんなのかがますます分らなくなり、その不可解の道を通って相互に理解しあっていない魚たちに接近し、金魚鉢を通り越して、我らが女友達、隣の金魚売りの老女に近づくと、彼女はポン・ヌフから身を乗りだしてきみに言った。《冷たい水は金魚を殺すぞえ、悲しいぞえ冷たい水は……》それでぼくは、羊歯のことでぼくに注意してくれたホテルのメイドのことを思いだしたのだった。《それに水はやらないでください。水を張った水盤を植木鉢の下に置いてやりますと、吸いたいときに吸い、吸いたくなければ吸い上げませんから……》ぼくたちはまた、以前読んだことのあるあの信じがたいような話を思いだした。魚は金魚鉢に一匹しかいないと寂しがるものだが、そのとき鏡を置いてやると、その魚がまたもとどおり嬉しそうにするという……

　ぼくたちは金魚屋の店にもよく入ったが、そこではもっと気のきいたさまざまな変種が、温度計を備えた特別の水槽に、赤いみみずを与えられて入れられていた。ぼくたちはときおり感嘆の声をあげて売り子たちの顰蹙《ひんしゆく》を買いながら——彼らはぼくたちが〈単価五五〇フラン〉ではなにも買わないだろうと確信していた——金魚たちの行状や愛や姿かたちを観察した。そうして過ごした時間は、なにか非常に上等のチョコレートかマルチニック産のオレンジ・ペーストのような、潮解性の時間であって、その間ぼくたちは、その中へ入ろうと絶えず努力しながら、暗喩や類比に酔い痴れていたのだった。ほら、あの魚は完全にジョットの絵だったことを、きみも憶えているだろう、それからまたあの二匹は翡翠《ひすい》の犬のように戯れあっていたし、ある一匹などは、まさに菫色の雲の影そのものだった……。ぼくたちは生命というものが、第三次元を奪われた形の中に宿るさまを発見し、それらの形も、もし断固として対置されるならば、〈消滅する〉か、あるいはせいぜい水中に赤い不動の垂直な光線の端くれを残すだけであることを知ったのだった。鰭《ひれ》をひと振りすると、奇怪にも金魚たちはふたたび目と口ひげと鰭のある姿となってそこに現われたが、ときおりその腹部から排泄《はいせつ》物が、けっして解けることのない透明なリボンとなって溢れ出し、漂っていた。そういった糞は、底荷のように突然ぼくたちの間に割りこんできて、金魚たちの純粋なイメージからその完璧さを奪い、その当時その界隈でぼくたちがよく使ったご大層な言葉の一つを使えば、金魚たちを危うくするものであった。

（―93）

9

彼らはヴァンレヌ通りからヴァノー通りへ入った。さいぜんから小糠雨が降っていたが、ラ・マーガはいまやオリベイラの腕にいっそう強く体をあずけ、冷たいスープの匂いのする彼のレインコートにぴったりと寄りそった。エチエンヌとペリコは世界を絵画や言葉によって解釈することの可能性について議論していた。退屈したオリベイラはラ・マーガの腰に手を回した。それもまた一つの解釈たり得るものであったのだ、熱い細腰に押しあてられた腕もまた。歩いていると彼女の筋肉の軽やかな戯れが、単調で途絶えることのない言語のように感じられた。執拗に繰り返される初級語学の練習のように、te quie-ro（あなたが好き）、テ・キエ－ロ、テ・キエ－ロ。解釈なんかじゃない。純然たる動詞だ。que-rer（「好く」の原形）、ケ－レル。《そのあとは、きまってコプラ（「繋辞」と「交接」の両義にかけて）だ》とオリベイラは文法的に考えた。

欲望への服従がどんなにか彼を急激に苛立たせたかを、もしラ・マーガが理解できたら。〈むなしい孤独な服従〉(*inútil obediencia solitaria*) とさる詩人は歌っているが、とても温かい腰、彼の頬に触れてくる彼女の濡れた髪、彼に寄り縋るラ・マーガのトゥールーズ・ロートレック風の歩き方。太初《はじめ》にコプラありき。犯すことは解釈することだが、その逆が常に真とは限らない。あの te quie-ro, te quie-ro が車輪の轂《こしき》となるような反解釈の方法を発見すること。それから、時間〔時制〕はどうなっているのだろう？ すべてはふたたび開始し、絶対というものは存在しない。そのあとには食べる《コメル》か排泄《デスコメル》するがやってくるはずだし、すべてはふたたび危機に陥る。欲望はそのつど目覚め、あまり変りばえしないが、そのつど別のものだ。幻想を生みださせる時間の陥穽《かんせい》。《火のような愛。全一者を瞑想しつつ永遠に燃えること。しかしたちまち法外な言葉の濫用へと転落する》

「解釈、解釈って言うけど」とエチエンヌがぶつぶつ言っていた。「きみたちがもし事物を名づけ得なければ、それらを見ることさえできないのさ。これは犬と呼ばれ、またこれは家と呼ばれるってわけだ、あのドゥイノの詩人が言ったように。ペリコ、きみがやるべきことは指し示すことだよ、解釈することじゃない。われ描く、故に我あり、さ」

「指し示すってなにをさ？」とペリコ・ロメロが言った。

「われわれが生きてあることの唯一正当な理由をさ」

「この動物は視覚とその結果しか信じていない」とペリコは言った。

「絵画は視覚の産物とは別のものだ」とエチエンヌが言った。「ぼくは全身で描く。その意味ではぼくはセルバンテスやティルソ・デ・某《なにがし》とそう違わない。ぼくが閉口するのは解釈マニア、もっぱら動詞としてだけ理解されたロゴスだ」

「なんだかんだ言って」オリベイラが不機嫌そうに言った。「感覚といえば、きみたちのは聾者《ろうしゃ》の対話みたいじゃないか」

ラ・マーガがますます強く彼に体を押しつけてきた。《こんどはこの女が愚にもつかぬことを言いだすぞ》とオリベイラは考えた。《まずは肌と肌とを擦りあわせ表皮で決着をつけなければなるまい》彼は憾《うら》みの情愛とでも言うべき感じに襲われたが、それは矛盾しているためにかえって真実そのものに違いなかった。《われわれは快い平手打ち、蜜蜂の足蹴といったものを発見しなければならない。しかしこの世には窮極の総合は未だ発見されていない。ペリコの言うとおり、偉大なるロゴスは油断なく警戒しているのだ。残念だが、たとえば愛死が必要なのではないだろうか、真の黒い光、グレゴロヴィウスをはなはだ悩ませている反物質、といったものが》

「おい、グレゴロヴィウスはレコード・コンサートに来るんだろうか？」とオリベイラが尋ねた。

ペリコはそうだと思い、エチエンヌは考えていた、モンドリアンは……

「ちょっとモンドリアンのことを考えてみてよ」とエチエンヌが言った。「モンドリアンの前ではクレーの魔術的な符号も万事休すさ。クレーは偶然と戯れ、教養がもたらす特典と戯れていた。純粋な感受性の持主はモンドリアンに満足することができるが、クレーに対しては、教養という爽雑物《きょうざつぶつ》を必要とするわけだ。洗練された人々のための洗練された画家なんだな。中国人的だよ、まったく。ところがモンドリアンは絶対を描いている。その前に裸になって立ってみたまえ、そうすれば、きみは見るか見ないか、二つに一つだよ。快楽とか、くすぐり、仄《ほの》めかし、恐怖、歓喜などといったものは完全によけいなものだ」

「あなた、あの人の言うことわかって？」とラ・マーガが尋ねた。「クレーに対して不公平なようにわたしは思うけど」

「公平か不公平かはこれとはなんの関係もないさ」とオリベイラはうんざりしたように言った。「やつが言わんとしていることはそんなことじゃない。すぐ個人的な問題にしてしまわないことだよ」

「でも、なぜそういう美しいものがモンドリアンにはいっさい無用だなんて言うのかしら」

「やつが言いたいのは、結局のところクレーのような絵は観る者に文学的教養か少なくとも詩的教養を要求するのに対して、モンドリアンは観る者がモンドリアン化すればそれで結構ってことだ」

「そうじゃないよ」とエチエンヌが言った。

「明らかにそうじゃないか」とオリベイラは言った。「きみに従えば、モンドリアンの一枚の絵はそれ自体で充足している。故に《エルゴ》、それはきみの経験より無知を必要としているわけだ。ぼくの言う無知はエデンの園の無垢《むく》のことで、愚蒙《ぐもう》ということじゃない。いいかい、額縁の前に裸で立つというきみの比喩でさえ、プレアダミスモ（アダム以前にすでに人間は存在していたという思想）臭いぜ。逆に、クレーはもっとずっと慎ましいよ、なにしろ彼は観る者の複合的な共犯を要請していて、自己充足などしていないんだから。つまりクレーは歴史でモンドリアンは無時間さ。そしてきみは死ぬほど絶対というやつが好きなんだな。どお、わかった？」

「いや」とエチエンヌが言った。「雨降りのように意地悪だな」

「そうともよ！」とペリコが言った。「それにあの碌でなしのロナルド、やつ、悪魔の生れかわりネ」

「歩みを急がせようよ」とオリベイラはペリコのスペイン訛りを真似て言った。「だいたいこの霙《みぞれ》から身を躱《かわ》すことネ」

「や、また始まった。きみの雨（yuvia）ときみのめんどり（gayina）、おれ、ほとんど大好きネ。ブエノスアイレスではなんとひどい雨。あのペドロ・デ・メンドーサ（スペインの征服者。ラ・プラタ川流域地方の初代総督、ブエノスアイレス市建設者）だって、見たまえ、きみたちの国へ入植しに行くヨ」

「絶対的なもの」とラ・マーガは、水溜りから水溜りへと小石を蹴りながら言った。「絶対ってなんなの、オラシオ？」

「いいかい」とオリベイラは言った。「それは煎じ詰めればなにかがその深さの極限、その射程の極限、その意味の極限に到達してしまい、面白味を完全に失ってしまう瞬間のことさ」

「あそこにウォンが来る」とペリコが言った。「あの中国人、海藻のスープみたいにびしょびしょ」

　ほとんど同時にグレゴロヴィウスが、いつものように本をいっぱい詰めた鞄を持って、バビロン通りの角に姿を現わすのが見えた。ウォンとグレゴロヴィウスは街灯の下に立ち止まり（まるでいっしょにシャワーを浴びているようだったが）、ある種の威厳をもって挨拶をかわしていた。ロナルドのアパートの玄関で傘をすぼめ、どうなってるのかな誰かマッチをつけて自動タイム・スイッチが壊れているなんとひどい夜だああそうともついてないなとひとしきり幕間《まくあい》狂言があって、それからひどくまごつきながら階段を昇って行くと最初の踊り場で段に座ってキスに夢中になっていたアベックに邪魔された。

「さあ、まだいちゃついている時間じゃないぜ」とエチエンヌが言った。

「黙ってろ」と圧し殺したような声が応じた。「昇った、昇った。どうぞご遠慮なく！　汝が唇を、わが宝よ」

「きたねえやつだ、まったく」とエチエンヌが言った。

「あいつギュイ・モノーだぜ、おれの親友の」

　五階ではロナルドとバブズが、それぞれ蠟燭を手に、安物のウォッカの臭いをぷんぷんさせながらみんなを待っていた。ウォンが合図をすると、みんなは階段の途中で立ち止まり、伴奏なしで、〈蛇のクラブ〉の俗っぽい歌をいっせいに歌いだした。それから、隣近所の住人たちが戸口から顔を覗かせるより早く、みんないっせいにロナルドの部屋へ駆けこんだ。

　ロナルドは閉めたドアに倚《よ》りかかった。格子縞のシャツを着た赤毛の男だった。

「この家は望遠鏡で監視されてるんだぜ、畜生め。夜十時には〈沈黙〉という神がここに鎮座ましますってわけさ、あああ、われら神を畏《おそ》れぬ輩《やから》には辛いよ。きのうは管理人が昇ってきて、叱られちまった。バブズ、あのお偉いさんはなんて言ったっけ？」

「《たび重なる苦情が》って言ってたわ」

「さて、おれたちどうしよう？」とロナルドが、ドアを半開きにしてギュイ・モノーを中へ通しながら言った。

「わたしたちこれをしようよ」とバブズが言って、颯爽《さっそう》と腕まくりをし、口を鳴らして猛烈な屁《へ》のような音をたてた。

「それで、きみのすけは?」とロナルドが尋ねた。

「知らないけど、迷子になったんだろう」とギュイが言った。「おれ、あいつは行っちまったと思うよ、階段でおれたち最高だったんだからな、それが突然。上がってきたら、あの女いなかったんだ。まあどうってことないさ、あれスイス女なんだ」

(―104)

10

圧し延ばされたような赤い雲が夜のカルチエ・ラタンの上空に広がり、まだ雨滴を含んで湿っぽい空気が気のない風に吹きつけられて、仄暗い明りに照らされた窓を打っていたが、窓ガラスは汚れ、中の一枚は割れたところが赤いテープで貼り合わせてあった。上の方の、鉛色の軒樋《のきどい》の下に、これまた鉛色の鳩が、互いに身を寄せあって、典型的な反怪獣樋嘴《アンチガルゴラ》といった様子で眠っていた。ウォツカと蠟燭、濡れた衣類と残飯の匂いのこもる、窓に保護され、苔むしたその平行六面体が陶芸家バブズと音楽家ロナルドの仕事のないアトリエ、〈クラブ〉の根城で、籐《とう》椅子と色褪せたクッション、床に散らかった鉛筆や針金の切れ端、頭半分が腐った剝製の梟《ふくろう》、絶えずザァザァ、キーキー、ガリガリッと鳴る針溝の磨り減った古いレコードからは演奏の悪い、俗な曲、女子グループの打楽器群をバックに一九二八年か二九年のある夜、まるで消えることを恐れるかのように吹き鳴らされた哀愁のサキソフォーン、あるいはなにかピアノ曲。しかし今度は鋭いギターが鳴り出し、それがなにか別のものへの移行を予告するやに思われると、突然(その前にロナルドが指を上げてみんなの注意を促していたが)、コルネットが他の奏者からひとり分離して主題の最初の二音を吹き鳴らすと、まるでトランポリンのように元の合奏へ舞いもどった。ビックス(バイダーベック、シカゴ白人ジャズの中心人物で伝説のコルネット奏者)は充分な勇気をもって跳躍し、いわば猛獣の華麗な前肢による一撃で、沈黙の空間に明確な線をえがいた。ビックスとエディ・ラング(本名はサルバトーレ・マッサロ)の二人の死者は、糸玉のように絡まりあったり互いに関わりあわずに離れたりしながら、友好的に競いあい、ボールを手玉にとるように〈*I'm coming, Virginia*〉を演奏していた。ビックスはどこに葬られているのだろうか、とオリベイラは考えていた、エディ・ラングはどこだろう、互いに何マイル隔たって眠っているのだろうか、いまや非有に帰したこの二人は——こうして未来のパリの一夜にギター対コルネットで、ジン対薄倖といった趣でジャズの競演をしているこの二人は。

「ここ、とってもいいわ、暖《あった》かいし、薄暗いし」

「ビックスか、たまらなくすごいな。〈*Jazz me Blues*〉をかけてくれない、ねえ」

「技術革新の影響、ついに芸術に及ぶ、さ」とロナルドが、レコードの山に手を突っこみ、漫然とレーベルを眺めながら言った。「こいつらはLPが出る以前は演奏に三分とかからなかったものさ。それが今じゃスタン・ゲッツ（アメリカのジャズ奏者）みたいな大物が出てきてマイクロフォンの前に二十五分も突っ立ったまま、好きなようにリラックスして、持てる最高のものを提供できるんだからね。ところが憐れにもビックスは一曲で満足しなければならず、おまけにようやく熱が入ったところでぷっつり、それでおしまいさ。それじゃせっかくレコード作っても腹が立っただろう」

「おれにはよく分らないが」とペリコが言った。「それは頌歌《オーダ》のかわりに十四行詩を作るようなものじゃないかな、もっとも、おれはその辺の小むつかしいことはなにも分らないけども。おれがここへきたわけは、なかなか読み終らないフリアン・マリアス（スペインの哲学者、エッセイスト）のエッセイを自分の部屋で読むのに疲れたからさ」（－65）

11

グレゴロヴィウスはグラスにウォッカを注いでもらって、うまそうにちびちび飲みはじめた。二本の蠟燭が燃えているマントルピースの上に、バブズは汚れたストッキングとビール瓶とを置いていた。玻璃《はり》の酒杯を透かしてグレゴロヴィウスはその二本の蠟燭の冷やかな燃焼を賛美したが、それは異質の時間からやってきてまた去って行くビックスのコルネットのように時代錯誤めいて、見慣れないものに思われた。眠っているのか、目をつむって聴いているのか、長椅子に寝そべって足を投げ出しているギュイ・モノーの靴がグレゴロヴィウスにはちょっと邪魔だった。ラ・マーガが近寄ってきて、タバコをくわえたまま床の上に座った。彼女の目の中で、彼に対して緑色の蠟燭の焔（「猥らな徹夜の情炎」の意にもなる）が燃えていた。グレゴロヴィウスは恍惚《こうこつ》として彼女を凝視し、夕暮れのモルレー（ブルターニュ地方の都市）の街路、高架橋、雲を思いだしていた。

「この光はあなたにそっくりだ、なにやら来ては去り、絶えず揺れ動いている」

「オラシオの影のようね」とラ・マーガは言った。「彼の鼻の孔、大きくなったり小さくなったり、変ってるわ」

「バブズは影たちの女牧者です」とグレゴロヴィウスが言った。「粘土細工をするおかげで、そういう有形の影たちが……。ここではすべてが息づき、失われた接触が回復されています。音楽がそれを助けてくれます、ウォツカも、友情も……。軒蛇腹のあの影たち。この部屋は肺をもっています、なにか鼓動するものを。そうです、電気はエレア派的で、わたしたちの影の存在を石化させてしまいました。しかし今は家具調度や顔々の一部となっています。しかしここで、それにひきかえ……。ご覧なさい、あの玉縁を、その影の呼吸を、上昇と下降を繰り返す渦巻飾りを。当時、人々はやさしい浸透性の夜の中、不断の対話の中に生きていました。恐怖とは想像力にとってなんと贅沢《ぜいたく》なものでしょう……」

彼は親指だけ離して手のひらを合わせた。室内にいた犬が口を開け、目を動かしはじめた。ラ・マーガが笑った。それからグレゴロヴィウスは彼女にモンテビデオはどうですかと尋ねた（犬が突然、姿を消した）、なぜなら彼は彼女がウルグアイの人かどうか確信がなかったからだ。レスター・ヤングとカンサス・シティ・シックス。しいーッ……（ロナルド、指を口に）。

「ウルグアイというとぼくにはとても珍しいところのように聞こえるんですよ。モンテビデオにはきっと戦後鋳造された鐘や塔が到るところにあるに違いありません。まさかモンテビデオの川べりに特大級の蜥蜴《とかげ》などいないとはおっしゃらないでしょうね」

「ええ、もちろん」とラ・マーガは言った。「ポシトス行きのバスに乗れば見に行けることだわ」

「で、モンテビデオではロートレアモンはよく知られているんですか？」

「ロートレアモン？」とラ・マーガが聞き返した。

グレゴロヴィウスは溜息《ためいき》をついて、さらにウォツカを飲んだ。レスター・ヤング、テナー・サックス。ディッキー・ウェルズ、トロンボーン。ジョウ・ブシュキン、ピアノ。ビル・コールマン、トランペット。ジョン・シモンズ、コントラバス。ジョウ・ジョーンズ、ドラム。〈*Four O'Clock Drag*〉。そうだ、川べりの特大級のトロンボーン、這《は》いずりまわるブルース、おそらく*drag*とは時間の蜥蜴、午前四時の蜿蜒《えんえん》とつづく引摺《ひきず》りのことを言おうとしているのだろう。あるいはまったく別のことか。《ああ、ロートレアモンね》とラ・マーガが突然思いだして言った。《ええ、とってもよく知られているとわたしは思うわ》

「彼はウルグアイ人なんですよ、そう見えないかも知れませんが」

「ええ、そうは見えないわ」とラ・マーガは言って、名誉を回復した。

「実際、ロートレアモンは……。でもロナルドが怒ってますよ、彼の愛聴盤のひとつをかけたところですから。黙っているべきでしょう、残念ですが。うんと小声で話しましょう、モンテビデオのことを話してください」

「ああ、糞《くそ》！」とエチエンヌが、憤然と彼らのほうを見ながら言った。ビブラフォンが空気を瀬踏みし、曖昧《あいまい》な階段をつけはじめ、一段を空白のままに残して一度に五段跳び降り、ふたたび最高位に姿を現わすと、ライオネル・ハンプトンが〈*Save it pretty mamma*〉で平衡を保ち、のびのびと解放され、グラスの間を転げ落ち、片足を軸に一点のまわりを回転した。束《つか》の間の星座、五ツ星、三ツ星、十の星、それらを彼は短靴の先でだんだん消して行き、手にした日本の日傘を目が回るほどくるくると回しながらハンモックの上で体を揺すり、全オーケストラが最後の下降に入って、嗄《しわが》れたトランペット、地面、下方旋回、地上の軽業師、終局《フィニアス》、すべて終った。グレゴロヴィウスはラ・マーガを媒介としてモンテビデオの囁きに耳を傾け、おそらく彼女について、彼女の少女時代のこととか、彼女が（〈ラ・ボエーム〉の）ミミのようにほんとうはルチア（ルシア）という名であるのかといったようなことについて、もっとなにかを知ろうとしていたし、ウォッカのせいで昂《たかぶ》って、夜は大らかなものとなり、すべてのものが彼に忠誠と希望を誓約していた。ギュイ・モノーの足はすでに折り曲げられてもはや彼の固い短靴の先がグレゴロヴィウスの尾骶骨《びていこつ》に突き刺さることもなくなり、ラ・マーガが少し倚《よ》りかかってきたので、彼女がなにか言ったり音楽に合わせようとして体を動かすたびに彼女の体温がかすかに感じられた。目を半眼に開いてグレゴロヴィウスは薄暗い片隅をようやく弁別できたが、そこではロナルドとウォンがレコードを選んでは手渡ししていたし、オリベイラとバブズは床の上に座って壁に掛けたエスキモーの粗織に倚りかかり、オラシオのほうはタバコをふかしながら体をリズムに合わせて揺すっていたし、バブズのほうはウォッカに陶然となって未払いの家賃のことや、三百度で定着した陶器の顔料のこと、オレンジ色の菱《ひし》形模様に溶解した藍《あい》のこと、我慢のならないことなどを夢中で話していた。煙の中でオリベイラの唇は沈黙のうちに動き、内側に向かって、いわば後向きに、なにか別のものに向かって語りかけていた。そのことにグレゴロヴィウスは、なぜか知らないが、かすかに臓腑を剔《えぐ》られる思いがしたが、おそらくそのわけは、オラシオの一見放心したような様子がじつは欺瞞《ぎまん》であり、彼がラ・マーガをなおざりにしているのもじつは彼女がしばらく遊べるようにという心づもりで、内実は彼がそこにいて沈黙のうちに唇を動かしつづけながら、タバコとジャズの渦巻く中でラ・マーガと語りあい、ロートレアモンとモンテビデオの洪水に内心頬《ほほ》笑《え》んでいたからであった。（―136）

12

グレゴロヴィウスにとって〈クラブ〉の会合はいつも楽しかったが、それというのも、実際はそれは厳密に言ってクラブではなく、したがって彼のもっとも高い規準の類概念に適っていたからであった。彼がロナルドに好感をもったのは、ロナルドの無秩序のせいであり、バブズのせいであり、また彼らがなにごとも過大視せずにこまごましたことに熱中し、カーソン・マッカラーズ、ヘンリー・ミラー、レイモン・クノーを読むことや、解放感を味わうための適度の練習としてのジャズに没入しながら、二人とも芸術における挫折者たることを率直に認めているその流儀のせいでもあった。彼は、そう言ってよければオラシオ・オリベイラが好きで、彼とは一種の追っかけっこの関係にあった。つまり、グレゴロヴィウスにとってオリベイラの存在は、彼らが出会ったそのとき以来、グレゴロヴィウスが（本人はそうは白状していないが）オリベイラを漁《あさ》りに出て見つけて以来、なにかいらいらさせるものであったし、オリベイラにとってはグレゴロヴィウスが安っぽい神秘のヴェールで自分の出生や生き方を包み隠しているのが面白く、グレゴロヴィウスがラ・マーガに恋をしてそのことをオリベイラが知らないでいると思っていることも愉快に思われ、そんな二人が、結局最後には〈クラブ〉の会合を正当化する数多くの活動の一つとなるような、一種のつましい闘牛《トレアール》（「牛のつるみあい」とも読める）のように、互いに認めあうと同時に反撥《はんぱつ》しあってもいたのである。彼らはインテリぶったり、また、そこがラ・マーガを絶望させバブズを憤慨させたわけだが、引喩の連続で文を構成したりして大いに戯れ遊んだ。彼らはどんなことでもさりげなく言及しさえすればそれで充分で、たとえば今もグレゴロヴィウスが彼とオラシオとの間には実際、迷夢から醒《さ》めた追跡ともいうべき関係があると考えて、ただちに二人のうちの一方が天の猟犬（「天の猟犬」はフランシス・トムソンの詩）を〈わたしは彼《か》の人を避けて〉（*I fled Him...*）と暗誦《あんしょう》すれば、ラ・マーガが一種しおらしい絶望のおももちで彼らを見つめている間に他方はすでに狩りで彼女に追いつくまでに高く高く舞い上がっているというふうで、結局は互いに顔を見合わせて笑う仕儀となるのだったが、オラシオにとってそうした共同の記憶の誇示はすでに嫌悪すべきものとなっていたし、グレゴロヴィウスも彼が手を貸して唆《そそのか》すことになったその嫌悪が暗に自分に対して当てつけられていることを感じ取っていたので、いまとなってはそんな戯れも遅きに失し、二人の間には共犯者同士の敵意のようなものが定着してしまっていたのだが、それからほんの二分と経たないうちにまたしても同じ罪を犯すというようなわけで、それがなによりも〈クラブ〉の例会の内実なのであった。

「ここでこういう安ウォッカを飲むのも何度めかになる」とグレゴロヴィウスはグラスに注ぎながら言った。「ルシア、あなたの少女時代のことをあなたはまだぼくに話してくれませんが、ぼくにはわけなく想像できますよ、髪を三つ編みに結い、頬っぺたをピンク色に染めて川縁に立っていたあなたの姿を。まるでここルテーティアの（パリの位置にあった古都の名から「パリの」）呪われた風土で青白くなる以前の、トランシルヴァニア（ルーマニアの山岳地方）のわが同国の少女たちのように」

「ルテーティアのって？」とラ・マーガが尋ねた。

　グレゴロヴィウスは溜息をついた。彼が説明を始めると、ラ・マーガは、非常に緊張したときかならずそうするように、つつましく、教えを乞《こ》うような態度で拝聴していたが、やがて気の散ることが起って緊張から解放されることになった。つまりちょうどそのときロナルドがホーキンズ（コールマン・ホーキンズ）の古いレコードをかけたところだったので、ラ・マーガは音楽を台無しにしてしまうような説明を恨めしく思ったらしいのだ。グレゴロヴィウスの説明は、彼女がつねづね説明というものに期待してきたような、肌を愛撫されるようなものではなく、また、ちょうどホーキンズが曲中でメロディーを際立たせて演奏する前に大きく息を吸いこんだに違いないように、あるいはオラシオが誠意をこめて難解な詩句を説明してくれたときなど彼女がしばしば大きく息をついたように、思わず深く息をつかずにはいられないようなものでもなかった。オラシオならそうした説明に加えて、非現実的なまでにすばらしい溟濛《めいもう》たる雰囲気をかもし出したもので、もしも今グレゴロヴィウスではなく彼オラシオがルテーティアとかなんとかについて彼女に説明してくれているのであれば、すべてが同じひとつの至福のうちに渾然《こんぜん》と融合していたことであろう――ホーキンズの音楽も、ルテーティアも、緑色の蠟燭の光も、愛撫も、反駁しようもなく彼女の唯一の確かなものである深い呼吸も、ロカマドゥールか、オラシオの口か、ときには摩滅し切ったレコードからかろうじて聞きとれるモーツァルトのアダージョにも擬《なぞら》えるべきなにかも。

「そんなふうにしないでください」とグレゴロヴィウスが面目なさそうに言った。「ぼくはただあなたの生活をもう少しよく理解したかっただけですから、あなたのほんとうの姿、あなたがどんなに多くの面を持っているかを」

「わたしの生活ね」とラ・マーガが言った。「たとえ酔っぱらってもそんな話はしないわ。それにたとえばわたしの幼少期の話をしたところで、わたしをよりよく理解できるってものでもないでしょ。おまけにわたしには幼少期ってものがなかったわ」

「ぼくもですよ。ヘルツェゴヴィナにいたんですが」

「わたしはモンテビデオよ。それじゃ一つ話してあげるわ。わたしときどき小学校のことを夢に見るんだけど、とっても怖くて大声で叫んで目が覚めるの。それで十五歳に、ところであなた十五歳になったのかしら」

「なってると思いますよ」とグレゴロヴィウスが不確かな言い方をした。

「わたしはなったのよ、中庭《パティオ》と植木鉢がたくさんある家で。わたしのパパはよく中庭でマテ茶を飲んで、ぞっとするような雑誌を読んでいたわ。あなたのパパはあなたのところへ戻ってくる？　わたしが言いたいのはパパの幽霊はってことだけど」

「いいえ、実際は母のほうが戻ってくるようです」とグレゴロヴィウスが言った。「とくにグラスゴーの母のほうですが。グラスゴーにいるぼくの母はときどき戻ってきます、といっても幽霊じゃないんです。あまりにも濡れた思い出、それだけのことです。ゼルター鉱泉水を持って立ち去るんです、簡単なことですよ。ところでそのときあなたは……？」

「知るもんですか」とラ・マーガは、焦れったそうに言った。「あの音楽、あの緑色の蠟燭、あそこの片隅にインディオみたいに座っているオラシオ。なんであんたに話さなくちゃいけないの、どうやってパパが戻ってきたかって？　でも、数日前、わたしは家にいてオラシオが来るのを待っていたの、もう夜だったわ、わたしはベッドのそばに腰掛けていて、外は雨降りでちょっとあのレコードみたいだったわ。ええ、ちょっとそんなだったわ。わたしはオリベイラを待っていてベッドのほうを見たら、ベッドカヴァーがどんなふうに整えられていたか憶えてないけど、不意にパパの姿が見えたのよ、背中をこっちに向けて、酔っぱらったときにいつもするみたいに手で顔を蔽《おお》い隠して眠ろうとしていたんだわ。両脚と、胸の上に置いた手の形が見わけられたわ。わたしは髪の毛が逆立つのを感じて叫び声を上げようとしたの、結局誰だってそう思うわよ、不意をつかれて怖かったこと、あなただっていつかあったでしょ……。できることなら一目散に逃げたかったわ、でも玄関ははるか遠く、廊下また廊下の奥だったし、刻一刻と玄関は遠ざかるばかり、そのうちピンク色のベッドカヴァーが上下に動くのが見え、パパの鼾《いびき》が聞こえ、いまにも手と目と鉤鼻《かぎばな》が見えそうだったわ、でもなにもかも話すほどのことはないわね、それでとうとう最後に思い切り叫んだの、そうしたら下の階の住人がきてくれて、わたしにお茶を飲ませてくれたわ、あとでオラシオはわたしのことをヒステリーだって言うのよ」

　グレゴロヴィウスに髪を愛撫され、ラ・マーガは頭をかがめた。《それでよし》とオリベイラは、ディジー・ガレスピー（スウィング・ジャズに対立してバップを始めた黒人ジャズ・マン）の網なし空中ブランコの妙技を追うのを止めて考えた、《それでよし、そうでなくちゃ。あいつ、あの女に夢中になっている。それがあのように十本の指の動きに現われている。同じ戯れが何度繰り返されることか。ぼくたちは使い古された鋳型にはまり、知りつくしている各自の役割をばかみたいに学習している。しかしまるでぼく自身が彼女の髪を愛撫し、彼女はぼくにラ・プラタ川流域地方の史譚《サガ》を物語っているみたいだ。そうしてみんなが彼女を不憫《ふびん》に思い、そうなれば、みんな多少酔ってはいても、彼女を家まで送っていってやらないわけにはいかないし、当然ながら寝かせつけようとして、ゆっくりと愛撫し、服を脱がせ、ゆっくりと、ゆっくりと、ボタンを、ジッパーを、ひとつずつ外してやり、彼女は嫌がり、したがり、嫌がり、起きあがり、顔をかくし、泣きじゃくり、なにか崇高なことをしようとするようにぼくたちに抱きつき、スリップがわざと脱げるようにし、抗議と見まごう動作で足蹴《あしげ》をして靴を脱ぎとばし、ぼくたちをまたとないほど興奮させるのだ、ああ、品の悪いこと、品の悪いこと。いまにぼくはおまえの顔をつぶさなければならなくなるだろう、オシップ・グレゴロヴィウス、哀れな友よ。意欲もなく、同情もなく、ディジーが吹いている曲のように、同情もなく、意欲もなく、ディジーが吹いている曲と同じように、完全になんの意欲もなく》

「まったくむかむかするよ」とオリベイラが言った。「そのくだらないものを皿から取り除いてくれ。もしこんなふうにあの猿真似野郎の話を聞かされるんなら、ぼくはもう〈クラブ〉なんかに来ないぞ」

「そこな紳士はバップ（ディキシーランド・スウィングジャズに対立して発生した静かなジャズ。ビーバップ）がお気に召さぬようだ」とロナルドが皮肉たっぷりに言った。「ちょっと待ってくれ、きみにはすぐにポール・ホワイトマンをなにかかけて進ぜよう」

「妥協で解決」とエチエンヌが言った。「全会一致、ベッシー・スミス（ブルースの女王）を聴こうよ、ねえロナルド、青銅の鳥籠《とりかご》の鳩を」

ロナルドとバブズは、なぜかあまりはっきり解らないが笑いだし、ロナルドは古レコードの山を物色した。針がぱちぱちと恐ろしい音を発し、まるで声と耳との中間に幾重にも綿が積み重ねられてでもいるかのようになにやら深い底のほうで動きが始まり、ベッシーが顔に包帯をし、汚れ物を入れた脱衣籠の中に押しこまれて歌っていたが、彼女の声はますます圧し殺したように細っていって、ぼろをまとって現われると怒りも哀願もなく‘*I wanna be somebody's baby doll*’と叫び、後退してちょっと待ち、町角の声、老婆ですし詰めになった家の声、‘*to be somebody's baby doll*’しだいに熱をおび切望するように、いまや喘《あえ》ぎながら‘*I wanna be somebody's baby doll*…’

ウォツカをぐっと一飲みして口が焼けるように熱くなりながら、オリベイラはバブズの肩に腕をまわして彼女の快い肉体に倚りかかった。《仲介者たち》、タバコの煙にとっぷりと浸りながら彼は考えた。ベッシーの声はレコードの終りの方になるにつれて先細りになり、やがてロナルドがそのベークライト（もしそれがベークライトなら）の円盤を裏返しにすると、その摩滅したちっぽけな材料から〈*Empty Bed Blues*〉がもう一度再生されるだろう、合衆国の一隅における二〇年代の一夜が。ロナルドは目を閉じて両手を膝にのせ、かすかに拍子を取っていた。ウォンとエチエンヌも目を閉じており、室内はほとんど真っ暗で、古レコードを引っ掻《か》く針の音だけが聞こえていたが、オリベイラにとってはそうしたすべてが現に起っているとは信じがたかった。なぜこんなところへ、なぜ〈クラブ〉なんかへ、こんな愚劣な儀礼の場なんかへきたんだ、せっかくベッシーが歌っているのになぜあんなブルースなんだ？《仲介者たち》とオリベイラは、バブズといっしょに体を揺すりながらもう一度考えたが、バブズのほうは完全に酔っぱらってベッシーを聴きながら声もなく涙を流し、拍子あるいは切分音《コントラテイエンポ》に合わせて体を震わせながら、内へ向かって啜《すす》り泣いていたのは空っぽのベッドのブルースや翌朝のこと、水溜りにはまった靴や未払いの家賃、老年への不安、ベッドの足もとの鏡に映った夜明けの灰色の像、ブルース、人生の限りなき憂鬱《ゆううつ》から遠ざからないためであった。《仲介者たち、ひとつの非現実が他の非現実をわれわれに示しているだけだ、天を指さしている絵に描かれた聖者みたいに。これが実在していることはあり得ない、ぼくたちが現にここにいて、ぼくはオラシオと呼ばれる誰かだなんてあり得ない。あそこにいる幽霊、二十年前に自動車事故で死んだ黒人女性のあの声、非存在の鎖の環、どうしてぼくたちはこんなところに我慢しているのか、どうして今夜こうして集まっていることができるのか、もしこれがただの幻影の戯れでないとしたら、是認され同意された掟《おきて》の戯れ、端倪《たんげい》すべからざるトランプ遊びの親の手中に握られた一組のカードの戯れでないとしたら……》

「泣かないで」とオリベイラはバブズの耳もとに囁いた。「泣かないで、バブズ、こんなことは全部ほんとうじゃないさ」

「いいえ、ほんとうのことよ、たしかにほんとうのことなのよ」とバブズは言って、鼻をかんだ。「いいえ、たしかにほんとうのことなのよ」

「それはそうかもしれないが」とオリベイラは言って、彼女の頬にキスしながら、「でもほんとうじゃない」

「これらの影たちのように」とバブズは言って洟《はな》を嚥《の》み下し、手を向う側からこちら側へと動かしながら、「それに誰だってとても悲しいわ、オラシオ、すべてがこんなに美しいんですもの」
しかしそのすべては、ベッシーの歌も、コールマン・ホーキンズの愛の囁きも、幻影ではないのか、それも、もっとひどい、なにか別の幻影の幻影、世界の第一日目に水に映った自分の姿を見ていた猿にまで遡《さかのぼ》る、めくるめく存在の鎖ではないのか？　しかしバブズは泣いていた、バブズは《いえ、ほんとうのことよ、たしかにほんとうのことなのよ》と言ったのだった。オリベイラは、彼も少し酔っていたが、いまやこんなふうに感じていた。真実はそこのところにあるんだ、ベッシーとホーキンズが幻影だってことに。なんとなればだ、ひとり幻影のみが幻影の信者を動かすことができるからだ、幻影がだぞ、真実がじゃあない。しかもそれだけじゃない、仲介だよ、幻影を通じてはじめてある平面に到達できるんだ、あらゆる思考がそれを思いめぐらそうとしたとたんにそれが壊れてしまうもんでどうしても思考することが無益だった想像不可能な領域にね。煙の手が彼の手をとって、彼を導きながらもしそれが下降といえるなら下降し、もしそれが中心といえるなら中心を彼に示し、それを彼の腹の中に置くとそこではウォッカが心地よく透明に泡立ち滾《たぎ》っていた。それはなにか限りなく美しく絶望した別の幻影が少し前に不滅性と呼んだものだった。彼は目を閉じて自分に言い聞かせる、たかがこれしきの貧弱な儀式がおれをこうして偏心《エクスセントラール》させてかえってよく中心をかいま見させてくれるのなら、おれを偏心させて相変らず思量を絶した中心へと至らせてくれるのなら、おそらくすべては失われることもなく、いつの日か、もっと別の状況においても、もろもろの証明を経たのち、中心への到達が可能となるだろう。だがなにへの、なんのための到達なのか？　彼は酩酊《めいてい》しすぎて苦心の仮説を書きとめることもできず、可能な筋道を考えつくことができなかったが、思考を続けられぬほどには酔っていず、このわずかな思考力があれば彼は自分がなにかあまりにも遠いもの、これらの猥《みだ》りがわしく快適な霞《かすみ》、ウォッカ霞、マーガ霞、ベッシー・スミス霞を通して眺めるにはあまりにも遠い、あまりにも貴重ななにものかから、ますます遠ざかって行くのを充分に感じとることができた。眩暈《めまい》がするほどぐるぐると回る緑色の環が見えはじめて、彼は目を開いた。普通、この環が現われたあと、彼はきまって吐き気を催すのだった。

（－106）

13

濛々たる紫煙に包まれながらロナルドは他人の好みを詮索することにほとんど頭を悩ますこともなくレコードを次から次へと広げ、ときどきバブズも床から立ち上がって古い78回転のレコードの山をかきまわしては五、六枚選んでそれをロナルドの手のとどくテーブルの上に置く、するとロナルドは身をかがめてバブズを愛撫してやり、バブズは身を捩《よじ》って笑いながら、彼の膝にのっかったが、たちまちロナルドは〈*Don't play me cheap*〉を聴くために静かにするようにと言った。

サッチモが*'Don't you play me cheap*

Because I look so meek'

と歌うとバブズはロナルドの膝の上で身を捩ってサッチモの歌い方に興奮し、テーマはかなり俗っぽくてサッチモが〈*Yellow Dog Blues*〉を歌っていたときにはロナルドが認めなかったほどの放恣《ほうし》な戯れも許されたし、ロナルドが彼女のうなじに吐きかけた息はウォッカと塩漬キャベツの臭いが混じっていてバブズをひどく興奮させた。紫煙と音楽とウォッカと塩漬キャベツと遠慮がちに出撃・後退を繰り返すロナルドの手とがつくり出す一種みごとなピラミッドのいちばん高い視点から、バブスは半ば閉じた目蓋《まぶた》を通して下方を眺めることに気持よく応じ、見るとオリベイラがエスキモーの粗織の壁掛けに背をもたせかけて床に座りこみ、タバコを吸いながらもうすっかり酩酊した様子で、その遺恨と苦汁を秘めた南米人の顔では口だけがタバコを吸う合い間、合い間に薄笑いを浮かべ、(いまではないが) かつてはバブズが欲望したこともあるオリベイラの唇だけが、顔のほかの部分はまるで白茶けて無表情なのに、かすかに歪んでいた。いくらジャズが好きとはいっても、オリベイラは、ロナルドみたいに良いか悪いか、ホットかクールか、白人か黒人か、古いかモダンか、シカゴかニューオーリーンズかを問わず、のべつ幕なしに演奏〔遊戯〕に熱中することなんかできるものか、ジャズなんかもうけっして、もうけっしてがサッチモになり、ロナルドとバブズになり、*'Baby don't you play me cheap because I look so meek'* それからトランペットの燃えあがる焔《ほのお》、黄色いファロスが空気をつん裂き、前進と後退を繰り返して官能をたっぷり味わい楽しみ、終りに近く、催眠的な純金の三つの上昇音が高らかに鳴って完全な休止がくると、スウィングしていた全世界が一瞬こらえ切れずに痙攣《けいれん》したと思うと、性的な夜の空に花火のように滑走し落下する最高音の絶叫、バブズの頸を愛撫するロナルドの手、まだ回転しつづけているレコードの針の擦過音、そうして、現実の音楽が鳴っている間じゅうゆっくりと壁から離れていた沈黙が、長椅子の下から姿を現わし、さながら両唇が莢《さや》のように剥離《はくり》した。

「さあてと」とエチエンヌが言った。

「そう、アームストロングの偉大な時代だ」とロナルドは、バブズが選んだレコードの山を物色しながら言った。「お望みならピカソの巨人的発育期みたいなものさ。それが今じゃ二人とも豚みたいになっちゃって。医者が若返り法を発明することを考えれば……。われわれもあと二十年はひでえ目に合わされるぜ、見てろよ」

「われわれもじゃないよ」とエチエンヌが言った。「われわれは然るべきときにすでにやつらに一撃を加えたんだから。そこで願わくは誰か然るべきときがきたらこのおれにも一撃加えて欲しいもんだ」

「然るべきときだと、そうなにもかも望みなさんなよ、坊や」とオリベイラが欠伸《あくび》をしながら言った。「たしかにわれわれはすでにやつらに止めの一撃を喰わしたさ。そう言って差しつかえなけりゃ、弾丸ではなくて薔薇の一撃だがね。そしてあとに残ったのは習慣とカーボン紙ってわけだ。まあ、アームストロングがいま初めてブエノスアイレスに行ったと思いねえ、何千という阿呆《あほう》どもがなにか別世界のものを聴いてるつもりになっているのに、サッチモは老獪《ろうかい》なボクサー以上の奸策《かんさく》を弄《ろう》して瘤《こぶ》をつくるまいとし、疲れ果て、金をたんまり作り、その作り出す音楽にはもはやなんの値打もなく、ただの慣れだけだ。ところが、もし二十年前にきみたちが〈*Mahogany Hall Stomp*〉なんかかけたら耳を蔽《おお》っただろうぼくの敬愛する二、三の友人までが、いまではあんな焼き直しを聴くために平土間席にいくらでも金を払う始末さ。ぼくの故国が純然たる焼き直しであることは明らかで、いくら愛着があるっていってもそれは認めないわけにはいかない」

「まずきみにしてからが」とペリコが辞典の向うから言った。「感情教育を受けるためにパリへやってきたすべてのきみの同国人たちと同じ流儀に従ってここへ来たんだろう。少なくともスペインでは売春宿でも闘牛でもそう聞かされるぜ」

「それにパルド・バザン伯爵夫人にもね」とオリベイラ

がもう一つ欠伸をして言った。「それはそれとして、きみの言うことにも充分理由はあるよ、坊や。このぼくだって実際のところブエノスアイレスで今ごろはトラベラーとトゥルーコ（一種のトランプ賭博）をやっていたかもしれないんだ。たしかにきみはトゥルーコなんて知らんだろう。そういうことについて、きみはなにも知っちゃあいないさ。なら、なんのために話すんだ？」

（─115）

14

彼はそれまで引っこんでいた隅のほうから出て、踏み出した片方の足を置く場所を正確に選ぶことが必須のことでもあるかのごとく吟味したあとでその足を床のある部分に置き、それから他方の足を同じように慎重に前方へ踏み出して、ロナルドとバブズから二メートルのところまでくると身を縮めるようにしてついた床の上に申し分ない居場所を見つけて身を落ち着けた。

「雨だな」とウォンは言って屋根裏部屋の採光窓を指さした。

片方の手でゆっくりとタバコの煙を払い除けながら、オリベイラは友好的な満悦のおももちでウォンをじっと見つめた。

「誰だって海面の高さに身を置く決心をするに越したことはないさ、どちら側を向いても短靴と膝小僧しか見えないんだから。きみのグラスはどこにあるんだい、ねえ？」

「その辺でしょう」とウォンが言った。

長い時間をかけてやっと見つけたそのグラスは、まだウォツカがいっぱい入ったまま手の届くところにあった。二人はありがたく感謝して飲みはじめ、ロナルドが彼らにジョン・コルトレーン（モダン・ジャズ屈指のテナー及びソプラノ・サックス奏者）を思い切り高らかに聴かせてくれたがペリコはブーブー言った。それからシドニー・ベシェのパリ・メラング時代のものを一枚かけてくれたが、ちょっぴりスペイン的固定観念をからかわれているみたいだった。

「あなたが拷問について本を書いてるというのはほんとうですか？」

「ああ、正確にはそうじゃありません」とウォンが言った。

「それじゃ、それはなんですか？」

「中国では芸術について異なった考え方がなされています」

「それはぼくも知ってますよ、われわれはみな中国人ミルボーのことを読んだことがありますからね。あなたが一九二〇年頃北京で撮った、拷問の写真を持っているというのは確かですか？」

「おお、ノー」とウォンは笑いながら言った。「あれはもうすっかり褪《あ》せてしまって、わざわざお見せするほどのものじゃありませんよ」

「いちばん酷《ひど》いのをいつも紙入れにいれて持ち歩いているというのは確かですか？」

「おお、ノー」とウォンが言った。

「でそれをどこかのカフェの女に見せたというようなことは？」

「彼女らがしきりに見せろっていうもんですから」とウォンが言った。「いちばんいけないのは彼女らはなにもわかっていなかったということです」

「さあ、見せてください」とオリベイラは言って手を出した。

ウォンは笑いながらオリベイラの手を観はじめた。オリベイラはひどく酔っぱらっていてそれ以上しつこくせがまなかった。彼はさらにウォツカを飲み、姿勢を変えた。その手には四つ折りにされた一枚の紙が握られていた。ウォンの代りにオリベイラの目に入ったのはチェシャー・キャットの笑いと、紫煙ごしの一種の敬礼であった。処刑柱の高さは二メートルはあったに違いないが、柱は八本あって、ただしそれは同じ柱が四枚重ねにした紙に二枚ずつ八枚貼られた写真に八回繰り返されたもので、それらが左から右へ、上から下へと見られるようになっていた。その柱は焦点はそれぞれ異なっていたがまさしく同一のものであり、ただひとつ変化のある点は柱に縛りつけられた処刑者と、立会人の顔と（左側に女がひとり写っていた）、つねに恭《うやうや》しく写真家のやや左に立っている死刑執行人の位置で、写真家は北米人かデンマーク人のさる民族学者、腕前は達者だが時代もののコダックなのでかなりひどいスナップ写真だったから、二枚目の、短剣が右耳を狙い定めていて、裸にされた体の他の部分はまったく清浄無垢《むく》に見える写真を除けば、他の写真はいましも全身を蔽いはじめた血と、フィルムの質か現像の悪さのためにかなり期待はずれだったうち、とくに四枚目の、処刑者が真黒い塊みたいに写っていて開いた口と非常に白い腕しか見分けのつかない写真からあとはそうで、最後の三枚の写真に至っては死刑執行人の姿勢以外は事実上変りがなく、六枚目の写真では死刑執行人がそばに置いた短剣の包みのほうに身を屈めて勝手に道具を選んでいるし（だが彼は騙《だま》しているに違いなかった、というのも、もし初めに彼がもっと深い傷を負わせていたら……）、もっとよく見れば、受刑者は縄できつく縛られていたにもかかわらず片足が外れて外に突き出していたのでまだ生きていることがわかっただろう。その頭は後方へ投げ出され、口は終始開いたまま、地面には中国人らしい優雅さから当然おがくずがたっぷり撒かれていたはずであった。なぜなら〔血の〕水溜りは増水もせず、柱のまわりでほとんど完全に楕円形をなしていたから。《七枚目のは決定的です》、ウォンの声がウォツカと紫煙のずっと後方から聞こえてきて、思わず注意して見ると、（二枚目と三枚目では）深く削ぎ落された乳首の二つのメダル状の傷口から血が迸《ほとばし》り出ていたが、七枚目では外側へ軽く開いた股の形が変化しているようだったので短剣の決定的な一撃がすでに下されたことがわかり、その写真にうんと顔を近づけてみるとその変化は股にではなく鼠蹊《そけい》部にあり、一枚目の写真の判然としない汚れのかわりにそこには血の迸り出た穴、犯された少女の性器のようなものが写っていて、そこから飛び散った血が糸を引いて股のほうまで垂れているのだった。そうして仮にウォンが八枚目の写真を無視していたとしたら、それには理由がなければならなかっただろう。なぜならその受刑者はすでに生きているはずがなかったからで、生者なら誰もそんなふうにがっくりと首を横に垂れていることはない。《ぼくの聞いた話では、拷問は全部で一時間半も続いたそうです》とウォンが厳粛なおももちで言った。写真を貼りつけてあるその紙は四枚に折り畳まれ、黒皮の札入れが小型アメリカ鰐《わに》のように口を開いて紫煙の中でそれを嚥みこんだ。《もちろん北京はもはや昔の北京ではありません。ずいぶん古風なものをお見せしてしまって申し訳ありませんが、ほかの記録をポケットに入れて持ち歩くことはできないんです、いろいろ釈明することが必要ですし、入党していることが……》彼の声は、映像の引き伸ばし、しかつめらしい碩学《せきがく》の注解かと思われるほど遠くから聞こえてきた。上からも下からもビッグ・ビル・ブルーンジィが〈*See, see, rider*〉を単調に歌いはじめ、いつものように、すべてのものが、両立しがたいそれぞれの次元から一点に収斂《しゅうれん》した――ウォツカとカント的範疇《はんちゅう》に、現実というもののあまりにもがさつな凝固に対するそれらの鎮静剤に、ぴったり適合しなければならないグロテスクなコラージュ。あるいは、ほとんどつねにそうであるように、目を閉じて回帰することだ、開かれたトランプの札の中から慎重に選びとられた別の夜の、綿のような世界へ。*'See, see, rider'* ともうひとりの死者ビッグ・ビルが歌っていた。*'See what you have done.'*（―114）

15

そのときごく自然に彼はサン＝マルタン運河でのあの一夜のことを思いだした。あの夜、彼はさるスイス人医師の家で上映される映画を（千フランで）観にこないかと誘われた。なんでもない、枢軸側のある撮影技師が、絞首刑の執行とその結果を、細大もらさず撮影する手筈《てはず》を整えてくれたのさ。全二巻で、それ自体はサイレントだが、写真はすばらしいもんだ、と彼らは彼に請けあった。代金は帰りに払ってくれればいい。

いやですと断ってそのスイス人医師の友人の女友達であるハイチの黒人娘といっしょにカフェを立ち去る決意をするまでに要した短い間にも、彼にはその場面を想像したり、そうでなければ犠牲者の側に我が身を置いてみるだけの時間があった。誰かを絞首刑に処すということはそれが誰であったにせよ言語に絶することなのに、もしその誰かが、苦痛に歪む自分の顔とのたうつ姿の一瞬一瞬を、未来のジレッタントのぞくぞくする快楽のためにカメラが記録しようとしていることを知ったとしたら（そしてそのことを受刑者に言うとこには、悪賢い残酷さがあったことだろう）……。《いくら悔んでもぼくはけっしてエチエンヌのように無関心ではいられないだろう》とオリベイラは考えた。《行きつくところ、ぼくは、人間は別のもののために創造されたのだという途方もない考えに執着する。それから、もちろん……。この窖《あなぐら》に出口を見つけるためにはなんと貧弱な道具しかないことか》いちばんいけないのは、すでに北京の拷問から四十年たったということは別にしても、彼が、拷問を受けたのが自分の父ではないというだけの理由で、ウォンの写真を平然と眺めたことであった。

「いいかい」とオリベイラはバブズに言った。彼女はロナルドがマ・レイニーを聴けと言い張りファッツ・ウォラーを軽蔑していたので彼と喧嘩してオリベイラのそばへ戻ってきていたのだ。「人間、いかに悪党になりやすいか、それは信じられないほどさ。キリスト様はベッドで寝るまえになにを考えていなさったのかねえ？　笑いの最中に突然きみの口が毛深い蜘蛛に変るかもしれないんだから」

「うわあ」とバブズが言った。「震顫譫妄症《デリリウム・トレメンス》はやよお！　こんな時刻に」

「すべて表面的だよ、ベイビー、すべて上っつらだよ。いいかい、ぼくは子供のころから大家族の婆さんたちとか、姉妹たちとか、みんな系図的には屑なわけだけど、そういう女たちといっしょにいて、そんな考えに取りつかれていたんだよ、なぜだかわかるかい？　まあいいだろう、つまらない理由はいろいろあるけど、一つだけ挙げれば、あの女たちにとっては、彼女らに言わせると、個々の死、雑居部屋で起る個々のお陀仏《だぶつ》のほうが、万という人を一挙に消してしまう戦争や地震、そういったものよりもはるかに重要なことだからさ。われわれはほんとにクレチン病患者でね、しかしクレチン病患者といっても、バブズ、きみには想像できないほどひどいんだ、なにしろそのためにはプラトン全部と、教父たちのものをいろいろ、一点も欠かさずに古典を全部、読んでいることに加えて、認識し得るかぎりの事柄について知っているべきことは全部知っている必要があり、しかもまさにその知りつくした瞬間にわれわれはクレチン病に到達するんだからね、それはとても信じがたいもので、文字を知らない憐れな母親が町角のロシア人少年の死や他人の姪の死が原因で悲嘆のどん底に沈んでいるために、彼女の肩かけの先をつかんで腹を立てることもあるほどなんだ。バブ・エル・マンデブ（紅海とアデン湾とを結ぶ海峡）の地震とかヴァルダル・イングの攻勢とかの話をしてやって、その不幸な女がイラン軍の三階級の解消に抽象的にでも同情することを望んでも……」

「気にしない《テイク・イット・イージー》」とバブズが英語で言った。「飲みなさいよ《ハヴ・ア・ドリンク》、あんた《サニー》、わたしにそんな難しいこと言ってないで《ドーント・ビー・サッチ・ア・マーダー・トゥ・ミー》」

「それに、実際、すべてはものの見えない目の問題に帰着するんだ……。いったいなんの必要があって、ねえ教えてくれよ、婆さんたちの頭をなぐりつけなきゃならないんだ、われわれどクレチン病患者の謹厳すぎる青春でもって？　ねえ、ぼく酔っちゃったよ、きみ、ぼく帰るよ」

だが、とても暖かいエスキモーの粗織や、ラ・マーガとの感傷的な逢瀬《おうせ》を堪能しながらほとんど冷淡なまでによそよそしい態度で黙想に耽《ふけ》っているグレゴロヴィウスを振り切っては立ち去りがたかった。彼もかつてはそうであったが雄らしく抵抗する、いまは死体も同然に老いさらばえた雄鶏の羽を毟《むし》るようにして、すべてを振り切って立ち去ろうとしたとき、〈*Blue Interlude*〉のテーマを耳にしてオリベイラはほっと安堵の息をついた。そのレコードは前にブエノスアイレスで彼も持っていたものだった。オーケストラ全員を思いだすことはできなかったが、そこにベニー・カーターと、たぶんチュー・ベリーがいたことは確かだし、テディ・ウィルソンの苦労して単純に弾くソロを聴くうちに、レコードが終るまでいようと心に決めた。さっきウォンが雨だって言っていたし、雨は一日じゅう降っていた。あれはきっとチュー・ベリーに違いない、もしホーキンズその人でなければ、いや、いや、ホーキンズじゃあない。《ぼくたちは万事をどれほど貧しくしていることか、まったく信じがたいほどだ》とオリベイラは、空《くう》を見つめているグレゴロヴィウスを見つめているラ・マーガを見つめながら考えた。《どうせ最後はマザラン図書館（ビブリオテーク・ナシオナル内にある）へ行って、曼陀羅華《まんだらげ》か、バンツー族の首飾りか、爪切り鋏《ばさみ》の比較史に関するカード作りをすることになるんだろう》もろもろの無意味な事項の目録、それらの事項を研究し基本的な知識を得るための厖大《ぼうだい》な労力を想像してみるがいい。爪切り鋏の歴史、一六七五年まではこの小道具に関する記述は見あたらないということを確認するためだけでも二千冊だ。とつぜん誰かがマインツで、爪を切る女人像を版画に刷る。それは正確には鋏ではないが、それらしく見える。十八世紀になって、フィリップ・マッキーニーなる者がボルティモアで初めて発条《ばね》つきの鋏の特許を得る。問題は解決され、信じがたいほど固い角質の足の爪を切るために、十本の指で思い切り押しても鋏は自動的に元どおり開く。五百枚のカード、一年間の研究。もしぼくたちが、いま、ねじの発明とか、八世紀のパーリ語文学における動詞〈*gond*〉の用法とかに転じたら。そのどれを取っても、ラ・マーガとグレゴロヴィウスの対話を推測するよりは面白いだろう。どんなことをやっても障害にぶつかる。ベニー・カーター、爪切り鋏、動詞〈*gond*〉、もう一杯、どんな小さなことにも細心の注意を払う死刑執行人によって絶妙に運ばれる串刺《くしざ》し刑の儀式、あるいはブルースに入れあげたチャンピオン、ジャック・デュプレ、しかしあいつよりは障害にぶつかったほうがましだよ、なぜって（また針がひどいノイズをたてていた）

Say goodbye, goodbye to whiskey

Lordy, so long to gin,
Say goodbye, goodbye to whiskey
Lordy, so long to gin.
I just want my reefers,
I just want to feel high again—

だからかならずロナルドは、オリベイラが知り、かつ敬意を払っているもろもろの連想に導かれて、またビッグ・ビル・ブルーンジィに戻ってくるだろう、ビッグ・ビルは彼らにまた別の障害について話すだろう、ラ・マーガがグレゴロヴィウスにモンテビデオにおける彼女の少女時代のことを物語っているのと同じ声で。苦さを知らないビッグ・ビル、事実の問題、

They said if you white, you all right,
If you brown, stick aroun',
But as you black
Mm, mm, brother, get back, get back, get back.

「それでなにが得られるわけでもないことは承知しています」とグレゴロヴィウスが言った。「思い出によって変えることができるのは過去のいちばんつまらない部分でしかありませんね」

「そうよ、なんの得にもならないわ」とラ・マーガが言った。

「ですから、ぼくがあなたにモンテビデオの話をしてくださいと頼んだとすれば、それはあなたがぼくにとって、正面だけで厚みのないトランプのクイーンみたいなものだからでした。こんな言い方をするのもぼくも理解していただきたいからなんです」

「それでモンテビデオがその厚みってわけ……。そんなばかな、ナンセンスよ。なにをもって昔と呼ぶのよ、あなたは？　わたしにとってはね、わたしの身に起ったことはみなきのう、おそくともゆうべ起ったことなのよ」

「そのほうがいい」とグレゴロヴィウスが言った。「それならあなたはほんとうのクイーンです、トランプのではなく」

「わたしにとって、当時というのはそう大事なことじゃないの。当時というのはそれは遠い、とっても遠いことよ、でもたいしたことじゃないの。ほら、独立広場のアーケード、あなたも知ってるでしょ、オラシオ、パリジャーダ（肉・ソーセージ・臓物などの串焼き大衆料理）の匂いのするあのうら悲しい

広場、きっと昼下がりの殺人事件があったかして新聞売りたちがアーケードの下で新聞の呼売りをしてたじゃない」

「富くじに、ありとあらゆる賞金」とオラシオが言った。

「サルト（モンテビデオ市内のホテル）のバラバラ事件、政治、サッカー……」

「定期蒸気船、とうもろこしブランデー・アンカップ、ローカル・カラーだよね」

「きっとエキゾチックだろうな」と言いながらグレゴロヴィウスはオリベイラのほうから見えない位置に体を動かした。蠟燭を見つめながら足拍子をとっているラ・マーガと二人きりになりたかったからである。

「モンテビデオには時間というものがなかったのよ、あの当時は」とラ・マーガが言った。「わたしたちは川のすぐそばの、中庭のあるとても大きな家に住んでいたの。わたしはいつでも十三歳だったのよ、よく憶えているわ。青い空、十三歳、五年生のときの女の先生は斜視だったわ。ある日のこと、わたしは広場で新聞売りをしていた金髪の男の子と恋をしちゃった。その子、新聞のことを〈シンブー〉なんて言うんで、わたしここが空っぽじゃないかって思ったわ……。その子は長ズボン穿《は》いてたけど十二歳より上にはなってなかったでしょう。わたしのパパは仕事がなくて午後はたいてい中庭でマテ茶を飲んで過ごしていたものよ。わたしは五つのときにママに死なれて叔母たちに育てられたんだけど、その後、叔母たちは田舎へ行ってしまったわ。それで十三のときに家にはパパとわたしだけになったってわけ。家っていったって長屋なのよ。同じ棟にイタリア人の男が一人、お婆さんが二人、黒人の男が一人とその妻がいたけど、この夫婦は夜になると喧嘩するのよ、でもそのあとギターを弾いて歌なんか歌ってたわ。この黒人男は濡れた口みたいに赤い眼をしていたっけ。わたしこの人たちがちょっと嫌で、通りで遊ぶほうが好きだったの。でもパパはわたしが通りで遊んでいるところに出会うと、わたしを中へ入れて打《ぶ》ったものだわ。ある日わたしが打《ぶ》たれていたとき、あの黒人男が半開きの扉から覗いているのが見えたわ。初めはよくわからなかったけど、足を掻いてるみたいな、手でなにしてたのよ……。パパはベルトでわたしを打《ぶ》つのに夢中で気がついていなかったわ。妙なものね、こうして不意に無垢を失うこともあり得るのよね、いつのまにか別の人生に入りこんでしまったことさえ気づかずに。その晩、台所で黒人女と黒人男は遅くまで歌を歌っていたわ。わたしは部屋に引きこもって思い切り泣いたものだから。ひどく喉が渇いたけど、部屋から出る気にはなれなかったわ。パパは門の中でマテ茶を飲んでたし。あなたなんか想像もつかないくらい暑かったわ、あなたたちみんな寒い国の出身でしょ。なにより酷いのは川のそばの湿気よね、ブエノスアイレスはもっと酷いらしいわ、もっと酷いってオラシオが言うのよ、わたしは知らないけど。あの晩は着ている物が肌にべったりくっつくような感じで、誰も彼もマテ茶を飲んでいたわ。わたしは二、三度部屋を出て行って、ゼラニウムの並ぶ中庭の蛇口から水を飲んだの。蛇口の水のほうが冷たいって思ったから。空には星ひとつ見えず、ゼラニウムが強く匂っていたわ、粗野な植物だけど、いちばんきれいよ、あなたゼラニウムの葉っぱを撫《な》でてごらんなさい。ほかの部屋はもう明りが消え、パパは片眼のラモスのバーに行っちゃったし、それで中庭に出て小さなベンチに腰かけると、パパがいつも戸口のところに置いておくので近所の宿無しどもがよく盗みにくるマテ茶沸しが空っぽのままマテ茶といっしょに置いてあったわ。中庭を横切ったとき、少し月が昇って、わたしは立ち止まって眺めたんだけど、月っていつでもなんだか寒々しいでしょ、それで月に顰《しか》めっ面をしてやったの、星からだって見えるように。わたしはそんなことを信じていたんだわ、まだ十三にしかならなかったんですもの。それからもう少し蛇口の水を飲んで、二階のわたしの部屋へ戻ったの、いつか九つのとき、踵《くるぶし》を捻挫したことのある鉄の階段を昇ってね。さて燭台《しょくだい》の蠟燭に火を点《とも》そうとしたとき、熱い手がわたしの肩をぐいと掴《つか》み、ドアが閉まるのを感じたのよ、と、もう一方の手がわたしの口を押さえ、腋臭《わきが》のにおいがして、あの黒人男がわたしの体じゅうを撫でまわし、わたしの耳にいやらしいことを囁いてわたしの顔によだれを垂らし、わたしの着物を剥ぎ取ったのよ、でもわたし、どうすることもできなかったわ、声をたてることもよ、だって、もし大声をあげたら殺されたでしょうし、殺されたくなかったからよ、どんなことされても殺されるよりましだわ、死ぬなんて最悪の侮辱よ、愚の骨頂よ。どうしてそんな顔してわたしを見るの、オラシオ？　この人に長屋の黒人がわたしを犯した話をしてあげてるんじゃない。グレゴロヴィウスがどうしてもわたしのウルグアイでの生活を知りたいって言うから」

「なにもかもみんな詳しく話してやれよ」とオリベイラが言った。

「いいえ、一般的な概念が得られれば充分ですよ」とグレゴロヴィウスが言った。

「一般的な概念なんていうものはないさ」とオリベイラが言った。（－120）

16

「彼が部屋を出て行ったのは夜明け近くなってからで、わたしはもう泣くこともできなかったわ」

「胸くその悪いやつね」とバブズが言った。

「ラ・マーガにはそれだけの敬意を払われるに足る価値があったのさ」とエチエンヌが言った。「ただ一つだけ妙なのは、いつでもそうだが、形式と内容のはなはだしい乖離《かいり》ってやつさ。あんたが話したことは全部、恋人同士の場合とほとんどまったくやり口が同じじゃないか、抵抗が強かったことと、たぶん攻撃性が強かったことを別にすればね」

「第八章、第四節、段落A」とオリベイラが言った。

「フランス大学出版局」

「黙ってろ」とエチエンヌが言った。

「つまるところ」とロナルドが意見を挟んだ、「そろそろ〈*Hot and Bothered*〉でも聴く時間じゃないのかな」

「いま思い出話をしてもらった境遇にぴったりの題だ」とオリベイラがグラスを満たしながら言った。「その黒人男、なかなかやるじゃない、ねえ」

「冗談じゃありませんよ」とグレゴロヴィウスが言った。

「きみが所望したんだぜ」

「あなたは酔ってるのよ、オラシオ」

「もちろん。それは大いなる瞬間、明晰なる時さ。ねえ、ラ・マーガ、きみはどこか老人病医院にでも雇われるべきじゃなかったのかい。オシップを見てごらん、きみの楽しい思い出話が彼を少なくとも二十歳は老《ふ》けこませてしまっただろ」

「彼が所望したのよ」とラ・マーガが憤然として言った。「いまさら楽しくなかったと言いださないでしょう。わたしにウォツカを頂戴、オラシオ」

　しかしオリベイラはラ・マーガとグレゴロヴィウスの仲にそれ以上割りこむつもりはないらしかった。グレゴロヴィウスがぶつぶつ釈明するのを彼女はろくに聞きもしなかった。ウォンがコーヒーをいれましょうかと申し出る声のほうがずっとよく聞こえた。うんと濃くて熱いのを、マントン（フランス地中海岸の避寒地）のカジノで覚えた秘訣なんです。〈クラブ〉の全員が異口同音に賛成した。ロナルドが一枚のレコードのレーベルに思い入れたっぷりにキスし、ターンテーブルを回すと恭しく針を近づけた。しばらくの間、機械仕掛けのエリントンが一座を平定した——そのトランペットとベイビー・コックスのすばらしい掛け合い、ジョニー・ホッジズのこともなげな軽快な出だし、クレシェンド（しかしそのリズムは三十年たった今ではすでに固苦しくなり始め、まだしなやかさは失っていないが老いたる虎という感じ）、張りつめていると同時に自由奔放な反復楽節《リフ》、ちょっぴり難しい奇蹟の手練で。《われスウィングす、故にわれあり》エスキモーの粗織に倚りかかり、ウォツカのグラスごしに緑色の蠟燭を見つめながら（メジスリ河岸によく魚を見に行ったっけ）、たぶんいわゆる現実なんてデューク〔・エリントン〕の *It don't mean a thing if it ain't that swing*（スウィングしなきゃ人じゃない）いう軽蔑したような文句にみあったものだと考えるのはいとも簡単なこと、しかしなぜグレゴロヴィウスの手はラ・マーガの髪を撫でるのをやめてしまったんだ、あそこにいるオシップのやつ、あざらしよりつるっとして、とうの昔に花を散らしてしまった哀れ至極なやつ、思えば気の毒なもんさ、音楽が反抗をおさえこみ、まるで共同呼吸とでもいったものを織りなしているこんな雰囲気の中で身を固くしてさ。これじゃみんなのために鼓動し、なにもかも引き受けている一つの巨大な心臓の平和ってもんだよ。さて今度は割れた声が、摩滅したレコードから血路を開いて飛び出し、それと知らずにかのいにしえのルネサンス期の誘《いざな》いを提供しているぞ、いにしえのアナクレオン風の悲哀を、一九二九年シカゴ版〈現在を楽しめ〉を。

You so beautiful but you gotta die some day,
You so beautiful but you gotta die some day,
All I want's a little lovin' before you pass away.

死者たちの言葉が生者たちの考えていることと（もし一方を死者たち、他方を生者たちと言えるならば）偶然一致するような事態がときおり生じはじめていた。You so beautiful.（きみはとってもきれい）Je ne veux pas mourir sans avoir compris pourquoi j'avais vécu.（わたしはなぜわたしが生を畢《お》えたのかを理解せずには死にたくない）ブルース、ルネ・ドーマル、オラシオ・オリベイラ、but you gotta die some day, you so beautiful but（でもきみはいつの日か死なねばならぬ、きみはとってもきれいだが）――だからグレゴロヴィウスはラ・マーガの過去を知ることに飽くまでも固執したのだ、時間が引きずっているさまざまなことがらについての完全な無知にほかならないあの過ぎし日の〈死〉の苦しみを彼女のために少しでも軽減してやるために、彼女を彼女の固有時のなかに据《す》えてやるために、you so beautiful but you gotta, 緑色の明りの下で髪を愛撫されるがままにじっとしている、実体のない幻影を愛することにならないために、哀れなオシップよ、夜はなんと不首尾に終ろうとしていることか、すべてはそれほどまでに信じがたくそれほどまでに、ギュイ・モノーの靴、but you gotta die some day, 黒人男イレネオ（あとでもっと親密になったら、ラ・マーガはレデスマのことやカーニヴァルの夜の男たちのこと、モンテビデオ・サガの一部始終を彼に話してやるだろう）。と突然、アール・ハインズ（ジャズ・ピアノの父と言われる）がクールな完璧さで〈*I ain't got nobody*〉の最初の変奏を弾きだし、深々と読書に没頭していたペリコまで頭をあげて耳を澄ました。ラ・マーガはグレゴロヴィウスの股に頭をのせ、寄木細工の床やトルコ絨緞《じゅうたん》のピース、壁の腰の下に消えている赤い繊維、テーブルの脚のそばに置かれた空っぽのグラスを眺めていた。彼女はタバコを吸いたかったが、なぜ言いそびれているのか自分でもわからないままに、グレゴロヴィウスに向かって一本頂戴とは言いだしかねていたし、オラシオに向かっても言いだしかねていたが、彼に対してなぜ自分が一本頂戴と言いだしかねているかはわかっていた。彼女がグレゴロヴィウスにばかりくっついて一晩じゅう彼には近づかなかったことに彼がまたしても復讐するような嘲笑を浮かべるかもしれなかったので、彼の目を見たくなかったからだ。悄然《しょうぜん》として彼女は崇高な思念に耽り、まるで朝鮮薊《あざみ》のど真中にいるような気分にぴったりの詩の引用句を思い浮かべていた。一方では *I ain't got nobody, and nobody cares for me*（わたしには誰もいないし、誰もわたしをかまってくれない）、これは少なくとも彼女が原因で不機嫌になっている人物が二人もここにいる以上、事実ではない。それと同時にペルスの詩句、*Tu est là, mon amour, et je n'ai lieu qu'en toi*（きみはそこにいる、わが恋人よ、そしてぼくはきみの中にしかところを持たぬ）だったかを思い浮かべたが、ここではラ・マーガは *lieu, Tu est là, mon amour* という音の方へ、身を縮めて逃げこんでいたのだった、彼女の目を閉じさせ、彼女の肉体を、イレネオのように誰でも受け取り、汚し、高めることのできるなにか供物のようなものと感じさせたあの運命の、やさしい受容の方へ、そしてさらにハインズの音楽が、彼女の瞼の裏で踊っている赤と青の斑《まだら》とぴったり合ってるようで、なぜか知らないがその斑はボラナとバレネと呼ばれ、左のほうでボラナが（*and nobody cares for me*）狂ったように回転し、上の方ではバレネがピエロ・デラ・フランチェスカ・ブルーの星のように吊り下がり、*et je n'ai lieu qu'en toi,* ボラナとバレネ、ロナルドはけっしてアール・ハインズのようにはピアノを弾けるようにはなるまい、オラシオと彼女はそのレコードを実際に手に入れて夜の暗闇の中でそれを聴き、その文句、その長い、逞《たくま》しい愛撫に合わせて愛しあうことを学ばなければならないだろう、***I ain't got nobody*** で背中を、肩を、首のうしろに指を這わせ、髪に爪をたてて少しずつ力を抜き、最後の旋風、そしてバレネがボラナと溶けあい、*tu est là, mon amour and nobody cares for me,* オラシオはそこにいたが誰も彼女にかまう者はなく、誰も彼女の頭を撫でてやる者はなく、バレネとボラナはすでに消え、瞼をあまり固く閉じていたので痛くなり、ロナルドの話す声が聞こえ、それからコーヒーの匂い、ああ、コーヒーのすてきな匂い、ウォン、大好きよ、ウォン、ウォン、ウォン。

　彼女は瞬きしながら上体を起し、グレゴロヴィウスを見ると彼はなにやら磨り減って薄汚れたもののように思われた。誰かが彼女にコーヒー・カップを手渡した。

（－137）

17

「彼のことを話のために話すのは嫌だわ」とラ・マーガが言った。

「結構です」とグレゴロヴィウスが言った。「ぼくはただ質問しただけですからね」

「ほかのことを話してもいいのよ、もしあなたが話を聞きたいだけなら」

「意地悪言わないでください」

「オラシオは蕃石榴《ばんじろう》の砂糖煮みたいなのよ」とラ・マーガが言った。

「蕃石榴（蕃石榴（guayaba）には「うそ」の意味がある）の砂糖煮ってなんのことですか？」

「オラシオは嵐の中の水を入れたコップみたいなのよ」

「へえ」とグレゴロヴィウスが言った。

「あの人、マダム・レオニがちょっと酔ったときに言っていたあの時代に生れたのに違いないわ。誰も不安なんか知らなかったし、電車は馬が牽《ひ》き、軍《いくさ》は野原で行なわれていた時代よ。マダム・レオニに言わせると、不眠症の薬なんてまだなかったんですって」

「うるわしき黄金時代！」とグレゴロヴィウスが言った。「オデッサでもそういう時代のことを話に聞きました。ぼくの母は、とってもロマンチックで、髪をゆるやかに垂らして……。バルコニーでパイナップルが育てられ、夜もおまるの必要がなく、なにか普通とは違ったすばらしい時代なんですね。でもオラシオがそういう現実の甘いゼリーの中にとっぷりと漬かっているところはぼくには想像がつかないなあ」

「わたしだってそうよ、でも彼はいまほど悲しそうにしてはいなかったでしょうね。いまはなんでも彼にはつらいのよ、アスピリンだって彼にはつらいものなんだから。ほんとよ、ゆうべも臼歯が痛いっていうもんだからアスピリンを飲ませようとしたの。彼ったら、それを手でつまんで、ためつすがめつ眺めはじめるじゃない、嚥《の》み下す決心をするのがすっごくつらかったのね。わたしにずいぶん妙なことを言うのよ、本質的に実体を知らないものを使用することは害になるんですって、他人によって、これまた自分たちの知らない他のことを鎮静させるために発明されたものを使用することは……。彼がどうどうめぐりの思索を始めたらどうなるか、あなたも知っているでしょ」

「あなたは《もの》という言葉を何度か繰り返しましたね」とグレゴロヴィウスが言った。「それはエレガントな言葉じゃありませんが、オラシオの身に起っていることがなんであるかをじつによく示しています。彼は〈ものの事物性〉の犠牲者なんです、明らかに」

「ものの事物性ってなに？」とラ・マーガが尋ねた。

「ものの事物性というのは、われわれの推測の終るところにわれわれの罰が始まるというあの不愉快な感情のことです。こんな抽象的な、ほとんど寓喩《ぐうゆ》的とさえいえるような言い方をしてご免なさい。しかしぼくが言いたいのは、オリベイラは彼を取り巻く環境の、彼が生きている世界の、好意的に言えば彼が偶然置かれた運命の、圧力に対して病的なまでに敏感だということです。要するに、状況が彼を押しつぶしている。もっと簡単に言えば彼は世界苦を病んでいる。あなただってそのことに薄々気づいていたわけでしょう、ルシア、なのにあなたはうっとりと無邪気に想像している、オリベイラは、オデッサのぼくの母は言うに及ばず、この世のマダム・レオニたちが作り上げたポケット版アルカディアにいたほうがもっと幸福だったのだと。それはあなたがさっきのパイナップルの話をおそらく信じていなかったからですね、察するところ」

「それにおまるの話もね」とラ・マーガは言った。「ちょっと信じがたいわ」

ギュイ・モノーが目を覚ましたのはロナルドとエチエンヌがジェリー・ロール・モートンを聴くことで意見の一致を見たときだった。彼は片目をあけて、緑色の蠟燭の明りの中に浮かびあがっているあの背中はグレゴロヴィウスのに違いあるまいと考えた。彼は激しく身震いし、ベッドから見える緑色の蠟燭は感じが悪く、明り窓にあたる雨が名残りの夢の映像と奇怪に混じりあっている。ついさっきまで不可解な、太陽がいっぱいの屋敷の夢を見ていたのだが、あそこではガービイが裸で歩きまわり、あひるのように大きい、どうしようもなく間の抜けた鳩たちにパンを千切ってやっていたっけ。《頭が痛む》とギュイはひとりごとを言った。ジェリー・ロール・モートンにはぜんぜん興味がなかったが、明り窓にあたる雨の音をジェリー・ロールの歌うのといっしょに聞いているのは気分がいいもんだ。*Stood in a corner, with her feet soaked and wet...*（街角に立って、彼女は足をずぶ濡れに濡らし……）、たしかにウォンは現実の時間と詩的時間について即座にひとつの理論を練り上げてしまったのかもしれない、それにしてもウォンがコーヒーを入れると言ったのは確かだったかな？　ガービイが鳩にパン屑を与え、ウォンは、ウォンの声が、暴力的な花々の咲き乱れる庭を歩く裸のガービイの足の間に入りこんで、《マントンのカジノで覚えた秘訣》なんて言って。いまにきっとウォンのやつ、いずれにせよ（「すべてをやり遂げたあとで」の意にもなる）なみなみと沸かしたコーヒー・ポットを持って現われるだろう。

ジェリー・ロールはピアノに向かって主要打楽器の不足を補うために靴で軽く拍子をとり、ジェリー・ロールはちょっと体を揺すりながら〈*Mamie's Blues*〉を歌っていたのかもしれないな、平らな天井の玉縁に目を据えて、それとも行ったり来たりしている一匹の蠅を見ていたのだろうか、それともジェリー・ロールの瞼の裏で斑点《はんてん》があちこち動いていたのだろうか。*Two-nineteen done took my baby away*... かつて人生はそういうものだった、汽車が人々を運び去り運び来り、その間も誰かが街角に立って、足をずぶ濡れに濡らし、自動ピアノや、いつも不如意で入場できないミュージック・ホールの黄色いガラスを揺がす高笑いに聴きいっていたものだ。*Two-nineteen done took my baby away*... バブズは生涯に何度も汽車に乗ったことがあって、汽車で旅をするのが好きだった、もし目的地に誰か友達が待っていてくれるなら、もしロナルドがいまそうしているようにやさしく彼女の腰に手をまわし、彼女の肌の上に音楽を描いてくれるなら、*Two-seventeen'll bring her back some day,* もちろんいつの日か別の汽車が彼女を連れ戻すことだろうが、はたしてジェリー・ロールがそのプラットホームに現われるかどうか分らない、そのピアノに向かって、マミー・デデュムのブルースを歌ったその時間に、夜中の一時にパリの屋根裏部屋の明り窓にあたる雨、ずぶ濡れの足、街娼《がいしょう》の *If you can't give a dollar, gimme a lousy dime*（一ドルはやれないっていうなら十セント頂戴）という囁《ささや》き、バブズはシンシナティでそんなことを口走っていたのだ、女は誰でもそういうことをどこかでいつか口走ったことがあるものさ、たとえ王様のベッドの上でさえ、バブズは王様のベッドというものについてきわめて特別な考え方をしていたが、いずれにせよ誰か、*If you can't give a million, gimme a lousy grand*（百万ドルはやれないっていうなら千ドルでも頂戴）てなことを言った女がいたはずだ、比率の問題さ、ところでなんでジェリー・ロールのピアノはあんなにもの悲しいんだ、あんなにあの雨、ギユイを目覚めさせたあの雨、それがラ・マーガに涙を流させ、さてウォンはコーヒーを持ってこないな。

「もうたくさんだよ」とエチエンヌが言って溜息をついた。「どうしてそんな屑みたいなものに我慢できるのか、ぼくにはわからないね。そりゃ感動的だけどさ、やっぱり屑だよ」

「確かにピサネルロのメダルってもんじゃないな」とオリベイラが言った。

「シェーンベルクの作品なんとかでもない」とロナルドが言った。「なんでそれをかけろって言ったのさ？　知性ばかりか情にも欠けるぜ。きみは真夜中に水に濡れた靴を履いていたことはなかったのかい？　ジェリー・ロールはそうだったんだよ、彼が歌えばそれがわかるよ、きみ」

「ぼくは足が乾いているほうがいい絵がかける」とエチエンヌが言った。「救世軍みたいな議論でぼくに復讐しないでよ。なにかもっと知性的なのをかけるほうがきみらしくていいだろうに、ソニー・ロリンズのソロみたいなのを、少なくともそういうウェスト・コースト派の連中ならジャクソン・ポロックとかトービーを思わせるし、いまや自動ピアノや絵具箱の時代は去ったということがわかるよ」

「やつは芸術の進歩を信じることができるようだ」とオリベイラが欠伸《あくび》をしながら言った。「やつのことは無視しなよ、ロナルド、そして空いた手であの〈*Stack O'Lee Blues*〉の小さいレコードを探しだしてくれないか、なんだかんだ言って結局あのピアノのソロはすばらしいと思うな」

「芸術の進歩っていうのは陳腐なばかばかしい話さ」とエチエンヌが言った。「しかしジャズにだって、他の芸術におけると同様、いつでもいかさま師はごまんといるさ。感情に翻訳され得る音楽っていうのがそうだし、逆に音楽として通用すると称する感情もある。嬰《えい》へ調の父の悲しみ、黄と紫と黒の皮肉な高笑い。とんでもない、ねえきみ、芸術はもっとこっちか、もっとあっちで始まるもんだけど、けっしてそんなんじゃないね」

ウォンが苦心していれたコーヒーを持って現われたので誰もエチエンヌに反論しようとする様子もなく、ロナルドはちょっと肩をすぼめただけで早くもフレッド・ウエアリングとそのペンシルヴェニアンズのレコードをかけていた。ひとしきりひどい針の雑音が聞こえたあと、オリベイラが大好きだったテーマが現われ、無名奏者のトランペット、つづいてピアノが鳴り響いたと思うと、はやくもそこに旧式の蓄音器と非常に悪い録音ながら、まるでジャズ以前のと言いたくなるような安直なオーケストラの、つまり要するにショーボートや、ストーリーヴィルの夕べのあの古いレコードの、模糊《もこ》とした煙に包まれて、世紀の唯一普遍的な音楽を生みだしていたのだ——人々を互いにもっと、エスペラントよりもユネスコよりも航空路よりもさらにいっそう近づけるもの、原始的なるがゆえに広汎《こうはん》な支持を得、すぐれたものであるがゆえに、分裂も否認も異端もあればチャールストンもブラック・ボトムもシミーもフォックストロットもストンプもブルースもある、独自の歴史をつくりあげた音楽、その分類やレッテル、あれやこれやの様式を認めるならスウィング、ビーバップ、クール、ロマン主義と古典主義の交替、ホットに知性派ジャズもある音楽、人間音楽、ポルカやワルツやサンバといった踊りのためのばかげた動物的音楽とは違う歴史をもつ音楽、コペンハーゲンでもメンドーサ（アルゼンチンのメンドーサ州の州都）やケープタウンでも同じように認められ評価され得る音楽、レコードを小脇《こわき》に挟んだ若者たちを惹《ひ》きつけ、彼らが互いに認めあい打ち解けあい、たとえ職場のボスや家族や限りなくつらい愛にがんじがらめになっていても、もはや孤独ではないと感じるための符牒《ふちょう》のようなものとして名前とメロディーを若者たちに与える音楽、あらゆる想像力と趣味を受けいれ、フレディー・ケパードやバンク・ジョンソンの声無しの78回転のコレクション、ディキシーランド一辺倒、ビックス・バイダーベックのアカデミックな専門化、あるいはセロニアス・モンク、ホレス・シルヴァー、サッド・ジョーンズの大冒険への躍進、エロル・ガーナーあるいはアート・テイタムのきざなお澄まし、さまざまな悔悟と信仰放棄、小編成への好み、レコードのレーベルとかそのときどきの気まぐれな要請によって命名された名前や匿名でする謎めいたレコーディング、また土曜日の夜の学生室かクラブの地下室でのあのフリーメーソンまがいの集会では女の子たちがダンスをしたがり、踊りながら〈*Star Dust*〉か〈*When your man is going to put you down*〉を聴いて、ゆっくりと心地よさそうに香水と肌と熱気の匂いを嗅《か》ぎ、夜が更けるとキスを許し、誰かが〈*The blues with a feeling*〉をかけてもほとんど踊る者もなくなり、ただ突っ立って体を揺すってるだけで、すべては混濁し不潔で猥《みだ》りがわしく、誰もが生温かいブラジャーを引きちぎってしまいたいと思いながら両手で肩を愛撫すると女の子たちは半ば口を開いて甘い不安と夜とにしだいに身をまかせる、とそのときトランペットが高らかに鳴って、すべての男たちに代って彼女らの心を捉え、熱い一言で彼女らを占領して、まるで刈り取られた草のように彼女らを相手の男の腕の中にくずおれさせると、そこにいわば不動の競走、都会の夜空への跳躍が生じ、やがて細心なピアノが、疲れはて、和解し、次の土曜日まで処女性を無欠のまま持ち越した彼女らを我に返す、こうしたすべては、平土間席の小心翼々たる連中や、印刷されたプログラムがなく場内案内係もいないようではなにひとつほんとうではないと思いこんでいるような手合いを脅かすこのジャズという音楽に内在しているのであり、世の中はそうしたもので、ジャズは、移住か飛去か飛来か移動か、ともかく渡り歩く鳥のようなもの、柵を跳び越え、税関を嘲笑して駆け抜け普及するもので、今宵ウィーンでエラ・フィッツジェラルドが歌えばパリではケニー・クラークが新しい〈穴倉《ケイブ》〉のオープニングに賛助出演し、ペルピニャン（南仏ピレネー県の都市）ではオスカー・ピーターソンの指が鍵盤《けんばん》上に踊り、サッチモは至るところで、主に賜った遍在性という才能をもって、バーミンガムで、ワルシャワで、ミラノで、ブエノスアイレスで、ジュネーヴで、世界中で、なくてはならないもの、雨やパンや塩のようなもの、国家的儀礼や不可侵の伝統や国語や民間伝承を越えたものとなっている、つまり前線のない雲、大気と水の密偵、ひとつの原型であり、前から、下から、メキシコ人をノルウェイ人やロシア人やスペイン人と和解させ、彼らを忘れられた中心の暗い火へとふたたび合体させ、不器用で下手で不安定ながら彼らを彼らが背を向けた原点へと連れ戻して、彼らに教えているのだ、おそらく他にもいろいろ道はあったし彼らが取った道が唯一最上のものではなかったかもしれないことを、あるいはおそらく他にもいろいろ道はあり、彼らの取った道は最上のものであったが、おそらく他にもいろいろ歩きやすい道はあって彼らはそうした道を取らなかったか、中途からしか取らなかったのだということを、また人間はいつでも人間以上であり人間以下であるが、人間以上なのは人間はジャズが暗示しはぐらかし予兆しているものを内に持っているからであり、人間以下なのは人間はこの自由を美的・倫理的な遊戯に、その上で自らビショップかナイトになりすますところのチェス盤に、変えてしまっているからで、そんな自由な定義は学校で、正確にはラグタイムの第一小節、ブルースの第一楽句、等々が生徒たちにけっして教えられたことがなく今後もけっして教えられることがないであろうような学校というところにおいて、教えられているものだということを。

I could sit right here and think a thousand miles awy,
I could sit right here and think a thousand miles awy,
Since I had the blues this bad, I can't remember the day...

（－97）

18

彼は自問してみたがなにも得るところはなかった――こんな時間にここでこの連中となにをしているんだろう、親友といってもそのきのうのこと明日のことはろくに知らない、時間と空間の中でたまたまちょっと一緒になっただけのこの連中と？　バブズ、ロナルド、オシップ、ジェリー・ロール、アヘナトン、どこが違うんだ？　みんな同じ緑色の蠟燭に照らされた同じ影ではないか。すっかり酔いがまわったな。いんちきウォッカ、恐ろしく強いや。

　もしもこうしたことがらのすべてについて外挿法（〔数学・統計〕数値既知の区間から（未知の区間の数値を）推定する方法）を考えつくことが可能であったなら、もしも〈クラブ〉を理解することが、〈*Cold Wagon Blues*〉を理解することが、ラ・マーガの愛を理解し、物ごとの端からほつれて指先まで垂れさがった糸くずを、すべての操り人形と人形遣いを、顕現のように理解することが、それをおそらくはなにか別の到達不可能な現実の象徴としてではなく、いわば潜勢力者（なんたる言葉、なんたる節度のなさ！）として、驚くほど生温かい、ほとんど香を焚《た》きこんだような匂いのする、恐ろしいほどエスキモー的なエスキモーの生皮から身を離してその瞬間に彼が突進しなければならなかったはずの道順に沿って遁走《とんそう》する、まさにその道順として理解することが可能であったなら——そうだ、踊り場まで出て、降りて、ただ降りて、街へ出て、ただ出て、歩きだして、ただ歩きだして、角まで、ただ角まで行ってさえいたら——マックスのカフェ、ただマックスのカフェを通り過ぎ、ベルシャス通りの街灯のところで……ただそこのところで。そうしたらたぶんそのとき以降は。

　だが、すべては形‐而‐上‐的‐思弁の次元にとどまり。なぜならオラシオ、言葉は……。つまり言葉は、オラシオにとって……（疑問は不眠の場合しばしば反復される）。ラ・マーガの手をとり、雨の中で、まるでそれがタバコの煙が自分の一部ででもあるかのように雨の中で彼女の手をとり、ふたたび彼女と愛しあうが、今度はちょっぴり彼女のためでこそあれ、安易な冷淡すぎる態度を学ぶためではない。せいぜい努力のむなしさを隠しているだけの諦め、いんちき大学で学者犬どもか陸軍大佐殿の娘たちに算術を教えるちゃらんぽらんな男、もしそうしたすべてが、明り窓に付着しはじめた乳白色、グレゴロヴィウスを見つめているラ・マーガを見つめているグレゴロヴィウスを見つめているラ・マーガのひどく悲しそうな顔、*Struttin' with some barbecue*（バーベキュー持って気取って歩き）、ロナルドから隠れてまたも彼女のために泣きだすバブズ、泣くどころかいまや纏《まと》わりつく紫煙に顔が蔽いかくされ、ウォッカのせいで変容して完全に聖徒列伝的な後光につつまれたロナルド、侮蔑《ぶべつ》と十把《じっぱ》一絡《ひとからげ》的勿体《もったい》顔という高座に上ったスペインの気取屋ペリコ、もしこうしたすべてが外挿法で解けていたならば、もしそれらが存在しなかったならば、つまりもしそこに存在したとしてもそれはただ誰かが（誰でもいいが今は彼だ、なぜならあのとき思考していたのは彼だったのだし、いずれにせよ思考していることを確かに自覚し得ていたのは彼だけだったのだから。えい、カルテジウス（デカルトのラテン名）よ、臆病者め！）、ただ誰かが、そこに存在していたすべてから、なにをかは知らないがともかく懇請し、喰らいつき、なかんずく、しゃぶりつき、骨までしゃぶりつくして、それらすべてから平和の蝉、満足の小さなこおろぎへと飛びつき、いずれかの門を通って、いずれかの庭へ入って行けるようにということでしかなかったのだ——もっとも、庭といってもその庭は、ちょうど曼陀羅《まんだら》というものが他の人々にとっては寓意《ぐうい》的なものであるように、他の人々にとっては寓話的な庭であり、その庭ではそのつもりになれば花を摘むこともできる、といってもその花はラ・マーガとかバブズとかウォンとかであるが、しかし説明されたり説明したり、もとに帰って〈クラブ〉の象徴的人間模様の外に出て自己を取り戻し、一歩外から覗いてみると、思いがけなくそれらすべては地上楽園のノスタルジア、純粋さの理想にほかならず、ただ違うのは純粋さが単純化の必然的所産となっていたことで、ビショップが動き、ルークが動き、ナイトが跳び、ポーンが取られ、盤の中央で、無煙炭の獅子のように大きなキングが、全軍随一の清浄な、最後に残った純粋なものたちによっていまは側面を守られているが、夜明け方には決戦の槍《やり》も折れ尽きて命運が明らかとなって平和が訪れるだろう。アメリカ鰐《わに》の交尾のような純粋さだ、おおわが汚れた足のマリアの純粋さではなく。それは鳩のいるスレート屋根の純粋さで、とうぜんながら鳩のやつは、怒りと一把の小蕪《かぶ》で狂乱した御婦人がたの頭上に糞をひっかける。その純粋さは……。オラシオ、オラシオ、お願いだから。

純粋。

（もういい。さあ行こう、アパートに帰ろう。風呂に入って、『ノートル＝ダーム・ド・パリ』か『マシュクールの牡狼《おすおおかみ》』でも読んで、酔いをさまそう。外挿法か、最低だよ。）

Pnreza（純粋）か、ひどい言葉。**Puré**（濃厚なスープ）、そのあとに**za**（シッ）。少し説明しろよ。ブリッセが彼女に搾《しぼ》り出してやったおつゆ。きみ、なぜ泣いているの？　誰が泣くの、ねえ？

　顕現のようにプレ（el puré）を理解すること。忌々しい言語め（Damn the language）。*Entender*（理解すること）だ。**inteligir**（［inteligible］（わかりやすい、明瞭な）から逆成した動詞形の造語）ではなく、**entender** だ。回復可能な楽園を暗示させる言葉だ、われわれが存在し得ないためにここに存在するということはあり得ない、というのは。ブリッセだって？　あんな人間は蛙の末裔《まつえい》さ……。蝙蝠《こうもり》のように盲目な（blind as a bat）、蝶のように酔っぱらった（drunk as a butterfly）、女をものにした、たぶん門の前で堂々と女をものにした……（foutu, royalement foutu devant les portes que peut-être...）。（盆の窪《くぼ》に氷のかけらでも当てがって、行って眠ること。問題。ジョニー・ドッズ、それともアルバート・ニコラス？　注意。ロナルドに聞いてみること。）下手な詩句が、明り窓からひらひらと舞う。《最後の心臓弛緩《しかん》とともに無へ落下するまえに……》なんとひどい酔い。認識の扉、オールドリー・ハックスダスによる。小量のメスカリンを飲みたまえ、きみ、あとは至福と下痢さ（The doors of perception, by Aldley Huxdous. Get yourself a tiny bit of mescalina, brother, the rest is bliss and diarrhoea.）。しかし、みんな真面目になろうよ（そうだ、あれはジョニー・ドッズだった。そのことは間接的な手段によって確認できる。ドラマーはズッティ・シングルトン以外ではあり得ず、故《エルゴ》にクラリネット奏者はジョニー・ドッズである。ジャゾロヒア［ジャズ学］、午前四時を過ぎてからいちばん調子の出る演繹《えんえき》的学問。ご婦人方や聖職者にはお勧めしかねる）。真面目になろう、オラシオ、もう少し体をしゃんと起して、おもての通りへ向かう前に、自分の胸にきいてみよう、手の先に魂をこめて（手の先に？　舌の掌《ひら》に、だろ、あるいはなんかそんなような。局所命名法、記述学的類比解剖学、図版入り二巻本）、自分の胸にきいてみよう、そのような企《くわだ》ては上から攻めるべきか下から攻めるべきかを（でもなんと見事なんだ、ぼくの思考は冴《さ》えてるぞ、ウォツカが思考をさながら蝶をボール箱の中にピンで留めるように留めて、AはA、薔薇は薔薇は薔薇（a rose is a rose is a rose）、四月はいちばん残酷な月（April is the cruellest month）、それぞれの物はその然るべき場所に、それぞれの薔薇は薔薇は薔薇のためのひとつの場所……）。

　あーあ、ジャバウォッキーに気をつけよ、わが息子よ（Beware of the Jabberwocky my son.）。

オラシオはさらに少し口を滑らしているうちに、見たいと思っていたものが非常にはっきりと見えてきた。よくわかんないな、あれは上から攻めるべきか下から攻めるべきか、全力を集中して臨むべきか、それともむしろいまみたいに水で薄められ、液体化して、明り窓に対し、緑色の蠟燭に対し、ラ・マーガの悲しそうな小羊みたいな顔に対し、〈*Jelly Beans Blues*〉を歌っていたマ・レイニーに対し、開かれた態度で臨むべきか。このほうがいい、水で薄められ、受身になったほうがずっといい、海綿みたいになったほうがいいよ、多くのことを、確かな目で見ればみんな海綿みたいになるものなんだから。いくら酔ったとはいえ、自分の家庭をばらばらにしてしまったことや、自分の内面においてなにものもそのところを得ていないことに気づかないほど酔ってるわけじゃあない、が、しかし同時に――こいつは確かだ。驚くほど確かなことだ――あそこには、床の上に、あるいは天井に、ベッドの下に、あるいは洗面器の水に浮かんで、永遠の星屑が、太陽のような、女たちや猫たちの巨大な顔のような、詩があったんだ、そのときそのときの憤怒が燃えあがって生れた詩、がらくたもあれば硬玉板もある玉石混淆《こんこう》ではあったが、それらは、言葉と言葉が、日夜、蟻《あり》対百足《むかで》の激戦さながらに格闘して、瀆神《とくしん》的暴言が本質への純粋な言及と、明澄なイメージがひどく低劣な隠語と共存している、そんな言語で書かれたものだ。無秩序が意気揚々と勝ち進み、きたならしい房となって垂れさがる髪の毛とガラスの眼をして、組合せにならないトランプの札や、署名も書き出しの挨拶もない伝言の紙きれを手にいっぱい持って部屋という部屋を走り抜け、テーブルの上にはスープの皿が冷えたまま置かれ、床の上には放り出されたズボンや、腐ったりんごや、汚れた包帯が散らかっていた。と突然それらいっさいが大きくなったと思うと、ものすごい音楽になっていた。それは非の打ちどころのない親戚の人たちによって整然と保たれている家々の、ビロード張りの静寂を破るもので、過去がシャツのボタンを見つけることができず現在がどの植木鉢に突き立てたのか剃刀が見つからないままにガラスの破片でひげを剃ったりするような混乱の真只中、どの方向から吹く風にも風見のように順応する時間の真只中においても、人間は、もはやできなくなるまでは呼吸し、自分を取り囲んでいる混乱について瞑想《めいそう》し、そうしたことになにか意味があるのかと自問するまさにその行為のうちに錯乱するまでは生きていることを実感しているものだ。無秩序には、たとえそれがそれ自体から生じ、狂気を通じて、たぶん狂気をその過ちとするところの理由にならない理由に到達する傾向があるにせよ、すべてそれなりの正当な理由があるものだ。《無秩序から秩序へと向かうこと》とオリベイラは考えた。《そのとおり、だが、なによりも忌まわしい、なによりも恐ろしい、なによりも癒しがたい無秩序と見えないような、どんな秩序があり得るのか？　神々の秩序は渦動とか白血病とか呼ばれ、詩人たちの秩序は反物質とか、硬い空間、わななく唇の花、と呼ばれるのだ、ほんとに、ぼく、ひどく酔っちゃったな、いやはや、すぐベッドに入って寝なくちゃ》ラ・マーガは泣いていたし、ギュイはすでに姿を消し、エチエンヌもペリコのあとから帰ってしまって、グレゴロヴィウスもウォンとロナルドが、ゆっくりと一分間にきっちり33と1/3回転するレコードを見ていたが、その回転の中に〈Oscar's Blues〉があった、ピアノは無論オスカーその人、オスカー・ピーターソンなる人物、なにやら虎みたいな、フラシ天みたいなピアニスト、哀愁にみちた太っちょのピアニスト、やつがピアノに、雨が明り窓に、つまり、文学。

（－153）

19

「わたしはあなたって人を理解していると思っているわ」とラ・マーガは彼の髪を撫でながら言った。「あなたは自分でもなにかよくわからないものを探し求めているのよ。わたしも探しているんだけど、それがなにかはやっぱりわかんないわ。でもそれとこれとは二つの別々のことなのよ。いつかの晩みんなで話していたことだけど……。そう、あんたはむしろモンドリアンってほうね、わたしはビエイラ・ダ・シルバかな」

「ほお」とオリベイラが言った。「それじゃぼくはモンドリアンってわけか」

「そうよ、オラシオ」

「きみが言いたいのは、厳しさにみちた精神ってことだろ」

「わたしはモンドリアンって言ってるのよ」

「それできみはそのモンドリアンの背後にビエイラ・ダ・シルバ的現実が始まり得るとは考えなかったのかい？」

「そりゃあ考えたわ」とラ・マーガは答えた。「でも、あんたは今までのところまだモンドリアン的現実から脱していないわ。不安なもんだから安全な状態を望んでいるのよ。なんでだか知らないけど……。あんた、お医者さんみたい、詩人のようではないわ」

「詩人の話はさておき」とオリベイラが言った。「比較なんかでモンドリアンに意地悪しないほうがいい」

「モンドリアンはそりゃあ驚嘆に値するわよ、でも空気がないって言うか、わたしはあの中に入ると少し息がつまっちゃうの。そしてあんたが、単一性を見いださなければいけないって言いはじめるとき、わたしにはそのときものがとっても美しいけど死んでいるように見えるのよ、押し葉にされた花だとか、なんかそんなような」

「いいかい、ルシア、単一性ってなんのことか知ってんの？」

「わたしの名はルシアだけど、あんたはそう呼ばなくたっていいのよ」とラ・マーガは言った。「単一性って、もちろんそれがなにかってことぐらい知ってるわ。あんたが言いたいのは、あんたの人生においてはすべてが繋がりあっているので、それを全部、同時に見ることができるってこと。そうじゃない？」

「まあそんなところだ」とオリベイラは認めた。「きみにとって抽象概念を把握することがどんなに大変かってことは想像にあまるよ。単一性、複数性……。例をあげなくちゃ、きみには理解できないかな？　うん、できないね。つまり、こういうことだ、きみの人生、それはきみにとって単一性であるのか？」

「いいえ、そうは思わないわ。それはばらばらの断片よ、わたしの身に起って過ぎていったことどもの集積、だわね」

「でもそのかわり逆にきみのほうもそういったことどもを貫通していったわけだ、ちょうど一本の紐がこれらの緑の石を貫通しているように。ところで石といえば、その首飾りはどっから出てきた？」

「オシップがくれたのよ」とラ・マーガは言った。「彼のお母さんのですって、オデッサの」

オリベイラはゆっくりとマテ茶器に熱湯を注ぎ足した。ラ・マーガは、彼らがロカマドゥールを彼らの部屋に寝かせておけるようにロナルドから借りた背の低いベッドのほうへ行った。このベッドと、ロカマドゥールと、隣近所の苦情とで、すでに生活空間はほとんど余地がなくなっていたが、誰もラ・マーガに向かってロカマドゥールは小児科の病院に入れたほうがいいなどと言いだす者はいなかった。マダム・イレーヌから電報がきたその日のうちに、オラシオは彼女について田舎へ行き、ロカマドゥールを引きとると、ありあわせの布や毛布にくるんで戻り、なんとかベッドを備えつけ、暖房器に燃料を補給し、座薬か、どうしても薬くささの消えない哺乳瓶《ほにゅう》を与える時間になるとロカマドゥールの泣き叫ぶ声を我慢しなければならなかった。オリベイラはマテ茶をもう一杯いれ、〈ドイツ・グラモフォン社〉のジャケットを横目でみやった。それはロナルドに貰《もら》ったのに、ロカマドゥールが泣き叫んだりもがいたりすることなく聴けるときが、はたしていつあるかもわからないものだった。ラ・マーガがロカマドゥールの包帯を巻いたり解いたりするときの不器用な手つき、子供の気をまぎらせるために歌う彼女の鼻もちならない歌、ロカマドゥールのベッドからいつも漂ってくる匂い、脱脂綿、泣き声、ラ・マーガが抱いているらしい、たいした病気ではないし息子のために自分がしてやれることはなんでもしてやっているのだから二、三日もたてばロカマドゥールの病気は直るという、愚かな確信が、オリベイラをぞっとさせた。なにごとも、過ぎたり足りなかったりで、うまくいかないのだ。なぜ彼はそんなところへきてしまったのか？ひと月前にはまだめいめいアパートを借りていたのだが、それから、いっしょに住むことに決めたのだった。ラ・マーガは言ったっけ、こうしていっしょに住めばかなりの節約になる、新聞は一部買えばいいし、パンが残ることもなくなり、彼女がオラシオの服にアイロンをかけることもできるし、暖房だって、電気だって……。オリベイラはこの出し抜けに襲ってきた陳腐な意識をあやうく賛美するところだった。結局のところ彼が受けいれたのは、トルイユ爺《じい》さんが困りはてていたし、爺さんに三万フラン近い借りがあって、その時点においては、ラ・マーガと同棲《どうせい》するもひとりで暮すも彼にとっては同じことだったからで、くよくよ気にやみ、いちいち長時間考えこむ悪い癖から、いやいやながら止むを得ずしたことだった。彼はラ・マーガが絶えずそばにいれば、自分が脱線ばかりしていても引き戻してくれるだろう、とまでは考えたが、当然ながらロカマドゥールによって引き起される事態にまでは考え及ばなかった。たとえそうであっても、彼は不断の孤独をどうにか守り得ていたのだったが、やがてロカマドゥールの金切声が健全にも彼をふたたび不機嫌へと陥れることになった。《ぼくはウォールター・ペイターの登場人物たちのように人生を終えることになるのだろうか》とオリベイラは考えた。《ひとりごとをいつまでも言う、まったく悪い癖だ。エピクロス主義者メーリアス、まったく悪い癖だ。ぼくにとって唯一の救いが、このがきのシッコってわけか》

「ぼくはきみがいずれオシップと寝るんじゃないかと、いつも疑っていたんだ」とオリベイラが言った。

「ロカマドゥールは熱があるのよ」とラ・マーガは言った。

　オリベイラはまたマテ茶をいれた。彼はマテ茶の葉に気を配らなければならなかった。パリでは薬局でキロ五百フランもし、しかしその葉たるやまったくひどいもので、サン＝ラザール駅の薬屋では《インディオが摘んだ、野生のマテ茶《マテ・ソヴァージュ》》と華々しく銘を打って、利尿剤、抗生物質、緩和剤として売っていた。偶然、ロサリオの弁護士——ついでに言えばオラシオの兄——がクルス・デ・マルタを五キロ、船便で送ってくれたことがあったが、それがもう残り少なくなっていた。《お茶っ葉が切れたら困るな》とオリベイラは考えた。《ぼくの唯一真実の対話はこの小さな緑色の茶器が相手なんだから》彼はマテ茶の異常な動きを観察した。茶の葉は呼吸をするように、いい香りを放ちながら湯に押し上げられて浮上し、彼が吸飲すると、こんどは沈んで行き、小さな水流が起って、孤独者や臆病者のためにあるといってもいいアルゼンチン人特有の肺をふたたび新たに刺激するか、さもなければ艶《つや》も香りも失って底に沈澱するのだった。ほんのしばらくまえからオリベイラにとっては無意味なことが意味を帯びはじめ、緑色の小さな瓢《ひさご》の茶器にじっと注意を凝らして瞑想していると、ありがたいことに、山、月、地平線、思春期の子供、鳥、あるいは馬といった言葉が誘うような概念をこの小さな緑色の瓢器《ひょうき》に負託することなど、彼の不誠実な知性にはまったく思い浮かばないことなのであった。《それにこのマテ茶の小壺《こつぼ》だって一つの中心を指し示すことができるかもしれない》とオリベイラは考えた——すると、ラ・マーガとオシップがくっついたという考えは痩《や》せ細って力を失い、さしあたり緑色の小壺のほうが強くなって、それはさながら焦眉《しょうび》の小火山、泡立つ噴火口といった趣を呈して、九時ごろにはストーヴに燃料を補給したはずなのにまだかなり冷たい部屋の空気に、臆病そうな噴煙をあげていた——《それでその中心がなんであるかは知らないが、それはある単一性の地形学的表現として有効なのではないだろうか？　ぼくはいま大きな部屋の、舗石を敷いた床の上を歩いているが、それらの舗石のうちのある一枚は、すべてのものがその正確な遠近のうちに整然と位置づけられるべくぼくが立ち止まらねばならないまさにその一点なのだ。まさにその一点》とオリベイラは、ただの言葉だけに終らないことをもっと確実にするためか、なかば自嘲ぎみに強調した。《正しい像を得るための角度を探し出さねばならない歪《ゆが》んだ画像――この場合重要なのは、角度がおそろしく鋭角だということ、とつぜん無数の線が、それと知らぬ間にフランソワ一世の肖像とか、シニガリアの戦いへと変容するためには、鼻をカンヴァスにくっつけんばかりにして見なければならないという、なにやら言語に絶するほど驚嘆させられることだ――》だがそのような単一性、ひとつの人生を限っているもろもろの行為の総計は、その人生そのものが白茶けた出がらしのマテ茶のように終ってしまわないうちは、いかなる形にせよはっきり外に顕われることを拒んでいるようであった。つまり、ただあとに残った者、伝記作者たちだけが単一性を見ることができるのであり、それでは実際のところオリベイラにとってはなんの意味もないことだった。問題は、英雄にならずとも、聖者にならずとも、犯罪者にならずとも、ボクシングのチャンピオンにならずとも、首領にならずとも、牧師にならずとも、おのれの単一性を感得することにある。まったき多様性の中の単一性を感得すること、そうすればその単一性は、白茶けて冷えたマテ茶器の澱《おり》ではなく、台風の目となるかもしれない。

「あの子にアスピリンを1/4飲ませようかしら」とラ・マーガが言った。

「もしうまく飲ませることができたら、きみはアンブロワーズ・パレ（十六世紀フランスの外科医）より偉いよ」とオリベイラが言った。「こっちへきてマテ茶を飲まない、いまいれたばかりだよ」

単一性の問題を彼が気にしたのは、いとも簡単に最悪の穽《おとしあな》に陥るように思われたからだった。彼がまだ学生時代、一九三〇年代のビアモンテ通りに住んでいたころ、あまりにも多くの人々が、たんに言葉の上だけの単一性と、性格の尚早な硬化でしかない仮想された人格の単一性とに心地よさそうに安住していることを、（初めは）驚きの念を、（のちには）皮肉の念をもって確認したのだった。それらの人々は、深い愛情をもって査証されたことのけっしてないもろもろの原理からひとつの体系をつくりあげていたが、そのような原理は、言語的相関物によって強引に放逐され代用されたもろもろの力、反撥し牽引しあう力を、言葉に、言葉による概念に、譲り渡すものであった。さてこのようにして、義務、道徳的な人、不道徳な人、無道徳な人、正義、慈善、ヨーロッパ人とアメリカ人、昼と夜、人妻や婚約中の娘や女友達、軍隊と銀行、旗とヤンキーまたはモスクワッ子の黄金、抽象芸術とカセロスの戦い（一八五二年、ブエノスアイレス市カセロス地区で革命軍がロサス政府軍を破った）が次々と継起して、まるで歯や毛髪のように、受容され宿命的に組織に編入されているなにか、生きているわけでも分析できるわけでもないなにかになっている。なぜならそれはそうしたものであり、われわれを構成し、完成し、逞しくしているものなのだから、言葉が人間を凌辱《りょうじょく》し、言葉が生みの父に対して傲慢《ごうまん》にも復讐を遂げていることがオリベイラの瞑想を不快な疑心ですっかり満たし、彼は、もしかしたら戦列からの離脱を許されるかもしれない地点まで道を開き、自分自身との、また彼がその中で生きてきた現実との全面的な和解に至るまでその道を辿るために――辿るといっても、どうやって、またどんな方法で、どんな白夜、あるいはどんな暗黒の真昼に？――本来の敵を利用することを余儀なくされた。言葉抜きで言葉に到達すること（なんと遠く、なんとありそうにないことか）、論証的な意識抜きで深遠な単一性を感得すること。結局それはいまこうしてマテ茶を吸飲し、ロカマドゥールの持ち上げられた小さなお尻と、脱脂綿を持って手早く動いているラ・マーガの指とを見つめながら、お尻になにかされるのが絶対に気にいらないロカマドゥールの火のついたように泣き叫ぶ声を聞いているのとまったく変らない感じなのではないだろうか？　（－90）

20

「ぼくはきみがいつか彼と寝るんじゃないかとずっと思ってたんだ」とオリベイラが言った。

ラ・マーガは少し泣き声の小さくなった息子におむつをし終えると、脱脂綿で手を拭った。

「お願いだからちゃんと手を洗いなさい」とオリベイラが言った。「そしてその汚れ物をそこから全部片づけて」

「すぐにするわ」とラ・マーガが言った。オリベイラは彼女の視線に耐え（それはいつも相当きついことだった）、ラ・マーガは新聞紙をもってきてそれをベッドの上に広げ、脱脂綿をいれて包むと部屋を出て踊り場のトイレに捨てに行った。彼女が戻ってきたとき、その手が赤く、つやつや光っていたので、オリベイラはマテ茶器を手渡した。彼女は低い肘掛椅子に座り、律義に吸飲した。彼女はいつでもバンビージャ（瓢からマテ茶を吸引するための管で、その一端は多くの小さな穴のあいた電球状の茶漉、他端は吸口になっている）をあっちこっち動かし、まるでとうもろこし粥でも作るようにやたらと掻き回してマテ茶を台無しにした。

「結局」とオリベイラは鼻の穴から煙を出しながら言った、「いずれにしても、ぼくに知らせておいてくれることだってできたんだ。いまぼくの荷物をどこか余所へ運び出すとしても、タクシー代に六百フランはかかる。それに、部屋を探すっていったって当節そう簡単じゃあないよ」

「出て行く理由がないじゃない」とラ・マーガが言った。

「いつまででたらめを並べているの？」

「でたらめを並べるか」とオリベイラは言った。「まるでラ・プラタ流域地方のベストセラー小説の対話にでも出てきそうな台詞《セリフ》だ。これであとは、相手のいないぼくのグロテスクな言動をきみが腹の底から笑ってくれさえすれば、ぼくの珍奇な物語も一巻の終りさ」

「あら、もう泣き止んだわ」とラ・マーガは言って、ベッドのほうを見た。「小声で話しましょうよ、アスピリンが効いてぐっすり眠れそうよ。わたし、グレゴロヴィウスとは絶対寝てないわ」

「いや、確かに寝たさ」

「寝てないわよ、オラシオ。もしそうだったらあんたに話してるわ。あんたと知りあって以後、あんた以外に愛人なんていない。わたしの言い方が悪くて、あんたがわたしの話を笑ったって構わないのよ。わたし、できるだけちゃんと話しているんだから、この気持、どう言ったらいいのかなあ」

「もういい、もういい」とオリベイラはうんざりしたように言って、またマテ茶に手を伸ばした。「それじゃ坊やのせいできみは変ったんだろう。しばらく前からきみは世間で言う母親に変ってしまったんだ」

「でもロカマドゥールは病気なのよ」

「それなら結構」とオリベイラは言った。「きみがなんと言おうと、ぼくにはきみの変りようはもっと別種のものに思えるんだ。実際、ぼくらはもうお互い、あまりにも我慢が足りなくなっている」

「わたしに我慢がならないのはあんたでしょ。ロカマドゥールに我慢がならないのはあんたでしょ」

「確かにそうだ。子供はぼくの計算外だったからな。同じ一つの部屋に三人というのはよくないよ。考えてみれば、オシップをいれると四人だもの、とうてい我慢できないなあ」

「オシップはなんの関係もないわ」

「茶沸しをかけてくれない」とオリベイラは言った。

「彼はなんの関係もないわ」とラ・マーガは繰り返した。

「なぜわたしを苦しめるの？　ばか。わかってるわ、あんたは退屈してるのよ、もうわたしを愛していないのよ。あんたが愛したのはわたしなんかじゃなく、なにか別のもの、夢のようなものだったんだわ。行きなさいよ、オラシオ、ここにとどまる理由なんかないのよ。わたしにだって、そういうことが何度かあったわ……」

彼女はベッドのほうを見た。ロカマドゥールは眠っていた。

「何度も、か」とオリベイラは、マテ茶の葉を替えながら言った。「感傷的な自叙伝のためには見上げた率直さだよ。オシップだってそう言うだろうよ。なにしろきみと知りあったばかりであの黒人男の話を聞かされるんだからね」

「わたしはどうしてもその話をしなくちゃならないのよ、あんたはわかってくれないのね」

「ぼくにはわからないね、でもそれは致命的だよ」

「たとえ致命的でもわたしはその話をしなくちゃならないと思ってるわ。自分がそうしたいと思えば、自分がどう生きてきたかを人に話すのは当然でしょ。わたしはあんたのことを言ってるのよ、オシップのことなんかじゃなくて。あんたはわたしに女友達のことを話したっていいし話さなくったっていいけど、わたしはなんでも話さなくちゃいられないのよ。わかるでしょ、それはほかの男を好きにならないうちにその男を遠ざける唯一の方法なのよ、門からこっちへは入らせず、部屋の中でわたしたち二人っきりになるための唯一の方法なのよ」

「罪ほろぼしの儀式みたいなもんだな、それにご機嫌とりでもある。最初があの黒人」

「ええそうよ」とラ・マーガは彼を見ながら言った。

「最初があの黒人。次がレデスマ」

「次がレデスマだ、もちろん」

「そしてあの狭い通りの三人目、カーニヴァルの夜」

「公然と」とオリベイラはマテ茶をいれながら言った。

「それから、ホテル経営者の弟のムシュー・ヴァンサン」

「こっそりと」

「それから、公園で泣いていた兵隊」

「公然と」

「それから、あなたよ」

「こっそりと。しかしぼくの名前を、本人を前に置いて挙げるとは、ぼくの悲しい予感を確証しているみたいだな。実際、きみは完全なリストをグレゴロヴィウスに読み上げてやるべきだった」

　ラ・マーガはバンビージャをぐるぐる回していた。彼女がうつむいたので、髪が顔の上に一度に垂れ下がり、オリベイラが知らん顔で観察していた彼女の表情を隠してしまった。

Después fuiste la amiguita
de un viejo boticario,
y el hijo de un comisario
todo el vento sacó…
きみが速くへ行っちゃってから
小間物屋の爺さんの可愛い娘、
おまわりさんちの総領が
ありがね全部引き出して……

　オリベイラは鼻唄でタンゴを歌っていた。ラ・マーガはバンビージャでマテ茶を吸い、彼のほうを見もせずに肩をすぼめた。《可哀そうに》とオリベイラは思った。彼女の髪をぐいと引っ張り、まるでカーテンでも引くように荒々しく後にのけぞらせた。バンビージャが彼女の歯の間で乾いた音をたてた。

「これじゃあんたに打《ぶ》たれたも同じよ」とラ・マーガは言って、震える二本の指で自分の唇に触れた。「わたしはどうでもいいけど、でも……」

「それがたまたまきみには大事なことなんだ」とオリベイラは言った。「もしきみがあんなふうにぼくを見なかったら、ぼくはきみを軽蔑していたところだ。きみはすばらしいよ、ロカマドゥールもなにもかも」

「あんたがそう言ってくれたって、わたしにはなんの足しにもならないわ」

「ぼくには足しになるよ」

「ええ、あんたには足しになるでしょ。あんたにはなんだって足しになるのよ、あんたが探求をつづけるためなら」

「ねえ、きみ」とオリベイラはやさしく言った。「涙がせっかくのマテ茶の味を台無しにすることは知ってるだろう」

「たぶんわたしが泣いてもあんたには足しになるのね」

「そう、どの程度ぼくに罪があるかに従ってね」

「出て行きなさいよ、オラシオ、それがいちばんいいわ」

「おそらくそうだろう。でも、いいかい、いずれにせよぼくがいま出て行けば、ぼくはなにか英雄的行為と思われかねない行動をとることになる。つまりそれはきみを一文無しで赤ん坊といっしょに置き去りにすることなんだよ」

「ええ、そうよ」とラ・マーガは涙の間からホメロス的な笑みを浮かべながら言った。「ほとんど英雄的よ、確かに」

「でもぼくはおよそ英雄とは隔たった人間だから、兄が美文調で言ってきたように、ぼくらはどんな手を打ったらいいか考えつくまで、むしろここにとどまっているほうがよさそうだ」

「それじゃ、そうしなさいよ」

「でも、どうやって、また、なぜぼくがその英雄主義を棄てるか、きみはわかってるの？」

「ええ、もちろんよ」

「それじゃ、なぜぼくが出て行かないかを説明してごらん」

「あんたは出て行かないわよ、だってあんたはかなりブルジョワで、ロナルドやバブズやほかのお友達の考えるようなことを無視できないんですもの」

「まさにそのとおり。ぼくの決断にきみがこれといった要因とはなっていないことをきみが理解しているのは結構だ。ぼくがここに踏みとどまっているのは連帯感からでも、憐憫《れんびん》からでも、ロカマドゥールに哺乳瓶を与えなければならないからでもない。まして、きみとぼくとがまだなんらかの共通点を持っているからではないんだ」

「あんたって、どうかすると滑稽ね」とラ・マーガが言った。

「確かに」とオリベイラは言った。「ボブ・ホープだってぼくに比べりゃちょろいもんさ」

「あんた、わたしたちはもうなにも共通点を持たないって言ったとき、口をなんかこう変にしたでしょ……」

「ちょっとこんなふうにだろ？」

「そうそう、信じがたいわね」

　彼らはおかしくてハンカチを取り出し、両手で顔を蔽わなければならなかったが、わっと大声で笑いだしたのでロカマドゥールが目を覚ましそうになるし、なにやらたいへんだった。オリベイラが懸命になって彼女を支えてやったが、ラ・マーガはハンカチを噛み、笑いすぎて涙を浮かべながら、前の方の脚が短いためにずり落ちやすい肘掛椅子から少しずつ滑り落ちて、とうとうオリベイラの脚の間に挟まれた格好になってしまったが、オリベイラも笑いこけて、ときおりしゃっくりをしながら、ついに高笑いとともにハンカチを吐き出してしまった。「ぼくがあんなことを言ったとき、どんな口をしたか、もう一度やって見せてよ」とオリベイラが頼んだ。「こうよ」とラ・マーガは言って、もう一度二人で身をよじって笑い転げているうちに、オリベイラが腹のほうを縮めて体を二つ折りにしたのでラ・マーガは自分の顔のすぐ前に彼の顔を見ることになった。彼の目は涙まじりに光ってみえた。彼らは逆さキスをし、彼女は頭を上に向け、彼は髪をまるで房飾りのように垂らしてキスしあい、互いに誰の口か覚えがなくて少し噛んだりしながら、いつもと違う口にキスしあい、垂れ下がる髪やら、テーブルの端でひっくり返ってラ・マーガのスカートの裾《すそ》を滴り落ちているマテ茶やらの地獄の縺《もつ》れのなかで、手探りで互いを求めあった。

「オシップはどうやって愛するのか話してよ」とオリベイラは、ラ・マーガの唇に唇を押しあてながら囁いた。「頭に猛烈に血が上るから、いつまでもこんな姿勢はできないよ、おそろしいや」

「彼はとってもうまくやるわ」とラ・マーガは言って彼の唇を噛んだ。「あんたよりずっと上手よ、それにもっと長時間だし」

「でも彼はきみの天人花をなにするのかい？　僕に嘘をついちゃいけないよ。彼はほんとうにあそこをなにするのかい？」

「たっぷりとよ。そこらじゅうをね。ときにはしすぎるくらい。すっごくいい感じ」

「それで彼はあれの間にきみのなにを置かせるの？」

「そうよ、それからわたしたち、あれを彼がもういい、もういいって言うまでなにするの、そしてわたしも我慢できなくなって、急がなくちゃならなくなるのよ、わかるでしょ。でもそれ、あんたにはわからないわね。あんたはいつも、いちばんちっぽけなあれのなかにいるんだから」

「ぼくだって誰だって」オリベイラはぶつぶつ言いながら立ち上がった。「ほら、このマテ茶の汚いこと。ぼくはしばらく外出してくるよ」

「あんた、わたしにオシップのことを話をつづけてもらいたくないの？」とラ・マーガが言った。「痴話語」

「痴話語は飽き飽きしたよ。その上、きみには想像力というものがない、いつも同じことを言う。痴話語か、そいつは耳新しいかもしれない。それから、《のことを話《コンタント・》を《デ》》とは言わない」

「痴話語はわたしが考えだしたのよ」とラ・マーガが憤然として言った。「あんたはなんでも仕放題で、はなばなしく成功するけど、それはほんとの痴話語ではないわ」

「オシップに話を戻そう……」

「ばか言わないでよ、オラシオ、わたしは彼と寝てなんかいないわ。スー族の大仰な誓いをあんたに立てなきゃいけないの？」

「いや、結局ぼくはきみを信じることになりそうだよ」

「そりゃあ、これから先」とラ・マーガは言った。「もしかしたらオシップと寝ることになるかも知れないわよ、でも、そうなるとしたらそれはあんたがそうすることを望んだ結果のことでしょうよ」

「しかし、きみは実際あいつが好きになれるだろうかね？」

「ううん、実際を言うと、薬屋に払わなくちゃならないのよ。あんたからは一文だってせびりたくないし、オシップにお金をくれとは頼めないけど、幻想をいだかせておくことはできるわ」

「そう、わかった」とオリベイラは言った。「きみの慈善家的《サマリターノ》側面がね。例の公園の兵隊も、泣いてるのを放っておけなかったってわけか」

「そうだったのよ、オラシオ。わたしたちの相違点が、あんたにもようやくわかったようね」

「そうだな、憐憫てやつはぼくの得手じゃない。しかしぼくだってもしかしたらそんな時刻に泣いていたかもしれないし、そうしたらきみは……」

「いやよ、あんたが泣いてるとこなんて想像つかないわ」とラ・マーガが言った。「あんた、そんなこと考えても無駄ね」

「いつだったか、ぼくは泣いたことがあった」

「ただ、腹を立ててでしょ。あんたは泣くことを知らない人よ、オラシオ、それはあんたにはできないことの一つだわ」

　オリベイラはラ・マーガを引き寄せて、膝の上に彼女を座らせた。彼はラ・マーガの匂い、ラ・マーガの衿足《えりあし》の匂いが彼をもの悲しくさせているように感じた。これと同じ匂いがかつて……。《なにかを通して探求することと》と彼は漠然と考えた。《そうだ、それはぼくがどうすべきかを知らないことの一つだ、そのことと、泣くことと、同情すること》

「ぼくらは一度も愛しあったことがなかったんだ」彼は彼女の髪にキスしながら言った。

「それはあんた自分一人の話よ」とラ・マーガは目を閉じて言った。「わたしがあんたを愛しているかいないか、あんたにはわからないでしょ、そんなことあんたには知ることもできないはずよ」

「ぼくをそんなに蒙昧《もうまい》だと思ってるのかい？」

「むしろ逆に、少し蒙昧なほうがあんたにはかえっていいかもね」

「ああ、そうだとも。肌の触れあいは面倒な定《き》まりに取って替り、本能は知性をはるかに越えてしまうもの、摩訶《まか》不思議な生、魂の暗い夜」

「あんたはそれでいいでしょうけど」とラ・マーガは、なにかよくわからないがそうは悟られまいとするときにいつもやるように、執拗に食いさがった。

「いいかい、人は誰でも自分の道を進むことができるということぐらい、ぼくにだって、いまぼくが持っている知識だけで充分にわかるさ。ぼくは孤独になることが必要だと思うんだよ、ルシア。実のところ、ぼくは自分がなにをしようとしているのかよくわからない。きみに対しても、ロカマドゥールに対しても、ロカマドゥールは目を覚ましたみたいだけど、ぼくはきみたちをないがしろに扱うという不当な仕打ちをしているし、そういうことがいつまでもつづくのは望ましくないんだ」

「わたしのことや、ロカマドゥールのことなら気にしなくていいのよ」

「気にしてるわけじゃないが、ぼくらは三すくみになって互いに足を引っぱりあっているんで、それじゃ不便だし、見苦しいよ。ぼくは充分に盲目ではないかもしれないね、しかしぼくの視神経の見さしめるところでは、きみはぼくがいなくても完全にちゃんとやって行けそうだよ。ぼくの女友達はいままで誰も自殺なんかしなかったぜ、そんなことまで打ち明けるとぼくの自尊心が血を流すんだが」

「そうよ、オラシオ」

「だから、もしぼくが今夜か明日の朝、きみを捨てて出て行くだけの勇気を揮《ふる》い起すことができれば、そのときはいっさいご破算にしてなにもなかったことにできる」

「なにもなかったことに」とラ・マーガが言った。

「きみはまた改めて坊やを連れてマダム・イレーヌのところへ行き、パリへ戻ってきみの生活をつづけられるんだ」

「そのとおり」

「いろいろ映画にも行けるだろうし、また小説を読むこともできるだろうし、どんなに不幸な場所、どんなに不幸な時間にあっても、きみの生命の危険を背負って歩いて行けるだろう」

「まったくそのとおり」

「街頭でしょっちゅう風変りなものを見つけてはそれらを持ち帰ってきみはなにか物をこしらえるだろう。ウォンはきみに手品を教え、オシップは手を組みあわせ、しおらしく敬意にみちた態度できみの後から二メートルの距離をおいてついてくるだろう」

「どうかお願い、オラシオ」とラ・マーガは言って彼に抱きつき、顔を埋めた。

「もちろんぼくらは、じつに奇妙な場所で、まるで魔法によるかのように出会うだろう。ちょうどあのバスチーユ広場での夜のように、憶えてるだろ」

「ダヴァル通りでね」

「ぼくはかなり酔っていたが、きみが角から姿を現わすと、二人ともばかみたいにじっと見つめあっていたっけ」

「それはわたし、あの晩あんたが音楽会に行ってるものとばかり思っていたからよ」

「きみのほうはマダム・レオニと会う約束をしてあるってぼくに言ってあったし」

「だからダヴァル通りでは、ずいぶんおかしな出会い方をしたわけよね」

「きみはよく緑色のセーターを着てたけど、町角でひとりの男色者を慰めるために立ち止まったことがあったっけ」

「誰かに殴られてカフェからつまみ出されたのよ、それで泣いてたらしいのよね」

「また別のときにはジェマップ河岸通りのそばで出会ったのを憶えている」

「暑かったわね」とラ・マーガは言った。

「きみはジェマップ河岸通りでなにを探していたのか、ぼくに説明してくれなかったね」

「あら、なにも探してなんかいなかったわ」

「お金を手に持っていたじゃないか」

「歩道の縁で見つけたのよ。よく光ってたもの」

「それから香具師《やし》の出ている共和国広場へ行って、飴《あめ》を一箱儲《もう》けたっけね」

「ひどかったわ」

「またいつかはぼくが地下鉄《メトロ》のムートン＝デュヴェルネ駅から出てきたら、きみは黒人とフィリピン人といっしょにカフェのテラスに座っていたじゃない」

「そしてあんたはムートン＝デュヴェルネ界隈になんの用があったのか、わたしに話してくれなかったわ」

「うおのめの医者に行ったんだよ」とオリベイラは言った。「そこの待合室の壁紙がね、紫色と赤紫色の中間色で、ゴンドラと、椰子《やし》の木と、月光のもとで抱きあっている恋人たちを配した図柄のものだったよ。12×8センチ角の絵がなんと五百回も繰り返されてるんだよ、想像してごらん」

「あんたはそれを見に行ったんでしょ、うおのめのせいじゃなくて」

「それがうおのめじゃなかったんだよ。足の裏に正真正銘の疣《いぼ》ができたんだ。ビタミン不足らしい」

「それでちゃんと直ったの？」とラ・マーガは言うと、顔をあげて彼をしげしげと見つめた。

最初の大笑いでロカマドゥールが目を覚まし、めそめそ泣きだした。オリベイラは溜息をついた。やれやれまたしても同じ情景が繰り返されようとしているぞ、しばらくは、ベッドの上に身をかがめてせっせと手を動かしているラ・マーガの背中を見ているしかあるまい。彼はマテ茶をいれる準備にかかり、タバコに火をつけようとした。もう考えたくなかった。ラ・マーガは手を洗いにいって戻ってきた。二人は互いにほとんど視線を合わせずにマテ茶を飲んだ。

「こんな調子でも」とオリベイラが言った。「ぼくらがメロドラマに堕していないことは結構じゃないか。ぼくをそんなふうに見ないでくれよ、もしきみが少しでも考えてくれれば、ぼくがなにを言いたいのか、きみにだってわかるのに」

「わかってるわ」とラ・マーガは言った。「それはわたしがあんたをあんなふうに見る理由ではないのよ」

「ああ、きみが考えているのは……」

「少しはね、そうよ。でもまた話をしたりしないほうがいいわ」

「きみの言うとおりだ。いいだろう、ぼくは一巡り散歩してこようかな」

「戻ってこなくていいのよ」とラ・マーガが言った。

「大袈裟にしないほうが結局はよくないか」とオリベイラが言った。「今夜ぼくはどこに寝たらいいんだい？ ゴルディウスの結び目の上に寝るか、西風の吹く街路に寝るか、きっと氷点下五度にはなるぞ」

「戻ってこないほうがいいわ、オラシオ」とラ・マーガは言った。「いまとなってはあんたにそう言うの簡単よ、わかるでしょ」

「結局」とオリベイラが言った。「ぼくらはぼくらの駆引を言寿《ことほ》ぐところまで行きそうな気配だな」

「あんたってずいぶん憐れな人ね、オラシオ」

「おっと、それはないや。まあ落ち着いて」

「いいこと、わたしだってときにはものが見えるのよ。とってもはっきりと見えるのよ。考えてもご覧なさいよ、つい一時間前には、わたし出て行って川に身を投げるのがいちばんいいと思っていたんだから」

「セーヌに身許不明の女の死体が……。でもきみは白鳥のように泳げるくせに」

「あんたって憐れな人ね」とラ・マーガは繰り返して言った。「いまさらながらよくわかったわ。ノートル＝ダームの後でわたしたちが会ったあの夜も、わたしにはわかっていたのよ……。でもそうは信じたくなかったんだわ。あんたはとってもいい青いシャツを着てたわね。あれが二人でいっしょにホテルに行った最初だったかしら？」

「いいや、でも同じことさ。で、きみがぼくに痴話語でしゃべることを教えてくれたんだった」

「それもみんな憐れみからしたことだってあんたに言っておきさえしたら」

「よせやい」オリベイラはびっくりしたように彼女を見ながら言った。

「あの夜、あんたは危険だったわ。誰にだって明らかだったのよ、遠くで鳴ってるサイレンみたいだったんだから……うまく説明できないけど」

「ぼくにとっては危険は形而上的なことだけだよ」とオリベイラは言った。「ぼくが鉤《かぎ》なんかで水中から引き上げられるなんてことは起らないさ。いずれ腸閉塞《へいそく》かアジア風邪かプージョー403で急死さ」

「わからないわよ」とラ・マーガが言った。「わたしはときどき自殺を考えるの、でも実行はしないだろうってわかるのよ。ロカマドゥールのためだけだと思わないで、あの子が生れる以前にも同じだったんだから。自殺という観念がいつもわたしには快いのね。でもあんたは、けっしてそんなこと考えないわね……。なぜ形而上的危険なんていうの？　形而上的な川だってあるのよ、オラシオ。あんたはそういう川のどれかに身投げしようとしてるんだわ」

「たぶん」とオリベイラは言った。「それが〈道《タオ》〉なんだ」

「わたしはね、あんたを守ってやれるのはわたしだってて思ったのよ。なんにも言わないで。それからあとになってわたし悟ったの、あんたはわたしを必要としていないって。わたしたち、ソナタを演奏するためにいっしょになった音楽家同士のように愛しあっていたのね」

「うれしいことを言ってくれるね」

「そうだったのよ、一方の側にピアノ、他方にヴァイオリンがあって、そこからソナタが聞こえていたんだわ、でも、もうおわかりでしょ、結局わたしたちは出会っていなかったのよ。わたしには直ぐわかったわ、オラシオ、でもあのソナタ、とっても美しかったわ」

「そうとも、ルシア」

「それに痴話語」

「そうさ」

「それになにもかも、〈クラブ〉もよ、いつかの夜、ベルシ河岸通りの木の下で、明け方まで星を漁ったり、王子さまのお話をしたりしたわね。そうしてあんたは喉が渇いたって、いちばん高いシャンパンを一瓶買ってきて、二人して川岸で飲んだっけね」

「それから浮浪者がやってきて」とオリベイラが言った。「瓶の半分は彼にやったじゃない」

「あの浮浪者、とてつもない物知りで、ラテン語や東洋のことといろいろ知ってたわね、そしてあんたは彼と議論した、なんの議論だったかしら……。確かアヴェロエス、だったわよね」

「そう、アヴェロエスだ」

「それから、あの兵隊がトローヌの縁日でわたしのお尻にさわった時、あんたはそいつの顔に一発喰らわせ、わたしたちみんな捕まったっけね」

「ロカマドゥールには聞かせたくないね」とオリベイラは笑いながら言った。

「運のいいことにロカマドゥールはあんたのことなんかなにも覚えていないでしょうよ、あの目の奥にはまだなにも焼きついていないもの。投げ与えられたパン屑を食べている小鳥みたいなものよ。あんたを見て、パン屑を食べて、飛んでってしまう……。なにもあとに残りはしないわ」

「そうだね」とオリベイラは言った。「なにもあとに残りはしない」

踊り場で四階の女が大声をあげていた。その時刻にはいつも酔っている。オリベイラは扉のほうをぼんやりと見たが、ラ・マーガは彼にすがりつき、滑り落ちるようにくずおれると彼の膝を抱いて、身を震わせながら泣くのだった。

「どうしてきみはそんなに自分を苦しめるんだ？」とオリベイラが言った。「形而上的な川ならどこにでも流れているさ、わざわざ遠くまで行かなくたってお目にかかれる。ぼくほど正当な理由をもって投身できる人間はいないだろう。ひとつ、きみに約束しよう、ぼくは死ぬ間際になったら、臨終がなおさら辛いものになるように、きみのことを思いだすよ。これじゃ三色刷りの表紙のついた正真正銘の週刊誌連載小説だな」

「行かないで」とラ・マーガは小声で言って、彼の脚にすがりついた。

「そこらを一巡りしてくるだけだよ」

「いや、行かないで」

「離しなさい。戻ってくることはよくわかってるだろ、少なくとも今夜は」

「いっしょに行きましょう」とラ・マーガは言った。「ほら、ロカマドゥールは眠ってるし、哺乳瓶の時間まではおとなしくしてるわ。二時間はあるからアラブ人街のあのカフェに行きましょうよ、あのわびしい小さなカフェにいると気分が晴れるわ」

だがオリベイラはひとりで行きたかった。彼は少しずつラ・マーガの抱擁から足を抜きはじめた。彼女の髪を撫で、首飾りに指を這わせ、彼女が垂れさがった髪に顔を隠して泣いているのを聞きながら、うなじと耳のうしろにキスをした。《脅しはだめだよ》と彼は考えていた。《泣くなら顔を見合わせてだ、映画で憶えた安っぽい啜《すす》り泣きはご免だな》彼は彼女の顔を持ち上げて彼のほうを向かせた。

「悪者なんだよ、ぼくは」とオリベイラは言った。「ぼくにはぼくの償いをさせてくれ。きみは坊やのために泣けばいい、あの子はたぶん死にかけてるんだから。でも、ぼくに対していたずらに涙を流すことはない。やれやれ、ゾラの時代このかた、これに似た愁嘆場は見られなかったんじゃないかなあ。頼むからぼくを行かせてよ」

「どうしてなの？」とラ・マーガは床から立ち上がろうともせずに、犬のように彼を見上げながら言った。

「どうしてって、どうして？」

「どうしてなの？」

「ああ、きみはこうしたすべてがどうしてなのかって言いたいんだな。いまにわかるさ。ぼくの思うに、きみにもぼくにもそう甚だしい過失があったわけじゃあない。ぼくらはまだ大人になりきっていないんだよ。ルシア。若いことは確かに利点だけど高くつくものなんだ。子供たちは遊びふざけたあと必ず髪を引っぱりあうだろ、ぼくたちの場合もなにかあんなものじゃないかな。こいつは考えてみる必要があるぞ」


（－126）

21

この世の誰にでも同様のことは起る、双面神像をきめこんでも無駄なこと、現に四十歳を過ぎればほんとうの顔はうなじにあって、絶望的に後ばかり見ているではないか。それこそまさに陳腐というものだ。なにもすることがない、ということを、一つ顔になった若者たちの唇が退屈のあまり捻《ひね》り出した言葉でいえば、こう言うしかない。サン゠ジェルマン゠デ゠プレのクリーム入りコーヒーの湯気のもとで、ダレルやボーヴォアールやデュラスやドゥアソやクノーやサロートやを読むトリコットを着た男の子たちや、可愛らしくもまだ垢抜けていない女の子たちに囲まれているぼくは、フランスびいきのアルゼンチン人（恐ろしや恐ろしや）、すでに若者のモードを、クール・ジャズを卒業し、時代錯誤的ではあるが、ルネ・クレヴェルの『きみたちはばかか？』を手に、シュルレアリスムのすべてを記憶にとどめ、骨盤にはアントナン・アルトーの徴候を、耳にはエドガー・ヴァレーズの『イオニザシオン』を、目にはピカソを（しかしぼくはモンドリアン党らしい、よくそう言われる）という人間だ。

「*Tu sèmes des syllabes pour récolter des étoiles.*（きみは星を刈り取るために音綴を蒔く）」とクレヴェルがぼくを冷やかす。

「なるようになってるんです」とぼくは彼に答える。

「で、その女だが、*n'arrêtera-t-elle donc pas de secouer l'arbre à sanglots?*（彼女は、いったい、木を揺すって泣

きじゃくるのを止めないのだろうか?）」

「あなたは正しくない」とぼくは彼に言う。「彼女はほとんど泣いてなんかいません、苦情なんか言っていません」

人生において、ある本の96ページを開き、コーヒーから墓場まで、倦怠から自殺まで、著者と対話するのがなによりも容易であるような瞬間に到達することは悲しいことだ、まわりのテーブルではアルジェリアだの、アデナウアーだの、ミジャヌー・バルドー、ギー・トレヴェール、シドニー・ベシェ、ミシェル・ビュトール、ナボコフ、サオ－ウ－キ、ルイソン・ボベだのの話をしているのに、そしてぼくの故国では若者たちが話しているのに、なにを話しているのかな若者たちはぼくの故国で? ぼくにはもうわからないな、こんなに遠く離れているし、でも、もうスピリンベルゴの話をしてはいまい、フスト・スアレスの話はしていまい、ティブロン・デ・キジャの話はしていまい、ボニーニの話はしていまい、レギサーモの話はしていまい。当然のことだ。やっかいなのは、自然と現実とがなぜか知らないが敵《かたき》同士になっていることで、自然なものが恐ろしいことに贋物《にせもの》めいて響くときがあり、二十歳の現実が四十歳の現実と肘《ひじ》突きあって対等に渡りあい、しかもそれぞれの肘には相手の上着を切り裂く剃刀《かみそり》の刃が隠されているということだ。ぼくは、同時に存在してしかも異質な複数の世界を発見し、そのたびに、一致などというものは最悪の幻想ではないかという疑惑をいっそう深くする。この遍在への渇望はなぜなのか、この時間との格闘はなぜなのか? ぼくだってサロートも読めば、手錠をかけられたギー・トレヴェールの写真も見るが、それらはぼくの身にも起り得ることであるのに対して、もしぼくが決断を下す者の立場におかれると、ぼくはほとんどつねに後向きの決定をしてしまう。ぼくの手が蔵書の間をあちこち動いて、クレヴェルを抜き出し、ロベルト・アルルトを抜き出し、ジャリを抜き出す。今日という日がぼくを熱狂させるが、それはつねに昨日という日の視点からであって、（ぼくを熱狂させる〈me hapasiona〉と言った?）あたかもぼくの年齢では過去が現在に転じ、現在は奇妙な混乱した未来であるかのようであり、そこではトリコットを着た男の子たちや長い髪をゆるやかに垂らした女の子たちがクリーム入りコーヒーを飲み、猫か植物のようにゆっくりと優雅に愛撫《あいぶ》しあっている。

これとは闘わなければならない。

現在の中に自己をふたたび据え直さなければならない。ぼくはモンドリアン党であるらしい、故に《エルゴ》……だがモンドリアンは四十年も前に彼の現在を描いていたのだ。

（典型的なオーケストラ指揮者といった風情のモンドリアンの写真《フリオ・デ・カロ、ほら！《エッコ》》、眼鏡をかけ、てかてかに撫でつけた髪、固い襟、まるで稚児さんと踊る忌まわしい商店員といった風情だ。モンドリアンは踊りながらどんな種類の現在を感じていたのだろうか？　あれら彼のカンヴァス、あの彼の写真……深淵《しんえん》。）

おまえは年をとっているのだ、オラシオ。クウィント・オラシオ・オリベイラ、おまえは年をとっているのだ、フラコ（ラテン詩人ホラーティウスの名をスペイン風に表記すると、クウィント・オラシオ・フラコ）。おまえは薄弱《フラコ》で年をとっているのだ、オリベイラ。

「*Il verse son vitriol entre les cuisses des faubourges*（彼は場末の労働者の腿の間に安物のブランデーを注ぐ）」とクレヴェルが冷やかす。

ぼくはなにをしようとしているのか？　大混乱のさなかにあって、ぼくは信じつづけるのだ、風見はどんなに回転しても、最後には北とか南とか、方角を示すはずだと。人のことを風見呼ばわりするのは想像力の貧困を証明している。転回は目に見えるが志向は見えない。風の川の中に打ちこまれ、そこに止まっていようとする矢尻《やじり》。〈形而上的な川だってあるわ〉そうだ、ルシア、もちろんだとも。そしてきみは、ときどき泣いたりしながら、息子の看病をするだろう、そうしてここにはすぐに別の日が訪れ、暑さをもたらすことのない黄色い太陽がまた射してくるだろう。*J'habite à Saint-Gemain-des-Prés, et chaque soir j'ai rendez-vous avec Verlane. / Ce gros pierrot n'a pas changé, et pour courir le guilledou...*（わたしはサン＝ジェルマン＝デ＝プレに住み、毎晩ヴェルレーヌと会った。／この口汚いピエロは相も変らず、いかがわしい場所に出入りするために……）コイン投入口に二十フラン入れると、レオ・フェレが、あるいはジルベール・ベコーが、あるいはギー・ベアールが愛を歌ってくれる。彼方《かなた》のぼくの故国では、バラ色の人生が見たいなら／スロットに二十センタボ入れなさい……。きみはたぶんラジオをつけて（ラジオの賃借り、今度の月曜で期限が切れるよ、注意しておくけど）、室内楽を、それもたぶんモーツアルトを聴くか、あるいはレコードを、ロカマドゥールが目を覚まさないようにうんと低くしてかけるだろう。それにぼくの見るところ、きみにはどうも充分わかっていないようだね、ロカマドゥールは病気が重いんだよ、おそろしく弱っていて病気が重いんだよ、だから病院にいれたほうがよく看病できるだろう。しかしもうそんなことをきみに言ってもしょうがない、すべては終ったんだ、ぼくはその辺へ出かけてぶらぶら歩き回り、もしそれがぼくの探求するものであるなら、北や南を探求してくるよ。もしそれがぼくの探求するものであるならね。でも、もしそれがぼくの探求するものでなかったら、それはいったいなんだろうか？　ああ、ルシア、ぼくはきみがいなかったらとても寂しいだろう、ぼくは肌に、喉に、その悲しみを感じるだろう。息をするたびに、もはやきみの存在しないぼくの胸のうちに空虚が侵入してくるだろう。「*Toi*（きみは）」とクレヴェルは言う、「*toujours prêt à grimper les cinq étages des pythonisses faubouriennes, qui ouvrent grandes les portes du futur*...（未来への門扉を開け放ってくれる場末の女占師の住む六階までいつでも登って行く用意があるのだ……）」

　もちろんそうだ、もちろんぼくはラ・マーガを探して歩かなければならなかったものだ。たいていは、おもてに出てセーヌ通りに行き、コンティ河岸へ通ずるアーチを潜り抜けさえすれば、川面にたゆたう灰色とオリーヴ色の光にかろうじて物の輪郭が見分けられるやたちまち彼女の細いシルエットがポン・デ・ザールに刻みつけられているのが認められ、ぼくたちはそこから影の探求に出かけ、フォーブール・サン・ドニでじゃがいもの空揚げを食べ、サン＝マルタン運河の伝馬船のそばでキスするのだった。彼女といると、ぼくはなにか清新の気が満ちてくるのを感じたものだ、日暮れの夢幻的な徴《しるし》とか、あるいはぼくらがいっしょにいて浮浪者たちがクール・ド・ロアン（リセ・フェヌロンの西側の陸橋道）の鉄柵によじのぼり証人や裁判官の恐ろしい狂気じみた領分へと入ったかに見えるとき、事物がその輪郭をあらわしてくるさまとかが……。もちろんぼくはラ・マーガを愛し、彼女を一泊六百フランの平らな天井の安ホテルで幾十回となく所有しなければならなかったのだ、ベッドカヴァーが古くなってほつれているようなベッドで、それというのもあのめくるめく石蹴り遊び、あの袋飛び競走において、ぼくは自己を認識し、自己を命名し、ついに時間を超脱し、仕事着やエチケットともども時間の檻《おり》から脱出して、去勢野郎どもの至聖犯すべからざる義務仕事の時間と分を指し示すオメガ・エレクトン・ジラール・ペルゴー・ヴァシュロン＆コンスタンタンの時間の飾り窓を超越して、最後の束縛も解け快楽が和解の鏡となる気圏に入っていったのだった、雲雀《ひばり》のための鏡とはいえ鏡は鏡、人間から人間への秘跡のようななにか、聖櫃《せいひつ》のまわりの輪舞、口と口を合わせた夢の前進、ときにはほぐれもせず生温かい性を結びあったまま、腕と腕を植物性の導桿《どうかん》のようにからませ、手はもっぱら股《もも》を、頸《くび》を、撫でまわし……

「*Tu t'accroches à des histoires*（きみは物語にしがみつく）」とクレヴェルは言う。「*Tu étreins des mots...*（きみは言葉を抱き締める……）」

「そうじゃない、それはむしろ、あなたの知らない海の向う側で行なわれていることですよ。しばらく前からぼくは言葉と寝るのはやめました。ぼくだってあなたや皆と同じように言葉を使っていますが、言葉を着る前に、できるだけ言葉にブラシをかけて磨きますよ」

クレヴェルは不審のおももちだが、ぼくには彼の気持がわかる。ラ・マーガとぼくとの間には言葉の葦原《あしはら》が生い茂り、ほんの数時間、ほんの数街区を隔てたと思うとたちまちぼくの悲しみは悲しみと呼ばれ、ぼくの愛はぼくの愛と呼ばれるのだ……。ぼくはしだいに感覚が弱まり記憶が強まって行くだろうが、もし感情の言語でないとしたら記憶とはいったいなんなのか、記憶とは、動詞や形容詞のように思考の中で回帰し、ものそれ自体、純粋な現在に向かって密かに前進しながら、あるいはわれわれを悲しませ、あるいはわれわれを牧師のように教導してついにはわれわれの固有の自我をも牧師に変えてしまう、顔々や日々やもろもろの香りの語彙《ごい》集ではないのか。後方を見つめる顔が目を大きく見開き、ほんものの顔が古い写真の中の顔のように徐々に色褪《いろあ》せて消えて行くと、突然、われわれは誰でもヤヌスになる。こうしたことはすべてクレヴェルに話しているのだが、ラ・マーガとこうして離れているいまは、ぼくが話しかけているのはラ・マーガになのだ。しかもぼくは、ぼくたちを互いに理解しあえなくさせるだけの言葉で彼女に話しているのではなく、すでに遅きに失しはしたが、別の言葉、彼女の言葉を選びはじめている。彼女にわかること、名を持たぬことどもで包まれた言葉、二つの肉体の間で空気を痙攣《けいれん》させ、あるいは部屋なり一篇の詩なりを黄金の埃で充満させる張りつめた鋭気。しかしぼくらはいつもこうして、やさしく傷つけあいながら生きてきたのではなかったか？　いや、こういうふうに生きてきたのではない、彼女はそう望んだかもしれないが、もう一度ぼくは混沌を装う偽りの秩序を課すことに、足の先で恐ろしい深淵に触れていただけの生から深い意味のある生にわが身を投じたふりをすることに、復帰したのだ。この世には形而上的な川があり、彼女はそこで泳いでいる、まるであの燕《つばめ》が空中を遊泳し、鐘楼のまわりを幻惑されたように旋回しながら、降下したと思うとはずみがついてさらに高く舞い上がるように。ぼくはそれらの川を描写し、定義し、欲するが、彼女はそこで遊泳する。ぼくはそれらの川を探し求め、見つけだし、橋の上から眺めているが、彼女はそこで泳いでいる。しかも彼女は燕と同じくそのことを知らない。ぼくのように知る必要はなく、いかなる秩序の意識によっても引き止められずに無秩序の中に生きることができる。その無秩序こそ彼女の不思議な秩序であり、その肉体と魂のボヘミアンな生活こそ彼女の肉体と魂の真の扉をいっぱいに開け放つ。彼女の生活は、軽蔑と敬意を同時に感じているもろもろの偏見のうちに埋没しているこのぼくにとってのみ無秩序であるにすぎない。ぼくはラ・マーガによってどうしようもない人間として赦《ゆる》されるべく定められているが、彼女はそうと知らずにぼくを裁いているのだ。ああ、ぼくをきみの世界へ入れてくれ、ぼくにもいつかきみの目がものを見るようになにかを見させてくれ。

無駄なことだ。赦されるべく定められている、か。家へ帰ってスピノザでも読め。ラ・マーガはスピノザが誰であるかを知らない。ラ・マーガは長ったらしいロシアやドイツの小説やペレス・ガルドスを読み、読んだあとからそれらを忘れてしまう。彼女はぼくにスピノザを読まざるを得なくさせたことなど露ほども気づかないだろう。前代未聞の裁き手、徒手で、公道上の職業によって、裁く人、ぼくを見るだけでぼくを裸にしてしまう裁き手、愚かで不幸で調子っ外れで鈍くてなにものでもないがゆえの裁き手。大学出の物知りという腐りきった物差しで、ぼくの苦い経験から知り得るすべてにかけて、そのすべてにかけて、裁き手だ。舞い降りよ、燕よ、サン＝ジェルマン＝デ＝プレの空を裁つその鋭利《えぐ》な鋏《はさみ》をかざして。物を見ても物の見えぬこの目を抉り取れ。ぼくは控訴もできず断罪されているのだ、息子の看病をするあの女の手がぼくを抱え上げているあの青い絞首台よ早くこい。早く処刑を。早くひとりになって、ふたたび自足と自己知識と自覚とを取り戻す偽りの秩序を。こんなに多くの知識をつめこんでおいてなにかに憐れみを抱いていたいと願うのは無益な願望だ、わが心にも雨の降ることを願うのは、やがていつか最後には雨が降り、大地が、生き

とし生けるものが、そうだ、最後には生きとし生けるものが、香りを放ちはじめることを願うのは。（－79）

22

老人が足を滑らせたのだ、自動車が赤信号を無視して突っ走ったのだ、老人が自殺しようとしたのだ、パリではなにごとも事情が悪化の一途を辿《たど》っている、交通量がものすごく殖えた、老人に過失はなかった。老人のほうに過失があった、自動車のブレーキが利かなかったのだ、老人は向うみずなほど軽率だった、生活費がますます嵩《かさ》んでくる、パリには外国人が多すぎて、彼らは交通法規を知らず、フランス人から職を奪っている、等々、まさに諸説紛々としていた。

老人はそうひどく体を打ったようではなく、口ひげを手でしごきながら、曖昧な笑いを浮かべていた。救急車が到着し、彼は担架にのせられ、自動車の運転手が警官や目撃者に、しきりに手を動かしながら事故の説明をつづけていた。

「その人、マダム通り32番に住んでるんだ」オリベイラやその他の弥次馬と言葉をかわしていた金髪の少年が言った。「作家だよ。ぼく知ってるんだ。その人、本を書いているよ」

「バンパーがあの人の脚にぶつかったんだが、その前に自動車はかなりブレーキを踏んでたな」

「胸にぶつかったんだよ」と少年は言った。「おじいさんは犬の糞で滑ったんだ」

「脚にぶつかったのさ」とオリベイラが言った。

「見た位置によるな」と恐ろしく背の低い男が言った。

「胸にぶつかったんだよ」と少年は言った。「この目で見たんだもの」

「それなら……。家族に知らせたほうがいいんじゃないか？」

「家族なんていないよ、あの人、作家なんだ」

「ほう」とオリベイラが言った。

「猫が一匹いて、本をたくさん持ってるよ。以前、門番のおじさんに頼まれて小包を届けに上がっていったことがあるんだ、そしたら中へ入れてくれたんだよ。どこもかしこも本ばっかし。いつかはこんなことになるに決まってたのさ、作家って上の空だもん。ぼくも自動車にひっかけられないうちに……」

ぽつりぽつりと雨が降ってきたと思うと、たちまち見物の輪が散っていった。ランバージャケットの襟を立てて、オリベイラは冷たい風に鼻をつっこみ、方角もわからぬまま歩きだした。老人が重傷を負っていないことは確かだったが、誰にでも同じことを言うに違いない赤毛の担架運びの《なあ、とうちゃん、なんでもねえからさ》という元気づけの気付け薬のような文句をときどき聞きながら担架で運ばれて行く間、老人のほとんど平静な、むしろ当惑したような顔を見つづけていた。《意思の疎通の完全な欠如だ》とオリベイラは考えた。《われわれは孤独でさえない。そうだ、そんなことはわかっているが、どうしようもないのだ。孤独であるということは、他のもろもろの孤独がもしそれが可能なことならわれわれと交流できるようなある平面の中で決定的に孤独であるということだ。しかし、いかなる葛藤《かっとう》、歩行中の事故、あるいは宣戦布告も、異質の面と面の粗暴な交差を誘発し、おそらくはサンスクリットの権威か量子物理学の権威である人物も、たまたま事故の手助けをする担架運びにかかると〈とうちゃん〉に変じてしまうわけだ。担架に乗せられたエドガー・ポー、藪《やぶ》医者の手にかかったヴェルレーヌ、精神科医の前のネルヴァルとアルトー。キーツの血を抜いて餓死させたあのイタリアの医者に、キーツのなにがわかっただろうか？　仮に彼らのような人たちが、その可能性は非常に強いが、沈黙を守っていたとすれば、他方の連中は、もちろん悪意があってではないし、またその被術者なり結核患者なり裸でベッドに寝かせられている負傷者なりが、別の時間世界からやってきた、ガラスの向うで動いているような人間どもに囲まれて二重に孤独であることなど露ほども知らずにではあるが、むやみに得意がっているのだ……》

とある建物の玄関に身を寄せて彼はタバコに火をつけた。すでに夕方になって、若い女性たちの群れが三々五々、商店や事務所から外に現われてきていた。笑ったり、大声でしゃべったり、押し合ったり、ビフテキと週刊雑誌に赴く前の十五分間、スポンジのようにたっぷりと自由を吸いこむことが彼女らには必要なのだ。オリベイラはふたたび歩きだした。別に脚色するまでもなく、どんなに控え目にでも客観的に眺めれば、パリの、群居生活の、不条理さは明るみに現われた。彼はそれまで詩人たちのことを考えていたので、人といっしょにいる人の孤独、もろもろの挨拶や、階段ですれ違うときに言う《失礼《パルドン》》、地下鉄でご婦人方に譲られる席、政治やスポーツにおける親睦《しんぼく》といったものの滑稽さ加減を摘発した人々をことごとく思いだすのは簡単だった。ただ生物学的、性的な楽観だけが、たとえそれがジョン・ダンにとっては遺憾なことであろうとも、ある人にとってはその島嶼《とうしょ》性を隠蔽してくれる。行動や人種や仕事やベッドや競技場における接触は、樹木と樹木が互いに入り乱れ愛撫しあう枝や葉の接触にすぎず、幹同士は依然として互いの和解しえぬ併行状態を傲然と維持しているのだ。《根本においてもわれわれは表面と同じであることができるかも知れない》とオリベイラは考えた。《しかし別の生き方をする必要がありそうだ。それでは別の生き方をするとはどういう意味か？　たぶん不条理を切り捨てるために不条理に生きること、勢い余って他者の腕の中に飛びこむ結果になるほどの激しさで自分自身の中に飛びこむことだろう。そうだ、たぶん愛だ、でも、その他者性（*otherness*）は、一人の女が持続している間しか、それもただその女に関わりのあることにおいてしか、持続しない。根本においては他者性なるものは存在せず、せいぜい心地よい共存性（*togetherness*）があるだけだ。確かにそれだけでもちょっとしたものではあるが……》愛、実在化のための儀式、存在の譲渡者。そしてそれゆえにこそ彼は、おそらく最初に考えておくべきだったことをいま考えていたのだ――自己を所有せずして他者性の所有はない、とすれば誰が真に自己を所有し得るのか？　いったい誰が自分自身について先廻りして知っているだろうか、自己同伴すら当てにせずに、映画や売春宿や友達の家や消耗させる仕事や少なくとも他者の中の孤独を味わえる結婚に身を置かざるを得ないことを意味する絶対の孤独について？　それゆえにこそ、逆説的に、孤独の極みは群居の極みに、他人の同伴という大いなる幻想に、鏡張りの谺《こだま》する広間の単独者に、通じているのだ。しかし、自己を自己自身に引き受ける（あるいは自己を拒否はするが自己を間近に熟知している）彼のような人間やその他大勢の人々は、おそらく他者性の縁に立っていないながらどうしてもそれを越えることができないという、最悪の矛盾に陥っている。世界との微妙な接触、驚くべき均衡から成り立つ真の他者性は、ひとつしかない端からは達成され得ず、差し伸べられた手には、外側から、他端から、別の手が応えなければならない。

（－62）

23

街角に立ち止まって、かなりぼんやりとした様子で物思いに耽りながら(もっとも、どういうわけか、あの負傷した老人が病院のベッドに寝かせられ、そのまわりを医者や医学生や看護婦たちが愛想よく無人称的に取り囲んで、老人に名前や年齢や職業を尋ねたり、なんでもありませんよ、注射をして包帯を巻けばすぐ楽になりますからねと言っている有様をしょっちゅう思い描いていたが)、オリベイラは身のまわりで起っていることをいちはやく眺めわたし、どんな都会のどんな街角も彼が考えていたこととの完全な例証であって、これならほとんどなんの苦労もないということを、すでに理解しはじめていた。カフェの中では、寒さから守られて(中へ入って葡萄酒を一杯飲むのも悪くなかった)、石工のグループがカウンターの中の主《あるじ》としゃべっていた。一つのテーブルでは二人の学生がなにかを読んだり書いたりしていたが、オリベイラが見ていると、彼らは顔を上げて石工のグループのほうを見つめ、本かノートに視線を戻し、また新たに顔を上げて見つめるのだった。一つのガラス箱から他のガラス箱へ、互いに見つめあい、殻に閉じこもり、見つめあう。ただそれだけだった。カフェの狭いテラスの上方の、二階にいる一人の婦人は、窓辺で服を縫うか裁断するかしているらしかった。彼女の高く結い上げた髪がリズミカルに揺れていて、オリベイラは彼女の考えていること、彼女の鋏、もうじき学校から帰ってくる彼女の息子たち、オフィスか銀行で一日の仕事を終える彼女の夫のことを想像した。石工たち、学生たち、婦人。それにいましも一人の浮浪者が、赤葡萄酒の壜をポケットから覗かせて、古新聞や空缶、むさ苦しいぼろ、首のとれた人形、魚のしっぽが一本突き出ている小さな包みを載せた乳母車を押しながら、交差路の角を曲がって現われた。石工たち、学生たち、婦人、浮浪者、そしてまるで晒《さら》し台みたいな《政府発行宝くじ》の売場小屋の中で、灰色の頭巾みたいなものからもじゃもじゃの毛房がはみ出した一人の老女が、手に青い指無し手袋をはめて、《水曜日抽籤《ちゆうせん》》、顧客を待つともなく待ちながら、足もとに火鉢を置いて、垂直の柩《ひつぎ》に入れられたように、身じろぎもせず、半ば凍えて、幸運を提供し、なにを考えているのやら、どうせちっぽけな思考の塊、老いの繰り言、少女時代によくお菓子をくれた先生のこと、ソム河畔で戦死した夫のこと、商用で旅をしている息子のこと、夜間は水の出ない屋根裏部屋、三日つづきのスープ、ビフテキより安い牛の葡萄酒煮、《水曜日抽籤》。石工たち、学生たち、浮浪者、宝くじを売る老女、それぞれのグループ、それぞれの個人がそれぞれのガラス箱に閉じこもっている。しかし一人の老人が自動車に轢《ひ》かれたとたん、事故の現場に誰も彼もが駆け集まり、猛然と印象や批評を交換し、ああでもない、こうでもない、ああだ、こうだと言いあうが、やがてまた雨が降り出すと、石工たちはカウンターに、学生たちはテーブルに、XはXに、ZはZに戻るわけだ。

《ただ不条理に生きることによってのみ、いつかこの限りない不条理を突き破ることができるだろう》とオリベイラは反芻《はんすう》した。《おい、これじゃずぶ濡れになるぞ、どこかにしけこまなくちゃ》彼は地理学講堂のポスターに目をとめ、その入口に逃げこんだ。未知の大陸オーストラリアに関する講演。モンファベのキリストの使徒たちの再会。マダム・ベルト・トレパのピアノ演奏会。大気現象の連続講義の登録開始。五カ月で柔道家に変身しよう。リヨンの都市化に関する講演。ピアノ演奏会は間もなく始まろうとしていて、そう高くはなかった。オリベイラは空を見上げ、肩をすぼめると中へ入った。ロナルドの家かエチエンヌのアトリエに行くことをちらと考えたが、それは夜にしたほうがよさそうだった。どうしてなのかはわからなかったが、ピアニストの名がベルト・トレパであることを彼は面白く感じていた。彼はまた、自分自身から暫《しば》しの間逃れるために演奏会にしけこむことを面白いと感じていた。これこそ彼が道々反芻してきたことの大いに皮肉な例証ではないか。《われわれは何者でもないってことだよ、な》と彼は切符売場の檻の中にいる老女の歯の高さの窓口に百二十フラン置きながら考えた。彼が受け取ったのは前から十列目の切符だったが、それは明らかに老女の意地悪だった。それというのも演奏会が始まろうというのに、ろくに客が入っていず、いるのは町内の人か家族の者といった様子の、頭の禿《は》げたのや髭《ひげ》を生やしたのやその両方を兼ね備えた老人たちが幾人かと、古びたオーバーを着て滴の垂れる雨傘を手にした四十から四十五くらいの女の人が二人、それに大部分はアベックの、互いに押し合いながらわいわい議論したり、飴の包み紙の音をたてたり、おそろしくひどいウィーン風椅子をきしませたりしている若者たちだけなのだ。全部で二十人しかいない。雨の午後の匂いが立ちこめ、大講堂は凍《い》てつくように寒くて湿っぽく、奥の垂れ幕の向うから混乱した人声が聞こえてきた。一人の老人がパイプを燻《くゆ》らせていたので、オリベイラも急いでゴーロワーズを一本引き抜いた。彼はあまり気分がよくなかった。靴に水が入っていたし、黴《かび》くさい臭いと濡れた衣類の匂いが彼の気分を少々悪くさせていた。彼はタバコが熱くなって灰がばらばらと落ちるほどスパスパと吸った。ホールの外で籠《こも》ったようなベルの音がし、若者の一人がことさら大きな拍手をした。案内人の老女が、ベレーを斜めにかぶり、化粧はたぶんそのままで寝るのだろうが、出入口のカーテンを締めた。そのときオリベイラは、さっきプログラムを貰ったことを思いだした。それはひどいガリ版刷りの紙で、多少の努力をしてどうにか判読できたところでは、マダム・ベルト・トレパ、金メダル受賞者が、ローズ・ボブの「三つの不連続のムーヴメント」(初演)、アリックス・アリックスの「ルクレルク将軍のためのパヴァーヌ」(パリ初演)、ドリーブ゠サン゠サーンス、ベルト・トレパの「ドリーブ゠サン゠サーンス合成曲」を弾くらしい。《冗談おっしゃい》とオリベイラは思った。《なんてひどいプログラムだ》

どうやって現われたのか正確にはわからないまま、二重顎の垂れさがった白髪の紳士がピアノの後に立っていた。黒い服を着て、バラ色の手で安ぴかのチョッキに通した鎖をまさぐっていた。オリベイラにはそのチョッキはかなり脂じみているように見えた。菫《すみれ》色のレインコートに金縁眼鏡のお嬢さんが拍手をして、かん高い響きのない音がした。金剛インコにおそろしくよく似た声を張りあげて、二重顎の老人は演奏会の紹介を始め、お陰で聴衆は、ローズ・ボブがマダム・ベルト・トレパの元ピアノの生徒だったこと、アリックス・アリックスの「パヴァーヌ」は、かくも慎ましい変名の陰に隠れたさる著名な陸軍将校によって作曲されたものであること、いま述べたこれら二作品は、もっとも現代的な音楽書法の手続きを厳格に利用していることを知った。「ドリーブ゠サン゠サーンス合成曲」はと申しますと(ところで件《くだん》の老人は、うっとりと目を上げて)、それは現代音楽の中でも、作曲者マダム・トレパが《不吉な融合》と形容した、もっとも意義深い新機軸の一つを代表するものであります。この《不吉な融合》という性格づけは、ドリーブとサン゠サーンスの音楽的才能が、西洋の過剰な個人主義によって麻痺させられて、浸透、混淆《こんこう》、音の内部相互作用といったものに傾き、もしマダム・トレパの天才的な直観がなければ、より高次の総合的な創造のうちに渾然《こんぜん》一体となることがけっしてないように運命づけられていたという限りにおいて、正しいのであります。事実、女史の感受性は、従来すべての聴衆が聴き逃してきた両者の類似性を把《とら》え、みずから両者を媒介する懸橋《かけはし》となるという、崇高ではありますが困難なる使命を引き受けることによって、フランスが生んだこの偉大な二人の人物の出会いを完璧《かんぺき》なものたらしめようとしたのであります。マダム・ベルトが音楽教師としてのご活躍のかたわら、作曲に従事すること間もなく二十五周年になろうとしております。かく申す私とて、たいへん有難いことに聴衆のみなさまが今か今かと待っていらっしゃる演奏会の単なる前口上におきまして、マダム・トレパの音楽作品の分析を、それがいかに必要であるにせよ、敢えてくどくどしく述べるようなことは致しません。いずれに致しましても、また、ローズ・ボブとマダム・トレパの作品を初めて聴かれる方々の心の五線譜としてお役に立つことを目的としまして、反構造的構造ということ、つまり、純粋なインスピレーションの結果である自律的な音の細胞が作品全体の意図に沿って連繋されながら、しかも、十二音であれ無調であれ(彼はこの二語を繰り返して強調したが)、いっさいの古典的様式から完全に自由である、ということを申し上げれば彼らの美学を要約できるのではないかと思うのであります。したがいまして、たとえばマダム・トレパの愛弟子《まなでし》の一人でありますローズ・ボブによる《不連続的三楽章》は、勢いよく閉められたドアの衝撃音によって作曲者の精神の中に喚起された反応を出発点としておりまして、第一楽章を構成している三十二の和音は、その衝撃音の美的平面における同じ数量の反響というわけであります。私が教養ある聴衆のみなさまに向かって、「サン゠サーンス合成曲」の作曲技法はこの上なく原始的にしてかつ摩訶《まか》不思議なる創造力と血統を同じくすると申し上げたところで、秘密を打ち明けたことにはなりますまい。不肖、私がこの合成曲のある段階に立ち会いまして、マダム・トレパがかの二大巨匠の連合楽譜の上で占い棒を振子のように操作しながら、振子に影響力を及ぼしてこの女流芸術家の驚くべき独創的直観を確固たるものにすることになったあれらの楽節を選び出された際に、微力ながらお力添えする特権を享受し得ましたことは、けっして忘れ得ないものであります。さらに付け加えて申し上げたいことは山ほどございますが、フランス精神を導く灯台の一つであり、一般大衆に理解されない天才の悲壮な実例であるマダム・トレパに敬意を表して、この辺で引っこむべきかと存じます。

二重顎が激しく震え、ご老体は感きわまってカタルの咽喉《のど》をつまらせながらカーテンのかげに消えた。四十の手が冴《さ》えない拍手をお義理で送り、あちこちでマッチの頭が消費され、オリベイラは座席で思いきり体を伸ばして気分がずっとよくなった。あの事故にあった老人も、病院のベッドで気分がずっとよくなっているに違いない。そう、ショックのあとにやってくるあの半睡状態に落ちこんで。あの状態は、自分自身の主であることを放棄し、あたかもベッドが孤船であるかのようになる幸福な空白期、有給休暇、日常生活との断絶だ。《近日中にあの老人に面会に行ったっていい》とオリベイラは自分に言いきかせた。《しかし、たぶんそれじゃあの人のせっかくの無人島を踏み荒らし、その砂浜に足跡を残すことになるぞ。おいおい、ずいぶんとお優しくなったじゃないか》

拍手が鳴って目を開けた彼は、マダム・ベルト・トレパがそれに感謝して大儀そうにお辞儀をするのを見た。彼女の顔もろくに見ないうちに、彼は彼女の靴、スカートぐらいでは胡麻化《ごまか》し得ない紛《まご》うかたなき男物の靴から、どうしても目が離せなくなってしまった。角ばった、踵《かかと》の低い、むなしく女物のリボンをつけた靴。つづいて目に入ったのは、がっしりとして幅の広い、無慈悲なコルセットに締めつけられた脂肪の塊ともいうべき女体だった。しかしベルト・トレパは肥満体ではなく、ほとんど頑丈と定義することさえできなかった。座骨神経痛か腰部神経痛か、なにかそんなのを患ったに違いなく、そのために塊のような動作を余儀なくされ、さて前方を向いて苦心のお辞儀をすると、つぎに横向きになって椅子とピアノの間に滑りこみ、幾何学的に体を折り曲げて座った。それからこの女流芸術家は、いきなり頭を廻らして、誰も拍手をしていないのに、もう一度ピョコンとお辞儀をした。《上のほうで誰かが糸を引いて操っているに違いない》とオリベイラは考えた。彼は操り人形や自動人形は大好きだったから、不吉な混淆とやらの驚異を期待していた。ベルト・トレパはもう一度聴衆のほうを見やったが、その白粉を塗りたくった丸い顔は、突如、月の全罪業を凝縮するかに見え、その猛烈に真赤な桜んぼのような口は大きく裂け広がって、エジプトの船の形をしていた。もう一度横顔に戻ると、鸚鵡《おうむ》の嘴《くちばし》のような小さな鼻が鍵盤《けんばん》に一瞬じっと注意をこらし、一方両手はドとシの間にまるでボロボロになったセーム皮の二つの小袋のように置かれていた。最初の不連続的楽章の三十二の和音が鳴りはじめた。第一と第二の和音の間に五秒、第二と第三の和音の間に五秒の間があった。第十五和音までくると、ローズ・ボブは二十五秒の休止を指定していた。オリベイラは、最初のうちこそローズ・ボブが沈黙をウェーベルン的に上手に利用していることを評価していたが、それが度重なるにつれて急速に効果を減じてしまっていることに気づいた。和音7と8の間で咳ばらいが起り、12と13の間では誰かが勢いよくマッチを擦り、14と15の間ではブロンドの若い娘が口走った《ああ、糞《くそ》ったれ！》という言葉がはっきりと聞こえた。二十番目の和音あたりで、いちばん老齢のご婦人一人が、まさしくお転婆というべきか、勢いよく蝙蝠傘《こうもり》をつかんでなにか言おうと口を開けたとたんに和音21が慈悲深くもそれを圧して鳴り響いた。オリベイラは愉快になって、ピアニストがこうしたことをいわゆる目の尻尾《しっぽ》（流し目）というやつで観察しているのではなかろうかと疑いつつベルト・トレパを見つめていた。その尻尾からベルト・トレパの鉤《かぎ》形の極小の横顔は灰青色の視線を滲み出させており、オリベイラは、おそらくこの不幸な女は売れた切符の数でも数えはじめているのだろうと考えた。和音23で、丸い禿《はげ》のある紳士が憤然と立ち上がり、鼻を鳴らし溜息をついてから、ローズ・ボブが按配《あんばい》した八秒間の沈黙の間に一歩ごと踵で床を音高く蹴ってホールを出ていった。和音24以後は休止が短くなりはじめ、28から32にかけては葬送行進曲のようなあるリズムが定着し、それはそれである効果を上げないわけにはいかなかった。ベルト・トレパはペダルから靴を離し、左手を膝の上に置いて、第二楽章を弾きはじめた。この楽章は、それぞれ等しい音長の三音から成る、たった四小節の長さしかなかった。第三楽章は主として鍵盤の音域の両端から出発して半音階的に中心へ向かって進み、その操作を内側から外側へ向かって繰り返すことから成り立っていたが、その全部に三連符その他の装飾音を伴っていた。ある任意の瞬間に、それは誰にも予見できなかったが、ピアニストは演奏を止めてひょいと立ち上がり、ほとんど挑戦的な態度でお辞儀をしたが、そこにオリベイラはなにやら自信のなさそうな様子と恐怖の色さえ見分けられるように思った。一組のアベックが熱狂的な拍手を送った。

オリベイラも、どうしたわけか彼なりの仕方で拍手していた（そうしてそのわけがわかったとき、彼は腹立たしくなって拍手を止めた）。ベルト・トレパはほとんど即座にふたたび横顔をみせ、静かになるのを待ちながら鍵盤の上にさりげなく指を一本這わせていた。「ルクレルク将軍のためのパヴァーヌ」の演奏が始まった。

それにつづく二、三分間、オリベイラはいささか苦労して、ベルト・トレパが大急ぎで煮こんだ法外なまずい料理と、老いも若きも演奏会場からこっそり、あるいは堂々と出て行く様とに等分に注意を向けていた。リストとラフマニノフのごった混ぜともいうべき「パヴァーヌ」は二つか三つの主題の飽きもせぬ繰り返しで、やがてそれが無限の変奏、ブラヴューラの断片（いたるところに穴ぼこや継ぎはぎのある、かなり下手な演奏だった）、突然の火薬でぶっ飛ばされた、砲架上の霊柩台《れいきゅうだい》の厳粛さといったものになり、謎の人物アリックス・アリックスはそうしたことに楽しく耽っているのだった。一、二度オリベイラはベルト・トレパのサランボー風の高く結い上げた髪が突然崩れはしないかとはらはらしたが、「パヴァーヌ」の大音響と震動のさなかでどれほどのヘアピンがそのセットを支えているのか知るよしもなかった。フィナーレを告げる乱痴気騒ぎのアルペジオが始まり、三つの主題が連続的に反復され（そのうちの一つはシュトラウスの「ドン・ファン」からそっくり取られていた）、ベルト・トレパは漸次強度を増してゆく和音を雨のように降らせ、ついに第一主題と、荘重きわまる音からなる二つの和音とのヒステリックな反復によって締めくくった。最後の荘重な和音のところで右手のパートにミス・タッチがあってひどい音がしたが、そんなことは誰にでも起り得ることで、オリベイラは心から楽しくなって熱烈な拍手を送った。

ピアニストはその物珍しいぜんまい仕掛けのような動作で正面を向いて、聴衆にお辞儀をした。その目で聴衆を数えているように見えたから、八人か九人しか残っていないことを確かめたことは間違いなかった。ベルト・トレパは威厳をもって舞台の左手に去り、出方が幕を引いて飴を売りはじめた。

一方では出て行きたい気もしたが、この演奏会の全体を通じて、オリベイラを惹きつけるある雰囲気があった。結局のところ憐れなトレパは初演作品を提供すべく努力していたのだし、そのこと自体はこの華麗なるポロネーズや月の光や火の舞踏の世界ではなんといってもひとつの価値であった。あの麻くずを詰めた人形のような顔、コール天の縫いぐるみの亀のような顔には、なにやら感動的なものがあった——欠けたティー・ポット、リスラーの演奏を聴いたことのある年老いた女たち、古ぼけた壁紙のホールで開かれる芸術や詩の集い、月々四万フランの家計では月末までの遣り繰りに人目を忍んで友達に泣きつくしかない貧乏人、アカデミア・レイモン・ダンカン流のホンモノの芸術への熱狂といった、うらぶれた世界に押しこめられた図体ばかりでかい愚かな少女のようなあの顔には。そうしてアリックス・アリックスやローズ・ボブの顔つきを、演奏会のためにホールを借りる前のけちな計算や、誰か善意の弟子が刷ったガリ版のプログラム、どうせ無駄な招待客名簿、空っぽのホールを眺めながらそれでもプログラム通りに進行せざるを得ない——金メダルだ、プログラム通りに進行せざるを得ない——舞台裏の虚しさを、想像するのはたやすいことだった。それはほとんどセリーヌの小説の一章かとも思われ、オリベイラは、その全般的雰囲気を離れては、同じく疲れ切った無用な一群の人々のためにあるそうした芸術活動の疲れ切った無用の生き残りを離れては、なにも想像できないことを悟った。《もちろんぼくは、この虫に喰われた扇の世界に没入することをわが身に引き受けなくちゃいけない》とオリベイラは苛立たしげにひとりごちた。《自動車に轢かれた老人、そして今度はトレパ。おもてのいやな天気《テイエンポ》〔時間〕のことや、ぼく自身のことを云々《うんぬん》するのは止めよう。とりわけぼく自身のことを云々するのは止めよう》

　ホールに残ったのは四人だけになり、彼はもう少し演奏者と哀歓を共にするために最前列に行って座るのが最上策ではないかと考えた。彼はこの種の連帯感を面白く感じたが、前に出て座ると同時にタバコを吸いたくなった。どういうつもりか知らないが、ベルト・トレパが再登場したその同じ瞬間に一人の婦人が決然と席を立って出て行き、ベルト・トレパは彼女をきっと見据えてから、苦労して体を折り曲げて、ほとんど誰もいない平土間席にお辞儀をした。オリベイラは、いま出て行った女は尻を思いきり蹴っとばしてやるに値すると考えた。彼は自分のこうした反応が、「パヴァーヌ」やローズ・ボブにもかかわらず、ベルト・トレパに対するある共感に由来していることにふと思い当った。《こんな気持になったのはずいぶん久し振りだな》と彼は考えた。《こう軟らかくなりだしたのも年のせいかなあ。》かくも多き形而上的な川、そして突然彼は、病院に老人を見舞いたいという気持になったり、あるいはコルセットに締めつけられたこの狂女に拍手を送ったりしている自分に、われながら驚くのだった。妙なもんだ。寒さのせい、靴に入った水のせいに違いない。

「ドリーブ＝サン＝サーンス合成曲」が始まってから、そう、三分かそこら経ったとき、残っていた聴衆のうちでは主要な援軍となっていた一組のアベックが立ち上がって、これ見よがしに出て行った。またしてもオリベイラはベルト・トレパの流し目がこちらを窺《うかが》っているのを感じたが、いまやその手が急に硬直しはじめたかのようで、ピアノの上に蔽いかぶさるように体を折り曲げ、非常な努力を払って弾きながら、各休止を利用して、オリベイラと一人のもの静かな紳士とが完全に注意を集中した様子で聴きいっている平土間席のほうを横目で盗み見るのだった。不吉な融合とやらは、オリベイラのような素人にとってさえ、たちまちその秘密がバレてしまった。「オンファレーの紡車」からの四小節に「カディスの娘たち」からさらに別の四小節がつづき、次に左手で「きみが声にわが心は開き」を弾きながら、右手で「ラクメ」の鐘の主題を痙攣《けいれん》的に合いの手のように挿入し、両手がいっしょになってそのまま連続的に「死の舞踏」と「コッペリア」に移行していったと思うとやがてプログラムによれば「ヴィクトル・ユゴーへの讃歌」と「ジャン・ド・ネヴィル」と「ナイルの岸辺にて」から取ったとされる他の主題が、もっとポピュラーな主題とかわるがわる華やかに現われるというふうで、不吉という点ではこれ以上うまくできたものは想像することが不可能だった。だから、もの静かな態度の紳士が低い声で笑いだし、教養人らしく手袋で口を蔽ったとき、オリベイラはその人が正しいこと、静かにしろとは言えないことを認めざるを得なかったし、ベルト・トレパもますますミス・タッチが殖えたところを見ると同じことを感じていたに違いなく、彼女の手はまるで麻痺したように見え、前屈みになって前腕を振りまわし、巣の中に落ち着いた雌鶏のような様子で肘を張り出したまま、「きみが声にわが胸は開き」、またもや「インド娘はどこへ行く？」、二つの混合和音、尻切れとんぼのアルペジオ、「カディスの娘たち」、トラ・ラ・ラ・ラ、まるでしゃっくり、雑多な音が（驚いたことに）ピエール・ブーレーズ風に同時に鳴り、さすがのもの静かな態度の紳士もこらえ切れずに牛の咆哮《ほうこう》みたいな声を上げ、手袋で口を蔽って小走りに出て行ってしまったが、ちょうどそのときベルト・トレパは両手をだらりと垂らし、じっと鍵盤を見つめた。長い一秒、終りのない一秒が経過した。それは、ホールに残されたオリベイラとベルト・トレパの二人だけの間のなにやら絶望的な空白だった。

「ブラボー」とオリベイラは、そんな喝采が場違いであろうとわかっていながら叫んだ。「ブラボー、マダム」

ベルト・トレパは立ち上がらずに、ちょっと円椅子を回転させて左肘を白鍵の上にのせた。彼らは互いに見つめあった。オリベイラは立ち上がって舞台の縁まで歩み寄った。

「とっても面白かったです」と彼は言った。「信じてください、マダム、あなたの演奏をほんとうに興味深く聴かせていただきました」

なんてやつだ。

ベルト・トレパはがらんとしたホールを眺めていた。片方の瞼が少し震えていた。なにかを自問しているようであり、なにかを期待しているようでもあった。オリベイラはそのまま止めずに話しつづけねばならないと考えた。

「あなたのような芸術家は、大衆の無理解や俗物性をいやというほどご存知でしょう。つまるところ、ぼくにはわかっているんです、あなたが演奏するのはあなたご自身のためだっていうことが」

「わたし自身のため」とベルト・トレパは、彼女を紹介した紳士のと驚くほどよく似た、金剛インコの声で、おうむ返しに言った。

「もしそうでなかったら、誰のためだと言うんです?」とオリベイラは言って、まるで夢でも見ている人のような身軽さで舞台によじ登った。「芸術家だけが星を数えるのです、ニーチェが言ったように」

「あなた、どなたですか?」ベルト・トレパはびっくりして言った。

「いや、ただあなたの音楽が表現しているさまざまのものに興味を持っているだけの者で……」

言葉を数珠つなぎに繋いでゆくことはできる、いつもそうだ。なにか大事なことがあるとすれば、それはこうしてここにいて、しばらく相手をしていることだ。なぜだかよくわからないが。

ベルト・トレパはまだちょっと放心した様子で聴いていた。大儀そうに立ち上がってホールのほうと、舞台裏のほうを見た。

「そうですか」と彼女は言った。「もう遅いし、わたしは家へ帰らなければなりませんので」彼女はそれだけのことを、まるでそれが罰かなにかのように、彼女自身に言うようにつぶやいた。

「ちょっとの間お供をさせていただいてよろしいですか？」とオリベイラは前屈みになって言った。「つまり、どなたか楽屋なり舞台の袖であなたを待ってらっしゃるのでなければですが」

「誰も待ってやしませんわ。ヴァランタンは紹介のあと行ってしまいましたし。あなた、あの紹介はどうでした？」

「面白かったですよ」と言いながら、オリベイラは自分が夢を見ていること、そうして夢を見つづけていたいと願っていることが、ますます確実になってきた。

「ヴァランタンはもっと上手にやれるのよ」とベルト・トレパが言った。「彼としては嫌だったと思うの……そうよ、嫌だったはずよ……まるでわたしがぼろででもあるかのように、あんなふうに行ってしまうなんて」

「あなたのことや、あなたの作品のことを、大いに褒めちぎっていましたよ」

「五百フランのためなら死魚一匹でも褒め上げることができる人だから。五百フランよ！」とベルト・トレパは繰り返し、またもや深いもの思いに沈んでいった。

《ぼくも大ばか者だった》とオリベイラは思った。お辞儀をして平土間に戻っても、たぶんこの芸術家はぼくの申し出を思いだすまい。しかしピアニストは彼のほうを見はじめていて、オリベイラは彼女が泣いているのを見た。

「ヴァランタンはひどい人よ。なにもかも……二百人以上もいたのよ、ねえ、二百人以上も。初演の演奏会としては大変なものよ、ねえそうでしょう？　しかもみんな切符代を払ってくれたわ。無料の券をたくさん発送したなんて思わないで。二百人以上よ、それがいま残っていてくださるのはあなただけ、ヴァランタンは行ってしまったし、わたしは……」

「欠席がほんとうの成功を示している場合だってあります」とオリベイラは信じがたいほどはっきりと言った。

「でも、どうしてみんな出て行ったの？　あなたもみんなが出て行くのを見たでしょう？　二百人以上もいたのよ、いいこと、有名人もいたわ、確かにこの目で見たわ、マダム・ド・ロッシェも、ラクール博士も、モンテリエ、最近ヴァイオリンの大賞を取った子の先生もよ……。わたし、こう思うの、『パヴァーヌ』があまり気にいらないもんだから、みなさんそれで出て行っちゃったんじゃないかしらって。みんなわたしの『合成曲』の前に出て行っちゃったんだから、それは確かよ、わたしこの目で見たんですから」

「確かに」とオリベイラは言った。「これは言っておかざるを得ませんが、『パヴァーヌ』は……」

「あれは絶対パヴァーヌなんてもんではありません」とベルト・トレパが言った。「あんなのまったく糞くらえです。あれはヴァランタンの過ちですよ、そうですとも、ヴァランタンがアリックス・アリックスと寝たって、わたしに忠告してくれた人もあったんですから。なんでわたしが男色者のために犠牲にならなきゃならないんです？　金メダルまで貰ったこのわたしが。あとでわたしへの批評をお見せしましょう、かずかずの大成功を、グルノーブルで、ピュイで……」

涙が頸筋《くびすじ》まで流れ落ちて、襟のレースと灰色の肌との間に消えていった。彼女はオリベイラの腕を取って、それを振った。いまにもヒステリーの発作が始まりそうな気配だった。

「コートを取ってきて、おもてに出ませんか？」とオリベイラは急いで言った。「おもての空気にあたると気分がよくなりますよ、なにか飲んでもいいし。ぼくにはほんとに……」

「なにか飲む」とベルト・トレパがおうむ返しに言った。「金メダルよ」

「あなたのお望みどおりに」とオリベイラはそぐわないことを言った。彼は腕を振りほどこうとする動きをしたが、女流芸術家は彼の腕を強くつかんだまま、さらに彼のほうに近寄った。オリベイラは、なにやらナフタリンとベンジンの（それにまた小便と安物の香水の）中間の匂いが、演奏会の汗の臭いと入り混ったような匂いをかいだ。最初はロカマドゥール、今度はベルト・トレパ、信じがたいやね。《金メダルよ》と女流ピアニストは、泣きながら、洟《はな》を噍《の》みこんで繰り返した。突然大きな嗚《お》咽《えつ》が、まるで和音が一発空中に発射されたように、彼女を震わせた。《これじゃいつもとまったく同じだ……》オリベイラは、彼が個人的な感情を避けるために、もちろん形而上的な川へ逃げこむために、むなしく奮闘していたことがわかってきた。ベルト・トレパは抗《さか》らわずに、出方が懐中電灯と羽根飾りのついた帽子とを手に持って彼らのほうを見ていた舞台の袖のカーテンのほうへおとなしく導かれていった。

「マダムはご気分が悪いんですか？」

「感情が昂《たかぶ》ったんです」とオリベイラは言った。「もう落ち着きました。コートはどこに置いてありますか？」

はっきりしない書割りの板や傾《かし》いだテーブル、一台のハープ、帽子掛けなどに混って、緑色のレインコートを引っ掛けた椅子があった。オリベイラはベルト・トレパに手を貸してやった。彼女はまだ項垂《うなだ》れていたが、もう泣いてはいなかった。彼らは小さなドアから暗い廊下を通って夜の大通りへ出た。小糠《こぬか》雨が降っていた。

「タクシーは拾いにくそうですね」と、三百フランしか持ちあわせないオリベイラは言った。「お住いは遠いんですか？」

「いえ、パンテオンの近くよ。ほんとのところ、わたし歩いて帰りたいわ」

「ええ、そのほうがいいですね」

ベルト・トレパは頭を左右に揺らしながら、ゆっくりと前に進んだ。レインコートのフードが、戦士かユビュ王のような感じを彼女に与えていた。オリベイラはランバージャケットの中にすっぽり入って襟を立てた。空気は凛《りん》として気持よく、彼は空腹を覚えはじめた。

「あなたはとってもいい方ね」と女流ピアニストが言った。「わたしのことならどうぞお構いなく。わたしの『合成曲』、どうお思いになって？」

「マダム、ぼくはただのアマチュア・ファンにすぎませんので。ぼくにとって音楽とは、つまりその……」

「お気に召さなかったのね」とベルト・トレパは言った。

「初演というのは……」

「わたしたち、ヴァランタンといっしょに何カ月も苦労したのよ、夜も昼も、二人の天才をなんとかして融和させようと思って」

「結局、あなたはお認めになるんですね、ドリーブは……」

「天才である、とね」とベルト・トレパはもう一度、天才という言葉を繰り返した。「エリック・サティがいつかわたしのいる前でそう断言したことがありました。たとえラクール博士がサティはわたしにとって……なんて言うのかしら……なにだっておっしゃったってそんなの構いませんわ。あなた、きっとご存知でしょ、あのおじいちゃんがどんな様子をしてたか……。でも、わたしは人の心を読むすべを知ってるのよ、お若い方、それにサティには信念があったっていうこともよく知ってます。ええ、信念がね。あなた、お国はどちら、お若い方?」

「アルゼンチンです、マダム、それから、ついでに申しますと、ぼく、全然若くなんかないんです」

「ほう、アルゼンチンですか。パンパ……。あなたはあちらでもわたしの作品が受けるとお思いになる?」

「それはきっとそうですとも、マダム」

「もしかしたらあなたがわたしのために大使と面会する手筈《てはず》をととのえてくださるかも知れないわね。ティボーでさえアルゼンチンとモンテビデオに行ったんですもの、わたしが行けない理由がどこにあって? 自作を自演するのよ。あなた、そこのところをようく考えてくださいね、肝心のことなんだから。自作の曲よ。ほとんどいつも初演だわ」

「ずいぶん作曲なさるんですか?」とオリベイラは嘔吐《おうと》のようなむかつきを覚えながら尋ねた。

「いま作品八十三かしら、いえ、ちょっと待って……。いま思いだしたんだけど、帰る前にマダム・ノレと話しておかなくちゃ……。もちろんお金のことよ、きちんとしておかないと。二百人でしょ、ということはつまり……」と声が小さくなって、なにやら口の中でむにゃむにゃ言っていた。オリベイラは実際のところをきっぱりと言ったほうが情深いことかどうか自問したが、この人ちゃんと知ってるんだ、もちろんちゃんと知ってるんだ。

「破廉恥ねェ」とベルト・トレパが言った。「二年前、同じホールで演奏したことがあるのよ、プーランクも来るって約束してくれたのに……。おわかりになるかしら? 誰あろう、プーランクがよ。あの日の午後、わたしは最高に乗ってたわ、でも残念なことに、ぎりぎり最後のときになって約束ができたとかで、彼は来られなかったの……でも、そうよね、売れっ子の音楽家ですものね……。で、あのときノレ夫人はわたしに半分以下しかお金をよこさなかったのよ」と怒ったように彼女はつけ加えた。「半分ポッキリしか。今度も同じに決ってるわ、二百人も入ったのに……」

「マダム」とオリベイラは言うと、やさしく彼女の肘に手をかけてセーヌ通りへ導きながら、「ホールはほとんど真っ暗でしたから、あなたは出席者数をお間違えのようですね」

「いいえ、とんでもない」とベルト・トレパは言った。「間違えていないことは確かよ。でも、あなたのせいで数を忘れちゃったわ。ご免なさいね、数えてみなくては……」彼女はふたたび上の空になって、口の中でしきりにぶつぶつ言いながら、唇と指を絶えず動かしつづけ、オリベイラに引かれて歩いている道順も、またおそらくはオリベイラの存在さえも、完全に忘れてしまっていた。彼女が声に出して言っていることはみんな自分に向かってひとりごとを言っているのかも知れない。パリはひとりで喋りながら道を歩いている人でいっぱいだ、オリベイラ自身だって例外ではない。実のところ、たった一つ例外的なことといえば、それは彼が、老女の傍でクレチン患者を演じながら、この色褪せた人形、その内部で愚劣さと狂気とが正真正銘の夜のパヴァーヌを踊っているこの哀れな膨らんだ風船を、家まで送ってやっていることだ。《いやなこった、階段に叩《たた》きつけ、顔を踏んづけて南京虫みたいに潰し、十階から落ちたピアノみたいに木端微塵《こっぱみじん》にしてやりたいよ。彼女なんかこの世の外へ引きずり出してやるのがほんとうの慈善ではないのかね、自分でも信じていない幻想にとりつかれて犬のように苦しみつづけているのを終りにしてやるのが。靴に入った水とか、誰もいない、あるいはあの白髪の汚らわしい爺さんが待っている家のことを忘れるために、でっち上げた幻想だ、吐き気がするよ、次の角でずらかろう、結局彼女は気づきもしないだろう。やれやれ、まったく、なんてこった》

たとえロビノー通りで急いで横に曲がって、一目散に逃げてしまっても、結局このお婆ちゃんはひとりで道を見つけて家まで帰るだろう。オリベイラは後をふりかえり、機を窺いながら、なんということもなく腕をふりまわした。その様子はまるで秘密裡《り》に彼の肘にぶらさがっていたなにかの重みが煩わしいといったふうだった。しかしそれはベルト・トレパの手で、その重みは断固として自己を主張し、ベルト・トレパは彼女の全体重をもってオリベイラの腕によりかかり、彼はロビノー通りのほうを見ながら同時にこの女流芸術家に手を貸して通りを横切り、彼女といっしょにトゥールノン通りを歩いていった。

「きっともうストーヴに火を燃やしてくれてるわ」とベルト・トレパは言った。「実際そんなに寒いっていうんじゃないけど、火は芸術家の友ですよ、そう思わない？　あなた上がってきてヴァランタンとわたしといっしょにちょっと一杯飲んでらっしゃい」

「いえ、いえ、マダム」とオリベイラは言った。「とんでもございません、ぼくにはお宅までお供できただけで充分光栄です。それ以上……」

「そう遠慮なさらずに、お若い方。あなたはお若いから、そうじゃないこと？　あなたはお若いわよ、たとえばあなたの腕……」彼女の指が彼のランバージャケットの袖を少し締めつけた。「わたしは実際よりも老けて見えるのよ、ご存知でしょ、芸術家の生活って……」

「とんでもございません」とオリベイラは言った。「ぼくの場合はもうとっくに四十を過ぎてます、ですからあなたにそうおっしゃられると大変嬉しいんですが」

言葉がそんなふうに彼の口をついて出て、どうすることもできず、まったく椀飯振舞《おうばんぶるまい》だった。彼の腕にぶらさがってベルト・トレパは別の時間のことを話し、ときどきなにか言いかけて途中で止め、頭の中でふたたび計算を始めるらしかった。絶えず指を一本鼻に突っこんで、こっそりと、横目でオリベイラを見ているのだった。指を一本鼻に突っこむために彼女の手のひらが痒《かゆ》いふりをして急いで手袋を脱ぎ、その手のひらを（オリベイラの腕から優雅な手付きで離してから）もう一方の手で掻き、何分の一秒かの間、鼻の穴をほじるために、この上なくピアニスト的な動作でその手を持ち上げるのだった。オリベイラはそっぽを向くふりをしたが、頭をめぐらして視線を戻すと、ベルト・トレパはふたたび手袋をはめ直した手で彼の腕にぶらさがっていた。彼らはそうやっていろいろな話をしながら雨の中を歩いていった。リュクサンブールのそばを通りながら、彼らは日毎に暮しにくくなって行くパリの生活の話、経験が足りないくせに傲慢な若者たちの無慈悲な競争、度しがたいまでに俗物的な大衆、エリートが上等のビフテキを安く見つける場所である、サン゠ジェルマンかビュシ通りの市場のビフテキの値段のことなどを論じあった。二、三度、ベルト・トレパはオリベイラに彼の職業や将来の希望、そしてなによりも彼の経験した挫折についてやさしく尋ねたが、彼が返事をするより早く、突然、不可解な形で姿を消したヴァランタンのほうに全関心が移行して、自分はほかならぬヴァランタンへの愛着からアリックス・アリックスのパヴァーヌを弾くことになってしまったが、もうあんな間違いは二度と犯したくないと言うのだった。《男色者》とベルト・トレパが呟いたとき、オリベイラはランバージャケットを摑んでいる彼女の手が引きつるのを感じた。《あんな卑劣漢のために、ほかならぬこのわたしが、これから自作の十五の小品から成る作品を初演しようというときに、頭も尻尾もないあんな愚作を弾かなきゃならなかったなんて……》それから彼女は雨の中に立ち止まり、レインコートを着ているので落ち着きはらって（しかしオリベイラのランバージャケットの襟から水が入りはじめ、襟は兎の皮か鼠の皮なので、雨が降るたびにそうだったし、彼にはどうすることもできなかったが、動物園の檻みたいなひどい臭いがした）、返事を期待するように彼を見つめていた。オリベイラはやさしく彼女に頬笑み返し、少し引っ張るようにしてメディシ通りの方へ彼女を導いて行った。

「あなたはずいぶん控え目な人ね、慎ましすぎるくらいだわ」とベルト・トレパは言った。

「どお、ひとつあなたのお話をしましょうよ。あなたはきっと詩人ね、そうでしょ？　ああ、ヴァランタンもそうだったわ、わたしたちがまだ若かったころの彼……。《夕べに寄す》、あれが〈メルキュール・ド・フランス〉に載ったときは得意満面だった……。チボーデの葉書、まるで今朝届いたみたいに思いだされるわ。ヴァランタンはベッドの上で泣いていたっけ、泣くときはいつもあの人、ベッドに俯《うつぶ》せになったものよ、それは感動的だったわ」

オリベイラはヴァランタンがベッドに俯せになって泣いている情景を想像しようとしたが、どうしても蟹みたいに赤い、小柄なヴァランタンしか思い浮かばず、実際にはベッドに俯せになって泣いているロカマドゥールと、彼に座薬を使おうとしているラ・マーガの姿が見え、ロカマドゥールは嫌がって体を弓なりに曲げながら、ラ・マーガの不器用な手からその小さな尻をかわしているのだった。あの事故にあった老人も病院でなにか座薬を与えられたに違いない。座薬がこんなに流行しているとは信じがたいが、ここはひとつ、肛門の驚くべき復権を哲学的に分析しなければならないぞ、単に排便のためだけに限定されず、バラ色や緑色や白い色をした香りのいい小さな砲弾みたいな形のものを吸いこみ飲み下す第二の口への昇格を。しかしベルト・トレパは彼をいつまでもひとりで考えこませておいてはくれず、またしてもオリベイラの人生を知りたがり、片方の手で、ときには両手で彼の腕を締めつけ、彼のほうに少しくるりと向き直った身のこなしはまるで少女のようで、いくら真夜中とは言え彼は身震いを禁じ得なかった。よろしい、ぼくはアルゼンチン人で、一時的にパリで暮している者です。やろうとしていることは……。わかるわ、あなたがやろうとしていることはなに？　そんなふうに手っ取り早く説明するのは困難ですね。ぼくがやろうとしていることは……

「美、高揚、金の枝」とベルト・トレパが言った。「わたしにはなにも言わないでいて、わたし完全に推量で当ててみるから。わたしはほんの数年前にポー（フランス南西部バス＝ピレネー県の首府）からパリへ出てきたのよ、金の枝を求めて。でもわたしは虚弱だったのよ、お若い方、……あなたなんてお名前かしら？」

「オリベイラです」とオリベイラは言った。

「オリベイラ（Oliveira）……。オリーブの（Des olives)、地中海的ね……。わたしも南仏の出身よ。わたしたちは牧羊神《パン》的なのよ、お若い方、わたしたち二人ともパン的なのよ。ヴァランタンは違うわ、あの人はリール（ノルド県の首府）の出身。北国の人って、魚みたいに冷たいのよ、とことんマーキュリー的なのよ。あなた〈大作〉というものを信じる？　フルカネッリのことよ、おわかりでしょうが……。なにも言わないでいいのよ、わたしにはわかってるわ、あなたは音楽の奥義に通じた人だってことが。たぶんあなたはまだほんとうにこれと言った実績は上げてらっしゃらないでしょうけど、わたしの方は……。たとえば『合成曲』を考えてみて頂戴。ヴァランタンが言ったことは確かなことよ、輻射線感応能力《ラジエステシア》で、わたしには双生児的な人がピタッとわかっちゃうのよ、それは作品にも透けて見えると思うんだけど、そうじゃない？」

「ええ、そうですとも」

「あなたって、いろいろ業《カルマ》を背負ってるのね、いまに占ってあげるわ……」彼女の手に強く力が加わって、女流芸術家は瞑想の高みに上り、そのために、ほとんど無抵抗のオリベイラに強く倚《よ》りかからざるを得ず、オリベイラは彼女を支えながら広場を横切り、スフロ通りへ入っていった。《エチエンヌかウォンに見られるはめになったら、やつらもカチンとくるだろうな》とオリベイラは考えた。それにしてもエチエンヌやウォンがどう思うかなんてことが、どうしてぼくにとって一大事でなければならないのか、まるで汚れた脱紙綿の混る形而上的な川のあとで、未来がなにか重要な意味を帯びたかのように。《これじゃまるでぼくはパリにいるのではないみたいだ、それなのに間抜けにも自分の身に起っていることに気を配っている。この哀れな老女が悲しみを投げつけてくるのにはうんざりだ、あのパヴァーヌ、あの演奏会の絶対的零度のあとで、息が詰った人間の平手打ちが加えられているようなものだ。これじゃ台所の雑巾にも劣り、汚れた脱紙綿にも劣る。実際、ぼくがぼく自身となんの関係もないじゃないか》それゆえ彼にはどうしても、こんな時刻にこんな雨の中をベルト・トレパに連れ添っている彼にはどうしても、すべての光がひとつひとつ消えてゆく大きな建物の中で自分が最後に消えようとしている光であるかのような感じがいつまでも消えやらず、彼はなおも考えていた、自分はこれとは違う、どこかで自分が自分を待っているようだ、ヒステリー性の、おそらくは色情狂の老女を引っぱってカルチエ・ラタンを歩いているこの自分はせいぜい第二の自分《ドッペルゲンガー》にすぎず、もう一人の自分、もう一人のほうは……《きみのあのアルマグロ地区にいたのかい？　それともきみは溺れたのかい、航海の途中で、売春婦のベッドで、大きな体験のさなかに、有名な不可避的無秩序の中で？　あらゆることがぼくには慰めの響きを帯びているように聞こえる。ほとんどそうは信じられないのに自分を取り戻せると信じるのは快適だ。絞首刑に処せられようとしている男は、最後の瞬間になにかが起ると信じつづけるに違いない、地震とか、綱が二度切れて彼を赦免しなければならなくなるとか、総督からの電話とか、彼を解放してくれる暴動とか。しかしこの老女はいまにもぼくのズボンの前あきに触わろうとしているところだ》

　しかしベルト・トレパは、回旋と教導のうちに踏み迷い、リヨン駅でジェルメーヌ・タイユフェール（作曲家。いわゆる「フランス六人組」の紅一点）と会ったらタイユフェールが「オレンジの菱形のための前奏曲」はとってもおもしろかったから、それを演奏会のレパートリーに入れてもらうようマルグリット・ロンに話してあげると言ったという話を、熱心に話しはじめた。

「それは成功してたでしょうよ、オリベイラさん、広く認められていたかもしれませんよ。でも興行主ってものは、あなたもご存知のように、あの厚かましい暴君は、大演奏家をも犠牲に……。ヴァランタンは心配のない若いピアニストたちの中からなら、たぶん誰かにやらせてもと考えたんです……。でも彼らだって老ピアニストたちと同じように色が褪せはじめているんです、みんな一つ穴の貉《むじな》よ」

「たぶんあなたご自身、もう一度演奏会を開いて……」

「もう二度と弾きたくないわ」とベルト・トレパは言って、オリベイラが彼女の顔を覗きこもうとしたのにその顔をかくしてしまった。「わたしが自分の曲を初演するためにいまでも舞台に姿を現わさなくちゃならないなんて恥ずかしいわ、実際には演奏家たちの霊感の泉、ミューズであるはずなのに、ねえそうでしょ。みんなわたしの作品を演奏する許可を乞《こ》いに、嘆願しに、そうよ、嘆願しに、わたしのところへくるべきなのに。そうすればわたしは承諾してあげるわ、なぜって、わたしの作品は火花となって、大衆の、フランスであれアメリカであれハンガリアであれ、大衆の感受性を焼きはらってしまうはずですもの……。ええ、承諾してあげるわ、でもその前に、みんなわたしの曲を演奏する栄誉を乞いにくるべきよ」

彼女はオリベイラの腕を強く締めつけてきた。オリベイラはなぜかわからぬまま、サン゠ジャック通りを進み、女流ピアニストをやさしく引っぱって歩いていた。凍てつくような寒風が真正面から吹きつけて雨滴が目や口に入ったが、ベルト・トレパはいっさいの空中現象に対してまったく無関心らしく、オリベイラの腕にぶらさがってなにやらせっかちに喋りはじめたが、それは数語ごとにしゃっくりや、絶望か嘲《あざけ》りの短い高笑いで中断されるのだった。いいえ、わたしはサン゠ジャック通りに住んでるんじゃないのよ。そうじゃないわ、でも、どこに住んでたって構わないじゃない。こうやって一晩じゅう歩きつづけてても、わたしには同じことよ。「合成曲」の初演のために二百人以上もの人が。

「あなたが帰らないとヴァランタンが心配しますよ」とオリベイラは、なにか言うべき言葉を、雨と風の中で海栗《うに》のように動くこのコルセットを着けたボールみたいな老女を歩かせるための舵《かじ》となる言葉を、心の中で探りながら言った。とぎれとぎれの長い推理から、どうやらベルト・トレパはエストラパド通りに住んでいるらしいことがわかった。道に迷いかけながら、オリベイラは自由なほうの手で目から雨の滴を払い、舳先《へさき》に立つあのコンラッドの主人公のように方向を見定めた。彼は突然笑いだしたくなった（それに空っぽの胃の腑の具合がおかしくなり、筋肉が痙攣《けいれん》した。それはまったく常軌を逸したこと、つらいことで、ウォンに話したところでまずは信じてもらえそうにないことだった）。笑うといっても、ときどき金メダルのことを口走りながらモンペリエやポーで受けた栄誉のことを話しつづけているベルト・トレパのことをではなかった。また、彼女のエスコートを申し出るという愚を犯した自分のことをでもなかった。笑いだしたいという気持がどこから生じてきたのかは説明がつかなかったが、それはもっと以前の、もっと過去に遡《さかのぼ》ったなにかから由来するものであり、それ自体およそこの世でもっとも珍妙なものだったとはいえ演奏会が原因というわけでもなかった。それは歓喜であり、歓喜の具体的形態といったようなものであった。彼にとっては信じかねることだったが、それは歓喜だったのだ。彼は喜悦のあまり、純粋で、うっとりとするような、名状しがたい喜悦のあまり、笑いだしたのであろう。《ぼくは気が変になりそうだ》と彼は考えた。《この色情狂に腕をつかまれ、これはきっと伝染性のものに違いない》彼には自分が幸福だと感じる理由はこれっぽっちもなかった。靴底や襟からは容赦なく雨水が入ってきたし、ベルト・トレパはますます強く彼の腕につかまり、とつぜん大きな嗚咽《おえつ》にむせんだようにぶるぶると震え、ヴァランタンの名を口にするたびにぶるぶると震えて泣くのだった。それは一種の条件反射みたいなもので、たとえ狂人でも、誰もそれによって歓喜を喚び起されるようなものではなかった。オリベイラは大声で笑いだしたいところだったろうが、最大の注意を払ってベルト・トレパの体を支えてやりながら、彼女をエストラパド通りのほうへ、四番のほうへ、ゆっくりと導いて行った。なぜそうするのかを考えるべき理由も、まして理解すべき理由もなかった。それどころか逆に、そうしてさえいれば、水溜りにはまったリクロティルド通りの角の軒蛇腹から滝のように吐き出される雨水の真下を通ったりすることをできるだけ避けながらベルト・トレパをエストラパド通りの四番へ導いて行きさえすれば、万事それでいいのだった。家に着いたら（ヴァランタンと）一杯飲んでいかないかと遠回しに誘われたことはオリベイラにとって満更でもなかった。この女流芸術家を引っぱって五階か六階まで登って行き、たぶんヴァランタンがまだストーヴをつけていない部屋に入ることになるだろう（しかしそうだ、そこにはすばらしいサラマンドラ・ストーヴとコニャックの瓶があるだろうし、靴を脱いで火のそばに足を投げ出し、芸術や金メダルについて語りあうことができるだろう）。そしてたぶん、いつかまた別の夜に、彼は葡萄酒を一本持参してベルト・トレパとヴァランタンの家を訪れ、彼らのお相手をし、彼らを元気をつけることもできるだろう。それは例の老人を病院に見舞いに行くのと多少似ていた。いや、それがどこであれ、病院であれエストラパド通りであれ、そのときまで行ってみようなどとは考えもしなかった場所へ行くなんて。あの歓喜、彼の胃の腑に恐ろしい痙攣を引き起させたあの歓喜に先だって、甘美な責苦のように皮膚の中までむんずと掴んできた手（これはウォンに尋ねる必要がありそうだ、皮膚の中までむんずと掴んできた手のことを）。

「四番地ですね？」

「そうよ、あのバルコンのある家よ」とベルト・トレパは言った。「十八世紀の建物なの。昔ここの五階にニノン・ド・ランクロ（フランスの高等娼婦。そのサロンには自由思想家が出入した）が住んでいたってヴァランタンは言ってるのよ。ひどい嘘つき。ニノン・ド・ランクロだなんて。ええ、そうなの、ヴァランタンはしょっちゅう嘘をつくのよ。雨はほとんど止んだようね？」

「少し小降りになりましたね」とオリベイラは同意した。「いま横断しましょう、いいですか」

「近所の人たちだわ」とベルト・トレパは角のカフェのほうを見ながら言った。「もちろん、九階のお婆さんよ……。あの人どのくらい飲むか想像もつかないでしょ。あそこの、脇のほうのテーブルに座ってるの、見える？わたしたちを見てるわ、あしたはひどい噂になってるでしょうね、きっと……」

「どうぞ、マダム」とオリベイラは言った。「その水溜りにご注意を」

「ああ、わたしあの女を知ってるわ、それにあの主人もよ。あの人たちヴァランタンのせいでわたしのことを嫌ってるの。これは言っておかなくちゃならないけど、ヴァランタンはあの人たちに変なことをしちゃったの……。九階のお婆さんにどうにも我慢がならなくて、ある晩、相当酔っぱらって帰ってきたとき、あの人たちのアパルトマンのドアに上から下まで猫のうんこを塗りたくって絵を書いちゃったのね……。わたしけっして忘れないわ。大騒動になっちゃって……。ヴァランタンはね、純粋に芸術家的な熱狂のあまり自分までうんこだらけになっちゃったもんだから、湯舟につかってうんこを洗い落したのよ、わたしは警察や、あのお婆さんや町内じゅうの白い目を我慢しなくちゃならないしで……。どんなに辛かったかそれは想像もつかないほどよ、わたしだって、名声というものがあるし……。ヴァランタンてひどい人よ、まるで子供みたい」

　オリベイラはふたたび白髪の紳士を、あの二重顎、あの金鎖を、脳裏に思い浮かべていた。それはまるで壁の真中に突然ぽっかりと通り路が開いたようなもので、あとはちょっと肩を前に突き出して中へ入りさえすれば、石壁を貫く通路が開き、厚い壁を通り抜けて別天地へ出られるようだった。彼女の手は吐き気を催すほど強く彼の腹を締めつけていた。彼は想像もつかないほど幸福だった。

「上に昇るまえに、わたしブランデーのソーダ水割りを一杯飲みたいわ」とベルト・トレパは言って入口の前に立ち止まって彼のほうを見た。「こうして楽しく散歩できたけど少し冷えちゃって、おまけに雨が……」

「喜んでお伴します」とオリベイラは失望しながら言った。「でも、たぶん上にあがって直ぐ靴を脱がれたほうがよくありませんか、踝《くるぶし》までびしょびしょですよ」

「そうね、カフェなら充分に暖房してるわ」とベルト・トレパが言った。「わたし、ヴァランタンが帰ってきてるかどうかわからないわ、お友達を探してその辺を歩いてるかも知れないし。こういう晩はあの人、誰でも無性に愛しちゃうんだから。まるで小犬みたいなのよ、ほんとうよ」

「おそらくもうお帰りになっていて、ストーヴに火が入ってますよ」とオリベイラは巧みに騙《だま》して言った。「上等のポンス、毛の靴下……。お体に気をつけませんと、マダム」

「ああ、わたしなら樹みたいに丈夫よ。それはそうと、お金の持ちあわせがなくてカフェで払えないわ。あした演奏会場へ行ってわたしの謝礼《カシェ》を受け取らないと……。夜間そんな大金をバッグに入れて歩くのは安全じゃないでしょ、この界隈《かいわい》は、残念ながら……」

「喜んであなたのお飲みになりたいものを差し上げさせて頂きましょう」とオリベイラは言った。やっとのことでベルト・トレパを玄関のホールの下に入らせると、廊下から生温かい湿った空気が漂ってきて、黴《かび》くさい、たぶん茸のスープらしい匂いがした。彼の満足感は、こうして階下の玄関にいる彼のもとにとどまっていずに、まるでそのまま単独に歩きつづけて行くかのように、少しずつ彼から遠ざかって行った。しかし彼はそれに対して抵抗しなければならなかった。あの歓喜はほんの数刻しかつづかなかったが、それはまったく新しい、まったく別世界の歓喜だったのだし、ヴァランタンが湯舟に入ったの猫のうんこだらけだったのと言われたあの瞬間、彼は反射的に、前方に道が、足も脛《すね》もいらないなにか、真実の道、石壁の真中の道が開け、そこから入って前進すればこちら側の世界から、顔にあたる雨や靴に入った水から、自分が解放されるというような感じをいだいたのだから。こうしたことは、それを理解する必要がある場合つねにそうであるように、すべて理解するのは不可能だった。歓喜、皮膚の下で胃を締めつける手、期待――たとえこうしてなにか言葉を思いついたとしても、たとえ彼にとって、把えがたい混乱した想念が期待という概念のもとに群がり寄ってきたとしても、それはあまりにもばかげた、信じがたいほど甘美なものであったのであり、いまやそれさえも遠ざかろうと、雨の中を遠のいて行こうと、していたのだった、なぜならベルト・トレパは家へ上がって行くようにと彼を誘ってはくれずに、角のカフェへ追い払おうとし、クレヴェル、セーヌの岸壁、行方も定めぬ気ままな彷徨《ほうこう》、担架で運ばれる老人、ガリ版刷りのプログラム、ローズ・ボブ、靴に入った水といった、昼の間に起ったすべてのこと、昼の秩序のほうへ、彼をふたたび引き戻そうとしていたのだから。オリベイラはまるで両肩から山を下ろすような緩慢な動作で角の暗闇を破る二軒のカフェのほうを指差した。しかしベルト・トレパは特に気にいった様子もみせず、突然なにをするつもりだったのかも忘れて、オリベイラの腕を離しもせず、なにやらぶつぶつ口ごもりながら、暗い廊下のほうを盗むようにして見た。

「戻ってるわ」唐突にそう言って、彼女は涙に光る目をじっとオリベイラに注いだ。「あの人、上にいるわ、感じでわかるの。それに、確かに誰かといっしょよ。演奏会でわたしの紹介をしたあと、いつでもあの人は大急ぎで帰ってきて誰か若い男といっしょに寝るのよ」

彼女は息をはずませ、思わず力がはいってオリベイラの腕に爪をたてながら、暗闇のほうをしきりに振り返って見ていた。上のほうからは、押し殺したような猫の鳴き声と、フェルトのスリッパで螺旋《らせん》階段を跳びながら走りまわっている物音が聞こえてきた。オリベイラはなんと言ったらいいかわからず、ポケットを探ってタバコを取り出すと苦労して火をつけながら待ちうけた。

「わたし鍵をもってないんだわ」とベルト・トレパはほとんど聞こえないくらい小さな声で言った。「あの人、誰かと寝るときはわたしに鍵を渡してくれないの」

「でもあなたはお休みにならなくちゃいけませんよ、マダム」

「あの人にはわたしが休もうが逝《い》っちゃおうが知ったことじゃないのよ。あの人たち火を焚《た》いて、ドクトル・ルモワーヌに頂いた少ししかない石炭を使い切っちゃったことでしょう。そして裸になってるわ、裸に。そうよ、わたしのベッドで、裸になって、ぞっとするわ。そして明日になると、わたしがなにもかも片づけなきゃならないんだわ、ヴァランタンはベッドカヴァーに吐いたでしょうし、いつものように……。明日になれば、いつものように。わたしが。明日になれば」

「この近くにお友達は住んでいませんか、誰かあなたが一夜を過ごせるような方は？」とオリベイラは言った。

「いいえ」とベルト・トレパは言って、彼のほうを流し目で見た。「信じてちょうだい、お若い人、わたしのお友達はみんなヌーイに住んでるのよ。ここにはあの汚らしいお婆さんたちと、九階のアルジェリア人たちしかいないわ、程度の低い連中ばかりよ」

「なんならぼくが上がっていってヴァランタンさんに開けてくださいと頼んでもいいです」とオリベイラは言った。「たぶん、あなたがカフェで待っていてくだされば、万事うまく運ぶと思いますが」

「うまく運ぶってなにが？」とベルト・トレパはまるで酔っぱらったように声を引きずりながら言った。「あの人のことですもの、開けっこないわ。二人して黙ったまま、暗いところにじっとしてるでしょ。なんでいま明るくしたいもんですか。明りをつけるのはもっと後になってから、わたしがホテルかカフェで夜を過ごすために行っちゃったとヴァランタンが確信したときよ」

「ドアをノックすれば中でびっくりするでしょう。ヴァランタンさんだってスキャンダルになるのは好まれないと思いますが」

「あの人は全然平気なのよ、こういうときあの人はなにがあっても全然平気なの。わたしの服を着てラ・マルセイエーズなんか歌いながら角の交番に入って行きかねないんですから。いつか一度それをやりかけたことがあったわ、ロベールがちょうどいいときに店から出てきてあの人をつかまえ、家に連れてきてくれたから助かったけど。ロベールはいい人よ、あの人にも気まぐれなところはあったけど、自分でちゃんと心得てたわ」

「上に行ってきます」とオリベイラは重ねて言った。

「あなたは角のカフェへ行ってぼくを待っていてください。ぼくがうまく話をつけてきます、あなたも一晩じゅうこうしているわけにはいかないでしょう」

廊下の電灯がついたのは、ベルト・トレパがある激しい反応を示しはじめたときだった。彼女はピョンと跳ねて通りに飛び出し、どうしていいかわからず途方にくれていたオリベイラからわざとらしく遠ざかっていった。一組のアベックが階段を降りてきて、オリベイラには目もくれずに通り過ぎ、トゥーアン通りのほうへ去っていった。ベルト・トレパは神経質そうにちらっと振り返ると、踵《くびす》を返して玄関に逃げ戻った。雨が激しく降っていた。

全然気は進まなかったが、そうするしか仕方がないのだと自分に言い聞かせながら、オリベイラは階段を探しに中へ入った。しかし、ものの三歩と進まないうちに、ベルト・トレパが彼の腕をつかんで玄関のほうへぐいと引き戻した。彼女は否定と命令と嘆願の言葉を呟いていたが、すべては混じり合って言葉と間投詞とを取り違えた一種の交叉鶏鳴とでもいうべきものに為り変っていた。オリベイラは成り行きにまかせて、されるがままに従った。ライトはすでに消えていたが、数秒後にふたたび点っいて、三階か四階あたりの高さから別れの挨拶をかわす声が聞こえてきた。ベルト・トレパはオリベイラを離し、玄関の扉に寄りかかって、まるでこれから外出でもしようとしているところであるかのように、レインコートのボタンをかけているふりをしていた。彼女が動き出さずにそこにいるうちに二人の男が降りてきて彼女の傍を通り過ぎ、なんの興味もなさそうにオリベイラを見ながら、廊下ですれ違うときにかならず言う《失礼《パルドン》》を口ごもった。オリベイラは一瞬、これ以上ぐずぐずしていないで階段を上がって行こうかと考えたが、この女流芸術家が何階に住んでいるのか知らないのではどうしようもなかった。腹立ちまぎれにタバコをスパスパ吸って、なにかが起るのを、あるいはなにも起らないことを期待しながら、もう一度暗がりのほうを振り返った。雨にもかかわらずベルト・トレパのすすり泣く音はますますはっきりと聞こえてきた。彼は近づいて彼女の肩に手をかけた。

「お願いですから、マダム・トレパ、そんなに悲しまないでください。どうしたらいいかおっしゃってください、なんとか解決しなくてはなりません」

「わたしなんかほっといて、ほっといて」と女流芸術家は呟いた。

「あなたは疲れていらっしゃる。眠らなきゃいけません。いずれにしてもホテルへ行きましょう、ぼくも持ちあわせがありませんが、主と話をつけて、明日払うことにしますから。ヴァレット通りに一軒、知ってるホテルがあるんですが、ここからそう遠くはありませんよ」

「ホテル」と言いながらベルト・トレパは頭をめぐらして彼を見た。

「いやですが、要は一夜過ごすためですよ」

「それであなたはわたしをホテルへ連れて行きたいのね」

「マダム、ぼくはあなたをホテルまでお送りして、あなたに部屋を貸してくれるよう主人に話してあげます」

「ホテル、あなたはわたしをホテルへ連れて行きたいのね」

「とんでもない、なにも好んでそうしたいわけじゃありません」とオリベイラは我慢し切れなくなって言った。「ぼくは自分の部屋がないという単純な理由であなたに部屋を提供することができないんです。あなたはヴァランタンに扉を開けてもらいにぼくが上がって行くこともさせてくださらない。ぼくなんか行っちゃったほうがお気に召すんですか？　そういうことなら、さようならです」

しかし、そういうことを彼が全部口に出して言ったのか、それともただそう考えていただけだったのかは誰にもわからない。しかしそれは、ほかの瞬間なら最初に彼の口をついて出ていたであろう言葉とそう隔たっていなかったことは確かである。これはまずかった。彼はどう言い繕ったらいいかわからなかったが、これはまずいことになった。ベルト・トレパは玄関の扉にへばりついて彼を睨《にら》みつけていた。いや、彼はなにも言いはしなかったのだ。彼女のそばにじっと動かずに立っていただけだ、そして信じがたいことではあったが、彼はまだベルト・トレパのために手を貸し、なにかをしてあげたいと思っていた。なのに彼女は彼をきっと睨みつけ、少しずつ手を上げて、突然その手をオリベイラの顔に振り降ろした。オリベイラはびっくりして後退りしたのでひどい平手打ちは喰わずにすんだが、彼女の非常に華奢《きゃしゃ》な指先に笞打《むちう》たれ、瞬間的に爪で引っ掻かれるのを感じた。

「ホテルですって」とベルト・トレパは繰り返した。「みんな聞いて、この人がいまわたしになんて言ったか？」

彼女は暗い廊下のほうを見つめ、その目でぐるりと見回したが、猛然と紅を塗りたくったようなその口は、なにやら独立した、固有の生命を与えられたもののように動いていた。狼狽《ろうばい》したオリベイラは、ロカマドゥールにむりやり灌腸薬を押しこもうとしているラ・マーガの手と、身をよじって火のついたような声で泣き叫びながら尻を締めつけているロカマドゥールとをまたしても見ているような気がした。ベルト・トレパは口をあちら側こちら側と動かしていたが、目は廊下の暗がりの目に見えぬ聴衆に注がれ、滑稽な形に結い上げられた髪は彼女が頭を振るたびにだんだん烈しくぶるぶると揺れていた。

「お願いです」とオリベイラは、少し血の出ている引っ掻き傷に手をやりながら、低い声で言った。「どうしてそんなふうに考えることができるんですか？」

「それはそうよ、そう考えることができるわよ、だって（と大声で言ったので、またしても廊下のライトが点いたが）堕落した連中に限って、まるで慎しみ深いすべてのご婦人方のあとにつき従うようにして往来でわたしをつけまわすことくらい、よく知ってますからね、でも、わたしは断じて許しませんよ（すると門番の部屋の扉がやおら開いて、巨大な鼠のような頭と、貧欲そうな小さな目が覗いているのをオリベイラは見た）、得体の知れない怪物が、好色なサテュロスが、わたしの家の玄関先でわたしを襲うような真似は。そのためにこそ警察や裁判所ってものがあるんじゃありませんか」すると誰かが全速力で階段を駆けおりてきたと思うと、ジプシーの顔立ちをした縮れっ毛の男の子が階段の手摺《てすり》に肘をついて、好きなだけ見たり聞いたりしようと構えていた。「そして近所の人たちがわたしを守ってくださらなくったって、わたしは自分で自分を大事にすることくらいできます、だって、これが初めてじゃありませんからね、悪い男、けがらわしい露出狂が……」

トゥルヌフォール通りの角でオリベイラは、雨のために火が消えてぐしゃぐしゃになったタバコをまだ指に挟んだまま持っていたことに気がついた。街灯柱に寄りかかり、顔を上に向けて、雨でずぶ濡れになるのもかまわず佇《たたず》んでいた。そうやっている彼には誰も気づかなかったことだろう。雨でぐっしょり濡れた顔をしている彼には誰も気づかなかっただろう。それから彼は、前かがみになり、ランバージャケットの襟のボタンを顎のところまで止めて、ゆっくりと歩きだした。いつものように、襟の皮が腐ったような、鞣革《なめしがわ》工場のような、ものすごい臭いを放った。彼はなにも考えず、あたかも自分が、雨の中を歩いている大きな黒い犬を、雨に打たれて長い毛が垂れ、べっとりとまとわりついてしまったなにやら重い足どりのものを、それまでずっと探し歩いていたような感じだった。ときどき手をあげて顔を拭ったが、しまいには雨に打たれるがままにまかせ、何度も唇をつきだしては頬をつたって流れ落ちる塩からい水を飲んだりした。それからかなり経って、植物園の近くを通りかかったとき、彼は昼間の記憶をよみがえらせて、その日のあらゆる瞬間を勤勉に、詳しく棚卸してみたが、結局つまるところ、あの老女を家まで送っていくあいだ満悦感を味わったことはそうひどく間の抜けたことではなかったと独りごちた。だがしかし、いつものように彼はその非常識な満悦感の報いを受けてしまったのだ。いまや彼はそのことで自分を責めはじめ、少しずつその実体を切り崩していって、ついにはいつもと同じように、時間が風となって吹いている空洞、明確な境界線のない不正確な連続だけがあとに残った。《文学めかすのはやめよう》そう考えて彼はズボンのポケットの熱で手を少し乾かしてからタバコをまさぐった。《艶のいい女衒《ぜげん》みたいなスベタ言葉に磨きをかけようなんて思うんじゃない。いままではそうだったが、もう終りだ。ベルト・トレパが……。それはあまりにもばかげている、でも、上にあがって彼女とヴァランタンを相手に一杯飲み、火のそばで靴を脱ぐのは素晴らしかっただろうな。実際ぼくはそれで、つまり靴を脱いで靴下を乾かすと考えただけで、満足できたのだから。ぼくはきみを失ってしまった、赤ちゃん、きみはどうするつもりなんだ。万事このままにしておこう、とにかく眠ることが必要だ。ほかに理由はないし、ほかに理由のあり得ようはずもない。もしこのまま足の赴くままに歩きつづければ、ぼくはアパルトマンに戻って、子供の看病をしながら一夜を過ごすことだってできるんだ。》彼がいまいるところからソムラール通りまでは雨の中を歩いて二十分はかかる。それじゃ最初にぶつかったホテルに飛び込んで眠ったほうがいい。マッチ棒が次々とだめになりだしたぞ。こいつはお笑いぐさだ。

（－124）

24

「わたし上手く言えないわ」ラ・マーガはあまり清潔とはいえない布巾で小さなスプーンを拭きながら言った。「たぶん他の人たちならもっと上手く説明できるでしょうけど、わたしはいつも同じだったわ、楽しいことより悲しいことを話すほうがずっと楽ね」

「それはもう法則ですよ」とグレゴロヴィウスが言った。「完璧な言明、深い真実です。文学的奸智《かんち》という次元に引き上げて言えば、要するに、善き感情より悪しき文学は生れ、善き文学は悪しき感情より生れるということです。幸福というものは説明できないものなんですよ、ルシア、おそらくそれは、幸福とはマーヤ（ヒンズー教でいう現象界・

虚妄の意）のヴェールの至高の瞬間だからでしょう」

　ラ・マーガは彼を見て、途方に暮れたような表情をした。グレゴロヴィウスは溜息をついた。

「マーヤのヴェールですよ」と彼は繰り返した。「しかし物事を混乱させるのは避けましょう。あなたは不幸というものが、いわば触知できるものであることがよくおわかりになった。たぶんそれは、不幸から客観と主観との分裂が生じるからです。だからこそ、それほどまでに記憶に執着するのだし、だからこそ破局がそれほどまでに重要なことになり得るわけです」

「問題は」とラ・マーガは、ヒーターの上でミルクを掻きまわしながら言った。「幸福はたった一人のものでしかないのに、不幸はみんなのものらしいってことよ」

「当然至極の帰結です」とグレゴロヴィウスが言った。「まあ、それはそれとして、ぼくが根掘り葉掘り聞きたがるやつだなんて思わないでください。この間の晩、〈クラブ〉の会合では……。まあ、ロナルドがウォツカを飲んだ勢いでつい舌が滑っちゃって。ぼくのことをずる賢い詮索好きだと思わないでください、ぼくはただ友達のことをよく知りたいだけなんです。あなたとオラシオと……。要するに、あなたたちにはなにか説明のつかないところ、中心の謎といったようなものがあるんですよ。ロナルドとバブズに言わせると、あなたたちは理想のカップルで、お互いに相手の足りないところを補いあっているっていうんですが。ぼくはあなたたちがそれほど補いあっているとは思いません」

「それがどういう関係があるの？」

「別に関係はないんですが、オラシオが出てっちゃったってあなたがおっしゃったもんですから」

「そんなのなんの関係もないわ」とラ・マーガは言った。「わたしには幸福について語ることはできないわ、でも、だからといってわたしが幸福でなかったということにはならないでしょ。お望みなら、なぜオラシオが出て行ったか話すことはできるのよ、ロカマドゥールがいなかったらわたしが出ていったかもしれないこともね」彼女はスーツケースや、散らかった紙や領収書、部屋じゅう占領しているレコードなどを漠然と指さした。「あれを全部しまわなくちゃ。どこか行く場所を探さなくちゃならないわ……。ここには居たくないの、悲しすぎるもの」

「エチエンヌが明るい部屋を探してくれるかもしれませんよ。ロカマドゥールを田舎にやったら。月七千フランくらいで。もしそれで不都合がなければ、そのときはぼくがこの部屋に住みたいですね。気に入ってるんです、雰囲気があって。ここならものを考えることができます、くつろげます」

「どうかしら」とラ・マーガは言った。「七時頃になると上の女の子が歌を歌いはじめるのよ、『ル・アーヴルの恋人たち（*Les Amants du Havre*）』を。きれいな歌なんだけど、いつまでもつづくの……」

Puisque la terre est ronde,
Mon amour t'en fais pas,
Mon amour t'en fais pas.
なにしろ地球は丸いんだから、
恋人よ、心配するな
恋人よ、心配するな。

「いいじゃないですか」とグレゴロヴィウスは興味なさそうに言った。

「そうよ、立派な哲学があるわ。レデスマならきっとそう言ったわ。いけない、あなたは彼のこと知らなかったわね。オラシオの前にいっしょだったの。ウルグアイで」

「あの黒人？」

「いえ、あの黒人はイレネオっていうのよ」

「それじゃあの黒人の話はほんとだったんですか？」

ラ・マーガは驚いたように彼を見た。ほんとうにグレゴロヴィウスってばかね。オラシオを除いて（それに彼だってときどきは……）わたしを欲しがった男はみんな、きまってクレチン患者みたいに振舞うわね。ミルクを掻きまわしながら彼女はベッドのほうへ行ってロカマドゥールにスプーンで少し飲ませようとした。ロカマドゥールはひいひい泣いてそれを拒み、ミルクは首すじを伝って垂れた。《トピトピトピ》とラ・マーガは褒美を分け与える催眠術師のような声で言った。《トピトピトピ》顔を真赤にしてどうしても飲もうとしないロカマドゥールの口になんとかミルクを流しこもうとしているうちに、突然、ロカマドゥールはどうしたわけか抵抗を緩めてベッドの枕もとのほうへ体を少しずらし、体を起してミルクを一匙《さじ》ずつ飲みはじめた。それを見ていたグレゴロヴィウスは大いに満足して、パイプにタバコをつめ、ちょっぴり父親の気分を味わっていた。

「チン、チン」と言いながら、ラ・マーガは牛乳沸しをベッドの側に置いて、早くも睡くなったロカマドゥールに毛布をかけてやるのだった。「まだだいぶ熱があるわ、少なくとも三十九度五分はあるわね」

「体温計は使わないんですか？」

「あれは銜《くわ》えさせるのが大変でしょ、そんなことしたら二十分も泣かれちゃうし、オラシオだったらとても我慢してくれないわ。額の熱さでわかるの。三十九度以上はあるわ、どうして下がらないのかわからないけど」

「経験主義も度が過ぎますよ」とグレゴロヴィウスは言った。「そんなに熱が高いならそのミルクはよくないんじゃありませんか？」

「子供にしてはそう高くないのよ」とラ・マーガは言って、ゴーロワーズに火を点けた。「すぐ眠らせるためにはライトを消すのがいちばんよ。そこ、ドアのそばにあるでしょ」

ストーヴから発する輝きがいっそう明るさを増し、二人はしばらくなにも言わずに向きあって座ったままタバコを吸っていた。グレゴロヴィウスはラ・マーガのタバコが上下するたびに一瞬彼女の妙に平静な顔がまるで熾《おき》のように燃えあがり、その目が彼を見つめながらきらきらと輝くのを見たが、すべてはふたたび半影の中に沈んで行くのだった。その半影の中でロカマドゥールの呻《うめ》き声や鶏鳴のような泣き声も小さくなり、やがてそれも止んで、あとはときおり軽いしゃっくりが繰り返されるだけになった。時計が十一時を打った。

「あの人、帰ってこないわ」とラ・マーガは言った。

「そりゃあ身のまわりの物を取りにこなくちゃならないでしょうけど、同じことよ。終ったのよ、おしまいよ」

「どうかなあ」とグレゴロヴィウスが慎重に言った。「オラシオはとても感受性が鋭くて、パリを動きまわるのは大変なんじゃないですか。彼は自分がやりたいことをやり、ここでは自由だと思ってるようだけど、しょっちゅう壁にぶつかって歩いてますよ。彼が街を歩いて行くときは、ただ見守っているしかありませんね、いつかぼく、彼のあとから離れてしばらくつけてみたんです」

「スパイ」とほとんど親しいといってもいい口調でラ・マーガは言った。

「傍観者といってもらいたいですね」

「ほんとはあなた、わたしをつけてたんでしょう、わたしは彼といっしょじゃなかったけど」

「そうかも知れませんね、あのときはそんなこと考えてもみませんでしたけど。ぼくは知人の行動に非常に興味があって、いつもチェスの問題よりずっと熱中しちゃうんですよ。ウォンが自慰に耽っているところや、バブズが顔は壁のほうを向きながら、手は中になにかを入れたパンのかけらをそっと投げてやって、ジャンセニスト的慈善みたいな施しをしているところを見たこともあります。ぼくは母親を観察することに精を出していた時期もありました。ヘルツェゴヴィナにいたころです、ずっと昔のことですが。アドガレにぼくは夢中で、彼女はいつもブロンドの鬘《かつら》をつけていましたが、じつは黒い髪をしていたことはぼくもよく知っていました。そのことはお城では誰も知りませんでしたが。ぼくたちはロスラー伯爵が死んだあと、その城に住んでいたんです。ぼくが鬘のことで尋ねたとき（ぼくは当時まだ十歳で、とっても幸福な時期でした）母は笑って、ほんとうのことを誰にも明かさないってぼくに誓わせたのです。ブロンドの鬘よりもっと単純で美しいその真実を秘密にしておかなくてはならないってことは辛かったですね。その鬘はじつによくできていて、母はそれを完全に自然に梳《けず》ることができたので、それを目の前で見ている召使いも全然気がつかなかったほどでした。でも、彼女が一人でいるとき、ぼくは、どうしてかわかりませんでしたが、できればソファの下か菫色のカーテンのかげに隠れていたかったんです。それで、母の化粧室の隣の書斎の壁に穴を開けてやろうと決心して、みんなぼくが眠っていると思いこんでいる夜の間に作業を進めたのです。そうやって、アドガレがブロンドの鬘を脱いで黒い髪を解きほぐすのを見ることができたわけです。その黒い髪はとても違った、とても美しい感じを母に与えましたが、そのあと、母がもう一度別の鬘を脱いだんです。すると丸いつるりとした頭が現われました。あんまり気味が悪くて、ぼくはその晩、食べたシチューの大部分を枕の上に吐いてしまいました」

「あなたの少年時代はちょっとゼンダ城の虜《とりこ》みたいね」とラ・マーガは瞑想するように言った。

「あれは鬘の世界でした」とグレゴロヴィウスが言った。

「オラシオがぼくの立場にあったらどうしたでしょうね。じつはぼくたちオラシオの話をしていたんでしたっけ。あなたはぼくになにか言いたかったんでしょ」

「あのしゃっくり変だわ」とラ・マーガは言って、ロカマドゥールのベッドのほうを見た。「あんなしゃっくり初めてよ」

「消化してるんでしょ」

「どうしてみんなあの子を病院に連れて行けって言うの

かしら？　今日の午後も、蟻みたいな顔したあのお医者さんがそうだった。連れて行きたくないなあ、あの子、いやがるんですもの。わたし、やるべきことは全部やったのよ。バブズが今朝ここへきて、それほど重病じゃないって言ったわ。オラシオもそう重くないって思ってたし」

「オラシオは戻ってこないのかな？」

「そうよ。オラシオはその辺をうろついてるのよ、なにかを求めて」

「泣かないで、ルシア」

「鼻をかんだのよ。あの子、もうしゃっくり止まったわ」

「ぼくに話してくださいよ、ルシア、もしそのほうがよければ」

「なんにも憶えていないわ、わざわざ聞くほどの価値もないことばかりよ。そうだわ、思いだした。どうしてなの？　なんて風変りな名前なんでしょう。アドガレ」

「ええ、それ、ほんとの名前かどうかわかりませんが。ぼくの聞いた話では……」

「茜《あかね》色の盤や黒い髪みたいに」とラ・マーガが言った。「なにもかも」とグレゴロヴィウスが言った。「そのとおり、しゃっくりはしなくなりましたね。さあもう朝まで眠るでしょう。いつ知りあったんですか、あなたとオラシオは？」

（－134）

25

彼女としてはグレゴロヴィウスが黙るかアドガレの話だけをするかしてくれて、自分はむしろ室内のいろいろな調度、オラシオがどこかに部屋を探したら運び出せるように包んでおかなければならない本やレコードから遠く離れて、暗がりの中で静かにタバコを吸っていたかった。しかしそれも無駄な望みで、彼は彼女がなにか言うことを期待して一瞬黙ったとしても、また質問を始めるのだった。男はみんなつねになにかしら質問していなければならなかったが、それはまるで彼女が「*Mon p'tit voyou*（わたしの不良少年）」を歌ったり、マッチの燃えさしでちょっとスケッチをしたり、ソムラール通りの瘡蓋《かさぶた》だらけの猫たちを撫《な》でたり、ロカマドゥールに哺乳瓶をあてがったりしたがることに、みんなうんざりしているかのようであった。

「*Alors, mon p'tit voyou*（だから、わたしの不良少年）」

とラ・マーガは歌って、「*la vie, qu'est-ce qu'on s'en fout*…（人生なんて、どうでもいいじゃない……）」

「ぼくも以前は金魚鉢が大好きでした」と昔を回想しながらグレゴロヴィウスが言った。「ぼくが男子にふさわしい役割への手解きを受けてからはすっかり興味を失ってしまいました。ドゥブロヴニク（アドリア海に面したクロアチアの海港）で、当時ぼくのオデッサの母の情夫だったデンマークの船員に連れられて売春宿へ行ったんです。ベッドの足許にすばらしい金魚槽があり、ベッドも少し玉虫色に光る空色のカヴァーが掛かっていて金魚鉢みたいでしたが、そのベッドカヴァーを赤毛の太った女が注意深く剥《は》いだと思うと、ぼくの耳をまるで兎みたいに引っぱったんです。あのときの不安な気持はとても想像できないでしょうね、ルシア、あの恐ろしい気持は。ぼくたちは仰向けに並んで寝て、彼女はぼくを機械的に愛撫し、ぼくは冷たくちぢこまり、彼女はなにやらぼくに話していました、つい先ほどバーで起ったばかりの喧嘩とか、三月の嵐とか……。魚たちは行きつ戻りつ泳ぎまわっていて、一匹だけ、黒くて、大きい魚が、ほかのよりぐっと大きいのが、行きつ戻りつ、まるでぼくの足の上を滑る彼女の手のように、上昇したり、下降したり……。あのころは愛しあうってそういうことでした、頑《かたくな》に行きつ戻りつ泳ぎつづける黒い魚みたい。ほかのどんなイメージとも似ていながら、それでも充分に確かなもの。ガラスを通り抜けて別世界へ入って行きたいという、逃避への切なる願いの無限反復」

「わかるもんですか」とラ・マーガは言った。「わたし、魚たちが水槽から出たがっているなんて思わないわ、鼻の先でガラスにぶつかることほとんどないでしょ」

グレゴロヴィウスはかのシェストフがどこかで、いつでも仕切りが取り除けるように可動式になっている魚槽の魚は間仕切りに慣れてしまって、けっして別の側へ出て行こうとしなくなるという話をしていたのを思いだした。水中のある一点までくると、もう何の障害もなく、ただ前進をつづけさえすればいいということを知らずに、くるりと旋回して後戻りするのである……

「でも愛だってそういうものかも知れませんよ」とグレゴロヴィウスが言った。「水槽の中の魚たちを見ているうちに、突然魚たちが自在に空中に泳ぎ出て、鳩のように飛んで行くのが見えるとしたら、なんとすばらしいことでしょうか。たわけた期待ですとも、確かに。でもわれわれはみんななにか不快なものに鼻をこすりつけることを恐れて後戻りするのです。鼻こそ世界の涯《はて》、論文の主題というわけです。あなたは猫が家の中でオシッコをしないようにどうやって教えこむか知ってますか？　もらしたときに鼻をこすりつける技術ですよ。あなたは豚が松露を食べないようにどうやって教えこむか知ってますか？　鼻を混棒で一撃するんですよ。それは恐ろしいものです。パスカルはその有名なエジプト的考察から推測されるより以上に鼻の専門家でしたね」

「パスカル？」とラ・マーガは言った。「エジプト的考察ってなあに？」

　グレゴロヴィウスは溜息をついた。彼女がなにか質問すると、みんな溜息をついたものだ。オラシオもそうだったし、とくにエチエンヌは溜息なんてものではなく、大きくふーっと息を吐き、鼻嵐を吹いて、彼女をばか者呼ばわりしていたのだから。《無知ということは菫色だわ》とラ・マーガは恨みがましく考えた。誰かが彼女の質問に呆れかえるたびに、菫色の感情が、菫色の物塊が、一瞬、彼女を包みこむのだった。彼女が深呼吸をすると、菫色は溶解して、魚たちのようにそのあたりを遊泳し、それが分裂して多数の菫色をした菱形の鰈《かれい》、ポシトス（ボリビアとの国境に近いアルゼンチンの町）の原っぱの紙凧《かみだこ》になった。海辺の夏。菫色の太陽の黒点。太陽はラーと呼ばれる。それはパスカルと同様エジプト的だった。グレゴロヴィウスの溜息は彼女にとってはさほど重大なものではなかった。オラシオのあとでは、彼女が質問したあとの誰の溜息も彼女にとっては全然重大なものではなかった。しかしいずれにせよつねに菫色の斑点は一瞬の間消え残り、泣きたい気持、絨緞《じゅうたん》が敷いてあったら絨緞を台無しにしてしまうような動作で吸いさしのタバコを投げつけたくなるような気持が、しばらくつづいた。


（－141）

26

「つまるところ」とグレゴロヴィウスが言った、「パリはひとつの巨大な隠喩なんです」

　彼はパイプをぽんと叩いてタバコの葉を少し詰めた。ラ・マーガはもう一本ゴーロワーズに火をつけて、鼻唄を歌っていた。彼女は疲れすぎていて、彼の言う意味がわからなくても腹さえ立たなかった。いつものように彼女がすぐ質問してくる気配がなかったので、グレゴロヴィウスは勝手に説明することに決めた。ラ・マーガは部屋の暗さとタバコとに助けられて、遠くから黙って聞いていることができた。オラシオのことや、オラシオの乱脈さ、〈クラブ〉のほとんど全員のあてどない彷徨、いまのこうした事態はなにか意味のあるものに到達する可能性があると信ずべき理由などが何度も繰り返される、切れ切れの話が聞こえてきた。ときおりグレゴロヴィウスがしゃべった言葉が暗闇の中にくっきりとした輪郭をとって立ち現われることがあった。それらは緑色だったり白かったり、あるときはアトランだったと思うと今度はエステーヴになり、そのあとなにかの音がぐるぐると旋回し、合成されて、アネシエとか、ウィルフレド・ラムとか、ピオベールとか、エチエンヌとか、マックス・エルンストとかを生み落した。それは愉快なもので、グレゴロヴィウスは《……そうしてみんな、そう言ってよければバビロニアの道を眺めていて、それから……》としゃべりつづけていて、ラ・マーガはそれらの言葉から、燦然《さんぜん》と輝くデロールや、バシエールといった人物が生れ出るのを見ていたが、そのときにはもうグレゴロヴィウスは経験論的存在論の無用性について語っていて、すると突然、フリードレンダーが、半影を網状にしてそれを震動させる繊細なヴィヨンが、〈経験論的存在論〉、紫煙、バラ色、〈経験論的〉、淡い黄色、白っぽい火花が震える虚空。

「ロカマドゥールは眠ったわ」とラ・マーガは言って、タバコの灰を軽く叩き落した。「わたしも少し寝なくちゃ」

「オラシオは今夜は戻ってきませんよ、たぶん」

「わかるもんですか、オラシオは猫みたいな人よ、たぶん玄関のそばの床の上に座りこんでるかもしれないわ。もしかしたらマルセイユ行きの汽車に乗ったかも」

「ぼくがいてあげますよ」とグレゴロヴィウスが言った。「あなたはお休みなさい、ぼくがロカマドゥールを看てますから」

「でも、わたし眠いわけじゃないのよ。あなたが話してた間ずっと虚空にものを見ていたの。あなたが《パリはひとつの巨大な隠喩だ》っていったでしょ、そうしたらそれはまるでスガイ（菅井汲《くみ》）（パリ定住の日本人画家）のあの赤や黒のいっぱいある記号みたいだったわ」

「ぼくはオラシオのことを考えていたんです」とグレゴロヴィウスは言った。「おもしろいことに、オラシオはぼくが彼を知ってからここ何カ月かの間にずいぶん人が変りました。あなたはあまり近すぎて彼の変化に気づいていらっしゃらないようだけど、責任はあなたにあるんですよ」

「なぜひとつの巨大な隠喩なの？」

「彼がこの辺を歩きまわるのは、ほかの連中がなにかに、ブードゥー教かマリファナに、ピエール・ブーレーズかティングリーの絵書き機械に、逃避するのと同じことなんです。彼はパリのどこかに、ある日、ある死、あるいはある出会いの中に、ひとつの鍵があるのではないかと考えて、それを狂気のように探しています。いいですか、狂気のようにですよ。つまり、実際には彼は自分が鍵を探していることも、鍵が存在することも知ってはいません。鍵がとるさまざまな形、それらの変装を、うすうす感じているにすぎない。だから隠喩と言ってるわけです」

「なぜオラシオは変ったっておっしゃるの？」

「それは妥当な質問ですね、ルシア。ぼくはオラシオと知りあったとき、彼を素人インテリって分類したんですよ。つまり厳しさのないインテリですね。あなたはあちらでは少しそうなんじゃありませんか？　マト・グロッソとか、そういった場所では」

「マト・グロッソはブラジルよ」

「それじゃパラナー流域では。たいへん知的で利発で、なんでもよく知っている。ぼくたちよりもずっと。たとえばイタリアの文学でも、イギリスの文学でも。それにスペイン黄金世紀のすべてと、当然ながらフランスの文学だって、口先に出して言わないだけなんだ。オラシオはちょうどそんなだったですよ、あまりにも気がつきすぎたんです。ぼくはこんな短い間に彼がこんなふうに変ったのはすばらしいことだと思います。いまでは彼は正真正銘のけだものになっちゃって、目を離すことができないですね。まあ、まだけだものになっちゃったわけじゃありませんが、彼もできるだけのことはやってますよ」

「ばかげたこと言わないでよ」とラ・マーガは文句をつけた。

「わかってください、ぼくが言いたいのは、彼は黒い光を、鍵を、探しているってことで、そういうものは図書館にはないってことを彼は悟りはじめているんですよ。実はあなたがそれを彼に教えたんで、もし彼が行っちゃうとすればそれは彼がけっしてあなたを許そうとしないからです」

「オラシオはそんなことで行っちゃったんじゃないわ」

「そこにもひとつの象徴があるんです。彼はなぜ立ち去るのかを知らないし、彼が立ち去る理由であるあなたは、ぼくを信じる決意をしないかぎり、彼を知ることができませんよ」

「そんなこと信じないわ」とラ・マーガは言って、肘掛椅子から身を滑らせ、床の上に横になった。「その上、わたしにはなにもわからないわ。それからポーラの名前なんか言わないで。ポーラの話はしたくないわ」

「暗闇の中に立ち現われるものの姿をそのまま見つづけていらっしゃい」とグレゴロヴィウスはやさしく言った。

「もちろん別の話をしたっていいですよ。あなたはご存知ですか、チャーキン・インディアンは宣教師と見ると鋏をせびったために、いまではその数に関してはもっとも多くの鋏を所有する人間集団となっているそうですよ。アルフレド・メトローの論文で読んだんですが。世界は途方もない事件にみちてるもんですね」

「でもなぜパリはひとつの巨大な隠喩なの？」

「ぼくが少年だったころ」とグレゴロヴィウスは言った、「子守女たちはボズソク地帯に駐留していた槍騎《そうき》兵たちとよく恋をしていました。彼女たちはぼくがそういうお仕事の邪魔になるので、マルテ・ラウリッツ・ブリッゲを有頂天にしたであろうような、綴錦《つづれにしき》の壁掛けがたくさんあり絨緞を敷きつめた大広間で、ぼくをひとりで遊ばせておいたものです。絨緞の一枚は寓話の形で西洋へ伝えられたままに、オフィル市の平面を描いたものでした。ぼくは膝をついて、鼻か手で黄色い毬《まり》を押しながらシャン＝テン川の水路をたどり、槍《やり》で武装した黒い兵士たちの警備する城壁を通過し、それから数々の危険を経て絨緞の中心に置かれたマホガニーのテーブルの脚に頭をぶつけたあと、シバの女王の御所までくると、横臥食卓の絵模様の上で青虫のように眠ったものでした。そうです、パリはひとつの隠喩です。いまぼくがそのことを考えていると、あなたも絨緞の上に寝そべってるじゃありませんか。その模様はなにを描いていますか？ ああ、失われた幼年時代、ついこの間のことだったのに！ このアパルトマンには二十回もきたのに、その絨緞の模様が思いだせないなんて……」

「ひどく汚れてしまって模様がよくわからないわ」とラ・マーガは言った。「二羽の孔雀《くじやく》が嘴《くちばし》でキスしている絵みたい。全体に緑色がかってるわ」

二人は黙りこんだまま、誰かが階段を昇ってくる足音を聞いていた。

(→109)

27

「ああ、ポーラ」とラ・マーガは言った。「わたしポーラのことならオラシオよりもよく知ってるわ」

「一度も会ったことがないのにですか、ルシア？」

「だってわたし何度も会ったのよ」とラ・マーガはじれったそうに言った。「オラシオは彼女を髪の中、オーバーの中に入れて持ち歩き、彼女を振り落とし、彼女を洗い落していたんですからね」

「エチエンヌとウォンからその女の話は聞きましたよ」とグレゴロヴィウスが言った。「彼らはある日サン゠クルーのカフェのテラスで二人を見たそうです。サン゠クルーで人々がなにをしていたものかは星のみぞ知るですが、ともかくそこでそういうことになったわけです。オラシオは彼女をまるで蟻塚でも見るように見ていたらしいですね。ウォンがずっと後になってこのことを利用して、性的飽和に関する複雑な理論を立てています。彼によると、ある任意の瞬間に、精神が別の次元において突如結晶し、超現実の中に定着するような、そんな愛の係数（というのが彼の言葉です。この中国風の通言をお恕《ゆる》しください）に到達すると、きまって知識が進むものだそうです。あなたもそう思いますか、ルシア？」

「わたしたちもそういうことを求めていると思うけど、ほとんどたいていは騙《だま》されたり騙しあったりしてるのよ。パリはひとつの大きな盲目の愛で、わたしたちはみんな愛にうつつを抜かしているけど、なにか青いもの、苔《こけ》みたいなものがあるのよ、なにか知らないけど。モンテビデオでも同じだったわ、ほんとうに誰も好きになれなかったし、すぐに珍しいことが起ったものよ、シーツだの髪の毛だのといった話が、そして女にとってはほかにいろいろのことがあるのよ、オシップ、たとえば流産とか。結局は」

「愛と性《セクスアリダ》か。ぼくたちは同じことを話しているんでしょうか？」

「そうよ」とラ・マーガは言った。「愛について語るということは性について語ることよ。その逆は必ずしもそうならないけど。でも性とセックスとは別問題だと思うわ」

「理屈はよしましょう」と思いがけずオシップは言った。「そういう二分法は、ああいう混淆主義みたいで……。おそらくオラシオはポーラの中に、なにかあなたが彼に与えなかったものを求めたんだと思いますよ。ものごとを実際的地平に引きつけるために言えば」

「オラシオはいつだって多くのことを求めすぎるのよ」とラ・マーガが言った。「あの人、わたしがものを考えることを知らないものだから、わたしに飽きちゃったのよ、それだけよ。ポーラはつねにものを考えている人なんだと思うわ」

「思念を糧《かて》とする貧しき愛よ」とオシップは引用句を口にした。

「公平でなければいけないわ」とラ・マーガは言った。「ポーラはとっても美人なのよ、オラシオが彼女といっしょだったあと、戻ってきてわたしを見るときのあの目でわかるわ、まるで点火されたマッチみたいに戻ってくるの、突然髪全体が明るさを増したみたいで、それはほんの一瞬しかつづかないけどびっくりするほどなのよ、シュッという耳障りな音、つーんと鼻をつく燐《りん》の匂い、そしてあのたちまち衰える焔。彼はそんなふうに戻ってきたわ、そしてそれはポーラが彼を美しさで充たしてやったからよ。わたし、彼によくそう言ってやったわ、オシップ、そしてそう言ってやったことは正しかったわ。わたしたちまだお互いに愛しあっていたけど、心は少し離れていたんだわ。ポーラは窓辺に太陽が昇るようにやってきたわけではないのよ。こういうことは突然やってきたわけではないのよ。ポーラは窓辺に太陽が昇るようにやってきたんだわ。わたし、自分がほんとうのことを話していると知るために、いつでもものごとをこういうふうに考えなくちゃならないのよ。ポーラはゆっくりと射しこんできて、わたしから影を奪い去ったの。そしてオリベイラはまるで船の甲板にいるみたいに満身に陽差しを浴びて、日焼けして、とっても幸福そうだったわ」

「そんなこと信じもしなかっただろうな。ぼくの考えていたあなたは……。もちろん、ポーラだって誰かほかの人と同じように、消え去って行くでしょうよ、だって、たとえばフランソワーズの名前だって挙げなきゃならないでしょうしね」

「そんなの無意味よ」とラ・マーガはタバコの灰を床の上に落しながら言った。「そんなのわたしが誰か、たとえばレデスマの名前を挙げるみたいなものでしょ。確かにあなたはなにもわかっていないんだわ、ポーラとの仲がどう終ったかだって知らないもの」

「ええ、知りませんね」

「ポーラは死にかけてるのよ」とラ・マーガは言った。「ピンのせいじゃないのよ、それは冗談だけど、でもわたしがピンを刺したときは本気だったのよ、信じて頂戴、わたし本気でやったのよ。彼女は乳癌《にゅうがん》で死にかけてるわ」

「それでオラシオは……」

「嫌なこと言わないでよ、オシップ。オラシオはポーラを棄ててからは何も知らないいんだから」

「どうか、ルシア、ぼくは……」

「あなた、自分が今夜ここでなにを言っているか、なにを望んでいるか、よくわかっているくせに、オシップ、他人をけなさないでよ、わたしはそんなこと曖気《おくび》にも出さなかったわ」

「でも、どうしてなんですか？」

「オラシオは彼女を棄てる前にはそのことを知っていたってこと」

「お願いですから」とグレゴロヴィウスは繰り返した。

「ぼくはなにも……」

「嫌なこと言わないでよ」とラ・マーガは単調に言った。「なんでオラシオに泥をなすりつけたいの？　わたしたち別れたのよ、彼はこの雨の中をここから出ていったのよ、知らないの？」

「ぼくはなにも望んでなんかいません」とオシップは言って、肘掛椅子にうずくまったようだった。「ぼくはそんなんじゃありません、ルシア、あなたはいつもぼくを誤解してばかりいます。これじゃグラフィン号の船長みたいに跪《ひざまず》いて嘆願しなきゃなりませんね、ぼくを信じてくださいとかなんとか……」

「わたしをそっとしておいて頂戴」とラ・マーガは言った。「初めはポーラ、お次はあなた。壁という壁は汚点《しみ》だらけ、いつ果てるともない今宵。あなただってわたしがポーラを殺そうとしているなんて考えられないでしょ」

「そんなこと想像だにしませんよ……」

「いいのよ、いいのよ。オラシオはけっしてわたしを許さないでしょう、もうポーラを愛してもいないでしょうけど。お笑いぐさだわ、クリスマスの蠟燭の鑞で造った、ただの人形だったのよ、きれいな緑色の蠟燭だったわ」

「ルシア、ぼくには信じられませんよ、あなたがそんな……」

「あの人、けっしてわたしを許さないわ、そのことは話していないけど。彼、知ってるのよ、だってその人形としてピンを、彼は見ちゃったんですもの。彼、人形を床に投げつけて足で踏みつぶしたわ。そんなことしたら、もっとひどいことになる、もっと危険が大きくなるってことに彼、気がつかなかったのね。ポーラはドーフィヌ通りに住んでいて、彼はほとんど毎日、午後に会いに行くのよ。あの人、緑色の人形のこと、ポーラに話しちゃったかしら、オシップ？」

「たぶんね」とオシップは敵意と怒りをあらわしながら言った。「あなたたちはみんなどうかしてますよ」

「オラシオはいつも新しい秩序とか、別の人生と出会う可能性ということを話していたわ。人生のことを話すときはいつでも死を問題にするのよ、あの人、死は宿命だって、わたしたち大笑いしたものよ。あの人にポーラと寝てきたよって言われたとき、わたしにはわかったわ、彼はわたしが必ずしも腹を立てたり愁嘆場を演ずるとは思っていないことが。オシップ、実際わたしはあまり腹を立てなかったわ。わたしだってそうしたければ、いまあなたと寝ることもできるわ。説明しにくいけど、背信とかそういったことじゃないのよ。オラシオは背信という言葉、偽りという言葉を聞くと激怒したものだわ。これは認めなければならないことだけど、わたしたちが知りあったそもそもから彼は縛られたとは思わないってわたしに言ったのよ。わたしが人形を造ったのはポーラがわたしの部屋まで入ってきたからなの、あんまりよ、ポーラがわたしの衣服を盗んだり、わたしのストッキングを穿《は》いたり、口紅を使ったり、ロカマドゥールにミルクをやったりするかもしれないんですもの」

「でもあなたは彼女を知らないって言ったじゃありませんか」

「彼女はオラシオの中にいたのよ、ばかね。ばか、ばか、オシップのばか。彼のランバージャケットの中に、襟の革の中に、あなたオラシオのランバージャケットの襟に革がついてるの見たことあるでしょ。それで、彼が入ってくるとポーラがそこにいるのよ、彼のわたしを見る目つきの中に、そしてオラシオがそこで、そっちの隅で、裸になって、湯舟にじっと浸っていると、湯舟が見えるでしょ、オシップ？　そうすると彼の肌からポーラが出てくるの、わたし彼女が心霊体《エクトプラスマ》みたいに現われ出るのを見たわ、そして泣きたい気持をこらえながら、わたしはけっしてこういうふうにポーラの家には現われることがないんだわ、ポーラはけっしてオラシオの肌や目や体毛の中にわたしを感じることがないんだわって考えていたのよ。なぜだかわからないけど、つまり結局、わたしたちはとっても愛しあっていたのね。なぜだかわからな

いけど。だって、わたし、どう考えていいかわからないんですもの、彼はわたしを軽蔑しているし、それやこれやで」（—28）

28

階段に足音がしていた。

「たぶんオラシオですよ」とグレゴロヴィウスが言った。

「たぶんね」とラ・マーガは言った。「でも七階の時計工かもしれないわ、いつも帰りが遅いのよ。あなた音楽を聴きたくない？」

「こんな時刻にですか？　赤ちゃんが目を覚ましますよ」

「大丈夫、レコードをうんと低くかけるから、四重奏を聴いてれば完璧よ。わたしたちにしか聞こえないように低くすればいいわ、そうすればわかるわ」

「オラシオじゃなかった」とグレゴロヴィウスが言った。

「わかんないわよ」とラ・マーガは、マッチを擦って、隅のほうに積んであるレコードの山を見ながら言った。「たぶんドアの外に座りこんでるんでしょ、何度かそういうことあったもの。ときどきドアのところまできてから気が変ることがあるのよ。プレーヤーのスイッチを入れてくださらない、そこの白いボタンよ、暖炉のそばの」

靴の箱みたいなものが一箇あって、ラ・マーガが跪いて暗闇を手探りしながらレコードを載せると、靴の箱が軽く唸りを発し、遠い和音が彼女の手の届く範囲の空気中に定着した。グレゴロヴィウスは、まだちょっとあきれながら、パイプにタバコを詰めはじめた。彼はシェーンベルクは好きではなかったが、それはともかく、問題は時刻、病気の子供、一種の違反ということだった。そう、まさに違反なのだ。それにしても、なんてばかな。しかし、ときには彼だってそういう衝動にかられたことがあり、そんなときにはどんな秩序も、彼が起した自暴自棄に報復されたものであった。床の上に横になり、靴の箱に首をつっこまんばかりにして、ラ・マーガは眠りこんだようだった。

ときどきロカマドゥールの軽い鼾《いびき》が聞こえてきたが、グレゴロヴィウスはいつの間にか音楽に没入し、自分が抗議もせずに譲歩したり、言いなりになったり、すでに死んで葬られたひとりのウィーン人に暫し身を委ねることもあり得ることを発見した。ラ・マーガは床の上に寝そべってタバコをふかしていたので、彼女の顔がときたま闇の中に仄《ほの》かに浮かび上がった。目を閉じ、髪は顔の上に垂れかかり、頬はまるで泣いていたかのようにきらりと光ったが、泣いていたはずはなく、泣いていたと想像することはばかげていた。むしろ一つ二つ三つと平らな天井に響く乾いた音を聞き、怒って唇をすぼめるのだった。グレゴロヴィウスは一本の手が彼の踝をつかむのを感じ、仰天して危うく叫び声をあげるところだった。

「気にしなくていいわ、上の老人よ」

「でもお互いの声がほとんど聞こえないでしょう」

「パイプよ」とラ・マーガは秘密めかして言った。「みんなあれを伝って聞こえちゃうのね、いつかもこういうことがあったわ」

「音響学っていうのは驚くべき学問ですよね」とグレゴロヴィウスが言った。

「あのお爺さん、じきに厭きちゃうわ」とラ・マーガは言った。「ばかよ」

こつこつ叩く音はまだ聞こえていた。ラ・マーガは憤然として立ち上がり、アンプのボリュームをもっと小さくした。八つか九つの和音とピッチカートが経過したあと、ふたたびこつこつと叩く音が始まった。

「そんなことあり得ないですよ」とグレゴロヴィウスは言った。「あそこまで聞こえるなんて絶対不可能です」

「あの人にはわたしたちよりもよく聞こえるのよ、そこが困るの」

「この建物はディオニソスの耳みたいですね」

「誰のですって？　あの人ずいぶんひどいな、ちょうどアダージョのところだっていうのに。まだ叩いてる。ロカマドゥールが目を覚ましちゃうわ」

「たぶんレコードを……」

「いやよ、そんな。天井を突き破るくらい叩けばいいのよ。後学のためにマリア・デル・モナコのレコードでもかけてやりたいわ、残念ながら一枚も持ってないけど。クレチン病の、きたならしい畜生め」

「ルシア」とグレゴロヴィウスはやさしい口調で言った。「もう真夜中過ぎですよ」

「いつでも時間のことばかり」とラ・マーガは不平を言った。「わたしこのアパルトマンを出るつもりよ。レコードをこれ以上低くはできないわ、なんにも聞こえないもの。待って、最後の楽章をもう一度聴きましょうよ。気にすることないわよ」

こつこつと叩く音が止み、しばらくの間、ロカマドゥールの間歇《かんけつ》的な鼾すら聞こえなくなって、四重奏だけが終止に向かって進行していた。ラ・マーガは、スピーカーにほとんど頭をくっつけるようにして聴きながら、溜息をついた。こつこつと叩く音がまた始まった。

「なんてばかな」とラ・マーガが言った。「いつでもこうなんだから」

「そう頑にならないで、ルシア」

「やぼなこと言わないでよ、あなたまで。もうげんなりよ。なにもかも放り投げてやりたいくらい。ちょっとシェーンベルクを聴きたいと思うと、ほんのしばらく……」

彼女は早くも泣き声になり、最後の和音とともにピックアップを平手打ちのようにしてもとに戻したが、グレゴロヴィウスがすぐ傍にいたので、アンプのほうに身をかがめてスイッチを消そうとしたとき、グレゴロヴィウスには、彼女の腰に腕をまわして自分の片膝の上に彼女を座らせるのは容易だった。彼は顔の上に垂れさがった彼女の髪を掻き上げて愛撫しはじめた。ラ・マーガは咳をし、タバコくさい息を彼の顔に吐きかけながら、とぎれとぎれに泣きじゃくっていた。

「かわいそうに、かわいそうに」とグレゴロヴィウスは愛撫にあわせて言葉を添えながら、繰り返して言った。「誰もルシアを愛していないなんて、誰も。かわいそうなルシアにみんな意地悪するなんて」

「間抜けね」とラ・マーガは言って、まさに終油とともに洟《はな》を嚥《の》みこんだ。「わたしは泣きたいから泣いてるのよ、それになによりも慰めてもらいたくなんかないわ。やれやれ、なんてとがった膝なの、まるで鋏みたいにわたしに刺さってくる感じ」

「しばらくこうしてじっとしていてください」とグレゴロヴィウスは懇願した。

「そんな気にならないわ」とラ・マーガは言った。「それに、なんだってあのばか爺さんはいつまでも叩いてるのかしら？」

「あんなやつのこと気にすることないですよ、ルシア。かわいそうに……」

「まだ叩いてる、信じがたいなあ」

「叩かしておきなさいよ」とグレゴロヴィウスは気に障る言い方をした。

「あなたもさっきは気にしてたじゃない」とラ・マーガは言って、彼の顔を正面から見つめながら高笑いした。

「お願いですから、もしご存知なら……」

「ええ、なんでも知ってるわ、でも、黙って、オシップ」とラ・マーガはなにかを了解したように突然言って、「あの人、レコードのせいで叩いたんじゃないわよ。もしよかったら他のレコードをかけてもいいわ」

「それはいけません」

「でも、もう叩いてるの聞こえないでしょ？」

「昇ってって顔をひっぱたいてきましょうか」とグレゴロヴィウスは言った。

「いますぐ」とラ・マーガは声援して、彼が通れるように跳ね起きた。「あいつに、午前一時に人を起す権利はないはずだって言ってやって頂戴。さあ、昇って行きなさいな、左手のドアよ、靴が釘づけになってるからわかるわ」

「ドアに靴が釘づけに？」

「そうよ、あのお爺さん、完全に気が変なのよ。靴だけじゃなく、緑色のアコーディオンの一部もあるわ。昇って行かないの？」

「わざわざ行くほどのこともないと思いますよ」とグレゴロヴィウスはさも煩わしそうに言った。「そんなことするのはまったく変だし、無駄ですよ。ルシア、あなたにはわかってなかったんですね、つまり……。いずれにしても、結局やつは叩くのを止めるでしょうし」

ラ・マーガが部屋の隅のほうへ行って、なにやら暗闇の中では羽根箒《はねぼうき》かと見えたものを釘から外したと思うと、グレゴロヴィウスはそれで天井を打つものすごい音響を聞いた。上階が静かになった。

「これでわたしたちの好きなものが聴けるわ」とラ・マーガが言った。

《どうかな》とグレゴロヴィウスはますます疲れを感じながら考えた。

「たとえば」とラ・マーガが言った。「ブラームスのソナタとか。驚いたわね、あの爺さん叩き疲れちゃったのよ。待って、レコードを探すから、この辺にあるはずよ。なんにも見えないわ」

《オラシオはすぐ外にいるんだ》とグレゴロヴィウスは考えた。《踊り場に座りこんで、ドアに背を向けて、なにもかも聞いてるんだ。これはなにやらタロット・カードの絵札合わせか、解決さるべき問題のようだな。あるいは各稜線、各面がそれぞれその直接的な意味、虚の意味をもっていて、それがやがて中ひとつ隔てた意味を積分してゆくうちに啓示のように一挙にその実像を明らかにする、そんな多面体みたいだ。それで、こうやって、ブラームス、ぼく、天井のこつこつという音、オラシオ。なにかがゆっくりと説明に向かう。だが、すべては無駄だ》彼は暗闇の中でもう一度ラ・マーガを抱擁したらどういうことになるだろうかと自問した。《でも彼がそこにいるぞ、聞き耳をたてて。ぼくたちの物音を聞きながら楽しむかもしれないな、ときどきいやらしくなることがあるから》そのうえ彼はオリベイラを恐れてもいたのだ、彼としてはそれは認めたくないことだったが。

「きっとこれだわ」とラ・マーガが言った。「そうよ、銀地に鳥が二羽いるレーベルだもの。そこの外で誰がおしゃべりしているのかしら?」

《ひとつの多面体が、なにやら水晶体のようなものが、少しずつ暗闇の中で凝固している》とグレゴロヴィウスは考えた。《いま彼女はこのことを言おうとしているし、外では別のことが起ろうとしている、そしてぼくは……。だが、このこととはなにか、別のこととはなにか、ぼくにはわからない》

「オラシオだわ」とラ・マーガは言った。

「オラシオと誰か女の人です」

「違うわ、上のお爺さんにきまってる」

「ドアに靴のある人?」

「そう、お婆さんみたいな声してるの、かささぎみたいな声を。いつでもアストラカンの頭巾をかぶってるわ」

「レコードはかけないほうがいいですよ」とグレゴロヴィウスは忠告した。「どういうことになるか様子を見ましょう」

「結局わたしたちブラームスのソナタを聴くことはできないのね」とラ・マーガは憤然として言った。

《おかしな価値の紊乱《びんらん》だ》とグレゴロヴィウスは考えた。《踊り場の真暗闇の中では彼らがいまにも掴みかかり蹴とばさんばかりにしているのに、彼女は自分の聴きたいソナタが聴けなくなるということしか考えていないんだから》しかしラ・マーガの言い分は正当な理由をもっていたのだ、いつも彼女の言い分だけが正当な理由をもっていたように。《ぼくは自分が思っていた以上に偏見をもっている》とグレゴロヴィウスは心に思った。《彼が自由人《アフランシ》の生活をして、ルテーティアの物質的、精神的寄食に浴していると、それだけでもう彼はアダム以前の側に属しているんだと信じているんだ。憐れにも愚かな女よ、いざ》

「あとは沈黙《ザ・レスト・イズ・サイレンス》」と言ってグレゴロヴィウスは溜息をついた。

「沈黙なんてまっぴらよ《サイレンス・マイ・フット》」と、かなり英語をよく知っているラ・マーガは言った。「さあ、見ててごらんなさい、また新しく始めるから。最初にしゃべるほうがお爺さんよ。ほら、そうでしょ。でもなにをあんた《メ・ケス・ク・ヴ・フテ》？」とラ・マーガは鼻にかかった声で口真似をした。「見ててごらんなさい、オラシオがなんて返事するか。彼、うんと低い声で笑ってるようね、笑いだすのはうまく言葉が見つからないときなのよ、信じがたいけど。わたし、どういうことになるか様子を見てみよう」

「ぼくたち、とってもよかったのに」とグレゴロヴィウスは、まるで追手の天使が近づいてくるのを見たかのように囁いた。ヘラルト・ダヴィット（オランダ出身のフランドルの画家。「聖女と天使たちに囲まれた聖母子」他）、ファン・デル・ウェイデン、《フレマールの画家》（実名不詳のネーデルランドの画家）、この時刻には天使たちはみな、どういうわけか、意地の悪いフランドル派の天使たちばかりで、太り気味の、愚かしい、しかし浮き出した、燦然と輝く、ブルジョワ的に罪深い顔をしていた（Daddy-ordered-it, so-you-better-beat-it-you-lousy-sinners（とうちゃんがそう命じた、だからおまえらそれを打つがいいおまえらきたならしい罪びとども））、部屋じゅうに天使が充ちあふれ、I looked up to heaven and what did I see / A band of angels comin' after me（空を見上げてぼくが見たのは／ぼくを追ってくる天使の軍勢）、いつも同じ終り、警察天使、集金天使、天使的天使。腐敗の腐敗。ズボンの裾から吹きあげてくる凍えるような空気の流れみたいな。踊り場の怒れる声。ドアの前の空間に浮かび上がるラ・マーガのシルエット。

「そんな歩き方してさ」と老人が言っていた。「こんな時間に、眠ってる人の邪魔するとは大ばかもんだよ。わしが警察に訴えたらあんたはどうするんだい、地べたに寝ころんで扉によりかかって？　張り倒してやりたいよ、糞ったれ」

「帰って寝なよ、爺さん」とオラシオが、床の上に気持よさそうに寝そべったまま言っていた。

「眠るって、このわしが、おまえのいい女の淫売宿でか？　そいつはまた厚かましい、だがな、断っておくが、そうはいかんぞ、いまに見てろ」

「*Mais de mon frère le Poète on a eu des nouvelles*（されどわが友たる詩人の消息ありて）」とオラシオは言って、あくびをしていた。「あんた、そいつを知ってるのかい？」

「ばか」とラ・マーガが言った。「レコードを低くしてかければこつこつ叩くし、レコードを止めても同じようにこつこつやるなんて。それじゃどうしてもらいたいっていうのかしら？」

「まあ、靴を片方だけ落したやつの話ってところかな」

「そんな話、知らないわ」とラ・マーガが言った。

「予想されたことさ」とオリベイラが言った。「結局のところ、ぼくは老人に対しては、ほかのもろもろの感情とともに、尊敬の念をかきたてられるんだな、ところが、この爺さんに対しては、ぼくは、つべこべ言わせないためめに、フォルマリンを一瓶買ってきてその中に浸けてしまいたいよ」

「その上まだそのきたない外人のちんぷんかんぷんでわしを侮辱しやがる」と老人が言った。「フランスだぞ、ここは。きたならしい野郎どもだよ。おまえなんか追い出しちまわなきゃ、恥ずかしいよ。政府はなにをしてるんだ、問題だね。アラブ人てえのは、どいつもこいつも無頼漢で、殺し屋の集団さね」

「そのきたならしい野郎どもっていうのはやめなよ、もしアルゼンチンで銭をかき集めている大勢のフランス人のことを知ってるなら」とオリベイラは言った。「なにを聴いてたの、ラ・マーガ？　ぼく、いま帰ったところなんだ、ずぶ濡れになっちゃった」

「シェーンベルクの四重奏よ。いまわたしブラームスのソナタをうんと低くして聴きたいと思ってたとこなの」

「あすの朝にしたほうが良くない」とオリベイラはおもねるように言って、ゴーロワーズに火を点けるために肘をついて上体を起した。「家に帰りなよ、お爺さん、ひと晩じゅううるさいよ」

「のらくら者どもめ」と老人は言った。「殺し屋どもめ、どいつもこいつも」

マッチの明りで老人のアストラカンのボネと、脂じみた部屋着と、たけり狂った二つの小さな目玉が見えた。帽子は階段の壁に巨大な影を投げかけ、ラ・マーガは魅入られたようにそれを見つめていた。オリベイラは立ち上がってマッチを吹き消し、部屋に入るとそっとドアを閉めた。

「やあ」とオリベイラは言った。「なんにも見えないじゃない」

「やあ」とグレゴロヴィウスが言った。「あの爺さんを追っ払ってくれて、まあよかったですね」

「まあ言ってみればね。実際にはあの老人の言うことに一理あるし、おまけに、なんてったってあれはお年寄だしね」

「老人だからって理由にはならないわ」とラ・マーガが言った。

「たぶん理由にはならないけど、通行許可証みたいなものではあるさ」

「あんた、いつかアルゼンチンの悲劇は老人に牛耳られていることにあるって言ってたじゃないの」

「その悲劇もすでに幕が下りてしまったのさ」とオリベイラが言った。「ペロン以後はその逆になって、いままでは科白《せりふ》をしゃべってるのは若手で、事態はもっと悪化しているけど、どうしようもない。年齢や世代、肩書、階級なんて、べらぼうな嘘っぱちさ。こんなふうに不便を忍んでひそひそ囁《ささや》くしかないのも、ロカマドゥールが正当なる眠りを眠ってるからじゃないのかな」

「そうよ、わたしたちが音楽を聴きはじめる前に眠ったのよ。あんたずぶ濡れになっちゃったわね、オラシオ」

「ピアノのコンサートに行ってたんだ」とオラシオは釈明した。

「ふーん」とラ・マーガは言った。「それじゃランバージャケットを脱ぎなさいな、わたし熱いマテ茶をいれてあげるから」

「それにカーニャ酒を一杯ちょうだい。まだその辺に瓶半分くらい残ってるはずだから」

「カーニャってなんですか?」とグレゴロヴィウスが尋ねた。「それ、グラーパとかいうのと同じですか?」

「いや、むしろバラックに似てるよ。コンサートのあとなんかにはとってもいいもんだよ、とくに初演の、曰《いわ》く言い難い結果を見たあとにはね。ごく小さな眩《まぶ》しくない明りを一つぐらい点けたらどうだい、ロカマドゥールの目までは届かないようなのを」

ラ・マーガがランプに火を点《とも》してそれを床の上に置くと一種レンブラント風の効果が生じ、オリベイラはそれをよしと見た。放蕩《ほうとう》息子の帰還。たとえそれが束《つか》の間のはかないものであったにせよ、たとえなぜ戻ってきて一歩一歩階段を昇り、扉の前に寝ころんで、四重奏のフィナーレや、オシップとラ・マーガの囁きかわす声を遠くから聴いたりしたのか自分でもよくわからなかったにせよ、ともかく帰還の図だ。《もうすでに猫と猫のようにあれらは愛しあったにちがいない》と彼は二人を眺めながら考えた、いや、いや、二人が今夜は彼が戻ってくるものと予測して、ちゃんと服を着て、ロカマドゥールをベッドに寝かせておいたなんていうことがあるはずがない。もしロカマドゥールが二つ並べた椅子の上に寝かせられていたら、もしグレゴロヴィウスが靴を脱ぎ、上着なしのシャツ姿でいたら……。それに、どうだってんだい、このおれがここでランバージャケットから滴をたらした余計者の汚らしい野郎になりさがったからって。

「音響効果、抜群ですね」とグレゴロヴィウスが言った。「音が物質の中に入って幾階も上昇し、壁をつたってベッドの枕元まで聞こえるなんて只事《ただごと》じゃありません、信じがたいことです。あなたたち、湯舟に潜ってみたことありませんか？」

「考えたことはあるけどねえ」とオリベイラは言って、ランバージャケットを部屋の隅に放り投げ、ストゥールに腰をおろした。

「階下の住人のしゃべってることが筒抜けに聞こえますよ、頭を湯の中に沈めて聞きさえすればいいんです。ぼくの思うに、音はパイプを伝ってくるんですね。かつてグラスゴーで、隣の連中がトロッキストだったことを知ったものでした」

「グラスゴーと聞くと悪い天気を連想するわ、悲しい人々があふれている港町」とラ・マーガが言った。

「映画の見過ぎだよ」とオリベイラが言った。「でもこのマテ茶は有難い、なんだかすごく慰撫されるような感じ。やれやれ靴がぐっしょりだ。それにしてもマテ茶は終止符であり段落である。一杯飲めば、それから新しい段落を始めることができるってわけさ」

「ぼくはこういうパンパの嗜好《しこう》をいつまでも知ることがないでしょうね」とグレゴロヴィウスが言った。「しかしあなたもなにか飲物のことをおっしゃったと思いますが」

「カーニャを持ってきて」とオリベイラが言いつけた。「まだボトル半分は残ってたと思うけど」

「あなたがたはそれをパリで買われたんですか？」とグレゴロヴィウスが尋ねた。

《なんでこいつめ複数形でしゃべるんだろう？》とオリベイラは考えた。《きっとこいつら一晩じゅう転げまわっていたんだろう。その形跡は歴然としている。要するにだ》

「いや、兄が送ってくれたのさ。ロサリオに兄がいるんでね、すごくいい兄だよ。カーニャと小言と、両方ともどっさり頂戴するってわけだ」

彼は飲み干したマテ茶器をラ・マーガのほうに差し出

した。彼女は彼の足もとにしゃがんで、両膝の間にマテ茶沸しを挟んでいた。彼は気分が良くなってきた。ラ・マーガの指が踝を、つづいて靴の紐をまさぐるのが感じられた。彼は溜息をついて、靴を脱がしてもらった。ラ・マーガは濡れた靴下を脱がせ、〈フィガロ・リテレール〉紙二枚で彼の足を包んだ。マテ茶はとても熱く、とても苦かった。

　グレゴロヴィウスはカーニャが気に入った。バラックとは同じではなかったが、似たような味だった。なにやら郷愁をおぼえて、彼はハンガリアとチェコの飲物を片っ端から思いだした。雨の音がかすかに聞こえ、みんないい気持だった。とくにロカマドゥールがそうで、彼はうんともすんとも言わずにもう一時間以上も眠っていた。グレゴロヴィウスはトランシルヴァニアのことや、サロニカで経験した冒険のことなどを話していた。オリベイラはナイトテーブルの上にゴーロワーズの箱が、中に防寒用の上履きがあることを思いだした。彼は手探りでベッドのほうに近づいた。《パリからじゃウィーン以遠のどんな地名を聞いても現実離れして聞こえますよ》とグレゴロヴィウスが弁解するような声で言った。オラシオはタバコを見つけ、テーブルの開き戸を開けて上履きをとりだした。暗闇の中にロカマドゥールの仰向けになった横顔がぼんやりと見えた。なぜなのか自分でもよくわからずに、彼は一本の指でロカマドゥールの額を撫でた。《ぼくの母はトランシルヴァニアのことはあまり口にしたがりませんでした。吸血蝙蝠の話とか、そういったものを連想されるのが不安だったんですね……。それから、トカイ、ですね）ベッドの傍にひざまずいて、オラシオはもっとよく見ようとした。《モンテビデオからだって想像できるわ》とラ・マーガが言った。《人間なんてみんな同じだって思うかもしれないけど。セロ村側で暮したら……。トカイって、それ鳥？》《ええ、まあ、ある点ではね》そういう場合によくやる返事だ。《そうね、第一に……。（《ある点ではなんてなにが言いたいんだ？　鳥なのか、鳥じゃないのか、どっちなんだ？》）しかし彼はロカマドゥールの唇に指を触れるだけでよかった。反応はなかった。《陳腐な比喩をもちだしたりしてご免なさい、ルシア。あらゆる美酒の中には一羽の鳥が眠っているのです。》人工呼吸なんてばかげたこと。跣足《はだし》で、濡れた服を着たまま、ああやって手が震えているのもばかげている（アルコールで摩《さす》ってやらなくちゃ、それもたぶん力を入れてやらなくちゃ）。

《ある晩《アン・ソワール》、葡萄酒の魂《ラーム・デュ・ヴァン》が、瓶の中で歌ったとさ《シャンテ・ダン・レ・ブテーユ》》とオシップが調子をつけて言った。《これじゃアナクレオン調だな……》ラ・マーガの怒った沈黙が、彼女の心の声が、ほとんど触知できるほどだった。アナクレオン、誰も読む人のいないギリシアの詩人。みんなぼくよりもよくその詩人のことを知っている。《ある晩《アン・ソワール》、葡萄酒の魂《ラーム・デュ・ヴァン》が》っていうあの一行はどこから取ったのだろうか？　オラシオの手がシーツの間に滑りこんだ。ロカマドゥールのちっちゃな腹や冷たい股《もも》に触れることは彼にはたいへんな努力が必要だった。もっと上体のほうはまだ熱が残っているように思っていたが、そうではなく、すっかり冷たくなっていた。《型どおりに振舞うことだ》とオラシオは考えた。《大声をあげ、明りをつけ、正常な当然の義務である呪阻《じゅそ》の言葉をありったけ並べて大騒ぎすること。でも、なぜだ？》しかし、たぶん、まだ……。《それじゃこのせっかくの本能的な衝動も、ぼくにはなんのためにもならないじゃないか、ぼくが自分の内奥に感じているこの衝動も。もしぼくが叫び声を発するとすれば、またぞろベルト・トレパが現われるだけ、またぞろ空しい試みだ、憐れなもんさ。手袋をはめ、そういう場合にしなければならないことをする。いやいや、もうたくさんだ。そんなことをしてもなんのためにもならないとわかっているなら、なぜ明りをつけて叫ぶんだ？　喜劇役者め、まったく紐喜劇役者だよ。おまえにできることはせいぜい……》グレゴロヴィウスのグラスがカーニャの瓶に触れて鳴る音が聞こえた。《そう、バラックによく似てるよ》ゴーロワーズを口にくわえてマッチを擦り、ロカマドゥールをじっと見つめた。《その子を起しちゃうわよ》とラ・マーガが、マテ茶の葉を新しいのに替えながら言った。オラシオはマッチを乱暴に吹き消した。そんなのわかりきったことさ、もし瞳《ひとみ》に眩しい光があてられれば、っていうんだろ。ソハ証明セラルベキモノナリキ《クオド・エラト・デモンストランドゥム》。《バラック酒みたいですね、でもちょっと香りが足りないな》とオシップが言った。

「あの爺さん、また叩いてるわ」とラ・マーガが言った。

「きっと鎧戸でしょう」とグレゴロヴィウスが言った。

「この建物に鎧戸なんてないわ。気が変になったのよ、きっと」

　オリベイラは上履きを履いて肘掛椅子に戻った。マテ茶は熱くて苦く、とってもよかった。上で二度、あまり強くはなかったが、叩く音がした。

「ゴキブリでも殺してるんですよ」とグレゴロヴィウスが推測した。

「いいえ、お爺さん目が血走って、わたしたちを眠らせたくないのよ。上へ行ってなんとか言ってきてよ、オラシオ」

「きみが行きなよ」とオリベイラが言った。「なぜだか知らないが、爺さんはぼくよりきみのほうをこわがってるんだから。少なくとも外人嫌い、アパルトヘイト、その他の人種差別をちらつかせて出てきたりはしないよ」

「わたしが行ったら言いたい放題ぶちまけちゃって警察を呼ばれることになっちゃうわ」

「ひどく降ってるな。爺さんの道徳的な側面に働きかけて、ドアのお飾りを褒めるといいよ。きみの子を持つ母親としての気持とか、そういったものについて、さりげなく話してきてごらん。さあ、行っておいでよ」

「そんな気になれないわ」とラ・マーガが言った。

「行っておいでよ、いい子だから」とオリベイラが低い声で言った。

「でも、どうしてわたしに行けっていうの?」

「おもしろいからさ。きっと叩くのやめるよ」

二度叩く音がして、そのあと一度音がした。ラ・マーガは立ち上がって部屋を出た。オラシオも彼女のあとについて行ったが、彼女が階段を昇る足音を聞くと、明りをつけてグレゴロヴィウスのほうを見た。彼はベッドを指さした。一分後に明りを消す前にグレゴロヴィウスは肘掛椅子に戻っていた。

「信じられない」とオシップは言って、暗闇の中でカーニャの瓶をつかんだ。

「確かに。信じられないし、避けられないことだよ、これはすべて。死亡記事は出さない。このアパルトマンではぼくがある日ちょっと外出しただけで極端な事件が起りかねないんだ。結局、あることは他のことの慰めになるんだろうが」

「わかりませんね」とグレゴロヴィウスは言った。

「きみはぼくを完全に理解しているよ。結構《サ・ヴァ》、結構《サ・ヴァ》。きみには想像できまいが、ぼくはこれっぽっちも気になんかしていないよ」

グレゴロヴィウスはオリベイラがなれなれしい口調で話していることに気がついた。これなら事態は変る。もしかしたら、まだ大丈夫かもしれないぞ……。彼は赤十字とか、終夜営業の薬局とかについて示唆した。

「きみの思うとおりにしたまえ。ぼくにはどっちでも同じことだから」とオリベイラは言った。「今日はまた……。なんという日だろう、ねえきみ」

もしこのままベッドに身を投げ出して、まるまる二年も眠りつづけることができたら。《臆病者め》とオリベイラは考えた。グレゴロヴィウスも彼の動じない態度に染まって、大儀そうにパイプに火をつけた。ずっと遠くから、雨の音にまじってラ・マーガの声と、それに口答えしている老人の甲高い声が聞こえてきた。どこか別の階でドアを叩く音と、人が出てきてその騒ぎに文句をつけている声がした。

「基本的にはあなたのおっしゃるとおりです」とグレゴロヴィウスは認めた。「でもなにか法律上の責任がありはしませんか」

「すでに起ってしまったことにわれわれは耳までとっぷりつかってるんだ」とオリベイラは言った。「とくにあんたたち二人はね。ぼくはいつでも証明できるよ、ぼくがきたときにはすでに手遅れだったってことを。母親が、絨緞の上で愛人にかまけているうちに、幼児を死なせてしまったんだ」

「あなたがおっしゃりたいのは……」

「そんなの全然無視していいよ」

「でもそれは嘘です、オラシオ」

「ぼくには同じことさ、きみたちができたことなんか副次的なことだよ。ぼくはこんどのことはいっさい関係ないんだ。ただ、ずぶ濡れになって、マテ茶が飲みたくなったから上がってきただけのことさ。誰か人がきたよ」

「救急車を呼ばなくては」とグレゴロヴィウスが言った。

「結構、したいようにしたまえ。あれはロナルドの声だと思わないかい?」

「ぼくはここにじっとしているわけにいきません」とグレゴロヴィウスは言って立ち上がった。「なにかしなくちゃ、なにかしなくちゃいけませんよ」

「ぼくだってそんなこと百も承知さ。行動、つねに行動。ディー・テーティヒカイトだよ。ピシャリ、船頭多くして舟山に上るだな。もっと低い声で話してよ、赤ん坊が起きちゃうから」

「どうも」とロナルドが言った。

「ハロー」とバブズが傘をたたもうと苦労しながら言った。

「低い声で話してね」とラ・マーガが彼らの後からやってきて言った。「どうして傘をおもてですぼめてこないの?」

「あなたのいうとおりね」とバブズが言った。「どこへ行っても、わたし、いつもこの調子なの。やかましくしないでね。ロナルド。わたしたち、ギュイのことをあなたたちに話しておこうと思ってちょっと寄っただけよ。信じがたい話なのよ。ヒューズが飛んじゃったの？」

「ううん、ロカマドゥールのためよ」

「低い声で話しなよ」とロナルドが言った。「それからその傘をどこか隅に置いたらどうだ」

「なかなかすぼまないのよ」とバブズが言った。「開くのは簡単なのに」

「あの爺さんに警察を呼ぶぞって脅されちゃった」とラ・マーガがドアを閉めながら言った。「気が狂ったみたいにきいきい言って、わたしに殴りかかろうとしたのよ。オシップ、あなた爺さんの部屋になにがあるか見ておくべきだったわね、階段からだって多少は見えるんだから。テーブルの上には空瓶がごろごろしているし、部屋のまん中には実物大の、ウルグアイの田舎で見られるような大きな風車があるわ。その風車が風で回りだせば、わたしだってドアの隙間《すきま》から覗き見せずにいられないわよ、爺さんかんかんになって涎《よだれ》をたらしてたわ」

「傘が閉まらないわ」とバブズが言った。「この隅っこに置こうっと」

「蝙蝠みたいね」とラ・マーガが言った。「どれ、貸して、わたしがすぼめてあげる。ほら簡単でしょ」

「骨を二本折っちゃったわ」とバブズがロナルドに言った。

「つまらないこと言うのは止めなよ」とロナルドが言った。「それに、ぼくたちすぐ行くから。ただ、ギュイが睡眠薬を一瓶飲んだって言いにきただけなんだ」

「かわいそうなやつ」とオリベイラが言ったが、彼はギュイにはなんの同情も感じていなかった。

「エチエンヌが見つけたときには死にかけていたそうだ。バブズとぼくはある展覧会の内覧に出かけていてね（きみに是非その話をしなくちゃ、とってもすばらしかったよ）、そしたらギュイがぼくらのアパルトマンに上がりこんで、ベッドで服毒したってわけさ、わかるだろ」

「お気の毒さま《セ・ルグレターブル》」

「あれは礼儀を知らないやつだ《ヒー・ハズ・ノー・マナーズ・アット・オール》」とオリベイラは言った。

「エチエンヌはわたしたちを探してうちへきたんだって。みんなが鍵を持ってて幸いだったわ」とバブズが言った。「誰かが吐いているのが聞こえたもんで、入ってみたらギュイだったのね。死にかけてたんで、エチエンヌは助けを求めて駆け出してったそうよ。もう病院にかつぎこまれてるけど、重態なの。それにこの雨でしょ」とバブズはがっかりしたように言い添えた。

「お掛けなさいな」とラ・マーガが言った。「それはだめよ、ロナルド、脚が一本足りないの。ずいぶん暗いけど、ロカマドゥールのためなのよ。小さい声で話してね」

「みんなにコーヒーでもいれてあげたら」とオリベイラが言った。「ひどい天気だね」

「ぼく、もう行かなくちゃ」とグレゴロヴィウスが言った。「レインコートをどこへ置いたかしら。いや、そこじゃないですよ、ルシア……」

「コーヒーを飲んでらっしゃいよ」とラ・マーガが言った。「どうせ地下鉄《メトロ》は停まっちゃってるし、ここにいるほうが楽よ。コーヒー豆を新しく挽《ひ》いてくださらないこと、オラシオ」

「閉めきって臭いがこもっちゃってるわ」とバブズが言った。

「彼女はいつでも戸外のオゾンがないとだめなんだ」とロナルドが怒ったように言った。「ばかみたいに、混じりけのない純粋なものだけを礼賛するんだよ、原色だの、七音階だの、そんなの人間的じゃないと思うんだ」

「人間性なんて理想さ」と言いながら、オリベイラはコーヒー・ミルを探してあちこちに手を伸した。「風にだってそれにまつわるもろもろの曰くがあるよね。きみの言う濡れてオゾンがいっぱいの街路から、五千年もかかって準備された熱と温度のこもる環境へ入ってくれば……。バブズは呼吸のリップ・ヴァン・ウィンクルみたいなものさ」

「まあ、リップ・ヴァン・ウィンクルですって」とバブズは、うっとりしながら言った。「わたしのおばあちゃんがよく話してくれたわ」

「アイダホでも、ぼくたちみんな知ってるよ」とロナルドが言った。「まあいいや、さて次にエチエンヌは角のバーでぼくたちに三十分前に電話をくれて、今夜は外泊したほうがいい、少なくともギュイが死ぬとわかるか、睡眠薬を吐きそうだとわかるまでは、と言うんだ。でかたちが上ってきてぼくたちと鉢合せすることになったらやばいよ、やつらは二と二を足すのが好きで、〈クラブ〉のことも近ごろはやつらの悩みの種なんだ」

「〈クラブ〉のどこがいけないの？」とラ・マーガがタオルで茶碗を拭きながら言った。

「べつになにも。しかし、まさにそれだからこそ無防備なんだよ。近所の連中が、物音や、レコード・セッションや、ぼくたちが始終出たり入ったりすることにさんざん文句をつけてきたんだ……。おまけにバブズは門番や、五、六十人はいる、アパルトマンの全女性と喧嘩したんだから」

「みんなひどいもんよ《ゼイ・アー・オーフル》」とバブズは言って、ポケットから取り出した飴をしゃぶった。「グーラッシュ（ハンガリアの牛肉料理の一種）を作ってるときでもマリファナの匂いがするんですもの」

オリベイラはコーヒーを挽くのに疲れて、ミルをロナルドに渡した。声をうんとひそめながら、バブズとラ・マーガはギュイの自殺未遂の動機を論じあっていた。レインコートのことで大騒ぎしたあと、グレゴロヴィウスは肘掛椅子にふかぶかと腰をおろし、火のついていないパイプを口にくわえて静かに座っていた。窓を打つ雨の音が聞こえていた。《シェーンベルクとブラームスか》とオリベイラは、ゴーロワーズを取り出しながら思っていた。《それも悪くないな、普通こういう場合にはショパンとか、ジークフリートのための葬送行進曲とかを思いつくものだが。昨日の台風で、日本では二千人から三千人の死者が出たらしい。統計学的に言って……》しかしその統計学をもってしても、タバコに、沁《し》みこんだ脂くささは消えなかった。彼はもう一本マッチを擦って、可能なかぎりそのタバコを調べてみた。それは、細い文字の印刷された真白い紙で巻いた、正真正銘のゴーロワーズで、そのざらざらしたタバコの刻んだ葉が、濡れた端のほうから湿っていた。《神経質になるといつもタバコを濡らしちゃうな》と彼は考えた。《ローズ・ボブのことを思うと……。そうだ、あれは一時代の寵児《ちょうじ》だった、ところがわれわれを待ち受けているのは……》ロナルドに話すのがいちばんいい、そうすればロナルドは、ペリコ・ロメロを驚かしたあのテレパシーみたいな流儀でそのことをバブズに伝えるだろう。伝達の理論ていうのは、ハックスリーやボルヘスのような新しい世代の作家たちが現われるまでは文学があまり深く追求しなかった魅力的なテーマだ。さてロナルドはラ・マーガとバブズのひそひそ話に加わりながら、コーヒー・ミルをゆっくりと回していた。コーヒー豆はいつまでたっても挽き終りそうになかった。オリベイラはおそろしいアール・ヌーヴォー風の椅子から身を滑らせて、床の上に、頭を新聞紙の山にのせて、楽な姿勢で寝そべった。平らな天井に奇妙な燐光《りんこう》が浮かび上がっていたが、それは主観的なもの以外ではありえなかった。目を閉じるとその燐光が一瞬持続したあと、大きな菫色の球が一つまた一つ、ブスッ、ブスッ、ブスッと炸裂《さくれつ》しはじめ、なぜかわからないが明らかにそれぞれの球が心臓の収縮か拡張に照応していた。そうして建物のどこか、おそらくは三階あたりで、しきりに電話が鳴っていた。そんな時刻に、パリでは異例のことだ。《また誰か死んだな》とオリベイラは考えた。《睡眠を大事にするこの都市ではほかのことではかかってこない》彼は最近船でやってきたアルゼンチンのさる友人が、夜の十時半に平気で電話をかけてきたことを思いだした。どうしてそんなことができたのか知らないが、その男は商工年鑑を引いて誰か同じ建物の住人の電話番号を割り出すと、すぐさま電話をかけてきたのだった。部屋着を着てドアをノックしてきた五階の紳士の顔、氷のような顔つき、どなたかあなたに電話ですよ《ケルカン・ヴ・ドゥマンド・オ・テレフォン》、オリベイラは当惑してセーターを着こみ、五階へ行ってみると怒り心頭に発した婦人と出会い、わかったことはエルミーダのやつがパリにきていて、ねえ、いつ会える、みんなの消息を持ってきたよ、トラベラーや、〈ビドゥ〉の飲み仲間たちの。そしてその婦人は、オリベイラが誰か近親者の死を知らされて泣きだすことを予期しながら、怒りを抑えて平静を粧っているのに、オリベイラはどうしていいかわからず、まったくぼくも迷惑しているんです、マダム、ムシュー、なにしろ着いたばかりの友達なんで、こちらの習慣をまったく知らないもんですから……。おお、アルゼンチン、寛大なる時間表、開放的な住居、掃いて棄てるほどの時間、未来はすべて前途にある、まさにすべて、ブスッ、ブスッ、ブスッ、だのにここでは三メートルしか離れていないあの男の目の背後にはなにもなかった、なにもあるはずがなかった、ブスッ、ブスッ、伝達理論はすべて無に帰し、ママもなくパパもなく、金持パパ《パパ・リコ》もなくオシッコ《ピピ》もなくブスッブスッもなく無もなく、ただ死後硬直《リゴール・モルティス》あるのみで、そのまわりをサルタ人（サルタはアルゼンチン北部の地名・都市名）でもメキシコ人でもない者たちが、ただ音楽を聴きつづけるために、幼児の通夜をとり行なうために、彼らにふさわしく折あらばこの縺《もつ》れた糸玉の端をつかんでなんとか脱出するために、取り囲んでいるのだ、このスキャンダルを受けいれ、あるいはその実体を確認することによってそれを乗りこえて行くほどの原始性もなく、スキャンダルをいっさい否定してこの《たかが一つのちっぽけな奇禍《ワン・リトル・カジュアル・ティ》》を、たとえばヴェロニカ台風による三千人の犠牲者の中に含めてしまうほどには開けてもいない連中が。《しかしこれじゃすっかり安手の人類学だな》とオリベイラは、痙攣しはじめた胃の腑になにやら寒けを意識しながら考えた。最後には、いつでも、神経叢《そう》だった。《皮膚の下にこそ真の伝達、もろもろの警告はある、しかもその言語のための辞典はないってわけさ》誰がレンブラント光線のランプを消してしまったのだろう？　彼にはどうしても思いだせなかった。ほんのしばらく前には床と同じ高さに古びた金粉のような光があったのに、ロナルドとバブズが到着して以後に起ったことを再現しようとどんなに努力してみても、なすすべもない。ある瞬間にラ・マーガが（確かにラ・マーガはずっといたのだから）、あるいはもしかしたらグレゴロヴィウスかも知れないが、誰かがランプを消してしまったのだ。

「真暗い中でどうやってコーヒーを入れようってんだい？」

「知らないわ」とラ・マーガがカップをいくつか取り出しながら言った。「さっきまで少し明りがあったのに」

「点けてくれない、ロナルド」とオリベイラが言った。「そこの、きみの椅子の下にあるよ。火屋《ほや》を回すだけでいいんだ、古典的な方式なんだよ」

「なにもかもまったくばかげている」とロナルドが言ったが、それがランプのつけ方に関係した科白かどうかは誰にもわからなかった。明るくなると、菫色の圏は消滅し、オリベイラはタバコがうまくなったように感じはじめた。さてこれでほんとうに気分がよくなってきた。熱いほどだ。コーヒーも飲めるぞ。

「もっとこっちへおいでよ」とオリベイラがロナルドに言った。「その椅子に座ってるよりましだろう。そいつは真中に尖《とが》った釘みたいのが出ていて尻に刺さるからな。ウォンならきっとそいつを彼の北京風コレクションに加えるところだろう」

「ここで結構だよ、誤解を招くかもしれないけど」とロナルドが言った。

「いけないよ、こっちへきたまえ。さてどうかな、コーヒーは一度に入れられるのかな、ご婦人がた」

「彼、今夜はずいぶんとお強いじゃない」とバブズが言った。「あなたといっしょだと、いつもそうなの？」

「たいていそうよ」とラ・マーガは彼のほうを見もせずに言った。「そのお盆を拭くの手伝って」

オリベイラはコーヒーを入れる仕事についてバブズが

予想どおりの講釈をたれるのを待ち、ロナルドが椅子から立ち上がって彼のそばにあぐらをかくと、その耳に二言三言ささやいた。彼らの話を聞いて、グレゴロヴィウスもコーヒーに関して会話に加わり、ロナルドの返事はモカ礼賛とコーヒーの入れ方の堕落ぶりについての論議のうちに掻き消されてしまった。それからロナルドはまた自分の椅子に戻り、ちょうどラ・マーガが彼に差し出していたカップを受け取った。平らな天井にまたこつこつというかすかな音が二度、三度、しはじめた。グレゴロヴィウスはぞくぞくっと身震いをしてコーヒーを一息に飲み干した。オリベイラは大声で笑いだしそうになるのをじっと我慢していた。いっそ思いきり笑いとばせば痙攣の痛みも和らいだであろうが。ラ・マーガは驚いた様子で、暗闇の中のみんなの顔を順番に見廻し、それからテーブルの上のタバコに手を伸ばしながら、自分でも理解できない悪夢のようななにかから逃がれようとするかのようにまさぐっていた。

「足音が聞こえる」とバブズが明らかにブラバツキー夫人（ロシア生れの神智学者）の口調で言った。「あの老人は確かに気が変よ、注意したほうがいいわ。カンサス・シティでもいつだったか……。いや、誰かが上がってくるんだわ」

「階段なら聞いていてそれとはっきりわかるわよ」とラ・マーガが言った。「耳の聞こえない人ってお気の毒ね。まるでわたしが手を階段について、一段一段まさぐって昇ってるみたいだわ。子供のころ作文で十点もらったことがあったわ、ある小さな音のお話を書いたの。それは感じやすい小さな音で、行ったり来たりしているうちにその音にいろいろな事件が起るの……」

「お生憎さま、わたしはね……」とバブズが言った。

「オーケー、オーケー、なんでわたしを抓《つね》る必要があるの」

「いいこだから」とロナルドが言った、「誰の足音か確かめられるように、もう少し黙っててくれよ。そうだ、あれは絵の具の王様だ、エチエンヌだ、えらい黙示録の獣だよ」

《彼はあれをおとなしく飲んだんだ》とオリベイラは考えた。《スプーン一杯の薬を飲んだのが二時だったな。まだ一時間以上は静かにしていなくては》彼はなぜこうしてぐずぐず延ばしているのか、すでにわかっていることをなぜこうやって否認しようとするのか、自分でもわからなかったし、わかろうとも思わなかった。否認、陰画……。《そうだ、これはかくあるべき現実の陰画のようなものだ、つまり……。しかし抽象論はよせ、オラシオ。おお、あわれなヨリック《アラース・プア・ヨリック》、それで充分だ《サ・スフィ》。それを避けることはぼくにはできない。もう明りをつけて、その知らせを鳩のように解き放ったほうがいいんじゃなかろうか。陰画か。全面的な逆転……。いちばん可能性のありそうなのは、彼は生きていて、われわれは全員死んでいるということ。さらに穏当な命題は、彼がわれわれを殺した、なぜならわれわれは彼の死に責任があるから。責任がある、とはすなわち、ある事件の犯人ということではないか……。ああ、おまえ、いったいおまえはどこへ行こうとしているのか、目の前に人参をぶらさげられた驢馬《ろば》みたいに。そしてあれはエチエンヌだった、ただそれだけのことさ、絵をかく大鹿《グラン・ベスチア》だった》

「一命は取りとめたよ」とエチエンヌが言った。「しぶといやつだ。チェーザレ・ボルジアよりも不死身だな。それにしても、吐かせるっていうのもまた凄《すさ》まじいもんだねえ……」

「どういうこと、ねえ、説明して」とバブズが言った。

「胃の洗浄に、なんだか知らない洗腸薬、体じゅうに所かまわず針を刺し、ベッドは頭を低く下げておくためにスプリングのあるやつなんだ。あいつ、レストラン・オレスティアスのメニューを全部吐いたみたいだったよ、昼食をそこで摂ったらしいんだけど。ひどいものさ、葡萄の葉っぱの詰物まであったなんて。きみたち、ぼくがずぶ濡れになっていることに気がついてるのかい？」

「熱いコーヒーが入ってるよ」とロナルドが言った。「それに、カーニャっていう酒があるけど、こいつは爆弾だよ」

エチエンヌは鼻から息を吐いて、レインコートを片隅に置くと、ストーヴのほうへ近づいた。

「赤ちゃんはどう、ルシア？」

「いま眠ってるわ」とラ・マーガが言った。「ぐっすり眠ってるのよ、さいわい」

「小さい声で話しましょうよ」とバブズが言った。

「夜の十一時ごろに意識を取り戻したんだ」とエチエンヌが、あるやさしさをこめた口調で説明した。「あいつも品がないよ、まったく。医者に促されてベッドのほうに近づくとギュイのやつぼくに気がついてね。《おまえもばかなことしたもんだな》と言ってやったら、《おまえなんか、やりに行け》っていう返事さ。医者はそれはいい徴候だってぼくに耳打ちしてたけどね。病室にはほかにも人がいたから、それがみんなに伝わっちゃって、ぼくにはどうも病院っていうところは……」

「あんたのアパルトマンに帰ってみたの？」とバブズが言った。「警察へは行かなくてよかったの？」

「うん、もう全部片がついてたんだ。いずれにしても今夜はみんなここにいたほうが無難かもしれないよ、ギュイが担《かつ》ぎ出されたときの門番の婆さんの顔、見ただろ……」

「ひどいやつ《ザ・ラウジー・バスタード》」とバブズが言った。

「ぼくは行ない澄ました顔をしてさ、彼女のそばを通り抜けるとき、ちょっと手を上げてこう言ってやったんだ。《マダム、死はいつでも尊いものです。この青年はクライスラーへの愛の苦しみに耐えきれず自殺したのです》ところが婆さんは頑な態度のまま、堅茄卵《かたゆで》みたいな目でぼくを見つめているんだな。そしてちょうど担架が玄関を通り過ぎるとき、ギュイのやつ、少し起き上がって、まるでエトルリアの石棺に刻まれた彫像みたいに、生色のない手を頬にあてがって、門番の婆さんのほうを向くとちょうど靴拭いの上に緑色のへどを吐きやがった。担架をかついでいた連中も身をよじって大笑いさ、ありゃすごかったなあ」

「コーヒーのおかわりは？」とロナルドが言った。「こっちへきて床の上に座らないかい、部屋の中でここがいちばん暖かいよ。エチエンヌにコーヒーをたっぷりやってくれない？」

「なんにも見えないや」とエチエンヌが言った。「なんでぼくが床の上に座らなきゃならないの？」

「オラシオとぼくのお相手をしてもらうためさ、ぼくらは騎士の寝ずの番をしてるわけだ」とロナルドが言った。

「ばかいうなよ」とオリベイラが言った。

「さあ、ぼくの言うとおりここへ座れよ、ウォンも知らないようなことを教えてやるからさ。古代の占い師たちの著した《光輝の書《リブロス・フルダラレス》》『ゾーハル』。ちょうど今朝、ぼくは『バルドゥ』（チベットの死者の書）を読んですごく面白かったよ。チベット人っていうのもべらぼうな人間だね」

「誰に手ほどきを受けたんだい？」とエチエンヌは尋ね、オリベイラとロナルドの間に割りこむと一息でコーヒーを飲み干した。「どれ一杯」とエチエンヌは言いながら、押しつけがましくラ・マーガのほうに手を出した。彼女はカーニャの瓶を彼の掌の上に置いた。エチエンヌは一口飲んで、「むかむかするよ。どうせアルゼンチンあたりの産だろう。なんて土地だ、いやはや」と言った。

「ぼくの国にいちゃもんつけるなよ」とオリベイラが言

った。「きみも上の階の爺さんみたいだな」

「ウォンがぼくにいろいろなテストをしたのさ」とロナルドが説明していた。「彼に言わせるとぼくは充分な知性を備えていて、それを有利に破壊しはじめるに足るほどなんだそうだ。結局ぼくらは、ぼくが『バルドゥ』を入念に読んでから、二人で仏教の基本的な段階へ進もうということになったんだ。霊妙な肉体ってほんとうに実在するもんだろうかね、オラシオ？　どうも人が死ぬときは……。一種の霊の体《たい》っていうあれだよ、ね」

しかしオラシオはエチエンヌの耳もとに囁くように話をしていて、エチエンヌはぶつぶつ言ったり体を動かしたりしながら濡れた街路や、病院や、キャベツ料理の匂いを嗅いでいた。バブズは一種の無関心に陥っていたグレゴロヴィウスに、門番女の数え切れない欠点をあげつらっていた。急に学問づいたロナルドはどうしても誰かに『バルドゥ』のことを説明する必要を感じて、ラ・マーガと渡り合った。彼女は彼の前の暗闇の中にまるでヘンリー・ムアの彫刻のように、浮かび上がっていた。床に寝そべって眺めると女巨人のようで、初めはスカートの黒い塊を突き破りそうな両膝が見え、次に平らな天井まで達しそうな胴体《トルソ》、その上に暗闇よりも黒い房々とした黒髪、そうしてその影の中の影ともいうべき黒髪の上には床に置かれたランプの明りが当って、ラ・マーガの目がきらきら光っていたが、彼女は肘掛椅子に座ってはいても、肘掛椅子の前脚が後脚より短いためにときどき床に滑り落ちて転びそうになるのを防ごうと奮闘していた。

「いくじのないことだ」とエチエンヌは言って、もう一杯ぐいとひっかけた。

「行きたければ行ってもいいよ」とオリベイラは言った。「でもぼくは深刻なことになるとは思わないな、この町内ではそういうことは日常茶飯事だもの」

「ぼくはここに残るよ」とエチエンヌが言った。「この酒、なんて名前だって言ったっけ？　そう悪くないよ。果物の匂いがする」

「ウォンに言わせるとユングは『バルドゥ』に夢中だったそうだ」とロナルドが言っていた。「そりゃそうだよ、それから実存主義者たちも精読すべきだろうよ。いいかい、死者を裁くとき、法王は死者を鏡の前に立たせるんだ、といってもその鏡はカルマ、つまり死者の所業の総和だな、わかるだろ。そして死者はそこに彼の所業が、善行であれ悪行であれ、ことごとく反映しているのを見るわけだが、反映はけっして現実と照応しているのではなく、心に浮かんだイメージの投影なんだ……。ユング爺さんもこれにはさぞ驚いただろうな。死者の王が鏡を覗きこむ、ところが実際に彼がしているのは、きみの記憶を覗きこむことだっていうんだからね。これ以上にみごとな精神分析の描写を想像できるかい？　さらに驚くべきことには、ねえ、ルシア、王が宣告する判決は王の判決ではなくきみ自身の判決だということだ。きみはそうと知らずにきみ自身できみを裁く。ほんとにサルトルは拉薩《ラサ》に行って生活してくるべきだって思わない？」

「うそみたい」とラ・マーガは言った。「でも、その本、哲学なの？」

「死者のための本さ」とオリベイラが言った。

　みんな黙りこんで、雨の音を聞いていた。グレゴロヴィウスは、説明を待ってるらしいのに再度質問する気になれないでいるラ・マーガに憐れみを感じた。

「喇嘛《ラマ》は臨終の人に、ある啓示を与えてやるんです」と彼はラ・マーガに説明した。「彼らを彼岸に導いてやるために。彼らを安らかに成仏させてやるために。たとえば……」

　エチエンヌは肩でオリベイラの肩に倚《よ》りかかっていた。ロナルドは、あぐらをかいて、彼の好きな死者ジェリー・ロールのことを思い浮かべながら〈*Big Lip Blues*〉をハミングしていた。オリベイラがゴーロワーズに火をつけた。するとドゥ・ラ・トゥールの絵のように、炎が一瞬、友人たちの顔を染めあげ、暗闇の中からグレゴロヴィウスを引き出して、動いている両唇と彼のつぶやき声とを結びつけ、無知ゆえに説明を求めるときまって貪欲な顔になる、肘掛椅子に座ったラ・マーガの所在を容赦なく明らかにし、平静な様子のバブズと、涙に咽《むせ》ぶ即興の楽想に我を忘れている音楽家ロナルドとを、やさしく光に浸すのだった。やがてマッチが消えようとしたちょうどそのとき、どしんという音が天井から聞こえてきた。《いざ生きめやも》とオリベイラはヴァレリーの一句を思いだした。《なぜだろう《ブルクワ》？》

　その詩句は、あたかもマッチの明りのもとに浮かび上がった友人たちの顔のように、瞬時に、そしておそらくはこれといった理由もなく、記憶から跳り出たものだった。それはエチエンヌの肩から伝わってきた温かみが彼に伝えた偽りの存在、ある近さともいうべきもので、それを死が、消えたマッチが友人たちの顔や姿を抹殺したように、いまや抹殺しようとしていた。あたかも上のほうで音がして沈黙がふたたびあたりを包んでしまったように。

「ま、そういうわけで」とグレゴロヴィウスが、もったいぶって結論をぶった、「『バルドゥ』はわれわれを生きるということへ、純粋な生の必要へと連れ戻してくれるんですよ。われわれが癌《がん》を枕としてベッドに寝たきりになる、絶体絶命のまさにそのときに」

「そうなの」とラ・マーガは言って、溜息をついた。彼女はすっかり納得した。ガラス片や棒切れや砂粒の一つ一つが完全に、左右相称的に、退屈至極に、しかしなんの問題もなくぴたりと収まる万華鏡の完璧さには及びもつかないが、ともかくそのパズルのわずかばかりの駒はそれぞれ然るべき所に収まったのだ。

「西洋流の二分法だよ」とオリベイラが言った。「生と死、此岸と彼岸。きみの『バルドゥ』が教えているのはそんなことじゃないよ、オシップ。もっともぼくにはきみの『バルドゥ』がなにを教えているのかさっぱり見当がつかないけど。いずれにしても、それはなにかもっと柔軟なもので、それほど明確に分類できるもんじゃないだろう」

「あのね」とエチエンヌが言った。彼はオリベイラの言ったことが臓腑《ぞうふ》の中を蟹のように這いまわっていたにもかかわらず驚くほど上機嫌になっていて、そのことに何ら矛盾はないようだった。「あのね、玉のアルゼンチンさん、東洋ってったって東洋学者の想定するものとそう違いはしないものさ。彼らの著作を少し身を入れて読めば直ちにいつでもそれを感じはじめるもんだよ、知性の知性自体による自殺という不可解な誘惑をね。蠍であることに飽きあきしながらそれでも蠍として最期をとげるためにはその蠍《アラクラユダ》性を必要としている、毒針でわれとわが身を突き刺す蠍。マドラスでも、ハイデルベルクでも、問題の本質は同じさ。そもそもの出発点にまず一種不可解な間違いがあって、そこから生じたのが、いまこの瞬間になにごとかを語りかけ、きみたちも耳を傾けているこの現象ってわけだ。それを説明しようとする試みはことごとく失敗に終る。そのわけは、誰にでもわかるように、定義し理解するためには定義され理解されるものの外にいなければならないからさ。故《エルゴ》に、マドラスとハイデルベルクは、思索を土台にしたり、直観を土台にしたりしながら地歩を築いて、みずから慰めるのさ、もっとも、思索と直観との間の相違は、学士なら誰でも知ってるように、およそ明瞭とは程遠いもんだけど。だから人間は核心に触れなくてすむ領域においてのみ安全でいられるらしいなどということが起るんだ、つまり遊ぶときとか、征服するときとか、倫理性《エートス》という裸馬に歴史的飾り馬具をつけるときとか、中心の秘跡をなんでも啓示で片づける司祭に委ねるときとか。それに、われわれが動物学上の階段をめくるめくばかりの高みにまで昇るために使ってきた主要な道具である言葉《ロゴス》ってやつは、どう転んでも完全にいんちきなものだ。そこで当然の帰結として、霊感や言い淀《よど》みへと逃げこんだり、魂の暗い夜、美的・形而上的内観、なんてことになる。マドラスとハイデルベルクは同じ処方の別々の服用量だし、ときに陰《イン》が優勢になれば、ときに陽《ヤン》が優勢になることもある。しかし、ぎっこんばったんの二端に、どちらも同じように不可解な二人のホモ・サピエンスがいて、互いに相手の犠牲において上昇するために思いきり地面を蹴っているんだ」

「そいつは奇妙だな」とロナルドが言った。「いずれにせよ現実を否定するなんてばかげてるよ、いくら現実とはなにかがわれわれにはわからないとしてもさ。いいかい、ぎっこんばったんの板を考えてみたまえ。その両端でなにが起っているのかを理解するためにはその板がなんの役にも立たないなんてこと、あり得るだろうか？ネアンデルタール人このかた……」

「きみはただ言葉を弄《もてあそ》んでいるだけじゃないか」とオリベイラはエチエンヌのほうにいっそう倚りかかりながら言った。「誰だって言葉を衣裳部屋から引っぱり出してきて、部屋を一巡りしてそいつを見せびらかせば、人を魅惑してしまうもんさ。やれ現実だ、ネアンデルタール人だって、見たまえ、言葉がどんなに戯れ遊び、どんなに俗耳に入りやすく、どんなにトボガン橇《そり》で突っ走っているかを」

「確かに」とエチエンヌは仏頂面をして言った。「だからこそぼくは自分の色が欲しいんだよ、確かにそうさ」

「確かにって、なにが？」

「その効果がさ」

「いずれにせよ、きみ自身には効果があるだろうけど、ロナルドの門番のかみさんには効果はないよ。きみの色はぼくの言葉ほど確かなもんじゃないさ」

「少なくともぼくの色はなにも説明しようとはしていない」

「じゃ、きみはおよそ説明というものは存在しないという意見に賛成するわけか？」

「そうじゃないよ、でも同時に、虚無などという悪趣味を少しは取り除くようなことをしているわけさ。そしてそれが結局はホモ・サピエンスの最高の定義ってものじゃないのかね」

「いや、それは定義じゃなく慰めってもんでしょう」とグレゴロヴィウスが口を挿んで、フッと息を吐いた。「実際、ぼくたちは二幕目の途中で劇場にとびこんだ人が観ている喜劇みたいなもんですよ。芝居はお見事なんですが、なにがなんだかさっぱりわからない。役者たちは、理由も原因も観客にはわからないような科白を言い、演技をしている。ぼくたちはそんな役者たちにぼくたち自身の無知を投影しているだけで、断固として登場しては退場してゆく狂人みたいなんだなあ。ともかくそういうことはシェイクスピアがすでに言ってることですし、もし言わなかったとしても彼なら言って然るべきことですよ」

「そう、言ったと思うわ」とラ・マーガが言った。

「ええ、言ってるわ」とバブズが言った。

「そうよ」とラ・マーガが言った。

「それにまた、言葉、言葉ってことも言ってますね」とグレゴロヴィウスが言った。「そしてオラシオがやってることも問題を言葉の弁証法的形式で提起していることに他ならないわけですよ、そう言ってよければ。ヴィットゲンシュタイン風に。ぼくは彼の大の賛美者なんですが」

「ぼくはその人知らないや」とロナルドが言った。「でも、現実の問題は溜息で対抗できるもんじゃないってことはみんなも賛成だろ?」

「そんなことわかりませんよ」とグレゴロヴィウスが言った。「わかりませんよ、ロナルド」

「さあさあ、このさいきれいごとは抜きにしようよ。言葉を信頼してはいけないという点では意見は一致しているわけだけど、実際には言葉は、ある一定数のわれわれが今夜ここに、一個のランプのまわりに集まって座っているという、このもうひとつの事実のあとにも残るものだよね」

「もっと小さい声で話して」とラ・マーガが頼むように言った。

「言葉なんか全然使わなくたってぼくは自分がいまここにいるって感じるし、それがわかるよ」とロナルドが語気を強めて言った。「それこそぼくに言わせれば現実ってものさ。たとえそれ以上のなにものでもないとしてもだ」

「まさにそのとおり」とオリベイラが言った。「ただしその現実は、きみやそれを概念に、それから慣例に、有効な図式に変えないかぎり、きみにとっても誰にとっても保証とはならないんだ。きみがぼくの左にいてぼくがきみの右にいるというひとつの単純な事実は、きみのいう唯一の現実から少なくとも二つの現実を生みだしているんでね、わかってくれよ、ぼくはなにも深遠ぶって、きみとぼくとは、感覚と言葉という、もし深刻になれば不信に陥らざるを得ないようなものを手段としないかぎり、お互いに絶対交流不可能な二つの存在であるなどと指摘したいわけじゃないんだ」

「われわれ二人はここにいるんでね」とロナルドが言い張った。「右か左かはちっとも問題じゃないよ。二人ともバブズを見ているし、みんなぼくの言ってることを聞いている」

「でもそんなのは半ズボンをはいた子供に教えるための例ですよ」とグレゴロヴィウスが嘆いた。「オラシオの言うとおりで、あなたはあなたが現実と信じているものをそんなふうに受けいれることなんかできませんよ。あなたにできるのはせいぜい我ありと言うことくらいで、その事実は否定できません、そんなことをしたら明らさまな中傷になりますからね。いけないのは《故に》です、《故に》のあとにくるものです、知ってのとおり」

「学校ごっこはよしだよ」とオリベイラが言った。「ぼくらはどうせ素人なんだし、素人の談義に終始しようじゃないか。ぼくらはロナルドがいみじくも現実と呼んで、それを唯一のものと信じているものの中にいるわけだ。きみは依然としてそれを唯一のものと信じてるのかい、ロナルド？」

「そうとも。現実というものに対するぼくの感じ方、ぼくの理解の仕方がバブズのそれと違うことや、バブズの現実がオシップのそれと違うこと、以下同様のことはぼくも認めるよ。でもそれはジョコンダをめぐる、あるいは菊萵苣《きくちしゃ》サラダをめぐるもろもろの説みたいなもんでね。現実っていうのはそこにあるもので、ぼくらはその中にいて、ぼくらなりの流儀でそれを理解するものなんじゃないのかい」

「ただひとつ問題なのは、ぼくらなりの流儀でそれを理解するっていうことなんだ」オリベイラが言った。「きみはその存在を措定できる現実ってものがあると思っている。それはなぜかっていうと、きみとぼくはこの部屋で、今夜、こうやって話しあっているからであり、きみとぼくは一時間かそこらのうちにここである予定された事件が起るということを知っているから、というわけだ。そうしたことはすべてどうやらきみに存在論的保証を与えているようだね。きみはきみ自身の存在を確信し、きみ自身やきみを取り巻く環境にしかと根をおろしているんだな。でも、同時に、もしきみがぼくの位置なりバブズの位置なりからその現実に立ち会うことができるなら、いいかい、もしきみが遍在性を与えられて、同じ今、同じこの部屋で、ぼくのいるところから、ぼくの現在とぼくの過去のいっさいを備えもって、バブズの現在と過去のいっさいを備えもって、存在することができるならば、たぶんきみはきみの安っぽい自我中心主義がなんら有効な現実をきみに与えるものでないことを理解するだろう。それはただ恐怖に起因する確信を、きみを取り巻く環境を肯定する必要を、きみに与えているだけさ、きみが陥穽《かんせい》に落ちこんで、誰にもどこだかわからない反対側へ出てしまわないようにね」

「お互いずいぶん違うもんだな」とロナルドが言った。

「それはよくわかってる。でも、ぼくたちはぼくたち自身の外にあるいくつかの点で出会うさ。きみとぼくとはあのランプを見ている。たぶんぼくらも同じものを見てはいないだろうが、同じものを見てはいないということだって確信できるわけではない。そこにランプあり、か。なんてこった」

「大声あげないで」とラ・マーガが言った。「コーヒーをもっと入れるわ」

「古い足跡をたどってるような印象だな」とオリベイラが言った。「これじゃ青くさい生徒だよ、埃をかぶった。ちっともおもしろくない議論なんかして。これもみんな、ねえロナルド、弁証法的に話しあってるからなんだ。ぼくらは、きみ、ぼく、ランプ、現実なんて言っている。頼むから、一歩後退してくれたまえ。元気を出して、なにもむつかしいことじゃない。言葉は消えるもんさ。あのランプは感覚の刺激物であって、それ以上のものではない。さてそこでもう一歩後退してくれたまえ。きみがきみの視覚と呼ぶものと、その感覚の刺激物とは、曰く言いがたい関係になってるんでね、だってその関係を説明しようとすれば一歩前進しなきゃならないだろうし、そうなりゃなにもかもおじゃんだからさ」

「でもそういう後退は、種の道程を退行するようなもんですよ」とグレゴロヴィウスが異議を唱えた。

「そのとおり」とオリベイラが言った。「そしてまさにそこのところに大問題があるんだよ、きみの言う種なるものが果たして前向きに進歩してきたのか、それとも確かルートヴィヒ・クラーゲスが考えたように、ある時点から誤った道を辿ったのかという」

「言語がなければ人間は存在しない。歴史がなければ人間は存在しない」

「犯罪がなければ犯罪者は存在しない。人間がいまとは違うものになっていたかもしれないなんてことを証明できるようなものなどなにもないだろうよ」

「ぼくたち、そうひどいことにはなっていないよ」とロナルドが言った。

「ぼくらが結構いいところにきていると思うなんて、きみはいったいどんな比較の材料をもっているんだい？　ぼくらはなぜエデンの園など発明し、失われた楽園のノスタルジアに埋没して生き、ユートピアをでっちあげ、ぼくら自身に未来を提供しなけりゃならないんだ？　もし蚯蚓《みみず》がものを考えることができるなら、そうひどいことにはなっていないって考えるだろうけど。人間は科学にしがみついている。まるで、救済の錨《いかり》とかいう、ぼくにはなんだかよくわかったためしのないものにしがみつくように。理性ってやつは言語を通して、ある満足すべき建築を分泌するものなんだよ、ちょうどルネサンス絵画の美しい、律動的な構図のようなやつをね、そうしてぼくらはその建築の中央にいる。その飽くなき知識欲にもかかわらず、科学は、つまり理性は、まず手始めにぼくたちを平静に落ち着かせるものなんだ。《きみはいま、この部屋の中に、友人たちと一緒にいて、あのランプを前にしている。なにも驚くことはない、万事順調に行っているんだから。さて、ひとつ考えてみよう。あの発光現象の本質はなにか？　きみは濃縮ウランってなんだか知ってるかい？　きみはアイソトープって好きかい？　人類がすでに鉛を金に変えたことは知ってたかい？》といった具合にね。そういったことはすべていかにも刺激的だし、めくるめくばかりのことだが、いつだってぼくらがこうして居心地よく座っている肘掛椅子から出てくる議論さ」

「ぼくは床にじかに座っているし、ほんとういって、ちっとも居心地なんかよくないぜ」とロナルドが言った。

「いいかい、オラシオ、この現実を無視するなんて無意味だよ。現実というものは現にここにあり、ぼくたちはその部分を構成しているわけだ。夜はぼくたち二人のために経過して行くし、外では雨がぼくたち二人のためにに降っている。夜とはなんぞや、時間とは、雨とは、なんてぼくの知ったことじゃない。しかしそれでもそれらはそこに、ぼくの外部に、存在しているし、ぼく自身に降りかかってくる、ぼくにはどうすることもできないものなんだよ」

「そりゃ明らかさ」とオリベイラが言った。「それは誰も否定しないよ。わからないのは、なぜそれがこういうふうにならなきゃならないか、なぜぼくらがここにいて、外では雨が降ってるのかってことなんだ。不条理なのは、事物それ自体じゃない。不条理なのは事物がそこにあって、それらをぼくらが不条理だと感じることさ。ぼくと、いまこの瞬間にぼくの身に起ることとの間の関係は、ぼくにはわからないけど、それがぼくの身に起っているということは否定しないよ。もちろんそれはぼくの身に起っているのさ。そしてそのことが不条理なんだよ」

「あんまり明らかじゃあないね」とエチエンヌが言った。

「明らかなんてことはあり得ないよ。もしそうならおかしいさ、まあ、科学的には事実かもしれないけど、絶対的であるのと同様やはりおかしいんじゃないかなあ。明白っていうのは知的な要請であって、それ以上ではないよ。どうぞ明白に知ることができますように。科学と理性の極限まで明白に理解できますように。ぼくが《どうぞできますように》と言うとき、愚劣なことを言ってるわけじゃないことをわかってくれたまえ。たぶん唯一の救済の錨は科学であり、ウラニウム235とか、そういったものなんだろう。しかしそれでもわれわれは生きなければいけない」

「そうよ」とラ・マーガがコーヒーを注ぎながら言った。「それでも生きなければいけないわ」

「わかってくれよ、ロナルド」とオリベイラは片膝を彼に押しつけながら言った。「きみはきみの知性以上の存在だ、それは周知のことさ。たとえば今夜、いまここでぼくらの身に起っていることは、片隅のほうでかすかな光線が輝いているレンブラントの絵に似ていて、それは物理的な光ではない。きみが平静な様子でランプと呼び、そう位置づけている何ワットか何燭《しょく》かの発光体ではない。不条理なのは、いまこの瞬間に、あるいはいかなる瞬間にせよ、ぼくらを構成しているものの総体をぼくらが認識できると信じること、そして、もしお望みとあらば、その総体を首尾一貫性のあるもの、快く受けいれ得るものとして直観することだ。ぼくらがある一つの危機に逢着するたびに不条理は総体的なものとなるのさ、わかってくれよ、弁証法なんて暇なときに戸棚の整理をするくらいのことしかできないんだ。きみも先刻ご承知のとおり、ある危機の極点においては、われわれは、予見とは逆に、衝動によって身を処し、思いもよらなかった無謀きわまることをしでかすものだ。そしてまさにそういう瞬間にこそ、現実の飽和とでもいうようなものがある、とそう思わないかい？　現実は焦眉に迫り、そのもてるかぎりの力をもって自己を顕示する、そしてまさにそのとき、現実に対抗するわれわれの唯一の方法は、弁証法を棄てることであり、そんなときわれわれは誰かに一発食らわせたり、舷《ふなべり》から身を投げたり、ギュイみたいに睡眠薬を一瓶飲んじゃったり、犬の鎖を解いたり、どんなことでもやりかねないものだ。理性なんて平穏無事なときに現実を解剖するか、来たるべき嵐を分析するくらいの役にしか立たず、現下の危機を解決する役には立たないさ。しかしそうした危機は形而上的な顕われみたいなものでね、その状態はたぶん、もしわれわれが理性の道にしがみついていなければ、ピテカントロプス・エレクトゥス本来の、そして今なお生きつづけている状態となっていたことだろう」

「とても熱いわよ、気をつけてね」とラ・マーガが言った。

「そしてそういった危機は、大多数の人は手に負えないもの、不条理なものと考えるけど、ぼく個人としては、それは真正の不条理を明示する役に立っているっていう印象をもつんだな。一つ部屋の中で、いろいろの人間が午前二時というのにコーヒーなんか啜《すす》ってる、秩序ある平穏な世界の不条理をね。しかもそこでは快楽主義的でなければなにひとつとしてこれっぽっちの意味もないんだ、じつに感心に放熱しているこのストーヴのそばにいるという心地よさを別にすればね。ぼくは奇跡が不条理だと思ったことはない。不条理なのは奇跡に先行するか後続することがらのほうだ」

「それでもなお」とグレゴロヴィウスが伸びをしながら言った、「生きようとしなければならない《イル・フォー・タンテ・ド・ヴィーヴル》」

《ほら、これもまた一つの証拠だ》とオリベイラは考えた。《でもそのことはうっかり口に出さないほうがいい。引用していい詩句はいくらでもあるのに、ほんの十分前にぼくが思い浮かべていた詩句を彼も選ぶなんて。これこそ偶然性ってやつだな》

「まあ」とエチエンヌが眠そうな声で言った。「いくら人生がわれわれに宿命的に与えられたものだからといって生きようと努めなければならないってことはないさ。しばらく以前から大勢の人が、生命と生物とは別物だってことに気づきはじめただろ。生命は、われわれが好むと好まざるとにかかわらず、みずからその生命を生きるものなんだ。ギュイはこの理論をきょう否定しようとしたわけだけど、統計学的に言ってそれは疑問の余地がないところだよ。そんなことは捕虜収容所や拷問を考えれば自明だ。おそらくわれわれのあらゆる感情のうちで、ほんとうにわれわれのものでないのは希望だろう。希望とは生命に属するものにして、自衛する生命そのものなり、なんて言っちゃって。ぼくはもう寝るよ、なにしろギュイの騒ぎでくたくたになっちゃったから。ロナルド、きみはあすの朝ぜひアトリエに来たまえ、ぼくの仕上げた静物画を見たらきっとびっくりするよ」

「ぼくはまだオラシオに説得されないよ」とロナルドが言った。「ぼくを取り巻いているものが多くは不条理であることは認めるけど、たぶんぼくらは完全には理解していないものに対してそういう名辞を与えているのさ。そのうちいつかわかるだろう」

「うらやましいかぎりの楽天観だね」とオリベイラが言った。「楽天観も純粋な生命の中に数えたっていい。きみを強くしているのは、きみにとって未来など存在しないということだ、たいていの不可知論者においてそれが論理的であるようにね。きみはつねに生きており、きみはつねに現在にあり、きみにとってすべてはファン・アイクの絵の中のように完全に秩序づけられている。しかし、もしも信念をもたず、同時に死という言語道断な事態に向かって身を投ずるというような恐ろしいことがきみの身に起るならば、きみの鏡もすっかり曇ることだろう」

「ねえ、ロナルド、もうずいぶん遅いし、わたし眠いわ」とバブズが言った。

「待ってくれ、ちょっと待ってくれ。ぼくは親父の死のことを考えていたんだ、そう、きみの言うことにも多少の真実はあるよ。その駒はどうしても嵌《は》め絵の中にうまく嵌まらず、なにかどうにも説明がつかなかったんだ。アラバマの若い幸福な男だった親父が、通りを歩いていて、立ち木が背中に倒れてきたんだ。ぼくが十五のときで、学校にいて呼び出しがきたっけ。しかし、ほかにも不条理なことはたくさんあるよ、オラシオ、数多くの死や、過失が……。それは数の問題じゃないと思うんだ。さりとて、きみが考えるように全面的な不条理でもない」

「不条理とは不条理に見えないってこと」とオリベイラがご託宣めいた口調で言った。「不条理とは、きみが朝、玄関に出てみると戸口のところに牛乳瓶が置いてあり、きのうもそうだった、明日もそうだろうというわけで、きみが安らかな気持になるってことさ。不条理とはこういう淀み、こういうかくあれかし、こういう胡散臭《うさんくさ》い例外なしのことなんだ。ぼくにはわかんないけどさ、別の道をめざす必要があるんじゃないか」

「知性を棄ててですか？」とグレゴロヴィウスが疑わしそうに言った。

「よくわかんないけど。知性をもっと別の方法で使うとか。論理的要素が知性と不離のものであるということは、いつかきちんと証明されるときがくるもんだろうか？摩訶不思議な秩序の中で生き残る能力のある人々もいることだし……。なるほど貧すれば生《なま》の蚯蚓だって食べるけど、それも価値の問題なんだ」

「蚯蚓ですって、わあいやだ」とバブズが言った。「ロナルド、ねえあなた、もう遅いわ」

「つまり」とロナルドが言った、「きみが困るのは、形はどうあれ、合法性ということだね。あるひとつのことがきちんと機能をはたすとたちまちきみはがんじがらめにされたように感じる。しかしぼくらはみんな多少ともそんなふうなんだよ、いわゆる挫折者の一団なんだよ、立派な経歴も肩書きもなんにもないんだから。だからこそぼくらはパリにいるんでね、きみ、きみのご立派な不条理とやらは、とどのつまりきみには具体的に定義することのできない一種無秩序な漠然とした観念にすぎないよ」

「きみはじつに、じつに正しいよ」とオリベイラが言った。「街頭に出てアルジェリア解放のためにビラ貼りでもするほうがどんなにいいか。社会闘争のためにやるべきことはいくらでもあるからな」

「行動はきみの人生にひとつの意味を与える助けとなるかも知れない」とロナルドが言った。「そういうの、マルローの本できみも読んだことあると思うけど」

「N《エヌ》・R《エル》・F《エフ》版でね」とオリベイラが言った。

「ところがきみは依然として自己満足にふけり、欺瞞的な問題をあれこれひっくりかえし、なんだか知らないがなにかを待っている。もしこうしたいっさいが不条理だというのなら、それを変革するためになにかをしなくてはいけないよ」

「どこかで聞いたような科白だな」とオリベイラが言った。「きみは議論が、たとえばきみのご立派な行動とやらのような、より具体的ときみが考える方向へ向かうとみるや、たちまち雄弁になるようだな。行動は、非行動と同じく、努力して獲得すべきものであるということをきみは認めたがらない。ぼくらが善にして真なりと信じるものを承認するといったような、ある中心的姿勢があらかじめなかったならば、どうやって行動をとるんだい？　真や善についてのきみの概念は純粋に歴史的なもので、代々受け継がれてきた倫理に基づいているんだよ。でも歴史と倫理はぼくにはきわめて疑わしいものに思われるんだ」

「いつかきみのいわゆる中心的姿勢とやらについて、もっと詳しい議論を聞きたいもんだ」とエチエンヌが言って立ち上がった。「たぶんそのまさに中心にこそ完全な空虚があるんだろうな」

「それをぼくが考えたこともなかったなんて思わないで欲しいね」とオリベイラが言った。「でも美的な理由からだけでもいいから、きみにはそういう理由のほうがよくわかるんだろうけど、中心に位置することと周辺をうろつき回っていることとの間には考えさせられる質的相違があるってことを認めるべきだよ」

「オラシオはつい先程ぼくらに考えるなと強調したばかりのいくつかの言葉を盛んに用いているじゃありませんか」とグレゴロヴィウスが言った。「あの人には演説は願い下げにして、むしろもっと別のこと、夢とか暗合とか啓示とか、とりわけ黒いユーモアといったような、模糊として不可解なことを聞かせてもらいたいですね」

「上の人また叩いたわ」とバブズが言った。

「いいえ、あれは雨よ」とラ・マーガが言った。「もうロカマドゥールに薬を飲ませる時間だわ」

「まだ早いわよ」と言ってバブズはすばやく身を屈めると、腕時計をランプのそばにかざして、「三時十分前か。ロナルド、行きましょうよ、すっかり遅くなったわ」

「三時五分になったら退散しよう」とロナルドが言った。

「なぜ三時五分なの？」とラ・マーガが尋ねた。

「なぜって、一時間の最初の十五分間っていつでも縁起がいいからですよ」とグレゴロヴィウスが説明した。

「カーニャをもう一杯頂戴」とエチエンヌが頼んだ。

「糞《メルド》、もうないや」

オリベイラはタバコをもみ消した。《騎士の徹夜式みたいだな》と彼は感謝の念をおぼえながら思った。《みんなほんとうの友達だ、オシップのやつまでが。さてこれからの十五分間に起る連鎖反応は誰も避けることができないだろう、誰も、たとえば来年の同じ時刻に、どんな正確で詳細な記憶をもってしても、アドレナリンや唾液の分泌、手のひらの汗を変えることはできないだろうと考えたとしても……。これはロナルドがけっして理解しようとしない事実だ。今夜ぼくはなにをしただろうか？　ちょっとひどいな、演繹《えんえき》的に。たぶん酸素吸入かなにかそんなものを試してみるべきだったかも。ばかだな、実際。ぼくらはムシュー・ヴァルデマールみたいにただ生命を永らえていただけなのかもしれないな》

「彼女にそろそろ心の準備をさせなくちゃ」とロナルドがオリベイラの耳に囁いた。

「ばか言っちゃいけないよ。もう覚悟はできているよ、空中に臭いが漂っているのが感じられないかい？」

「今ごろになって声をひそめて話すのね」とラ・マーガが言った。「その必要がなくなったとたんに」

《妙なことを言う《テュ・パルル》な》とオリベイラは考えた。

「臭いだって？」とロナルドが囁いた。「ぼくにはなんの臭いもしないけど」

「さて、もうじき三時だな」とエチエンヌが言って凍えたようにぶるぶるっと身震いした。「ロナルド、試みにやってみてよ、オラシオは天才じゃないかもしれないが、彼がきみに言わんとしたことを感じとるのはた易いことだよ。ぼくらに出来ることは、もう少しここにいて、どんなことになってもじっと我慢していることさ。それからきみ、オラシオ、考えてみるに、きみが今日レンブラントの絵画について言ったことは結構おもしろかったよ。メタ音楽というものがあるように、メタ絵画ってものもある。老匠は自分のやっていたことに肘まで腕をつっこんでいたんだよ。ただ論理と良俗に盲目な者だけは、レンブラントの絵のまえに佇《たたず》んでも、そこに別世界へ向かって開かれた窓がある、符牒《ふちょう》がある、ということを感じとることができないんだ。絵画にとっては非常に危険なことだけど、逆に……」

「絵画は他のもろもろの芸術様式と同じくひとつのジャンルなんだよ」とオリベイラが言った。「ジャンルであるかぎり過保護の必要はない。だがそれはそれとして、レンブラントのどの一枚に対しても、ただ画家というだけの連中が百人はいる、だから絵画は絶対安泰さ」

「運がいいこと」とエチエンヌが言った。

「運がいいんだ」とオリベイラは同意した。「運がいいことに、考えられ得る最上の世界において万事はなはだうまく行っている。バブズ、大きい明りをつけてくれない、スイッチはきみの椅子の後ろだよ」

「きれいなスプーンはどこにあるんだったかしら」と言ってラ・マーガが立ち上がった。

オリベイラは、いかにも嫌だという様子で努めて部屋の隅のほうを見まいとしていた。ラ・マーガは眩しくて目をこすり、バブズやオシップや他の連中はそしらぬ顔で盗み見たり、頭をまわしてよそを向いてはまた見たりしていた。バブズはラ・マーガの腕をつかむ身振りをしかけていたが、ロナルドの顔になにかを読みとって途中で思いとどまった。エチエンヌがゆっくり身を起して、まだ湿っぽいズボンを引っぱりあげた。オシップは肘掛椅子から身を離し、レインコートが見つかったとかなんとか言っていた。《さて今度は彼らが天井を叩かなくちゃならなくなるぞ》とオリベイラは思いながら目を閉じた。《いろいろ叩く音がつづき、そのあとさらに三つ、厳粛なやつが鳴る。しかしなにもかもあべこべだな、明りを消すところをわれわれは明りを点けるし、舞台はこちら側だ、もうどうしようもない》彼もまた立ち上がったが、その日一日じゅう歩いたこと、その日一日じゅうの出来事を骨の節々に感じた。ラ・マーガは暖炉の棚の上の、レコードや本の山のかげにスプーンを見つけた。それを彼女はスカートの裾《すそ》で拭いて、ランプの下でよく吟味した。《さてこれからスプーンに薬を注いで、それからベッドのそばへ行くまでにその半分はこぼしてしまうんだろう》とオリベイラは壁によりかかりながら独り言をいった。みんながあまりひっそりしているのでラ・マーガは訝《いぶか》しそうにみんなを見まわしたが、瓶の蓋《ふた》を開けるのに苦労していたので、バブズが手伝ってスプーンを持っていてやろうとしながら、その間、ラ・マーガのしていることが言いようもなく恐ろしいことでもあるかのように顔面を引きつらせていた。やがてラ・マーガが薬液をスプーンに注ぎ、ノートや紙の類が雑然と載っていてほとんど空いた場所もないテーブルの端にその瓶を無造作に置くと、まるで平均棒をもった綱渡り師ブロンダン（ナイヤガラの滝上綱渡りで有名）みたいにスプーンを捧《ささ》げ持って、絶壁から転落する聖者を助ける天使のように、スリッパを引摺《ひきず》って歩きはじめ、ベッドに近づいていった。傍につきそったバブズは顔面を引きつらせ、見て見ぬふりをし、彼女の背後から近づいてくるロナルドやほかの連中のほうを見た。オリベイラは火の消えたタバコをくわえて最後にやってきた。

「いつもこぼしちゃうのよ……」とラ・マーガは言って、ベッドのそばで立ち止まった。

「ルシア」とバブズは言いながら、両手を彼女の肩に近づけたが、触れはしなかった。

　薬液がベッドカヴァーの上にこぼれ、その上にスプーンも落ちた。ラ・マーガが叫び声をあげ、ベッドに身を投げてうつぶせになり、それから横臥して顔と手を反応のない灰色の人形と化した赤ん坊に触れたが、いくら叩いても撫でてやっても無駄だった。

「なんてこった、こんなことなら彼女に心の準備をさせておくべきだったのに」とロナルドが言った。「これは良くないよ、恥さらしだ。みんなで他愛もない話にうつつを抜かして、あげくにこんな……」

「ヒステリーを起しなさんな」とエチエンヌが不機嫌に言った。「とにかくオシップのように平静さを失わないように。もしあればオーデコロンを探して欲しいな。上の老人、また叩いている音が聞こえる」

「叩くのも無理もないさ」と言ってオリベイラは、ラ・マーガをベッドから引き離そうとしているバブズのほうを見た。「これじゃ一晩じゅうひどかっただろう」

「あのおたんちん爺め」とロナルドが言った。「出てってあのつら張りとばしてやりたいよ、助平爺め。もし他人の悲しみを屁《へ》とも思わないようなら……」

「まあ落ち着け《テイク・イット・イージー》」とオリベイラが言った。「ほらオーデコロンだ。およそ真白とは言えたもんじゃないが、ぼくのハンカチ、使えよ。さてと、警察に届け出なくちゃならないな」

「ぼくが行ってもいいですよ」と、すでにレインコートに腕を通していたグレゴロヴィウスが言った。

「でもさ、きみは家族の一員なんだ」とオリベイラが言った。

「泣きたいだけ泣きなさい」とバブズが言いながら、頭を枕に沈めてじっとロカマドゥールを見つめているラ・マーガの額を撫でていた。「アルコールを沁ませたハンカチ、貸してくださらない、なにか気付けになるようなものを」

　エチエンヌとロナルドがベッドのまわりでせわしなく動きはじめた。天井ではこつこつと叩く音が規則的に繰り返され、そのたびにロナルドは上を見て、一度なぞは癇癪《かんしゃく》を起して握り拳を振ったりした。オリベイラはストーヴのほうへ退いて、そこから様子を見守ったり耳を澄ましたりしていた。彼は疲労にさんざん乗りまわされたあげく、引き倒されて、呼吸することも動くことも大儀な感じだった。彼は最後に一本だけ残っていたタバコに火をつけた。事態はやや好転のきざしを見せ、さしあたりバブズが部屋の片隅から探してきた椅子二脚と毛布一枚とで即席の揺り籠《かご》をしつらえたりしてロナルドと共謀していたが(不感の錯乱状態に陥って、烈しいが声にならない発作的な独り言を口走っているラ・マーガの上にかがみこんでいる彼らの身振り表情を見ていると奇妙な感じがしたが)、そのうちラ・マーガの目をハンカチで覆い(《もしあれがオーデコロンを沁ませたのだったら彼女は目が見えなくなるぞ》とオリベイラは独り言をいった)、それから驚くべき敏捷《びんしょう》さで、エチエンヌがロカマドゥールを抱き上げて即席の揺り籠まで運んでくるのに手を貸す一方、ラ・マーガの寝ている下からベッドカヴァーを引き抜いてそれを彼女の上にかけてやり、低い声で話しかけ、撫でてやり、ハンカチに沁ませたものを吸いこませてやるのだった。グレゴロヴィウスは戸口まで行ったもののそこに突っ立っていて、出かける決心がつかないままベッドのほうを盗み見してからオリベイラのほうを見た。オリベイラは彼に背中を向けていたが、彼に見つめられていることはわかっていた。彼が出かける決心をしたときはすでに老人はステッキを振り上げて踊り場まできており、オシップはひとっ飛びでドアの中へ逃げ戻った。ステッキはドアに振り下ろされて砕け散った。《いろいろなことが積もり積もればこんなことにもなるさ》とオリベイラは独り言をいってドアのほうへ一歩踏み出した。ロナルドがいちはやく成り行きを察知して、憤然として飛び出したが、バブズが彼に向かってなにやら英語で叫んでいた。グレゴロヴィウスが彼を止めようとしたが、時すでに遅かった。ロナルドとオシップとバブズが飛び出したあとからエチエンヌもつづいて出て行こうとして、オリベイラのほうを、まるでオリベイラひとりだけが多少の常識をわきまえているかのような目で眺めるのだった。

「みんながばかなことをしでかさないよう気をつけてくれ」とオリベイラが言った。「あの老人は八十歳にはなってるし、気も変なんだから」

「どいつもこいつも間抜けどもめ」と老人が踊り場で金切声をあげていた。「殺し屋の仲間、てめえらこれで済むと思ってんのか! ごろつきののらくらどもめ。ばか野郎ども！」

　奇妙なことに、老人はあまり大声をあげていなかった。半開きのドアから、エチエンヌの声が玉突きのキャノンのように跳ね反っていった。《黙れ《タ・グル》、おやじ《ペペール》》グレゴロヴィウスはロナルドの腕をつかんでいたが、アパルトマンから洩れ出ている仄《ほの》明りで、老人がほんとうに年寄りであり、拳を顔の前でいちいち自信なさそうに振りまわしているだけなのがわかった。オリベイラは一、二度、ベッドのほうを見たが、そこではラ・マーガがベッドカヴァーを掛けてもらって静かにしていた。彼女はロカマドゥールの頭が置かれてあった、枕のまさにその場所に口を押しつけて、身を震わせて泣いていた。《人を眠らせて欲しいやね、やっぱり》と老人が言っていた。《それがわしとなんの関係があるのかね、死んじまった餓鬼なんか。そんなのいかんよ、やっぱり、ここはパリだぞ、アマゾニアじゃないんだ》エチエンヌの声が高くなって相手の声を圧倒し、相手を納得させた。オリベイラは、ベッドのところまで行って身を屈めてラ・マーガの耳に二言三言話しかけるくらい、そう大儀なことではないと自分に言い聞かせた。《しかしそれをぼくは自分のためにやろうとしている》と彼は考えた。《彼女の手の届かないところへ行ってしまった。ぼくなら、あとで、もっとよく眠れるだろう、それがただ言葉上のことだけかもしれないが。ぼくは、ぼくは、ぼくは。ぼくなら彼女にキスし、彼女を慰め、みんながすでに言ったことを繰り返したあとで、もっとよく眠れるだろう》

「えッ、わっしは、みなさん、母親の悲しみは尊重しますよ」と老人の声がしていた。「それじゃ、お休みなさい、殿方、ご婦人方」

　雨が滝のように窓を打っていた。パリはきっと灰色の巨大な泡となっていたに違いない。そしてそこに、徐々に曙光《しょこう》が射しはじめようとしていた。オリベイラは部屋の隅のランバージャケットを取りに行ったが、それは四つ裂きにされたトルソのようになって、湿気を滲み出させていた。彼はそれをゆっくりと着ながら、その間、まるでなにごとかを期待するかのように、ベッドのほうを見つめていた。腕にすがるベルト・トレパのこと、あの雨の中の歩行のことを彼は思った。《夏のおまえにとってなんの役に立つのか、おお雪の中の小夜啼鳥《さよなきどり》よ？》と彼はアイロニーをこめて口遊んだ。《ひどい臭いだよ、まったくひどい臭いだ。おまけにタバコもきらしちゃったし、いやはや》カフェ・ド・ベベールまで行かねばタバコはなかったが、結局のところ、夜明けというものはカフェで迎えても、他のどこで迎えても同じように嫌なものではなかろうか。

「なんてえ大ばか爺だ」とロナルドがドアを締めながら言った。

「爺さん、部屋へ戻ったよ」とエチエンヌが報告した。

「グレゴロヴィウスは警察へ届け出に行ったんだろうな。きみはここに残るのかい？」

「いいや、どうして？　こんな時刻に大勢集まってるのは他人迷惑さ。バブズは残ったほうがいい。こういう場合は女二人のほうが心強いだろう。そのほうが打ち解けていいだろう？」

　エチエンヌは彼を見た。

「ぼくは、なぜきみがそんなに口を震わせているのか知りたいね」とエチエンヌが言った。

「顔面神経痛だよ」とオリベイラが言った。

「顔面神経痛と皮肉な態度とはうまくそぐわないもんだ。ぼくもきみといっしょに行くよ。さあ行こう」

「じゃ行こうか」

　彼はラ・マーガがベッドの上に起き上がって彼を見つめていることを知っていた。ランバージャケットのポケットに手を突っ込んで、彼はドアのほうへ進んだ。エチエンヌはまるでそれを遮るような身振りをしたが、それからあとに従った。ロナルドは彼らが出て行くのを見て憤慨して肩をすぼめた。《なにもかも、なんと不条理なんだ》と彼は考えていた。いっさいが不条理という観念は彼をいたたまれない気持にしたが、それがなぜなのかはわからなかった。彼はバブズの手伝いをし、湿布を濡らしたり、役に立つことをした。やがてまた床を叩く音が天井から聞こえはじめた。（－130）

29

「おや《ティヤン》」とオリベイラが言った。

　グレゴロヴィウスはストーヴのそばにくっついて、黒い部屋着にくるまり、本を読んでいた。釘で壁にランプを固定し、新聞紙のシェードで明りを苦心して誘導していた。

「あなたが鍵を持っているとは知らなかった」

「過去の遺物さ」とオリベイラは言って、ランバージャケットをいつもの隅に放り投げた。「いまはきみがこの家の所有者なんだから、あれはきみにやるよ」

「しばらくの間だけですよ。ここはあまりにも寒すぎるし、上の階の老人のことも考えなくちゃ。今朝も五回叩いたんですよ、どうしてなのかわかりませんが」

「惰性さ。すべては必ず必要がなくなってもまだ少し持続するんだよ。たとえば、このぼくだって、この階段を昇り、鍵をとりだし、ドアを開ける……。閉めっぱなしの臭いがするな、ここは」

「恐ろしい寒さだ」とグレゴロヴィウスが言った。「燻《くん》蒸《じょう》消毒のあと四十八時間も窓を開けっぱなしにしておかなくちゃならなかったんです」

「それできみ、ずっとここにいたのかい？　カリタス。なんていいやつ！」

「そういうわけじゃない、このアパルトマンの誰かがこの機に乗じて入りこんできてぼくたちの立場が弱くなることを恐れたからなんです。ルシアから聞きましたが、家主のおばさんは気の変な老婆で、もう何年も家賃を溜めてる店子も多いそうですね。ブダペストでぼくは民法を勉強したので、いろいろ頭にこびりついてるんです」

「つまるところ、きみは若い情人を自認してるわけだ。帽子《シャポー》よ、おいきみ《モンヴィユ》。ぼくのマテ茶、ごみにして捨てたりしないであってくれればいいが」

「とんでもない、ナイトテーブルの開き戸棚の中に、靴下といっしょにありますよ。いまじゃ空いている場所がいっぱいありますからね」

「そうらしいね」とオリベイラは言った。「ラ・マーガは片づけ魔だった。レコードも小説本も見当らないね。まあ、でも、そのことを考えると……」

「彼女は全部持って出ましたよ」とグレゴロヴィウスが言った。

　オリベイラはナイトテーブルの抽出しを開け、マテ茶の葉と茶器とを取り出した。それからあちらこちら見まわしながら、ゆっくりとマテ茶をいれはじめた。〈*Mi noche triste*（わが悲しき夜）〉の歌詞が脳裏を駆けめぐっていた。指折り数えてみた。木曜日、金曜日、土曜日。いや、月曜日、火曜日、水曜日。いや、火曜の夜、ベルト・トレパ、*me amuraste / en lo mejor de la vida*（きみはぼくを棄て去った／この人生の只中で）、水曜日（めったにないほど泥酔、注意、ウォッカと赤葡萄酒をちゃんぽんにしないこと）、**dejándome el alma herida / y espina en el corazón**（ぼくの魂を傷つけたまま／心臓を刺しつらぬく）、木曜日、金曜日、レンタカーのロナルド、ギユイ・モノーを訪問、裏返しにした手袋のよう、大量の緑色の嘔吐、危機脱出、*sabiendo que te quería / que vos eras mi alegría / mi esperanza y mi ilusión*（ぼくがきみを好きなこと／きみがぼくの歓びであり、ぼくの希望／ぼくの夢であることを知りながら）、土曜日、どこだっけ、どこだっけ？　どこかマルリ・ル・ロワ（ヴェルサイユ北方の十二世紀のシャトー跡・公園）界隈、まる五日間、いや六日間、多かれ少なかれまる一週間、この部屋ストーヴを焚いてるのにやけに寒いな。オシップ、なんて老獪《ろうかい》なやつだ。折合いの王。

「それじゃ彼女は行っちゃったのか」とオリベイラは言いながら、小さなマテ茶沸しを手の届くところに置いて肘掛椅子に深々と腰をおろした。

　グレゴロヴィウスは頷《うなず》いた。彼は膝の上に本を開いて、（いかにも教育のある人間らしく）そのまま読みつづけたがっているような印象を与えていた。

「そしてきみにこのアパルトマンを明け渡していったわけか」

「彼女はぼくが微妙な立場にあったことを知ってたんですよ」とグレゴロヴィウスが言った。「ぼくの大叔母からの送金は途絶えてしまいました。たぶん大叔母は亡くなったんです。ミス・バビントンは沈黙を守ってますが、キプロスの情勢が情勢ですからね……。それに、ご存知のとおり、マルタ島ではいつだってその影響が現われるんです、検閲とかそういったことが。ルシアはあなたが出て行くと宣言したあと、ぼくに同棲しようと言い出したんです。ぼくは同意したものかどうかわかりませんでしたが、彼女があくまでも言い張るもんで」

「それと彼女が出て行ったこととはあまりぴったり話が合わないな」

「でもみんなこんなことになる前のことだったんです」

「燻蒸消毒の前ってこと？」

「そのとおりです」

「きみもいいくじ引いたね、オシップ」

「とっても悲しいんですよ」とグレゴロヴィウスは言った。「万事まったく違ったふうになっていたかもしれないんですからね」

「そう恨みごとを言いなさんな。四メートル×三メートル五〇の部屋が、上下水道付きで月五千フランか……」

「ぼくは是非とも、ぼくらの間で事情をはっきりさせておきたいんです」とグレゴロヴィウスは言った。「この部屋は……」

「ぼくのではないよ、まあ落ち着きたまえ。それに、ラ・マーガは出て行っちゃった」

「とにかく……」

「どこへ行ったんだろう？」

「モンテビデオとか言ってました」

「そんなに金持ってないよ」

「ペルージアって話もしてました」

「ルッカって言うつもりだったんだろ。チャールズ・モーガンの『スパーケンブルック』を読んで以来、そういうものに夢中だったからな。彼女がどこに行ったか、はっきり言ってくれない？」

「まるっきり心当りがないんですよ、オラシオ。先週の金曜日に、スーツケースに本と衣類をいっぱい詰めこみ、山のように包みを作ったと思ったら、今度は黒人が二人現われてそれを全部運んで行きました。彼女はぼくに、ここに残っていいって言うんですが、ずっと泣きっぱなしだったもんで、こちらからは話しにくかったんです」

「きみの顔を張りとばしてやりたいよ」と言って、オリベイラはマテ茶を啜《すす》った。

「ぼくにどんな落度があるっていうんですか？」

「落度の問題じゃないよ。きみはドストエフスキー張りに、反感と共感を同時に覚えさせるやつだな。形而上的おべっか使いというか。きみがそうやって笑顔を浮かべていると、どうにも手の下しようがないことは明らかさ」

「そんなの、ぼくはとうに知ってますよ」とグレゴロヴィウスは言った。「《挑戦と応戦《チャレンジ・アンド・レスポンス》》のからくりはブルジョワの特徴です。あなたはぼくと同類です、だからぼくを殴るなんてできっこありません。ぼくをそんなふうに見ないでください、ルシアのこと、ほんとうになにも知らないんですから。さっきの黒人の一人はカフェ・ボナパルトのあたりを始終うろついているやつで、ぼくも見たことあります。たぶん彼なら知ってるでしょう。でも、どうしていま彼女を探してるんですか？」

「《いま》ってどういう意味だい？」

グレゴロヴィウスは肩をすぼめた。

「あれは立派なお通夜でした」とグレゴロヴィウスは言った。「とくに警察にお引き取り願ったあとは。世間的に言えば、あなたの不在に文句をつける人もいましたがね。〈クラブ〉はあなたの弁護をしたんですが、近所の人たちや上の階の老人なんかは……」

「爺さんが通夜にきたって言うんじゃないだろうね」

「あれは通夜とは言えませんよ。赤ん坊の遺体を昼までぼくたちが見守ることは認めてもらいましたが、そのあとは役所が介入してきましたよ。それはてきぱきと手際のいいものでした」

「様子は想像つくよ」とオリベイラが言った。「でもラ・マーガがなにも言わずに立ち去る理由にはならないな」

「彼女はずうっと、あなたがポーラといっしょにいると想像していたんですよ」

「それぞれ《サ・アロール》」とオリベイラが言った。

「人それぞれ考えはあるものです。あなたのせいで、なまじこうして懇ろにしているものだから、ぼくにはかえってあなたに話しにくいことがあるんですよ。確かに矛盾してますが、でもそうなんです。おそらくそれは懇ろさがまったく偽りのものだからでしょうね。いつかの晩、あなたのほうからそういう馴れ馴れしい態度を取りだしたんだ」

「ひとの女と寝たやつと懇ろになれるならたいへん結構なことさ」

「全然そんなんじゃないってあなたに言うのはもううんざりですよ。ぼくたちが懇ろにしなきゃならない理由なんてないことくらい、もうおわかりでしょう。もしラ・マーガがほんとうに身投げでもしたというのなら、ぼくにだってわかりますよ、その瞬間の悲しみのあまり、ぼくたちが相擁して慰めあうというのも……。でもそういう事態じゃあない、少なくともそうは思われませんね」

「きみ、新聞でなにか読んだんだね」とオリベイラが言った。

「記事の人相は全然似てませんよ。ぼくたちもっと他人行儀でいたほうがいいです。新聞ならそこの、暖炉の上にあります」

事実、人相は全然一致していなかった。オリベイラは新聞を投げ出してマテ茶をもう一杯いれた。ルッカ、モンテビデオ、*la guitarra en el ropero / para siempre está colgada...*（ギターは衣裳部屋に／いつまでも掛けたまま……）、そして彼女が一切合財スーツケースに詰めこみ、包みを山と作れば、誰だって推測したくもなるさ（気をつけろ、推測かならずしも証拠ならず）、*nadie en ella toca nada / ni hace sus cuerdas sonar.*（誰もあれには手を触れず／その琴線を鳴らしもしない）その琴線を鳴らしもしない。

「さてそれじゃ、彼女がどこにずらかったか、ぼくが調べよう。遠くへは行けまい」

「ここはいつでも彼女の家ですよ」とグレゴロヴィウスは言った。「たぶんアドガレがこの春ぼくといっしょに暮すためにくることになってますがね」

「きみのお母さん？」

「ええ。感動的な電報があったんです、四文字語《テトラグラマトン》に言及した。ちょうど、ぼくが『セーフェル・イェッツィラー（光輝の書）』を読んで、新プラトン主義の影響力を見きわめようとしていたときでした。アドガレはカバラに強いんですよ。激論を闘わせることになるでしょうね」

「ラ・マーガはなにか自殺を匂わすようなこと言わなかった？」

「そうですね、女たちのことは、あなたがよくご存知でしょう」

「なにか具体的に」

「いえ、なにも言わなかったと思いますよ」とグレゴロヴィウスは言った。「モンテビデオのことは繰り返し言ってましたが」

「ばかな女だ、文無しのくせに」

「モンテビデオと、それから蠟人形のことですね」

「ふむ、人形か。それじゃ彼女が考えていたのは……」

「確かにそう言ってましたよ。この一件、アドガレは興味をもつでしょうね。あなたのいわゆる暗合っていうやつ……。ルシアはそれを暗合とは思っていない。それにあなただって腹の底ではやっぱり同じでしょう。ルシアから聞きましたよ。あなたは緑色の人形を見つけたときそれを床に投げて踏んづけたって」

「ぼくは愚かしいことが大嫌いでね」とオリベイラがご立派なことを言った。

「留めピンを全部胸に突き刺して、あとは一本だけ性器に。あなたは緑の人形を踏みつけたとき、ポーラが病気だってこと、もう知ってたんですか？」

「うん」

「アドガレはとっても興味を示すだろうな。毒入り肖像画って話、あなた知ってますか？　絵具に毒を混ぜて、月の頃合いのいいときを見はからって肖像画を書くんですよ。アドガレは実の父にそれを試してみたんですが、邪魔が入って……。いずれにせよ祖父はそれから三年後にジフテリアの一種にやられて死にました。祖父はひとりで城に住んでいました。あの当時はまだうちも城を持っていたんです。それで、祖父は呼吸困難になったとき、鏡の前で気管切開手術をしようとしたのです。鵞鳥《がちょう》の羽根ペンかなにかを刺して。階段の下に倒れているところを発見されたそうです。でも、どうしてあなたにこんな話をしたんでしょうね」

「ぼくにあまり関係のないことだからだろう」

「そうかもしれない」とグレゴロヴィウスは言った。

「コーヒーでも沸かしましょうよ。いまの時間は目ではわかりませんが夜が忍び寄ってくる感じですよね」

　オリベイラは新聞を手に取った。オシップが暖炉にポットを置いている間に彼はもう一度、例の記事を読みはじめた。ブロンドの女、年は四十二歳くらい。考えても愚かしい。しかし、確かに。《アスワン大ダムの工事が開始された。五年後にはナイル中流のこの谿谷《けいこく》は巨大な湖と変るであろう。地球上で最も驚嘆すべきものの中に数えられる、驚異の建造物のうちで……》　（－107）

30

「いつものように思い違いだったかな。でも、この際、コーヒーがいいや。カーニャは全部飲んじゃったの？」

「なにしろ、お通夜だったもんで……」

「死んだ赤ん坊の、もちろんそうさ」

「ロナルドががぶ飲みしたんですよ。ほんとに悲しかったんですね、誰にも理由はわかりませんでしたが。バブズが気にして。ルシアまで驚いて彼を見てましたよ。でも六階の時計職人がブランデーを一本持ってきてくれたので、みんなに行きわたりましたが」

「人は大勢きたの？」

「そうですねえ。ぼくたち〈クラブ〉の者は全員いて、あなたはいませんでしたが（《そうだ、ぼくはいなかった》）、あと六階の時計職人、門番の女とその娘、蛾みたいな婦人、電報配達夫がちょっと寄ったし、警察が嬰児《えいじ》殺しかなにかそんなことを嗅ぎまわっていましたよ」

「驚いたね、検死の話は出なかったのかい」

「話してました。バブズは憤然と食ってかかるし、ルシアは……。女の人がひとりきて、眺めたり、手でさわったり……。階段は狭いし、みんな部屋の外に出されて寒かったですよ。警察はなにかやってましたが、結局なにごともなく引き上げて行きましたよ。どうしてかわかりませんが、死亡証明書ならぼくの紙入れに収まってますよ、もし見たいとおっしゃるならばね」

「いや、そのまま話をつづけてくれ。ぼくはきみの話を聞いてるんだよ、そうは見えないかもしれないが。ねえ、頼むからさ。ぼくは大いに感動してるんだ。おもてには表われてないけど、信じてくれよ。ぼくはきみの話を聞いてるんだからさあ。そのときの情景をなにからなにまで想像できるよ。きみはロナルドが遺体を階段から降ろす手伝いをしなかったとは言わないだろうね」

「ええそりゃ、彼とペリコと時計職人が手伝ったんですから。ぼくはルシアについて行きました」

「まえになって《ポル・デランテ》」

「そしてバブズはエチエンヌと、葬列のしんがりにいたんです」

「うしろになって《ポル・デトラス》」

「四階と三階の中途で、ものすごい音が聞こえました。ロナルドの言い草だと、五階の老人が腹いせにやったっていうんです。ママがきたらその老人とうまく折合って行くよう頼むつもり」

「きみのママ？　アドガレ？」

「ぼくの母ですよ、つまりヘルツェゴヴィナの母。この家、彼女の気にいると思いますよ、彼女はなんでも受けいれるひとなんです、ここではいろんなことがありましたが……。あの緑色の人形のことだけ言ってるわけじゃありません」

「さあ、説明してよ、どうしてきみのママは受けいれるたちなのか、どうしてこの家が気にいるのか。話そうよ、ねえ、枕に詰めものをしなきゃならないね。麻くずじゃ駄目だよ」　（－57）

31

かなり以前からグレゴロヴィウスはものごとを理解するという幻想を棄ててしまっていたが、いずれにしても彼は誤解によってひとつの秩序が、ひとつの道理が、保たれるということが気にいっていた。タロット・カードを切れば、それがいかに度《たび》重なろうとも次には必ずそのカードを並べる仕儀となり、それは四角いテーブルの隅かベッドの上掛けの上で行なわれるのだった。パンパのまずい飲物を吸飲するこの男に、その放浪の理屈を吐かせること。最悪の場合には切羽詰ってでまかせの理屈をこねるだろう。そうすれば彼は自分で紡ぎ出した蜘蛛の巣から逃れがたくなるだろう。マテ茶のおかわりをする合間にオリベイラは快く過去のある時点のことを思いだして語ったり、質問に答えたりしてくれた。また彼は彼で、埋葬の詳しいことや人々の態度に皮肉な興味をいだいて、いろいろ質問した。直接ラ・マーガの名を口にすることはほとんどなかったが、なにか嘘をついているのではないかと疑っていることは明らかだった。モンテビデオ、ルッカ、パリのどこかの界隈《かいわい》。グレゴロヴィウスは、もしオリベイラがルシアの行方に心当りがあるならとっくに駆けつけて行ったことだろうと思った。彼はまるで失われた原因を専門にしているようだった。まず初めに原因を失い、次に狂気のようにそれを追いまわすのである。

「アドガレはパリ滞在を楽しむことだろうよ」とオリベイラはマテ茶の葉を替えながら言った。「もし彼女が地獄の門を探し求めるならこういったことを見せてやりさえすればいい。もちろん控えめにだよ、しかしそれにしても地獄もおちぶれたもんだ。現代の〈男〉《ネキア》ども。六時半の地下鉄《メトロ》に乗って出かけたり、居住証明《カルト・セジュール》の更新に警察へ行ったり」

「あなたは大門を見つけたかったんですか、え？　アイアースとの対話、ジャック・クレマンとの、ヴィルヘルム・カイテルとの、トロップマンとの対話」

「そうとも、だが今までのところ最大の穴は洗面所のだ。トラベラーでさえ知らないんだ、これはちょっとしたことだよ。トラベラーってきみの知らない友達さ」

「あなたは手札を隠してる」とグレゴロヴィウスが床を見ながら言った。

「たとえば？」

「知りませんよ、そんな気がするんです。あなたと知りあって以来、なにかって言うとあなたは探しものばかりしていましたが、あなたの探していたものはポケットの中に入っていたんだっていう気がするんですよ」

「ぼくの探していたものについては神秘家たちがいろいろ語っているけど、ポケットなんて言った人はいなかったな」

「そうやっているうちにあなたは大勢の人の生活を台無しにしてるんです」

「みんな許してくれてるよ、きみ、許してくれてるよ。ぼくはただちょっと揺さぶりさえすればよかったんだ。ぼくはただ通過するだけでいい。なんの邪《よこしま》な意図もないのさ」

「でもそれでなにを探し求めているんですか、オラシオ？」

「都会の権利さ」

「ここで？」

「それは比喩《ひゆ》だよ。それにパリだってまた別の比喩なんだから（いつかきみがそう言うのを聞いたことがあるけど）、そのためにぼくがこの都会にきたのは自然の成り行きだったとぼくには思える」

「でもルシアは？　それからポーラは？」

「量的に異質のものだよ」とオリベイラが言った。「きみは彼女らが同じ女同士だから同じ欄で合計できると思ってるようだが。彼女らだって自分の満足を求めているんじゃないかね？　それにきみだって、急に清教徒ぶったりしてるけど、あの赤ん坊がかかった脳膜炎かなんかのおかげで、この部屋にもぐりこめたんじゃないか。きみもぼくも見えっぱりでなくて幸いだったよ、さもなければここから一人は死体になって、もう一人は手錠をかけられて出て行くことになっただろうからね。ショーロホフにはふさわしいと思うけど。それにしてもぼくらは互いに憎みあってさえいないんだなあ。この部屋がそれほど居心地のいい隠れ家だってことだ」

「あなたはまだ手札を隠している」とグレゴロヴィウスは言って、ふたたび床を見つめた。

「どういうことか、ねえ、説明してよ」

「あなたは頭の奥に尊大な考えを持ってるんだ」とグレゴロヴィウスが強く言った。「都会の権利だって？　都会の支配ですよ。あなたの恨み、癒《いや》されぬ野心ですよ。プラス・ドーフィヌ（シテ島裁判所北西側の広場）の縁に自分の銅像が立っているのを見にパリへ出てきたんでしょう。ぼくにわからないのはあなたのやり方なんです。野心、結構です。ある面ではあなたは抜群ですよ。でも今までのところ、ぼくが見たあなたのやり口は、たとえばエチエンヌとか、ペリコなんて引きあいに出さなくとも、ほかの野心家のやりそうなのとは正反対のことばっかりなんだ」

「ああ、なかなか目のつけ所がいいようだな」とオリベイラが言った。

「まさにその逆なんです」とオシップが応えた。「でも野心は放棄せずになんです。そこがぼくには説明のつかないとこなんだなあ」

「ああ、説明ね、そりゃきみ……。なにもかもはなはだ込みいっていてね。きみのいわゆる野心は放棄したときにこそ実を結ぶものなりって仮定しよう。どうだい、この文句、気にいったかい？　いや、そうじゃないんだ、でもぼくの言いたいことは曰《いわ》く言いがたいんでね。まるで自分の尻尾を追いかける犬のようにぐるぐる回らなくちゃならないっていうか。さあこれで、都会の権利って話もしたし、ご満足いただけるんじゃないかな、モンテネグロさんよ」

「ぼんやりとはわかりましたよ。それじゃあなたは……。

それはまさかベーダーンタとかなにかそんな道じゃないでしょうね」

「いや、いや」

「俗人の諦観《ていかん》、そう呼んでもいいですか？」

「そういうんでもないんだ。ぼくはなにも諦《あきら》めず、ただ自分にできることしかやらないんだ、そのうち物のほうでぼくを見限ってくれるようにね。ちっちゃな穴ぼこひとつ開けるんでも、土を掘ってそいつを遠くへ放り投げなきゃならないってことを知らなかったのかい？」

「でも、都会の権利、それじゃあ……」

「まさしく、きみは問題の要諦に触れている。こういう格言を憶えてるかい？ *Nous ne sommes pas au monde.*（われらはこの世に存在せず）まあ、こいつを捻《ひね》くり回してみたまえ、ゆっくりと」

「白紙に戻って最初からやり直す野心ですか、それじゃ？」

「ほんのちょっと、もう少し、あと一押し、ほぼ当りだぜ、憂い顔のトランシルヴァニアさんよ、貧窮した女たちから金品を巻きあげる、三人の魔女の息子さんよ」

「あなたとほかの連中とは……」とグレゴロヴィウスは呟《つぶや》きながら、パイプを探った。「なんていう連中だ。永遠の盗人、蒼穹《そうきゅう》の詐欺師、神の闘犬、雲の猟人。ぼくに教養があって、もっと列挙できたらいいんだけど。星晨《せいしん》の豚」

「そんなに評価してもらって光栄だ」とオリベイラが言った。「それはきみが充分よく理解してくれてる証拠だ」

「ばかな。ぼくは天主の命じ給う服量の酸素と水素を吸ってるほうがいい。ぼくの錬金術はあなたたちの錬金術のように精緻なものじゃ全然ありませんから。ぼくにとって唯一の関心は、ただ賢者の石あるのみです。あなたの詐欺師や洗面所や存在論的引き算にくらべるとささやかなもんです」

「形而上的なおしゃべりをするのもずいぶん久しぶりじゃない？　こういう話は友達同士では流行《はや》らないし、すればスノッブと見られてしまう。たとえばロナルドはそういうのを毛嫌いするし、エチエンヌは太陽のスペクトルの話から一歩も外へ出ようとしない。きみとここにいると気分がいいわけさ」

「もしあなたがもっと人間味のある人だったら、ぼくたちほんとうに友達になれたでしょうに」とグレゴロヴィウスが言った。「ルシアは一度ならずあなたにそう言ったと思いますが」

「まさに五分ごとにね。人間味という言葉から人がどんな綾《あや》を聞き取るか、見きわめる必要がある。それにしてもラ・マーガは人間味で光り輝いているきみと、どうして一緒にいなかったんだろう？」

「ぼくを愛していなかったからです。人間にもいろいろありますからね」

「それで、今はモンテビデオに戻って、再びもとの生活におさまろうと……」

「たぶんルッカに行ったんだと思いますよ。どこにいたって、あなたといるよりはましでしょう。ポーラだって同じです、あるいはぼくだって、ほかの仲間だって。はっきり言ってご免なさい」

「でもそのほうがいいってことよ、オシップ・オシポヴィッチ。腹蔵なく率直になろうじゃないか。影を操る人形遣い、蛾の調教師と同じ屋根の下に住むなんてできないこった。セーヌの水面に石油が浮かんでできた玉虫色に光る輪模様を描いて一日じゅう過ごすようなやつは、とうてい受けいれがたいね。ぼくなら、ぼくの南京錠、ぼくの空《くう》なる鍵を持ち、ぼくなら、紫煙で書くさ。答えがきみの喉もとまで出かかっているのが見えるから、きみのかわりに答えてやろう。どこにでも滲透《しんとう》してゆけるもの、それと知らずに言葉を、愛を、あるいは友情を吸いこむものほど、致命的なものはない。ぼくがたった一人、単独に取り残されてからもう長いことたった。でもぼくが燕尾《えんび》服の旦那に取りすがったりしないことはきみも認めてくれるだろう。失せろ、ボスニアの子よ。今度街で出会ったら知らんふりして欲しいものだ」

「どうかしてますよ、オラシオ。あなたはばからしいほどどうかしてますよ、好んでそんなことを言うなんて」

オリベイラは、いつから持っていたのか知らないが、古ぼけた新聞の切り抜きをポケットから取り出した。月曜日の八時から火曜日の同時刻まで公衆のサービスのために開いている終夜営業の薬局のリストである。

「第一区」と彼は読んだ。「レコンキスタ　四四六（31-5488）、コルドバ　三六六（32-8845）、エスメラルダ　五九九（31-1700）、サルミエント　五八一（32-2021）」

「それなんですか？」

「現実の例さ。説明してあげよう。レコンキスタとは、われわれがイギリス軍をブエノスアイレスから駆逐した奪回のこと、コルドバは学園都市。エスメラルダは、助祭長を恋して絞首刑にされたジプシー娘。サルミエントは、屁《へ》を放ってそれを風が運び去った男。二番目に、レコンキスタとは、街娼《がいしょう》とレバノン料理店で知られた通り。コルドバはすばらしい菓子。エスメラルダはコロンビアの川。サルミエントは学校を休んだことがなかった。三番目に、レコンキスタは薬局。エスメラルダも薬局。サルミエントも薬局。四番目に……」

「ぼくがあなたを狂人呼ばわりするわけは、あなたの有名な諦念からどこへも出口が見られないからですよ」

「フロリダ　六二〇（31-2200）」

「ぼくが埋葬に行かなかったのは、いくら多くのことを諦めたとはいえ、まだあなたは友達の顔を正視することができないからだ」

「イポリト・イリゴイエン　七四九（34-0936）」

「ルシアはあなたのベッドにいるより川底に沈んだほうがむしろいいんです」

「ボリーバル　八〇〇。電話は半分消えかかっている。これじゃ近所の人たちは赤ん坊が病気になっても、テラマイシンを手に入れることができないな」

「川底にですよ、ほんと」

「コリエンテス　一一一七（35-1468）」

「あるいはルッカに、あるいはモンテビデオに」

「あるいはリバダビア　一三〇一（36-7841）」

「そのリストはポーラのために取っておいてください」と言ってグレゴロヴィウスは立ち上がった。「ぼくは出かけますから、あなたはどうぞお好きなように。あなたは自分の家にいるわけじゃないけど、なにものも現実性をもたず、無から出発しなければならない以上……。好きなだけそうした幻想にひたっていなさい。ぼくはブランデーを一本買ってくるから」

オリベイラはドアのそばで彼に追いついて、指を開いた手を彼の肩にかけた。

「ラバジェ　二〇九九」とオリベイラは言って、彼の顔を覗きこみながら笑った。「カンガジョ　一五〇一。プエイレドン　五三」

「電話番号が足りませんね」とグレゴロヴィウスが言った。

「わかってきたようだね」とオリベイラは言って手を離した。「きみにもやっとわかったようだね、ぼくがきみに対しても誰に対しても、なにも言えないってことが」

二階のあたりで足音が止んだ。《戻ってくる気だな》とオリベイラは考えた。《ベッドに焼け跡でもつけられたり、シーツを切られはしないかと心配らしい。あわれなオシップめ》しかし、そのあとすぐ、靴が階段の下に転げ落ちる音がした。

ベッドに腰かけて、彼はナイトテーブルの抽出しの中の紙類を見た。ペレス・ガルドスの小説、薬局の納品書。薬局づくしの夜か。鉛筆でいたずら書きをした紙。ラ・マーガはなんでも取っておく女だ。以前からの匂《にお》いが残っていたし、壁の張り紙、縞《しま》模様の綿入れ蒲団《ふとん》を掛けたベッドもそのままだった。ガルドスの小説か、やれやれ。ヴィッキ・バウム（オーストリアの作家）でなきゃロジェ・マルタン・デュ・ガール、それからトリスタン・レルミット（フランスの文学者）へと、わけのわからぬ飛躍をして、動機はなんであれ《夢想する水の夢》を四六時中繰り返し、あるいはパントゥーンを収めた小冊子、あるいはシュヴィッテルスの短編、これはもっとも絶妙にして密やかなものの代償というか悔悟のようなもの、そしてあげくのはてには突然ジョン・ドス＝パソスに戻って厖大《ぼうだい》な量の活字をむさぼりつつ五日間も過ごすのだった。

走り書きした紙は手紙らしかった。

（－32）

32

ロカマドゥールちゃん、わたしの可愛い、可愛い坊や、ロカマドゥール。

坊やは鏡みたいね、ロカマドゥール。眠っていたり、あんよを見たりしているのね。ママはここに鏡を持っていて、それを坊やと思っているのよ。でもそう信じてるわけじゃないの、坊やにお手紙書くのは坊やは字が読めないからなのよ。もし字が読めるなら坊やにお手紙書いたり、大事なこと書いたりなんかしないわ。いつかは坊やに、お行儀よくしなさい、とか、寒くないようになさい、とか書かなきゃならないときがくるでしょうが、そのいつかはなんて信じられないようね、ロカマドゥール。いまはただ鏡の中に字を書くだけ。指が涙で濡れちゃうので、ときどき指先を乾かさなくちゃ。なぜなの、ロカマドゥール？　わたしは悲しくないわ、あんたのママはおばかさんなのよ、せっかくオラシオのために作ったボルシチをコンロの上にこぼしちゃって。オラシオって誰のことか知ってるでしょ、ロカマドゥール、この前の日曜日にビロードの兎《うさ》ちゃんの縫いぐるみを持ってきてくれたおじちゃんよ、あんたとママがおしゃべりに夢中なもんだから、あの人すっかり退屈してパリに戻りたがったでしょ。それから坊やが泣きだしたら、おじちゃんが兎ちゃんのお耳がどうやって動くか見せてくれたわね。あのときの彼は立派だったわ、つまりオラシオのことよ、いつかあんたもわかってくれるわ、ロカマドゥール。

ロカマドゥール、ママがボルシチをひっくりかえしたからって、そんなふうに泣くのはおばかさんよ。お部屋じゅう赤蕪《かぶ》だらけになって、ロカマドゥール、もし坊やが赤蕪の切ったのやクリームが床いちめんにこぼれてるのを見たら、おもしろがるでしょうに。オラシオが戻るまでにはきれいになってるでしょうからそう大変なことじゃないけど、その前にまず坊やに手紙を書かなくちゃ。そんなに泣いちゃおばかさんよ、お鍋《なべ》がぼんやりしちゃって、窓ガラスも暈《かさ》がかかってよく見えないんでしょ、上で歌ってる女の子の声も聞こえないわね、一日じゅう〈*Les amants du Havre*（ル・アーヴルの恋人たち）〉を歌ってるのよ。わたしたちいっしょにいるとき歌ってあげるわね。*Puisque la terre est ronde, mon amour t'en fais pas, mon amour, t'en fais pas...*（なにしろ地球は丸いんだから、恋人よ、心配するな、恋人よ、心配するな……）オラシオは夜に書きものをしたりスケッチしたりしながらその歌を口笛で吹いてるわ。坊やも好きになるわよ、ロカマドゥール。きっとその歌、好きになるわよ、オラシオはわたしがペリコみたいに親称でなれなれしく話すもんだから怒るの、でもウルグアイではそうではないわ。ペリコって、いつかあんたにお土産も持たずにきて赤ん坊のことや栄養のことをたっぷりおしゃべりしてったおじちゃんよ。あのおじちゃんは物知りで、いつかあんたもうんと尊敬するかもね、ロカマドゥール、でも、もしあんな人尊敬したらあんたおばかさんよ。もしあんな人、もしあんな人尊敬したら、ロカマドゥール。

ロカマドゥール、マダム・イレーヌはあんたがあんまり可愛くて、あんまり楽しそうで、あんまり泣いたり叫んだりおしっこしたりするもんだからびっくりしてるわ。そしてこう言うのよ、なにもかも大変結構、おまえはとっても魅力的な子だねって、でも話している間、おばさんはまるで意地悪動物みたいにエプロンのポッケに手をつっこんでるのよ、ロカマドゥール、それがママにはちょっと心配だわ。そのことをオラシオに話したら、大笑いしてたわ、でも彼、ママがどう思ってるのかってことも、懐手している意地悪動物なんていないかもしれないけどママがどう思ってるのか彼にはわかっていないってことをママがわかっていることも、わかってないのよ、うまく説明できないけど。ロカマドゥール、この二週間にあんたの身になにが起ったかをあんたが逐一その目で読みとることができたらねえ。ママは別の乳母を探してみようと思ってるの、オラシオは怒って文句言うでしょうけど、でもあんたには彼がママのことなんて言うか興味ないわね。あまりおしゃべりじゃない、別の乳母をよ、あんたのことを悪い子だの夜泣きするだの食べないだのって言ったってかまわないわ、たとえその乳母がそんなこと言ったって、悪意があってのことではなく、あんたを傷つけるようなことを言ってるわけじゃないとわかれば構わないわ。こんなことずいぶんおかしいわね、ロカマドゥール、たとえばママが、あんたのお鼻のあたまに触ってあんたが笑ったと思うたびに、あんたの名前を呼んでそれをこうして書いて喜んでいるのに、マダム・イレーヌったらけっしてあんたの名前を呼ばずに〈子供《ランファン》〉なんて言うのよ、いいこと、〈坊や《ル・ゴス》〉ってさえ言わずに〈子供〉って言うのよ、まるでお話するときにはいつもゴム手袋をはめるみたい。もしかしたらもうゴム手袋をはめてるんだわ、だから両手をポッケにつっこんだまま、あんたのことをいい子ね、可愛いわねって言うのよね。

　この世には時間と呼ばれるものがあるのよ、ロカマドゥール、それは絶えず這いまわっている虫みたいなものなの。あんたはまだ小っちゃいから説明してあげることはできないけど、でもママが言いたいのはオラシオがじき戻ってくるってことよ。彼にこの手紙を見せて、彼にもあんたになにか言いたいこと書いてもらうかって？　いえいえ、ママひとりだけの手紙ですもの、誰にも読まれたくないのよ。わたしたち二人だけの秘密よ、ロカマドゥール。ママはもう泣いたりしないわ、わたしは幸せよ、でも世の中のことを理解するのはとってもむつかしくて、オラシオや他の人たちがすぐ理解することを少しでも理解するためにはうんと時間が要るの、でも、なんでもよく理解するあの人たちが、あんたとわたしのことは理解できないのよ、わたしがあんたをそばに置いて、食べ物を与えたり、おしめを取り替えたり、眠らせたり遊ばせたりできないことがわからないのよ、あの人たちにはわからないし、ほんとはどうでもいいんだわ、どうでもよくないママにだけはわかっているのよ、あんたをそばに置いてはおけないこと、そんなことをしたらわたしたち二人のどっちにとってもよくないこと、わたしはオラシオと二人きりにならなくてはならないこと、いつまでかはわからないけど彼が探し求めているものを探し求める手助けをしながらオラシオと暮さなくてはいけないことが。それに、それはやがてあんたも探し求めるものなのよ、ロカマドゥール、だって、いずれあんたも大人になって、大きなおばかさんみたいに探求を始めるんですもの。

そうなのよ、ロカマドゥール。パリではわたしたちは黴《かび》みたいなもので、階段の手摺《てすり》や、脂の臭いのこもる暗いお部屋の中に生えているのよ、そういうところで人々はひっきりなしに愛しあい、それから目玉焼を作ったりヴィヴァルディのレコードをかけたり、タバコに火をつけたり、オラシオやグレゴロヴィウスやウォンやわたしのようにお話をするのよ、ロカマドゥール、それからペリコやロナルドやバブズのように、わたしたちはみんな愛しあい、目玉焼を作り、タバコを吸うのよ、あんたにはわからないでしょうね、わたしたちがどんなにタバコを吸うか、わたしたちがどんなに愛しあうか、立ったたり、横になったり、膝で立ったり、手を使ったり口を使ったり、泣いたり歌ったりして。そして、おもてにはなんでもあるのよ、窓は外気に向かって開かれ、一日は雀《すずめ》の囀《さえず》り声か雨の滴る音で始まるの、パリはとっても雨が多いのよ、ロカマドゥール、田舎よりずっと多いのよ、だからいろんなものが錆《さ》びつくわ、側溝も、鳩の足も、オラシオが彫刻をつくる針金も。わたしたちはあまり衣裳もちじゃなくってよ、上等のオーバー一着と、水が洩《も》らない靴が数足くらいのわずかなもので間に合わせてるのよ、わたしたちとっても汚れてるわ、パリはなにもかも、とっても汚れてるわ、そのくせ美しいところなのよ、ロカマドゥール、ベッドは夜と深い眠りの匂いがし、床は綿ごみや本だらけで、オラシオはぐっすり眠りこむと読みさしの本をベッドの下に落すので、いろいろな本が見つからなくてわたしたちよく喧嘩するのよ、オラシオはオシップが盗んだって思うらしいんだけど、そのうちある日、本が見つかって大笑いするの。もうなにも置く余裕がないのよ、たとえ靴一足でもよ、ロカマドゥール、床の上に盥《たらい》ひとつ置くためにもレコードプレーヤーをどかさなきゃならないのよ、でも、どこに置けっていうの、テーブルには本がいっぱい載ってるし。わたしはあんたをここへ置くことができなかったのよ、いくらあんたが小さいっていったって、どこにも入る余地なんかあるもんですか、壁にぶつかっちゃうわ。そのことを考えると泣きたくなっちゃうわ、オラシオはわかってくれず、わたしが悪い、わたしがあんたを連れてこないのはいけないって思ってるのよ、どうせじきにあんたのこと我慢できなくなるくせに。誰もここでは長いあいだ我慢することはできないわよ、あんたやわたしだってそうよ、人は互いに競争して生きて行かなくちゃならないのよ、それが掟《おきて》、それだけが努力に値することなんだわ、でもつらいことね、ロカマドゥール、それに汚いし不愉快だわ、あんただっていやでしょ、ときどき野原にいる仔羊《こひつじ》を見たり、屋根の風見にとまっている鳥の声を聞いたりするほうがいいわよね。オラシオはわたしのことをセンチメンタルだっていうのよ、わたしのことを物質主義者だっていうのよ、わたしのことをなんだかんだって言うのよ、わたしがあんたを連れてこないから、わたしがあんたを連れてきたがるから、わたしがそれを断るから、わたしがあんたに会いに行きたがるから、わたしが急に行けないことに気がつくから、もしどこかわたしの知らない界隈で『戦艦ポチョムキン』がかかっていれば、わたしは雨の中を一時間も歩いて行って、たとえ世界が崩壊しようともそれを見ないではすまないから、人間もし本物を選びつづけるだけの力がなくなったら、人間もし整理箪笥《だんす》の抽出しのように整理されて、あんたはこっち側、日曜日はあっち側、母の愛は、新しい玩具《おもちゃ》は、モンパルナス駅は、列車は、欠かせない訪問は……ということになったら世の中なんてもうどうでもいいからって。わたしは行きたくないわ、ロカマドゥール、そうよね、万事うまく行っていて、なんにも悲しくなんかないわよね。オラシオの言うことにも一理あるわ。わたしにとってあんたなんかどうでもいいときがあるんですもの。そのことであんたもいずれわたしに感謝するようになると思うの、いずれあんたもものごころついて、わたしがいまのわたしのような生き方をすることが大事だったんだとわかるようになればね。だけど、それでもやっぱりママは泣けてきちゃうのよ、ロカマドゥール、あんたにこの手紙を書いてるのも、わたしにはわからないからなのよ、もしかしたらわたしが間違ってるかもしれないからなのよ、もしかしたらわたしがいけないのかもしれないし、病気なのか、少しばかなのかもしれないからよ、うんとじゃなくて少しよ、でもそれはひどいことね、考えただけでお腹が痛くなるわ、靴が小さ過ぎて足の指が完全に引っこんじゃったような気がして、どうしても脱げなきゃ靴を切り裂いても足を出したくなるわ。あんたが大好きよ、ロカマドゥール、ロカマドゥールちゃん、にんにくのひとかけみたいな小っちゃな歯、坊やが大好きよ、お砂糖のお鼻、若木みたいな胴、玩具の小馬……（―132）

33

《グレゴロヴィウスのやつ、わざとぼくを一人にしていったな》とオリベイラはナイトテーブルの抽出しを開けたり閉めたりしながら考えた。《気を利かしたのか、狡《ずる》いのか、見方によってどうにも取れる。たぶん、やつは階段の途中にいて、嗜虐《しぎゃく》趣味の持主みたいに聴き耳をたてているんだろう。やつはカラマーゾフ的大危機を、セリーヌ的攻撃を、待っているんだ。あるいはヘルツェゴヴィナ風の爪先《つまさき》立ちで歩いていって、ベベールの店で二杯目のキルシュを飲みながら、頭の中でいんちきタロット占いをやって、アドガレ到着歓迎の儀式を練ってるところだ。待つ身の辛さ。モンテビデオか、セーヌ川か、ルッカか。一説に、マルヌ川とも、ペルージャとも。しかし、それじゃおまえは、ほんとうに……》

いま吸ったばかりのゴーロワーズでまた一本、煙突式に火をつけながら、彼はもう一度抽出しを覗いて小説本を取り出し、論文のテーマである憐《あわ》れみについて、ぼんやりと考えていた。自己自身への憐れみ。そのほうがいい。《ぼくはけっして自分の幸福を求めはしなかった》と彼は小説のページを漫然とめくりながら考えた。《言いわけでも弁解でもない。*Nous ne sommes pas au monde. Donc, ergo, dunque...*（われわれはこの世に存在しない。だから、故に、かるが故に……）なぜぼくは彼女に憐れみを抱こうとしているのか？ 彼女の息子に宛てた手紙を、といっても実際にはぼく宛ての手紙を、たまたま目にしてしまったからか？ ぼくが、ロカマドゥールへの全書簡の原著者なんだ。憐れみをかける理由なんてなにもないさ。彼女のいるあそこでは、彼女の髪は塔のように燃えて遠くからぼくを焦がし、ただ彼女の不在ということだけでぼくの心を千々に乱す。とかなんとか。彼女はぼくがいなくたって、ロカマドゥールがいなくたって絶対にうまくやって行くさ。一匹の美しい青蠅が、陽なたを飛びまわり、あるとき窓ガラスにぶつかって、ぴしゃん、鼻から血を出して、悲劇。それから二分後にはすっかり満足して、文房具屋で小さな紙人形を買い求め、

それを封筒に入れて誰か友達に、信じがたいほど各地に
ばらまかれている北欧名の友達に送ろうと馳《か》けだす。牝《めす》
猫や牝ライオンに憐れみをおぼえることができるだろう
か？　生きる機械、完全な稲妻。ぼくの唯一の過ちは、
彼女の手足を好きなだけ暖めてやるほど燃えなかったこ
とだ。彼女はぼくを燃える棘《しば》として選んだのに、その結
果は冷水の水差しを首すじに当てたようなものだった。
かわいそうに、ばかな女！》　（－67）

34

父の没後数カ月たった一八八〇年九月、私は事業から
それに彼女の読むものときたら、下手くそな、しかも
手を引くことを決意し、私のところと同じくらい名のと
廉価版の、三文小説じゃないか、どうしてこんなものが
おった別のシェリー酒醸造業者に業務を譲ったのです。
面白いんだろう。冷めたまずいスープみたいなこんなも
私は資産をできるだけ現金に換え、地所を賃貸し、倉庫
のとか、その他の愚にもつかない読物、バブズに借りた
と在庫品を譲り渡すと、マドリードへ出てそこで暮すこ
〈エル〉だの〈フランス・ソワール〉だのといった通俗
とにしました。私の叔父（父の実の従弟）のドン・ラフ
物なんかに、まるまる何時間も読み耽っていたのかと思
ァエル・ブエノ・デ・グスマン・イ・アタイデは私を自
うと。〈マドリードへ出てそこで暮すことにしました〉
分のところに同宿させたかったようです。しかし私は自
か、こういうのを五、六ページものみこんだら引きずり
立を守るために敢えてそれに従わず、結局、私の快適な
こまれてしまってもう読むのを止めることができなくな
自由と、この親戚の慈善心から出た希望とを結びつける
るだろうな、眠りやおしっこを中断できないのとちょっ
妥協の条件を見つけました。そして叔父一家と同じマン
と似ているかも、あるいは隷従とか鞭《むち》打ちとか涎《よだれ》みた
ションの一戸に賃貸で入り、こちらが望むときには一人
いなものか。〈結局、……妥協の条件を見つけました〉、
になれ、必要とあれば家庭の暖かさを享受するのにもっ
古臭い観念を伝えるための陳腐な定《きま》り文句ででき上がっ
ともふさわしい環境に身を落ち着けたのです。わが善意
た文章、手から手へ、代々受け渡されて下落した貨幣、
あふるる紳士が住んでいたのは、というよりも私たちが
ほらほら、これじゃまさに反響的言語模倣《ニコラリア》だ。〈家庭の
住んでいたのはと言ったほうがいいでしょうが、かつて

暖かさを享受する〉、そりゃ結構、いいじゃないの。ね
大穀倉《ポシト》のあった位置に建てられた区画《パリオ》でした。叔父の住
え、マーガ、なんでこんな冷えたスープがのめるんだい。
居は家賃一八〇〇レアルの主階にあり、大家庭にはそう
大穀倉とはまたなんてこった！　こんなものを何時間も
ゆったりしているとは言えませんでしたが、立派な、明
読んでたのか、これが人生だと思いこんでいたらしいな、
るい家でした。私が借りたのは地階の部屋で、叔父のと
まあいいだろう、それが人生というもんさ、だからそん
ころよりはちょっと小さめでしたが、一人住まいには広
なものとはおさらばしなきゃならないんだ。（主階だっ
すぎるくらいで、私はそこに使い慣れた家具いっさいを
て、こりゃなんだ？）そしてぼくがルーヴルのエジプト
持ちこんで豪勢に飾りました。私の財産は、ありがたい
部門の陳列室をひとつひとつ全部見て歩きたいと思いた
ことに、そんな贅沢《ぜいたく》をしてもなおゆとりがありました。
った午後など、マテ茶とジャム・パンが欲しくなって戻
　マドリードの外観については、私の受けた第一印象は
ってみると、きみはそういうろくでもない通俗小説を手
楽しい驚きともいうべきものでした。私がマドリードへ
にして窓辺にくっついて、ときには涙を流していたもの
行ったのはゴンザレス・プラボの時代以来はじめてだっ
だった。そうさ、否定はしないだろ、誰かがいま首を刎《は》
たのです。新興地区の美しさと広さ、敏速な交通機関、
ねられたところだからって泣いてたのさ、そしてぼくに
建物や街路の様子、はては路行く人々の服装まで、見違
力いっぱいしがみついて、どこに行ってたのって聞いた
えるほどよくなっていることに感心しました。昔は埃っ
もんだ、でもぼくがきみに教えなかったのは、きみをル
ぽい小さな辻広場だったところが、いまでは植樹された、
ーヴルへ連れてったんじゃ荷物だったからさ、きみを連
じつにきれいな公園になり、金持の立派な屋敷や、パリ、
れてったんじゃ歩き回れないからね、きみの無知にはせ
ロンドンのものにもけっしてひけを取らない色とりどり
っかくの楽しみを台無しにされちまうからね、可哀そう
の華やかな店舗、そして最後に、あらゆる階層、趣味、
だけど。でも実は、きみが通俗小説なんか読むのはぼく
収入の人々に釣合った数多くのしゃれた劇場が立ち並ん
のせいだ、ぼくがエゴイストだからなのさ。〈埃っぽい
でいるのには感心しました。こうしたものや、後に私が
小さな辻広場〉か、いいだろう、思いだすよ、地方の民
社会に出てから、その他いろいろのものを観察するうち

衆広場とか、一九四二年のラ・リオーハ市の街路、日没
に、私はこのスペインの首都が一八六八年以降、急速に
の菫色の山々、この世の一地点にひとりでいるあの幸福
進展したことを理解しました。進展といっても、それは
感をね。そして〈しゃれた劇場〉か。こいつはなんの話
自分たちがどっちへ進んでいるのかを自覚している人々
をしているんだっけ？　ここのところでパリやロンドン
の着実な、前進的進行というよりもむしろ気紛れな跳躍
の話をしたところだったな、いま趣味や財産ていう話を
といったものに思われましたが、だからといって現実生
している。そうさ、マーガ、わかるだろ、いまぼくはき
活が薄らぐようなものではありません。要するに私の鼻
みが感激して読んだ個所を皮肉な目で辿っているところ
はヨーロッパ文化と安寧《あんねい》の匂いを、そして富と労働の匂
なんだ、きみがさぞ蒙《もう》を啓《ひら》かれたことだろうと思ってね、
いをさえ、そこに嗅ぎとったのです。
なにしろきみは見返しに写真まで入ったスペイン作家を
　私の叔父はマドリードの有名な実業家です。以前は政
読んでるんだからね、しかしちょうどいま、やつはヨー
府の要職に就いていました。まず領事を務め、つぎに大
ロッパ文化の匂いとか言ってるぞ、きみはこんなものを
使館員となり、その後結婚して首都に定住せざるを得な
読んで極小世界と極大世界がわかると思ってたんだね、
くなりました。そしてしばらくブラボ・ムリリョの後押
そしてたいていは、ぼくが帰ってきたら机の抽出しから
しと胆《きも》入りで大蔵省に勤め、最後に家庭の都合もあって、
——だってきみには勉強机ってものがあって、その机で
つつましい安定した給料取りから冒険と希望にみちた自
きみがどんな勉強をしていたのかぼくにはけっしてわか
由業に転じたのです。叔父は適度の野心と正直さ、行動
らなかったけど、きみが勉強していないなんてことはな
力、知性を備え、交際も広いほうで、さまざまな事業に
かったものね——そう、抽出しから、たとえばトリスタ
精を出し、そうしてしばらく忙しくやっているうちにあ
ン・レルミットの薄っぺらい詩集とか、ボリス・デ・シ
らゆる商運に恵まれて、もはや書類の整理も追いつかな
ュレーツァーの論文とかを取り出し、それをぼくに、曖
いほどになりました。とは言っても叔父は書庫に眠って
昧な、しかし同時に大変な買い物をして、それをすぐに
いる書類を起したり、机上に滞った書類を促したり、脇
も読んで聞かせようとする人みたいな得意そうな様子で
道に紛れこんだ書類はできるだけ軌道を修正してやった

示したものだ。きみにはどうしてもわかってもらえなか
りしながら、それで生計を立てていたのです。どちら側
ったね、そんなことじゃきみはなにものにも到達できな
の人からも好意を持たれ、政府のあらゆる部局で高い評
いし、世の中にはすでに遅すぎるものもあれば早すぎる
価を受けていたことが幸いしました。誰もが門戸を開い
ものもあるということ、きみは歓びと安楽のさなかにあ
て迎えてくれるのでした。各官庁の門衛たちはことごと
ってもいつでも絶望の縁に立っているのだということ、
く彼のお蔭を蒙《こうむ》っていたと信じることができます、と
きみの惑乱した心には濃い霞《かすみ》がかかっているというこ
いうのも彼らはみな家族的な親愛の情をみせて叔父に挨
とを。〈机上に滞った書類を促したり〉、いや、そのこと
拶し、叔父がそこの住人であるかのように考えて自由に
でぼくを当てにすることはできなかったね、きみの机は
出入りさせていたからです。一時は鉱山や鉄道の定評あ
きみの机で、ぼくはきみをその机に向かわせることも、
る事業にその活動の手を伸ばして巨額の財を成したのに、
そこから離れさせることもできず、いつも、小説を読ん
その反面、叔父の律義な正直さが禍《わざわい》したという話を聞
だり表紙や小冊子の挿絵に見入っているきみを眺めてい
いたことがあります。私がマドリードに居を定めたころ、
るだけだった。そしてきみは、ぼくがきみの傍にすわっ
叔父の経済状態は、外から見たかぎり、余裕はなくとも
てきみに説明をしたり、きみを励ましたり、女なら誰で
まあまあだったはずです。不如意ではないが貯蓄までは
も男にしてもらいたがることをしてくれるよう望んでい
手が回らなかったわけで、実際、あんなに働いたのに、
たのだ、男が女の腰にそっと手を回す、と女はぴしゃり
生涯も終り近くなって失地を回復するだけの時間がほと
食らわして身を捻《ひね》ってそれをかわすが、そのうち、セー
んどなくなった人にとってはあまり面白いものではなか
ターを編んでいた手も、際限なく無意味なことをしゃべ
ったということでしょう。
りまくっていた口もぴたりと止まって、たまらない衝動
　そのころ叔父は見かけほど年をとってはいず、いつも
にかられてしまうことを。ご覧のとおりぼくはひどい男
優雅な青年のような服装をし、こざっぱりとして、至極
だ、誇るべきなにものも持たず、いまはきみさえぼくの
上品な紳士でした。顔はきれいにひげを剃《そ》り、これは叔
ものではない。なぜならきみを失わねばならないことは
父もその一員であったわれわれの一つ前の世代に対して

ちゃんと定められていたのだから（きみを失うことです
忠誠を示すことだったのです。叔父の魅力と快活さはつ
らないのだ、そのためにはまずその前にきみを手に入れ
ねに平衡を保っていて、ずうずうしい馴れなれしさや横
ていなければならなかったろうから）、〈……人にとって
柄な態度に堕することはけっしてありませんでした。会話
はほんとはあまり面白いものではなかった〉、面白いか、
になると、叔父の最大の長所が短所となって現われまし
この言葉も聞くのも久しぶりだな、われわれ南米白人《クリオーリョ》の
た。それというのも叔父は話し上手を自認していて、こ
言語はなんて貧弱になりさがってしまったんだろう。子
まごまとなんでも話したいという気持に勝てず、せっか
供のころのぼくのほうがいまのぼくよりずっとたくさん
くの話を退屈にも薄めてしまうからでした。どうかする
言葉を憶えていたものだ。これと同じ小説だってちゃん
と叔父はのっけからそういう態度に出て子供じみたくだ
と読んだし、まったく無用のものだったとはいえ、ずっ
くだしさで話を脚色しすぎるので、聞くほうは、後生だ
と語彙も豊富だったものだ、〈こざっぱりとして、至極
から手短に頼むと言わなければならないほどでした。家
上品な〉、まったくそのとおり。きみはほんとうにこの
庭の出来事を話すときなど（そういう話になると叔父は
小説の筋の中に没入していったのだろうか、それともそ
非常に熱心でしたが）、前置きから実弾発射までの時間
れはきみがここからきみの不思議な国へ入って行くため
があまりにも長すぎるので、聞くほうは気が散って肝心
の踏切板《トランポリン》の役を果たしていたのだろうか。きみはぼくが
の本題のほうをつい失念してしまい、そのうちバンとい
よくルーヴルへ行くことを、口ではなにも言わなかった
う音にちょっとびっくりするのでした。叔父の涙腺は慢
が確かに勘づいていて羨《うらや》ましがっていたが、ぼくはぼ
性的な刺激に濡れっぱなしで、それを肉体上の欠陥と呼
くできみのあの不思議な国が羨ましかったものだ。そう
べるかどうかわかりませんが、どうかすると、とくに冬
いうわけでぼくらは、ぼくがきみにぼくの時間と人生の
場は、まるで泣いているうちに洟《はな》やよだれが垂れてきた
一部しか捧《ささ》げようとしていないことをいつかきみがはっ
のかと思われるほど、目は濡れっぱなしで真赤に充血し
きりと理解したときには当然そうなるはずの、あの結末
ていました。叔父ほど麻のハンカチを豊富に取り揃えて
に向かって近づきつつあったのだ。〈せっかくの話を退
持っている人を私は知りません。そのために、また、叔

屈にも薄めてしまう〉、まさしくそのとおり、思いだす
父がいつでも白い麻のハンカチを右手か両手に持つ習慣
だけでやりきれないよ。でも、きみはなんと美しかっ
だったために、私の友人で、冷やかし好きの、人のいい
たことか、窓辺に寄って、曇り空の灰色が頬にたゆた
男だったアンダルーシア出身のやつなどは、この男につ
い、両手で本を持って、いつも心もち口を開き加減にし
いてはあとで話しますが、叔父のことをラ・ベロニカ
て、目には疑いの翳《かげ》りをたたえたきみは。きみの心の中
(聖女ヴェロニカのハンカチ)と呼んだものでした。
で多くの時が失われて行った。そんなきみは、別の運命
　叔父は私に心からの愛情を注いでくれ、私のマドリー
の星の下に生まれあわせていたらそうなっていたかも知れ
ド滞在の当初には、私につきっきりで、私が落ち着ける
ない姿をあまりにも彷彿《ほうふつ》させるので、きみを抱きしめ、
ように万端にわたって助言を惜しまず、どんなことでも
きみと愛しあうことが、あまりにも涙ぐましい、あまり
手伝ってくれました。私たちが家族の話をしあうとき、
にも慈善事業めいた仕事となってしまい、そのためにぼ
私が自分の幼年時代の思い出や、父にまつわる逸話に光
くは自分を欺き、自分は分別を備えていると自慢するイ

をあてたりすると、まるで神経の調子が狂ったように、
ンテリの愚かな自尊心に埋没していたのだった(〈泣い
ブエノ・デ・グスマンを有名にした偉い人たちへの激し
ているうちに洟やよだれが垂れて〉だって? こいつは
い熱狂が善良な叔父をとらえ、叔父はハンカチを取り出
まったく不愉快な表現だな)。分別を備えている、なん
して、際限もなく話しつづけるのでした。叔父は私のこ
て言うときみは笑いたくなるだろうな、マーガ。聞きた
とを、大人物の輩出した一族を代表する最後の男子と考
まえ、この話はきみの耳にだけ入れておくこと。誰にも
えて、三十六歳にもなるこの私をまるで子供のように可
言わないで欲しい。マーガ、その空ろな姿はぼくだった
愛がり、甘やかしていました。可哀そうな叔父! こう
のだ。きみは、焔《ほのお》のように、水銀の川のように、黎明《れいめい》
した叔父の涙もろい愛情表現に、私は秘められた、なに
が訪れると真っ先に啼《な》く小鳥の歌のように、清純で自由
よりも鋭い痛みを、あの傑出した人物の心にささったと
なまま震えていたものだ。そしてそのことを言葉で言い
げを、看取したものです。どうやってそのような発見を
表わすのは気持がいい。きみが詩歌の中にしか存在しな
なし得たのか、自分でもわかりませんが、まるでそれを

いと思っていたためにきみをすっかり魅了した言葉、ぼ
この目で見、この指でさわったかのように、そこに傷が
くたちが自由に用いる権利のある言葉で。きみはどこに
隠されていることを確信しました。それは圧倒的なまで
いるのか、今日からぼくらはどこにいるのか、不可解な
に深い悲嘆でした。私が叔父の三人の娘の誰かと結婚す
世界の中で、接近し、あるいは遠ざかる二つの点、一本
る姿を見られないことへの遺恨でした。救いようのない
の直線をつくりだす二つの点、勝手に遠ざかり接近する
困惑でした。なぜなら叔父の三人の娘たちは、悲しいこ
二つの点（〈ブエノ・デ・グスマンを有名にした偉い人
とに、すでにみんな結婚していたのですから。
たち〉、こいつはまたなんてきざな、マーガ、こんなの
よく五ページと読めるね……）、でもぼくはきみに、いわゆるブラウン運動の説明をしようとしているんじゃないよ、もちろんそんな説明をするつもりはないよ、それにもかかわらず、ぼくら二人はね、マーガ、一つの構図を成しているんだ、きみはある場所の一点、ぼくは別の場所の一点で、互いに排斥しあいながら、きみがいまおそらくユシェット通りにいるとすれば、ぼくはいま誰もいないきみの部屋でこの小説本を見つけているし、あす、きみがリヨン駅にいるとすれば（もしきみがルッカに行こうとしているならだけどね）、ぼくはシュマン・ヴェール通りにいることだろう。その通りでぼくはちょっとしたすごいワインを見つけてあるんだ。そうやって徐々に徐々に、ぼくらは不条理な構図を描いているんだよ、マーガ、ぼくらの動きで、ちょうど部屋の中を飛びまわっている蝿が描く図形と同じような構図を描いているんだよ、こっちからあっちへ、急に飛んでいた途中で、こんどはあっちからこっちへ、まあそういうのがブラウン運動っていうやつなんだけど、どう、わかる？　直角に曲がり、まっすぐに上昇し、こっちからあっちへ、後方から前方へ、上へ、下へと引きつったように動き、急ブレーキをかけたと思うと同じ瞬間にもう別方向に発進する、そうした動きのすべてがひとつの線画、ひとつの図柄を織りあげてゆくのだ、きみやぼくのように無きに等しいもの、パリで迷ってこっちからあっちへ、あっちからこっちへと彷徨しながらそれぞれの図柄を描き、誰のためでも、自分たち自身のためですらない舞踏をしつづける二つの点のように、無きに等しいもの、終りのない無意味な構図を。

（－87）

35

そうだよバブズ、そうだよ。そうだよバブズ、そうだよ。そうだよバブズ、明りを消そうね、ダーリン、またあしたね、おやすみ、仔羊を数えて《スリープ・ウエル》、さあもう終ったよ、赤ちゃん、もう終ったよ。可哀そうなバブズに皆いじわるだったね、みんな〈クラブ〉から抹殺して懲らしめてやろうよ。可哀そうなバブズに皆いじわるだったね、エチエンヌのいじわる、ペリコのいじわる、オリベイラのいじわる、オリベイラがいちばん悪いやつだ、あの審問官め、可愛い可愛いバブズが言ってたとおりのしつこいやつだ。そうだよバブズ、そうだよ。ロッカバイ、ベイビー。トラ・ララ・ララ。そうだよバブズ、そうだよ。とにかくなんとかしなくちゃ、あいつらといっしょに暮してたら必ずなにかが起るにきまってる。シーッ、ベイビー、シーッ。そうやって、ぐっすりおやすみ。〈クラブ〉はもうお仕舞いだからね、バブズ、確かだよ。もう二度とオラシオなんかに顔を会わせなくていいのさ、いじわるオラシオなんかにね。〈クラブ〉は今夜あいつを放り出したのさ、まるで天井まで跳ね上げられてそこにくっついてしまったパンケーキみたいにね。きみはフライパンをしまってもいいんだよ、バブズ、あいつはもう降りてこないよ、もうきみは待ち受けて悩むことはないよ。シーツ、ダーリン、もう泣かないで、この女はすっかり酔っぱらっちゃったらしいな、心底からコニャックの匂いがしている。

ロナルドはちょっとずり落ちてバブズのほうに倒れかかり、そのまま眠りこんでしまった。〈クラブ〉、オシップ、ペリコ、もう一度思い返して反芻《はんすう》してみよう。すべては終らねばならなかったのだから、すべてはその前に始まっていたのだ、嫉妬深い神々、オリベイラと結び合わされた煎卵《いりたまご》、実際に悪いのはあの厄介な煎卵だったのだ、エチエンヌによれば卵をごみの中へ投げ入れる必要などなかったのだ、緑色の金属的な艶《つや》のある貴重品を。それでバブズは北斎の版画のようにすさまじい形相になったのだ。あの卵は墓場の屍臭《ししゅう》を発散していた。あんな卵が二歩と離れていないところにあったのでは〈クラブ〉としては例会を開くことなど望むべくもない、そして突然バブズが泣き出し、コニャックが耳からさえ出てきて、ロナルドは、みんなで悠久のことを議論しているうちにバブズがコニャックを瓶半分飲んでしまったことに気がついたのだった。卵の件はそのコニャックをいわば滲み出させる一方法だったわけだ。その卵の一件からバブズが埋葬話の反芻へと徐々に移行していったことを、誰ひとり、ましてオリベイラは、不思議に思わなかった。バブズはしゃくり上げたりいわば羽搏《はばた》いたりしながら、赤ん坊の一件を、胸につかえていたわだかまりのいっさいを、まさにぶちまけようとしていた。ウォンがいくら微笑のスクリーンを広げてバブズと上の空のオリベイラとの間に割って入っても、また『ロワールとアリエ流域におけるオイル語、オック語およびフランコ＝プロヴァンサル語の重なり合い――音声学的・語形論的極限』なる本をさかんに褒めあげて興味を引こうとしても無駄だった――ウォンは、これはS・エスコフィエの書いた非常に面白い本だと強調したのだが。またウォンは、トーストに塗られたバターよろしくバブズにくっついて彼女を廊下へ押し出したのだが、例の審問官呼ばわりがオリベイラの耳に達するのを防ぐことはできず、オリベイラは驚きとも当惑ともつかぬ表情で眉をつりあげ、グレゴロヴィウスに矛先を転じて、彼ならそのあだ名の由来を説明できるだろうといわんばかりに、しきりに鎌《かま》をかけるのだった。バブズがいったん怒りだしたらバブズは弩砲となって手がつけられなくなることは〈クラブ〉のみんなが知っていることで、いつかもそんなことがあった。唯一の解決策は、この〈クラブ〉の書記兼食事係のまわりに円く集まって、彼女が任務を遂行できるときまで待つしかなかった。いかなる落涙も永遠につづくものではなく、やもめは遠からず再婚するのが世の習い。手持ちぶさたになった酔っぱらいバブズは〈クラブ〉のオーバーやマフラーの間を千鳥足で歩きながら廊下から部屋へ戻ってくると、オリベイラと話をつけようとしたのだった。それはオリベイラを審問官呼ばわりするのにお誂《あつら》えの時だった。彼女は涙声になって、生れてこのかたあんたみたいな破廉恥漢、薄情者、妾腹《めかけばら》、サディスト、悪《わる》、冷血漢、人種差別論者、これっぽっちも品のない人、婆娑羅《ばさら》、腐った糞ったれ、むかむかする梅毒野郎は見たことないよっとまくしたてたのだった。そういう不名誉なレッテルを、ペリコとエチエンヌは大喜びで認めたが、受け取った当人も含め、他の者たちは複雑な表情で受けとめた。

それはバブズ旋風、パリ第六区の貧民街のトルネードだった。〈クラブ〉の連中はみな頭を低くし、レインコートの襟を立てて、必死にタバコにしがみついていた。

オリベイラがようやくなにかを言い出したときには劇的な沈黙が支配した。オリベイラはニコラス・ド・スタールの小さな肖像画がとってもきれいだと言い、ウォンに、きみはエスコフィエの著書なんかといちゃついてるが、それをちゃんと読んで、いつか〈クラブ〉の別の例会のときにでも要約してみるべきだと言った。バブズがまた彼のことを審問官と呼んだが、オリベイラは笑ったところをみるとそのことをなにやら愉快なことと思っているに違いなかった。バブズの手がオリベイラの横面を張った。〈クラブ〉は迅速に対抗処置をとり、バブズは彼女と激昂したロナルドのあいだに割って入ったウォンにそっと抑えられて、大声で泣きだしてしまった。〈クラブ〉はオリベイラのまわりに集まってバブズを近づけなかったので、彼女はおとなしく（a）肘掛椅子《ひじかけいす》にすわり（b）ペリコのハンカチを受け取った。モンジュ通りの詳しい話が明らかにされたのは確かそのときだったし、善きサマリヤ人ラ・マーガの話もそうだった。ロナルドは考えていた——あの夜会のことをこうして夢うつつのうちに再現している彼は、緑色の大きな光視《フォスフェノ》を見ていたのだが——オリベイラがウォンにラ・マーガがモンジュ通りの家具付きアパルトマンに暮しているというのは確かかと尋ね、たぶんそのときウォンは、よく知らないと言ったか、あるいは確かにそうだと言ったかして、誰かが、たぶんバブズが、肘掛椅子から大声でしゃくり上げながらオリベイラをまたも罵《ののし》り、病気のポーラの枕もとに付添っている善きサマリヤ人ラ・マーガの自己犠牲を、それこそオリベイラの顔にこすりつけたのだった。おそらくこれもやはりそのときだったと思うが、オリベイラは笑いだして、ことさらグレゴロヴィウスのほうを見やり、看護婦ラ・マーガの自己犠牲についてさらに詳しい話を求め、もし彼女がモンジュ通りに住んでいるのが確かなら、何番地なのかと当然ながら所番地の詳細を尋ねたのだった。さていまやロナルドは手を伸ばしてその手をバブズの脚のあいだに差し入れたが、なにやらぶつぶつ言っている彼女の声は、ロナルドの耳にはまるで遠くから聞こえてくるようで、ロナルドはその曖昧な生暖かい部分に指を滑りこませたまま眠りたがった。バブズは〈クラブ〉を解散に追いやった挑発者。あしたの朝になったら叱《しか》りつけてやらなくちゃ。あんなことしちゃいけないよ。だが〈クラブ〉は全員なんらかの形でオリベイラを取り囲んでしまい、それはまるで加辱裁判みたいで、オリベイラのほうが〈クラブ〉よりも早くそのことに気づき、円陣の中心で口にタバコをくわえ手をジャンパーのポケットに突っこんだまま笑いだし、それから（とくに誰にともなく、円陣を作っている連中の頭の少し上のほうに視線をやりながら）いったい〈クラブ〉は公式の謝罪《アマンド・オナラブル》とかなにかそういうものを期待しているのかと尋ねたのだった。ところが〈クラブ〉はすぐにはなんのことかわからなかったのか、わからないふりをしたのか、バブズだけが、ロナルドがしっかり彼女をおさえつけていた肘掛椅子からまたしても大声で審問官呼ばわりし、それは夜更けのそんな時刻には墓場のように響いたのだった。そのときオリベイラは笑うのをやめ、まるで唐突にその判決を受けいれでもしたように（誰も彼を裁きはしなかったのに、というのも〈クラブ〉はそんなことをするためにあったわけではないのだから）吸いさしのタバコを床に投げ捨て、それを靴で踏みつぶすと、一瞬後には、ためらいがちに前へ進み出てきたエチエンヌの手をよけてちょっと肩を動かし、非常に低い声で、自分は〈クラブ〉を辞める、〈クラブ〉は、自分以下全員の生みの親であるその売女《ばいた》といっしょにやって行くがいい、ときっぱり宣言したのだった。

Dont acte.

（－121）

36

ドーフィヌ通りなら遠くはないし、おそらくバブズが言ってたことを確かめに、覗きに行ってみるだけのことはあるだろう。もちろんグレゴロヴィウスのやつは、相変らず常軌を逸したラ・マーガがポーラを訪ねて行ったことを最初から知っていたにきまっている。カリタス。善きサマリヤ人マーガか。《十字軍戦士》と言ってもらいたいな。彼女が善行を施さずに一日たりと過ごしたことがあっただろうか？　こいつはお笑いだ。なにもかもお笑いだ。というよりも、大笑いみたいなものがあるとそれが歴史と呼ばれる、と言ったほうがいい。ドーフィヌ通りへ行って最上階のあのアパルトマンのドアをゆっくりと叩いてみたまえ、ラ・マーガが姿を現わすぞ、看護婦ルシアがと言ったほうが似合わしいかな、いや、それじゃ褒めすぎだ。尿器を手にして、それとも洗浄器かな。病人に面会はできません、もう遅いし眠っていますから。**Vade retro, Asmodeo.**（退れ、悪霊アスモデオ）。あるいは彼を中へいれてコーヒーでも出してくれるだろうか、いやいや、もっと悪いことになり、そのうち泣き出して、涙は伝染するから貰い泣きということになって三人とも泣きに泣いてついには我を忘れ、そうなればどんなことになるかわかったものではない。涙の涸れた女ほど恐ろしいものはないのだから。あるいはベラドンナ薬剤を一滴一滴、二十滴まで数えさせられるかもしれない。

「ぼく、ほんとに行ってみなくちゃ」とオリベイラはダントン通りの黒猫に話しかけた。「ある美学上の要請、図形を完成すること。第三番、符牒《ふちょう》。しかしオルフェオのことを忘れてはいけない。たぶんぼくが髪を剃って頭を灰だらけにして、お布施をもらう椀《わん》でも持っていったら。我はもはや汝らの知りたる者にあらず、おお、女らよ。道化役者。擬曲《ミーモス》。エムプーサ（ヘカテーに従う女怪。美女に化けて男を誘う）、蛇女《ラミアー》ら、悪霊の跳梁《ちょうりょう》する夜、大勝負の終り。いつも同じ男だなんて、退屈しちゃうわ。赦《ゆる》せない。あいつらにはもう二度と会うもんか、そう書いてやる。*O toi que voilà, qu'as tu fait de ta jeunesse?*（おお、そこなるきみ、きみはきみの青春をどうしてしまったのか?）審問官か、ほんとにあの女め、なにを言い出すやら……。いずれにしても自己審問官だよ、なにしろね《エ・タンコール》……。ぴったりの墓碑銘は、〈やさしきに過ぎたり〉しかし、やさしき審問なんてぞっとしないな、挽割《ひきわ》り麦責め、タピオカ焚火《たきび》、流砂、陰々と吸引するメドゥーサ、吸淫《きゅういん》と陰引するメドゥーサ。そして結局は過ぎたる慈悲心、無慈悲を自認していたこのぼくが。自分の望むことを、自分の望みどおりの形で望み、さらにその上、他人と生活を共にすることは不可能だ。一人になって、そのように多くを望むことがはたして実を結ぶものか、ぼくを救うかぼくを殺すか、知ることが必要だった。でも、ドーフィヌ通りはご免だ、死児はご免だ、〈クラブ〉もなにも要らない。そう思わないかね?」

猫はなにも答えなかった。

セーヌ河岸は通りほど寒くなかったので、オリベイラはランバージャケットの襟を立てて水辺まで行って川面を覗きこんだ。彼は身投げをするような男ではなかったから、橋の下で少しキブッというものについて考えてみようと思って橋を探した。しばらく前から彼はキブッという観念にとりつかれていたのだった。欲望のキブツ。《妙だな、突然そんな文句が浮かぶなんて、なんの意味もない、欲望のキブツなんて、それがやがて三度目には徐々に明らかになってきて、突然もはやばかげた文句とは思われなくなるんだから、たとえば『希望、あの脂肪の多いパルミラ』なんていうまったくばかげた文句、朗々たる腹鳴りみたいに。ところが欲望のキブツはばかばかしいものではなく、道から道へとその辺をこうやってぐるぐる歩き回ることの、じつに秘密めいた要約なのだ。キブツとは居留地、租界、定住地、最後の幕屋を張るべき選ばれた土地であり、そこで人は時間に漂白された顔をして夜の大気の中へ歩み出で、世界と、〈大いなる狂気〉と、〈限りない愚かさ〉と合体し、欲望の結晶作用へ、出会いへと自己を開くことができるのだ。よほく聴け、ホラシオ》、ホリベイラはそほいって、橋の下の護岸壁の上に座り、新聞紙や麻袋の山にもぐりこんで眠っている浮浪者の鼾《いびき》に聴き耳をたてた。

　このときだけは、彼も、苦もなく憂鬱に身を委《ゆだ》ねた。もう一本タバコに火をつけて暖まると、まるで地底から響いてくるような鼾を聞きながら、彼を彼のキブツから隔てている越えがたい距離を嘆く気持になった。希望が脂肪の多いパルミラに他ならない以上、幻想をでっちあげる理由はなにもない。逆に、夜の冷気を利用して感覚を研ぎ澄まし、星座の無駄のない正確さを頭上に頂いて、彼の不確かな探求が失敗であったこと、そしてたぶん、その失敗の中にこそ勝利があることを、はっきりと感じとることだ。第一に、それは彼にふさわしい探求だったのだから（ひとりになったときのオリベイラは彼自身を人間の見本として考えることがよくあった）、絶望的なまでに遠いキブツの探求、西欧の魂をもってでも精神をもってでもなく、寓話的な武器をもってしてのみ陥れることのできる城砦《じょうさい》の探求だったのだから。〈クラブ〉で見事に言い当てられたように、彼独特の嘘で消耗したもろもろの潜勢力、引き返すことのできない道に引きずりこまれた動物人間の不在証明。魂のでも、精神のでもない、欲望のキブツ。そして欲望とはまた不可解な力の曖昧な定義かもしれないが、彼はそれが現に存在し活動するのを感じていたのだ、どんな過ちの中にも、またどんな前方跳躍の中にもそれが現に存在していることを。それこそが人間であるということではないだろうか、たんに肉体と魂とがあるというだけでなく、あの不可分な総体であることが。現に欠落しているものとの、詩人が奪い取られたいっさいのものとの、生命が別の羅針儀、力の名辞のもとで産声をあげ得たであろう領土への烈しいノスタルジアとの、不断の出会いこそが。たとえ死が箒《ほうき》を振りあげて町角に待ち構えていようとも、たとえ希望がただの脂肪の多いパルミラにすぎなくとも。そして鼾、そしてときどきはおなら。

　そうとなれば、たとえ間違いを犯してもそれは彼のキブツ探求が地理学協会発行の地図、〈北〉は北を〈西〉は西を指し示す正式の認可を経た羅針盤を使って編成された場合に犯したかもしれないほど重大なものではなかった。とどのつまり彼のキブツは、そんな時刻、そんな寒さの中、そんな日々のあとでは到達不可能だったのだ、もし仮に彼が種族に準拠し、殊勝にも、また審問官などという麗々しい名称をたてまつられもせず、手の甲で横面を張られもせず、人を泣かせたり良心の呵責《かしゃく》をおぼえたり、なにもかも投げ出して兵籍に入るか、どこか精神的または時間的仮想の中に庇護《ひご》された空隙《くうげき》に潜りこむかしたいという気持になったりもせずに、追求したとしても、到達不可能だったであろうように。おれはおれのキブツに到達しないまま死んでしまうかもしれないがおれのキブツはあそこにあるのだ、遠くではあるが確かにあるのだ、おれにはそれがあることがわかっている、なぜならそれはおれの欲望の子であり、おれ自身がおれの欲望であるのと同様にそれはおれの欲望であるのだから。そうして世界または世界の表象は欲望であり、おれの欲望または欲望そのものである、まあこんな時刻にそんなことはあまり重大なことではないが。そこまで考えてきてようやく彼は、タバコを吸う余地だけを残して両手で顔を蔽い、川縁に、宿無しどもに混じって、彼のキブツを夢想しながら、とどまることができたのだった。

　例の女浮浪者は、誰かに《もうたくさんだ《サ・シュフィ》、このあまっちょ《コナース》》と何度も言われる夢を見ていたが、目を覚ましてみると、セレスタンが夜中に（凹《へこ》みだらけの）鰯《いわし》の缶詰をしこたま積んだ乳母車を押してどこかへ行ってしまったことに気がついた。それらの缶詰は前日の午後にマレー地区のユダヤ人街で貰い歩いたものだった。トトとラフルールはまだ麻袋をかぶってもぐらのように寝ていたが、新入りは岸壁の腰掛け石に腰かけてタバコをふかしていた。夜明けだった。

　女浮浪者は、掛けていた日続きの〈フランス・ソワール〉紙を優美な手つきで取り除き、しばし頭をボリボリ掻《か》いた。六時になればジュール通りで熱いスープにありつける。セレスタンがスープを飲みにくることはまず間違いないし、そうすれば鰯の缶詰を、まだ彼がピポンかラ・ヴァーズに売っぱらっていなければ、また取り返すことができるだろう。

「糞《メルト》！」と言うと女浮浪者は、起き上がるという面倒な仕事にとりかかった。「もひとつおまけに、とんま野郎《セ・キュル》」

　踝《くるぶし》までとどく黒い外套《がいとう》で身を包むと、彼女は新入りのほうへ近づいた。新入りは寒さのほうが警察よりまだ悪いということに同意を示した。彼からタバコを一本もらって火を点けると、女浮浪者はどこかで彼を見かけたことがあるのに気がついた。新入りもまた彼女をどこかで見かけたと言い、二人は早朝のそんな時刻にお互いに認知しあえたことを大いに喜びあった。岸壁上の隣の腰掛け石に腰をおろして女浮浪者はスープを飲みに行くにはまだ早すぎると言った。彼らはしばらくスープ談義をやったが、実のところ新入りはスープについてはからっきし無知で、どこがいちばんおいしいか教えてやらねばならず、おまえさんほんとに新米だねえ、でもなんにでも盛んに興味を示すし、もしかしたらセレスタンから鰯缶を取り返してくれるかも。鰯の話をすると新入りはセレスタンを見かけたら早速そいつを取り返してあげましょうと約束した。

「鉤竿《かぎざお》を振りまわすかも知れないよ」と女浮浪者は警告した。「素早く動いてなにかであいつの頭を叩《や》らないと。トニオは五針も縫ったんだから。痛がって叫ぶ声がポントワーズまで聞こえたって言うからね。あのとんま野郎、ポントワーズまでだよ」女浮浪者はそう付け加えて、いまは亡きトニオへの思慕にひたった。

　新入りはヴェール＝ギャラン岬の上に朝日が射し初《そ》め、柳の細い入り組んだ枝が靄《もや》の中から現われてくるのを眺めていた。女浮浪者に、そんなランバージャケットなんか着てるくせになぜ震えているのと訊かれて、彼は肩をすぼめ、タバコをもう一本勧めた。二人は立てつづけにタバコを吸いながら話しこみ、互いに好感をいだいて見つめあった。女浮浪者がセレスタンの癖について話すのを聞きながら、新入りは思いだしていた、よく午後に、そちこちのベンチで、ポン・デ・ザールの欄干で、ルーヴルの角の虎《とら》の斑《ふ》みたいなプラタナスの木の前で、サン＝ジェルマン・ロクセロワ寺院の拱廊《きょうろう》の下で、彼女がセレスタンにぴったり寄り添っているのを目撃したことを。また、ある晩などは、ジ＝ル＝クール通りで、正体もなく酔っぱらって、かわるがわるキスしたり拒んだり、セレスタンは画家のズボンをはき、女浮浪者のほうはいつものように四、五着の服とレインコートと外套を重ね着し、袖の端切れや折れたコルネットがはみ出している赤い布の包みをぶら下げ、それは見事にセレスタンに首ったけで、彼の顔じゅうに口紅やら何やら脂っこいものをべたべたくっつけ、すさまじいまでに公衆の面前で牧歌的情景に我を忘れてひたり、最後にはネヴェール通りに入って行くのを見かけたっけ。あのときラ・マーガは《夢中なのは彼女のほうね。彼はなんということもないみたい》と言って、おれのほうをちらっと見てから、しゃがみこんで緑色の紐切れをつまみあげてそれを自分の指に巻きつけたのだった。

「この時間になりゃあもう寒くないよ」と女浮浪者は言って彼を慰めた。「あたしゃラフルールが葡萄酒を少し残しといてくれなかったか見に行ってくるよ。葡萄酒があると夜は休まるからね。セレスタンはあたしの葡萄酒を二本とも持ってっちゃったんだから、鰯といっしょに。まったく、なにひとつ置いてかなかったんだよ。あんた、そんないいなりしてんだから、アベの店で一瓶ぐらい買えるだろ。それとパンもね、できれば」彼女は新入りがすっかり気に入った。もっとも心の奥では彼が新入りなどではなく、ちゃんとした服を着てアベのカウンターに肘などついて、臭いとかなんとか他人に文句を言われたりせずにペルノーを何杯も飲むことのできる人間であることを知っていたが。新入りは立てつづけにタバコをふかしながら、そっぽを向いたまま曖昧に肯いた。よく見た顔だ。セレスタンならすぐ見分けてわかるんだろうけど。なにしろセレスタンは、人の顔をよく覚えてるから……「九時になると本格的な寒さが始まるよ。下の泥から底冷えが上がってくるんだよ。でもスープ飲みに行くさ、なかなかいいもんよ」

（そしてネヴェール通りの奥まで行って、おそらくピエール・キュリーが四輪荷馬車《カミヨン》に轢《ひ》かれたちょうどその地点まできたとき（《ピエール・キュリーって？》と、なんでも不審そうにすぐ訊きたがるラ・マーガが尋ねた）、彼らはゆっくりとセーヌ河岸の高い方の歩道へ曲がって、古本屋《ブキニスト》の屋台によりかかった。もっともオリベイラには古本屋の屋台の列がいつも夜の葬列のように、石の欄干の上に並べられた緊急時の棺の列のように、思われたものだったし、ある雪の積もった夜には面白半分に真鍮《しんちゅう》張りの屋台の箱の全部に棒切れでRIP（平和に眠らんことを）と落書きしたところ、その祈りの文句が警官にはお気に召さず、敬意だの観光だのといったことをなにかと言われたことがあった。この最後の観光というのは、なんで言われたのかよくわからなかったが。あのころはまだすべてがキブツであって、あるいは少なくともキブツの可能性であって、道を歩きながら古本屋の屋台の箱にRIPと書いたり、恋に夢中の女浮浪者に感心したりすることが、実践し合格し卒業してゆくべき逆撫《さかな》で式練習の、混乱した一覧表の一部をなしていたのだった。そうだったのだ、それがいまはひどく寒く、キブツもなかった。アベの店に赤葡萄酒を買いに行き、阿片とアベ老人の安葡萄酒との距離を飛び越えて、クブラ・カーンのそれにいささか似たキブツを造りあげるという、偽りのキブツを除いては。）

In Xanadu did Kubla Khan
A stately pleasure-dome decree.
ザナドゥにクブラ・カーンは
豪壮な歓楽宮を営めり。

「あんた外人だね」と女浮浪者はこの新入りにいささか鼻白んで言った。「スペイン人かい、え？　イタリア人かい」

「あいの子さ」悪臭を我慢して懸命に努力しながらオリベイラは答えた。

「でもあんた働いてんだろ、そのくらいわかるさ」と女浮浪者は彼をなじった。

「いやいや。つまりその、ある爺さんの本の管理をしてたんだけど、しばらくその爺さんとも会ってないよ」

「べつに恥ずかしいことはないよ、その本をどうかしないかぎりはね。あたしは若かったころ……」

「エマニュエル」オリベイラはそう言って、ずっと下の方の、たしか彼女の肩があるはずのあたりに手を置いた。女浮浪者はそう呼ばれてびっくりしたように彼を横目で眺め、そのあと外套のポケットから手鏡を取り出して口元のあたりをしげしげと写して見ていた。オリベイラは、どんな思いもよらない環境の浮沈があってこの女浮浪者は髪など染めることになったのだろうかと心中に問うてみた。彼女は口紅の残り少ない棒の先で口を塗りたくる仕事にせっせとかかっていた。いまなら彼には自分を振り返って見つめる時間がたっぷりあった。これはまたしてもなんと愚劣なことか。ベルト・トレパとの一件があったあとでまたしてもこうして肩に手を。結果は火を見るよりも明らかじゃないか。まるで手のひらを返すように尻を蹴っとばされるぞ。阿呆、悪党、不潔な頓痴気、**RIP, RIP.** *Malgré le tourisme.*（観光にもかかわらず）

「どうしてあたしがエマニュエルだって知ってるの？」

「さあ、もう覚えてないなあ。どうせ誰かに教わったのさ」

エマニュエルは薔薇色の粉を入れたヴァルダ錠の缶を取り出して、頬っぺたになすりつけ始めた。もしセレスタンがここにいたら、きっとあれよ。もちろんよ。セレスタンたら、絶倫。鰯の缶詰を何ダースも。サラダを。不意に彼女は思いだした。

「ああ、あの人ね」と彼女は言った。

「たぶんね」とオリベイラはできる限り煙幕を張りながら同意した。

「あんたたち一緒にいるところを何度も見たわ」とエマニュエルは言った。

「そこらへん歩いていたから」

「でも彼女だけは、一人のときあたしと話したもんよ。とってもいい娘、ちょっとおかしいけど」

《そいつは保証する》とオリベイラは考えた。彼は、エマニュエルが細々したことを次々と思いだして話すのを聞いていた。いまでもよく着ている白いセーター、勉強もしないけど卒業免状のために時間を無駄にしない素敵な娘だった、ときどきずいぶんおかしいところがあって、サン＝ルイ島の鳩に餌をやるためにお金を無駄使いしたり、ときどきひどく悲しそうにしてたり、そうかと思うと死ぬほど笑い転げたり。悪い娘になるときもあったね。

「あたしたち、よく言い争いもしたものさ」とエマニュエルが言った。「だって、このあたしに、セレスタンをそっとしておいてやれって説教するんだからね。それから二度と来なくなったけど、あたしはあの娘がとっても好きだったよ」

「そんなにたびたびあんたと話しに来たのかい？」

「あんた、気にくわないんだね？」

「そうじゃないんだ」とオリベイラは言って、対岸のほうに目をやった。しかしほんとは気にくわなかったのだ、なにしろラ・マーガはこの女浮浪者との交渉をほんの一部分しか話してくれなかったし、基本的な総括の導くところは……云々。懐旧的嫉妬か、プルースト参照、巧妙な責め苦、等々。どうやら雨になりそうだぞ、柳がまるで湿っぽい中空に吊り下がっているみたいだ。逆に寒くならないだろう、もう少し寒さが和らぐだろうな。たぶん彼はこんなようなことを言ったのだと思う、《あんたのことはなにも話してくれなかったよ》と。なぜならエマニュエルは満足そうな意地悪そうな笑い声をあげて、汚い手の指で薔薇色の粉をなすりつづけていたのだから。彼女はときどき片方の手をあげて、赤と緑の縞模様のウールのスカーフ、といっても実はごみの缶から拾ってきたマフラーで包んだ密生した髪をぱたぱたと叩いた。結局、彼は上にあがって、つい目と鼻の先の、ほんの六メートル上にあるパリの街へ帰って行かねばならなかった。そこでは、ちょうど向かい側のセーヌ河岸の欄干にのっかった、真鍮の**RIP**箱のうしろで、鳩たちが、力ない柔らかな曙光への、また、押しつぶされた空から降ってくる、しかしいつもながらきっと小雨が降り出すために降ってこない、午前八時半の生命の糧、生白い挽割り麦への期待に胸をふくらませながら、互いになにごとか語りあっているのだった。

すでに彼が歩きだしてから、エマニュエルが彼に向かってなにごとかを叫んだ。彼は立ち止まって彼女を待ち、いっしょに階段を昇って行った。アベの店で赤を二本買い、リロンデル通りは雨を避けてアーケードの下を歩いた。エマニュエルは二枚重ねて着た外套の間から新聞紙の束を出してくれたので、オリベイラが頼りないマッチの明りで調べた隅っこにそれを敷いて快適な絨緞ができあがった。アーケードの反対側から、にんにくとカリフラワーと安っぽい忘却の鼻嵐ともいうべき鼾が聞こえてきた。オリベイラは唇を噛んで、足を滑らせながらその片隅の壁によりかかって居心地のいい姿勢になるように座りこみ、エマニュエルにぴったりくっついた。彼女は早くも瓶からラッパ飲みを始めていて、一口ごとに満足そうにはあーと息を吐いていた。感覚の反教育、口と鼻孔をいっぱいに開いて最悪の臭いを吸いこむこと、人間の脂垢《あぶらあか》。一分、二分、三分と、一分ごとに楽になるものだ、どんな試練もそうだが。吐き気を我慢して、オリベイラは瓶をつかんだ。見ることはできなくとも瓶の首に口紅と唾液がべっとりとついていることはわかっていた。暗さのためにかえって嗅覚が研ぎ澄まされていた。なにか自分でもわからないものから自衛するために彼は目を閉じて、赤の瓶の四分の一ほどを一息に飲んだ。それから二人で肩と肩を寄せあって、満足してタバコを吸いはじめた。吐き気は後退したらしいが、敗北感にではなく屈辱感にうちひしがれてがっくりと項垂《うなだ》れ、なにごとかを待ち望みながら、彼はどんなことでも考えはじめることができるようになっていた。エマニュエルはとめどなくしゃべりつづけ、しゃっくりを連発しながら自分で自分にまじめな議論をふっかけて、幻のセレスタンを母親のように諭《さと》したり、鰯の缶詰の棚卸しをやったりしていたが、タバコをスパスパ吸うたびに彼女の顔が暗闇の中にぼおっと浮かびあがって、オリベイラの目に映ったのは、彼女の額の脂垢、葡萄酒で濡れた厚い唇、敵軍に踏みにじられたシリアの女神の誇らしげなスカーフ、塵中《じんちゅう》にまろび、血痕《けっこん》と脂垢でまだらになってはいたが赤と緑の飾り紐のついた永遠の輪冠を戴きつづける、金象牙細工の頭部、塵埃《じんかい》にまみれて長々と伸びている太母の姿と、それを踏みつける泥酔した兵士たちが、面白半分に彼女の削ぎ取られた胸に小便をひっかけ、はては中でも一番の道化役者が他の連中の喝采を浴びて跪き、倒れ伏す女神の上で直立したファロスを露出して、大理石の女神を相手に自瀆《じとく》に及び、すでに死刑執行人の手によってその宝石の眼をくり抜かれた眼窩《がんか》と、忘却に転げ落ちる前の最後の捧げ物としてすでに屈辱を受けいれていた半開きの口の中に、精液をほとばしらせる情景だった。そして暗がりの中でエマニュエルの一方の手がオリベイラの腕をまさぐりあてて、安堵《あんど》してじっとそこにとどまっている間、もう一方の手が瓶の方に伸びて、ごくごくという音と、満足げに息をつく音が聞こえてきたのは自然の成り行きだったし、万事この調子で、絶対的に表か裏かという、生き延びるための可能態としての対立表象があるのも、極めて当然のことであった。そして、ホリベイラはホロ酔いという〈おほいなる迷妄〉の狡猾《こうかつ》なる共犯者を信用していなかったけれども、なにかが彼に、ここにもキブツがあるではないか、その背後に、いつでも背後にだが、キブツへの希望があるではないかと囁いていた。方法の確かさじゃないんだ、そうじゃないんだよ、ねえきみ、いくらきみがそれを望んだってそうじゃないんだよ、酒にまこと《イン・ヴィーノ・ヴェリタス》ありでもフィヒテ流の弁証法やその他スピノザ風の碑文体でもなく、ただ吐き気を催しながらの甘受とでも言ったようなものさ。ヘラクレイトスは水腫《すいしゅ》の治療のために糞の山にもぐりこんだって、誰かにそんな話をつい昨夜聞いたばかりじゃないか、誰かっていってももう別の世界の人みたいだが、誰かポーラとかウォンとかいった、おまえがその人の善い面と交渉をもって、いつかおまえのキブツに入るための唯一の方法として愛というものを再発見してみたいと願ったこと以上にはなにも迷惑をかけたりしなかった連中の誰かに。糞の中にぼんのくぼまでつかって、〈暗い人〉ヘラクレイトスは、葡萄酒こそ飲まなかったが今のおまえたち二人とそっくりだった、しかもその上、彼は水腫を直すためにそうしたのだ。それならたぶんそのとおりだったんだろう、ぼんのくぼまで糞の中につかって、その上、希望まで持っていたというのは。なぜなら確かにヘラクレイトスは、まるまる何日間も糞尿の中につかっていなければならなかったんだから。そしてオリベイラはヘラクレイトスが、期待せずして予期せぬことに出会うことはけっしてない、とも言っていたことを思いだした。白鳥の首を捻《ひね》るべし、とヘラクレイトスは言っている、しかしそうじゃない、もちろん彼はそんなこと言っていない、とそこで彼がもう一口ぐーっと飲むと、エマニュエルは彼の喉のごくごく鳴る音を聞いて薄明りの中でにっと笑い、まるで彼の添い寝とセレスタンから鰯を取り返してきてくれるという約束とをありがたく思っていることを彼に態度で示そうとするかのように、彼の腕を愛撫するのだった。そのときオリベイラは、くびり殺せる白鳥を呼ぶ二通りの名称が、まるで葡萄酒のげっぷのようにこみあげてくるのを感じ、ぜひ大笑いしてエマニュエルにそのことを話してやりたいという強い欲求を感じたが、そうはしないで、ほとんど空っぽになった瓶を彼女に返しただけだった。エマニュエルは胸をかきむしられるような声で〈ル・アーヴルの恋人たち〉を歌いはじめた。その歌はラ・マーガが寂しいときによく歌っていたものだが、エマニュエルは悲劇的なまでに嫋々《じょうじょう》と、調子っぱずれの声で歌詞も忘れがちに歌う一方、オリベイラを愛撫するのだった。彼のほうは依然として、ただ期待する者だけが予期せぬものと出会い得るのだと考えつづけ、玄関のほうから差してくるぼんやりとした明りを避けて半ば眼を閉じながら、遥《はる》か遠くに（海の向う？それともそれは愛国心の発作だったのか）彼のキブツの、実在も危ぶまれるほど純粋な風景を夢想していた。ヘラクレイトスに言われるまでもなく、確かに白鳥の首を絞めなければならぬ。彼は感傷的になってきた、*puisque la terre est ronde, mon amour t'en fais pas, mon amour, t'en fais pas*（なにしろ地球は丸いんだから、恋人よ、心配するな、恋人よ、心配するな）、葡萄酒と甘ったるい声のせいで彼は感傷的になってきて、最後は結局バブズのように涙と自己憐憫《れんびん》に終るのだった。かわいそうなオラシオ、パリに碇泊《ていはく》して、さぞ変ったことだろう、故郷の街並、コリエンテス、スイパーチャ、エスメラルダ、そして場末は。しかし、たとえもう一本のゴーロワーズに火を点けることに腹立たしさをまぎらしたとしても、彼は眼底の遥か遠いところに、彼のキブツを見つづけていたのだった。海の彼方にではなく、あるいはおそらく海の彼方に、あるいはガランド通りを出たすぐそこに、あるいはピュトーに、あるいはラ・トンブ・イソワール通りに。いずれにせよ彼のキブツはつねにそこにあり、蜃気楼などではなかった。

「蜃気楼ではないんだよ、エマニュエル」

「お黙りよ《タ・グル》、大将《モン・ポト》」とエマニュエルは言って、何枚も重ね着した裾の間に手をやってもう一本の瓶をまさぐった。

それから彼らは別の話題に熱中し、エマニュエルが、グレネル橋の上からセレスタンが見かけたという女の溺死体の話をすると、オリベイラはどんな色の髪をしていたかを知りたがったが、セレスタンはそのとき水中から少し出ていた足しか見ないで、警察が誰彼なく聞き込みというやなことを始める前にずらかったのだという。

それから二本目もほとんど飲みつくすころには二人ともいつになく満ち足りて、エマニュエルは〈*La mort du loup*（狼の死）〉からところどころ暗誦し、オリベイラは『マルティン・フィエロ』のセクスティーナ連をいくつか彼女にざっと紹介してやるのだった。やがてトラックが一台また一台と広場を通過しはじめ、騒がしい音が聞こえはじめた。こういう騒音をかつて作曲家のディーリアスが……。しかしディーリアスの話をエマニュエルにしたって無駄だろう、いくら彼女が感受性のこまやかな女だといったって、しょせん詩情とは無縁の女であり、寒さしのぎにオリベイラに体を擦り寄せたり、彼の腕を愛撫したり、オペラの一節や、セレスタンに聞かせるつもりの卑猥な言葉を牝猫が喉を鳴らすようにうなったりしながら、手を使って表現していたのだから。タバコがほとんど口の一部みたいに感じられるまで両唇の間で押しつぶしながら、オリベイラは彼女の聞き役にまわり、彼女が彼に体を押しつけてくるままにさせながら、しょせんおれは彼女と一つ穴の貉《むじな》だし、落ちるところまで落ちればいつだってヘラクレイトスのように病気が治るのさと冷やかに考えていた。たぶんあの〈暗い人〉のもっとも鋭い知恵は彼が書かなかった言葉の中にあり、それは逸話の形で残されて、おそらく誰か鋭敏な聴覚をもった者がいつの日かそれを理解してくれるようにと弟子たちの声によって伝えられたものなのであろう。エマニュエルの手が馴れ馴れしく、当然のこと《マター・オヴ・ファクト》のように彼のボタンを外すのを彼は面白く思いながら、同時に想像をめぐらすことができるのだった、おそらくあの〈暗い人〉

は糞尿の中にぼんのくぼまでつかりながら病気にもならず、絶対に水腫などもなく、彼の世界が文章とか教訓とかの形を取ることを許さなかった一つの図式を素朴に表現していたのだ、そしてその図式は、ひそかに伝えられて長い時間が経つうちに、理論を加えられ、ほとんど不愉快で苦々しい細部というものをもたないパンタ・レイ(万物は流転する)という、驚くべき金剛石のような言葉に結晶するに至ったのだ、と。あの野蛮な治療法がつとにヒポクラテスによって非難されたように、これもまた初歩的な衛生学上の理由から彼の非難の的となったことだろうが、いましもエマニュエルは酔っぱらった相棒の上に次第にのしかかって、そのタンニンで汚れた舌で汚辱にまみれて彼の逸物をなめまわし、指を使って彼を快楽に身を委ねさせ、猫か乳飲児を挑発するような言葉を囁きながら、もう少し高い次元で進行していた瞑想を完全に忘却させ、なにやら曖昧模糊とした同情心に動かされて、こうすればこの新入りも女浮浪者との初夜に満足し、おそらく少しは彼女への恋心をかきたてられてセレスタンを懲らしめ、野蛮な南米の言葉でぶつくさ言っているあらぬことどもをも忘れてくれるだろうと、ちょっぴり得になるこの仕事に精を出す。そのうちにオリベイラは壁にもたれていた上体をさらに少しずらして横になり、溜息をもらしながらエマニュエルの髪に手を入れ、一瞬それを(しかしそれは地獄だったに違いないが)ポーラの髪と思いこんでいたのだった、もう一度ポーラがメキシコのポンチョやクレーのポスターやダレルの『四重奏』にかこまれた部屋で彼の上にとびこんできて、彼だけを喜ばせ、自分は外側から、細心に、分析的に、一歩離れて、ひたすら彼だけを喜ばせ、それから自分もその快楽の分け前を要求し、わななきながら彼に対して身をのけぞらせ、わたしを取って食べて頂戴、わたしを思いきり嬲《なぶ》って頂戴と、まるでシリアの女神のような、エマニュエルのような真赤な口で要求しているのだと思いこんでいたのだった。さてそのエマニュエルは警官にぐいと引っぱられて起き上がったが、たちまちまた座りこんで《なんにもしちゃいないよ《オン・フェゼ・リヤン》、なんだよお《クワ》!》と叫んだ。突然、どうしたわけか玄関前にさっと灰色の光が射して目を開けたオリベイラは、ばつの悪いことに前ボタンを外されて寝ていた目の前に警官の足が二本、にょっきり立っているのを見た。空瓶が一本、その警官の足に蹴られて転がり、次に彼の腿《もも》が蹴とばされ、激しい平手打ちが、しゃがみこんで呻《うめ》いていたエマニュエルの頭のてっぺんと、どういうわけか彼の両膝に加えられた。それもそのはず、そここそは、中にしまわれボタンをかけられるべく、大いなる協調精神をもって驚くばかりに収縮してゆく、おそらくは前科のあるであろう罪体を、ズボンの内側に収めるべき唯一の理屈にかなった場所なのだから。そうして現にもう何事もなかったごとくであったが、広場に停まっている護送車のほうへ彼らを追い立てて行く警官にいったいどう説明したものか、審問なんてそう生易しいものではないとバブズにどうやって説明したものか、またオシップに、そう、とりわけオシップにだ、すべてはまだこれからで、ちゃんとはずみをつけるにはまず後退するのがあたりまえ、まず身を落せばそれからたぶん上昇できるということを、どう説明したものか。まずエマニュエル、それからおそらく……

「その女を離してやれよ」とオリベイラは警官に頼んだ。「かわいそうに、おれよりも酔っぱらってんだから」

　鉄拳が飛んできたが危ういところで頭を低くしてかわした。別の警官が彼の腰のあたりに手をかけて、一押しで護送車に押しこんだ。その上にエマニュエルが投げこまれたが、彼女はなにやら〈*Le temps de cérises*（さくらんぼの時節）〉らしい歌を歌っていた。車内に二人だけになって、オリベイラはひどく痛む腿のあたりをさすり、声を合せて〈さくらんぼの時節〉らしき歌を歌った。護送車はまるで弩砲から撃ち出されたように急発進した。

「*Et tous nos amours*（われらが愛のすべてを）」とエマニュエルが大声を張りあげた。

「*Et tous nos amours*」とオリベイラも歌って粗末なベンチに身を投げ出し、タバコを手探りした。「ここじゃあ、婆さん、ヘラクレイトスもへったくれもないよ」

「あんたなんかくたばっちまえ《テュ・ム・フェ・シエ》」と言ってエマニュエルは大声で泣き出したが、それでもまだ啜《すす》り泣きのあい間に「*Et tous nos amours*」と歌っていた。オリベイラの耳には、警官たちが鉄格子の向うからこっちを覗いて笑っているのが聞こえた。《よかろう、もし静けさがお望みなら、これからたっぷり得られるぞ。この機会を利用しない手はないね、いま考えてるようなことには用はない》酔っぱらって面白い夢を見たって電話するのもおもしろい、でももういい、固執しない。なにもかもこっちの味方だ、水腫は忍耐と、糞尿と、孤独によって治癒するもの。それはそれとして、〈クラブ〉は解散し、すべてはうまく解散して、まだ解散せずに残っているのは時間というやつだけだ。護送車はとある曲り角でブレーキをかけ、エマニュエルが *Quand il reviendra, le temps des cérises*（さくらんぼの季節が再び回りくるころは）と大声を張りあげると、警官のひとりが小窓を開けて、二人とも黙らないと顔を蹴っとばすぞと警告した。エマニュエルは護送車の床に寝ころんで、うつ伏せになって大声をあげて泣きだし、オリベイラは両足を彼女のけつの上に載せて、ベンチの座り心地がよくなった。石蹴りは、小石を靴の爪先で突き飛ばして遊ぶ遊戯だ。必要なものは、踏み固まった道路、小石が一つ、短靴、それにチョーク、それもできれば色のついたチョークで引かれた美しい線の図形。いちばん上が〈天〉で、下が〈地〉になり、小石を蹴って〈天〉にうまく入れるのは非常にむつかしく、ほとんどたいていは計算どおりに行かずに小石は線の外に出てしまう。それでもだんだん慣れてくると、中間のいくつかの四角いわくを飛び越すのに必要な技を身につけていき（螺旋《らせん》状石蹴り、矩形《くけい》石蹴り、幻想の石蹴りなどはあまり流行らない）、やがてある日、〈地〉から出発して、小石を〈天〉まで昇らせ、ついに〈天〉に入るこつを習得するに至る（*Et tous nos amours* とエマニュエルはうつ伏せになって啜り泣いた）、しかしそこで困ったことに、小石を〈天〉まで蹴上げるすべをほとんど誰ひとり習得できないでいる、まさにそのときに、突如として幼年期は終りを告げ、人は小説だの、むなしい苦悶だの、そこへ到達することもやはり学ばねばならない別の〈天〉をめぐる瞑想だのに、はまりこんでしまうのである。そして、すでに幼年期を脱してしまっているために（*Je n'oublierai pas le temps des cérises*（わたしは忘れないだろう、さくらんぼの時節を）と歌いながらエマニュエルが床を踏み鳴らした）、〈天〉に到達するためには必要な小道具として、一個の小石と靴の爪先がなければならないことを忘れている。それこそ、糞尿の中につかったヘラクレイトスの知っていたことだったのだし、おそらくはさくらんぼの季節に手の甲で洟をふいているエマニュエルだって、あるいはいつの間にか（といっても金切り声と笑い声と呼び笛の鳴る音がしてドアが開閉されたのは確かだが）護送車の中に座って、狂ったように笑いながら、床に転がっているエマニュエルとオリベイラとを見ている二人の男色者《おかま》だって知っていることだ。オリベイラはタバコが吸いたかったが、警官にポケットを検査されたわけでもないのにタバコもマッチも切らしていた。*Et tous nos amours, et tous nos amours.*（われらが愛のすべてを、われらが愛のすべてを）一個の小石と靴の爪先、ラ・マーガはそれをよく知っていた。そしておれはあまりにも知らなすぎる。〈クラブ〉の連中も似たりよったりだ。ブルサーコでの、あるいはモンテビデオ郊外での幼年時代このかた、それは〈天〉に至る正しい道を、ヴェーダンタ哲学や、禅や、終末論《エスカトロジー》と糞便学《スカトロジー》とを取り揃えたエスカトロヒアやの助けを借りる必要もなく示してきた、そうだ、蹴ることで〈天〉に至り、小石とともに到達すること（十字架を背負って？　そういう道具は扱いにくい）、そうして最後の一蹴りで石を抛《ほう》り上げることだ、蒼空《ラジュル》、蒼空、蒼空、蒼空へ、ガシャン割れたガラス、デザート抜きでベッドへ、悪い子。しかし、もしもその割れたガラスの背後にキブツがあったとしたら、もしも〈天〉がおれのキブツの幼い名称にほかならなかったとしたら、ガラスを割ったくらい構うことはない。

「こんなはめになったけどさ」とオラシオが言った。「歌を歌ってタバコを吸おうよ。エマニュエル、さあ起きて、泣き虫婆さん」

「*Et tous nos amours*」とエマニュエルが吠《ほ》えた。

「彼、きれいじゃない」と男色者《おかま》の一人がオラシオを情愛たっぷりの目で見つめながら言った。「内気らしいね」

もう一人の男色者はポケットから真鍮製の筒を取り出して、一端の穴から覗いてほくそ笑んだり、おどけた顔をしてみせたりした。若い方の男色者《おかま》が彼からその筒をもぎ取って覗いてみた。《なんにも見えないよ、ジョ》と彼は言った。《いや、見えるさ、おまえ》とジョが言った。《ノー、ノー、ノー、ノー》《いや、見えるさ、いや、見えるさ。覗き穴カラ覗キナサイ、ソウスレバコノ上ナク綺麗ナ模様ガ御覧ニナレマス》《いまは夜間だよ、ジョ》ジョはマッチ箱を取り出して万華鏡のまえで一本すった。熱狂した金切り声、この上なく綺麗な模様《パタンズ・プリティ・アズ・キャン・ビー》。*Et tous nos amours* とエマニュエルが護送車の床に座ったまま朗誦した。なにもかも申し分なく、すべてがその時宜よろしきをえて、石蹴りも万華鏡も、小さい男色者《おかま》は覗きに覗き、おお、ジョ、なんにも見えないよ、もっと光を、もっと光を、ジョ。ベンチに身を沈めてオラシオは〈暗い人〉に挨拶し、〈暗い人〉の頭が糞のピラミッドの頂上に現われ、その二つの目が緑の星のよう、この上なく綺麗な模様、〈暗い人〉は正しかったのだ、キブツへの一本の道、おそらくはキブツへの唯一の道、それは世界ではあり得ない、人が万華鏡を逆さにつかめば、そのときはエマニュエルやポーラやパリやラ・マーガやロカマドゥールの助けを借りてそれを半回転させて正しく持ち直し、エマニュエルのように床に寝そべって、その時点から、糞の山から見なければならぬ、尻の穴《オホ》「目」を通して世界を見なければならぬ、そうすればこの上なく綺麗な模様が見られます、靴の爪先で足蹴にされて、小石は尻の穴《オホ》を通らねばならぬ、そうして〈地〉から〈天〉へ四角いわくはすべて開かれていて、迷路はさながら雇われ人の時間を粉々に吹き飛ばしてしまう壊れた時計のぜんまいのように展《の》び広がり、洟と精液とエマニュエルの悪臭と〈暗い人〉の糞とが欲望のキブツへ通じる道で出会い、もう〈天〉へ上る（上る、とは偽善的な言葉、〈天〉とは、声　の　風《フラトウス・ウオキス》）こともなく、人間の歩速で人間たちの地を通って、遠い彼方の、しかし〈天〉と〈地〉が石蹴り遊びの汚い歩道において同一平面上にあるように、同一平面上にあるキブツへ向かって、歩いて行けば、おそらくいつかは〈天〉という言葉が脂に汚れた布巾ではなくなる世界へ入り、いつかは誰かが世界の実相、この上なく綺麗な模様を見るだろう、そしておそらく石を蹴って進むうちに、ついにキブツへ入って上がりとなるだろう。

（−37）

こちら側から

Il faut voyager loin en aimant sa maison,
——アポリネール『ティレジアの乳房』

37

彼はトラベラーと呼ばれることに嫌悪を感じていた。彼がアルゼンチン国外へ出たのは、ときどきモンテビデオへ渡るのと、一度パラグアイのアスンシオンまで出かけただけで、いずれの首都も彼は優越感の混じった無関心をもってしか思いだすことはなかった。四十歳になってもまだカチマーヨ通りにへばりついていて、サーカス一座《ラス・エストレリャス》の理事兼なんでも屋として働いているという事実からして、アメリカ稀代《きたい》の興行師バーナム以上に世界を股にかけて歩き回ることは彼には望むべくもなかった。彼のサーカスの巡業地はサンタ・フェからカルメン・デ・パタゴニアの範囲に限られ、連邦首都やラ・プラタやロサリオでは長期興行が行なわれた。百科事典の愛読者であった妻のタリタが遊牧民や遊牧文化に興味を示すと、トラベラーはぶつぶつ言って、ゼラニウムの咲く中庭《パティオ》や寝台といった、自分の生れ育った狭い場所から一歩も出ないようなものを不真面目な口ぶりで称賛する始末だった。茶飲み話に彼はよくその博い知識を披瀝《ひれき》して妻を感心させたが、そこには相手を納得させようという構えが強すぎるのが見て取れた。睡眠中にも、どうかすると、追放や故郷喪失、海の向うの中継地、税関の通過、不正確な照準儀などをめぐる語彙が寝言になって出てくることがあった。タリタが目を覚ました彼をそのことで冷やかしたりすると、彼は妻の尾骶《びてい》骨《こつ》に一撃かまし、それから二人で気が違ったように大笑いして、しまいにはトラベラーの自己暴露のためにかえって二人の仲が好くなったかのようにさえ思われるのだった。ひとつ思いだしておかなければならないことは、彼のおおかたの友人たちとは違い、トラベラーは、好きなように旅ができなかったからといってけっしてそれを人生や運命のせいにはしなかったことである。彼はただジンを一杯あおって、自分がばかだったと言うだけだった。

「そりゃあもちろん、このわたしが彼の旅のなかでは最高よ」とタリタは機会あるごとに言ったものだ。「でもあの人ったらばかねえ、とんとそのことに気がつかないんだから。わたしはね、奥さん、あの人を幻想の翼にのせて地平線の涯まで連れてってやるんですからね」

そんな話をされた婦人はタリタが真面目に話していると思って以下のような返事をするのだった。

「あら、奥さん、男ってとっても理解しがたい《インコンプレンシーブレス》もんなのよ（原文のママ、理解力がない《インコンプレンシーボス》、のつもり）」

あるいは、

「そうなのよ、わたしとわたしのフアン・アントニオの場合もそれと同じよ。いつも彼にそう言うの、でも彼ったら泣き出しそうな顔するだけ」

あるいは、

「よくわかるわ、奥さん。人生これ悪戦苦闘よね」

あるいは、

「そうカッカしないことね、あなた。健康で無事なら充分じゃない」

あとでタリタがそんなやりとりをトラベラーに話し、二人で服が台無しになるまで台所の床に笑い転げるのだった。トラベラーとしては、トイレに隠れてハンカチか下着を口につっこみ、タリタがペンション《ソブラーレス》のおかみさん連や通りの向うのホテル住いのご婦人方にしゃべらせるのを盗み聴きするのがなんといっても最高にこたえられない楽しみだった。楽天的な気分のときには、といってもそういう状態は長くは続かなかったが、彼はよくそういう肥った女たちを彼女らにはそれと気づかれずに茶化したラジオドラマみたいな話を即興に仕立てあげ、それを聴いた彼女らが涙にかき暮れ、一日中いわばそのドラマにダイヤルを合わせっぱなしにしないではいられないようにするのだった。しかしいずれにせよ彼は旅をしたことがなく、そのことは彼の心中に黒い石のようなしこりとなって残っていた。

「正真正銘の煉瓦ですよ」とトラベラーは腹をさすりながらよく弁明した。

「黒い煉瓦なんて見たことないね」多くの懐しい思い出を終生ともにしてきた親友のサーカス団々長はそう答えるのがつねだった。

「長年の座業のせいでそうなっちまったんでね。世の中には故郷喪失《ハイマートロース》なんていって愚痴をこぼす詩人もいるっていうのに、フェラグート」

「スペイン語で言ってもらいたいね」と団長は言ったが、芝居じみた調子で直接名前を呼ばれると、彼はいつもちょっとびっくりするのだった。

「それはできませんね、ボス」とトラベラーはつぶやき声で、彼の名前を呼んだことを暗黙裡《り》に弁解した。「美しい外国語はオアシスのようなもの、寄港地のようなものです。わしら、コスタ・リカへ行くことないんですか？　パナマへは？　あそこじゃむかしスペイン帝国のガレオン船が……。カルロス・ガルデルはコロンビアで死んだんですよ、ボス、コロンビアでね！」

「なにしろ現なまがないんでね」と言うと団長は懐中時計を取り出した。「そろそろホテルへ戻らないと。きっと嬶《かかあ》のクカのやつ吠えてるに違いない」

トラベラーはひとり事務所に取り残され、コネチカットでは日没はどんなだろうかと自問していた。心を慰めるために、これまでの人生で楽しかったことどもを思いだしてみた。たとえば、これまでの人生で楽しかったことどもの一つは、一九四〇年のある朝、彼が内地税務事務所の彼の上役の執務室に、コップ一杯の水を手に持って入って行ったときであった。下がってよいと言われて彼は退室した。上役は吸取紙で顔の汗を拭《ぬぐ》っていた。それが彼の人生で楽しかったことどもの一つだというわけは、その同じ月に彼の昇進が実現することになっていたからだった。タリタとの結婚もまた、もう一つの楽しかったことであった（もっとも二人はその逆のような口振りだったらしいが）。タリタはなまじ薬剤師の資格など持っていたせいで、文句も言わずに絆創膏《ばんそうこう》に囲まれて老嬢になる運命だったのだが、幸いトラベラーが気管支炎の座薬を買いに店に現われて、タリタに頼んで説明してもらっているうちに、まるでシャワーを浴びたシャンプーのように愛が泡となって吹き出したのだった。トラベラーは、タリタを見染めたのは彼女が目を伏せて、なぜその座薬は排便前ではなく排便後のほうがよく効くかを説明しようとしたまさにその瞬間だったとさえ主張するのだった。

「カマトトねえ」のちに思い出話をするたびにタリタはそう言うのだった。「説明書の指示がよくわかっているくせに空とぼけるもんだから、わたしが説明しなきゃならなかったのよ」

「薬剤師なら、どんな奥深い局所に話が行っても、真実に奉仕しなければいけないよ。店を出たあと、あの午後わしがどんな気持で最初の座薬を用いたか、おまえにわかるかなあ。あれは大きくて緑色のやつだった」

「ユーカリプタスよ」とタリタが言った。「あなたよかったわね、二十メートル先からでも臭うにんにくのじゃなくて」

しかしときどき彼らは悲しみに打ち沈み、ブエノスアイレスの憂愁に対する極端な手段として、またしてもはめを外してしまったことを漠然と理解するのだった。それは過ぎるということのない生活に対抗する手段であったのだ（《過ぎる》という言葉にさらになにをつけ加えることがあるだろうか？　みぞおちのあたりの漠然とした不快感、いつものあの黒い煉瓦）。

タリタがトラベラーの憂鬱をグトゥッツソのおかみさんに説明している。

「それは昼寝の時間にあの人にとりつくのよ、なにかが肋膜から上がってくるみたい」

「きっと体内でなにかが炎症を起してるんだわ」とグトゥッツソのおかみさんが言う。「腹に一物《パルデホン》とかなんとか言うでしょ」

「心の問題なのよ、奥さん。わたしの夫は詩人ですのよ、ほんとよ」

トイレに隠れて、タオルをかぶっていたトラベラーは涙が出るほど笑う。

「アレルギーとか、なんかそういうのじゃないかしら？うちのビトール坊やがね、あなた、あの子があそこのゼラニウムの間で遊んでるの見えるでしょ、いまがちょうど花の年頃《フロール》ってとこなの、ほんとよ、それがね、あの子がいったんセロリの花粉アレルギーにかかったら、それはもうノートル＝ダームのせむし男みたいになっちゃうのよ、いいこと、あんなに黒いおめめをしてるのに開かなくなっちゃうし、お口はがまの口みたいに脹《は》れ、アレルギーが引かないうちは足の指を開くこともできないのよ」

「なにも足の指を開くことはそれほど必要ないでしょうに」とタリタは言う。

トイレでトラベラーがはらわたのよじれるような笑いを押し殺そうとしている気配がしたので、タリタはグトゥッツソ夫人をまくために急いで話題を変える。たいていの場合トラベラーはたいへん残念がって隠れ場から出てくるが、タリタはそのことを理解している。タリタの理解の仕方については説明しておく必要があろう。それは皮肉な、やさしい、つかず離れずの理解である。彼女のトラベラーへの愛は、よごれた土鍋を洗い、夜おそくまで起き、彼が懐古的な夢想に耽《ふけ》ったりタンゴや撞球《たまつき》を好むことをやさしく受けいれることから成る。トラベラーが悲しみに沈んで、まだ旅に出たことがないわが身を思い悩んでいるときには（タリタには、旅の経験の有無が問題なのではなく、彼の不安がもっと深いものであることがわかっている）、あまりものを言わずに彼のそばにいて、マテ茶を入れたり、タバコを切らさないように気を配ったり、夫のそばに控えてしかも出しゃばり過ぎないように妻としての役目を果たすことが必要であり、それはなかなかむつかしいことなのだ。タリタはトラベラーといっしょにいることが、サーカスといっしょにいることが、とても幸福だ。計算のできる学者猫が舞台に出る前に毛の手入れをしてやったり、団長の計算簿をつけてやったり、ときどき彼女は自分のほうがトラベラーよりも彼にとりついているあの根本的な深みに近いと控えめに思うことがあるが、そこに暗示されている形而上的なものに気づくたびに彼女はややたじろいで、結局はその黒いどろどろしたものに出口を開けて噴出させることのできる人は彼しかいないと思い知らされるのである。その黒いどろどろしたものが少しずつ流れ出して、それが言葉なり形象なりの衣裳をつけ、それが他者と呼ばれたり、笑いとか愛とか呼ばれたりするわけだし、またそれは、もっと外面的、運命的な名前をつけるとすれば、サーカスであり、人生でもあるのだ。

この他者が不在のときのトラベラーは活動家である。彼はそれを局限された活動と呼んでいる。女が出歩くのとはわけが違うんだからというのである。四十年の長きにわたって彼はさまざまな活動の段階を通過してきた。サッカー（コレヒアレスでセンターフォワード、悪くなかった）、競歩、政治（一九三四年にテボートの監獄に一カ月）、養兎《ようと》、養蜂《ようほう》（マンサナレスに農場、三カ月後に倒産、悪疫にかかった兎、手に負えない蜜蜂）、オートレーサー（マリモンと同僚ドライヴァー、レジステンシアで転覆、肋骨《ろっこつ》三本骨折）、工芸品大工（家具調度が次々に完成しても、一度しか使用されず、天井まで積上げられ、完全な失敗）、結婚、土曜日ごとに賃借り自転車でヘネラル・パス大通りで自転車乗り。こういった活動の経糸《たていと》が、彼の各種取り揃えた精神の図書館をなしている。すなわち、二カ国語、筆達者、救世論《ソテリオロヒア》と水晶玉への皮肉な関心、土と精液とをいれた洗面器にさつまいもを植えてマンドラゴラを作ろうという試みで、このさつまいもは、いかにもさつまいもらしく旺盛に育ち、みるみる借屋の部屋を侵略して窓からはみ出すに及んでついに鋏で武装したタリタがひそかに介入することになったが、トラベラーはさつまいもの茎を調べてみてなにやら疑念を抱くようになり、この絞首台の果実、マンドラゴラ、アルラウネ（マンドラゴラのドイツ語）、幼年時代の遺物を恥をしのんで断念したのだった。ときおりトラベラーは、彼よりもずっと恵まれている彼の分身のことを口にすることがあったが、そんなときタリタはどういうわけかそれを聞くのが嫌でたまらず、彼を抱擁し、キス攻めにして、彼の脳裡からそのような考えを追い払おうと、できるだけのことをする。それから彼女はトラベラーの大のお気に入りのマリリン・モンローを観に彼をおもてに連れ出し、映画館プレシデンテ・ロカの暗がりの中で純粋に人為的な嫉妬の銜《くつわ》を噛みしめるのである。（－98）

38

タリタは果たしてトラベラーが青春時代の友人の帰国を喜んでいるのかどうか、どうもはっきりわからなかった。というのも、オラシオという人物がアンドレアC号でアルゼンチンに無理やり帰ってきたという話を聞いてトラベラーが最初に示した反応が、サーカスの学者猫を蹴っ飛ばし、人生ってのはまったくふざけたもんだよと大声でわめくことだったのだから。とにかく彼はタリタといっしょに、バスケットに入れた学者猫を連れて港へ出迎えに出た。オリベイラは税関の窓口から軽いスーツケース一つで出てきて、トラベラーの姿を認めると、びっくりとうんざりとの入り混ざった表情で眉を上げた。

「なにかいい話はないかい」

「やあ」とトラベラーは言って、思いもかけていなかったという感情をこめながら握手した。

「どお、港のグリル食堂へ行ってソーセージでも食べない」とオリベイラが言った。

「家内を紹介するよ」とトラベラーが言った。

オリベイラは《初めまして》と言って、ろくに彼女のほうも見ずに手を伸ばした。それからその猫はなんという名前か、どうしてバスケットに入れて港に連れてきたのかと尋ねた。タリタは人を無視した彼の態度に腹を立てて、彼をまったく不愉快な人物と判断し、猫を連れてサーカスへ帰ると言明した。

「いいだろう」とトラベラーは言った。「そいつは電車の窓側に座らせなきゃだめだぞ、通路側が嫌いなことは知ってるな」

グリル食堂で、オリベイラは赤葡萄酒を飲み、ソーセージとチンチュリンを食べはじめた。彼があまり話をしないので、トラベラーがサーカスのことや、タリタと結婚したいきさつなどを彼に話した。それからアルゼンチンの政治やスポーツの概況を説明し、とくにパスクアリート・ペレスの人気の浮き沈みについてはたっぷり時間をかけて説明した。オリベイラは、パリでファンヒオに二度会ったがあのがに股《また》は眠ってるみたいだった、という話をした。トラベラーも腹が減ってきて臓物料理を注文した。彼が勧めた帰国後初めての国産タバコをオリベイラがにっこり笑って受け取り、じつにうまそうに吸ってくれたので、トラベラーは満足した。二人は赤をもう一本追加して、トラベラーは自分の仕事のことや、なにかもっとうまいこと、つまり、仕事は楽で、もっと銭になることにめぐりあわせる希望をまだ棄ててはいないといった話をしながら、絶えずオリベイラがなにかしら言ってくれることを、といってもそれがなにかということはわからなかったが、長い空白のあとのこの再会で、なにかしら二人の仲を確認してくれるようなことを言ってくれることを、期待していた。

「さてと、なにか話してくれよ」と彼は提案した。

「天気がとても変りやすかったよ」とオリベイラは言った。「でもときどき好い天気の日もあったけどね。ほかには、セーサル・ブルートがうまいこと言ったように、もし十月にパリへ行くなら、ルーヴルは見なくちゃね。まだなにか話すのかい？　ああ、そうだ、一度ウィーンまで行ったことがあるんだ。あそこには変ったカフェがいろいろあって、犬と亭主を連れてシュトルーデルを食べにくる肥ったかみさん連中がたむろしてたよ」

「いいよ、いいよ、気が乗らないなら無理にしゃべる義務はないんだから」とトラベラーは言った。

「ある日ぼくはカフェのテーブルの下に角砂糖を落しちゃってね。パリでさ、ウィーンじゃなく」

「カフェの話ばっかりしにわざわざ海を渡ってくる必要なかっただろうに」

「よくわかってるね」とオリベイラは言って、慎重にチンチュリンの一つをナイフで切った。「こういうのは光の都パリでは手に入らないんだよ、ねえ。アルゼンチンの連中からよくそう言われたものさ。彼らはビーフが恋しくて泣く始末、国の葡萄酒をなつかしがって思いだしているご婦人もいたのを知ってるよ。彼女に言わせるとフランスの葡萄酒はソーダで割っちゃいけないんだそうだ」

「そりゃひどい」とトラベラーは言った。

「それにもちろんトマトやじゃがいもはどこよりもここのほうがずっとうまいし」

「わかった、きみは上流にたかってたな」とトラベラーが言った。

「たまにはね。きみの気の利いた比喩《ひゆ》を利用して言えば、一般にぼくのたかりは気に入られなかったが。ひどく蒸し暑いな」

「ああ、そうさ」とトラベラーが言った。「また体を馴らさなくちゃね」

こういう調子で彼らは二十分ばかり話しつづけていた。


（—39）

39

もちろんオリベイラは、途中モンテビデオに寄港して、人に尋ねたり自分でも探したりしながら、ときにはやくざ者の信用を得るためにカーニャをおごったりまでして、貧民街をあちこち歩きまわってきたことを、トラベラーに話すつもりはなかった。そしてただ、モンテビデオにも新しい建物がわんさと建って、港では、アンドレアC号が出航する前の一時間をそこで過ごしたのだが、水面に死んだ魚が腹を上にしていっぱい浮き上がり、脂でぬるぬるした水のそちこちにはコンドームさえゆっくりと波打っていた、という話しかしなかった。あとはただ、おそらくルッカだろう、おそらくほんとうにルッカかペルージアへ行ったんだろうと考えて、ふたたび乗船するしかなかった。すべてはあまりにもむなしかった。

母国に上陸するまえに、オリベイラはすでに心に決めていたのだ、すべての過去は過去ではなく、ただ精神的なごまかしからしか、他の多くのことと同様、未来をかつて遊んだ遊戯によって豊かにされると想像する安易な便宜主義は生れてこないということを。彼は（ひとり船首に、夜明け方、港の黄色い霧に包まれて立ちながら）もし彼が自己を確立して、安易な解決を退ける決意をしなかったら、なにひとつ変りはしないだろうということを理解していた。成熟なんて、もしそういうものがあると仮定しての話だが、極言すれば偽善だ。なにひとつ成熟などしなかったし、バスケットに猫をいれて、マノロ・トラベラーの側で彼を待っていたあの女が、あのもう一人の女と少し似ているように見えたということほど自然なことはあり得なかった。あのもう一人の女は（だが、強情な記憶によって組み立て直された古めかしい案内標識を頼りに、モンテビデオの貧民街を歩きまわったり、タクシーでセロ丘のはずれまで行ったりしたことが、いったいなんの役に立ったというのか）。このまま続けるか、やり直すか、終りにするかしなければならない。橋渡しするものはまだなにもなかった。彼はスーツケース一つ持って、港のグリル食堂のほうにまっすぐに向かった。そこはいつかの夜、なかば酔った誰かが彼にパヤドール（ガウチョの歌男）のベティノーティの逸話を話してくれたことのある場所だった。ベティノーティはそこでよくあのワルツを歌ったそうだ。*Mi diagnóstico es sencillo:/ Sé que no tengo remedio*（ぼくの症状は単純なもの／でも知っている、治す手だてがないことを）オリベイラは以前は症状などという言葉がワルツの文句に使われるなんてという思いに抗しがたいようだったが、いまトラベラーがサーカスやK・O・ラウセ、はてはフアン・ペロンの話までしてくれている間、おごそかな気分でその歌詞を繰り返すのだった。

（－86）

40

彼はいろいろな意味において還りは往きであることに気がつき始めていた。彼はすでに、トラベラー夫妻が下宿しているペンション《ソブラーレス》の向かいのホテルの一室に住む、哀れにも献身的なゲクレプテンのところに寄食していた。二人の仲はとてもうまく行っていた。ゲクレプテンは彼にすっかり夢中で、結構なマテ茶をいれてくれたし、確かに愛し方やパスタ・アシウッタの作り方はひどいものだったかもしれないが、そのほかの家事にかけてはすばらしい素質をもっていて、お蔭で彼は、例の往きと還りだとか、ギャバジンの布地を斡旋《あっせん》して歩く合間に心にかかっていた問題を、じっくり考える時間が得られるのだった。初めトラベラーは彼がブエノスアイレスのあら探しばかりして、首都をまるでコルセットを締めた売春婦のように扱うといって批判的だったが、オリベイラは彼とタリタに、自分のそうした批判には多くの愛がこめられているのであって、自分の悪口の真意を正しく理解できないのはきみたち二人のような足りないやつだけだと言ってやった。そのうち結局彼らにも、オリベイラの言うとおり、オリベイラはブエノスアイレスと偽善的な折り合いをつけることができず、目下のところ彼にとって故国はヨーロッパに行っていたころよりも遠くなっているのだ、ということがわかってきた。彼が笑顔を見せるのは、マテ茶とか、デ・カロのレコードとか、ときどき散歩に出かける午後の港風景とか、単純なこと、少しばかり古いことだけであった。ゲクレプテンがある店で働いているのをいいことに、三人はよく市内に出かけ、トラベラーはオリベイラが大量のビールを消費して地味を肥やしつつ市との協定を結んだ徴候を偵察した。しかしタリタはもっと強情に（それは無関心の特有の現われ方だったが）、たとえばクロリンド・テスタの絵とか、トレ・ニルソンの映画とかを、なるべく早い時期に認めることを要求するのだった。彼らはよく、ビオイ＝カサレスや、ダビード・ビニャスや、カステリャーニ神父や、マナウタや、ＹＰＦの政策について激論をかわした。結局タリタにも、オリベイラにとってはブエノスアイレスで暮すもブカレストで暮すも同じことであり、実際には彼は自分の意志で帰ってきたのではなく止むを得ぬ事情から帰らざるを得なかったのだということがわかってきた。彼らが議論した問題の背後には、あるパタフィジックな雰囲気が、つまり見る者と見られるものとを中心から偏《かたよ》らすような視点の歴史的な探求における三一致が、つねに底流としてあった。そうした闘いのお蔭で、タリタとオリベイラは互いに尊敬しあうようになっていた。トラベラーは二十年前のオリベイラを思いだしては心が痛むのだった、もっともおそらくそれもみなビールの毒気のせいだったのだろうが。

「実のところ、きみは詩人なんかじゃないね」とトラベラーは言った。「きみはこの都会に対してわれわれと同じような感じ方はしないだろう、空の下でゆっくりと波打つ巨大なほてい腹、その足をサン・ビセンテに、ブルサコに、サランディィに、パロマルに、そしてあとの足は水中に伸ばした、またとない巨大な蜘蛛というような。あわれな怪物さ、それにしてもこの川の汚いこと」

「オラシオは完全主義者なのよ」すでに自信をつけたタリタはオリベイラに同情を示した。「毛並のいい馬にしかとまらない虻《あぶ》ってとこね。あなたはわたしたちから学ぶべきよ、しがないブエノスアイレスっ子ですが、これでもピエール・ド・マンディアルグが誰かくらい知ってますからね」

「それに街には」とトラベラーが、目をくるくる回しながら言った。「やさしい目と可愛い顔をした女の子たちが歩いているよ、ライス・プディングとエル・ムンド放送のせいで愛すべき他愛なさが残っている顔をして」

「サーカスで働いている解放されたインテリ女性たちは言うまでもなく」とタリタがつつましげに言った。

「それから不肖このおれみたいな青白き民間伝承の専門家も。家に帰ったらイヴォンヌ・ギトリの告白を読んでやるから忘れたらそう言ってくれ、いいかい、とってもいい話だよ」

「それはそうと、あんたに言うようにってグトゥッソのおかみさんにいわれたんだけど、ガルデルのタンゴ名演集を返さなかったらあんたの頭に植木鉢をぶつけてやるって」とタリタが伝えた。

「あの告白録はまずオラシオに読ませなくちゃ。待たせておきゃいいよ、あんな糞婆《くそばばあ》」

「グトゥッソのおかみさんていうのはゲクレプテンとおしゃべりして時間をつぶしているカトーブレパス（エチオピアの野生動物）みたいな人かい？」とオリベイラが質問した。

「そうさ、今週はあの二人が友達になる番なのさ。あと数日のうちにこの地区のそうしたしきたりがわかるだろうよ」

「月光で銀メッキされてか」とオリベイラが言った。

「あんたのサン゠ジェルマン゠デ゠プレよりずっといいわ」とタリタが言った。

「もちろん」と言ってオリベイラは彼女を見つめた。おそらくは目を半ば閉じて……。彼女のあのフランス語の発音の仕方、あの態度、もし彼が目を半ば閉じていたら。

（薬剤師、憐憫《れんびん》。）


その当時、彼らは言葉遊びに熱中して、言葉の墓地での遊びを発明しては、たとえばフリオ・カサレスの辞書の五五八ページを聞き、hallulla（細長いパンの一種）、hámago（蜜蜂のつくるにがいもの）、halieto（みさご）、haloque（古代の小舟）、hamez（猛禽類の翼の切断）、harambel（ぼろ）、harbullista（ままなき勝ちの人）、harca（モロッコ土寇軍）、harija（粉ほこり）と遊び戯れるのだった。つまり彼らはもろもろの可能性がアルゼンチン的性格と時－の－容赦ない－経過とによってその芽を摘み取られてしまうことを思い、少々悲しくなっていたのだった。薬剤師の仕事というものについては、トラベラーは、それはこの上なくメロヴィンガ朝風の国の人々に関わることであるという意見で、オリベイラと合作でタリタに、薬学遊牧民がカタロニアに侵入してピペリンとエレボロ（うまのあしがた科 Helleborus 属の植物などの根茎から作った殺虫剤）なる恐怖をひろめたという内容の一篇の叙事詩を献呈した。薬学的騎馬民族の大集団。薬学的大草原での瞑想。おお、薬学民族の女帝よ、なりふりかまわず逃げの一手のなまくら者どもに、なんでも言うなりのなまけ者どもに、なにごとも事なかれ主義の者どもに、なにとぞお慈悲を！

トラベラーはオリベイラがサーカスで働けるように団

長に働きかけたりしていたのに、そんな努力をしてもらっている当の本人は、下宿でマテ茶を飲みながら、アルゼンチン文学の問題とつまらなそうに日々のつきあいをしていた。そうやって仕事をしているうちに、あっという間に猛暑がやってきて、ギャバジンの布地の売行きもがた落ちになった。彼らはドン・クレスポの家の中庭で再会するようになった。ドン・クレスポはトラベラーの友達で、グトゥッソのおかみさんその他の紳士淑女に部屋を賃貸している人物である。オリベイラは、彼を子供のように甘やかしていたゲクレプテンのやさしさをいいことに、寝あきるだけ寝て、頭がすっきりしているときにはスーツケースの底に見つけたクレヴェルの本を眺めたりして、ロシア小説の主人公のような態度を取っていた。こんな徹底した怠惰からはなんらいい結果が生れるはずがなかったが、それでも彼は、目を半ば閉じていると物がもっとくっきりとした輪郭を帯びて見えてくるし、眠れば脳膜が冴《さ》えてくると、漠然と信じているのだった。サーカスは経営状態が非常に悪く、団長はこれ以上誰も雇いたくなかった。トラベラー夫妻は、仕事に出かける前の宵の口に、ドン・クレスポのところへマテ茶を飲みに寄ることにしていたが、オリベイラもやってきて、みんなで古いレコードを、まるで古いレコードはそうして聴くのが当然というように、動くのが不思議みたいな蓄音器で聴くのだった。ときどきタリタはオリベイラと向かいあって座り、墓場ごっこをしたり、トラベラーと二人で考えだしてよく遊んだことのある《質問－天秤》ごっこをした。ドン・クレスポはこの二人を気が変になったと思いこみ、グトゥッソのおかみさんは知恵遅れだと思っていた。

「きみはあそこの話をちっともしないじゃないか」と、折りにふれてトラベラーは、オリベイラの顔を見ずに言うのだった。オリベイラのほうが彼よりも強いからだった。オリベイラになにか質問する決心をしても、彼の目を避けねばならず、なぜか自分でもわからなかったが、フランスの首都の名を口にしそびれて、まるで母親が神の授けたまいし息子の恥部を呼ぶ無難な名称を発明しかねて「あそこ」と呼ぶように、ただ《あそこ》としか言わなかった。

「ちっとも面白くないからさ」とオリベイラは抗弁した。

「信用しないなら自分で見に行きなよ」

　挫折した遊牧民ともいうべきトラベラーをかっとさせるにはそれは最上の方策だった。それからあとはなにも言い張らずに、オリベイラはアメリカ屋製のひどいギターを調音してタンゴを弾きはじめた。タリタは少々むっとして、オリベイラを横目で睨みつけていた。トラベラーはあまりはっきりそうとは言わなかったが、タリタはオリベイラが奇人であり、それは見ればわかるがその奇人ぶりが変っていて、変なほうへ偏向しているのだということを頭に叩きこまれていたのである。誰もがなにかを期待している夜もあった。そんなときには互いに非常に好感を寄せあったが、それは台風の目のようなものであった。そのような夜に、もし彼らが墓地を開いたりすれば、たちまち **cisco**（粉炭）、**cisticerco**（袋虫）、**¡cito!**（犬を呼ぶための音声語）、**cisma**（宗派分裂）、**cístico**（膀胱の）、**cisión**（切開）らが姿を現わした。そうして最後には不機嫌を心に秘めながらベッドに入り、一晩じゅう、むしろ反対感情といったほうがいいような、楽しい愉快な夢をみつづけるのだった。

（－59）

41

オリベイラの顔には午後の二時以降、太陽があたっていた。その暑さに加えて、釘を床の舗石の上で鉄鎚《かなづち》で叩いて真直にするのは非常にむつかしかった（誰でも知っているように、釘を鉄鎚で叩くのは危険なことで、釘はほとんど真直になっても、もう一度叩くと半回転して、釘を押さえていた指先に激しく食いこむことがあるものだ。そこにはなにやら突発的な意地の悪さといったようなものがある）、床の舗石の上で意地になって鉄鎚で叩いて（しかし誰でも知っているように）床の舗石の上で意地になって（しかし誰でも）意地になって。

《真直なのは一本もないな》とオリベイラは床の上に散らばった釘を見ながら考えていた。《それにこの時間じゃ金物屋は閉まってるし、もし戸を叩いて釘をちょっぴり売ってくれなんて言ったら蹴倒されちゃうだろう。叩いて真直にするしか方法はないや》

釘を一本、半分くらい真直にするたびに、彼は顔をあげて開いた窓のほうを向き、口笛を吹いてトラベラーが姿を現わすのを待った。オリベイラの部屋からはトラベラーの寝室の一部がまる見えで、虫の知らせかトラベラーが寝室に、おそらくはタリタといっしょに寝ていることがわかっていた。トラベラー夫妻は日中によく眠る習慣だったが、それはサーカスでの疲れのせいというよりは、オリベイラが敬意を表する怠惰の原則によるものだった。午後二時半にトラベラーを起すのはつらかったが、釘を押さえていたオリベイラの指はすでに紫色になり、さんざん叩き潰された血管が内出血を始めて、見るもいやな出来損ないのソーセージみたいな指になっていた。その指を見るうちに彼はますますトラベラーを起す必要を感じた。さらに加えてマテ茶が飲みたくなり、そのマテ茶の葉を切らしていたのだった。つまりあと半杯分しか残っていなかったので、トラベラーかタリタに少し紙に包んで釘をおもりにして窓から投げこんでもらえると有難かった。真直な釘とマテ茶の葉があれば午睡の時刻も我慢できるのだが。

《ぼくの口笛の音、そんなに高かったのかな》とオリベイラは、やや戸惑って考えた。三人の女と使い走りの女の子がひとりいる曖昧屋のある下の階から、誰かが彼の真似をして、煮え立ったマテ茶沸しとも歯っ欠けの口笛ともつかぬ、みじめなコントラ口笛ともいうべき音を出していた。オリベイラは彼の口笛が誰かを感心させ、彼に張合おうという気を起させたことに有頂天になった。彼はそれまで口笛を無闇に吹いたことはなく、大事な取っておきの機会のために大事に取っておいたのだった。毎晩ではなかったが午前一時から五時までということになっていた読書の時間に、すでに彼は、文学において口笛は際立って重要な主題ではないという、いささか面喰うような結論に達していた。作中人物に口笛を吹かせる作家なんてあまりいない。実際ひとりもいないだろう。登場人物はかなり限られた数の表現法を押しつけられている（言う、答える、歌う、わめく、言い淀む、ぶつくさ言う、ほざく、囁く、叫ぶ、熱弁を揮う）が、どんなヒーローもヒロインもその叙事詩のクライマックスに、ガラスの割れるような音色の口笛をほんとうに吹いたりはしなかった。イングランドの地主なら猟犬を呼ぶために口笛を吹いたものだし、ディケンズの登場人物の中には辻馬車を拾うために口笛を吹く者もいた。アルゼンチン文学に関しては口笛を吹いた例はあまりなく、吹いたりしたら恥じ曝《さら》しだった。だからこそ、オリベイラはカンバセレスを読んだことがなかったのに、その作品の表題に《のらくら者の口笛》なんていうのがあるから大作家だと考えるようになっていて、ときどきその続篇を創作して、口笛がアルゼンチンに公然と、また隠然と移入され、口笛の音色のもつ輝かしい撚《よ》り糸でアルゼンチンをぐるぐる巻きに縛りあげ、大使館推奨の宮廷晩餐会用のとは大違いの、ロス・ガインサ・ミートレ・パス日曜ダイジェスト版グラビアの内容とも違う、ましてやボカ・ジュニアーズの人気の浮沈や、野生馬の死肉嗜好的熱狂や、ボエド地区とは似ても似つかぬ、アバラ肉のロースト・アルゼンチンともいうべきしろものを提供して全世界をあっと言わせるさまを空想するのだった。《おまえを産んだ売春婦のやつ》(と釘に向かって)《おれに静かにものを考えさせてさえくれないんだ、畜生め》だがそれはともかく、こういう想像は安直に流れやすいので彼は嫌だった。もっとも、彼は、アルゼンチンの正体をつかむにはその恥の側から立ち向かい、幾多の論客が説明してきたように、一世紀にわたるあらゆる種類の権利侵害によって隠蔽されてきた、顔の赤らむ恥辱を探求する必要がある、そしてそのためには希望どおり本気で受け取られることのあり得ないような形でそれを示すのが最上の得策だと思ってはいたのだが。アルゼンチンの数々の卓越性をむなしくこきおろす道化役者となるだけの元気がいったい誰にあるだろうか?　いったい誰が面と向かってアルゼンチンを笑いとばして赤面させておきながら、いつかまた会ったらこちらを認めて頰笑《ほほえ》みかけてもらえるだろうか?　でもさ、なあおまえ、一日じゅうなんていう痛めつけられようだ。それにしてもこの釘は他の釘ほど抵抗しないぞ、結構従順な態度をとるじゃないか。

《なんてひでえ寒さだ》と、自己暗示の効験を信じているオリベイラは自分に言いきかせた。汗が髪から流れ落ちて目に入り、曲がった釘の曲がり目を上にして支えていることができなかった。それというのも鉄鎚でどんなにそっと叩いても(寒さで)汗ばんだ指が滑って釘が指に食いこみ、指先を(寒さで)紫色に変えてしまうからだった。悪いことに太陽が部屋いっぱいに差しこみはじめ(それは雪に蔽われたステップの上に照る月であり、彼は口笛を吹いて、勢いよく大型馬橇《ばそり》を牽く馬たちをけしかけているのだった)、三時にはどこもかしこも雪に蔽われ、彼はだんだん凍えていって、よくスラヴの物語に描かれたり暗示されてさえいるあの半睡状態に陥ってゆき、彼の肉体は空間に咲く青白い花々の殺人的な白一色の中に埋葬されているかのようだった。これはいい文句だ、空間に咲く青白い花々か。とその瞬間、彼は鉄鎚で親指をしたたかに叩いてしまった。彼の内部に侵入してくる寒さがあまりにも厳しかったので、彼は凍結の硬直と戦うために地面を転げまわらなければならなかった。手を八方に振りまわしてやっとのことで上体を起したとき、彼は頭のてっぺんから足の先までずぶ濡れになっていた。おそらくは溶けた雪のせいで、あるいはあの空間に咲く青白い花々と入り混じって狼の毛皮を生き生きとさせる小糠雨《こぬかあめ》のせいで。

トラベラーはパジャマのズボンの紐をしばりながら、オリベイラが雪やステップと格闘しているのを窓からとくと眺めていた。彼はいまにも振り向いて、タリタに、オリベイラが手を振りまわしながら床の上を転げまわっていると話そうとしたが、事態になにやらただならぬ気配を感じとって、私情を排した冷静な目撃者でありつづけるほうがいいと悟った。

「やっと顔を出したな、こん畜生め」とオリベイラが言った。「もう三十分もきみに口笛を吹いてたんだぞ。この手を見てくれ、潰しちゃったよ」

「ギャバジンの切れを売ってりゃそんなことにはならなかったさ」とトラベラーが言った。

「釘を真直にしようとしてたのさ。真直な釘と、マテ茶の葉が少し欲しいんだ」

「お安いご用さ」とトラベラーが言った。「ちょっと待ってくれ」

「紙に包んで、こっちへ放ってくれないか」

「いいよ」とトラベラーが言った。「しかし考えてみると、台所まで行くの面倒だな」

「どうして?」とオリベイラが言った。「そんなに遠くないだろ」

「遠くはないさ、でも途中に物干綱が張りめぐらしてあって、広げた服だのなんだのが掛かってるんでね」

「下をくぐれば」とオリベイラが仄めかした。「さもなきゃ切るしかないな。濡れたシャツがぼさっと床の舗石を打つのも忘れがたいもんだよ。もしよかったらナイフを放ってやるよ。賭けてもいい、窓に突き立ててやるから。ぼくは子供のころナイフを十メートル先からどこでも好きなところへ突き立てたもんさ」

「おまえの困ったところは」とトラベラーが言った。「どんな問題でも必ず子供時代に逆戻りすることだ。少しユングでも読めって言うのもいいかげん飽きたよ。そんなナイフで子供時代が手に入るのかと思うと、誰だってそのナイフは宇宙ロケットかと言いたくもなるよ。おまえになにか言えば必ずおまえはナイフを抜いて一閃させずにはいないんだから。いったいマテ茶の葉と釘を少しという話とこれはどういう関係があるのか聞かせて欲しいもんだな」

「きみはぼくの論理をきちんと辿っていない」とオリベイラは気を悪くして言った。「最初に指を潰したって言っただろ。それから釘の話をしたはずだ。そうしたらきみは物干綱が張ってあるんで台所に行けないって話を持ちだしたわけで、その物干綱からぼくがナイフを連想したのは理の当然だったのさ。きみはエドガー・ポーを読むべきだよね。物干綱なんて言ったりして、きみの言うことには脈絡がないよ、そこがきみのいけないところだ」

トラベラーは窓にもたれて表の通りを眺めた。小さな影が石畳の上に押し延ばされ、陽の当る物、八方に手を振りまわして文字どおりオリベイラの顔を押し延ばしていた黄金色の錯乱は、二階の高さから始まっていた。

「きみはきょうの午後、太陽にたっぷり弄《もてあそ》ばれたな」とトラベラーが言った。

「太陽じゃないよ」とオリベイラが言った。「きみにもわかってもらいたいね。月なんだよ、それにすごい寒さだ。この手はかじかみすぎて紫色になっちゃった。いまや壊疽《えそ》が始まり、数週間もすればきみはグラジオラスを持ってぼくの死の家までくることになるさ」

「月だって?」と言ってトラベラーは上を見上げた。「ビエイテス石鹸液で濡らしたタオルを持ってってやる必要があるな」

「あそこでなにより有難がられるのは軽いタバコさ」とオリベイラは言った。「きみは不適当なものが多すぎるよ、マヌー」

「おれをマヌーって呼ぶなって何百遍言ったらわかるんだい」

「タリタはきみをマヌーって呼んでるじゃないか」とオリベイラは言って、手を、まるで腕から振り離そうとするかのように振りまわした。

「きみとタリタとの相違点は」とトラベラーは言った。

「はっきりと見分けられる態のものだ。なぜきみが彼女の語彙を拝借しなきゃならないのかわかんないな。おれはやどかり、あらゆる形の共生、苔《こけ》類その他の寄生っていうやつが大嫌いでね」

「きみは文字どおりぼくを悲嘆に暮れさせるような繊細な感性の人だ」とオリベイラが言った。

「それはどうも。マテ茶の葉と釘の話をしてたんだったな。なぜまた釘なんか要るんだい?」

「ぼくにもまだよくわかんないんだ」とオリベイラはまごついて言った。「じつは釘の缶を出してきてみたら全部曲がってたんだよ。それでそいつを真直にし始めたんだが、なにしろこの寒さだろ、ねえ……ぼくの印象ではちゃんと真直な釘があればその釘を必要とする理由もわかるんだけど」

「おもしろい」とトラベラーは言って、オリベイラをじっと見据えた。「きみはときどき妙なことを思いつくな。初めは釘、つぎに釘の目的だ。さぞかしたっぷりと講釈があるんだろうな」

「きみはいつもぼくの気持を理解してくれるんだね」とオリベイラが言った。「それでマテ茶の葉だけど、ご想像どおり、うんと苦いのをいれたいもんだから」

「ああ、いいよ」とトラベラーが言った。「待っててくれ。もしうんと手間取るようだったら口笛を吹いてもいいよ。タリタはきみの口笛が気にいってるんだ」

　オリベイラは手を振って洗面所に入り、顔と髪に水をかけた。そのまま下着がびしょ濡れになるまで水をかけつづけてから窓の方に行き、はたして濡れた着衣に陽が当ると激しい悪寒に襲われるという説が当っているかどうか確かめてみようとした。《どうせ死ぬなら新聞の第一面に**ピサの斜塔倒る！**　なんていう記事の見出しを見ないで死にたいよ。そんなの見たら悲しいだろうな》とオリベイラはひとりごとを言った。

　彼はいろいろな見出しを組合せるという、暇つぶしにいつもやる遊びを始めた。SE LE ENREDA LA LANA DEL TEJIDO Y PERECE ASFIXIADA EN LANÚS OESTE.（織物の毛が彼にからんで西ラヌスで窒息して死ぬ）この調子でなにか意味のある表現にぶつかるまで二百もの無意味な組合せをつくることができるほどだった。

「そろそろ引越をしなくちゃ」とオリベイラはつぶやいた。「この部屋はひどく狭いし。ぼくは実際マヌーのサーカスに入って彼らといっしょに暮さなくちゃ。お茶っ葉！」

　返事はなかった。

「お茶っ葉」と静かにオリベイラは言った。「お茶っ葉だよ。そんなことよせよ、マヌー。ぼくらは窓と窓とでおしゃべりできないかなあ、きみとタリタと、それにもしかしたらグトゥッソのおかみさんか小間使いの少女を加えて、言葉の墓場ごっこかなにかして遊ぼうよ」

《結局のところ》とオリベイラは考えた、《墓場ごっこはぼくひとりでもできる遊びだな》
　彼はスペイン王立学士院（Real Academia Española）の辞典を探しに行った。その背表紙には《王立》Realという文字が剃刀の刃で無残に刻みつけられたように刻印されていた。

　彼はその辞書の任意のページを開いて、マヌーのために次のような墓場遊びを準備した。《cliente（顧客）とその cleonasmos（小ばかにした態度）にうんざりして、彼らは彼（女）の clíbano（懐炉）と clípeo（古代円楯）とを引っこ抜き、彼（女）に clica（ハマグリ）を飲みこませた。それから、cloaca（下水溝）の中で彼（女）に clistel clínico（臨床医学的洗腸薬）を施した。もっとも、clinopodio（くるまばな）を混じた水の非常に clivoso（傾斜した）登り坂を通って彼（女）が clisos（両の目）を clerizón clorótico（萎黄病の小坊主）のようにくるくる回しながら、こっこっと鶏鳴した（clocaba）が》

「すげえや」とオリベイラは我ながら感心したように言った。そしてたぶんそのすげえや（joder）を出発点としてゲームを始めることができるだろうと思ったのだったが、そんな言葉はこの言葉の墓場には姿を現わさないことを発見してがっかりした。そのかわり、jonuco（仄暗い部屋）の中で二人の jobs（不屈の人）が jonjobando（へつらいながら）しきりに joparse（奔走）したがっていた。悪いことに jorbín（不詳）がそいつらの jomado（背中をひん曲げて）、変な病気にかかった jocós（狒々《ひひ》ども）みたいに jitándolos（吐き出して）いた。

　《いやまったく大共同墓地だ》と彼は考えた。《こんなつまらんものに製本の価値があるなんて考えられない》

　彼は新たに言葉遊びを書きつけはじめたが、うまく行かなかった。そこで典型的な対話篇を試みることに決めて、地下鉄やカフェや居酒屋で着想してあとで書きとめておいたノートを調べてみた。すると、ほとんど出来上がりかけている二人のスペイン人による典型的な対話があったので、それにもう少し手を加えてみた。もっともその前に、下着に水差しの水をぶっかけることを忘れなかったが。

スペイン人同士の典型的対話

ロペス「わしはまる一年間マドリードに住んだことがある。あんたも知ってのとおり、あれは一九二五年のことだった、そして……」
ペレス「マドリードにかい？　ところでまさにきのう、わしはガルシーア先生に言ったんだがね……」

ロペス「一九二五年から一九二六年にかけてさ、わしは大学の文学の教授だったんだ」
ペレス「わしはこう言ったんだ、《おやまあ、マドリードに住んだことのある人なら誰でもそのことは知ってますがね》って」
ロペス「わしのために特別に講座が設けられたもんで、わしが文学の講義をすることができるようになったってわけさ」
ペレス「まったくそのとおり。ところでついきのうわしはガルシーア先生に言ったんだがね、先生はわしの親友だが……」
ロペス「もちろん、あそこで一年以上暮したからといって、研究の水準はとても満足のいくものではないけどね」
ペレス「貿易相をつとめ、牛を育てたパコ・ガルシーアの息子さ」
ロペス「恥辱だよ、確かに、ほんとうの恥辱だよ」
ペレス「そうさ、きみ、言うまでもないことだよ。ところでそのガルシーア先生だけどね……」
オリベイラはすでにその対話にいささか退屈して、ノートを閉じた。《シバよ》と唐突にオリベイラは連想した。《おお、宇宙的踊り子、無限大のブロンズよ、天《あめ》が下、なんとあなたは耀《かがや》くことか、どうしてシバなんか思いついたのかな？　ブエノス・アレイス（美わしき大気）。われ生きてあり。じつに稀有《けう》なるさま。結局最後には百科事典を手に取るんだ。夏はおまえになんの役に立つのか、おお小夜啼鳥《さよなきどり》よ。もちろんばったの行動の研究を専門にして五年間も過ごすなんてもっとひどいさ。でも、この信じがたい分類表を見てみたまえ、きみ、ちょっとこれを見てみたまえ……》
それは黄ばんだ紙きれで、どことなく国際的な性格の文書から切り取られたものであった。ユネスコとかなにかそういったところの出版物らしく、ビルマの内閣の名簿らしき名前が記載されていた。オリベイラはそのリストに興味をそそられて行き、鉛筆をとりだして次のようなノンセンス詩を書きつけたいという誘惑に抗し切れなかった。

U Nu,
U Tin,
Mya Bu,
Thado Thiri Thudama U E Maung,

Sithu U Cho,
Wunna Kyaw Htin U Khin Zaw,
Wunna Kyaw Htin U Thein Han,
Wunna Kyaw Htin U Myo Min,
Thiri Pyanchi U Thant,
Thado Maha Thray Sithu U Chan Htoon.

《Wunna Kyaw Htin が三つもあるのはちょっと単調だな》と、できあがった詩句を眺めながら彼はひとりごとを言った。《意味はたしか『徳望いや高き閣下』とかなんかそんなのだったはずだ。ほら、この Thiri Pyanchi U Thant ってところはじつにいい。いちばん音のいい個所だ。Htoon てのはなんて発音するのかな？》

「やあ」とトラベラーが言った。

「やあ」とオリベイラが言った。「ずいぶん寒いねえ」

「待たせてすまなかった。なにしろ釘が……」

「そりゃそうさ」とオリベイラが言った。「なにしろ釘が釘だから。とくに真直なやつだったら。包んでくれたかい？」

「いや」とトラベラーは言って、乳首を掻いた。「なんてひでえ日だ、まるで釜《かま》の中にいるみたいじゃないか」

「見ろよ」と言ってオリベイラはすっかり乾いた下着に手を触れた。「きみはまるで火蜥蜴《とかげ》みたいに、永遠の放火狂の世界の住人だ。マテ茶の葉は持ってきてくれた？」

「いや」とトラベラーが言った。「お茶っ葉のことはすっかり忘れてたよ。釘しか持ってこなかった」

「それじゃ、取りに戻って、包みにしてぼくに放ってくれよ」

トラベラーは自分の部屋の窓を見やり、それから通りを、最後にオリベイラの窓を見やった。

「むつかしそうだな」と彼は言った。「知ってのとおり、おれは投げるのが下手でね、たとえ二メートルでも当らないんだ。サーカスでも、しょっちゅうへまをやって冷やかされるんだ」

「しかしぼくに手渡すのとそう変らないぜ」とオリベイラが言った。

「おい、おい、そう言うけど、釘なんか投げて誰か下の通行人の頭にあたったりしたら面倒なことになるぜ」

「包みをぼくに放ってくれよ。それから墓場ごっこしないか」とオリベイラが言った。

「きみが取りにきてくれたほうがいいんだが」

「気でも狂ったのかい？　四階から降りて、この凍てつく寒気の中を通りを渡って、さらにまた四階まで上がるなんて、アンクル・トムのキャビンでもやらないことだぜ」

「きみはまさかこのおれにその夕暮れのアンデス登山を実行させるつもりじゃないだろうな」

「そんなつもりは毛頭ないよ」とオリベイラは潔癖らしく言った。

「あるいは物置へ行って橋を架けるための板でも探してこいって言うつもりでもあるまい」

「そいつは妙案だ」とオリベイラが言った。「悪くないな、それに釘を使うこともできるじゃないか、きみはそっち側で、ぼくはこっち側で」

「いいよ、待っててくれ」とトラベラーは言って姿を消した。

オリベイラは初めて訪れたトラベラーをへこますこのチャンスにどうやって不意打ちをくらわしてやろうかと思案していた。墓場を引いたり、下着に水差しの水をぶっかけたりしたあとで、彼は陽の当る窓辺に倚りかかった。トラベラーは間もなく長い板を引きずってきて、それを少しずつ窓から押し出した。ちょうどそのときオリベイラはタリタも板を支えているのを認めて、口笛で彼女に挨拶した。タリタは緑色の湯上り着を着ていたが、それがあまりにも肌にぴったりだったので、その下は全裸であることが一目瞭然《りようぜん》だった。

「きみも厄介なやつだな」とトラベラーは息まいた。「なんて面倒なことにおれたちを巻きこむんだ」

オリベイラは好機到来とばかりに一気にまくしたてた。

「黙ってろ、百足《むかで》野郎め、体長10乃至12センチの胴を分かつ21の環節のおのおのに一対の足をもち、四つの目と、角みたいな鉤型の吻《くちばし》をして、噛みつくと速効性のある猛毒を出すくせに」

「吻だってさ」とトラベラーが論評した。「やつの吐《ぬ》かす言葉をよく聴けよ。おおい、もしおれがこのまま板を窓から出しつづけたら、いまに重力でタリタもおれも地獄堕ちってことになるぞ」

「そんなことはわかってる」とオリベイラが応じた。

「しかし考えてみろ、板の先はまだまだ遠くてぼくには届かないよ」

「おまえの吻をもう少し伸ばしたらどうだ」とトラベラーが言った。

「そんなことできるかい。それに、ぼくが空間恐怖症《オロル・ヴアキユイ》だってことをよく知ってるくせに。ぼくは素姓卑しからぬ考える葦なんだぞ」

「おれの知ってるおまえはパラグアイ産の葦ってことだけさ」とトラベラーが憤然として言った。「おれはほんとにどうしたらいいかわからないんだ、この板はすごく重くなってきたし、そりゃあ重さってものは相対的なもんだろうけど。これを持ち出してきたときはじつに軽かったし、もちろん今みたいに太陽も照りつけていなかったからな」

「もう一度そいつを部屋の中に引き戻せよ」とオリベイラは言って溜息をついた。「それじゃこうしよう。ぼくも別の板を持ってくる。そっちのほど長くはないが逆にもっと幅の広いやつをだ。そいつを環をつくったロープに通して、二枚の板を真中で縛って繋ぐんだ。こっちの板はぼくがベッドに縛りつけるから、そっちはきみがきみのいいようにしてくれ」

「わたしたちの方は箪笥の抽出しに挟んで固定するのが一番いいわ」とタリタが言った。「そっちがベッドを引っ張り出してる間に、わたしたちはわたしたちで準備するわ」

《なんて面倒なやつらだ》と考えながら、オリベイラは、玄関の自分の部屋とトルコ人の潜りの医者の部屋との間に立てかけてあった板切れを取りに行った。それは西洋杉の板で、よく鉋《かんな》がかけてあったが二つ三つ節穴が開いていた。オリベイラはその穴の一つに指を突っこんで反対側に指が出るかどうか確かめ、穴にロープを通せるだろうかと訝《いぶか》しんだ。玄関はほとんど真暗で(といっても陽当りの彼の部屋と蔭の部分との差異のせいだったが)、トルコ人の戸口のそばに椅子がひとつあって、そこに黒い服を着た婦人がひとり座っているのが暗闇に浮かびあがって見分けられた。オリベイラは、真直に立てて、巨大な(そして無益な)盾のように支え持っていた板のかげから彼女に会釈した。

「こんにちは」と黒衣の婦人が言った。「暑いわね」

「とんでもない、奥さん」とオリベイラは言った。「むしろ恐ろしい寒さですよ」

「変なこと言わないで、あなた」と婦人は言った。「病人をからかうもんじゃないわ」

「でもあなたはどこも悪くないんじゃありませんか、奥さん」

「どこも? なんてずうずうしい!」

《これが現実というものさ》とオリベイラは板を支え持ち、黒衣の婦人を眺めながら考えた。《これをぼくは一

瞬一瞬、現実として受けいれる、しかしそんなはずはない、そんなはずはないのだ》

「そんなはずはないでしょう」とオリベイラは言った。

「あっちへ行って、ずうずうしい人」と婦人は言った。

「恥を知るべきよ、こんな真昼間に下着姿で出てくるなんて」

「モスリンですよ、奥さん」とオリベイラは言った。

「ぞっとするわ」と婦人は言った。

《これが現実というものなんだな》とオリベイラは板を撫で、それに倚《よ》りかかりながら考えた。《五千年、六千年の間、手と、想像力と、妥協と、協約と、秘めたる放縦とによって整頓され、照明されてきたこの飾り窓が》

「初老の人だなんて嘘みたい」と黒衣の婦人が言っていた。

《自分が中心だと仮定する》とオリベイラは板にさらに楽な姿勢で倚りかかりながら考えた。《しかしそれは測り知れぬほど愚かなことだ。神の遍在性を仮定することが虚妄であるのと同じように虚妄の中心。中心などというものはない、あるのは一種の不断の合流点、物質の波動だ。一晩中ぼくは一個の不動の肉体にすぎなかったが、この都会の向う側ではロール・ペーパーが朝刊に変わりつつあって、八時四十分になるとぼくは家を出、八時二十分には新聞が街角の売店《キオスク》に届いているだろうから八時四十五分にはぼくの手と新聞とが一体となって地上一メートルの高さの空中を、電車通りのほうへ、いっしょに動きはじめるだろう……》

「ドン・ブンチェは別の患者の診察がまだ終らないの」と黒衣の婦人が言った。

オリベイラは板を持ちあげて自分の部屋へ運びこんだ。トラベラーが彼に急いでくれと合図をしていたので、落ち着かせるために甲高い口笛を二度吹いて応答してやった。ロープは衣裳簞笥の上だったので、彼は椅子を近寄せてその上にあがらなければならなかった。

「少し急いでくれないか」とトラベラーが言った。

「もう済んだよ、もう済んだよ」とオリベイラは言って、窓辺に姿をのぞかせた。「そっちの板はちゃんと固定したんだろうね？」

「簞笥の抽出しにかっちり塡《は》め込んで、タリタがその上にキリエ独習百科事典をのっけたよ」

「よかろう」とオリベイラは言った。「ぼくはこっちの板に〈国立教育心理学会〉の年報を載っけるよ、どういうわけかゲクレプテン宛てに送られてきてるやつさ」

「おれにわからないのは、どうやって二枚の板を嵌め接ぎするのかってことだ」と言いながらトラベラーが簞笥を移動させはじめると、板が徐々に窓から張り出してきた。

「あなたたちまるで城壁を突き崩す衝角で武装したアッシリア軍の二人の隊長みたいね」と、思わぬところで役に立った百科事典の所有者であるタリタが言った。「あなたが言ったその本はドイツのものなの？」

「スウェーデンのさ、無知な女だなあ」とオリベイラは言った。「たとえば *Mentalhygieniska synpunkter i förskoleundervisning*（初等学校教育における精神衛生的観点）といったような問題を扱っているのさ。立派な言葉じゃないか、アルゼンチン文学でよく言及されるアイスランドのあの若きスノッリ・スツットルソンにふさわしいよ。霊験ある鷹《たか》の勇姿を彫《ほ》りこんだ正真正銘の青銅の胸当て」

「ノルウェーの烈しき旋風よ」とトラベラーが諳誦した。

「きみはほんとに教養人なのかい、それともただそう思わせてるだけなのかい？」とオリベイラがちょっと感嘆して尋ねた。

「サーカスにおれの時間を取られないとは言わないが、ぶち毛のひたいの白い斑点ほどのちょっとした時間くらいはいつだってあるさ。この白い斑点《エストレリャ》という言葉は、おれがサーカスの話をするとつい口から出てくるもので、汚れなき汚点とでもいったような意味なんだ。その言葉どこで見つけたんだっけ？　おまえ憶えてないかい、タリタ？」

「いいえ」とタリタは言いながら、板の強度を調べていた。「おそらくプエルトリコの小説かなんかじゃなくて」

「困ったことに、深層意識ではそれをどこで読んだかおれにはわかってるってことよ」

「なにか古典じゃないの？」とオリベイラが仄めかした。

「どんなものだったかもう憶えちゃいないが、忘れがたい本だったな」とトラベラーが言った。

「そうらしいな」とオリベイラが言った。

「わたしたちのほうの板は完了したわ」とタリタが言った。「でも、どうやってあなたのと嵌め接ぎしたらいいのかしら」

　オリベイラはロープの縺《もつ》れを解き終り、それを二つに切って、一方で板をベッドのマットに縛りつけた。その板の先端を窓の縁にのっけておいて、彼はベッドを移動させた。そのため板は支点にのせた槓桿《こうかん》のようになって、徐々に先端が下がってついにトラベラーの板の上に重なり、一方、ベッドの脚が五十センチばかり浮き上がってしまった。《まずいことに誰かがこの橋を渡ろうとすればこいつはますます高く浮き上がるぞ》とオリベイラは心配になって考えた。そこで衣裳簞笥に近づいて、それをベッドのほうへ押しはじめた。

「まだ重しが足りないの？」とタリタが尋ねた。彼女は窓の縁に腰かけて、オリベイラの部屋のほうを眺めていた。

「念には念を入れたほうがいいよ、予測され得る事故を避けるためにはね」とオリベイラが言った。

衣裳簞笥をベッドのそばまで押してくると、彼はそれを少しずつ倒した。タリタはトラベラーの狡智《こうち》と創意に感心するのと同じほどオリベイラの力に感心した。《二人ともほんとに彫歯獣《グリプトドン》だわ》と彼女は涙ぐんで心中に思っていた。大洪水以前の太古の時代は、いつでも彼女にとっては知恵の隠れ家のように思われていたのだった。

衣裳簞笥は傾くにつれて速度を増し、ついに烈しい勢いでベッドの上に倒れて、階全体を揺るがした。階下のあちこちで叫び声があがり、オリベイラは隣のトルコ人もいっしょになってなにやら物凄いシャーマン的大圧力を加えたのかと思った。衣裳簞笥の位置を直し終えると彼は板に馬乗りになった。もちろん窓の内側にであったが。

「さてこれでどんな重みにも耐えるだろう」と彼は断言した。「われらをこよなく愛する階下の小娘どもを悲嘆に暮れさすような悲劇は起るまい。彼女らにとってこんなことは、誰かが道路に落っこちて胸が痛まないかぎり、なんの意味もないわけだが。それが人生ってものさ」

「板と板をロープで縛るのはきみじゃないのかい？」とトラベラーが尋ねた。

「いいかい」とオリベイラが言った。「ぼくが高い所に登ると目が眩んで金縛りになることはきみもよく知ってるじゃないか。エベレストの名を聞いただけで、ぼくは下腹部を一発蹴上げられたみたいになるんだ。ぼくの毛嫌いする人間は多いが、シェルパのテンジンほど嫌いなやつはいないね、ほんとだよ」

「つまり、おれたち夫婦が板を縛り合せなきゃならんていうわけか」とトラベラーが言った。

「そういうこと」とオリベイラは同意して、タバコに火をつけた。

「おまえわかったかい」とトラベラーはタリタに言った。

「橋の真中まで這って行ってロープを縛ってこいよ」

「わたしが？」とタリタが言った。

「そうだ、そう言っただろ」

「オリベイラはわたしが橋の真中まで這って行かなきゃならないなんて言ってないわ」

「そうは言わなかったが演繹すればそうなるさ。それは別としても、おまえがマテ茶の葉を彼に届けたほうがさまになるよ」

「わたしロープの縛り方を知らないわ」とタリタが言った。「オリベイラとあなたなら結び方を知ってるけど、わたしのはじきにほどけるわよ。そもそも縛ることさえできないし」

「わしらが教えてやるから」とトラベラーが下手に出た。

タリタは湯上り着の襟元を掻きあわせて、垂れ下がっていた糸を指で引きちぎった。彼女は溜息をつく必要を感じたが、トラベラーが溜息をひどく嫌がることを知っていた。

「あなたほんとにわたしがマテ茶の葉をオリベイラに持って行くことをお望みなの？」と彼女は声を抑えて言った。

「なんの話をしてるんだい？」とオリベイラが窓から半身を乗り出し、彼の板に両手をかけながら言った。小間使い女が歩道に椅子を持ち出して彼らを見ていた。オリベイラは彼女に手を振って挨拶した。《時間と空間の二重の破砕だ》と彼は考えた。《可哀そうにあの娘はきっとぼくらが気が変になったと思って、正常な状態へのめくるめく復帰を心待ちにしているのだろう。もし誰かが転落したら血が彼女にも飛び散るだろうな、それは間違いない。だのに彼女は血が彼女にも飛び散るだろうことを知らず、あんなところに椅子を引っ張り出したために血が彼女にも飛び散るだろうことを知らず、つい十分前に台所の食器室で tedium vitae（生の倦怠）の危機に見舞われて、ただちょっと椅子を歩道に移動させたくなっただけだということを知らない。しかも彼女が二時二十五分に飲んだコップ一杯の水は生ぬるくて、暮れ方の気分の中心たる胃の腑になじまず、それがきっかけとなってあの生の倦怠に襲われたわけだが、フィリップスのマグネシア剤三錠あれば生の倦怠ごときの首など完全にちょん切れたはずなのにそんな錠剤の存在を彼女は知るべくもなかったのだ。解き放たれた、あるいは首をちょん切られたようなものなど、こんな空疎な用語を使ってよければ、ある天体の平面においてしか認識され得ないも

のなのに》

「なんの話もしてないよ」とトラベラーが言っていた。

「きみ、ロープの用意はいいんだろ」

「もう済んだよ、立派なロープだ。さあ、タリタ、ぼくがここからロープをきみに手渡してやるよ」

タリタは板に馬乗りに跨《またが》り、両手を板の上に置いて尻を浮かせると少し前に尻を移して五センチほど前進した。

「この湯上り着はとっても不便だわ」と彼女は言った。

「あなたのズボンかなんかのほうがいいみたい」

「わざわざ穿《は》くほどのことはないさ」とトラベラーが言った。「おまえが落っこちたら、おれの服が台無しになっちまう」

「急ぐことはないよ」とオリベイラが言った。「もう少し進んだらきみにロープを抛ってやる」

「この道路、なんて広いんでしょう」とタリタは下を見て言った。「窓から眺めてたときよりずっと広いわ」

「窓は都会の目だ」とトラベラーが言った。「そして当然ながら窓はそれが眺めるものすべての形を歪《ゆが》めている。いまやおまえはたいへん純粋な地点にいるわけで、おそらく自分が目を持つことすら自覚していない鳩か馬のように事物を見ているのだ」

「観念はN《エヌ》・R《エル》・F《エフ》にまかせて、板をしっかり押さえていろよ」とオリベイラが忠告した。

「きみが先に言いたかったことを誰かが言うと熱《いき》り立つのは、いかにもきみらしいな。ものを考えたり喋ったりしながらでも、おれはちゃんと板を押さえてることぐらいできるよ」

「もうそろそろ中心に近づいたはずだわ」とタリタが言った。

「中心に？　まだやっと窓の外へ出たばかりじゃないか。少なくともあと二メートルは前進する必要がある」

「そんなにはないだろう」とオリベイラが彼女を励ますように言った。「さあもうじきロープを抛ってやるよ」

「板が下に撓《たわ》んでるみたいだわ」とタリタが言った。

「全然撓んでなんかいないぜ」とトラベラーが言った。彼は板に馬乗りになっていた、といっても室内側でのことであるが。「ほんのちょっと揺れてるだけさ」

「しかも先端はぼくのほうの板の上に重なってるんだから」とオリベイラが言った。「二枚が同時に折れるなんてあり得べからざることだよ」

「そうね、でもわたし五十六キロあるのよ」とタリタが言った。「それで中心に達したら少なくとも二百キロの重みがかかることになるわ。板がだんだん下がって行くみたい」

「もし下がってれば、おれの足が宙に浮くさ」とトラベラーが言った。「ところがどっこいまだ床に足をついたままさ。ただひとつだけ起る可能性のあることは板が二枚とも折れてしまうことだが、そんなことはまずあるまい」

「繊維ってやつは縦の方向には非常に強いものなんだ」とオリベイラが調子を合わせて言った。「藺草《いぐさ》も束って譬話があるよね、ほかにも例はいろいろあるだろう。マテ茶の葉と釘は持ってきたんだろうね」

「ポケットに入ってるわ」とタリタは言った。「ロープを一気に抛ってね。わたし恐くて震えてるのよ」

「寒いんだよ」とオリベイラは、牧童《ガウチョ》のようにロープをぐるぐると振りまわしながら言った。「気をつけて、バランスを崩さないように。いっそきみを投げ縄で捕えてしまえば確実にきみはロープを摑むことができるわけだね。《妙なもんだ》と彼は投げたロープが彼女の首にかかるのを見ながら考えた。《人間ほんとうにそうしたいと思えば、万事きちんと収まるべきところに収まるんだから。これで唯一つまずいのは分析というやつだ》

「その位置でいい」とトラベラーが大声で言った。「板と板を縛りあわせられるような姿勢をとるんだ、板同士はまだちょっと離れているぞ」

「きみもよく見ておけよ、ぼくが彼女を投げ縄で捕えていることを」とオリベイラが言った。「どうだい、マヌー、これできみは否定するわけに行かないだろう、ぼくはサーカスできみたちといっしょに働くことができるってことを」

「わたしの顔に傷をつけたわね」とタリタが文句を言った。「刺《とげ》だらけのロープだわ」

「ぼくがソンブレロをかぶり、口笛吹き吹き登場して、なんでも手当り次第に投げ縄で捕えるっていうのはどう」とオリベイラが熱心に言い出した。「桟敷はやんやの喝采、サーカス史上稀に見る大成功さ」

「陽が当っておまえ日射病になるぞ」とトラベラーは言いながらタバコに火をつけた。「それにおれのことをマヌーなんて呼ぶなって言ったはずだ」

「わたしには力がないわ」とタリタが言った。「このロープは荒いし、ロープ同士が嚙み合って結べないのよ」

「ロープの愛憎並立《アンビバレンス》ってわけか」とオリベイラが言った。

「その本来の機能が中立化への不可解な傾向によって故意に妨害されている。それこそエントロピーと呼ばれているものだと思うけど」

「もう充分きついわ」とタリタが言った。「もう一巻きしようかしら？　まだ先っちょに少し下がってるから」

「そうだな、そいつをきつく巻きなよ」とトラベラーが言った。「余ってぶら下がってるのはおれの性に合わない。そういうのは我慢ならないんだ」

「完全主義者だな」とオリベイラが言った。「さあ、こっちの板に移って橋の強さを験してごらんよ」

「怖いわ」とタリタが言った。「あなたの板はわたしたちの板ほどしっかりしていないみたい」

「なんだって？」とオリベイラは気色ばんで言った。「こいつがれっきとした西洋杉の板だってことがわからないのかい？　そっちのつまらない松材なんかの比じゃないよ。さあ安心してぼくの板のほうへ移ってごらん」

「あんたどう思う、マヌー？」とタリタが振り向いて尋ねた。

トラベラーは返事をしようとして、二枚の板が接触し、ロープで頼りなげに縛ってある個所に目をとめた。彼は板上に馬乗りになっていたので、股間《こかん》で板が愉快とも不快ともつかぬ具合に震動するのを感じた。タリタがやるべきことは、両手に重心をかけて軽くはずみをつけ、オリベイラの板の領分に入りさえすればよかった。もちろん橋は重みに耐えるだろう。それはとてもしっかり作られていた。

「ちょっと待った」とトラベラーが疑わしそうに言った。「そこから紙包みを彼に渡せないかい？」

「できっこないじゃないか」とオリベイラが驚いて言った。「なんのつもりだい？　きみは何事もだめにするんだなあ」

「おっしゃるとおりここからじゃ手渡せないわ」とタリタも認めた。「でも投げることならできるわ、ここからなら造作ないことよ」

「投げる？」とオリベイラが憤然として言った。「さんざん苦労したあげく包みを投げてよこすなんて」

「きみが腕を伸ばせば包みまで四十センチと離れていないんだぜ」とトラベラーが言った。「タリタがわざわざそこまで行く必要はないじゃないか。きみに包みを投げればそれで済むことだ」

「投げ損ねるよ、女っていつでもそうだから」とオリベイラが言った。「そうすりゃお茶の葉が舗石の上に散っちゃうだろう、釘のことは言わずとしても」

「安心なさいよ」とタリタは言って急いで包みを取り出した。「たとえあなたの手に落ちなくても、窓から室内には入るわ」

「そうだろうさ、そして汚い床の上にばら撒《ま》かれて、ぼくは綿ごみだらけのぞっとするようなマテ茶を飲まされることだろうよ」とオリベイラが言った。

「彼の文句を聞く必要はないよ」とトラベラーが言った。「包みを投げて、すぐ戻ってきなさい」

タリタは振り返って、彼が本気でそう言っているのかどうか疑わしそうに彼を見た。トラベラーは彼女のよく知っている目つきで彼女を見つめていた。タリタは肩のあたりを舐《な》めるように視線の愛撫が這いずりまわるのを感じた。彼女は包みを掴んで距離を目測した。

オリベイラはすでに腕を下ろして、タリタがなにをしようとすまいと無関心のように見えた。タリタを通り越して彼はじっとトラベラーのほうを見つめ、トラベラーもじっと彼のほうを見つめていた。《この二人は別の橋をお互いの間に架けているわ》とタリタは考えた。《わたしが道路に落ちたって気がつかないんじゃないかしら》下の舗石が見え、小間使い女がぽかんと口を開いて彼女のほうを見上げているのが見えた。二丁ほど向うからこちらへ通りをやってくる女はゲクレプテンに違いない。タリタは包みを橋の上に置いて待った。

「それ見ろ」とオリベイラが言った。「いつだってそうだ、誰がなんと言おうと、きみは変らないんだから。なにごとにおいてもぎりぎりのところまできて、きみもやっとわかってくれたかと思うと、さにあらず、きみはまたぞろ引っ繰り返してレッテルを読みはじめる始末さ。きみって人は趣意書から一歩も出ようとしないんだな」

「それがどうした?」とトラベラーが言った。「どうしておれがおまえとゲームをしなきゃならないんだい?」

「ゲームってものは自ら進行するものさ。きみは車輪にブレーキをかけるために小さな棒を突きたてるようなやつだ」

「それはおまえが作った車輪だよ、もしそういう譬えを続けるなら」

「そうは思わない」とオリベイラは言った。「ぼくはただ状況づくりをしただけさ、もののわかる人ならそう言うよ。ゲームは真面目にやってもらいたいな」

「敗者の弁だよ、そりゃ」

「第三者が骰子《さい》を振れば簡単に負けるさ」

「たいしたやつだぜ」とトラベラーが言った。「生一本のガウチョだ」

タリタは彼らがなにやら彼女のことを話題にしていることがわかっていたので、下であんぐり口を開いて椅子に腰かけてじっとしている小間使い女を見つづけていた。《あの人たちの議論を聞かなくてすむならなんでもくれてやりたいくらいだわ》とタリタは考えた。《なんの話をしても、結局いつもわたしのことなんだから。でもそうでもないか、もっともたいていそうだけど》彼女はふと、小間使い女の口の中に落ちるように包みを落したら面白いだろうなと思いついた。しかし面白がってもいられなかった。なにしろ自分の上にもう一つ別の橋が架かっているのを感じていたのだから、往来する言葉、笑い、熱い沈黙の橋が。

《まるで裁判みたい》とタリタは考えた。《まるで儀式みたい》

彼女はゲクレプテンが隣の角まできて上を見上げているのを認めた。《誰がきみを裁いている？》とオリベイラが言い終ったところだった。しかし裁かれているのはトラベラーではなく彼女だった。ある感情、項《うなじ》や脚にあたる太陽のようにべたつくもの。彼女は日射病に襲われそうで、おそらくはそれが判決なのだろう。《きみがおれを裁く立場にあるとは思わないぞ》とマヌーが言っていた。だが裁かれているのはマヌーではなく彼女のほうだった。あるいは、彼女を介して、得体の知れないなにものかだった。一方、ゲクレプテンのばかは左腕を振り、タリタに向かって、たとえて言えば、日射病に襲われて、訴訟もなしに刑の宣告を受け、いまにも路上に倒れんばかりの人のような身振りをしていた。

「なんでそんなに揺するんだい？」とトラベラーが言って板を両手で抑えつけた。「おい、ちょっと揺す振りすぎだよ。気をつけないとみんな地獄堕ちだぞ」

「わたし揺すってなんかいないわ」とタリタが惨めな声で言った。「わたしはただ包みを抛って、もう一度うちへ帰りたいだけよ」

「太陽がおまえの頭にまともに照りつけているよ、可哀そうに」とトラベラーが言った。「ほんとにこれは無茶だよ、なあ」

「悪いのはきみのほうさ」とオリベイラが憤慨して言った。「きみみたいにどえらい騒ぎを引き起すやつはアルゼンチンじゅう探しても誰もいないぜ」

「あくまでもおれに逆らうんだな」とトラベラーは客観

的な口吻で言った。「急ぎなさい、タリタ。その包みをやつの面《つら》に叩きつけてやれ、そうすりゃ二度とふたたびわしらにしつこく絡むこともなくなるさ」

「もう手遅れよ」とタリタが言った。「窓からうまく投げ入れる自信はもうないわ」

「だから言わんこっちゃない」とオリベイラは呟いた。彼が呟くことは稀で、あるとすればなにか無茶なことを眼前にしたときだけだった。「あそこにゲクレプテンが包みをいっぱい抱えてやってくる。まずいときに邪魔が入ったものだ」

「とにかくお茶っ葉をやつに抛ってやれよ」とトラベラーは苛々《いらいら》して言った。「外れたっておまえが気に病むことはない」

　タリタが頭を下げると、髪が流れるように額から口まで垂れ下がった。汗が目に入るので彼女は絶えず瞬いていなければならなかった。舌が塩辛く、なにやら火の粉か小さな星のようなものが、流星のように歯茎や口蓋に衝突するような感じがした。

「待ちな」とトラベラーが言った。

「ぼくに言ってるのかい？」とオリベイラが尋ねた。

「そうじゃない。タリタ、待ちなさい。しっかり掴まってるんだ、いまソンブレロを渡してやるから」

「板から降りちゃ駄目よ」とタリタが哀願した。「わたし道路に落っこちちゃうわ」

「百科事典と箪笥がちゃんと安全に支えてるよ。おまえこそ動いちゃいかん、すぐ戻るからな」

　二枚の板が少し下がって、タリタは必死にしがみついた。オリベイラはトラベラーを引き留めようとするかのように力の限り強く口笛を吹いたが、すでに窓辺からは人影が消えていた。

「なんて畜生だ」とオリベイラは言った。「きみは動いちゃいけない、息すら止めるんだ。生きるか死ぬかの瀬戸際だよ、冗談じゃない」

「わかってるわ」とタリタは蚊の鳴くような声で言った。

「いつだってそうだったわ」

「おまけにゲクレプテンが階段を上がってくるぞ。うんざりだな、まったく。動いちゃ駄目だよ」

「動くもんですか」とタリタが言った。「でも、どうやら……」

「そうさ、でも駄目だ」とオリベイラが言った。「きみは動かないでいること、それがきみにできる唯一のことだ」

《あの人たち、すでにわたしに判決を下してしまったんだわ》とタリタは考えた。《いまとなってはわたしは落ちるしかなく、あの人たちはサーカスを、人生を、続けてやって行くのね》

「なぜ泣いてるの?」とオリベイラが興味深そうに尋ねた。

「わたし泣いてなんかいないわ」とタリタが言った。「ただ汗をかいてるだけよ」

「いいかい、ぼくは無知かもしれないが、涙と汗とを取り違えたことは未だかつてなかったよ」とオリベイラが憤然として言った。「涙と汗とはまったく別のものだ」

「わたし泣いてなんかいないわ」とタリタが言った。「泣くことなんてほとんどないわよ、誓ってもいい。ゲクレプテンみたいな人なら泣くでしょうけど。彼女、いま包みをいっぱい抱えて階段を上がってきたわ。わたしは死ぬときに鳴く白鳥みたいなのよ」とタリタが言った。「カルロス・ガルデルのレコードにあったでしょ」

オリベイラはタバコに火をつけた。二枚の板はふたたび釣り合って揺れなくなっていた。彼は満足そうにタバコを吸いこんだ。

「いいかい、マヌーのばかがソンブレロを持って戻ってくるまで、謎々合せをしてるしかないね」

「謎かけて」とタリタが言った。「わたしもきのう幾つか作ったばかりよ、あなたに教えてあげるために」

「大いに知りたいね。ぼくから始めて、めいめい一つずつ謎合せをしよう。固体の上に電流を使って液体に溶解した金属の外被をかぶることから成り立っている機能、それは三角帆と百トンばかりの船荷を積んだ、昔の船じゃないかな?」

「確かにそのとおりね」とタリタは髪をうしろにさっとなびかせながら言った。「ここかしこと動きまわり、気ままに放浪し、刃の一撃をかわし、麝香《じゃこう》の匂いを発し、未熟な果実の十分の一税の支払いを取り決めるもの、それは葡萄酒や油なんかと同じように、栄養補給のための植物ジュースならどれにでも該当するんじゃないかしら?」

「たいへん結構」とオリベイラは快く認めた。「葡萄酒や油なんかと同じように、植物ジュースか……。葡萄酒を植物ジュースだなんて考えたことなかったな。お見事それじゃ、こういうのはどうだい? いっそう人を元気づけ、野を緑にし、髪と羊毛をもつれさせ、喧嘩や口論で啀《いが》みあい、玄参《ごまのはぐさ》その他それと似たようなもので水を毒性にして魚どもを呆然とさせて捕えるもの、それは劇詩の、それもとくに悲しい劇詩の、大団円じゃないだろうか?」

「じつに見事だわ」とタリタが感激して言った。「最高にすてきよ、オラシオ。あなたはほんとに墓地遊び(ju[e]go)が上手ね」

「植物ジュース(jugo)だよ」とオリベイラが言った。

部屋のドアが開いてゲクレプテンが荒い息をしながら入ってきた。ゲクレプテンは髪をブロンドに染めていて、じつに軽薄な話し方をする女だったが、衣裳箪笥がベッドの上に倒れ、男が板に馬乗りになっているのを見ても、ちっとも驚かなかった。

「なんて暑いんでしょ」と言うなり彼女はいくつも抱えていた包みを椅子の上に放り出した。「買物に出かけるには最悪の時間だったわね。そこでなにしてんのよお、タリタ? わたし、なんで昼寝の時間にばかり出かけちゃうのかしら」

「よし、よし」とオリベイラは振り向きもせずに言った。「こんどはきみの番だよ、タリタ」

「ほかにはなにも思いつかないわ」

「考えるんだ、なにも思いださないなんてあり得ないさ」

「そうよ、歯医者のせいよ」とゲクレプテンが言った。「いつだっていちばん嫌な時間に臼歯《きゅうし》に詰物をされるんだから。わたしきょう歯医者に行くってあんたに話したかしら?」

「いま一つ思いだしたわ」とタリタが言った。

「それでわたしどういうことになったと思う?」とゲクレプテンが言った。「ウァルネス街の歯医者に着くでしょ。診療所の呼鈴を押すと女の人が出る。わたしが《こんにちは》って言うと、その人が《こんにちは。どうぞお入りください》って言うわね。わたしが入ると、その人わたしを待合室に案内してくれるの」

「こんなのよ」とタリタが言った。「下顎をふくらませた人、あるいは萱《かや》の生い茂る所へ筏《いかだ》のように動く、並べて縛った樽の列。一定の人々が食糧品店で買うよりもそこでもっと安価に入手できるようにと店開きした第一級必需品の店、そして牧歌に所属もしくは関係しているいっさいのもの、それはガルバーニ電流を生きた動物なり死んだ動物なりに適用するようなものではないかしら?」

「なんたる美しさ」とオリベイラは眩惑《げんわく》されたように言

った。「まったく素晴しい」

「その女の人が《どうぞ座ってしばらくお待ちください》って言うの。わたし座って待ったわ」

「ぼくがまだ一つ残ってる」とオリベイラが言った。

「待ってよ、よく思いだせないんだ」

「ご婦人が二人と、子供を連れた殿方が一人いたわ。時間はいつとはなく過ぎていったみたい。わたし《週刊牧歌》を端から端まで三冊も読んじゃった。可哀そうに、子供は泣くし、父親は苛々して……。嘘をいうつもりじゃなくて、わたしが二時半にそこに着いてから二時間以上も過ぎたかしら。やっとわたしの番になって、歯医者さんが《奥さん、どうぞ》って言うじゃない。中へ入ると《先日詰めたの、うんと邪魔でしたか？》って言うから、わたしこう言ったの。《いいえ、先生、ぜんぜん邪魔じゃありません。そのうえわたし、このところずうっと片側でしかものを噛みませんでした》そしたら《結構です。それこそ必要な措置だったんです。奥さん、お掛けください》ですって。わたしが座ると先生が、《どうぞ口を開けて》って言うの。とってもやさしいのよ、あの歯医者さん」

「ああ、そうそう」とオリベイラが言った。「タリタ、よく聞いて。どうしてうしろを見るんだい？」

「マヌーが戻ってくるかと思って」

「戻ってくるさ。よく聞きなさい。敵方に寝返りを打つ行為と結果、あるいは騎馬戦や馬上槍《やり》試合で、騎士が自分の馬を相手の騎士の馬の胸に胸で体当りさせること、それはある病気の頂点、非常に重い深刻な瞬間と、とてもよく似ているんじゃないだろうか？」

「珍しいわね」とタリタが考えながら言った。「スペイン語でそういう言い方あるの？」

「そういう言い方ってなにがだい？」

「その、騎士が自分の馬を胸で体当りさせるっていうところよ」

「騎馬戦では言うさ」とオリベイラは言った。「言葉の墓地に入ってるよ」

「**Fastigio**（「頂点」）って、とってもきれいな言葉だわ」とタリタが言った。「意味を考えるとがっかりだけど」

「ばかな！　そんなこと言えば **mortadela**（「ボローニャ産の腸詰」またアルゼンチン卑語で「死人」）だって同じさ、ほかにもたくさんあるよ」とオリベイラが言った。「そのことについてはすでにアベ・ブレモンが問題にしているけど、どうすることもできなかった。言葉というものはわれわれ人間と同じで、ちゃんと顔を持って生れてくるものなんだから、それをどうすることもできはしない。カントの持って生れた顔を考えてみて、ぼくになにか言ってごらんよ。あるいは遠い外国まで行かなくても、わがベルナルディーノ・リバダビアでもいい」

「わたしはプラスチックの詰物をされてたのよ」とゲクレプテンが言った。

「すごい暑さだわ」とタリタが言った。「マヌーはソンブレロを持ってきてくれるって言ったのに」

「なにを持ってくることやら」とオリベイラが言った。

「あなたさえ構わなければ、この包みをそっちに抛って わたしは家に帰るんだけど」とタリタが言った。

　オリベイラは橋を眺め、漠然と両腕を開いて窓を測定し、首を横に振った。

「窓の中へ命中するとは思えないよ」と彼は言った。

「ところで他方、なんだか知らないがぼくにはきみがそこで氷のような寒さの中にいるように思えるんだ。きみは髪の毛や鼻の孔のなかに氷柱《つらら》が下がっているような感じしない？」

「いいえ」とタリタは言った。「氷柱って、頂点《ファスティヒオ》みたいになるの？」

「ある意味ではそうさ」とオリベイラが言った。「両者はその相違点からみて互いに似ているのさ、考えてみれば、ちょっとマヌーとぼくみたいだな。マヌーとのいざこざもぼくらがあまりよく似ているからだってことはきみも認めるだろう」

「ええ」とタリタが言った。「ときどきあんまり面倒なんで困っちゃうわ」

「バターが溶けちゃった」とゲクレプテンは言って、黒パンの一切れにバターを少し塗った。「バターもこう暑くちゃ苦戦だわね」

「そこに最悪の相違点があるんだ」とオリベイラが言った。「数ある悪しき相違点の中の最悪の相違点が。二人とも黒い髪に、陽気なブエノスアイレスっ子の顔をし、ほとんど同じものに対して同じ侮蔑の気持をもっている。そしてきみは……」

「いいわ、それでわたしは……」とタリタが言った。

「きみに隠す理由はない」とオリベイラは言った。「きみが加わるとどういうわけかぼくら二人の相似点が、したがって相違点が、増えるというのが事実なんだ」

「わたし、自分があなたたち二人を合計したものだなんて思わないわ」とタリタが言った。

「どうしてそうだとわかる？　わかる筈がないじゃないか、きみに。きみは自分の部屋にいて、生活し料理をつくり独習百科事典を読んで、夜になればサーカスに出かけ、そんな場合きみは自分がいまいるところにだけ自分はいると思っているんだ。きみはドアの鍵、金属ボタン、ガラスの小細工をじっと凝視したことはないかい？」

「あるわ、ときどきじっと見つめることが」とタリタが言った。

「もしきみがじっと凝視するならば、きみの夢想だにしない四囲のあらゆるところに、きみの全行動を模倣している影の存在が潜んでいることにきみは気づくだろう。ぼくはそういうばかげたものに対してひどく敏感なんだよ」

「ねえ、こっちへきてこのクリームになりかかったミルクを飲まない？」とゲクレプテンが言った。「どうしていつもそんな変なことばかり話してるの？」

「あなたはわたしを買い被ってるわ」とタリタが言った。

「そういうことは誰にも決められないものだよ」とオリベイラは言った。「この世には誰にもこうと断定できないことが山ほどあって、そういうことは、よしんば最重要のことではなくとも、むつかしいものと相場は決まっている。きみにこんなことを言うのも大いに慰めになるからなんだ。たとえばぼくはさっきマテ茶を飲もうと思っていた。いまこの女がやってきて誰にも頼まれないのにミルク・コーヒーを入れようとしている。結果として、もしぼくがそれを飲まなければミルクはクリームになる。そんなのは大したことではないが、少し困る。ぼくの言ってることわかるかい？」

「ええ、もちろん」と言いながらタリタは彼の目を覗きこんだ。「あなたがマヌーに似てるってほんとだわ。二人とも実によくミルク入りコーヒーとマテ茶の話をするもんだから、これじゃ最後には誰にだってわかるわよ、ミルク入りコーヒーとマテ茶は現実に……」

「まさにそのとおり」とオリベイラが言った。「現実《エン・レアリダ》に。それではさっきのことに話を戻してもいいね。マヌーとぼくとの相違はぼくらがほとんど相似しているという点にある。その深刻さにおいて、この相違は焦眉に迫った天変地異に似ている。ぼくらは親友か？　もちろんそうだ、しかしぼくはなにものにも驚かないだろう、たとえそれが……。いいかい、よく聞いてくれ、ぼくらは互いに知り合って以来、まあこれもきみがすでに知っていることだから言えるんだが、互いに傷つけあってばかりきた。彼にはぼくのやること為すことなんでも気にいらず、ぼくが釘を真直にする仕事にかかるとたちまちご覧のとおり悶着《もんちゃく》が起って、きみまで巻きこまれる始末だ。しかし彼にとってぼくのやること為すこと気に食わないわけは、現実にぼくが考えつくことの多く、ぼくが実行することの多くが、まるで彼の鼻先から掠《かす》め取られるみたいだからなんだ。彼がなにかを考えついたときには、どんぴしゃり、もうそれはそこにある。トン、トン、彼が窓辺に顔を出す、するとぼくは釘を真直にしている最中ってわけさ」

　タリタはうしろを振り返って、トラベラーの影を見た。彼は箪笥と窓の間に隠れて立ち聞きしていた。

「そうねえ、あなた誇張しなくたっていいわよ」とタリタが言った。「マヌーが考えることで、あなたに考えつかないことだってあるもの」

「たとえば?」

「ミルクが冷えちゃう」とゲクレプテンが愚痴っぽい口調で言った。「もう一度少し火にかけてあげましょうか、あなた?」

「明日の朝プリンを作ったらいいよ」とオリベイラは忠告した。「話を続けて、タリタ」

「いやよ」とタリタは言って、溜息をついた。「無駄だわ。とっても熱があるの、病気になったみたい」

　彼女はトラベラーが窓辺近くで板上に馬乗りになった拍子に橋が揺れるのを感じた。窓台の位置より外へは乗り出さずに板上にうつぶせになって、トラベラーは麦藁《むぎわら》のソンブレロを板の上に置いた。そうして羽根箒の柄を使ってそいつを少しずつ慎重に押してよこし始めた。

「ちょっとでも脇へそれたら通りに落ちること間違いなしだ」とトラベラーが言った。「そうなったら面倒でも降りて行って探してこなくちゃならんからな」

「わたしが家へ戻るのがいちばんいいわよ」と言いながら、タリタは悲しそうな目でトラベラーのほうを見た。

「しかしまずおまえの手からマテ茶の葉をオリベイラに渡すことが先決だ」とトラベラーが言った。

「もうそれには及ばないよ」とオリベイラが言った。

「いずれにせよ、包みを抛ってくれたって同じことだ」

　タリタはかわるがわる二人を見て、そのままじっとしていた。

「きみって人間はどうもわからんなあ」とトラベラーが言った。「こうやってさんざん苦労させておきながら今になってマテ茶があろうとマテ茶がなかろうと同じことだなんて」

「分針はすでに一巡したのさ、きみ」とオリベイラが言った。「きみは時空連続体のなかを蚯蚓《みみず》のようにのろのろと動いている。きみがそのひらひらと揺れ動くパナマ帽を探しに行くと決めて以来、どれほど多くのことが起ったかを考えてみたまえ。マテ茶の周期は実を結ぶことなく閉じ、その間に、つねに忠実なるゲクレプテンが料理用の品々をどっさり抱えてここに華やかに入来と相成った。われわれは今やミルク入りコーヒーのセクターに入っているんで、なにものもそれを動かすことはできないさ」

「そういう理屈になるか」とトラベラーは言った。

「理屈じゃない、完全に客観的な証明だよ。きみは物理学者のいわゆる連続体の中を動く傾向があるが、ぼくは存在のめくるめく非連続性に対してきわめて敏感なんだ。いまこの瞬間にミルク入りコーヒーが突如として侵入し、居座り、君臨し、浸潤し、幾十万もの家庭で同じことが行なわれている。マテ茶は器が洗われ、棚に仕舞われて、用済みとなってしまった。いまやミルク入りコーヒーの時間帯がアメリカ大陸というこのセクターを覆いつくしているのだ。そのことが措定し惹き起すいっさいのことを考えてみたまえ。それは乳飲児に乳養食の摂り方をしつける熱心な母親であり、台所の食器室のテーブルのまわりに座って、上半身はみんなにこにこ顔のいい子なのに下半身は足を踏んづけたり抓《つね》ったりでてんやわんやの子供たちだ。この時刻にミルク入りコーヒーと言えばその意味するところは、そろそろ一日の課業が終ろうとするころの気分転換、親密な団欒《だんらん》であり、その日一日のりっぱな行為《ラス・ブエナス・アクシオネス》の、持参人払い株券《ラス・アクシオネス・アル・ポルタドール》の、数え上げであり、束の間の過渡的状態、午後六時という、玄関の鍵やら乗合バスへの駆け込みやらの恐ろしい時刻がやがて猛然と繰り広げることになる事態の漠然とした序曲であるわけだ。そんな時刻に愛しあうやつはまずいない。色恋はそれ以前かそれ以後のこと。そんな時刻にはシャワーを浴びることを考え（ぼくらは五時にシャワーを浴びるけど）、人々はその夜の可能性、つまりパウリーナ・シンヘルマンを観に行くか、それともトコ・タラントラにするかを、じっくり考えはじめるものだ（もっともぼくらはまだ決めていないがね、まだ時間はあるさ）。こんな話がマテ茶の時間とどういう関係があるかって？　ぼくが言ってるのはミルク入りコーヒーのあとに続けていい加減な飲み方をされるマテ茶のことではなく、本式のマテ茶のことだよ、それをぼくは正しい時刻に、いちばん寒いときに、飲みたかったんだ。どうもそのへんのことがきみには充分にわかっていないらしいな」

「婦人服の仕立屋っていい加減ね」とゲクレプテンが言った。「あなたは仕立屋に服を作らせるの、タリタ？」

「いいえ」とタリタが言った。「これでも少しは裁断と仕立ての心得があるのよ」

「やるわねえ、あんた。わたし今日の午後、歯医者のあと、八日前にできてなきゃならないはずのスカートを取りに、一丁向うの仕立屋まで行ってみたのよ。そしたら《そのお、奥様、母が病気なもので、針に糸を通すっていうことさえできませんでした》って言うのよ。わたし言ってやったわ、《でも、あなた、わたしスカートが要るんです》ってね。そしたら《ほんとに、おっしゃることはよくわかります。あなたのようなお客様ですもの。でも、お許しいただかなければなりません》ですって。わたし言ったの、《お許しくださいじゃなんの解決にもならないわ、あなた。期限までに仕上げてくれればよかったのよ、そうすれば万事もっとうまく行ったのに》って。そしたら《そういうお考えなら、どうしてよその仕立屋へ行かないんですか》って言うじゃない。だからわたし言ってやったの、《そうしたいのは山々だけど、あなたにお願いした以上待つのが当然じゃない、もっともあなたはだらしのない人らしいけど》」

「それ全部ほんとかい？」とオリベイラが言った。

「もちろんよ」とゲクレプテンが言った。「タリタにそう話したの聞こえないの？」

「それは二つの別々の話だ」

「また始まった」

「いいかい」とオリベイラは、顰《しか》めっ面をして彼のほうを見ていたトラベラーに言った。「つまりこういうことだ。誰でも自分の話していることは他人と共通していると思うものなんだ」

「ところがそうじゃないっていうんだろ、もちろん」とトラベラーが言った。「こいつはご高説だぜ」

「繰り返し言う価値のあることさ」

「きみってやつは誰かに対する制裁と思うことはなんでも繰り返すんだな」

「神われを汝らの都に遣わし給えり」とオリベイラが言った。

「おれの悪口を言ってなきゃ女のほうをつかまえてつべこべ言ってる」

「きみたちを小突いて目を覚まさせておくためさ」とオリベイラが言った。

「モーゼ狂ってとこか。シナイを下山中にそれに取り憑かれたな」

「ものごとはいつでもなるべく明白であるのがぼくの好みだ」とオリベイラが言った。「会話の最中にゲクレプテンが闖入《ちんにゅう》してきて、歯医者だかスカートだかなんだか知らないがまったく突拍子もない話を突っこんできたことなんか、きみにはどうでもいいことらしいな。こういった割り込みは、それが美しい話か、あるいは少なくとも霊感にみちた話であるときには許されもしようが、ただ秩序を分断し、構造を撃破するだけのものとわかれば、たちまち嫌悪すべきものとなるってことがきみにはわかっていないようだ。なんと言うか」

「オラシオはいつもこうなんだから」とゲクレプテンが言った。「相手にしなさんな、トラベラー」

「ぼくらは度しがたいお人好しさ、マヌー。ぼくらは絶えず現実が指の間からまるで小さな水滴の一つぶ一つぶのように零《こぼ》れ落ちるがままにしている。かつては現実を、親指と小指の間にかかる虹のように、ほとんど完全な形で所有していたのに。それにしてもそれを手に入れるための努力、それに要する時間、そのために積まねばならぬ修業といったら……。ほらラジオ放送だ、ピソテッリ将軍が布告を出したって。これでおじゃんだ。完全におじゃんだ。《とうとうなにか重大なことが》と小間使い女が考える。あるいはこいつも、あるいはたぶんきみ自身も。そしてぼくもだ、まさかきみはぼくが自分のことを絶対不可謬《ふかびゅう》と思ってるなどとは想像しないだろうからね。ぼくだってどこに真実があるかなんて知っちゃいないさ。ただぼくは手のひらの中の小さな蟇《がま》のようにその虹が好きだったんだ。そして今日の午後……。いいかね、この寒さにもめげずぼくらはなにか重大なことをし始めていたと思うんだ。たとえばタリタは、通りに転落しないというこのなみなみならぬ快挙をなしとげたし、きみはそっちで、またぼくは……。なにかあることが感じられるんだなあ」

「どう理解したらいいのかわからないな」とトラベラーが言った。「おそらく虹の話はそう悪くないだろう。でもなぜきみはそんなに偏狭《へんきょう》なんだい？　われも生き、人も生かせよって言いたいね」

「もうたっぷり遊んだんでしょうから、こっちへきてベッドの上から衣裳簞笥をどけて頂戴」とゲクレプテンが言った。

「わかったかい？」とオリベイラが言った。

「うん、わかったよ」とトラベラーは納得して言った。Quod erat demo[n]strandum（以上証明終り）だよ。

「Quod erat」とトラベラーが言った。

「なによりもいけないのは、実際にはぼくらがまだなにも始めていなかったってことだよ」

「なんですって？」とタリタは言って、髪をさっとうしろになびかせながら、トラベラーがソンブレロを充分手近まで押してよこしたかどうか見た。

「恐がることはないよ」とトラベラーが助言した。「ゆっくりと体をひねって、その手を伸ばして、そうそう。待ちなさい、いまもう少しそっちへ押してやるから……。ほら言ったとおりだろ、もう済んだ」

タリタはソンブレロを掴んでそれをいっきにまぶかに被った。下には二人の男の子と一人の婦人が集まってきて、小間使い女と話をしながら橋を見あげていた。

「それじゃわたしこの包みをオリベイラに抛ってやっておしまいにするわ」とタリタはいまやソンブレロを被っていっそう落ち着きを取り戻しながら言った。「板をしっかり抑えててね、簡単なことよ」

「それ投げるつもり？」とオリベイラが言った。「外れるに決まってるさ」

「試しにやらせてやれよ」とトラベラーが言った。「もしその包みが面汚しにも通りに落ちるんだったら、どうかあのぞっとする集金梟《ふくろう》みたいなグトゥッソのおかみさんのメロン頭にぶつかりますように」

「なんだ、きみも彼女が好きじゃないのか」とオリベイラが言った。「そいつは愉快だ。なにしろあの女には我慢がならないからな。きみはどお、タリタ？」

「わたしはそんなことよりこの包みをあなたに抛ってやりたいわ」とタリタが言った。

「さあ、さあ、いいよ、しかしきみはちょっとせっかちだな」

「オリベイラの言うとおりだ」とトラベラーが言った。

「さんざん苦労したあとで、最後になってぶち壊しにしないよう気をつけろよ」

「だって暑いのよ」とタリタが言った。「わたし家に帰りたいわ、マヌー」

「そんな恨みごとを言うほど遠くにいるわけじゃないだろ。それじゃまるでマト・グロッソくんだりからわしに手紙を書いてよこした文句みたいじゃないか」

「あいつマテ茶のかわりにあんなこと言ってる」とオリベイラは、衣裳箪笥を眺めていたゲクレプテンに教えてやった。

「まだまだお遊びをつづけるつもり？」とゲクレプテンが尋ねた。

「いやいや」とオリベイラが言った。

「へえ、それならいいけど」とゲクレプテンが言った。

タリタは湯上り着のポケットから包みを取り出してそれを前後に揺すって弾みをつけ始めた。橋が揺れ、トラベラーとオリベイラは渾身《こんしん》の力で橋を抑えにかかった。包みを振り疲れてタリタはこんどは他方の空いた手で体を支払えながら、その腕をぐるぐる振りまわした。

「ばかなことをするもんじゃない」とオリベイラが言った。「もっとゆっくり。聞こえないの？　もっとゆっくり！」

「行くわよ！」とタリタが叫んだ。

「もっとゆっくり！　通りに落っこちるぞ！」

「構わないわ！」と叫んでタリタは手を離した。包みはフルスピードで部屋の中に飛びこみ、衣裳箪笥にぶつかって飛び散った。

「見事！」とトラベラーは言って、まるで凝視の力だけで橋の上に彼女を支えておこうとするかのように、タリタをじっと見つめた。「文句なしだよ、おまえ。それ以上の明白さは不可能だ。それこそ以上証明終りってものだよ」

橋は徐々に揺れが収まって行った。タリタは両手で体を支え、頭をかがめた。オリベイラには、ソンブレロと、両肩の上に垂れたタリタの髪しか見えなかった。彼は視線を上げてトラベラーのほうを見た。

「どうやらぼくもそれ以上の明白さは不可能だと思うね」とオリベイラは言った。

《結局のところ》とタリタは眼下の舗石と歩道を眺めながら考えた。《こんなふうに二つの窓の中間にいるよりは、ほかのどんなことでもましよ》

「おまえには選択の余地がある」とトラベラーが言った。「そのまま前進して、そのほうが易しいけれど、オリベイラの部屋に入るか、後退して、そのほうが難しいけれど、階段の昇り降りと通りを渡る手間を省くかだ」

「こっちへいらっしゃい、可哀そうに」とゲクレプテンが言った。「顔じゅう汗びっしょりだわ」

「子供と狂人」とオリベイラが言った。

「ひと休みさせて」とタリタが言った。「少し酔ったみたい」

オリベイラは窓の上で俯せになって彼女のほうへ腕を差し伸べた。その手に届くためにはタリタはあと五十センチも前進すればよかった。

「完璧な紳士だ」とトラベラーが言った。「彼がマイダナ教授の社交術必携を読んでいることは間違いない。まさに伯爵っていうやつだな。そいつを取り逃す手はないぞ、タリタ」

「凍えたせいだよ、タリタ」とオリベイラが言った。「少し休んでから残りの間隔を越えてくるといい。彼は無視するんだ。雪ってものは、どうしようもない睡魔に襲われるまえに人を錯乱させるものなんだから」

しかしタリタはすでにゆっくりと体を起し、両手で体重を支えて尻を二十センチばかり後方へ移動させた。もう一度体重を支え、もう二十センチ後退した。オリベイラは、まるでゆっくりと岸壁を離れてゆく船の乗客のように、手を差し伸べつづけていた。

トラベラーが両腕を伸ばしてタリタの両腋の下にがっちりと手をいれた。彼女はそのままじっとしていたが、やがて頭をがっくりと後方へのけぞらせた。それがあまりにも唐突だったので、ソンブレロが空を切って歩道の上に落ちた。

「闘牛場の光景みたいだな」とオリベイラが言った。「いまにグトゥッソのおかみさんがいそいそとあれを盗りに出て行くぞ」

タリタは目を閉じて、トラベラーに抱き上げられ、板から引き離されて、荒々しく窓の内側へ引っ張りこまれるままになっていた。彼女はうなじに押しつけられたトラベラーの口、熱い、速くなった息づかいを感じた。

「おまえ帰ってきたんだね」とトラベラーが囁いた。「帰ってきたんだね、帰ってきたんだね」

「そうよ」と言いながらタリタはベッドに近づいた。「帰らないわけがあって？　あんな呪わしい包みなんか抛り投げてやって帰ってきたのよ、包みなんか抛り投げて帰ってきたわ、ああ……」

トラベラーはベッドの端に腰をおろした。彼は掌中の虹という、あのオリベイラが着想したものを思い浮かべていた。タリタは彼の傍にすべり寄って、声もなく泣きはじめた。《神経が昂《たかぶ》っている》とトラベラーは考えた。《ひどい目にあったからな》大コップにレモン・ジュースをいれて持ってきてやろう。アスピリンを飲ませ、顔に雑誌をかけてやって、しばらく眠らせよう。しかしその前に独習百科事典をどけて、箪笥をもとへ戻し、板を中へ引きこまなければならない。《部屋じゅう大混乱だ》とタリタにキスしながら彼は考えた。泣きやんだら部屋の片づけを手伝うように頼もう。彼はいたわりの言葉をかけてやりながら彼女を愛撫しはじめた。

「とうとうやっちゃった」とオリベイラは言った。

彼は窓から離れ、ベッドの端の、衣裳箪笥に塞《ふさ》がれずに残っていた空間を利用して腰をおろした。ゲクレプテンはマテ茶の葉をスプーンで掬《すく》いおわった。

「そこらじゅう釘だらけだわ」とゲクレプテンが言った。

「奇妙なことね」

「じつに奇妙だ」とオリベイラが言った。

「降りてってタリタのソンブレロを探してこようかしら。子供たちがどうするかわかってるでしょ」

「まっとうな考えだ」とオリベイラは言いながら、釘を一本拾い上げてそれを手のひらの中でくるくるまわした。

ゲクレプテンは通りへ降りていった。子供たちがすでにソンブレロを拾って、小間使い女やグトゥッソのおかみさんと口論していた。

「それわたしによこしてね」とゲクレプテンは作り笑いを浮かべながら言った。「お向かいの奥さんのよ、わたしの知り合いの」

「みんな知ってるわよ」とグトゥッソのおかみさんが言った。「こんな時刻になんて恥知らずな見世物かしら、子供たちが大勢見てるっていうのに」

「なにも悪いことはしなかったわ」とゲクレプテンはあまり自信なさそうに言った。

「あんな板の上で足を宙にぶらぶらさせて、なにが子供のお手本なもんですか。あなたは気がつかなかったでしょうけど、ここからはなにもかもまる見えだったわ、ほんとよ」

「あの女の髪、じつに房々してたな」と、いちばん年下の餓鬼が言った。

「ほらごらん」とグトゥッソのおかみさんが言った。

「子供は見たとおりに言うもんだよ、正直だからね。それであの女、材木に跨っちゃって、なにしてたのさ、よかったら少し話してくれない？　まともな人間なら昼寝をしてるか仕事をしてる時間だってのに。こんなことを聞くのはなんだけど、あんたも材木に乗っかりたいかい？」

「わたしはいやよ」とゲクレプテンが言った。「でもタリタはサーカスで働いてるのよ、みんな芸人なのよ」
「稽古《けいこ》してたの？」と子供の一人が尋ねた。「あの女の人どこのサーカスで働いてるの？」
「稽古じゃないわ」とゲクレプテンが言った。「つまりね、あの人たちがわたしの亭主にマテ茶の葉を少しくれるっていうんで、それで……」
グトゥッソのおかみさんが小間使い女と顔を見合わせた。小間使い女は指を一本ひたいに当てて、左巻きにぐるりと一回転させた。ゲクレプテンはソンブレロを両手でつかんで玄関に入った。子供たちは一列に並んで「軽騎兵序曲」の節にあわせて歌いだした。

みんなそいつを追っかけた、追っかけた、
棒をしーりにつっこんだ。
あわれやあわれ騎兵さん
棒は抜けなくなっちゃった！（繰り返し）　（－148）

42

Il mio supplizio
è quando
non mi credo
in armonia
わが懊悩は
われ諧和にありと
思わざる
とき。

ウンガレッティ「川」

オリベイラの仕事は、子供たちがテントをくぐって潜りこまないようにし、動物たちになにかあれば手を貸し、照明係の手伝いをし、けばけばしい広告やポスターを作製して当然それに付随する印刷に従事し、警察とわたりをつけ、座長に知らせるべき異常はすべて報告し、マヌエル・トラベラー氏の管理経営上の業務を手伝い、（必要とあれば）捥《もぎ》りのアタリア・ドノシ・デ・トラベラー夫人の応援をすること、などであった。

オオ、ワガ心ヨ、起《た》チテ我ニ逆ラフ証言ヲスルコト勿《なか》レ！
（『死者の書』あるいは聖甲虫印形銘）

一方そのころ、ヨーロッパでは三十三歳の若さでディヌ・リパッティが死んだ。仕事のことやディヌ・リパッティのことを、彼らは細事に至るまで話し合っていた。それというのもタリタは神の不在の、あるいは少なくとも彼の度しがたい浮薄さの、明白な証拠をかき集めることもまたよしと考えたからであった。彼女はただちにリパッティのレコードを買って、ドン・クレスポの店にいってそれを聴こうと提案したが、トラベラーとオリベイラは、いまや同僚となって満足しきっていたから、角のカフェでビールを飲みながらサーカスの話をしているほうがいいらしかった。トラベラーが親方を納得させるために猛烈な努力をしなければならなかったこと、そして納得させたといってもじつは他の手段によってというより偶然によるものであったことを、オリベイラは見逃しはしなかった。彼らはあらかじめ、オリベイラの売れ残りのカシミア三反のうち二反をゲクレプテンに進呈すること、あとの一反はタリタが自分で服を仕立てることに決めていた。就職を祝ってのことである。だからトラベラーは、タリタが昼食の用意をしている間、ビールを注文したのだった。その日は月曜で休日だった。火曜日は七時と九時に公演があり、見世物は四頭の熊《くま》たちの曲芸と、コロンボから船で着いたばかりの手品師と、もちろん学者猫が出ることになっていた。最初のうち、手慣れるまでは、オリベイラの仕事はむしろ純粋な脂肪のように余分のものであった。彼はよく通路から見物していたが、興行は決して他のサーカスに見劣りするものではなかった。万事順調に運んでいた。

万事まことに順調に運んでいたので、トラベラーは視線をおとしてテーブルをドラムのように叩きだしたほどだった。顔なじみの給仕が近づいてきて、西部鉄道軍の話にくわわり、オリベイラはチャカリタ・ジュニアーズ軍に十ペソ賭《か》けた。指でバグアラのリズムを取りながら、トラベラーは万事これで申し分なく結構である、こうなるほかなかったのだと自分に言いきかせていた。他方、オリベイラは賭けを是認するための長広舌を終えてビールを飲んでいた。彼はその朝、エジプトの銘刻文について、また奇しくも魔術の神であり言語の創始者であるトートについて考えたのだった。彼は、言語というものが、彼らが使っている以上に隠語であるために、まったく心安まることのない予言的構造という性格を恐らくは帯びている以上、短時間の議論しかしないのは欺瞞《ぎまん》ではないか、と短時間の議論をした。そして、トート神の二重の役割は、とどのつまり現実なり非現実なりの終始一貫性を明白に保証するものである、という結論に達した。彼らは客観的相関物という常に不愉快な問題がかなりのところまで解けたことを喜んだ。魔術であれ触知できる世界であれ、主観と客観を言葉で調和させたエジプトの神がいたのだ。万事ほんとうに順調に運んでいた。(－75)

43

サーカスは万事申し分なく順調で、手品師は狂的な音楽にあわせてスパンコールをきらめかせ、学者猫があらかじめ密かに纈草根《けっそうこん》を噴霧してある数字板に反応して計算をやるのを、ご婦人方が感激にうち震えながら、これぞダーウィンの進化論の雄弁なる実例とばかり、それぞれの子らにとくと見物させていた。オリベイラが公演第一夜に、まだ人影のない円形曲芸場に現われて、赤テントの頂上の穴、ありうべき接触へのあの逃げ口、あの中心、地上と自由な空間とのあいだに架け渡された橋ともいうべきあの目〔穴〕を見上げたとき、彼の顔から笑いが消えて、彼は考えこんでしまった。もしかしたら他の誰かが、ごく自然に手近な柱を攀《よ》じのぼってあの上方の目に近づいて行ったことがあるかもしれない。その誰かは、高所の穴を眺めながらタバコをふかしているこのぼくではない。その誰かは、サーカスのまったき叫騒の中でタバコをふかしながら下にとどまっているこのぼくではない。

まだサーカスに勤めて間もないころのある晩、オリベイラはなぜトラベラーが職を世話してくれたのかを知ることになった。タリタがサーカスの銀行兼行政府となっていた煉瓦造りのボックスで金の勘定をしながら、そのことをざっくばらんに話してくれたのだった。オリベイラがすでに知っていた話はそれとは違うものだったから、当然ながらタリタは彼女なりの視点から話さざるを得なかったことになるわけで、したがってこれら二つの別々の話から、いわば新しい時間、彼が突如そこに置かれ義務を負わされるはめになったと感じている現在時が、生じてきたようなものだった。彼はそれに抗議して、それはトラベラーのでっち上げだと言いたかったし、(彼としては容認し、交渉をもち、そこに存在することを死ぬほど願っていた）他者の時間の埒外《らちがい》に、もう一度自分がいると実感したかったが、同時に、どうしたわけか自分がタリタとトラベラーの世界から、なにをしたでもなく、なにを意図したわけですらないのに、ただちょっと懐古的な気紛れに興じただけで確かに逸脱してしまったことを理解していた。タリタの言葉の一語一語に彼はセロ丘の貧弱な線が描き出されてくるのを看取し、無意識のうちに冷蔵庫とカーニャ・ケマーダ（カーニャに似せた甘口のリキュール）のバラ色の未来をでっち上げるルシタニアの滑稽な文句を聞きとった。そのため彼は、ちょうどその日の朝に鏡のまえで歯を磨こうとして笑いだしたように、タリタの面前で噴き出してしまった。

　タリタは十ペソ紙幣の束を縫い糸で縛り、残りを機械的に数えはじめた。

「勝手になさい」とタリタが言った。「わたしはマヌーの言うことが正しいと思ってるわ」

「そりゃもちろんさ」とオリベイラが言った。「しかしどっちにせよ彼はばかだ、きみだってそのくらい充分承知してるくせに」

「充分てほどじゃないわ、そりゃあ知ってるというか、あの板に馬乗りになってたときはわかってたけど。あなたたちこそ充分承知してるくせに。わたしはなんていうのかしら、天秤のあの部分みたいな中間にいるのよ」

「きみはわれわれの導きのニンフ、エゲリアであり、われわれを媒介する橋なんだよ。しかし考えてみると、きみが目の前にいると、マヌーとぼくは一種の催眠状態に陥ってしまうんだ。ゲクレプテンでさえそれに気づいて、まさに同じその派手な言葉を使ってぼくにそう言ったもの」

「そうかもね」とタリタは売上高を記入しながら言った。「わたしの考えを言って欲しいなら言いますけど、マヌーはあなたをどう扱っていいかわからないのよ。そりゃあなたを弟のように愛してるわ、あなただってそのくらいわかってるでしょ、でも同時にあなたが帰ってきたことを残念に思ってもいるのよ」

「どうして港までぼくを出迎えにきたのかな。ぼくは彼に葉書も出さなかったのに」

「バルコニーいっぱいにゼラニウムを置いていたゲクレプテンから聞いたのよ。ゲクレプテンはお役所で聞いてきたんだわ」

「ほんとに驚いたもんだ」とオリベイラは言った。「ゲクレプテンが外交ルートを通じて情報を得ていたと聞いたときには、彼女が逆上した子牛みたいにぼくの腕の中に飛びこんできても、そうさせておくしか手はないとわかったよ。わかるだろ、その自己犠牲ぶり、ペーネロペイア顔負けの激越な貞女ぶり!」

「もしこんな話が嫌なら」とタリタは言って床を見つめながら、「ボックスを閉めてマヌーを探しに行ってもいいのよ」

「なにより楽しいよ、でもきみのご亭主がこうして面倒なことに巻きこまれているんじゃぼくとしても座りごこちの悪い良心の問題が生じたわけだ。そしてそれは、ぼくにとって……。つまり一言でいえば、なぜきみ自身がこの問題に決着をつけないのかぼくにはわからないんだ」

「そう」とタリタは言って、おだやかな目で彼をみつめながら、「ばかでないかぎりこの間の午後に誰にでもわかったはずだと思うけど」

「もちろんそうだけど、でもそれじゃマヌーはどうなんだい、彼は翌日わざわざ座長に会いに行ってぼくの仕事を貰ってきてるわけだけど。あれはちょうどぼくが反物を売りに出かける前に、その布地で涙を拭《ぬぐ》っていたときだった」

「マヌーはいい人よ」とタリタが言った。「彼がどんなにいい人か、あなたには決してわからないわ」

「稀有《けう》な人のよさだ」とオリベイラが言った。「ぼくには決してわからないということはさておいて、それは結局最後には確かにそのとおりに違いないんだけど、敢えて言わしてもらえば恐らくマヌーは火遊びが好きなんだよ。よく考えてみればそれはサーカスの遊戯だよね。それから、きみには」とオリベイラは言いながら、彼女を指差して、「共犯者たちがいる」

「共犯者?」

「そう、共犯者だ。第一にこのぼく。それと、ここにはいないある人物。きみは、きみの美しい比喩《ひゆ》を使えば、自分を秤《はかり》の指針だと思っているけれども、一方の側に体を傾けていることを自覚していない。それは知ってもらいたいね」

「あなたどうしてよそへ行かないの、オラシオ?」とタリタが言った。「なぜマヌーをそっとしておいてあげないの?」

「もう説明しただろう、布地を売りに出かけようとしていたら、あいつが仕事をみつけてきたのさ。わかってくれ、なにも彼を卑劣漢にしたてようというんじゃないんだ。そんなのはひどすぎるよ。どんなばかだってそのくらいわかるだろう」

「だから、それであんたはここに居座ってるのね、マヌーも寝心地が悪いわけよ」

「エカニール錠でも飲ませておけばいいさ」

タリタは五ペソ紙幣を束にした。学者猫の出番になると、彼らはその動物が絶対すごいので必ずそいつが計算をやってのけるのを見に覗くことにしていたが、纈草根のトリックがその機能を果たす前にすでに二度も掛け算をやってのけたことがあった。トラベラーは夢中になって、親しい者たちに是非その猫に注目するよう言ったものだった。ところがその晩は猫がへまをやって、二十五までの足し算がやっとという惨憺《さんたん》たる有様だった。円形曲芸場への通路の一つでタバコをふかしながら、トラベラーとオリベイラは、おそらく猫は燐酸《りんさん》塩を含んだ餌が不足しているのだろうから、座長に話さなければなるまいと結論した。なぜかわからないがその猫を嫌っていた二人の道化役者が、たまたま猫めが水銀灯の下でめかしこんで口ひげを撫でていた台のまわりをふざけて踊りまわっていた。彼らがロシアの歌を歌いながら三度めを回ったとき、猫は爪《つめ》を出して年寄りのほうの顔を引っ掻いた。いつものように、観衆はその三という数にやんやの喝采を送った。道化のボネッティ父子の荷車に座長は猫を戻し入れて、父子には猫をけしかけた罰として二倍の罰金を課した。それは奇妙な夜だった。オリベイラは、その時刻になると必ずそうするように上方を振り仰ぎ、黒い穴の真中のシリウスを見つめて世界開闢《かいびゃく》の三日間について瞑想した。あのとき死者の霊魂が上昇し、人間から高天の穴へ、人間から人間へと、橋が架けられたのだ(なぜなら、もしも変容して下降し、もう一度、しかし今度は別の形で、おのれの族《やから》と再会したいからでなかったら、いったい誰があんな穴をめざして攀じ上るだろうか?)。八月二十四日は、その世界開闢の三日間のうちの一日だった。もちろんその三日間が二月のことにすぎなかったら、そのことを熟考しても無駄なことだ。オリベイラはあとの二日をどうしても思いだせなかった。三日のうち一日しか思いだせないのも妙だった。なぜその一日だけをちゃんと憶えていたのか? おそらくそれが八音節だからであった。記憶はそういう戯《たわむ》れをするものだ。しかしそれならば、おそらく真理はアレクサンドル詩格か十一音節詩かも知れないではないか。あるいはもしかしたら、またしてもリズムこそが真理への道標であり、真理への道程の音脚を数えるものかもしれぬ。お高くとまった学者先生には格好の論文のテーマが他にもどっさり。手品師の信じがたい敏捷《びんしよう》さや、紫煙がビリャ・デル・パルケ（公園の町）の何百人という子供たちの頭上に濛々《もうもう》と漂っている、銀河走路や、もう一度あの裁きの刑具、十二宮図のあの一齣《こま》に言及すれば、balanza（「天秤」「絞首台」「天秤座」「曲芸師の平衡棒」）の平衡を保つユーカリ樹が運よく群生して残っている地区を眺めることは楽しかった。（－125）

44

トラベラーがあまりよく眠れなかったのは確かで、夜中に彼はまるで胸の上に重い物をのせられたように大きく息をついてタリタにしがみつくことがあり、そんなとき彼女はなにも言わずに彼を受けいれ、彼にぴったりと身を寄せて、彼が心底から彼女を身近に感じられるようにしてやる。暗闇の中で二人は互いに鼻や口や目の上にキスしあい、トラベラーはタリタの頬《ほお》を手で愛撫《あいぶ》するのだが、その手はシーツの間から出てふたたび元へ、二人とも汗をかいていたのにまるですっかり寒くなったかのように戻るのだった。それからトラベラーが、ふたたび眠りに陥るための昔からの習慣で、数字を四つ五つ口ごもると、タリタは彼の腕の力が抜けて寝息が深く静かになるのを感じるのだった。日中は彼は満足した様子で動きまわり、マテ茶をいれたり、なにかを読んだりしながらも口笛でタンゴを吹いていた。しかしタリタが料理をしていると、必ず四、五回はいろいろと口実を設けて台所へ顔を出し、いろいろなことを、とりわけ精神病院のことを話すのだった。それは座長が、いよいよ軌道に乗ったらしく、ことあるごとに狂人監禁用ボックスを買う見通しにハッパをかけていたからであった。タリタにとっては精神病院のことは思っただけでも面白くなく、トラベラーにもそのくらいはわかっていた。二人はその問題のもつ滑稽な側面を捜し出し、ビリャ・デル・パルケでの興行を終えてサン・イシドロでの御目見得の準備をしていた貧弱なサーカスを、外向きの口では蔑《さげす》みながら、サミュエル・ベケットにふさわしいような見世物にしようと互いに約束しあっていた。ときたまオリベイラがマテ茶を飲みにやってくることがあった。もっともたいていは、ゲクレプテンが仕事に出かけなければならないのをいいことに、彼は自分の部屋に閉じこもって気の向くままに本を読んだりタバコをふかしたりしていればいいのだったが。トラベラーは、あらゆる料理の中でもことさらあひるを好むタリタの手伝いをして、タリタを有頂天にさせる半月に一度の贅沢《ぜいたく》のあひるの羽を毟《むし》りながら、彼女のやや菫《すみれ》色をした目を見たとき、とどのつまり事態は以前より悪化していないと察し、オラシオがいっしょにマテ茶を飲みに立ち寄ってくれることさえ望むのだった。それというのも、そうすればすぐさま三人ともほとんど知らないくせに暇つぶしにやるしかない数字遊びを始め、三者が互いに相手にとってなくてはならない存在と感じるからだった。彼らはまた本もよく読んだ。その理由は、たまたま社会主義者だった若いころから、トラベラーのほうはやや降神術に傾いていたが、解説つきの講義や、相手を納得させ、反対意見を決して受けいれたがらないイスパノアルヘンティーノ的好みによる論争が好きだったのと、病める人類が現代の糞くらえ的状況から脱出するための手助けをするということを口実としながら、その実、狂ったように大笑して、自分はそんな病める人類の上に超然としていると実感する否みがたい可能性が好きだったからである。

　でもトラベラー、あなたがよく眠れないのは確かなのよと、タリタは、朝日に照らされてひげを剃っている夫を眺めながら、説得するように繰り返すのだった。ひとふし、またひとふし、トラベラーはシャツにパジャマのズボン姿で〈*La gayola*（監獄）〉の曲を、長々と引き延して口笛で吹き、それから大声で《音楽、愛に生くる者の憂愁の糧！》と宣言すると、くるりと振り向いて、挑むようにタリタを見つめた。彼女はその日、あひるの羽を毟ったが、羽ペンがいっぱいできたことが嬉しかったのと、あひるが、そういう恨めしそうな死骸にしては珍しく、小さな目を半ば開け、瞼《まぶた》のあいだに光のような微かな亀裂が走って哀れな姿と変り果てはしたものの、穏やかな死相をたたえていたので、とても幸福だった。

「どうしてよく眠れないの、マヌー？」

「音楽、愛に……！　わしが、眠れない？　わしは、真直に眠りに入るんじゃないんだよ、おまえ、夜はマクロビウス・バスカ版の『*Liber penitentialis*（悔悟の書）』を反芻《はんすう》しながら過ごすのさ、先日フェタ先生のところから姉さんがぼんやりしている隙《すき》にちょっと失敬してきたんだがね。いや、なに、ちゃんと元に戻しておくさ、千金に値する高価な本だからね。『リーベル・ペニテンシャリス』っていうんだ、わかっただろ」

「だけどそれなんなの？」とタリタは尋ねた。彼女はいま、彼がときどきなにかをくすねてきて、二重に鍵をかけた抽出しに隠していることを知った。「あなたは自分の読むものをわたしに隠しているのね、わたしたちの結婚以来そんなこと初めてだわ」

「そうら、見たけりゃ好きなだけ見たっていいんだよ。しかしその前にまず手を洗ってもらわなくちゃ。わしが隠してるのは、それがたいへんな貴重本なのに、おまえときたらいつでも人参の皮剥きとかそういったものを手に持って歩いているからさ。おまえがあんまり世帯じみてるもんで、古版本《インクナブレ》を台無しにされやしないかと心配でね」

「あなたの本なんてわたしにはどうでもいいわ」とタリタは感情を害して言った。「こっちへきて頭を切って頂戴。死んではいるけどわたしいやだ」

「剃刀で切ろう」とトラベラーが言った。「そうすれば全体に残酷な雰囲気が漂って、やってみるとなんとも言えずいいものだよ」

「いや。このナイフで切って、鋭い切れ味よ」

「剃刀で切ろう」

「いやよ。このナイフで切って」

トラベラーは剃刀を持ってあひるに近づき、首を切断した。

「理解しなくてはいけない」と彼は言った。「もしわしらが精神病院に住むようなことになるとしたら、モルグ街の二重殺人みたいな経験を積んでおくほうがいい」

「狂人ってそうやって殺し合うの？」

「いいや、おまえ、でもときどき刃物を振りまわすことはあるよ。正気の人と同じさ、比較はまずいかもしれないけど」

「低級な比較ね」とタリタは認めて、あひるを白い紐で平行六面体風にくくり上げた。

「わしがよく眠れないということについては」と言ってトラベラーは剃刀をトイレット・ペーパーで拭いながら、「問題がどこにあるのか、おまえにはなにもかもわかってるじゃないか」

「わかってるとしておきましょ。でも、そんなこと言えば、あなたにだって問題なんかないってことがわかってるじゃない」

「問題ってやつは、プリムス・ヒーターみたいなもので、それまで万事順調だったのに突然爆発を起すんだよ。この世の中には目的論的問題っていうものがある、と言っていいだろう。そんなものは、いまこの瞬間のように、いっけん存在しないかに見えるが、実は明日の昼十二時に時限爆弾が仕掛けられているってわけさ。チク・タク、チク・タク、なにごともなし。チク・タク」

「いちばん悪いのは、その時計のねじを巻くことを引き受けたのがあなた自身だってことね」とタリタが言った。

「わしの手も明日の正午に合せてあるんだ。それまでは、われも生き、人も生かせよさ」

　タリタはあひるに油を塗った。なにやらがっかりさせられる光景だった。

「なにかわたしを非難する理由でもあるの？」と彼女はまるで游禽《ゆうきん》類のあひるに向かって言うような言い方をした。

「いまこの瞬間にはまったくなにも無いよ」とトラベラーは言った。「明日の十二時になればわかることさ、いまの比喩を天頂の大詰めまで延長すればね」

「なんてあなたはオラシオそっくりなの」とタリタが言った。「信じがたいほどよく似てるわ」

「チク・タク」とトラベラーは言って、タバコをまさぐった。「チク・タク、チク・タク」

「そうよ、あなた似てるわよ」とタリタがなおも言い張って、あひるを放り投げるとそれは吐き気を催すようなぶよぶよした音をたてて床の上に飛び散った。「彼もチク・タクって言ったでしょうし、彼も比喩ばかり使ってしゃべりまくったでしょうよ。なんだってわたしをそっとしておいてくれないの？　ときにあなたが彼に似ているってわたしが言うわけは、もう金輪際こんなばかげたことは止めにしたいからなのよ。オラシオの帰国でなにもかもこんなふうに変ってしまうなんてあり得ないことだわ。ゆうべ彼にそう言ったの、もうこれ以上、あなたたちがわたしを玩具《おもちゃ》にするのは止《や》めてって。これじゃまるでテニスの試合だわ、あっち側とこっち側からわたしをボールみたいに打って。そんなのよくないわ、マヌー、そんなのよくないわ」

　トラベラーはタリタが抵抗するのもかまわず彼女に両腕を回し、あひるを踏んづけて足を滑らせて床に転びそうになったあと、彼女をおとなしくさせて、鼻の頭にキスした。

「おそらくおまえのために爆弾はないだろう」と彼が言って、にっこり笑うと、その表情にタリタは心が和らぎ、彼の腕の中でもっと姿勢を楽にした。「いいかい、わしは雷が頭に落ちることを望んでいるわけじゃないが、避雷針で自分を守らねばならないとは思わないし、ある日の十二時になるまでは頭になにもかぶらずに出かけるべきだと思っている。その日のその時刻が過ぎたら、わしはまたしても同じことを感じることだろう。なにもオラシオのせいじゃないんだよ、おまえ、そりゃあ彼はいわば使者みたいにやってきたわけだけど、ただオラシオのせいだけじゃないよ。たぶん彼がやってこなかったとしても、同じようなことがわしの身に起っていただろうさ、なにか自由奔放な書物を読むとか、他の女を愛してしまったことだろう……。そういう人生の襞《ひだ》というか、わかるだろ、誰もそれまでは気づかなかったのに突然なにもかも危機に陥れてしまうようなにごとかの思いがけない顕現というか。おまえも理解しなきゃいけないよ」

「でもあなたほんとにそう思ってるの、彼がわたしを求め、わたしが……?」

「彼は絶対おまえを求めてなんかいない」とトラベラーは言って彼女を離した。「オラシオにとってはおまえなど一顧だに値しないよ。悪く思わないでくれ、わしはおまえがどんなに大事かようくわかってるし、世の男どもがおまえを見つめたり、おまえと話したりすれば必ず嫉妬するだろう。しかし、たとえオラシオがおまえを一突き突いたとしてもだ、そういう場合も含めて、たとえおまえがわしを狂人だと思おうと、わしは繰り返して言おう、彼にはおまえなんぞ問題じゃないんだ、だからわしがそんなことを心配するはずがないじゃないか。心配なのはもっと別のことなんだよ」とトラベラーは声を上げた。「それは、糞いまいましいが、別のことなんだ、畜生め！」

「へええ」と言って、タリタはあひるを拾いあげ、台所の雑巾で、踏んづけられたところを拭いた。「あなた肋骨をつぶしちゃったわよ。それで別のことなのね。わたしには全然なにもわかんないけど、たぶんあなたの言うとおりなんでしょ」

「彼がここにいたとしても、彼にだって全然なにもわかりゃしないよ」とトラベラーは、吸いかけのタバコをみつめながら、低い声で言った。「でもそれが別のことだってことはよくわかってくれるだろう。信じがたいことに、彼がわしらと一緒にいるときは、まるで壁がおのずと崩壊し、積み重ねられた邪魔物が忽然《こつぜん》とどこかへ消えて、突然、天がとほうもなく美しいものとなり、星がそのパン籠《かご》の中に現われて、まるでその星の毛を毟って食べることができるみたいなんだ、そのあひるはまさしくローエングリンの白鳥で、その背後の、向う側には……」

「お邪魔かしら？」と言って、グトゥッソのおかみさんが玄関からのぞいた。「たぶんあんたたち個人的なお話ししてたんでしょ、わたしお呼びじゃないところへ出しゃばる趣味はないから」

「ちっとも」とタリタが言った。「そのままどうぞ、奥さん、ほら見て、このあひるの美しいことったら」

「素敵じゃない」とグトゥッソのおかみさんが言った。「わたしいつも言ってるのよ、あひるは硬いけど独特の風味があるって」

「マヌーが足で踏んじゃったの」とタリタが言った。

「これきっと脂肪の塊みたいになっちゃうわ」

「言ったな」とトラベラーが言った。


(―102)

45

窓辺に現われることを彼が期待していたと考えるのは当然のことであった。べとべとする暑さの中、渦巻線香の酸性の煙が漂い、窓の奥に二つの大きな星を置き、向かいの窓も開いている、午前二時まで起きているのはもう結構だった。

当然のことであったというわけは、心の中ではあの大きな板はまだそこにあって、白昼の陰画がおそらく真夜中にはなにか別のものになって俄《にわか》な同意へと転ずるかも知れず、そうなれば彼は自分の窓辺に姿を現わして、蚊を追いやるためにタバコをふかしながら、待っていたからであった、タリタが夢遊病者のようにトラベラーの肉体からそっと身を離して窓辺に現われ、暗闇から暗闇の彼をみつめてくれることを。たぶん手のゆっくりとした動作によって、彼はタバコの火でさまざまな符牒《ふちょう》を描くことだろう。三角や円、俄造りの紋章、宿命の媚薬《びやく》すなわちディフェニールプロピラミンの化学記号、彼女が説明することのできる薬学上の略号、あるいはただ口から肘掛《ひじかけ》へ、肘掛から口へ、口から肘掛へと夜の間じゅう往復する光の動き。

窓辺には誰も現われなかった。トラベラーは井戸の底を覗きこむように窓から顔を出して暑いおもての通りを見た。そこには開いたままの新聞が無防備にとりのこされ、星をいただいた、手で触れられそうな天がひとりそれを読むにまかせていた。向かいのホテルの窓は夜にはなおいっそう近くに見えて、体操選手なら一跳びで飛び移ることができそうだった。いや、それはできなかっただろう。死神に追いつめられたのならたぶん、しかしそれ以外の形ではできまい。もはや板は影も形もなく、渡れる道はなにもなかった。

溜息をついてトラベラーはベッドに戻った。タリタが眠そうにしながら尋ねると、彼女の髪を撫《な》でてやり、なにごとか囁《ささや》いた。タリタは空《くう》にキスをして、少し手を動かし、おとなしくなった。

もし彼が、奥に向かって穿《うが》たれた黒い井戸のような部屋のどこかにいて、そこから窓の外を眺めていたら、白い肌着をさながら外形質《エクトプラズマ》のようにまとったトラベラーの姿を見たに違いない。もし彼が、タリタが姿を現わすことを期待して黒い井戸のどこかにいたのだったら、白い肌着姿の無造作な出現は彼を切り細裂《こまざ》いて苦しめていたことだろう。いまや彼は、面白くないとき、恨みがましいときによくやる動作で、ぼそぼそと二の腕なんか掻いて、タバコを両唇のあいだで強く押しつぶしていかにもそれらしい猥《みだ》らなことをぶつぶつ口籠《くちごも》ると、ぐっすり眠っているゲクレプテンにはおそらくなんの配慮もせずにベッドに身を投げだすことだろう。

しかし、もし彼が黒い井戸のどこにもいなかったら、夜のあんな時刻に起き上がって窓辺に行くことは不安を認めること、ほとんど同意することであった。それは事実上、オラシオも彼も板を引っこめなかったことを認めるのと同じだった。そこにはなんらかの形で道があり、往き来することが可能なのであった。三者の誰もが夢遊病者となって、街路に転落する恐れもなく濃密な空気を踏んで窓から窓へと通うことが可能なのであった。ただその橋は、朝の光とともに消え去って、ふたたび姿を現わしたミルク入りコーヒーがすべてを確固とした構造へと引き戻し、ラジオの天気予報や冷水シャワーの平手打ちで、深夜の蜘蛛の巣を払うのである。

タリタの夢　とある廃墟の大宮殿で開かれている絵の展覧会に連れて行かれたが、絵は、まるで誰かがピラネージの牢《ろう》を博物館に変えたように、目も眩《くら》むような高所に掛けられてあった。だから絵のそばに行き着くためには、ほとんど足の踏み場もないほど彫刻でいっぱいのアーチを通り抜け、鉛のような色の波の荒れ狂う海の近くで行き止まりになっている回廊を進んで螺旋階段を昇り、そうしてやっと、いつも下からか側面からばかりであまりよく見えないが、同じように白っぽい汚れ、タピオカかミルクの同じ凝塊が無限に反復されている絵が見えるのだった。

タリタの目覚め　朝の九時にベッドの中でむっくり起き上がると、俯《うつぶ》せになって寝ているトラベラーを揺り動かし、手のひらで彼の尻を叩いて起す。トラベラーは片手を伸ばして彼女の脚を抓《つね》る、するとタリタは彼の上にのしかかって彼の髪を引っ張る。トラベラーは力ずくで彼女の手を捩《ねじ》り、とうとうタリタも降参する。キスの雨、ひどい暑さ。

「なんかすごい博物館の夢をみたの。あなたが連れてってくれたのよ」

「夢判断は大嫌いだ。マテ茶でもいれてよ」

「あなた、どうして夜中に起きたの？　おしっこのためじゃなかったわ、おしっこに起きるときは、まるでわたしがばかみたいに、まずわたしに説明して《わしが起きるのはもうこれ以上我慢できないからさ》って言うでしょ、だからわたしあなたが気の毒になっちゃうの、だってわたしは一晩中だってちゃんと我慢できるし、我慢なんかする必要すらないんだもの、新陳代謝が違うのよね」

「なにが違うって？」

「どうして起きたのか教えて。窓のところまで行って溜息ついてたでしょ」

「飛び降りはしなかったぞ」

「ばか」

「暑いな」

「どうして起きたのか話してよ」

「なんていうわけでもなく、ただオラシオも眠れないんじゃないかと思ってね。そうだったらしばらく雑談もできるだろ」

「あんな時間に？　日中はほとんど口をきかないっていうのね、あなたたち二人とも」

「そうじゃないだろ、たぶん。誰にもわかんないよ」

「なにかすごい博物館の夢をみたの」と言って、タリタはスリップを着はじめた。

「それはもう聞いたよ」とトラベラーは言って、平らな天井を眺めていた。

「わたしたちもいまではあまりお話ししなくなっちゃったわね」とタリタが言う。

「そうだね。蒸すな」

「でも、なにかが話をするみたいよ、なにかがわたしたちを利用して話をするみたいよ。そういう感じしない？　わたしたちなにかに棲みつかれた《アビタード》みたいだって思わない？　つまりなんて言ったらいいのかしら……。むつかしいわ、ほんとに」

「取り憑かれた《トランスアビタード》、と言ったほうがいい。ねえ、こんなことがいつまでも続くはずはないよ。《悲嘆に暮れるな、カタリーナ》」とトラベラーが鼻唄を歌う。「《もうすぐ運が向いてくる／きみに食事をさせてやろ》」

「ばかね」とタリタは言って、彼の耳にキスをした。

「こんなことがいつまでも続くはずはないわ、こんなことがいつまでも続くはずはないわ……。こんなこと、これ以上続けちゃいけないわよ、一瞬たりとも」

「乱暴な切断はいけないよ、あとで切断個所が疼《うず》いて生涯苦しむことになるから」

「正直言って、わたしの印象では、わたしたち蜘蛛か百足《むかで》を飼ってるみたいなのよ。世話をやき、面倒をみてやってるうちに、だんだんそれが成長して、初めはなんということもない、ほとんど美しいと言ってもいいような、足のたくさんある、ちっぽけな虫だったのが、突然大きくなったと思うと顔に飛びかかってくるのよ。わたし蜘蛛の夢もみていたような気がするわ、はっきり憶えていないけど」

「聴けよ、オラシオだ」とトラベラーがズボンをはきながら言った。「こんな時間に、ゲクレプテンが出かけるのを喜びはしゃいで気が違ったみたいに口笛なんか吹いてる」

（－80）

46

「音楽、愛に生くる者の憂愁の糧」とトラベラーはこれで四度も同じ文句を諳誦《あんしょう》して、タンゴ《*Cotorrita de la suerte*（幸運の小さなインコ）》を始める前にギターの調律をしていた。

ドン・クレスポがその引用句に興味を示すので、タリタはアストラナ・マリン訳の五幕物全集を取りに部屋へ上がっていった。カチマーヨ街は夜の訪れとともに賑やかになってきたが、ドン・クレスポの中庭では、カナリヤのシエン・ペソスの鳴き声以外はトラベラーの歌声しか聞こえず、いましも彼は、*la obrerita juguetona y pizpireta / la que diera a su casita la alegría*（ふざけやでおきゃんな働き者／どんな些事にも歓びを知る女の子）というところを歌っていた。トランプ遊び《エスコバ・デ・キンセ》をするためにはおしゃべりは必要ではなく、ゲクレプテンが勝ちまくって、オリベイラはグトゥッソのおかみさんと替るがわる二十ずつ巻き上げられていた。幸運の小さなインコ *que augura la vida o muerte*（生か死かを占う鳥）はすでに多くの中から一枚の小さな赤い紙きれを抜き出していた。未来の夫、長生き。しかしそれでもトラベラーの声は、女主人公の急病と、*y la tarde en que moría tristemente / preguntando a su mamita: "¿No llegó?"*「幸運の小鳥は来ないの?」とママに尋ねつ／悲しくも往《い》にしあの夜）のことを歌う段になると真に迫って、うつろな響きをさえ帯びてきた。ポロン、ポロン。

「なんて悲しいんでしょう」とグトゥッソのおかみさんが言った。「タンゴの悪口を言うひとが多いけど、わたしに言わせりゃラジオでやってるカリプソやその他の低俗な歌謡曲なんかとは比べものにならないね。わたしにそこのインゲン豆を取ってくださらない、ドン・オラシオ」

トラベラーはギターを素焼きの植木鉢にたてかけてマテ茶をぐいと飲み、今夜も鬱陶しくなりそうだなと考えていた。彼は、仕事をしなければならないとか、病気にかかるとか、なんらかの気散じを望みたいくらいだった。カーニャ酒を自分でグラスに注いで、それを一息に飲み干し、ドン・クレスポのほうを見ると、爺さんは鼻の頭に眼鏡をのせて、悲劇の序幕に疑り深い様子で没入していた。トランプに負けて八十センターボ巻き上げられたオリベイラは、そのそばに行って座り、もう一杯カーニャを飲んだ。

「世の中って面白いよ」とトラベラーは声をひそめて言った。「あそこでしばらくするとアクティウムの戦いが繰りひろげられるんだ、爺さん我慢してそこまで読みつづけられるかな。傍らのあの二人の気の変な女ども、インゲン豆をぼりぼりやりながら七の札をめぐって争っている」

「仕事ってどれも同じだな」とオリベイラが言った。「きみはこの仕事って言葉の意味がわかるかい? 仕事中である、仕事に就く。背筋が寒くなっちゃうよ。しかしね、空論にならないために言っておけば、サーカスでのぼくの仕事は純然たる詐欺だね。なんにもしないで銭儲《もう》けをしてるんだから」

「少し待てばサン・イシドロでの初公演だ、こいつはきっときついぞ。ビリャ・デル・パルケでは問題は全部決着がついたはずだよ、ことに座長を悩ませた袖《そで》の下の問題はね。これからはまた新しい人たちを相手に始めなくちゃならないから、おまえもたっぷり仕事にありつけるさ、なにしろ仕事っていうのがおまえの大好きな言葉なんだからな」

「とんでもない。でたらめ言っちゃいけないよ、ほんとはその言い方ぼくが作ったのさ。それじゃ、いよいよ働かなくちゃならなくなるわけかい？」

「初めの何日かはね。そのあとは万事、踏みならされた道を進むことになるさ。ちょっと聞きたいんだけど、おまえヨーロッパを放浪してたときぜんぜん働かなかったのかい？」

「ぎりぎり最小限さ」とオリベイラは言った。「あれは秘密出版の本屋の親爺だった。トレイユ爺さんていってね、セリーヌの人物みたいだったな。そのうちきみに話さなくちゃね、もしそうするだけの価値があればだが、いや、そんな価値はあるまい」

「是非聞きたいね」とトラベラーが言った。

「いやあ、もうみんなどっかに消えちゃったよ。きみに話したことはそれぞれ絨緞の模様の一片みたいなものだ。その一つ一つになんらかの形で名を与えるためには凝結剤が必要だね。そうすりゃ、どんぴしゃり、万事が然るべき所を得て秩序整然と並び、すべての切子面に瑕《きず》ひとつない高価なクリスタルがきみの手のひらに忽然《こつぜん》と生ずるさ。まずいのは」とオリベイラは言って、爪をみながら、「おそらくすでに凝結したのにぼくがそれに気づかなかったことで、ぼくは、まるでサイバネティックスの話を聞きながら、もうそろそろバーミセリ入りのスープの時間だなと考えてゆっくりと頷《うなず》いている老人たちのように、あとに取り残されたのさ」

カナリヤのシエン・ペソスがきんきん音としか言いようのない顫《ふる》え声をあげて鳴いた。

「つまり、ときどきおれは考えることがあるんだ、おまえは帰ってくるべきではなかった、とな」とトラベラーが言った。

「きみはそのことを考える。ぼくはそのことを生きる」とオリベイラが言った。「たぶん、結局は同じことなんだろうが、そうやすやすと気絶昏倒《こんとう》に陥らないようにしよう。きみとぼくを殺すのは慎しみ深さだよ。ぼくらは家の中を裸で歩きまわってある女たちをびっくり仰天させているくせに、問題が話すということになると……。そりゃあね、ときどきぼくにも、きみに話すことができそうに思えることがあるんだが……。よくわからないけど、たぶん今この瞬間には、言葉がなにかの役目を果たして、ぼくらに奉仕しているかもしれないよ、しかしそれらの言葉は、日常生活から出たものでも、中庭でのマテ茶、よく回転するおしゃべりから出たものでもないから、そういうことをいちばん聞いてもらいたい親友でさえ、しりごみして聞こうとしないようなものなんだ。きみもときどきもっと別の誰かに打ち明け話をしたくなったりしないかい？」

「それはあり得るね」とトラベラーはギターの調律をしながら言った。「そのことを原則として楯にとって、友達なんかなんの役にも立たないと考えられては困るが」

「友達というものは、そこにいるだけで役に立つもんだ。それにそれがいつなんどきそうであるかは誰にもわからないことだよ」

「なんとでも言え。これじゃ昔のように互いに理解しあうのはむつかしくなりそうだな」

「昔の名においてぼくらは現在もっと大きなへまをやっている」とオリベイラが言った。

「いいかい、マノロ、きみはぼくらが互いに理解しあうって言うけれど、結局きみにはぼくもきみと理解しあえることを望んでいることがわかっているわけだから、きみが言いたいのはきみが実際に言ったその言葉以上のなにかだよね。厄介なことに、真の理解とは、もっと別のことだ。ぼくらはあまりにもわずかのもので我慢している。友達同士が互いによく理解しあっていれば、恋人同士が互いによく理解しあっていれば、家族同士が互いによく理解しあっていれば、そのときにはわれわれは調和というものを信ずるわけだ。まったくの迷妄《めいもう》、ひばりの鏡だよ。ときどき思うんだが、睨《にら》みあって互いに相手の顔を張りあう二人のほうが、そこにいて外側から見つめあっている者同士よりずっと深く理解しあっているんじゃないかな。だから……。さあて、ぼくはほんとは《ラ・ナシオン》の日曜版に寄稿しなくちゃ」

「おまえらしいな」とトラベラーは第一絃の調律をしながら言った。「しかし、おまえもとうとう、さっき自分で言っていたあの慎しみ深さという発作に襲われたな。おまえのおかげで、グトゥッソのおかみさんがご亭主の痔《じ》の話をしなきゃと考えたときの様子を思いだしたよ」

「このオクタビオ・セーサルはなんだかんだ言うね」とドン・クレスポがぶつぶつ言って、眼鏡の上から彼らのほうを見た。「ここではマルコ・アントニオがアルプス山中でじつに妙な肉を食ったという話をしている。この言い方でなにを言わんとしておるのかね？　子山羊《やぎ》だと、わしは思うんだが」

「裸の二本足のほうがありそうだな」とトラベラーが言った。

「この作中の人物は、狂人か、さもなけりゃ狂人に近い」とドン・クレスポが恭しく言った。

「クレオパトラがなんとするか、見なくちゃいけませんな」

「女王様っての、とてもややこしいものだよ」とグトゥッソのおかみさんが言った。「そのクレオパトラもごたごたを起したのさ、映画で観たんだけど。そりゃもちろん時代も違うし、宗教もなかった昔の話さ」

「上がり」とタリタが言って、六枚の札を全部打ち出した。

「あなた運がついてる……」

「結局は負けてるも同然よ。マヌー、わたしもうお金ないわ」

「ドン・クレスポに両替してもらいな、爺さんもどうやらファラオの齢《よわい》に達して、純金の金貨をおまえにくれるぜ。ほら、オラシオ、おまえが調和について言ってたことは……」

「結局のところ」とオリベイラは言った。「ぼくがポケットを裏返しにして中のごみを食卓の上に置くってきみが言うからには……」

「ポケットを裏返しにするのとは違う。おれの印象では、おまえは安閑として、他人から見ればおれたちが流れに逆らって仮装行列の準備をおっぱじめるのを眺めているって感じだな。おまえはおまえのいわゆる調和を求めているが、それをおまえは友達同士、家族同士、都会といった、おまえがそんなところに調和はないと言ったばかりのまさにそうした場所に求めているじゃないか。なぜおまえは人と人との交わりの場に調和を求めるんだい？」

「わからない。わかりたいとも思わないね。ぼくの脳裏につぎつぎと浮かんだのさ」

「なぜおまえはそんなことをつぎつぎと考えたんだ？ お蔭で残ったおれたちはおまえの過ちのために眠れなくなったじゃないか」

「ぼくもよく眠れないよ」

「おまえに一例を示せば、なぜおまえはゲクレプテンとくっついたんだい？ なぜおれに会いにきたんだい？ たぶんそれはゲクレプテンじゃないんだろうな、おれたちじゃないんだろうな、きみの調和を壊しているのは？」

「曼陀羅華《マンドラゴーラ》を飲みたいだと！（『オセロ』三幕三場三〇三行）」とドン・クレスポが呆《あき》れて叫んだ。

「なにをだって？」とグトゥッソのおかみさんが言った。

「マンドラゴーラをだとさ！ 侍女にマンドラゴーラを注げって命じてるとこさ。眠りたいんだとさ。まったく気の変な女だよ！」

「ブロムラールを飲みゃいいんだよ」とグトゥッソのおかみさんが言った。「もちろんあんな昔じゃ……」

「きみの言うとおりだ」とオリベイラは言って、両方のグラスにカーニャ酒を注ぎながら、「ただし一つだけ、きみがゲクレプテンに実際以上の重要性を与えているのはいただけないね」

「じゃ、おれたちはどうなんだ？」

「きみたちは、そうねえ、たぶん少し前に話に出たあの凝結剤だな。凝結剤というと、ぼくらの関係はほとんど化学的なもの、なにかぼくら自身の外にあるものだというふうに、どうしても考えちゃうね。描いてる最中のスケッチみたいなものさ。きみがぼくを出迎えにきてたんだよ、忘れちゃ困るな」

「そりゃそうさ。おまえがあんなにむっつりして帰ってくるとは全然思っていなかったよ、あっちですっかり人が変ってしまい、おれをしきりに違う人間にしたがるなんて……。いや、そうじゃない、そういう意味じゃないんだ。ばかな！　おまえは自分が生きもせず、人にも生きさせないんだよ」

ギターが二人の間にシエリート（ガウチョの舞曲）を爪弾《つまび》き出した。

「きみはそうやって指をぽきぽき鳴らすしか芸がない」とオリベイラは声をぐっと低くして言った。「それで、きみたちはもうぼくと会わないんだね。それはよくないよ、ぼくのせいできみとタリタが……」

「タリタのことはこの際さておいてだ」

「いや」とオリベイラが言った。「タリタをさておいて考えるわけにはいかない。ぼくらはタリタと、きみと、ぼくとで極めてトリスメギストス的三角形をなしている。もう一度繰り返して言おう、きみがぼくに合図をすれば、ぼくは三人組から抜けるだけさ。きみたちが煩わしく思っていることにぼくが気づいていないなんて考えないでくれ」

「いまさらおまえがいなくなったって、たいして問題の解決にはならないよ」

「どうしてだい？　きみたちはぼくを必要としていないじゃないか」

トラベラーは《*Malevaje*（盗賊一味）》の前奏を弾き、中断した。すでに夜の帳《とばり》は下り、ドン・クレスポは本が読めるように中庭の明りをつけた。

「いいかい」とトラベラーが声を低くして言った。「いずれにしても、いつかおまえは立ち去るだろうから、おれがおまえに合図をしながら歩く必要はないさ。タリタがおまえにそう言っただろうけど、おれは確かに夜眠れないみたいだが、結局のところ、おまえが帰ってきたことをおれは嘆いちゃいないさ。おそらくおれにはおまえが必要なんだ」

「なんとでも言え。ものごとはそうなるものだ。いちばんいいのは、平静を保っていることだよ。ぼくにとってもそのほうがひどいことにならない」

「まるでたわけ者同士の対話みたいだな」とトラベラーが言った。

「純粋なモンゴロイドの、か」とオリベイラが言った。

「なにかを説明しようと思うと、そのたびに事態は悪化するばかりだな」

「説明なんてものは着飾った過誤さ」とオリベイラが言った。「銘記したまえ」

「そうだな、それじゃ話題を変えたほうがいい。急進党になにが起っているか、とか。ただその、おまえが……。しかし回転木馬みたいなもので、いつも同じことの繰り返しだ、白い馬、それから赤い馬、また白い馬。おれたち詩人だなあ」

「蛮族の詩人さ」とオリベイラはグラスを満たしながら言った。「よく眠れなくて新鮮な空気を吸いに窓辺にのぞく連中、そういったところだ」

「それじゃ、ゆうべおれを見たんだな」

「どうだったかな。最初、ゲクレプテンが蒸し暑がるもんで、なだめすかしてやらなきゃならなかったんだ。ほんのちょっとだけだよ、しかし結局は……。そのあとぼくは足を投げ出してぐっすり眠っちゃったのさ、忘れたくて。なぜぼくにそんなこと訊くんだい?」

「別に」とトラベラーは言って、手を絃の上に押し延した。巻きあげた小銭をじゃらじゃら鳴らしながら、グトゥッソのおかみさんは椅子を持ってきて座り、トラベラーに歌を所望した。

「ここんとこでエノバルドってやつが、夜の湿った空気は体に悪いと言ってる」とドン・クレスポが言った。「この作中ではどいつもこいつも気が変になっていて、戦さの最中にぜんぜん無関係なことをしゃべり出すんだな」

「さてそれじゃ」とトラベラーが言った。「おかみさんを悦ばせて進ぜよう、ドン・クレスポさえ構わなければ。《*Malevaje*》、フアン・デ・ディオス・フィリベルトのタンゴでも。ああそうだ、おまえ、おれが忘れてたらそう言ってくれ、イヴォンヌ・ギトリの告白をおまえに読んでやりたいんだ、あれはたいしたものさ。タリタ、ガルデルの名演集をとってきてくれないか。ナイトテーブルの上にあるよ、そういうものはたいていそこに置いてあるはずだろ」

「ついでにその本わたしに返して頂戴」とグトゥッソのおかみさんが言った。「別になんでもないけど、わたしは自分の本は自分の手許《てもと》に置いておきたいもんでね、わたしの亭主だって同じことさ、誓って言っておくけど」

(−47)

47

わたしはわたしなり、わたしは彼なり。わたしたちはあり、しかしわたしはわたしなり、まず第一にわたしはわたしなり、わたしは守りとおすであろう、力の及ぶかぎり、わたしであることを。アタリア、わたしはわたしなり、Ego. Yo. 資格のある、アルゼンチン女、赤い爪、ときには可愛らしくもある、大きな黒い瞳の、わたし。アタリア・ドノシ、わたし。Yo. Yo-yo. 巻取機と薄い平紐、喜劇的ね。

マヌーったらばかね、アメリカ屋まで出かけて行って、ただの気晴らしのためにこんな機械を賃借りするなんて、巻き戻し《リーワインド》。なんて声かしら、こんなのわたしの声じゃない。偽りの、作り声。《わたしはわたしなり、わたしは彼なり。わたしたちはあり、しかしわたしはわたしなり、まず第一にわたしはわたしなり、わたしは守りとおすであろう……》STOP. すごい装置ね、でも声を出して考えるための役に立たないわ、あるいはたぶん慣れることが必要ね。マヌーはおかみさん達を扱った有名な自作のラジオドラマを録音するって言うけど、どうせなにもしやしないわよ。魅惑的な目ってほんとうに不思議。緑色の刻み目がめまぐるしく動き、収縮するの。片目の猫がわたしを睨んでる。ボール紙の切れ端であれを蔽ってやったほうがいいわ。REWIND. テープはじつに坦々と、じつに滑らかに回るわ。VOLUME. 5乃至5 1/2の位置に合せること。《魅惑的な目ってほんとうに不思議。緑色の刻み目がめまぐるしく動……》しかしほんとうに不思議だったのはわたしの声がこんなこと言ったことのほうかもしれないわ、《魅惑的な目は密かに戯れ、赤い刻み目が……》反響が強すぎるわ、マイクロフォンをもっと近づけてボリュームを下げなくちゃ。わたしはわたしなり、わたしは彼なり。これじゃわたしの実体は悪《あ》しきパロディだわ、フォークナーの。安っぽい効果。彼は録音機に口述するのかしら、それともウイスキーが録音テープの役をはたすのかしら？　録音機ったって、そもそもグラバドール（grabador）なのかマグネトフォノ（magnetófono）なのか。オラシオはマグネトフォノって言うわね、あの装置を見てびっくりして言ったもの、《やあ、すごいマグネトフォノじゃないか》って。説明書はグラパドールになってるわ。アメリカ屋の人なら知ってるはずよね。不思議なのは、なぜマヌーは靴でもなんでもアメリカ屋で買うのかってこと。固定してるなんて愚の骨頂。REWIND. これは面白そうね。《……フォークナーの。安っぽい効果》STOP. 自分の声を繰り返して聞くなんてあんまり面白くないわ。こんなことは暇がなくちゃ、暇と時間が。こんなことはみんな暇がなくちゃ。REWIND. トーンがもっと自然かどうかみることが必要。《……ちゃ、暇と時間が。こんなことはみんな……》そっくりよ、風邪引き小女の声。まったくそのとおり、みごとな操作、マヌーが感心するだろうな、こと機械に関してはぜんぜんわたしを信用していないんだから。このわたし、薬剤師には、オラシオったら視線をとめてさえくれないのに、この装置を、まるで裏漉《うらご》しから漉《こ》されて出てくるスープの具、座って食べてもらうために反対側に漉されて出てくるぐしゃっとした糊《のり》状のものでも見るように凝視するんだから。巻き戻し？　いえ、このまま続けましょうよ、明りを消しましょうよ。わたしたち三人称で話してみましょうよ……。それからタリタ・ドノシが明りを消すと、あとには赤い刻み目のある魅惑的な目（たぶん緑色になるだろう、たぶん菫《すみれ》色になるだろう）とタバコの火しか残らない。暑い、そしてマヌーはサン・イシドロから戻らない、十一時半。あそこの窓辺にはゲクレプテンがいる。わたしには見えないけれど、確かに彼女は窓辺に、寝間着姿でいる。オラシオは枕机に向かって、蝋燭をともして、本を読みタバコをふかしている。オラシオとゲクレプテンの部屋はどういうわけか、こっちの部屋ほどホテルらしくない。ばからしい、こっちのはあんまりホテルくさくてゴキブリどもまで背中に部屋番号を書かれなければならないくらいだし、またすぐ隣では一回の診察に二十ペソの結核患者のいるドン・ブンチェのところで、足の悪い人やてんかん患者が我慢している有様だ。下は曖昧屋で、小間使い女の調子っ外れのタンゴ。REWIND. たっぷり間があったから少なくとも三十秒は逆戻りできる。時間に逆らって進むのね、マヌーなら好んでそう言うところだわ。ボリュームは5《……背中に部屋番号を書かれ……》もっと前。REWIND. さあいいわ。《……オラシオは枕机に向かって、緑色の蝋燭をともして……》STOP. 枕机、枕机。薬剤師なら枕机なんて言う必要はぜんぜんないわ。甘いメレンゲ。枕机なんて！　使い方を誤った甘っちょろさ。まあいいわ、タリタ。くだらないことはもうたくさん。REWIND. 全部、テープがはずれる直前まで。この機械の欠点はちゃんと目算してなきゃならないこと。もしテープがはずれたら新たに引っかけるのに三十秒は損をする。STOP. ぴったり、あと二センチのところ。わたし最初どんなことしゃべったかしら？　もう忘れちゃった、でも、びっくりしている子ネズミの声みたいに聞こえたわよね、ご存知のマイクロフォン恐怖ってやつね。さあ行くわよ、ボリュームは5 1/2だから聞きやすいわ。《わたしはわたしなり、わたしは彼なり。わたしたちはあり、しかしわたしはわたしなり、まず第一に……》ねえ、なぜなの、なぜそんなこと言うの？　わたしはわたしなり、わたしは彼なり、それから枕机の話をして、それから腹を立てて。《わたしはわたしなり、わたしは彼なり。わたしはわたしなり、わたしは彼なり》

タリタはテープレコーダーのスイッチを切って蓋《ふた》をし、深い嫌悪の念をもってそれを眺め、自分でレモネードを一杯注いだ。彼女は医院の話は考えたくなかったが（座長はなんと非常識なことか、《精神病院》と呼んでいた）、医院のことを考えるのをやめれば（この考えるのをやめるということが現実というよりは希望であったということのほかに）たちまち同様に煩わしい他の秩序の中に入りこんでしまうのだった。彼女は、サーカスの番小屋の中でオラシオと二人であれほど派手に弄《もてあそ》んだあの天秤の比喩を用いて、マヌーとオラシオのことを同時に考えるのだった。なにかに取り憑《つ》かれているという感じがその当時いっそう強くなっていて、少なくとも医院は、恐怖と未知を連想させるもの、剃刀をもって追いかけあったり、椅子やベッドの脚を振り上げ、体温グラフの上にへどを吐き、儀式のように手淫する、寝間着姿の狂暴な狂人たちの身の毛もよだつ幻想図であった。マヌーとオラシオが白衣を着て狂人たちの世話をやく姿を見ることがたいへん気晴らしになってきた。《わたしはいまにある重要性をもつことになるでしょう》とタリタは慎ましく考えた。《きっと座長はわたしに医院の薬局をまかしてくれるわ、もし薬局というものがここにあるのならば。たぶんそれは応急手当の救急箱、といった程度のものよ。マヌーはいつものようにわたしを冷やかすかもしれないわ》いろいろ反芻してみなければならないことがある。忘れている多くのこと、細かい金剛砂で角という角の磨滅した時間、その夏の一日一日の名状しがたい戦い、港と暑さ、浮かぬ顔をして桟橋を下りてきたオラシオ、猫といっしょにわたしを追い出した無礼な態度、ぼくらは話があるからきみは電車で帰りな。それから、よじれた空缶や、足を傷つけかねない鉤《かぎ》、汚い水溜り、アザミにひっかかったぼろ切れなどのいっぱいある未開墾地のような時間、オラシオとマヌーが彼女を見つめたり、互いに見つめあったりする夜のサーカス、一回ごとに愚かになってゆく、あるいは熱狂する観衆の絶叫の中で計算問題を解いてその天才ぶりを遺憾なく発揮する猫、途中バーに立ち寄ってマヌーとオラシオがビールを飲み、とりとめのない話をいつまでも続けたり、あの暑さや煙や疲労にもめげず彼女の話を聞いてくれたりした、終演後の徒歩での帰路、といった時間が始まった。ワタシハワタシナリ、ワタシハ彼ナリ、彼女はその言葉を無意識に口にした、ということはつまりそれは思量を越えたなにかであったということで、そのような言葉は、言語があたかも病院内の狂人たちのように、固有の隔離された生を営む脅威的もしくは不条理な存在として、誰も阻止できないままに不意に躍り出てくるような領域から出てきたものであった。ワタシハワタシナリ、ワタシハ彼ナリ、その彼とはマヌーではなくオラシオ、住みついた者、陰険な攻撃者、タバコの火で不眠の人影をゆっくりと描き出しつつ、夜間、自分の部屋の陰の中にひそむ影であった。

タリタは不安になると、よく起き出して、菩提樹《ぼだいじゅ》と薄荷を半々にしたお茶をいれた。そうしてお茶をいれながら、彼女はマヌーの鍵がドアの鍵穴に差しこまれることを願って待っているのだった。マヌーは軽快な調子でこう言ったことがあった。《オラシオはおまえのことなんかなんとも思っていないよ》それは不愉快だったが心を鎮めさせる言葉だった。マヌーに言わせると、たとえオラシオが一突き突いたとしても（ところが彼はそんなことはしなかったし、そんなこと匂わせもしなかったわけだが）

菩提樹一匙《さじ》

薄荷一匙
熱湯、沸騰したら止《ストップ》めて

たとえそうだとしても彼にとって彼女はぜんぜん問題ではないという。しかしそれなら。しかしもし彼にとってぜんぜん問題ではないとしたら、なぜいつでもあの部屋の奥にいて、タバコを吸ったり本を読んだりしているのかしら、まるでなんらかの形でわたしを必要とするかのようになぜいるのかしら（わたしはわたしなり、わたしは彼なり）、そうよ、まさにわたしを必要とし、まるでなにかに到達しよう、なにかをよりよく見よう、なにかによりよくなろうとして必死に吸いつくように、遠くからわたしにしがみついているのだわ。あのころは、わたしはわたしなり、わたしは彼なり、ではなかった。あのころはその逆で、わたしはわたしなるが故にわたしは彼なり、だったんだわ。タリタは自分が下した立派な推理と、お茶のおいしさにちょっぴり満足して、ふっと吐息を洩らした。

　しかしそれだけではなかった。なぜならそれではあまりにも単純な結論にすぎるであろうから。オラシオが関心をもっていると同時に無関心でもあるということはあり得ないことだった（論理はだてにあるわけではない）。二つの事象の結合からは当然ながら第三のことが出てくるはずで、それはたとえば愛とはなんの関係もないなにか（愛がひたすらマヌーだけ、ひたすらマヌーだけであるときに、時の終りまで考えるのはばかげたことだった）、狩りや探索に近いようななにか、あるいはむしろ恐怖におののく期待のような、手の届かないカナリヤを見つめている猫のようななにか、一種の時と日の凍結、跼天蹐地《きょくてんせきち》ともいうべきものであるはずだろう。角砂糖一個半。鄙《ひな》びた香り。事物－の－こちら－側－からの説明抜きの跼蹐、あるいはいつかオラシオが敢《あ》えて口に出し、立ち去って、ずどんと一発自分に撃ち込む日がくるまでは、どんな説明でも、あるいはそれをもとに説明を考え出すためのどんな材料でもいい。それは、そこにいてマテ茶を飲みながら彼らを見つめていたり、マヌーにマテ茶を飲ませ、彼を見つめさせてやったりして、三者で終りなき緩やかな輪舞《フィグラ》を舞い踊ることではない。タリタは考えた、《わたし、これじゃ小説でも書かないことには。すばらしいアイディアはいっぱい浮かんでくるのに》彼女はすっかり意気銷沈《しょうちん》してふたたびテープレコーダーのプラグを差し込み、トラベラーが帰宅するまで歌を歌った。タリタの発声があまり上手ではないという点で二人の意見は一致し、トラベラーはバグアラ（アンデスのインディオの民謡）の歌い方を彼女に教えた。彼らはゲクレプテンに、また、もし在室ならば、しかし在室はしていなかったが、オラシオにも、公平に判断してもらおうと、テープレコーダーを窓の近くまで持っていった。ゲクレプテンは、どこをとっても完璧《かんぺき》だと言い、さてそれではタリタのところにあるコールド・ミートと、ゲクレプテンが通りを渡ってやってくる前に作ることにしたミックス・サラダとを取り合せて、トラベラーの部屋でいっしょに夕食をたべようということになった。タリタにとってはこうした万事が完璧なものと思われると同時に、なにやらベッドカヴァーかティーポット・カヴァーのようなもの、なんでも蔽ってしまうもの、テープレコーダーかトラベラーの満足げな様子と同じもの、上にのせるために作られた、しかしなんの上にか、それが問題だ、あるいは上にのせるものと決められたもの、といった様相を呈していた。なぜなら、すべては結局のところ、菩提樹と薄荷を半々のお茶以前と同じ状態を続けるであろうから。

（—110）

48

セロ丘の隣の——といってもこのセロ丘に隣というものはなく、彼は突然そこに着いてしまって、自分がもうそこにいるのかどうかよくわからなかった、それならばセロ丘の近くといったほうがいい——、低い家々の建ち並ぶ、話好きな子供たちがたむろす地区で、いくら尋ねても益無く、すべては愛想のいい笑顔のまえで挫折していった。女たちは力になろうとする気持はあるのになんら情報をもたず、みんな行っちまうんでねえ、旦那、ここいらもすっかり変っちまったし、警察にでも行ったらなにか教えてくれるかも知れないよ。それに船も間もなく出航するので、彼としてもあまり長くは居れず、結局、口にこそ出さなかったが、すべては最初から期待していなかったし、詮索といっても懸賞試合や星占いへの服従と同様、てんで信じないでやっていたのだった。次の電車で港へ戻って、食事の時間までハンモックに身を投げだすことだ。

　その同じ夜の午前二時ごろ、彼は初めて彼女と再会した。それは暑い夜で、百人余の入国移民が鼾《いびき》と汗をかいていた〈三等船室〉の中は、停泊地の湿気がすべて足にまとわりついてくるために、圧し延された川空の下で、巻いたロープの上に座っているよりもひどいものだった。オリベイラは船室の仕切壁にもたれて座り、タバコをふかしながら、雲間に潜りこんだ冴《さ》えない星を眺めていた。ラ・マーガは通風機の陰から現われ、なにやら手に持ったものを床の上に引きずって歩きながら、あっという間に彼に背中を見せてハッチの一つのほうへ去って行った。オリベイラは彼女のあとを追おうとはしなかった。彼には、自分がいま見ているものはなにかけっして追ってはならないものであるということがよくわかっていた。彼はその女を、いわゆる経験とか人生といったものに飢えて、船首楼の脂じみた下級船室まで降りてきた誰か一等船室の手弱女《たおやめ》であろうと考えた。彼女は確かにラ・マーガに非常によく似ているようだったが、似ているといってもその大部分のところは彼がそう思ったということにすぎず、それゆえいったん心臓が恐水病にかかった犬みたいに鼓動することをやめると彼はもう一本タバコに火をつけて、自身を度しがたい阿呆者と決めつけた。

　ラ・マーガを見たと思ったことは、ある抑えがたい欲望があの無意識と定義される領分の奥底から彼女を引っぱり出して、船内の女性たちの誰かのシルエットに投影させたのだという確かな事実に比べれば、まだしもさほど苦いものではなかった。あの瞬間までは、彼はあることがらを愁わしげに想起するという贅沢を自身に許し、特定の過去の出来事を、自分の思う時に、然るべき雰囲気において喚起し、タバコの吸いさしを灰皿に押しつけて消すときと同じ平静さでそれらを終りにすることができると思っていたのだった。トラベラーが港で彼にタリタを紹介したとき、猫をバスケットにいれ、友好的ともアリダ・バッジともつかぬ雰囲気を漂わせていたあのじつにおかしな女に、彼はまたしても遠い空似が不意に偽りの完全な瓜二つへと凝縮してゆくのを感じた。それはあたかも、一見みごとに細かく整理された彼の記憶の片隅から、他人の肉体、他人の顔に住みついてそれらを完成させ、外側から、彼が永久に記憶の中にしまいこまれたものと思いこんでいたあの目つきで彼のほうを見つめることのできる外形質が、突如躍り出たかのようであった。

　それに続く数週間は、ゲクレプテンの有無をいわせぬ滅私献身ぶりと、カシミヤの生地を戸別に売り歩く困難な技術の見習修業ということもあって、表面は円滑に過ぎていったが、彼の飲むビールのコップ数は度を過ごし、広場のベンチであれこれと挿話を分析する時間もはなはだ多くなっていった。セロ丘での探索は、外面的には良心の重荷を解くためという様相を帯びていた。会って、弁解に努め、永久にさよならを言うためだというのである。人間は自分がやったことを、ほぐれ糸一本垂らしたままにしておかずに、きれいに仕上げたがる傾向があるものだ。しかしいまや彼は納得した（送風機の陰から出てきた女の人影、猫を連れた女）、自分はそのためにセロ丘へ行ったのではなかったことを。精神分析は苛《いら》立《だ》たしいものだったが、それは確かなことだった、そのためにセロ丘へ行ったのではなかったことは。突然、彼は自分自身の中へ無限に落ちこんでいる底無し井戸となった。彼は国会前広場の真中で、皮肉たっぷりに自分自身を罵《ののし》った。《それであれを探求と呼ぶのかね？　きみは自分を自由だと思っているのか？　あのヘラクレイトスの一件はどうなったんだい？　いいかい、解放の諸段階を反復したまえ、ぼくが少しは笑えるように。しかしきみは蟻地獄の底にいるようだね》彼はこの発見によって、もはや償い得ない屈辱感を味わいたかったのかも知れないが、それを妨害するようにして、胃の腑のあたりに漠然とした満足感が居座り、肉体が精神の不安を嘲笑って肋骨や腹や足裏に気持よさそうに蹲《うずくま》るときに発する、あの猫のような満悦の応答をするのだった。なによりも始末の悪いことに、彼は心の底ではそう感じることに、つまり自分は戻ってきたのではなく、どこへかは知らないがつねに行こうとしているのだと感じることに、かなり満足していた。その満足感の上から、ただ単に了解を得たいだけなのにという自棄的な気持、彼としてはその具現を願っていたのにあの無為徒食の満足感が悠然と遠くへ押しのけてしまったところのものを再度要求したい気持によって、彼は身を焼かれる思いだった。オリベイラは、ずるいことにどちらにも偏せず、自分は加担するつもりのない傍観者として、絶えずこの不和に立ち会っていた。サーカスでもそうだったし、ドン・クレスポの中庭でのマテ茶の会でも、トラベラーのタンゴでも、オリベイラはそれらすべての鏡に映った自分の姿を横目で見ていたのだった。彼は気ままな覚書をノートに書き記してさえいて、そのノートはゲクレプテンが、敢えて読もうともせずに愛情こめて簞笥の抽出しにしまっていた。セロ丘を尋ねたことは、まさにそれが彼の想像していたのとは違う理由に基づいていたという理由によって、結果的にはよかったと、徐々に彼は悟っていった。ラ・マーガに恋をしてしまったと自覚したことは、失敗でもなければ、はかない秩序の中への固定でもなかった。あの愛は必ずしも対象を必要とするものではなく、虚無の中にその滋養分を見いだし、たぶん他のもろもろの力のなかに加わってそれらの力を連繋し、ビールと揚げたじゃがいもでふくらんだ肉体のあの内臓の満足感をそのうちいつかやっつけてやるための衝撃力へとそれらの力を合体させていたのだ。空中で派手に手を拍ったり鋭く口笛を吹いたりの合間にノートを埋めるために自分が用いたすべての言葉を読みかえして、彼は誰憚《はばか》ることなく大笑した。とうとうトラベラーが窓辺に現われて、もうちょっと静かにしてくれと嘆願した。しかしそれ以外のときにはオリベイラはなにか手仕事をしていれば天下泰平で、釘を真直にしたり、シサル麻糸をほぐしてその繊維で微妙な迷路をつくってランプの笠にくっつけたりし、それをゲクレプテンはエレガントだと形容するのだった。おそらくそのような愛は最高の活力源、存在の賦与者であった。しかしそれを取り逃すことによってのみ、彼はそのブーメラン的な効果を避けることができ、それを忘却の彼方へと直進させて、もう一度ひとりで、開かれた孔だらけの現実のこの新たな段の上に踏みとどまることができたのだ。愛する対象を殺すという、昔ながらの人間の猜疑心は、階段に踏みとどまらないことに対する代価であって、それはちょうど、刻々と過ぎ去って行く時間へのファウストの嘆願が意味をもつためには、それと同時にファウストが、まるでテーブルの上に空のコップとかそういったもの、マテの濃い茶なんかを置くみたいにして時間を手離してしまっていなければならないようなものであった。

一つのまとまった計画、一つの秩序ある思想と人生、一つの調和を有機的につくりあげることはきわめて容易なことだろう。過去を経験の価値へと引き上げ、顔の皺《しわ》を利用し、四十づらの微笑と寡黙さがいかにも明敏そうに見えるのを利用するだけの、いつもの偽善があれば充分である。その年になれば誰だって紺のスーツを着こみ、ロマンス・グレーの髪を撫でつけ、世間と折合って、絵の展覧会へ出かけたり、クラブ〈サド〉や高級バー〈リッチモンド〉へせっせと通うだろう。慎重な懐疑主義、そんなことはとっくに知っているといった態度、成人し、結婚し、バーベキューの時間や不満足な通知表を見せられたときには父親としての説教も垂れる、といったような調子のいい登場ぶり。わしがこんなことを言うのも、わしのほうがおまえより人生を多く経験してきたからだ。わしは広く旅もした。わしが子供のころはな。みんな同じだよ、言っとくがな。わしはおまえに経験から言ってるんだぞ、息子よ。おまえはまだ人生というものを知らんからな。

さてそういったまことに滑稽にして群居的なるものはすべて他の面においてはもっともっとひどい可能性がある。たとえばベイコンの所謂《いわゆる》《市場の偶像》(*idola fori*)とか、制度を歪《ゆが》める言語、単純化のあまりの石化、チョッキのポケットからおもむろに降伏の白旗をゆっくりと取り出す原因となる疲労の極、といったものによって絶えず脅かされている瞑想という面においては。また、背信という行為が、証人も共犯者もいない、完全な孤独の状態において行なわれる可能性もある。自分が個人的苦境や意識のドラマの彼方にいると思い、自分が一民族に、あるいは少なくとも一国民と一国語に帰属していることを思い知らされる倫理的責め苦の彼岸にいると思うことによってである。もっと完全な自由と見えるものの中で、誰に話をする必要もなく、群を離れ、四辻《よつつじ》を出て、それが必要であるからとかそれしかないからとか言いながら状況次第でどの道にでも入って行くこと。ラ・マーガはそうした道の一つであったし、文学もまた一つの道であった(ただちにノートを焼却すること、たとえばゲクレプテンが揉手《もみで》をして嘆願しようとも)。怠惰も一つの道だし、酔った帝王についての瞑想もそうだ。コリエンテス通り一三〇〇番のピッツァ料理店の前で立ち止まって、オリベイラは途方もない大問題を自分自身に投げかけた。《それじゃ、車輪の轂《こしき》のように、四辻の真中に停止していなきゃならないのか? いかなる道も偽りのものであると知っていたところで、あるいは知っていると思っていたところで、道そのものではないひとつの意図をもって道を行くのでなければなんにもならないんじゃないか? われわれはブッダではないし、ここにはその下で蓮華坐《れんげざ》に扶坐《ふざ》すべき樹もありはしない。おまわりがやってきて身分証明書を見せろっていうぞ》

道そのものではないひとつの意図をもって道を行くこと。こんな他愛ない茶番から(なんて音だ、この《チャ》ってのは。ちゃんちゃんこ、ちゃんこ、ちゃりんこの母ってとこだな)、彼に残されたものはあの内観《エントレビジオン》だけであった。そうだ、あれは熟考に値する定式だ。してみると、結局セロ丘訪問はそれなりの意味があったわけだし、ラ・マーガは、失われた対象であることを止めて、あり得べき再会のイメージとなるだろう——もっとも、もはや彼女とではなく彼女のもっとこちら側かあちら側とだ。つまり彼女を通して、しかし彼女ではないものとだ——。そしてマヌーや、サーカスや、近頃さかんに話題になる、精神病院という信じがたい着想、そうしたすべては外挿法を、エヘン、形而上的時間に不可欠の外挿法を、適用するかぎり、重要な意味を帯びてくる可能性がある。こういう調子のいい語彙はいつも引用したいときに忠実に出てくるもんだな。オリベイラはいつものことながらその健啖《けんたん》ゆえにピッツァにかぶりついて歯茎をやけどしたが、晴れ晴れとした気分になった。それにしても、なんとたびたび彼は幾多の都会の幾多の町角やカフェで同じ周期を一巡したことか。なんとたびたび彼は似たような結論に到達し、晴れ晴れとした気分になり、もっと別の形で人生をやり直すことだってできると考えたことか、たとえばいつかの午後、ばかばかしい演奏会を聴きに入ったことがあったが、あとで……。あとでひどく雨が降ったっけ。なぜそこにいつも思考が戻ってゆくのか。タリタについても同じことで、考えれば考えるほど事態は悪化するばかり。あの女はぼくのために苦しみはじめているが、それには格別な理由があるわけではなく、ただぼくがここにいるとタリタとトラベラーの間のことがすべて変化するように思われるからなのだ。そういった、想定され確実視される些細《ささい》なことでも積み重なると、あるとき突然それが鋭い刃に変じ、てっとり早く言えば、スペイン風煮込料理のつもりで始めたものが出来上がってみるとキルケゴール風鰊《にしん》になっていたってわけだ。あの板の午後は秩序への復帰だったのに、トラベラーは言うべきことを言うチャンスを逃がしてしまい、ぼくが転居して彼らの生活から身を引こうと決意したその当日に、彼はなにも言わなかったばかりかぼくにサーカスの仕事口まで見つけてくれたのだ、その証拠に……あの場合も憐《あわ》れみなんてじつにばかげたことだっただろう、いつかあの雨が降りに降った日みたいに。ベルト・トレパはまだピアノを弾いているんだろうか？

(−111)

49

タリタとトラベラーは、フェラグートが病院を買って、サーカスを、猫からなにからいっさいスアレス・メリアンなる者に譲ることに決めたいまは、有名無名を問わず狂人たちのことをしきりに話題にした。彼ら、とくにタリタにとっては、サーカスから病院への変化は一種の前進のように思われたが、トラベラーにはそういう楽観の理由があまりはっきりとは呑みこめなかった。もっとよく理解したいという望みから、彼らはしきりに興奮して何度も繰り返し窓辺に顔をのぞかせたり、通りに面した一階の玄関まで降りていって、グトゥッソのおかみさんやドン・ブンチェやドン・クレスポ、はては近くにいればゲクレプテンまで相手にして意見を交換するのだった。まずいことに当時は革命のことや、カンポ・デ・マヨが蜂起しようとしていることがしきりに論議の的になっていて、そういう話のほうがトレジェス街の病院を買い取った話よりずっと重要なことに思われていたのだった。結局タリタとトラベラーは精神病学のさる手引書に多少の正常さを見いだしはじめた。いつものことながら彼らはどんなことにも興味をそそられ、あのあひるの日には、どうしたわけか、議論があまり白熱したためにシエン・ペソスが鳥籠の中で発狂し、ドン・クレスポは知人が通りかかるのを待って、左手の人差指で、同じ左側のこめかみに左巻きの輪を一つかいて見せたほどであった。そういう場合にはあひるの羽の密雲が台所の窓から噴き出して、ドアがばたんと閉まり、密室内の戦区なき論議がくりひろげられるのであったが、昼食とともに戦火も熄《や》んで、それを機会にあひるは最後の一皮までぺろりと平らげられてしまうのだった。

マリポサ・カーニャ酒入りコーヒーの時間になると暗黙の和解が成り立って、彼らは敬愛する原典や、とうに絶版になった秘教的な雑誌、宇宙論の宝典など、彼らが新生への序章のようなものとして消化吸収しておく必要を感じた文献類をいっしょに読むのだった。二人は瘋癲《ビアンタード》について大いに弁じあった。それというのも、トラベラーまでがオリベイラに負けずに古い文書を引っぱり出してきて、もういつのことか記憶も薄れた遠い昔の大学生時代に共同で始め、その後別々に続けていたこの狂気という珍奇な現象に関する文献コレクションの一部を展示するのだった。それらの文献の研究は彼らに結構なデザートを供することとなり、タリタも「レノビーゴ」(二カ国語革命的雑誌)という、ルーメン書肆《しょし》から出てるイスパメリカーナ語のメヒコの刊行物を何号か読んでいたお蔭で、然るべき分け前にあずかることができた。その雑誌では大勢の狂人が共同で働いて意気軒昂《けんこう》たる結果を生みだしていた。サーカスは事実上すでにスアレス・メリアンの手に渡っていたので、フェラグートからはただ話を聞かされていただけだったが、病院が三月半ばごろに彼らに引き渡されることは確実のようだった。フェラグートは一、二度、学者猫を観にサーカスに顔をみせたことがあったが、明らかにその猫と離れがたくなって、毎度その大取引の緊急性と、彼ら全員の肩にのしかかってくるはずの重-責（そこで溜息）に言及するのだった。タリタが薬局を任されることはほぼ確実なことに思われ、哀れ彼女は極度に神経質になって薬学入門以来のノートを読み直していた。オリベイラとトラベラーの二人は彼女のおごりで大いに楽しんだが、サーカスに戻ってくるとなんとも悲しい気持になって、まるでサーカスというものが、なにか汲《く》めども尽きぬ価値をもった稀有なものであるかのように、観衆や猫を眺めるのだった。

「ここでは誰も彼も、もっとずっと狂気じみている」とトラベラーが言った。「ちょっと比較になるものがないんじゃないかな」

オリベイラは自分も内心同じことを考えていたとも言い出せず、肩をすぼめてテントの頂点を振り仰ぎ、ただ呆然として不確かなことの反芻に耽るばかりだった。

「確かにおまえはあちこち転々としているうちに変ったな」とトラベラーが不平を鳴らした。

「そりゃ、おれだって変ったさ、しかしいつだってここにいたんだぜ、いつだってこの同じ経度に……」

彼は腕を伸ばして漠然とブエノスアイレスの地勢を示した。

「いろいろ変った、だろ……」とオリベイラが言った。

そんなふうに話しながら、彼らは暫《しば》し息がつまるほど大笑し、気をそらされた観客が彼らのほうを非難がましくじろりと見るのだった。

親しく打ち解けあっているときの三人は、それぞれ新しい役割に対してみごとに心の準備ができていることを認めあった。たとえば、「ラ・ナシオン」の日曜版が配達されてくると、彼らは映画の封切や「リーダーズ・ダイジェスト」の発売日に行列をつくる人々を見て掻きたてられる悲しい気持に匹敵するような悲しみの念を掻きたてられるのだった。

「接触はだんだん間遠になってゆくだろうな」とトラベラーが予言者めいた言い方をした。「恐ろしい叫び声を発せねばなるまい」

「叫び声ならすでにゆうべフラッパ陸軍大佐があげたわよ」とタリタが応じた。「当然の帰結よ。囲われた状態の」

「あれは叫び声じゃないよ、おまえ、せいぜい臨終間際の喘鳴《ぜんめい》さ。おれが言ってるのはイリゴエンが夢想していたようなこと、つまり歴史的茨飾《クスピデアシオン》り、予兆的星占い、この界隈ではひどく矮小化されてしまった人類の希望といったようなことなんだ」

「あなた、まるでもう一人の人みたいな話し振りね」とタリタは言いながら、あっけにとられて、しかし性格学的盗み見を偽装しつつ、彼をつくづく眺めるのだった。

　さてそのもう一人のほうはまだサーカスに残っていて、スアレス・メリアンに最後の手助けをしたり、ときにはいっさいのことに無関心になった自分に驚いたりしていた。彼は、病院のことを考えるたびに興奮していたタリタとトラベラーに、せっかくのうまい汁を譲ってしまったという印象をもっていた。彼にとって、近頃ほんとうに喜んでしたいと思うことは、学者猫と遊ぶことだけだったが、この猫はどうしたことか彼が大好きで、もっぱら彼ひとりを喜ばせるために計算をやってのけるのだった。猫をおもてに連れ出すときは必ずバスケットに入れ、オキナワ戦のときのと同じ認識標を首輪にぶらさげて出るようにとフェラグートに指示されていたので、オリベイラは猫の気持を汲んで、サーカスから二丁も離れるとバスケットを親しい食料店に預け、可哀そうな猫の首輪をはずしてやり、二人でそのへんの空地の空缶の中を覗いたり、青い草を齧《かじ》ったりの楽しい仕事にとりかかるのだった。こういう衛生的な散歩のあとは、ドン・クレスポの中庭の寄合いに仲間入りしたり、頑として彼のために冬物を編んでくれるゲクレプテンの涙ぐましい情愛を受けいれたりすることも、オリベイラはさほど苦にならないのだった。フェラグートが下宿に電話してきてトラベラーに大取引が差し迫っていることを知らせてきた夜、三人は「レノビーゴ」のある号から大喜びしながら抽き出したイスパメリカーナ語なる概念を完成しつつあった。病院では厳粛さ、科学、忍従、そういったものばかりが待ちかまえているのかと思うと、彼らはほとんど悲しくなった。

「¿Ké bida no es trajedia?（イカナ人生ガ悲劇デナイダロカ？）」とタリタがみごとなイスパメリカーナ語で読みあげた。

　そうこうするうちにグトゥッソのおかみさんがやって

きてフラッパ陸軍大佐と戦車隊がどうのこうのという最新のラジオ・ニュースを伝えると、ついに具体的現実となったそのことに彼らは愛国的情緒を揺すぶられて陶酔し、あっという間に散って行って、通告してくれたおかみさんを驚かせたのだった。（―118）

50

バス停からトレジェス街まではほんの目と鼻の間で、三丁とちょっとしかなかった。タリタとトラベラーがそこに着いたときにはフェラグートとクカはすでに管理者といっしょにそこにいた。大取引は二階の一室で行なわれた。そこには広い中庭に面して二つの窓があり、庭園内を歩く患者たちの姿や、セメント造りの噴水に細い水流が噴き上げては落下するさまが眺められた。その部屋へ行くためには、タリタとトラベラーは階下のいろいろな廊下や部屋を通り抜けなければならず、その都度、婦人たちや殿方に正しいスペイン語で、タバコを一箱か二箱、恵んでほしいと哀願されるのだった。彼らに付添っていた看護人はこうした幕間《まくあい》劇をまったく当然のこととして受けとめているらしく、そうした環境は、道順を尋ねるという本来の動機にとってけっして有利なものではなかった。そうこうするうちにタバコもほとんどなくなって、やっと大取引の行なわれている部屋に辿り着くと、フェラグートが派手な言辞を弄《ろう》して彼らを管理者に紹介してくれた。意味不明の文書が半分ほど読みあげられたところへオリベイラが現われたので、万事うまく運んでいること、肝腎《かんじん》のことは誰にもわからないことを、身振りをまじえて小声で説明してやらなければならなかった。タリタが、かなりの苦労をしたあげくやっとここまでやって来た経過をかいつまんで彼に語って聞かせると、オリベイラは、玄関を入ってからそこのドアまで真直にやってきたものだから、狐につままれたような顔をして彼女をみつめるばかりだった。座長はといえば、きちょうめんにも黒い服など着こんでいた。

あまりの暑さで、ラジオのアナウンサーの声が、毎時、天気予報に続いてカンポ・デ・マヨの蜂起とフラッパ陸軍大佐の陰鬱《いんうつ》な意図に関する公式の否認を報ずるたびに、ますます喉音《こうおん》をぜいぜい響かせてゆくほどであった。管理者は、あらかじめ弁明してあったように、六時五分前になると、当面の事態と接触を保つためと称して、文書の読み上げを一時中断してニッポン製のトランジスタ・

ラジオのスイッチをいれた。当面の事態という言い方を耳にしたとたん、オリベイラは、玄関になにか忘れ物をしてきた人間が示すお定まりの身振りを示し（結局のところ、当の管理者だって、それもまた当面の事態と接触を保つための一形式であることを認めたであろうが）、トラベラーとタリタの射るような非難の限差しにもかかわらず、入ってきたときのドアとは別の、いちばん手近なドアから部屋を飛び出していった。

文書にあった二、三の語句から、彼は病院が地下一階、地上四階から成り、さらに中庭の奥に亭《ちん》があるらしいと判断していた。そこで、もし道がわかれば中庭をぐるりと回って行くのがいちばんいいはずだったが、その機会には恵まれなかった。それというのも、飛び出して五メートルと行かないうちに、シャツ姿の若い男がにこにこしながら近づいてきて彼の手を取り、子供たちがやるように腕を振りながら、多数のドアと、貨物用エレベーターのものに違いない開口部まである廊下へと導いて行ったからだ。狂人に手を引かれて病院を知るというのは実に愉快な発想で、オリベイラがまずやったことはこの同行者にタバコを差し出すことであったが、知的雰囲気を漂わせたその少年は、紙巻タバコを一本受け取って満足そうに口笛を吹いた。あとになって、その少年は看護人であり、オリベイラは狂人ではないことがわかったわけだが、そういう場合によくある誤解だった。この挿話は安直で、あまり発展性のあるものではないが、オリベイラとレモリーノは階段を昇り降りしているうちに仲好しになって、病院の地勢が、他の職員に対する辛辣《しんらつ》な言葉、友達同士の監視のしあいといったことといっしょに、内部から明らかにされて行ったのだった。壁にモニカ・ヴィッティの写真が貼ってある、オベヘロ先生がモルモットを飼っている部屋にきたとき、一人の斜視の少年が走り寄ってきて、レモリーノに、一緒にいる紳士はオラシオ・オリベイラさんではないか、とかなんとか言っていた。オリベイラが息せき切って階段を二階降りて大取引の部屋へ戻ってみると、そこでは文書が、クカ・フェラグートの月経閉止期の赤ら顔とトラベラーの無遠慮な大欠伸《あくび》の間でだらだらと終りに向かって読みつづけられていた。オリベイラは、四階の廊下の角を曲がるところをちらと見かけた、赤いパジャマ姿の影法師のことをまだ考えていた、あの男はもう年で、手のひらの中で眠っているような一羽の鳩を愛撫しながら壁にくっついて歩いていたっけ。とそのとき、クカ・フェラグートが一種とっぴょうしもない奇声を発した。

「どうしてＯＫの署名をしなきゃならないのよ？」

「黙っていなさい」と座長が言った。「あちらの旦那が言わんとしているのは……」

「そりゃはっきりしてるわ」とタリタが言った。彼女はいつもクカのことをよく理解していて、よろこんで彼女を助けてやるのだった。「この取引には患者たちの承諾が必要なのよ」

「でもそんなの狂気の沙汰《さた》よ」とクカがことさらに強調した。

「いいですか、奥さん」と管理者は、空いているほうの手でチョッキをつまみながら言った。「ここでは患者はたいへん特別でして、その点に関してはメンデス・デルフィノ法は明瞭です。すでに家族の方がＯＫした八、九人を除けば、他の者たちは、もしこんな言い方をお許し願えるなら、精神病院から精神病院へと転々と人生を送ってきた連中でして、彼らに責任をもつ人は誰もいないんです。そういう場合、法律によって管理者が、連中の頭が明晰な瞬間を見計らって病院を新しい所有者の手に渡すことの承諾を連中から得てもいいことになっているんです。ここにその条文が明記されてあります」と言い添えて、雑誌の切り抜きがはみ出している、赤い表紙で製本されている本を彼女に示しながら、「それを読んでくだされば万事終了です」

「もしわしの理解が正しければ」とフェラグートが言った、「この手続はただちになされるべきものなんだね」

「なんのために皆さんにお集まりいただいたとお思いで？　あなたを所有者として、あちらの旦那方を証人としてです。患者たちを召集して、今日の午後に全部片がつきますよ」

「問題は」とトラベラーが言った。「その時間があんたのいわゆる明晰な瞬間でなければならないっていう点だ」

管理者は憐れみの目で彼をちらと見て、呼鈴を押した。レモリーノが作業服姿で入ってきて、オリベイラに目くばせすると、小卓の上に部厚い台帳を置いた。そしてその小卓の前に椅子を据えて、ペルシアの死刑執行人のように腕組みをした。フェラグートが心得た顔で急いで台帳を調べてから、ＯＫは証書の下の方に記入すればいいのかと尋ねると、管理者はそうだと言い、あとは患者をアルファベット順に呼んで、青いインクの丸い万年筆で署名するよう頼めばよい段取になった。そのような能率的な準備にもかかわらず、トラベラーはまだ強情を張って、たぶん患者の誰かが署名を拒否するか、時ならぬ所業に及ぶかするだろうと暗示するのだった。クカとフェラグートは、オリベイラを公然と支持こそしなかったが、彼の言葉にしがみついてぶらさがっていた。　（－119）

51

ちょうどそのときレモリーノが一人の老人を連れて現われた。老人はおどおどしている様子だったが、管理者を認めると恭《うやうや》しく挨拶をした。

「パジャマ姿で！」とクカは唖然としたように言った。

「入ってきたとたんに誰だかすぐわかったよ」とフェラグートが言った。

「パジャマ姿じゃなかったんだ。どう言ったらいいか、むしろ……」

「静かに」と管理者が言った。「こっちへいらっしゃい、アントゥーネス、そしてレモリーノに言われたとおりの場所に署名をしなさい」

老人は、帳簿を慎重に調べ、その間レモリーノは万年筆を差し出していた。フェラグートはハンカチを取りだして、額を軽く叩いた。

「これは八ページですな」とアントゥーネスが言った。「わっしは第一ページに署名しなきゃならんと思いますがな」

「ここです」とレモリーノが言って、帳簿のさる場所を示した。「さあ、ミルク入りコーヒーが冷めないうちに」

アントゥーネスは派手な身振りで署名すると、みんなに挨拶をして出て行った。そのちょっとエッチな歩き方がタリタを喜ばせた。二人目のパジャマはもっと太っていて、小卓のまわりを一周したあと管理者に近づいて握手のための手を伸べた。管理者は嫌々その手を取って、そっけない態度で彼に帳簿を示した。

「あんたはもうご存知ですね、署名をしたら部屋へ戻ってよろしい」

「わしの部屋はまだ掃除が済んでないもんで」と太ったパジャマが答えた。

クカは衛生状態の悪さを心に銘記した。レモリーノは、太ったパジャマの手に万年筆を握らせようと努力したが、パジャマはゆっくりと後退りした。

「すぐ掃除させますよ」とレモリーノが言った。「署名をどうぞ、ドン・ニカノール」

「いやだ」と太ったパジャマが言った。「こいつは穽《おとしあな》だ」

「穽だなんてでたらめ言っちゃいけない」と管理者が言った。「すでにオベヘロ先生から問題点は説明があったはずです。署名さえしてくだされば、明日からライス・プディングを倍にしますよ」

「ドン・アントゥーネスが賛成しなきゃわしは署名しない」と太ったパジャマが言った。

「それがあんたのすぐ前に署名を終えたばかりなんでね、ほら」

「わしには署名が読めんのでね。そいつはドン・アントゥーネスの署名じゃない。あんたがた電気の突き棒で彼に署名させたのじゃ。あんたがたドン・アントゥーネスを殺したのじゃ」

「行って彼を連れ戻してきなさい」と管理者がレモリーノに命じると、レモリーノは飛び出していってアントゥーネスを連れて戻ってきた。太ったパジャマは歓声をあげて握手をしにそちらへ駆け寄った。

「彼に話してやってくださいよ、あなたも賛成したし、心配せずに署名するようにって」と管理者は言った。

「さあ、遅くなりますよ」

「心配せずに署名しなさい、いいから」とアントゥーネスが太ったパジャマに言った。「所詮それでおまえさんの頭がどう変るわけじゃなし」

太ったパジャマは万年筆を落した。レモリーノはぶつぶつ言いながらそれを拾いあげ、管理者は野獣のように立ち上がった。アントゥーネスのうしろに隠れて、太ったパジャマは震えながら袖にしがみついていた。だし抜けにドアをノックする音がしたと思うと、レモリーノがドアを開けるより早くピンクのキモノを着た婦人がずかずかと入ってきて、まっすぐ帳簿のところへ歩み寄り、豚の塩漬けでも見るようにあらゆる角度から帳簿を吟味した。そうして満足したように背筋を延ばすと、彼女は帳簿の上に手を開いて置いた。

「誓って」とその婦人は言った。「なにごとも真実を申します。あなたもわたしに嘘はつかないでしょう、ドン・ニカノール」

太ったパジャマは諾《うべな》うような動作を示したかと思うと、レモリーノが差し出していた万年筆を素速く受け取って、場所も構わず一気呵成に署名した。

「なんてやつだ」と管理者の呟く声が聞こえた。「所定の欄に書いたかどうか確認したまえ、レモリーノ。まあいいだろう。さて今度はあなたの番です、シュヴィット夫人、あなたはここに。レモリーノ、どこに署名するか教えて差し上げなさい」

「社会的環境が改善されるのでなけりゃ署名はしませんよ」とシュヴィット夫人が言った。「ドアや窓は精神に向かって開かれていなければなりません」

「わしは部屋に二つ窓が欲しい」と太ったパジャマが言った。「ドン・アントゥーネスは脱脂綿とかなんかそんなものを買いにフランコ＝イングレサ店へ行きたいんで。ここはとっても暗いし」

オリベイラはちょっと頭をめぐらしてタリタが彼のほうを見つめているのを見ると、彼女に微笑を返した。二人は互いに相手がこれらいっさいが愚劣な喜劇にすぎず、太ったパジャマも他の連中もことごとく彼ら二人と同じように狂人であることを承知していた。下手な役者たちだ、万人向きの精神病理学入門をすでに熟読した者の前でちゃんと狂人らしく見せようとする努力さえしない。たとえばそこに完全に貴婦人然として紙入れを両手で握りしめ、肘掛椅子に泰然と座っているクカなんかは、三人の署名者よりずっと狂人らしく見えたが、その三人は今しもシュヴィット夫人が思い入れたっぷりの身振りで開陳したなにやら犬の死といったようなことにぶつぶつ文句を言い始めていた。はなはだしく予測不可能なことはなにもなく、遅々たる徒歩の因果律がその多弁な喧囂《けんごう》たる関係を支配しつづけ、管理者の怒声が不服と呼び戻しとフランコ＝イングレサ店との反復される基本構図に対して通奏低音の役割を果たしていた。そうして、彼らが見ている前で、レモリーノがアントゥーネスと太ったパジャマをつまみ出し、シュヴィット夫人が軽蔑的な態度で帳簿に署名し、ピンクのフランネルを着たひょろ高い火焔ともいうべき骸骨の巨人が、その背後に、完全に真白い髪と悪意ある美の緑色の目をした小柄な若者を従えて入ってきた。この最後の二人は抵抗もせずに署名したが、そのかわり、この儀式の終るまでそこにいたいという点で意見が一致した。それ以上の議論は避けたいので、管理者は彼らを隅っこに追いやり、レモリーノが出て行ってさらに二人の患者、巨大なヒップの少女と、床に落した視線をいっかな上げようとしない怯《おび》えきった男を、連れてきた。不意にまた犬の死という話が聞こえた。患者たちが署名をすると、その少女はバレリーナのような物腰で挨拶した。クカ・フェラグートはそれに応えて親密そうに頭を軽く垂れ、それを見たタリタとトラベラーが引き攣《つ》ったように笑いこけた。帳簿にはすでに十人の署名がなされ、レモリーノは相変らず患者たちを導きいれ、挨拶が交わされ、言い争いになって事が頓挫《とんざ》したり、主役がいれかわったりし、そのたびに署名が行なわれていった。すでに七時半を廻り、クカはコンパクトを取り出して病院長夫人らしい、キュリー夫人とエドウィジュ・フイエールをあわせたような物腰で化粧を直した。タリタとトラベラーはそれを見てまたしても身を捩《ねじ》って笑いこけ、帳簿の捗《はかど》り具合と管理者の顔色を交互に窺《うかが》っていたフェラグートはまたしても不安になった。七時四十分に一人の女患者が、犬を殺すまでは署名はしないと宣言した。レモリーノはそうすることを彼女に約束してやり、オリベイラのほうを見てウインクした。オリベイラはレモリーノの親密な態度に好感をもった。二十人の患者が終ってあと四十五人を残すだけとなった。管理者は彼らのほうに近づいて、面倒な問題はすでに調印ずみ（彼はそう言った）であり、十五分ほど休憩するからビールを飲みながらニュースでも聞くのがいいと言った。軽い飲食のあいだ、みんなは精神病理学や政治を談じあった。革命は政府軍によって鎮圧され、首謀者たちはルハンで降伏したとさ。ネリオ・ロハス先生はアムステルダムの国際会議に行かれたそうな。ビール、最高にうまい。

八時半に四十八名の署名が終った。日が暮れかかり、部屋は煙や、四隅にたむろす人々や、在室者の誰かがときどき発する咳で、べとついた感じだった。オリベイラは通りへ出て行きたかったが、管理者は厳格で頑として折れなかった。最後に署名した三人の患者は食養生の改善（フェラグートはクカにメモを取っておくよう合図した。とんでもない、わが病院ではこと食事に関しては完璧でしたぞ）と犬の死（クカが片方の手の指をイタリア式に結んでフェラグートに示すと、彼は困惑して首を振り、管理者を見た。管理者は疲れ切って、お菓子屋のカレンダーでぱたぱた扇《あお》いでいた）を要求したばかりのところだった。鳩を手のひらに包むようにして持っていた老人が、まるでそれを眠らせてやろうとするようにそっと撫《な》でてやりながらやってきたとき、長い沈黙があってみんながその患者の手のひらの中でじっとしている鳩のことをひたすら思ったのだが、彼がレモリーノの差し出す万年筆を下手に受け取るために鳩の背中を一定のリズムで撫でてやっていた手を中断しなければならなかったのは残念だった。この老人のあと、二人の姉妹が腕を組んで入ってきて、入るなり犬の死その他この施設の改善すべき点を要求した。犬うんぬんのことはレモリーノを大笑いさせたが、とうとうオリベイラは脾臓《ひぞう》までなにやら淀んだような感じになり、立ち上がってトラベラーに、ちょっと一廻りして直ぐ戻ると言った。

「あんたには居てもらわねばなりませんな」と管理者が言った。「なにしろ証人ですから」

「建物内にいますよ」とオリベイラが言った。「メンデス・デルフィーノ法を見てご覧なさい。そんな例はみんな想定されてますよ」

「おれもおまえといっしょに行こう」とトラベラーが言った。「五分で戻りますよ」

「構内から出ないでください」と管理者が言った。

「心配しなさんなって」とトラベラーが言った。「おい、行こうよ、こっちへ行くと庭へ降りられそうだ。ひでえ当て外れだな、そう思わんか」

「全員一致ってのは退屈だな」とオリベイラが言った。

「独立独行のやつは誰ひとりいないんだから。犬の死なんてことひとつ取ったってそうだろ。泉のそばに座ろうか、噴水には人の心を清める趣があるから気分が晴れるよ」

「ガソリン臭いな」とトラベラーが言った。「お清めの効果、大ありだよ」

「実際、なにをぼくらは期待してたんだろう？　きみも見てのとおり結局みんな署名し、やつらとぼくらの間になにひとつ相違はない。なんの相違もないんだ。ぼくらは驚くほどここで安楽になろうとしている」

「そうさね」とトラベラーが言った、「一つ違いがあるよ。やつらはピンクを着て歩きまわってるってことさ」

「ごらんよ」と言ってオリベイラは上階のほうを指さした。もうほとんど夜になっていて、三階と四階の窓々には明りが規則正しく点《とも》されたり消されたりしていた。一つの窓に明りがあればその隣の窓には暗闇があった。あるいはその逆。一つの階に明りがあればその上の階には暗闇があった。あるいはその逆。

「準備はできた」とトラベラーが言った。「署名もうんと取った、しかしやつらボロを出しはじめてる」

清めの噴水のそばでタバコを吸いおえることに決めて、とりとめもない話をしながら、ついたり消えたりする明りを眺めていた。トラベラーが、変った、という話をしたのはそのときだった。そして沈黙があったあと、彼はオラシオが暗がりの中で声を殺して笑うのを聞いた。彼は繰り返しその話をしたが、なにか確かなことを得たくとも、言葉や観念から滑り落ちてしまう捕えどころのない題目をどう持ち出したらいいのかわからなかった。

「まるでおれたちは吸血鬼みたいなんだ、まるで同じ一つの循環系がおれたちを結び合せている、つまりおれたちの仲を引き裂いているみたいなんだ。ときにはおまえとおれ、ときには三人で、騙しあうのはやめよう。いつ始まったのかわからないが、そういうことになってるし、その事実に目をつぶっちゃいけない。おれたちがここへ来たのはただ座長に連れられてきたっていうだけのことじゃあないくらいおれにはわかってるさ。スアレス・メリアンとサーカスに残ったほうが楽だっただろうしな、知った仕事だし客にも喜んでもらってたんだから。ところがさにあらず、どうしてもここへ来なきゃならなかったんだ。三人とも。第一にいけないのはおれさ、おれが嫌がったんだから、つまりタリタがその……。つまりこの一件でおれがおまえから自由になるためにおまえを除け者にしたと考えるのがさ。自尊心の問題さ、わかるだろ」

「実のところ、ぼくにはこの仕事を受けいれるべき理由がない」とオリベイラが言った。「サーカスへ戻るか、あるいはむしろ、いっさいから身を引くかだ。ブエノスアイレスは大都会だし。いつかもこの話はしたよね」

「そうね、しかしおまえはこの対話のあとで行くわけだろ、つまりおれのためにそうするわけだ、それがおれは嫌なんだよ」

「ともかくその変ったとかいう話、もっとはっきり説明してよ」

「おれにもわからないんだ、説明しようとするとますます模糊としてくるんだから。そうね、まあこういうことだ。おれがおまえといっしょにいると問題はないんだが、ひとりになったとたん、おれはおまえに圧力をかけられているような感じになるんだよ、たとえばおまえの部屋から。先だっておまえに釘を持ってこいって頼まれた日のこと憶えてるね。タリタもそれを感じて、おれの顔を見てたけど、おれはその視線がおまえに向けられてるって印象を受けたぜ。逆に、おれたち三人いっしょのときは彼女はおまえがそこにいるなんて気がつかないみたいに何時間でも過ごせるのさ。おまえだってそのくらい気づいてるだろうけど」

「そうさ、それで？」

「それだけさ、だからおまえがひとり仲間はずれになるのにおれが手を貸すのは具合が悪いよ。それはおまえが自分で決めるべきことであるはずだが、おれがあのことをおまえにうっかり話してしまった以上、もはやおまえには決定する自由だってないのさ、だってそうだろ、おまえは責任という角度から問題を持ち出すことになるだろうし、そうなりゃおれたち終りだからな。そうなった場合、友達の命は赦してやるのが倫理的だろうが、おれにはそれは受けいれられないし」

「ふーむ」とオリベイラが言った。「それできみはぼくを行かせてくれないし、ぼくは行くわけに行かないってわけか。ちょっぴりピンクのパジャマ連中の状況に似てると思わないか」

「むしろそうだ、似てるよ」

「妙だな」

「なにがさ？」

「全部の明りが一斉に消えたぞ」

「最後の署名をもらったんだよ、きっと。これで病院は座長のものだ、フェラグート万歳！」

「ぼくの思うに、これからはやつらを喜ばせ、犬を殺さなくちゃならないぞ。やつらが犬に対して抱いている憎悪たるや信じがたいほどだよ」

「憎悪じゃないよ」とトラベラーが言った。「ここではさしあたり情熱もあまり激しくはならないらしい」

「きみは抜本的な解決を必要としているんだろ。ぼくにもずっと以前、同じことがあったよ。そしてそれから……」

中庭はすっかり暗くなり、花壇の位置を憶えていなかったので、彼らは足許に注意しながら帰りの途についた。石蹴り遊びの線図を踏んだのはもう入口の近くだったが、トラベラーは小さな声で笑って片足を挙げると、枡から枡へぴょんぴょんと跳びはじめた。暗がりの中で白墨の線が燐光《りんこう》のように仄《ほの》かに浮かび上がっていた。

「近いうちに夜にでもあちらの話をきみにするつもりだ」とオリベイラが言った。「あまり気が進まないけど、たぶんそれが犬を殺す唯一の方法だろうからね、こう言ってよければ」

トラベラーは石蹴りの外に跳び出し、その瞬間に三階の明りがパッとついた。さらになにか言おうとしていたオリベイラは、暗闇の中からトラベラーの顔がぬっと現われるのを見たが、その明りがふたたび消える前の一瞬の持続の間に、顰《しか》めっ面が、唇のあたりに浮かんだ引き攣ったような笑い（ラテン語の *rictus* 口の開き、微笑に似た昏の痙攣）が、彼を驚かした。

「犬を殺すって言えば」とトラベラーが言った。「おまえが気がついたか知らないが、医長の名前、オベヘロ（羊の番犬）だったな。なんてこった」

「そんなことぼくに言いたいんじゃないだろ」

「おれが黙っていようがどうしようが誰が文句を言うもんかね」とトラベラーが言った。

「もちろんそんなんじゃないが、だからどうだってんだい。それはうまく言えないことでね。それを立証しようと思えば……。しかしなにやらもう手遅れだって気がするんだけどな。ピッツァは冷えちゃって、もうひっくり返すこともできないぜ。すぐ仕事にかかったほうがいい、気が紛れるさ」

オリベイラは返事をせず、二人が大取引の行なわれた部屋へ戻ると、そこでは管理者とフェラグートがカーニャのダブルを飲んでいた。オリベイラはすぐそっちに合流したが、トラベラーはタリタが眠そうな顔で小説を読んでいたソファーのほうへ行って座った。最後の署名をとったあと、レモリーノはすでに帳簿をしまって儀式に列席した患者たちを引きさがらせていた。トラベラーは管理者が平らな天井の明りを消して、代りに事務机のランプを点していることに気がついた。すべては柔らかい緑色の光に包まれ、低い満ち足りた声で話していた。中心街のレストランにジェノバ風臓物料理を食べに行こうと計画している声が聞こえた。タリタは本を閉じて、眠そうな目でトラベラーを見つめ、トラベラーは彼女の髪に手をやって撫でているうちに気分がよくなった。いずれにしても、そんな時刻にそんな暑さの中で臓物料理など考えるなんて正気の沙汰《さた》ではなかった。（－69）

52

なぜなら現実に彼はトラベラーになにも語ることができなかったのだから。たとえ彼が縺《もつ》れた糸玉を引っぱり始めたとしても、彼が引っぱることになったのは lana の糸だったことだろう、何メートルもの lana（ウール）、lanada（虚無）、lanagnórisis（認識）、lanatúrner（不詳）、lannapurna（アンナプルナ）、lanatomía（解剖学的構造）、lanata（精粋）、lanatalidad（出生率）、lanacionalidad（国籍）、lanaturalidad（市民権）、lanáusea（嘔吐）を催すまでの la lana でこそあれ決して糸玉の縺れではなかっただろう。彼は彼の語ることがなんらの直接的な意味をも持たないこと（しかしそれではどんな意味を持つのか?）、またいかなる類の比喩形象でも寓意でもないことをトラベラーにうすうす感じさせねばならなかったことだろう。越えがたい懸隔、知性や知識とは無関係なレベルの問題、トランプのトルコをするとか、ジョン・ダンについてトラベラーと議論するのも一つの方法だ、そうすれば万事、共通の現象界でことは運ぶ。しかし、人間たちの間でいわば一匹の猿となること、当の猿にも説明のできない理由で猿たらんと欲することもまた別の方途だ、その理由は、人間は無を所有するということから始まって、彼の力はまさにそのなにもないということにこそあること、以下そうして順々に続く。

　病院に移りたてのころの夜々は平穏なものであった。優秀な職員たちはまだその職責をきちんと果たしていたし、新参者たちは、観察し、経験を積み、タリタが白衣を着て乳剤やバルビツル剤を感傷的に再発見しつつあった薬局で再会することだけに彼らの行動を限定していた。問題は、管理者の部局に鉄のようにどっかと腰を据えたクカ・フェラグートの支配から脱却することだった。なぜならクカは病院に厳格な監督の目を光らせようと決めたらしかったし、座長自身、衛生だの、規律、神の国家、灰色のパジャマ、菩提樹茶といったような言葉に要約される《ニュー・ディール》を恭しく承るような始末だったから。クカは薬局にしょっちゅう顔を出しては新入り組のおそらくは専門的な会話を傾聴していた。タリタは資格免状をそこに貼っておいたので、ある程度クカの信頼をかちえていたが、亭主のフェラグートとその朋輩《ほうばい》は懐疑的だった。クカの困ったところは、いろいろ問題はあるにせよいつでも彼らに対してすごく同情的になってしまうことであり、そのために、義務と、情のからみとの板挟みになって、コルネイユのように論争を余儀なくされるのだったが、他方フェラグートのほうは管理体制を整えて、徐々に剣呑みの術から精神分裂症へ、牧草の梱《こり》からインシュリンのアンプル剤へと切り替えることに慣れていった。三人いた医師たちは午前中に出勤しても、あまり面倒なことはなく手持ち無沙汰だった。ポーカー好きのインターンはオリベイラやトラベラーとすっかり意気投合した。四階にある彼の部屋で、三人はロイヤル・フラッシュをめぐって争い、十から百ペソの小壷が、もの言いたげな手から手へと渡るのだった。

　患者たちがだいぶいいようだ、ありがとう。（－89）

53

そしてある木曜日、べべんべん、夜九時ごろにはみんな落ち着いたのだった。その日の午後、旧職員は荒々しい音をたててドアを閉めて出て行き（退職金の全額払いを断固撥《は》ねつけて、にんまりと皮肉な笑いを浮かべるフェラグートとクカ）、患者代表が《犬は死んだ、犬は死んだ！》と叫びながら、去り行く職員たちを見送ったのだが、それでもなお患者たちは、チョコレートと午後の新聞と犬の死を要求する、五人の署名入り文書をフェラグートに提出することをやめなかったのだ。あとに残った新入りたちはまだ五里霧中だったが、場内整理に当ったレモリーノは、万事この上なく順調に運んでいると言っていた。ラジオ「エル・ムンド」が熱波の襲来を報じてブエノスアイレスっ子のスポーツ精神を培っていた。記録破りの暑さで、誰もが思いのたけ愛国的に汗を流すことができ、レモリーノはすでにそちこちの隅から四、五着のパジャマを拾い集めていた。彼かオリベイラのどちらかが、脱ぎ棄てた患者に、もう一度パジャマを着るように、少なくともズボンは穿《は》くように説得した。オベヘロ先生はフェラグートとオリベイラの三人でポーカーを始める前に、6号、18号、31号以外は心配ないからレモネードを分配してもよろしいとタリタに許可していた。そのことで31号が泣き落しの戦術に出たため、タリタは彼女に二人分のレモネードを与えなければならなかった。もうそろそろ自発《モトウ・プロプリオ》的に、犬の死を実践に移すべき時だった。

いったいどうやってそのような生活を、さしたる違和感もなしにそのように平穏に始めることができたのか？ほとんどなんの準備もいらなかったのは、トマス・パルド書店で手に入れた精神病理学の手引書がタリタとトラベラーにとっては、まさに初歩的なものではなかったからだった。経験に欠け、真の意欲に欠け、虚無も知らない人間は、慣らされていないということにすら慣らされてしまう動物にほかならなかった。たとえば死体公示所なるものを、トラベラーとオリベイラは知らなかったのだが、レモリーノがオベヘロの命令で彼らを探しに上がってきた火曜日の夜に、それが現実となって現われた。三階の56号が、予期されたとおり死んでしまい、担架をかつぐのと、テレパシーでひどく汗をかいた31号の気を紛らせるための人手がいることになったので、レモリーノが彼らに説明したところによると、出て行った職員たちは非常に復讐心が強く、退職金の件を知って以来、遵法闘争をしていたので、自分が猛烈に仕事を始めるしか仕方がない、ついでながらそのほうが実践としてもふさわしいのだということであった。

大取引の日に読みあげられた財産目録に死体公示所のことはなにも触れられてなかったのはずいぶん妙だったな。でもさ、遺族が引き取りにくるか、市当局が有蓋車《ゆうがい》を手配するまで、どこかにその冷たい肉を安置しておく場所がなきゃならんだろうに。たぶん財産目録では保管室とか中継室とか冷却室とか、そういった婉曲《えんきょく》な言い方をしていたか、あるいは単に氷室八つとして言及されていたんでしょうね。死体公示所じゃなんてったって帳簿に記入するにはふさわしくありませんから、とレモリーノは考えるという。それじゃどうして八つも氷室が？　ええ、それはその……。国の保健衛生局の要請かなにかがあったか、前院長が入札の際にそう取り計ったかでしょうが、しかしそう悪いこっちゃないですよ、どういう風の吹きまわしか、どうかすると、サン・ロレンソがカップを取った年みたいに（それはいつの年？　レモリーノは思いだせなかったが、ともかくサン・ロレンソが優勝した年だった）突如として患者が四人も自殺したりするんでね、あろうことか鎌をふるって。そりゃそうだ、そう滅多にあることじゃない、56号は可哀そうなことをしたなあ、どうすることもできないが。ここでは小さい声で話してください、連中が目を覚ましててんやわんやの騒ぎにならないように。きみ、こんな時刻にわしになんの用だ、ベッドへ戻りなさい、ベッドへ。あれはいいやつでしてね、ご覧なさい、あんなに虚勢を張って。夜になると廊下に出てくるんですが、女を漁《あさ》りにだなんて考えちゃいけません。そのことならわれわれはちゃんと手を打ってありますから。やつが出てくるのは狂人だからでね、それ以上ではありませんや、そのことならわれわれの誰でも同じことじゃないですか。

オリベイラとトラベラーはレモリーノって大したやつだと思った。進んだやつだということは、見ればすぐわかった。彼らは担架運びの男に手を貸してやったが、その男は担架運びをしていないときはただの7号とだけ呼ばれていて、軽い仕事の手伝いくらいはできる、治癒の見込みのある症例の患者だった。彼らは貨物用エレベーターに担架をいれて降りたが、中は少し混んでいて、シーツを掛けられた56号の死んだ肉塊がすぐ身近に感じられた。家族の人たちは月曜日に会いに出て来てましたが、トレルーの貧しい人たちでしてね。22号の家族はまだ会いに来てないんですが、あんまりですわ。金持ちのくせに、情もへったくれもない、まったくの禿鷹《はげたか》め。それに市当局も黙認しておくんですかね、22号が……？　書類がどっかその辺をまわってるとか、どうせそんなところでしょうが。結局、どんどん日が経って、二週間にもなる。そういうわけで氷室がいくつもあるってことの強みがわかろうってわけです。なにかの理由で今は三つです、2号もそこに入ってるもんで、創立以来の女患者ですが、これもひどいもんでしてね、2号には家族がないんですが、そのかわり埋葬事務所から有蓋車を四十八時間以内にまわしてよこすって通知があったんです。レモリーノは四十八という数をもう一度繰り返して笑ったが、じつはそれからすでに三百六時間、ほとんど三百七時間たっているのだった。彼が2号を創立以来の患者と呼んだわけは、ドン・フェラグートに身売りした医者よりも前からいる、初期のころからの小老女だったからだった。ドン・フェラグートはとってもいい人のようで、違いますかな？　以前サーカスを持ってた人かと思うと、こいつはすげえや。

7号が貨物用エレベーターのドアを開けて、担架を引っぱり出すと、猛然と先頭になって廊下を進んでいったが、やがてレモリーノが急ブレーキをかけ、鍵をもって進み出て金属性のドアを開けた。トラベラーとオリベイラは同時にタバコを取り出した。その瓜二つの反映同士……。実際のところ彼らは外套を持ってくるべきだった。なにしろ死体公示所の中は熱波の片鱗《へんりん》すらなかったのだから。それはともかく、そこは殺風景な酒場みたいで、片側に大きなテーブルが置いてあり、反対側の壁際には天井まである冷蔵庫が一つ置いてあった。

「ビールを出しなさい」とレモリーノが命じた。「あんたがたはなにもご存知ないようだね、え？　ここじゃときには規則があんまり……。ドン・フェラグートにはなにも言わんほうがいい、結局ただときどきビールを飲むだけのことだし」

7号は冷蔵庫の扉の一つを開けて一本出した。レモリーノがジャックナイフについている栓抜きで蓋を開けている間、トラベラーはオリベイラのほうを見ていたが、最初に口を開いたのは7号だった。

「その前にそいつを片づけたほうがよかありませんか？」

「きさま……」と言いかけたが、レモリーノはジャックナイフを開いたまま手に持ってじっとしていた。「それもそうだな。さあ、あそこが空いてる」

「いえ」と7号が言った。

「わしに逆らう気か？」

「どうぞ御免なすって、お許しを」と7号が言った。

「空いてるのはあっちで」

レモリーノはじっと突っ立ったまま彼を睨《にら》みつけていたが、7号はにやりと笑ってばか丁寧にお辞儀をすると、問題の扉に近づいてそれを開けた。一閃《せん》、まぶしい光が、まるで極光か、それともなにか別の極北の流星群のように射して、その真中に数本のかなり大きな足がくっきりと輪郭を見せていた。

「22号です」と7号が言った。「だから言ったでしょう。あっしは足を見れば誰のだかみんなわかりまさあ。2号はそっちで。冗談じゃありませんよ、信じないなら見てみなさるがいい。おわかりでしょ？　結構、それじゃそいつをその空いてるとこへ入れましょうや。あなたがたも手伝ってくれませんかい、頭から入れるんで、気をつけて」

「あいつにはかないませんや」とレモリーノがトラベラーに小声で言った。「なぜオベヘロがやつをこんなところに配置しておくのか、わしにはほんとわかりませんや。コップがないんで、生れながらの口で飲みましょうや」

トラベラーは瓶を受け取る前に大きくタバコを吸いこんだ。瓶は手から手へと渡り、レモリーノが最初に猥談《わいだん》を始めた。　（－66）

54

三階の自分の部屋の窓からオリベイラは噴泉のある中庭、噴き上げる水、8号の石蹴り遊びの線図、ゼラニウムの花壇と芝生に蔭を与えている三本の樹、通りの家並を隠している高い塀を見ていた。8号はほとんど午後中ずっと石蹴り遊びをしていて負けを知らず、4号と19号は彼から天を奪おうとしたが果たせなかった。8号の足は精密器械で、石蹴り玉はつねにもっとも有利な位置にとまるという、信じがたい正確さだった。夜間には石蹴りの線図は弱い燐光のように浮かび上がって見え、オリベイラは窓からそれを眺めるのが好きだった。ベッドの中で、一立方センチメートルの催眠剤の効果に身を委ねながら、8号はこうのとりのように眠りながら、心の中で片足をあげて立ち、正確無比の蹴り出しで石蹴り玉を蹴って、ひとたび到達してしまえば魅力も褪《あ》せるであろう天を征服するのだった。《おまえは鼻もちならないロマンチストだな》とオリベイラは、マテ茶をいれながら反省した。《いつになったらピンクのパジャマになるんだ?》テーブルの上に哀れなゲクレプテンの手紙があった。それじゃあなたは土曜日しか外出を許されないのね、でもこれじゃ生活とは言えないでしょ、あなた、わたしは諦めたりしないわ、いつまでもひとりでいるなんて絶対いやよ、小さいながらもわたしたちの家にあなたさえいてくれたら。マテ茶の瓢器《ひょうき》を窓框《まどがまち》の上に置くと、オリベイラはポケットから万年筆を取り出して返事を書いた。第一に、電話がある(つづけて番号)。第二に、仕事は非常に忙しいが再編制に二週間以上はかからないだろうから、そうすれば少なくとも水曜日と土曜日と日曜日ごとに会えるさ。第三に、マテ茶の葉を切らしているんだ。《この書き方じゃ、まるで監獄にぶちこまれたみたいだな》とオリベイラは署名しながら考えた。もうほとんど十一時だから、四階で警備しているトラベラーと急いで交替する番だ。マテ茶をもう一杯いれて文面をもう一度読み返し、封をした。手紙を書くほうがいいや、電話という道具はゲクレプテンの手にかかると混乱を招くだけだ、いくら説明してもなにもわかっちゃいないんだから。

左手の病棟で薬局の明りが消えた。タリタが中庭に現われ、鍵をかけると(熱い星空の光の中で彼女の姿はとてもはっきりと見えたが)漫然とした足どりで噴泉のほうに近づいた。オリベイラはそっと口笛を吹いてみたが、タリタはそのまま噴水を見つめつづけ、試すように指を出してしばらくその指を水に浸していた。それから中庭を横切って、石蹴り遊びの線図の上をでたらめに歩き、オリベイラの窓の下に消えていった。タリタと石蹴り遊びの夜、互いにそれと気づかずに交錯するいくつもの線、噴泉の中央で噴き上げる水、すべては心なしかレオノーラ・カリングトンの絵の中の世界に似ていなくもなかった。ピンクの人影がどこからともなく現われてゆっくりと石蹴り遊びの線図に近づき、しかもなお敢えてその中に踏みいるのをためらっているのを見たとき、オリベイラは了解したのだった。すべてはふたたび秩序を回復して、当然ながらピンクの人影が、8号が花壇の傍に積んでおいた多数の石の中から一個の平石を選び出し、ラ・マーガが、というのはそれはまぎれもなくラ・マーガだったからだが、いまや左足を折り曲げて靴の爪先《つまさき》でその石蹴り玉を線図の最初の枡に蹴り入れたことを、高いところから見ていると、髪と両肩の曲線だけしか見えなかったラ・マーガが、いまや平衡をとるために両腕をなかば挙げるようにしながら小さく跳んで最初の枡に入り、石蹴り玉を第二の枡に蹴り込んで（そこでオリベイラはちょっと震えた。石蹴り玉が危うく線図の外に出そうになって、不揃いな舗石のおかげで第二の枡のぎりぎりの境界線上に止まったからだ）、軽やかに跳躍してその中に入ると、薄明りの中のピンクのフラミンゴのように一瞬じっと動かずに片足立ちしていたが、すぐにまた第三の枡に進むために距離を目測しながら少しずつ足を石蹴り玉のほうへ近づけた。

タリタは顔をあげて窓辺のオリベイラのほうを見た。彼だとわかるまでちょっと間があり、その間、空中に両手を広げて浮いてでもいるかのように、片足立ちで平衡を保っていた。皮肉な幻滅を味わいながら彼女を眺めていたオリベイラは、ピンクと思ったのがじつはピンクではなく、タリタの着ているブラウスが灰色、スカートはおそらく白であることに気がついた。すべては（言ってみれば）説明がつくことだった。つまりタリタはいったん建物の中に入ってから、石蹴りに惹かれてふたたび外へ出たのであり、その通過と再出現との間の一瞬の空隙に彼の目は欺《あざむ》かれたのだ、ちょうどいつかの晩の船首でのように、おそらくはその他の多くの夜々のように、彼がタリタの身振りに応えるより早く、彼女はもう頭を下げて精神を集中し、距離を目測すると、石蹴り玉は第二の枡から勢いよく飛び出して第三の枡に入り、立って側面でころころ転がったと思うと線図から外れて舗石《しきいし》一つか二つ分ほど線の外にはみ出してしまった。

「8号に勝ちたいんならもっと練習しなくちゃ」とオリベイラは言った。

「そこでなにしてんの？」

「暑いね。十一時半に警備さ。それに手紙書き」

「ふうん」とタリタが言った。「なんて夜かしら」

「蠱惑《こわく》の夜さ」とオリベイラが言うと、タリタはちょっと笑って戸口の下に消えた。オリベイラは彼女が階段を昇って彼の部屋のドアの前を通り過ぎ（しかしたぶん彼女はエレベーターに乗っているのだろう）、四階に着いた物音を聞いた。《よく似てることは前から認めていたが》と彼は考えた。《それと、ぼくがぼんやりしていたということとで万事うまく説明がつくさ》しかしそれでもやはり彼は、まるで自分を説得するためのように、なおもしばらく中庭を、人影のない石蹴り遊びの線図を、じっと見つめつづけていた。十一時十分にトラベラーが彼を探しにきて役を交替した。5号がかなり興奮してるようだ。手に負えないようだったらオベヘロに知らせたほうがいい。ほかの連中はみんな眠ってるよ。

　四階はまったく異常がなくて、5号までがおとなしくなっていた。5号はタバコを一本もらって貪るようにそれを吸うと、オリベイラに、ユダヤの出版社どもの陰謀で、彗星について論じた彼の偉大な著作の出版が遅れているという話をし、出来上がったら一本献呈すると約束した。オリベイラは彼の狡さを知っていたので彼のドアを半開きにしておき、廊下を往ったり来たりしはじめながら、オベヘロと管理者とリベル&フィンケル社の狡智《こうち》のおかげで取り付けられているマジック・アイからときどき中を覗いて見た。どの部屋もファン・アイクの絵の世界の縮図だったが、14号だけは例外で、彼はいつものようにレンズに切手を貼りつけてしまっていた。十二時にレモリーノが、まだ飲み過ぎたジンの酔いを残したままやってきた。二人は馬やサッカーの話をしたが、それからレモリーノは少し眠るために一階へ降りていった。5号はもうすっかりおとなしくなり、暑気が廊下の沈黙と薄暗がりを重苦しく支配していた。誰かが彼を殺そうとしている、という観念がオリベイラの心に浮かんだのはそのときまでなかったことだが、一瞬の影像、他のなににもまして悪寒をともなう簡単なエスキースのような心像だけで、彼にとっては、それが別に新しい観念ではないこと、閉ざされた扉が並び、突き当りには貨物用エレベーターの暗い陰がある廊下の陰微な雰囲気から生じた観念ではないことを理解するのに充分だった。同様の観念はロケの飲食店でも、あるいは午後五時の地下鉄の車内でも浮かんだことがあったかもしれない。あるいはもっと以前、ヨーロッパにいたころ、一個の古いブリキ缶が誰かの喉をあたかも両者がそこで嬉々《きき》として出会ったかのように掻き切る道具にさえなりかねないような地区、いかがわしい界隈を、あてもなくさまよい歩いた夜に。貨物用エレベーターのぽっかり開いたシャフトのそばに立ち止まって、彼はその真暗い穴の底を覗きこみ、カムポ・フレーグレイを、もう一度あの入口を、思い浮かべた。サーカスではそれとはちょうど逆で、上方の穴は開かれた空間に相通じる閉口部、円成の象徴であった。いまや彼は深淵の、エレウシスの洞穴の、縁に立っており、猛烈な暑気にすっぽりと包まれた病院が、陰画のような通路、硫気孔の蒸気、下降路を、いっそう強く際立たせていた。振り返ると、廊下はまっすぐ突き当りまで見通せ、その両側に並んだ白い扉の框《かまち》の上に菫《すみれ》色のランプが弱々しい光を投げかけていた。彼はそのときばかげたことをした。左足を縮めて片足で小刻みにぴょんぴょんと跳ねながら最初のドアの前まで廊下を進んで行ったのである。左足をふたたび廊下の緑色のリノリウムに下ろしたとき、彼は汗びっしょりになっていた。一跳びごとに彼はマヌーの名前を口中で咳いたのだった。《ぼくが通路を予期していたと思うと》と彼は壁によりかかりながら考えた。どんな思考もその最初の小部分を客観化しただけでグロテスクなものにぶつからずにはすまない。たとえば通路。ぼくが予期していたと思うと。ある通路を予期していたと。彼は体を滑らせて床の上に座りこみ、リノリウムをじっと見つめた。なにへの通路か？　またなぜ病院は通路の役を果たさねばならないのか？　どんな類の神殿を必要とするのか？　ぼくを外部に、あるいはぼく自身の内部に、投射するのはどんな仲介者、どんな心理的もしくは倫理的ホルモンなのか？

　タリタがコップ一杯のレモネードを持ってやってきたとき（彼女の考えることといったら！　労働者たちの可愛い女親方といった一面、乳臭さ）、彼はただちにその話をした。タリタはぜんぜん驚かなかった。彼と向きあって床に座りこむと、彼がレモネードを一息で飲み干すのを見ていた。

「わたしたちが廊下にごろ寝してるのをクカが見たら、びっくりして発作を起すかもね。当直やるなんてまたなんてこと。みんな寝てたの？」

「うん、そうだと思うよ。14号は覗き窓をふさいじゃってるからなにしてるかわかんないけど。なぜかぼくはドアを開けて見る気になれなくてね」

「それはまた気の弱いこと」とタリタが言った。「でもわたしなら、女同士だから……」

　彼女はほとんどすぐに戻ってきて、こんどは壁にもたれてオリベイラの隣に並んで座りこんだ。

「しおらしく眠ってたわ。かわいそうにマヌーは恐ろしい悪夢にうなされちゃって。いつもそうなのよ。彼はまた眠ったけど、わたしのほうが怯《おび》えちゃって結局起きちゃったわ。そしてあなたたち、あなたかレモリーノかが暑がってるだろうと思って、それでレモネードを作ったの。ひどい夏ね、おまけにあそこの外の壁が風を遮ってるのよ、それでわたしその別の女の人に似てるのね」

「うん、ちょっとね」とオリベイラは言った。「でもそんなことどうでもいいんだ。ぼくが知りたいのは、なぜきみがピンクを着てると見たかなんだ」

「環境の影響よ、あなたはその女の人を他の女たちに同化してるんだわ」

「そうなんだ、よくよく考えてみれば、それがいちばん単純明快な答えだ。でも、きみ、なぜきみは石蹴り遊びなんか始めたんだい？　きみも同化されちまったのかな」

「それもそうね」とタリタが言った。「なぜわたしは始めたのかしら？　ほんと言うと、わたし石蹴りなんてぜんぜんしたいと思わなかったわ。でも、だからといってあなたのお好きな憑依《ひょうい》理論なんかでっちあげないで頂戴、わたし誰のゾンビ（死体に入ってこれを復活させる霊力）でもありませんからね」

「なにもそう大声でわめかなくたっていいだろ」

「誰のゾンビでもありませんから」とタリタは声をひそめて繰り返した。「中庭に入ったら石蹴り遊びの線図が見え、そこに小石があって……。ちょっと遊んでいっただけよ」

「きみは第三の枡でしくじったね。ラ・マーガもよく同じ失敗をしていたよ。辛抱することができないんだ。およそ距離に対する感覚がなく、時間は彼女の手のひらの中で罅《ひび》割れてしまい、行く先々でこの世のすべてにつっかかってしまう。ついでに言えば、そのおかげで彼女は他人の偽りの完璧さを告発するその流儀において絶対的に完璧なわけなんだけどね。それはともかく、ぼくは貨物用エレベーターの話をしていたんだっけね」

「そうよ、なにやら言って、それからレモネードを飲んだのよ。いえ、そうじゃないわ、ちょっと待って、まずレモネードを最初に飲んだんだわ」

「おそらくぼくはそのとき惨めったらしい振舞いをしていたことだろう。きみがやってきたとき、ぼくは完全にシャーマン的憑依の状態にあって、もろもろの臆測、口あたりのいい言葉というものに決着をつけるために、まさに穴に飛びこもうとしていたんだ」

「あの穴は地下室までしかないのよ」とタリタが言った。「よかったら教えてあげましょうか、あそこにはゴキブリがいて、床には色物のぼろが敷いてあるわ。ただただ湿っぽくて暗いだけ、そしてその少し向うから死者たちが始まるの。マヌーがそう話してくれたわ」

「マヌーは眠ってるのかい？」

「ええ。悪夢にうなされて、なにやら失くしたネクタイのことを叫んでたわ。その話はもうしたでしょ」

「今夜は大いに打ち明け話をしていいんだよ」と言ってオリベイラは長い間彼女を見つめつづけた。

「大いに」とタリタが言った。「ラ・マーガってただの名前だったのよ、それが今ではひとつの顔をもっているようね。でもやっぱり服の色は思い違いよ」

「服なんていちばんどうでもいいことさ、もう一度彼女に会うときがあるとしても、彼女がなにを着てるかわかるもんか。裸かもしれないし、赤ん坊を抱いて、きみの知らない《ル・アーヴルの恋人たち》って歌を歌っているかもしれない」

「あら知ってるわよ」とタリタが言った。「以前よくラジオ・ベルグラーノでやってたわ。ラ・ラー・ラ、ラ・ラー・ラ……」

オリベイラは軽い平手打ちの素描を書き、それが仕上がってみたら愛撫になっていた。タリタは頭をうしろにのけぞらせ、廊下の壁にごつんとぶつけた。彼女は顔をしかめてうなじのあたりをさすったが、それでもまだ《ル・アーヴル……》のメロディーを口ずさんでいた。そのときカチッという音が聞こえ、それからなにか低い唸りのような音が廊下の暗がりの中で青く鳴っているようだった。それは貨物用エレベーターが上がってくる音だった。二人は顔を見あわせ、一瞬後には飛び起きていた。こんな時刻に、いったい誰が……。カチッ、二階を通過、青い唸り、タリタは後退りして、オリベイラのうしろに身を隠した。カチッ。ピンクのパジャマ氏が金網入りガラスの箱の中に紛《まぎ》れもなく見わけられた。オリベイラは貨物用エレベーターに駆け寄って扉を開けた。ほとんど凍ったような一陣の冷気が吹き出してきた。老人は見知らぬ人のようにオリベイラを見つめ、相変らず鳩を撫でてやっていた。その鳩が以前は白かったことは容易にわかったが、老人の手で絶えず撫でられているうちにすっかり灰色になってしまっていた。鳩は半ば眼を閉じて、老人の胸の高さに支えられた手のひらの中でじっとおとなしくしていたが、その間も老人の五本の指は、頸《くび》から尾へ、頸から尾へと何度も撫でさすっていた。

「行って寝なさい、ドン・ロペス」とオリベイラは言って、ふうっと息を吐いた。

「ベッドの中は暑くて」とドン・ロペスが言った。「ご覧なせえ、こうして散歩に連れ出してやると、すっかり満足そうにしますのじゃ」

「もう遅い時間だし、部屋へ戻りなさい」

「わたしが冷たいレモネードを一杯もってきてあげましょう」とタリタ・ナイチンゲールが約束した。

ドン・ロペスは鳩を撫で、貨物用エレベーターから出た。そして階段を歩いて降りて行く彼の足音が聞こえた。

「ここでは各人各様にしたいことをしている」とオリベイラは貨物用エレベーターの扉を閉めながら呟いた。「そのうち総員首切りなんてことになるぞ。きみがなんと言おうとぼくにはそれが匂うんだ。あの鳩はピストルのように見える」

「レモリーノに言わなくちゃ。あのお爺さんは地下室から上がってきたのよ、変だわ」

「いいかい、きみはしばらくここにいて見張っててくれ、ぼくは地下室へ降りて見てくるから。別の誰かがでたらめな悪戯をしてるんじゃなければいいが」

「わたしもいっしょに降りる」

「いいだろう、上階のやつらはみんなぐっすり眠ってるから」

貨物用エレベーターは内部が青いライトにぼんやりと照らされ、サイエンス・フィクションまがいの唸りを発して降りていった。地下室には生きた人間はひとりもいなかったが、冷蔵庫の扉の一つが半開きになっていて、その細い隙間から光が溢れ出ていた。タリタは片手で口を覆ってドアのところに立ち止まったが、オリベイラは近づいていった。56号だね、ちゃんと憶えてるよ、家族の人たちは今すぐやってくるからね。トレルーから。そしてその間、56号はある友達の訪問を受けたのだ。鳩の老人との対話を想像してみるがいい。対話の一方の当事者が、相手が目の前に見えるかぎり、それがなんであれ、一つの顔であれ、氷からはい出している足であれ、なにかが目の前にあるかぎり、相手が話そうと話すまいといっこう気にかけないあの擬似対話を。たったいまぼくがタリタに話していたのと同じじゃないか、ぼくがなにを見たかを語り、怖かったと語り、いつでも穴や通路のことをタリタに、あるいはほかの誰にでも、冷蔵庫からはみ出した足に、耳を貸し同意することのできる目前のどんな現象にでも話しかけて。しかし彼が冷蔵庫の扉を閉めて、どうしたわけかテーブルの端によりかかっているうちに、記憶の嘔吐が彼をとらえはじめた。彼はひとりごちた、ほんの一両日前にはトラベラーになにかを話せるようになるなんてあり得ないことに思われていたじゃないか、猿が人間になにかを話せるわけがない、ところかとうた。突然、どうしたわけか、タリタに向かってまるで彼女がラ・マーガであるかのように話している自分の声が聞こえてきたじゃないか、ラ・マーガでないとわかっていながら、石蹴り遊びや廊下での恐怖、誘惑する穴について話している自分の声が。それじゃ（タリタはそこに、彼の背後四メートル離れたところに、待っていた）それは一つの終りのようではないか、他人のお慈悲への訴えかけ、人間家族への再加入、リングの中央にべちゃっという嫌な音をたてて落ちるスポンジみたいじゃないか。彼はまるで彼が彼自身から離脱して――（卑しい女から生れた）放蕩《ほうとう》息子が――自己を棄てて身を投じようとしているように感じた。どこへ？　安易な和解というものの腕の中へ、そしてそこから、さらに安易な、世界への復帰、可能な生への、彼の生きた歳月という時間への、また善良なアルゼンチン人や人間という獣一般の行動を導く理性へのさらに安易な復帰という腕の中へ。彼は彼の小さな、快適に冷却された冥界《ハデス》にいた。しかし、彼が貨物用エレベーターで静かに降りてきたという事実を別にしても、そこには尋ね探すべきエウリディケーはいず、あまつさえ、いまや彼は冷蔵庫を開けて、一本のビールを、なんでもいいからその喜劇をおしまいにするような力のあるものとしての自由の石を、取り出した。「きみのこっちへきて一杯飲みなよ」と彼は誘った。「きみのレモネードよりずっといいよ」

タリタは一歩進んで止まった。

「死体愛好症みたいな真似《まね》はやめて」と彼女は言った。「ここから出ましょう」

「ここは唯一の涼しい場所だよ、きみだって認めてるだろう。ぼくはここに折畳みベッドを持ってこようと思ってるんだ」

「寒くて顔が青ざめてるくせに」とタリタが近づいてきて言った。「行きましょう、あなたがこんなところにいつまでもいるの、わたしいやよ」

「いやだって？　誰もあそこから出てきてぼくを取って食うわけじゃなし、上にいる連中のほうがもっと悪いやつらだよ」

「行きましょう、オラシオ」とタリタは繰り返した。「あなたがこんなところにいつまでもいるの、わたしいやよ」

「きみは……」オリベイラは怒ったように彼女を見つめながら、そう言いかけて止め、ビールの栓を抜くために椅子のへりに手で強くぶつけた。彼の目にはありありと雨の中のあのブールヴァールが見えていた、しかし誰かに腕を貸して憐れみの言葉をかけながら先導してゆくかわりに、導かれているのは彼のほうであり、みんなが不《ふ》憫《びん》がって彼に腕を貸し、そうすることが確実に無上の喜びであるほどみんな彼に対して憐れみをかけているのだった。過去は逆転し、その符号を取り替え、ついには憐憫《ラ・ピエダ》が決して溶解することのない結果を生じさせようとしていた。石蹴り遊びに興じていたあの女は彼に憐れみを抱いていた。それは火を見るより明らかだった。

「話のつづきは三階でもできるわ」とタリタがたとえばの話のように示唆した。「その瓶を持ってきて、わたしにも少し頂戴」

「Oui madame, bien sûr madame（はい奥様、かしこまりました奥様）」とオリベイラが言った。

「あなたって最後にはフランス語でなにか言うのね。マヌーとわたしはあなたがなにか呪いの言葉を吐いてると思ったわ。決して……」

「Assez（もう結構）」とオリベイラが言った。「Tu m'as eu, petite, Céline avait raison, on se croit enculé d'un centimètre et on l'est déjà de plusieurs mètres.（あなたにはかないませんよ、セリーヌの言うとおりです、まだ一センチにしかならないと思っているとすでに何メートルにもなってるんですから）」

タリタはなんのことかわからないという顔で彼を見たが、彼女の手は自分でも挙げたことに気がつかないうちに上に伸びて、一瞬オリベイラの胸の上に置かれた。彼女がその手を引っこめたとき、彼はまるで下から仰ぎ見るように、どこか別の世界からやってきたような目で、彼女を見つめた。

「わからない」とオリベイラはタリタではない誰かに向かって言った。「わからない、はたしてきみが今夜ぼくにあれほど憐れみを吐きかけてくれた人なのかどうか。わからない。結局、金盥《かなだらい》四、五杯をいっぱいにするまで愛について涙を流しつづけるべきかどうか。それとも、きみのためにみんながそれだけの涙を流してきたように、それだけの涙をきみのために流すといい」

タリタは彼に背中を向けてドアのほうへ行った。彼女は、面くらっていたのと同時に今この瞬間に彼から立ち去って行くことは彼を（ゴキブリや色物のぼろの敷物といっしょに）穴に落ちこむままに放置するも同然だったので彼を待っている必要があったから、彼を待つために立ち止まったとき、彼が頬笑《ほほえ》んでいること、そしてその頬笑みが彼女に向けられたものではないことを見てとった。彼がそんなふうに頬笑んでいるのを彼女は見たことがなかった。威勢のよさは消え、しかも同時に開けっ広げの決然とした表情を満面にたたえ、いつもの皮肉はなく、生の中心から、あのもう一つの深い坑《あな》（ゴキブリのいる、色物のぼろを敷いた、汚水の中に浮かび漂う顔のある？）から、やってきたに違いないなにかを受けいれ、彼を微笑させているあの名づけえぬものを受けいれるという行為のうちに彼女に近づいてきた。彼の接吻もまた彼女に対するものではなかった。それはグロテスクにも、そこ、死者たちでいっぱいの冷蔵庫のそば、眠っているマヌーからさほど遠く離れていないところで行なわれているのではなかった。彼ら二人はまるで別の世界から別の自我をもってやってきたかのようであり、彼ら同士のことは大した問題ではなくて、まるで別の者に替って払ったり受け取ったりしているかのよう、まるでそれぞれの主人たちの不可能な出会いを代行する自動人形《ゴーレム》ででもあるかのようだった。そしてカムポ・フレーグレイ、そしてオラシオが下降について呟いたこと、狂気はあまりにも絶対的なものだったので、マヌーも、マヌーであるところのものも、マヌーの次元に存在していたものも、いっさいその秘儀に参加することはできなかったのだ。なぜならそこで始まったのは鳩の愛撫といったようなこと、守衛にレモネードを作ってやるために起きるという考えを起すといったようなこと、片足を折り曲げて石蹴り玉を第一の枡から第二の枡へ、第二の枡から第三の枡へと蹴り入れるといったようなことだったのだから。ある意味で彼らは別の次元へ入りこんでしまったのだ、それは灰色の服を着ていてもピンクを着ていることが可能であるような次元であり、川に身を投じて死んでしまっても（そしてその女はもはやそのことを考えていた女ではない）ブエノスアイレスの一夜に姿を現わして、彼らが最終的に到達した世界の、窮極の枡の、曼陀羅《まんだら》の中心の、そこを通ることによって開かれた岸辺へ、広大無辺の広がりへ、内なる眼が認識し尊重する瞼の下の世界へと出て行くことのできるめくるめく宇宙樹イグドラシルの、ほかならぬイメージを、石蹴り遊びの中に再現することが可能であるような次元なのである。（－129）

55

しかしトラベラーは眠ってはいなかった。悪夢は一、二度襲来を企てたのち、彼の周囲を旋回しつづけ、結局彼はベッドの上に身を起して明りをつけた。タリタはいなかった。あの夢遊病者、あの不眠の尺取り蛾め。トラベラーはカーニャを一杯あおってパジャマの上衣を引っかけた。籐の揺り椅子のほうがベッドより涼しそうだったし、本を読むにはいい夜だった。ときおり廊下を歩く足音が聞こえ、トラベラーは二度も管理翼棟に通じるドアから覗いてみた。人影はなく、翼棟さえもなかった。タリタは薬局へ仕事に行ったものに違いなく、科学、小さな計量器、解熱剤といったものへの復帰がいかに彼女を熱狂させているか、それは信じがたいほどだった。トラベラーはカーニャを飲みながらしばらく本を読みはじめた。それにしてもタリタが薬局から戻ってこないのは妙だった。彼女がぞっとさせる幽霊みたいな雰囲気を漂わせながら再び姿を現わしたときにはカーニャの瓶はもう残り少なになっていて、トラベラーは彼女の姿が見えようと見えまいとどうでもいいようになっていた。そして二人はしばらくいろいろの話をしていたが、タリタが寝間着と種々の理論を開陳する間、気分が高まって情深くなっていたトラベラーはそれをほとんど全部我慢づよく聞いていた。そのうちにタリタは仰向けに眠りこんでしまい、ときどき眠りを乱されて、急に手を激しく動かしたり呻《うめ》き声をあげたりした。いつも同じことで、トラベラーはタリタがおとなしくしていないときは眠れなかったが、疲労に負けて彼が眠りこむとたちまち彼女は目を覚まし、彼が眠りながら不平を言ったり寝返りを打ったりするのでたちまちのうちに完全に目が冴えてしまい、そうやって彼らはぎっこんばったんのように夜を過ごすのだった。さらに悪いことに、明りはつけっ放しになっていた上、スイッチに手をやるのがひどく面倒で、そのために彼らは結局すっかり目を覚ましてしまい、それからタリタが明りを消して、トラベラーに体を押しつけると彼は汗をかいて寝返りを打っていた。

「オラシオが今夜ラ・マーガを見たの」とタリタが言った。「あなたが当直にあたっていた二時ごろ、中庭で見たんですって」

「へえ」とトラベラーは言って両肩を伸ばし、ブラーユ式紙巻タバコ製造機をまさぐった。彼はさきほどまでの読書から得たなにやら混乱した文句を言い添えた。

「ラ・マーガはわたしだったの」とタリタは言って、トラベラーに体を押しつけた。「あなた気がついてたかしら」

「そりゃまあそうさ」

「いつかはそうならなきゃならなかったのよ。彼がその混同にいつまでも驚いたままでいるので、わたしのほうがかえってびっくりしちゃった」

「そうなんだよ、オラシオってやつは、自分が面倒を起しておいて、それからそれをまるでウンコを洩らした子供みたいな様子で眺め、そのままいつまでもぽかんと突っ立って見守ってるんだ」

「わたしの思うにそれが起ったのはわたしたちが彼を出迎えに港に行ったまさにその日だったのよ」とタリタが言った。「うまく説明はできないわ、だって彼はわたしを見もしなかったし、あなたがた二人の間で、猫を腕に抱いたわたしはまるで犬扱いされたんですもの」

トラベラーはなにやら意味不明のことを呟いた。

「わたしをラ・マーガと混同したのよ」とタリタが繰返して言った。

トラベラーは彼女が、どんな女もそうするように、宿命だの、事件の不可避的連鎖だのに言及しながら話しつづけるのを聞き流しながら、少しは黙ってくれないかと言ってみたが、タリタは熱にうかされたようにそれらに逆らって、彼に体を押しつけ、あくまでも物語ることを、自分を語り、また当然ながら彼を語ることを、主張して譲らなかった。トラベラーは諦めて成り行きに身をまかせた。

「初めに鳩を抱いた老人がきて、それからわたしたちは地下室へ降りていったの。オラシオは下降してゆく間じゅう、彼の心を占めていた空洞の話ばかりしてたわ。彼は絶望的になっていたのよ、マヌー、わたし恐ろしくなったわ、一見あんなに平静な様子をしていたのに、板子一枚下は……。わたしたち貨物用エレベーターで降りて、彼は冷蔵庫の扉の一つを閉めに行ったの。なんだかすごく怖かったわ」

「それじゃおまえも降りたんだな」とトラベラーが言った。「それはよかった」

「それがちょっと変なのよ」とタリタが言った。「降りるっていう感じじゃなかったのよ。わたしたち話をしてたけど、わたしはオラシオがどこか別世界からきて、誰か別の人に、たとえば溺死した女の人に、話しかけているような気がしたわ。いまだってそう思ってるのよ、でも彼はラ・マーガが川で溺れ死んだなんて話、いままでしたことなかったわ」

「溺死したなんてとんでもない」とトラベラーが言った。

「そいつは確かさ、わしはそんなこと考えもしなかったがね。オラシオを知ってりゃわしにはそれで充分さ」

「彼はラ・マーガが死んだと思ってるのよ、マヌー、そのくせ同時に彼女の存在を身近に感じているのね、今夜はそれがわたしだったたってわけ。彼の話じゃ船の中でも彼女を見たし、サン・マルティン通りの橋の下でも見たって……。それが幻覚の話をしてるみたいじゃぜんぜんないし、だからといって相手にそれを信じさせようとしているふうでもないのよ。その話をする、ただそれだけなの、そしてそれがほんとうなのよ、なにかがあそこにあるんだわ。彼が冷蔵庫を閉めて、わたしが怖くてなんだか言ったら彼はわたしのほうを見たんだけど、あれはわたしとは別の女を見てる目だったわ。わたし誰のゾンビでもないわ、マヌー、誰のゾンビにもなりたくない」

トラベラーは彼女の髪に手を滑りこませたが、タリタはじれったそうにその手を押しのけた。彼女はベッドの上に座ってしまい、彼は彼女が震えているのを感じた。この暑いのに震えている。彼女はオラシオにキスされたと言い、そのキスについて説明しようとしたが、うまい言葉が見つからないので暗がりの中でトラベラーの体に触わり、両の掌《たなごころ》をまるで布切れのように落して彼の顔を、彼の腕を覆い、その手をこんどは彼の胸の上に滑らせて、彼の膝の上で休め、そうした動作全体から、トラベラーが拒むことのできない一つの説明のようなものが生じたのだった。それはどこかもっと遠くから、どこか深いところ、あるいはどこか高いところ、あるいはその夜でもその部屋でもないどこかの、あるところからやってきた伝染病、タリタから今度はトラベラーに移された伝染病のようだといってもいいし、翻訳不可能な通知ともいうべき稚児の片言、彼がなにか通知かもしれないものを前にしていると感じながら、それを伝える音声が途切れ途切れなので、いざその通知が発声されてもなんと言われたのか不明瞭で聞きとれず、しかしそれにもかかわらずそれは手の届く範囲で必要な唯一のものであり、確認され受けいれられることを求めてしきりに煙とコルク栓の海綿みたいな壁を叩き、捉えてもらえないまま裸になって腕の中に飛びこんで身をまかせているのに水のように涙とともにこぼれ落ちてしまうのだった。

《精神の固くこびりついた瘡蓋《かさぶた》》トラベラーはやっとそこまで考えた。恐怖が、オラシオが、貨物用エレベーターが、鳩が、と混乱して彼の耳に聞こえてきた。伝達のシステムがふたたび彼の聴覚に徐々に戻ってきた。それじゃあの哀れな不幸者は自殺するのをおそれているわけか、そいつはお笑いだ。

「おまえに彼がほんとにそう言ったのか？　それは信じがたい、おまえも知ってのとおり、なにしろ誇り高い男だからな」

「そうじゃないのよ」とタリタは言って、彼の口からタバコを取り、それを無声映画の一種貪《むさぼ》るような仕種ですぱすぱ吸った。「わたし彼が感じている恐怖は最後の避難所というか、跳躍する前に両手でしっかり掴むバーみたいなもんだと思うの。彼は今夜恐怖心を抱くことに満足してるのよ、わたしにはわかるの、彼は満足してるのよ」

「それはクカには理解を絶することだよ、確かに」とトラベラーはほんもののヨガ行者のような息をしながら言った。「今夜はわしも最高のインテリにならなくちゃいけないようだな、なにしろ快活なる恐怖なんて俄《にわか》には容認しがたいからなあ、おまえ」

タリタはベッドの上で少し体を滑らせてトラベラーに凭《もた》れかかった。彼女は実感していた。自分がふたたび彼のそばにいることを、彼女が溺れ死にはしなかったことを、彼がそこにいて彼女を水面に支えていてくれることを、そして結局それが憐れみ、驚嘆すべき憐れみというものであることを。二人はそのことを同時に感じ取り、互いに相手のほうへ滑りこんで行ったのだった。あたかも彼ら自身の内側へ落ちこんで行くように、あたかも言葉と愛撫と口が、ちょうど円を包みこむ円周のように二人を包みこむ共通の領域へと落ちこんで行くように。それらの心静まる比喩、いつもの存在に戻ることに満足する、風と潮に逆らって、呼びかけと下降に逆らって、浮かび漂いつづけること、浮かび漂ったままでいることに満足する、あの古い悲哀。

56

ポケットにいつでも紐の切れ端を入れて歩き、色のついた糸をつないで本のページに挿んだ、そういうものをトラガカント・ゴムで仕上げて、あらゆる種類の図柄を作りあげる習慣を、彼はどこで身につけたのか。一本の黒い紐をドアのノブに巻きつけながら、オリベイラはその糸の弱さがなにやら邪《よこしま》な満足といったようなものを自分に与えなかっただろうかと自問し、maybe peut-être誰にもわかるものかということになった。ただひとつだけ確かなことは、その紐や糸が彼を楽しませてくれたこと、多くの時間のかかる煩雑きわまる仕事、たとえば巨大な透きとおった十二面体を組立てておいて、それからそれにマッチを近づけ、ゲクレプテンが揉《も》み手をしながらそんな綺麗なものを燃しちゃうなんて恥知らずよと言うのを聞きながら、そのちっぽけな焔《ほのお》がどんなふうに揺らぐかを見ることであった。構造が脆《もろ》くて永持ちしないものであればあるほどそれを作っては壊す自由は大きいのだと彼女に説明するのはむつかしい。糸くずはオリベイラにとって彼の創意を正当化し得る唯一の素材のように思われ、ただほんのときたま、もし路上でそういうものを見つければ、針金とか発条《ばね》などを使ってみようという気になることもあった。彼が好んだのは、自分の作ったものがすべて可能なかぎりの自由な空間にみちているかもしれないこと、空気が自由に入っては出て行けること、とりわけ出て行けることであった。それに似たようなことは書物の場合にも、女や義務についても起ることであって、彼はゲクレプテンなり首席枢機卿《すうきけい》なりがそういう喜びを理解できるとは期待していなかった。

黒い紐をドアのノブに巻きつけるという仕事が始まったのはほとんど二時間もあとのことであった。なぜならそれまでの間、オリベイラは自分の部屋の内や外でいろいろなことをしたからであった。金盥《かなだらい》という思いつきは古典的なもので、そんなものを尊重することを彼はぜんぜん自慢したいとは思わなかったが、暗がりの中では床の上に水を張った金盥を置けばかなりの防御的価値はあった。ファナカル靴かトンサ靴を、少し靴の外にはみ出していた靴下ごと水の中に突っこんでしまい、しかも、すっかり動転した足が靴下の中で、靴下は靴の中で、まるで水に溺れた鼠のように、あるいは嫉妬深いスルタンたちに、縫いつけられた袋に入れられてボスポラスに投げこまれたあの哀れなやつらのように、じたばたしているというのに、靴も靴下も水を滴らせているのかと思っただけでこみあげてくる驚愕、おそらくは恐怖、いずれにせよ盲目的な怒り（ところで縫いつけたのは当然ながら紐でだ。すべては結局最後には出会うのだ、水を張った金盥と紐とが、最初にではなく考え抜かれた最後に出会うというのはなかなかおもしろいが、ここでオラシオは、推論の順序は必ずしも（イ）物理的時間の前後の脈絡に従うものではなく、（ロ）おそらく推論が無意識のうちに成就した結果として紐の概念から水を張った金盥の概念への移行が可能になったのだと、遠慮がちに推測した)。結局、それは少しでも分析されるが早いか、たちまち決定論の深刻な懐疑に陥ってしまった。理性とか好みとかにあまり頓着《とんちゃく》せずに身の安全のために立てこもるのが最上策だ。いずれにしても、紐と金盥とどっちが先だ？　実行としては金盥が先だったが決定は紐のほうが早かった。しかし生命を賭けているときにそんなことに気を奪われつづけてはいられない。金盥獲得のほうがもっと重要だった。そこで最初の三十分は三階と地階の一部の用心深い探検に費やし、そこから持ち帰ったのが中位の大きさの金盥五個と、痰壺《たんつぼ》三個、それにさつまいもの砂糖煮の入っていた空缶一個で、それらを全部一括して金盥という一般項目で呼んでいたわけだった。18号は目を覚ましていて、どうしてもいっしょについてくると言い張るのでオリベイラもとうとう承知し、防御作戦がある段階に達したらただちにそいつを放り出すことに決めていた。糸に関しては18号はたいへん有用な男であった。それというのも、オリベイラが戦略上の糸の必要性を手短に説明するが早いか、彼はその邪気のある美しい緑色の目を半ば閉じて、6号の女がいろいろな色の糸をいっぱい入れた箱をいくつも持っていると言ったのだから。ただ一つだけ問題なのは、6号は地階の、レモリーノのいる翼棟にいるので、もしレモリーノが目を覚ましていたら大騒ぎになるだろうということだった。18号はさらに、6号は狂っているとも主張したから、彼女の部屋へ侵入するのは面倒なことになりそうだった。18号は邪気のある美しい緑色の目を半ば閉じてオリベイラに、自分が廊下で見張っているからその間に靴を脱いで糸を押収してくればいいと提案したが、オリベイラとしてはそれではやり過ぎに思われたので、夜のそのような時刻に6号の部屋へ忍びこむ責任は自分一人が取ることにした。とんだ不幸に身をさらしているとも知らず、仰向けに寝て鼾《いびき》をかいている少女の寝室に忍びこんでおきながら責任など考えるというのもちょっと変だが、紐や色糸玉でポケットと手のひらをふくらませてオリベイラはしばらくじっと彼女を眺めていたが、それから責任ある猿なんて大したものではないというように肩をすぼめた。18号は彼の部屋でベッドの上に積まれた金盥の山を見守りながら彼を待っていたが、オリベイラが充分な量の紐を掻き集めることができなかったのではないかと考えた。邪気のある美しい緑色の目を半ば閉じながら、彼は防御の準備を効果的に完了するためには充分な量のルールマンと、一挺《ちょう》のヘフトピストルが必要であると主張した。ルールマンという考えは、オリベイラにはそれがなんであるか正確な概念は掴めないながら、妙案のように思われたが、ヘフトピストルという案は退けた。18号がその邪気のある美しい緑色の目を見開いて言うには、ヘフトピストルは先生が想像されるようなものではないが（彼はこの〈先生《ドクトル》〉という言葉を、相手をとまどわせるために言ったことが誰にでもわかるようにわざとらしい調子で言った）、それが駄目だとおっしゃるならルールマンだけ手に入れることにしようというのであった。オリベイラは彼を行かせ、ひとりになりたい気がしていたので戻ってこなければいいがと思っていた。二時には交代のためにレモリーノが起きてくるから、なにか考えておかなければならない。もしレモリーノが廊下にオリベイラの姿を見かけなければ、部屋まで探しにくるだろう。防御の最初のテストを彼の犠牲においてやるのでないかぎり、それはまずい。防御というものは果敢な攻撃に対する予防措置として考えられるものなのだし、レモリーノはまったく別の観点から入ってくるわけだから、彼を犠牲にする考えは退けた。いまやオリベイラはますます不安が昂じてきた（不安を感じると彼は腕時計を見たが、不安は時とともに高まってきた）。彼は部屋の防御の可能性を検討しながらタバコを吸いはじめ、二時十分前になると直接自分でレモリーノを起しに行った。彼はレモリーノに一枚の報告書を渡した。それが実は重要なのであって、二階の借間人たちの体温表や鎮痛剤の時間や、症候と消化の具合の現われ方などに巧妙な書き換えがしてあって、それがあまりにも多岐にわたるためレモリーノはそれを読むだけで当直の時間を全部取られることになり、その間、三階の連中は、その同じ報告書によれば静かに寝ているだろうから、ただ一つだけ必要なことは夜の間じゅう誰にも邪魔をいれさせないことであった。レモリーノは（あまり真剣ではなかったが）そういう注意やら不注意やらがオベヘロ先生のいと高き権能から出たものかどうかを知ることに関心を示し、それに対してオリベイラは偽善的にもその場の状況にふさわしい肯定の単音節副詞をもって答えたのだった。そのあと彼らは親しげに別れ、レモリーノは欠伸をしながら階段を一階上り、オリベイラは震えながら二階上った。しかし彼は決してヘフトピストルの力を借りようとはせず、有難いことにルールマンには同意したのだった。

18号がまだ戻ってこないので、オリベイラはなおしばらくの平和を得たが、金盥や痰壷に水を満たしてそれらを第一防御線として、糸の第一バリケード（まだ理論段階であったが計画は完了していた）のやや後方に配置しに行かねばならなかったし、前進の可能性、第一防御線の偶発的陥落、第二防衛線の有効性といったことも検討しなければならない。二つの金盥の間で、オリベイラは洗面台のシンクに冷水を満たしてその中に顔と手をつっこみ、首と髪を濡らした。彼は絶えずタバコをふかしていたが、どの一本も半分とは吸わずに窓辺へ行っては吸いさしをポイと投げ捨てて新しいのに火をつけるのだった。捨てられた吸いさしは石蹴りの線図の上に落ちていったが、オリベイラはその光る目の一つ一つがそれぞれ別々の枡の上でしばらく燃えているように計算して投げ落としていた。そのほうがおもしろいからだった。そのとき、まったく異質の想念、*dona nobis pacem*（我ラニ平和ヲ与エ給エ）とか、*que el bacán que te acamala tenga pesos duraderos*（おまえを扶養するあの色男が持ちのいい銭をためこんでいるといいが）といったようなことが彼の心に浮かび、また突然、概念とも感情ともつかぬ、なにやら精神的問題の切れ切れの断片が降りかかってきたのだった、たとえば胸壁を築いて防御を固めるなど愚の骨頂とか、ただ一つ無分別なこと、したがって試みるに値し、たぶん効き目のあることは、防御することではなく攻撃すること、ここにいて震えながらやたらにタバコをふかし、18号がルールマンとともに戻るのを待つのではなく、攻囲することだろうとか。しかしそれも、ほとんどタバコと同じで長くはもたず、手は震え、彼はこうするしかないのだと思い知り、そして突然、夢の時間と覚醒の時間とはまだ一つに溶け合ったためしがないと誰かが言っていた、ひとつの期待、一つの文句みたいな記憶が甦り、それに続いて笑いがこぼれたがそれを彼は自分の声ではないかのように聞き、そうして思わず顔をしかめて、それによって彼はその一致があまりにも遠いこと、覚醒時には夢はなんの価値もないしその逆もそのとおりであることを自分自身に示したのだった。最善の防御としてトラベラーを攻撃することは一つの可能性だったが、それは彼がますます強く、黒い量塊として感じるようになっていたものを侵害することが、人が眠っていて誰も夜のそんな時刻に黒い量塊という非在の原因のために攻撃されるとは絶対に予想していない領分に侵入することを意味していた。しかしそう感じていながら、オリベイラはそれを黒い量塊という文句で定式化してしまったことが不愉快だった。感覚的には黒い量塊みたいなのだが、それは彼の過ちであり、トラベラーが眠っている領分のせいではなかった。だから黒い量塊などといった消極的な言葉は使わずに、所詮ひとはおのれの感情をなんらかの名で呼ぶものである以上、単に領分と呼ぶのが最上策だった。それは自分の部屋の一歩外からその領分が始まっていると言うに等しく、その領分を攻撃することは、攻撃の目的が明瞭性を、あるいはその領分によって直覚される可能性を、持たなくなってしまった以上、思いとどまらせることができるものであった。他方、逆にもし彼が彼の部屋にバリケードを築き、トラベラーが彼を攻撃してきたとしたら、誰もトラベラーは自分でもなにをしているのかわからないのだと主張するはずはなく、攻撃されたほうはそのことをよく知っていて自分なりの対策と予防策とルールマン（この最後のものがなんであるにせよ）を取ったことだろう。

一方では窓辺にいてタバコをふかしながら、水を張った金盥や糸の配置を思案し、領分対部屋の確執によってそのような試練にかけられている一致のことを考えることも可能だった。オリベイラにとってはその一致の概念すら得られないのはつねに悲しいことだった。彼はそれを、ある場合には中心と呼ぶこともあったが、それはより正確な輪郭を欠くために、黒い叫びとか、欲望のキブツといったイメージ（すでに遥か遠い、暁と赤葡萄のあのキブツ）、さらには人生の名に値する人生といったイメージに還元されるものであった。なぜなら彼は（第五の枡にタバコの吸いさしを投げながら彼はそのことを感じていたが）細々《こまごま》としたさまざまな汚辱の果てにやってくる威厳ある人生の可能性を想像するほどのお人好しだったから。こういったものについてはなんら思量することはできなかったが、そのかわり、いろいろな形で感じとることはできた。たとえば胃の収縮、領分、深呼吸または痙攣的な呼吸、手のひらに滲む汗、タバコの燃焼、腸の伸張、渇き、黒い量塊のように喉で爆発した沈黙の叫び（その遊戯にはつねになにか黒い量塊のようなものがあった）、眠りへの意欲、眠りへの恐怖、不安、かつては白かった鳩のイメージ、かつては通路であったかもしれないところの底に敷かれた色物のぼろ切れ、テントのてっぺんのシリウス、もうたくさんだ、頼むからもうたくさんだ。しかしそこで測りがたい一時の間、なにも考えずに、ひたすら胃に鉗子《かんし》を当てられてそこにじっとしているだけのものとなりながら、深く自我を感じ取ったのはいいことだった。そのもの対領分、覚醒対眠り。

しかし、覚醒対眠りと言うことはすでに弁証法への再加入であり、一致への希望はこれっぽっちもないことをもう一度確かめることであった。それゆえ三時二十分きっかりに18号がルールマンを持って到着したことは、防衛の準備をふたたび始めるためのうってつけの口実となるものであった。

18号はその邪気のある美しい緑色の目を半ば閉じて、ルールマンをくるんで持ってきたタオルをほどいた。そして彼の言うには、レモリーノを偵察したところ、彼は31号の女と7号の男と45号の女にかかずらって忙しいから、三階へ上ってくることなど考えてもいないだろう、ということであった。レモリーノが適用しようとしていた新療法に患者たちが怒って反抗していたのも当然であって、錠剤の割当てや注射はそれなりに彼らにとって楽しい一時だったのであった。いずれにしてもオリベイラはもうこれ以上時間を失うのはまずいと見て、18号にルールマンはもっとも便利な方法で使わせてもらうと表明したあと、水を張った金盥の有効性のテストを始めることにして、そのために、彼は部屋を出て廊下の菫色の光の中へ入って行くことに対して抱いていた恐怖心を克服して、いったん廊下へ出て行ってから、今度は目を閉じて、トラベラーになったつもりで、トラベラーのようにちょっと爪先を開き加減にして歩きながら、ふたたび部屋へ入ってきた。第二歩めで（彼はそれを知っていたわけだが）左の靴を水を張った痰壺に突っこみ、足を抜こうとして急に痰壺を宙に抛《ほう》りあげるとそれは運よくベッドの上に落ちたのでほとんど音らしい音もしなかった。18号は机の下にもぐりこんでルールマンをばらまき、ひとっ跳びで立ち上がるとその邪気のある美しい緑色の目を半ば閉じながら、冷水の驚きを完全にするためにすってんころりんの可能性を加えるという目的で、二列の金盥の間にルールマンをばらまくことを勧めた。オリベイラはなにも言わずに彼にそれをやらせ、水を張った痰壺をもとの位置に新たに置きおえると、黒い紐をドアのノブに巻きはじめた。この紐を彼は机のところまで延ばして、椅子の背に結びつけた。その椅子を脚二本だけで机の端に立てかけたから、あとは誰かがドアを開けさえすれば椅子が床に倒れる仕掛けだった。18号が試しに廊下に出て、オリベイラは大きな音をたてないために椅子を支えた。彼には18号の親しげな存在が煩わしくなり始めていた。18号はときどきその邪気のある美しい緑色の目を半ば閉じて、入院のいきさつを話したがるのだった。

むろん、指を一本立てて口に当ててみせるだけで、彼は恥じて口を噤《つぐ》み、五分間は壁を背にしてじっとしていたが、同時にオリベイラはタバコを一箱進呈して、レモリーノに見つからないようにベッドに戻って寝るように言った。

「わっしはあんたといっしょにいたいんで、先生」と18号は言った。

「だめだめ、行きなさい。ぼくはひとりで充分身を守れるから」

「ヘフトピストルが足りませんやね、わっしがそう言ったでしょうに。そいつがあればそこらじゅうに鉤釘《かぎくぎ》をばらまいておけるし、紐を抑えておくにももってこいなんですがね」

「ぼくが自分でやるよ、爺さん」とオリベイラは言った。「行って寝なさい。ともかく有難く感謝するよ」

「それじゃ、先生、うまく行くといいですがね」

「チャオ、おやすみ」

「ルールマンに気をつけてくださいよ、動かしたりしないで、ちゃんとそのままの位置におけば、あとはご覧《ろう》じろでさあ」

「よし、わかった」

「どうしてもヘフトピストルが要るとわかったら、わっしにそう言ってくだせえ、16号が一挺持ってますんで」

「それはどうも。チャオ」

三時半にオリベイラは糸の配線を完了した。18号が行ってしまって、おしゃべりや、少なくとももときどき互いにちらっと視線を交したり、タバコに手をやったりすることもなかった。机の上のランプを緑色のセーターで覆ってあったので(セーターは少しずつ焦げ始めていたのだが)、ほとんど真暗な中で、蜘蛛のように糸を持ってこちら側からあちら側へ、ベッドからドアへ、洗面所から衣裳簞笥へと動きまわり、そのたびに五、六本の糸を張ってはルールマンを踏まないように細心の注意を払って引き返してくるさまは異様というしかなかった。そうしてとうとう彼は窓と、(右手の壁の隅に置かれた)机の一方と、(左手の壁にくっつけて置かれた)ベッドの真中に閉じこめられることになった。ドアと最後に張った線との間には、警告を与える糸が縦横に張りめぐらされ(ドアのノブから傾いた椅子へ、ドアのノブから洗面台のへりに置かれたマルティーニの灰皿へ、そしてドアのノブから本や紙類をいっぱい入れてぎりぎりまで引っぱり出してある衣裳簞笥の抽出しへ)、水を張った金盥は二列の不規則な防衛線の形に配列されていたが、左手の壁から右手の壁へ、あるいは洗面台から衣裳簞笥へが第一の線、ベッドの脚から机の足へが第二の線と、おおよその方向づけはなされていた。上方に幾重にも糸を張りめぐらした水入り金盥の最後の列と、(二つ階下に)中庭を見おろす窓が開いている壁との間には、かろうじて一メートルばかりの自由な空間が残されていた。オリベイラは机の端に腰をおろしてまたタバコに火をつけ、窓の外を眺めはじめた。そのうちに、シャツを脱いでそれを机の下に放りこんだ。これでもう喉が渇いても飲むことはできなくなった。彼はそんなふうに、下着姿になって、タバコをふかしながら中庭を眺めていたが、ときどき吸いさしを石蹴り遊びの線図の上に放り投げる瞬間ちょっと気を取られはするものの、ドアのほうにじっと注意をこらしていた。机の端は固く、セーターの焦げる匂いが吐き気を催させはしたが、そう悪くはなかった。結局最後にランプを消すと、ドアの下に徐々に菫色の一本の線条が見えてきた。ということはつまりトラベラーがやってきたら彼のゴムの上履きがその菫色の線条を二カ所で分断して、そうと知らずに彼が攻撃を開始する合図になるというわけだった。トラベラーがドアを開ければいろいろなことが起るだろうし、他にも多くのことが起り得る可能性があった。最初に起るのは機械的、運命的なことである。つまり結果は原因によりて生ずるというばかみたいな話で、この伝で行けば椅子は紐によりて、ドアのノブは手によりて、手は意志によりて、意志は……。そしてそこから、椅子が床を打ち、マルティーニの灰皿が五つか六つに砕け散り、衣裳簞笥の抽出しが抜け落ちて、それらの音がトラベラーの中に、さらにはオリベイラの中にさえ、なんらかの形で反響するかどうかに応じて、起るかもしれず起らないかもしれないことどもに移るわけだが、いまオリベイラの中にさえと言ったわけは、いまや彼が前の吸いさしでエントツ式に次のタバコに火をつけて、その吸いさしを第九の枡に落ちるように窓から放り投げ、それが第八の枡に落ちて跳ねあがって第七の枡の中に入ったのを見ながら、糞ったれ吸殻め、いまやおそらく、ドアが開いて寝室の半分がめちゃくちゃになり、もしそれが叫びであり無音であると言えるならばトラベラーの無音の叫びが聞こえたらどうしようかと自問しているらしかったからだ。結局のところヘフトピストルを断ったのは浅知恵だったのだ、なぜなら、なんの価値もないランプと、それに窓側の隅にある椅子とを除けば、防御用の武器となるようなものはなにひとつなく、もしトラベラーが水を張った金盥の二列の防衛線を突破してルールマンで滑って転ぶことを免れたら、ランプと椅子ではたいした抵抗もできそうになかった。しかしそんな事態には立ち至るまい、すべての作戦はその一点にかかっていた。防御用の武器は当然ながら攻撃用の武器と同じではあり得ない。たとえば、トラベラーが暗がりを進んできて、顔や手足にかすかに逆らうものがだんだん強くなってゆくのを感じたとしたら、なにやら恐怖めいた印象が心に生じて、蜘蛛の巣にからめとられた人間の感じるあのなんともしがたい胸くその悪さをおぼえるだろう。もし彼が二跳びですべての糸を引きちぎることになったとしたら、もし水を張った金盥に靴を突っ込まず、ルールマンで滑りもしなかったら、彼はついには窓際の扇形戦区まで達して、いくら暗いとはいえ机の端の不動の影法師を認めることになるだろう。彼がそこまで到達する可能性はおそらく極小さいものであろうが、仮に到達する事態になったところで、オリベイラにとってはヘフトピストルなど疑いもなくなんの役にも立たないだろう、というのも、18号が鉤釘とか言っていた事実のせいというよりはむしろおそらくトラベラーが想像するであろうような出会いはなくて、それとはまったく別の形のものになるだろうからである。つまりその出会いは、彼トラベラーには想像することができないのに、まるでそれを見たり生きたりしているかのように彼がはっきり知っているようななにかであり、彼（トラベラー）が知らずに知っているそれに対して外からやってきた黒い量塊の滑り抜け、黒い量塊トラベラーとこの机の端でタバコをふかしているそれオリベイラとの間の思量を絶した非出会い、といったものになるであろうから。あるいは夢に対する覚醒（夢の時間と覚醒の時間とはいまだ一つに溶けあったことがない、とかつてある人が言った）、しかし夢に対する覚醒、と言うことは、一致へのなんらかの希望が存在することを最後まで認めないことであった。他方において、トラベラーの到着は、そこからもう一度、一方から他方への、また同時に他方から一方への跳躍を企てるぎりぎりの極点の如きものとなるかもしれなかったが、まさしくその跳躍は衝突とは正反対のものであるだろう。オリベイラは、たとえトラベラーが彼に襲いかかってきて彼を打擲《ちょうちゃく》し、下着をずたずたに引き裂き、彼の目や口に唾を吐きかけ、腕を捩《ね》じあげて彼を窓から放り出したところで、領分＝トラベラーが彼まで到達することはできないのだと確信していた。かりにヘフトピストルが、18号の話からするとそれはせいぜいボタン掛けとかなにかそんなものでしかないらしい以上、領分に対してまったく無効だとしても、短剣＝トラベラーなり段打＝トラベラーなり、一方の肉体が他方の肉体を、あるいは他方の肉体が一方の肉体を否定することから始まった、肉体から肉体への飛びこせない距離を飛びこすための、あわれ不適当なヘフトピストルなりが、はたしてどんな価値を持ち得るというのか？もし実際にトラベラーが彼を殺し得たとしても（そして彼の口が渇き、手のひらに不快な汗が滲んだとしても理由のないことではなかったが）、実際の犯行は殺人者にとってしか確証がないだろうから、そのような可能性は全面的に否定されるだろう。しかしそれならむしろ殺人者を殺人者ではないものと、領分をも領分ではないものと考え、領分を稀薄化し矮小化《わいしょうか》し見くびって、そんな茶番劇が、床に砕け散る灰皿が、ただの騒音、くだらない結果しか生まないようにするほうがいい。もし彼が（恐怖心と戦って）領分との関係をそうして全面的に断ち切ることを確認するならば、そのときには防御こそ最善の攻撃となり、刃からではなく柄からこそ最悪の一撃が生じるだろう。しかしこんな真夜中に、ドアの下側の一条の菫色の光線、領分から差し込んでくるあの寒暖計の光線に目をこらすという、誰がみても無意味の最たることをやりながら、なんと彼は隠喩でもって彼自身を抑えていたことか。

四時十分前にオリベイラは立ち上がり、緊張をほぐすために肩を動かしながら、窓辺に行って窓框《まどがまち》に腰をおろした。もし運よく今夜発狂することになったら、トラベラー領分の解消が完了するだろう、そう思うと彼は楽しくなった。彼の尊大さと、いかなる形の明け渡しにも抵抗しようとする彼の意図とは、まったく一致するところのない解決だ。いずれにしてもフェラグートが患者台帳にオリベイラの名前を記入し、ドアに番号札と、夜間監視用のマジック・アイをと思うと……。それにタリタは、石蹴り遊びの線図を踏まないように、二度とふたたび石蹴り遊びの線図を踏まないように、細心の注意を払って中庭を通り抜けては、薬局でカプセル入りの薬を調合してくれるだろう。ぼくの愚行、ぼくのばかげた未遂行為にひどく心を痛めている可哀そうなマヌーのことは言わずもがなだ。中庭に背を向けて、窓框に腰かけたまま危険にも体をのけぞらせながら、オリベイラは彼の心から恐怖が消えはじめたこと、そしてそれはよくないことを感じていた。彼はドアの下の光の線条から目を離さなかったが、一息ごとに、所詮は言葉にならない、領分とはなんの関係もない慰めが彼の中に入ってきて、その喜びは、領分がいかに屈服したかを感じ取る、まさにそのことにあった。それがいつまで続くかは問題ではなく、一呼吸ごとにこの世界の暖かい空気が、彼の生涯においてこれまでもすでに起ったことがあったように、彼と和解していたのであった。彼はタバコを吸うことすら忘れ、しばらくの間、自分自身と和解していた。そしてそのことは、領分を廃止すること、戦わずに勝ち、結局は、覚醒と夢とが水源を同じくしていて別々の水なぞ存在しなかったことを示すあの刃のような二分線上で、目覚めつつ眠ることを望むことに等しかったのだ。だがそれは当然ながらよくなかったのだ。当然ながらそうしたすべては菫色の光の線条の中程に二つの黒い戦区が唐突に割り込み、ドアをしつこく引っ掻く音がしたことによって、中断されるはめになったのだった。《おまえがそう望んだくせに》とオリベイラは考えながら、身を滑らせて机にぴったりと体を寄せた。《実のところ、もしあと一瞬でもあのままの姿勢を続けていたら、ぼくは石蹴り遊びの線図の上に頭からまっさかさまに転落していたことだろう。さっさと入ってきたまえ、マヌー、結局きみがいなくなるか、ぼくがいなくなるか、あるいはぼくたち二人とも愚かにもこのことを信じて互いに殺し合うことになるかだ、いまこそその時がきたのだ、もうどうにも望みはないのさ》

「すぐ入ってきたまえ」と大声で繰り返したが、ドアは開かなかった。物静かに引っ掻く音はなおも続き、おそらく純然たる偶然の一致であろうが、下のほうでも誰かこちらに背を向けた女の人が噴泉のそばで、長い髪をみせ、両腕を垂らして、我を忘れたように噴水を凝視していた。そんな時刻に、そんな暗がりの中では、その同じ人がタリタとも、ラ・マーガとも見えただろうし、あるいは狂った女たちの誰にでも、もしそう考えはじめたらポーラにさえも見えたことだろう。オリベイラが自分に背を向けている女を眺めるのを邪魔だてするものはなにもなかった。なぜなら仮にトラベラーが入る決意をしたとしても、防御は自動的にその機能を発揮するはずなので、中庭を眺めるのをやめて彼と対峙するだけの時間はたっぷりあるだろうから。いずれにしても、トラベラーが、はたしてオリベイラは眠っているのかどうか確かめようとするかのように、いつまでもドアを引っ掻いているのは異様だった（あれはポーラであるはずがない、ポーラなら首がもっと短いし、腰の線の輪郭がもっとはっきりしている）、もっとも、トラベラーのほうでも特別な攻撃方法を考えだしたのなら話はわかるが（ラ・マーガかもしれないし、タリタかもしれない、二人はなにしろよく似ているから。とくに夜、三階から見ると）、オリベイラを彼の枡から引きずり出すことを目指した新手の攻撃方法を（少なくとも1から8まで。なぜなら彼はこれまで8より先へ進むことができたためしがなく、これからも〈天〉へ上がることは決してないだろうし、彼のキブツへ入ることは決してないだろうから）。《なにを待ってるんだ、マヌー？》とオリベイラは考えた。《こんなことをしていて、いったいなにになるんだろう？》その人はもちろんタリタだった。そうして彼女はいましも上を振り仰いで見たが、オリベイラが腕を窓からぬっと突き出して疲れたように左右に動かしたとき、またしても凝然と立ちつくしてしまった。

「こっちへおいでよ、マーガ」とオリベイラは言った。「ここから見るとあんまり似ているもんだから、名前を変えてもいいくらいだ」

「その窓を閉めなさい、オラシオ」とタリタが言った。「いやだよ、ひどく暑いし、それにきみのご亭主が廊下にいてドアを引っ掻いているんでちょっと怖いんだ。腹立たしい情況が重なったというんだろうか。でもきみは心配せずに、石蹴り玉を拾ってもう一度試してごらん、ひょっとしたら……」

抽出しと椅子と灰皿が、同時に抜け落ち、倒れ、床に砕け散った。少し身をかがめて、オリベイラは開いたドアの長方形の菫色の光と、動く黒い影とを、眩《まぶ》しそうに眺めていた。トラベラーが口汚く罵っている声が聞こえた。この騒音できっと病院の半分は目を覚ましたに違いない。

「なんてやつだ」とトラベラーは戸口に立ちつくしたまま言った。「座長にわしらみんな放り出されたいのか？」

「またお説教されているところさ」とオリベイラはタリタに報告した。「彼はいつでもぼくに対して父親のように振舞うのさ」

「お願いだから窓を締めて」とタリタが言った。

「窓が開いているってことはなによりも必要なことなんだよ」とオリベイラが言った。「ご亭主の音を聞いててごらん、足を水に突っこむのがわかるから。きっと顔じゅう糸だらけになって、どうすることもできなくなるよ」

「このろくでなしめ」と言ってトラベラーが手を振りまわしながら暗がりに飛びこんできて、そこらじゅうの糸という糸を引っぱる仕儀になった。「明りをつけろよ、こん畜生め」

「まだ床に転ばないよ」とオリベイラは報告した。「ルールマンがうまく働かなかったんだ」

「そんなに窓の外にのけぞって顔を出さないで！」とタリタは両腕を上げながら叫んだ。背中を窓側に向け、彼女を見ながら話しかけるために頭を後方に垂れた姿勢で、オリベイラはますます後方へ体をのけぞらせた。クカ・フェラグートが中庭へ駆け出してきたが、そのとき初めてオリベイラは、もはや夜ではないことに気がついた。クカの部屋着は中庭の石や薬局の壁と同じ色をしていた。戦線の偵察をすることにして暗がりのほうに目を転ずると、攻撃を阻む多くの困難にもかかわらずトラベラーはドアを閉めることに決めたらしかった。二度の悪たれ口の間に掛け金の閉まる音が聞こえた。

「そいつは望むところだぜ」とオリベイラは言った。

「二人でリングに上がったみたいだ」

「こいつめ、糞喰らえ」とトラベラーが憤然として言った。「スリッパが片方、びしょ濡れになっちゃったじゃないか、おれはこういうのがなによりもいやなんだ。少なくとも明りをつけろよ、なんにも見えやしない」

「カンチャ・ラヤダの奇襲もかくやってところだ」とオリベイラは言った。「ぼくがこの有利な立場を犠牲にするつもりはないと心得たまえ。こうしてきみに返事をしてやっていることを有難く思えよ、ぼくにはそんなことする必要はないんだからな。ぼくだってこれでも正式に射撃は習ったんだぜ」

彼にはトラベラーが重い息づかいをしているのが聞こえた。廊下であちこちのドアがばたんと閉まり、フェラグートの声が、別の質疑応答の声といりまじっていた。トラベラーの影法師がだんだんはっきりと見えてきた。金盥五個、痰壺三個、ルールマン数十個、すべてのものが明るみに姿を現わし、それぞれその所を得ていた。二人はいまや、あの狂人の掌中の鳩のような光の中で、ほとんど互いに相手の姿を見ることができた。

「さあて」とトラベラーは、倒れた椅子を起し、気の進まぬ様子でその椅子に腰をおろした。

「できることなら、この滅茶苦茶をちょっと説明してもらいたいね」

「そいつはちとむつかしいやね、話すってことは、そのなんだろ……」

「おまえはいざ話すとなると、なんのかんのとただ引き延ばすんだな」とトラベラーが激昂して言った。「日蔭でさえ45度もあるときに二枚の板に馬乗りになっていなきゃ、おれの足を水に突っこました上、こんな気持の悪い糸でがんじがらめにする始末だ」

「しかし、いつも左右相称の位置にいるもんだ」とオリベイラは言った。「まるでぎっこんばったんで遊んでいる双生児か、もっと簡単には、誰でもいい、鏡の前に立った人間みたいじゃないか。そのことに気がつかないかい、そっくりさん《ドッペルゲンガー》?」

トラベラーが返事をせずにパジャマのポケットからタバコを取り出して火をつけると、オリベイラのほうもタバコを出して、ほとんど同時に火をつけた。彼らは顔を見あわせて笑い出した。

「おまえ完全に気が狂ってるな」とトラベラーが言った。「今度こそ間違いなくはっきりしている。想像してもみろよ、おれが……」

「想像なんて言葉はそっとしておけ」とオリベイラが言った。「きみはただ気がつけばいいのさ、ぼくがいろいろと予防措置を講じておいたところへ、きみが来たってことに。ほかの誰でもない、きみがさ。しかも朝の四時にだ」

「タリタにそう言われてみればそうも思えて……。しかしおまえほんとに信じてるのか……?」

「たぶん結局は必要なのさ、マヌー。きみはぼくを宥《なだ》めて安心させるために起きてきたと思ってるんだろうが、もしぼくが眠っていたら、きみはなんの邪魔もされずに部屋へ入ってきていただろうさ、難なく鏡に近づく人のようにね。もちろん人は誰だってブラシを手に持って静かに鏡に近づくものだ、しかしそれがブラシではなくて、きみがそのパジャマの中に隠し持っているものだとしたら……」

「それはいつだって持ち歩いてるさ」とトラベラーは怒ったように言った。「それとも、おまえ、わしらはここで幼稚園にいるとでも思ってるのか? もしおまえが無防備で歩くとしたら、それはおまえが無邪気でなにも知らないからだ」

「つまり」とオリベイラは言いながら、もう一度窓の縁に腰かけて、タリタとクカに手を振って挨拶を送り、

「こうしたいっさいについてぼくが頭の中で想像するようなことは、ぼくらが好むと好まざるとにかかわらずそうならざるを得ない現実の事態に比べると遥かにつまらないものさ。ぼくらはずっと以前から、自分の尻尾に噛みつこうとしてくるくる回っている犬と同じだったんだ。ぼくらは互いに憎みあっているんじゃなく、その逆さ。なにか他に、ぼくらを白の歩とか黒の歩とかなにかそういったものとして弄《もてあそ》んでいるものがあるんだな。二通りの言い方をすれば、一方が他方の中に廃棄される必然性と、逆に他方が一方の中に廃棄される必要性、ってこと」

「おれはおまえを憎んじゃいないよ」とトラベラーが言った。「ただ、おまえはおれを、おれにはもうどうしていいかわからないところへ封じこめてしまったんだ」

「改めるべきは改めて、きみは港でぼくに会ったとき、なにやら休戦か、白旗か、悲しくも忘却を唆《そそのか》しているような様子だった。ぼくだって憎んでなんかいないさ、でも、きみを告発する。そこがきみの言う封じこめだ」

「おれは生きている」と言ってトラベラーは彼の目を覗きこんだ。「生きているということは、いつでもなんらかの代償を必要とするように思えるんだが、おまえはなんの代償も払いたがらない。これまでも絶えてそんなことはしたがらなかった。実存的カタリ派というか、純粋派だよ。カエサルか、然《しか》らずば無か、といったような過激な一刀両断。おれはおれなりの流儀でおまえには感心しているよ、おまえが自殺しなかったことに感心しているよ。おまえはほんとに生き写《ドッペルゲンガー》しだ、なにしろおまえはまるで肉体を脱したようになって、あの高い屋根の上の風見の姿をした意志となっているんだから。おれはこれを欲し、あれを欲して、北を、南を、いっさいを、同時に欲し、ラ・マーガを愛し、タリタを愛し、それから旦那が死体公示所を訪ねてきて親友の妻に接吻する。いっさいをというのは、もろもろの現実と思い出とが、彼においてはこの上なく非ユークリッド的に混じりあっているからだ」

オリベイラは肩をすくめたが、それが軽蔑の身振りではないことを感じ取ってもらうためにトラベラーのほうをじっと見つめた。それをどうやったら多少なりとも彼に伝えることができるだろうか、いま面と向かって相対峙している領分においては、接吻、タリタへの接吻、ラ・マーガかポーラへのぼくの接吻と呼ばれているその行為の意味を？　それもまた鏡の遊戯なのだ、ちょうどいましもクカとレモリーノとフェラグートが扉のそばに寄り集まり、トラベラーが窓辺に出てきて、万事は順調に行ってるよ、ネンブタル剤を飲ませるか、たぶんストレイト・ジャケットを着せれば、じきに小僧の下痢はおさまるだろうさ、と言ってくれるのを待っている間、こちらは頭を窓のほうへ向けて、石蹴り遊びの線図の縁にじっと立っているラ・マーガを見ているという遊戯のように。扉を叩いたところで理解を容易にする役に立つわけではない。もしせめてマヌーが、ぼくの考えていることは窓側からはなんの意味もなく、ただ金盥やルールマンの側でのみ価値があるのだということを感じ取ってくれ、またもし扉を両手で叩いているやつが一瞬でも静かにしてくれたら、おそらくそのときは……。しかし彼には、石蹴り遊びの線図の縁に立つじつに美しいラ・マーガをじっと見つめ、彼女が石蹴り玉を枡から枡へと蹴り進めて、地から天へ上ることを願う以外に何もすることができなかった。

「……この上なく非ユークリッド的に」

「きみをずっと待ってたんだ」とオリベイラは疲れ切った様子で言った。「わかってくれるだろうが、ぼくはもうそんなふうに切りさいなまれるつもりはなかったんだ。誰だって自分がなにをすべきか知ってるもんだよ、マヌー。もしきみがあそこの下でなにが起ったのか説明を求めるつもりなら……それはなんの関係もないというだけのことさ、それはきみだって知ってるだろう。知ってるさ、相棒《ドッペルゲンガー》、それは知ってるさ。接吻なんてことがきみにとってなんの意味があるっていうんだい、彼女にとってもそんなこと意味ないよ。それは、とどのつまり、きみたちの間のことさ」

「開けろ！　すぐに開けろ！」

「やつらは事態を深刻に受けとめている」と言ってトラベラーは立ち上がった。「開けようよ、きっとオベヘロだ」

「ぼくとしては……」

「おまえに注射をしたいんだろうよ、きっとタリタのやつ狂人どもをけしかけたんだ」

「女って死神だな」とオリベイラが言った。「あそこの彼女を見たまえ、石蹴り遊びの線図のそばにじつに行儀よく立っているのを……。開けないほうがいいよ、マヌー、このままこうしていて、それでいいじゃないか」

トラベラーは扉のところまで行って鍵穴に口を近づけた。ばかものども、そんな恐怖映画ばりの叫び声でがなりたてるの止めんかい。わしもオリベイラもまったくうまくやってるし、そのときがくれば扉を開けるさ。それよりみんなにコーヒーでもいれてやったらどうだ、この病院じゃ生きることもできやしない。

その声はよく聞こえてきたので、フェラグートこそぜんぜん納得しなかったものの、オベヘロのがらがら声が執拗に賢《さか》しら口で彼を抑えて、結局は扉は静かになった。しばらくの間、騒ぎがあったことを示すものは中庭にいる人たちと、これは43号の愉快な癖であるが、点滅を繰り返す四階の明りだけとなった。まもなくオベヘロとフェラグートがふたたび中庭に現われて、そこから窓に腰かけているオリベイラのほうを見上げると、オリベイラは下着姿を弁解しながら彼らに挨拶した。18号がオベヘロに近づいてなにやらヘフトピストルのことを説明していたが、オベヘロはたいへん興味ぶかそうに、まるでもはやポーカーの相手として恐るるに足らずといったような、職業的な態度でオリベイラのほうを見ていた。オリベイラから見ればそれはじつに滑稽なことであったが。二階の窓はほとんど全部開け放たれ、さまざまな患者が、つぎつぎと続いて起る、なんの変哲もないつまらぬ出来事のすべてに、この上なく生き生きと参加しているのだった。ラ・マーガはオリベイラの注意を引きつけるために、まるでそうすることが必要であるかのように右腕を上げて、トラベラーを窓辺へ呼んでくれるように彼に頼んでいた。オリベイラは、窓の区域は専《もっぱ》ら防御を受け持っているのでそれはできないが、休戦協定を結ぶことはたぶんできるだろう、とできるだけ賢明な方法で彼女に説明した。さらに付け加えて、彼女が腕を上げて彼を呼ぶその身振りは過去の女優たちを思いださせるものだと言って、彼は、とりわけエミー・デスティン、メルバ、マージョリー・ロレンス、ムシオ、ボリといったオペラ歌手たちを、また当然、テダ・バラやニタ・ナルディを、とさも楽しそうに名前を片っ端から挙げて行き、タリタがいったんおろした腕をまた上げて懇願すると、エレオノーラ・ドゥーゼ、それは当然至極だ、ビルマ・バンキー、そうだ、まさにガルボだ、それはもちろんさ、それからぼくが子供のころノートに貼って持っていたサラ・ベルナールのブロマイド、それからカルサヴィナ、ボロノワ、ああ女たち、その永遠の身振り、宿命の永遠化、もっとも今の場合、きみの愛すべき頼みごとを受けいれるわけにはいかないが。

フェラグートとクカは大声で、むしろ矛盾した意志を表明したが、そのとき、さいぜんまで眠そうな顔をして一部始終を聞いていたオベヘロがそれを制止して、静かにしないとタリタがオリベイラと話をつけられないじゃないかというような身振りをした。しかしその効験もあらわれず、オリベイラはラ・マーガの七度目の懇願を聞いたあと、みんなに背を向けて、みんなの見ているまえで（その声こそ聞こえなかったが）姿なきトラベラーと対話を始めたようであった。

「みなさんはきみが窓から覗くことをお望みだぜ」

「いいかい、いずれにしてもちょっと待ってくれ。糸をくぐって行けるから」

「間抜けめ」とオリベイラは言った。「それは最後の防衛線だ、もしきみがそれを突破してくれれば激しい接近戦になるぞ」

「結構」とトラベラーは言って、椅子に腰をおろした。

「いくらでも無駄口を叩いているがいい」

「無駄口じゃないよ」とオリベイラが言った。「もしきみがこっちへきたいのなら、ぼくに許可を求める必要なんかないぜ。そんなこと自明だと思うがなあ」

「飛び降りたりしないと誓うかい？」

オリベイラはトラベラーをまるでジャイアント・パンダでも見るような目で見つめた。

「やっぱり」とオリベイラは言った。「きみの胸のうちを打ち明けたね。あそこにラ・マーガがいて、同じことを考えている。そしてぼくはと言えば、なんのかんの言ったって、人にはぼくのことなんかあまりわかってもらえないと思ってるよ」

「ラ・マーガじゃないよ」とトラベラーが言った。「ラ・マーガじゃないことくらい間違いなく承知しているくせに」

「ラ・マーガじゃないよ」とオリベイラが言った。「ラ・マーガじゃないことくらい間違いなく承知しているさ。そしてきみは旗手だ、降伏の、家庭と秩序への帰還の、先駆けだ。きみを見ているのがつらくなってきたよ」

「おれのことなぞ忘れろ」とトラベラーが無愛想に言った。「おれが望んでいるのはおまえがそんなばかな真似はしないという言質をおまえの口から聞くことだ」

「いいか、よく聞けよ」とオリベイラが言った、「もしぼくが飛び降りたら、ちょうど天の上に落ちるだろう」

「こちら側へきたまえ、オラシオ、おれがオベヘロと話しあってもいい。おれなら事を収めることができるよ、あしたになればみんなも今日のことは忘れちまうさ」

「あいつは精神病理学の手引書でおぼえたんだってね」とオリベイラはほとんど驚いたように言った。「すごく記憶力のいい学生だったな」

「聞きたまえ」とトラベラーが言った。「もしおれを窓に近づけさせてくれないなら、おれは扉を開けざるを得ないだろうし、そうなるともっとまずいことになるぞ」

「ぼくにとっては同じことさ、やつらが入ってきたからといって、ここまで到達できるとは限らない」

「やつらがおまえを掴まえようとしたら、おまえは飛び降りるって言いたいんだな」

「きみの側からみればそういう意味になるかもしれないがね」

「頼むよ」と言って、トラベラーは一歩前に踏み出した。「それが悪夢だってことがわからないのかい？　やつらはおまえをほんとに狂人だと思うことだろうし、おれがおまえをほんとに殺したがっていたと思うことになるじゃないか」

オリベイラはさらにもう少し外へ身を乗り出し、トラベラーは水を張った金盥の第二防衛線のところで立ち止まった。ルールマンを二個、足で蹴とばしはしたが、それより先へは前進しなかった。クカとタリタの悲鳴を聞いたオリベイラは、ゆっくりと起き直って、彼女らに静かにするようにという合図をした。トラベラーはまるで敗北を喫したように、椅子をちょっと引き寄せて腰をおろした。扉を叩く音が、前ほど強くはなかったがふたたび始まった。

「もう頭を痛めることはよせよ」とオリベイラが言った。「なぜそう説明を求めるのさ、ねえ？　今この瞬間におけるきみとぼくとの唯一ほんとうの違いは、ぼくがひとりだってことだ。だからきみが下へ降りていってきみの仲間のところへ戻り、窓ごしに親友として話しつづけるのがいちばんいい。八時ごろには脱皮をはかるつもりだ、ゲクレプテンが揚げたパイとマテ茶をいれて待っててくれるから」

「おまえはひとりじゃないよ、オラシオ。どうやらおまえは純然たる虚栄心からブエノスアイレスのマルドロールたらんとしてひとりになりたいらしいな。おまえ、分身《ドッペルゲンガー》とかいうことを言ってたな？　ほら、ご覧のとおり、誰かがおまえにつき従い、その誰かは、たとえおまえの忌まわしい糸の反対側にいるとしても、おまえに生き写しじゃないか」

「そいつは最低だね」とオリベイラが言った。「きみが虚栄心についてそんな乙に澄ました考え方をすることはね。そこに問題があるんだよ、きみがあることがらについて、それがいかに骨の折れることであろうと、一つの考え方をするってことにね。たとえほんの一瞬にもせよ、これはそんなことではあり得ないと直観できないのかい？」

「おれがそう考えてるとしよう。それでもやはり、おまえは開け放した窓のそばで身を乗り出している」

「これはそんなことではあり得ないということを、もしきみがほんとに疑っているなら、もしほんとうにきみが朝鮮あざみの芯に到達するなら……。誰もきみに、きみが目のあたりに見ているものを否定しろとは要求しないが、もしほんのちょっとでも、いいかい、指一本でも押してくるようなことがあれば……」

「もしそれがそう簡単なことなら」とトラベラーが言った。「もしそれが愚劣な糸を吊るすだけのことなら……。おまえのほうが押さなかったとは言わないが、まあ、結果を見よう」

「彼らのなにがいけないんだい？　少なくともぼくらは窓を開け放っているし、この非現実めいた夜明けを呼吸し、この時刻に立ち昇ってくる涼気を感じている。そして下ではみんなが中庭を佇み歩いているんだ、異常なことだよ、みんなそれと知らずに運動しているんだ。クカも、ちょっと見てごらんよ、それから、あんな甘ったれた朝寝坊の座長も。それに、のらくらを絵にかいたようなきみのワイフも。きみはといえば、いまほど目が覚めていることはかつてなかったことを否定しないだろう。そして目が覚めているというときのぼくの言っている意味はわかってるだろ？」

「その逆じゃないのかな」

「そんなの安易な解決だよ、詞華選のための幻想物語だよ。もしきみに物事を反対側から眺めることができるなら、おそらくきみはそのときから動きたいとは思わなくなるだろう。もしきみが領分から出て行くことになるのだったら、つまり第一の枡から第二の枡へ、あるいは第二の枡から第三の枡へと……。それは非常にむつかしいよ、相棒《ドッペルゲンガー》、ぼくは一晩じゅう吸いさしを投げていたんだけど、第八の枡から先へは進めなかったもの。われわれはみんな至福千年王国を、アルカディアのようなものを、願望しているのではないだろうか。そこではおそらくここ地上でよりもさらに不幸かもしれない、だって、いいかい、相棒《ドッペルゲンガー》、問題は浄福ということではないのだから。しかしそこでは人生五十年あるいは六十年という時間をそっくり奪ってしまう代置というきたない遊戯はもはやなく、またそこでは恐怖の身振りを繰り返したり、相手が手のひらにナイフを隠し持っているかどうか知りたく思うかわりに、ほんとうに手を差しのべることができるだろう。代置といえば、かりにきみとぼくとが同一人であり、各自がそれぞれの側を代表すると考えても、ぼくにはちっとも奇異な感じはしないんだよ。きみたちがぼくのことを見栄っぱりだと言うように、ぼくのほうが都合のいい側を選んだようだが、誰にもそんなことわかりはしないよ、マヌー。一つだけぼくにわかることがある、それはぼくにはもはやきみの側につくことはできないということだ。すべてはぼくの掌中で砕け、ぼくはとんでもないことをしでかすたびに、発狂しそうになるんだ、もし発狂することがそんなに簡単なことならばね。しかし、領分と調和しているきみはこの行きつ戻りつを理解したくないんだ、ぼくが荒々しく一押しするとなにかがぼくに起り、それから忘れ去られていた遺伝子の五千年という時間がぼくを引っぱり戻し、ぼくはふたたび領分へ落ちこんで、ぱちゃぱちゃやるってわけだ、二週間、二年間、いや十五年間も……。ある日ぼくは習慣に指をつっこむ、すると信じがたいことにその指は習慣の中に沈んでいって習慣の向う側に現われるんだ、それはまるでぼくがついに最後の枡に達しようとしているかのように思われるのだが、そこで突然、かりにそう措定してみれば、ひとりの女が溺死するか、ぼくが襲撃を、慈悲心の襲撃をむなしく受けることになるのだ、なぜなら慈悲心の襲撃というものは……。きみにさっき代置という話をしただろう？　なんて汚らしい言葉だ、マヌー。代置ってことを考えるためにはドストエフスキーを参照するといいよ。つまりぼくは五千年という時間によってふたたび後へ引きずり戻されて最初からやり直さなくちゃならないわけだ。だからぼくはきみをぼくの分身《ドッペルゲンガー》と感じるわけだ、だってそうだろう、ぼくがきみの領分からぼくの領分へと行ったり来たりしている間じゅう、もしぼくの領分というものがあるとすればの話だが、そうやって哀れにも行き来している間じゅう、どうやらきみは憐れみを含んだ目でぼくを見つめながらずっとそこにいたぼく自身の姿なんだからね。己れの枡から出たがっているあの道化役者を眺めている、一メートル七〇センチの身の丈に凝集した、人間の五千年なんだからね。そうさ」

「うるさいな、やめないか」とトラベラーはふたたび扉を叩きはじめた連中に向かって叫んだ。「まったくこの病院では静かに話すこともできやしない」

「きみは偉いよ、兄弟」とオリベイラが感動して言った。

「いずれにしても」と言ってトラベラーは椅子を少し近寄せながら、「おまえが今回は少しやりすぎたことを否定はしないだろうな。化体《けたい》だのマテ茶だのは結構だが、この悪い冗談にはおれたち全員がきりきり舞いさせられちまうよ。おれはとくにタリタのためにそう思うんだ。おまえがラ・マーガのことを言いたい放題言うのはかまわないが、女房を食わせなきゃならないのはこのおれなんだからな」

「まったくきみの言うとおりだよ」とオリベイラは言った。「どうも人間は仕事に就いてるとかそういったことを忘れてしまうものだな。きみはぼくがフェラグートに話すことを望んでいるのかい？　やつは噴泉のそばにいるよ。勘弁してくれ、マヌー、ぼくはいやなんだ、ラ・マーガときみが……」

「いま彼女をラ・マーガと呼ぶことがおまえのお望みなのかい？　自分を欺くなよ、オラシオ」

「あれがタリタだということはぼくも知ってるけど、ちょっと前にはあれはラ・マーガだったんだ。彼女は二人なんだよ、ぼくらのように」

「そういうところが狂ってるって言うんだ」とトラベラーが言った。

「ものごとはすべてなんらかの呼ばれ方をするものさ、きみがどう呼ぼうと勝手だよ。もし構わなければぼくはちょっと下の連中の言うことを聞きたいんだけどな、連中は我慢の限界って状態だから」

「おれは行くよ」と言ってトラベラーは立ち上がった。

「そのほうがいい」とオリベイラは言った。「きみは出て行って、ぼくはここからきみや他の連中と話すほうがずっといい。きみは出て行って、いまそうしているように膝を折り曲げたりしないほうがいいよ、次にどんなことが起ろうとしているか、きみに正確に説明してやるからさ。きみは人類五千年のすべての息子たちと同じように説明の礼賛者だものな。きみがきみの友情と診断に突き上げられてぼくに飛びかかってきたら、ぼくは間髪をいれず傍へ退くよ、だってぼくがアンチョレーナ街の若い者たちと柔道を習っていたときのことをきみが憶えているかどうかわからないからね、その結果きみはそのまま突進を続けてその窓から墜落し、第四の枡の中のどろっとした粘液の塊となることだろう。そして、それも運がよければの話さ、なにしろきみはどう見ても第二の枡より先へは進めそうにないやつだからな」

トラベラーはオリベイラを見つめていたが、オリベイラはその眼に涙がいっぱい溜まっているのを見た。彼は遠くから、まるでトラベラーの髪を撫でるような仕種をした。

トラベラーはなおもしばらく待ってから、扉のほうへ行ってそれを開けた。レモリーノが入ってこようとするより早く（そのうしろにさらに二人の看護人の姿が見えたが）トラベラーは彼の両肩をつかんで追い出した。

「みんな彼を静かにしておいてやってくれ」とトラベラーは命じた。「しばらくの間は大丈夫のようだから。ひとりにしておいてやることが必要なんだ、それなのに、なんという騒ぎだ」

二人の対話が四人の対話、六人の対話、十二人の対話へと急上昇するのも構わず、オリベイラは目を閉じて、これで万事よしだ、トラベラーはほんとうにぼくの兄弟だよ、と考えた。扉がばたんと閉まる音と、遠ざかってゆく人声が聞こえた。偶然にも、彼がやっとのことで瞼《まぶた》をあげたのと同時に、扉がふたたび開いた。

「掛け金を掛けておけよ」とトラベラーが言った。「おれはやつらをあまり信用してないんだ」

「どうも」とオリベイラは言った。「中庭へ降りて行きなよ、タリタがひどく悲しがっているから」

オリベイラはまだ少し残っていた糸の下をくぐって行って掛け金を掛けた。窓際へ戻るまえに彼は洗面台のシンクの水に顔をつっこんで、喉を鳴らし、舌舐《な》めずりをし、鼻嵐《あらし》を吹きながら、まるで獣のようにその水を飲んだ。下では患者たちにそれぞれ部屋へ戻るよう命令しているレモリーノの声が聞こえた。爽《さわ》やかな落ち着いた気分になってふたたび窓辺に現われたオリベイラは、トラベラーがタリタに寄り添って、彼女の腰に腕をまわしているのを見た。トラベラーがいましていることをし終ったあとでは、あらゆることが驚くべき和解の感情めいたものになり、そのばかげた、しかし生き生きとした現在の調和は犯しがたく、いまや調子を狂わされることもあり得ず、結局トラベラーは彼がもう少しはましな想像力の持ち主だったらそうなって当然と思われるような人物になったのだ、領分の人間になったのだ、道を踏み外した種の癒《いや》しがたい過誤、しかしその過誤の中に、虚妄《きょもう》の不安定な領分の五千年の中に、なんという美しさがあることか。涙をいっぱい浮かべたその眼、《掛け金を掛けておけよ、わしはやつらをあまり信用してないんだ》と忠告してくれたその声になんという美しさがあることか、一人の女の腰を抱きしめたその腕になんという愛がこめられていることか。《おそらく》と考えて、オリベイラは、オベヘロ先生とフェラグートの（後者のほうがやや親しさに欠けるところがあったが）友好的な身振りに応えながら、《領分から逃れ得る唯一の方法は、その中に思い切って飛びこんで行くことだ》彼はそのことを（もう一度、そのことを）自分に向かって示唆するが早いか、一人の男が一人の老女に腕を貸しながら雨の降る凍結した街路を行く姿を垣間みたのだった。《誰にもわかるものか》と彼はひとりごとを言った。《誰にもわかるものか、はたしてぼくが瀬戸際に立たされていなかったかどうかなんて。また、おそらく道は一つだったのだなんて。マヌーならきっとその道を見つけることができるだろうが、ばかげたことに、マヌーはそれをけっして見つけようとしないだろう。ところがぼくは……》

「ヘイ、オリベイラ、降りてきてコーヒーを飲まないか？」とフェラグートが、オベヘロがありありと不快そうな表情をするのも構わず、誘いかけた。「賭けはおまえの勝ちだよ、そう思わないかい？　クカを見てみろ、ひどく動顛《どうてん》しちまって……」

「そうお嘆き召さるな奥様」とオリベイラが言った。「サーカスでの経験がおありのあんただもの、ぼくのばかげた振舞いごときを怖がることはないでしょう」

「ああ、オリベイラったら、あなたとトラベラーはひどいわ」とクカが言った。「どうしてわたしの夫が言うようにしないの？　ちょうどわたし、みんなでいっしょにコーヒーを飲もうと思ってたのよ」

「そうさ、おい、降りてこいよ」とオベヘロが努めて何気ない風をよそおって言った。「フランスの本のことで二、三きみに相談したいことがあるんだ」

「ここからでもよく聞こえるよ」とオリベイラが言った。

「よかろう」とオベヘロが言った。「あんた好きなときに降りてきたまえ、わたしらはこれから朝食をとるところなんだ」

「焼きたてのクロワッサンでね」とクカが言った。「それじゃコーヒー沸かそうかしら、タリタ？」

「ばかな真似はよしてね」とタリタが言い、彼女の説諭につづく異常な沈黙の中でのトラベラーとオリベイラの視線の出会いは、まるで二羽の鳥が飛翔中に衝突して縺れあいながら第九の枡の上に墜落したかのようであった。あるいは少なくともそのようなものとして当事者同士はその出会いを楽しんでいた。その間ずっと、クカとフェラグートは激しい息づかいをしていたが、とうとうクカが口を開いて甲高い声で《その横柄さはどういうつもりなのよ?》と言い、一方フェラグートは胸を張って上から下へトラベラーを検査するようにじろじろ見つめていたし、トラベラーのほうは彼の女房を賛嘆と非難の入り混じった目で見つめていたが、やがてオベヘロが適当な科学的遁辞《とんじ》を見つけて突慳貪《つっけんどん》に言った。《**Histeria matinensis yugulata**（頸《くび》折られ午後発性ヒステリー）ってやつさ、中へ入ろう、やつらに錠剤を少し与えなくちゃ》、とそのとき18号がレモリーノの命令に叛《そむ》いて中庭まで、31号が取り乱していることや、マル・デル・プラタから電話がかかっていることを知らせに出てきた。彼がレモリーノに有無をいわせず追い返されたのをきっかけにして管理者たちとオベヘロはさほど極端に威信を失うこともなく中庭から退散することができた。

「ああ、ああ、ああ」と言ってオリベイラは窓の上で平衡をとりながら、「ぼくときたら薬剤師たちはとても教養があると思っていたんだ——

「おまえわかるかい?」とトラベラーが言った。「彼女は立派だったよ」

「ぼくのために自分を犠牲にしてくれたもの」とオリベイラが言った。「もう一方の女は、たとえ死の床に臨んでも、彼女を決して赦そうとしないだろう」

「わたしとっても気がかりなの」とタリタが言った。「《焼きたてのクロワッサン》いただきながら、ちょっと説明してよ」

「それにオベヘロときたらどうだ?」とトラベラーが言った。「フランス語の本だって! あとはバナナでおまえを試してみれば、やつらの筋書も完成じゃないか。おまえがどうしてやつらを追っぱらわなかったのか、驚いちゃうよ」

そんなふうにして、調和は信じがたいほど長く持続し、そこの下にいて彼のほうを見上げながら石蹴り遊びの線図から話しかけてくるその二人の善意に応える言葉はなかった。それというのもタリタはそれと知らずに第三の枡に立ち止まっていたし、トラベラーは六の枡に片足を踏みいれていたからで、オリベイラに残された唯一の反応は、右手をちょっと挙げて内気な挨拶を送り、ラ・マーガとマヌーを見つめてじっとそこに立ちつくしながら、自分自身に言い聞かせることだけであった——そうだ、結局最後には出会いがあるのだ、たとえそれが、あとほんのちょっと外側へ身を乗り出して、どさり、一巻の終りと相成ることこそ疑いの余地もなく最善の策であるような、そんな恐ろしくも甘美なあの一瞬間しか持続し得ないものだとしても。

＊　＊　＊

(−135)

その他もろもろの側から

（以下の章は読み捨ててもよい）

57

「アドガレがやってくるときに備えてなにか新しいことを考えているところなんですよ。そのうちいつか夜にでも彼女を〈クラブ〉に連れて行くっていうのはどうですか？　エチエンヌとロナルドが夢中になること請けあいですよ、彼女はすてきなんですから」

「連れてきなよ」

「あなたもきっと好きになってたと思いますよ」

「どうしてきみはぼくのことをまるですでに死んだ人間みたいなものの言い方をするんだい？」

「わかりません」とオシップが言った。「ほんとのところ、わかりません。でもあなたにはなにかそんな感じのところがありますよ」

「今朝エチエンヌにとってもきれいな夢のことを話したんだけどね。いまでは、きみがあの埋葬のことを思い入れたっぷりの言葉でしゃべってる間に、その夢の話も別の思い出と混じりあってしまったよ。さぞかしほんとに感動的な葬式だったことだろうな。同時に三カ所に存在できるなんてじつに稀有《けう》なことだが、まさにそういうことが今日の午後ぼくの身に起っているのさ、きっとモレリの影響に違いない。そうさ、それにきまってるさ、きみにその話をしてやろう。ぼくはいまそのことを考えているんだから、同時に四カ所ってわけだ。ぼくはまさに遍在に近いわけだよね、それから先は狂人に転じる……。きみの言うとおりだ、おそらくぼくはアドガレを知ることなく終るだろう、それよりずっと以前にあの世行きとなるだろう」

「禅なら前遍在《プレウビキダ》の、つまりいまあなたが感じたと言われたようなものの、可能性をうまく説明してくれますよ、もしあなたがほんとうにそういうものを感じたとしての話ですが」

「まさにそのとおりさ。ぼくは同時に四つの場所から戻ってくる。つまり今朝の夢、それはまだ消え残って尾を引いているわけだが、それと、これはきみに話すつもりはないがポーラとの幕間《まくあい》劇、それからあの子供の埋葬について語ったきみの派手な描写、それに、これは今わかったことだが、そういったことと同時にぼくはトラベラーに対して返事をしていたんだ、いやブエノスアイレスの友人でね、ろくでもない生活を送ってるやつだがぼくの詩を少しはわかってくれてね、こんな書き出しなんだけど、ちょっと聴いてよ。《われ夢の中間にあり、洗面台の潜水者》。なに簡単なものよ、ちょっと注意を凝らせば、たぶんきみにもわかるよ。目を覚ましてみると、夢の中間にかいまみた天国の残闕《ざんけつ》が、いまや溺死した誰かの髪のようにきみの上に垂れさがっている。恐ろしい吐き気、不安。たよりなさ、かりそめ、とりわけ無益という感じ。それは内側へ落下してゆく感じだが、歯を磨いているうちにほんとうに洗面台の潜水者になるんだ。まるで白い洗面台のシンクに吸いこまれて、歯屎《はくそ》や洟汁《はなじる》や目脂《めやに》や頭垢《ふけ》や唾を流し去るあの孔《あな》から自分も滑り落ちて行き、そうして流されながら、もしかしたらあの他者へ、目覚める前に自分がそうであったところの者、いまなお浮かび漂い、いまなお自分自身の内側にいる者、自分自身である者へ、戻れるかもしれないという希望をいだいていたんだ、ところがそいつはいまや遠ざかり始めている……そうだ、一瞬内側へと落下する、がやがて不眠の防御が、ああ、なんと美しい表現、おお、言語よ、引き止め役を引き受けるのだ」

「典型的な実存的経験」とグレゴロヴィウスが気難しそうに言った。

「そうさ、しかしすべては服量次第さ。ぼくの場合は洗面台がほんとにぼくを吸いこむんだぜ」（－70）

58

「あなた来てよかったわ」と言いながら、ゲクレプテンはマテ茶の葉をかえた。「こうして家にいるほうがずっといいわよ、ましてやあっちの環境に比べたら、なにも文句なしでしょ。あなた二、三日休暇をとってくるべきだったのに」

「ぼくもそう思うよ」とオリベイラが言った。「それも、もっと何日もさ。この揚げたパイ、とってもいいよ」

「あなたのお気に召してよかったわ。食べすぎちゃだめよ、胃にもたれるから」

「べつに問題ない」とオベヘロが言って、タバコに火をつけた。「あんたは今からたっぷり昼寝をしたまえ、それで今夜はロイヤル・フラッシュやエースを集めるポーカーをみごとにやってのけるコンディションになるってわけさ」

「動かないで」とタリタが言った。「どうしてじっとしていられないのかしら」

「女房はすっかりお冠《かんむり》」とフェラグートが言った。

「揚げたパイをもひとつお取りなさいな」とゲクレプテンが言った。

「彼には果物のジュースしか与えないように」とオベヘロが命令した。

「適合科学の学者ならびにその科学研究所を司る国家行政機関てとこか」とオリベイラがからかった。

「真面目な話、あすの朝までなにも食べてはいけない」とオベヘロが言った。

「こっちのはお砂糖がたっぷり入ってるわ」とゲクレプテンが言った。

「少し眠ったらいい」とトラベラーが言った。

「おい、レモリーノ、扉のそばから離れないで、18号が彼の邪魔をしないように見張ってろ」とオベヘロが言った。「あいつときたら、まったく破廉恥にもべったりくっついて、のべつピストルの話ばかりしてるやつだ」

「眠りたければ鎧戸《よろいど》を半分閉めてあげるわよ」とゲクレプテンが言った。「そうすればドン・クレスポのラジオも聞こえないでしょ」

「いや、そのままでいい」とオリベイラが言った。「フアルーの曲でもかけてるんだろう」

「もう五時よ」とタリタが言った。「少し眠ったら?」

「もう一度やつの圧定布を取り替えてやりなよ」とトラベラーが言った。「そうすりゃ少し楽になるんじゃないか」

「もう出涸《でがら》しになったわね」とゲクレプテンが言った。

「《ノティシアス・グラフィカス画報》を買ってきてあげましょうか?」

「うん」とオリベイラが言った。「それとタバコを一箱たのむ」

「なかなか眠れないらしいな」とトラベラーが言った。

「でも今夜は一晩じゅう白川夜船さ、オベヘロが薬を倍飲ませたから」

「おとなしくしてるのよ、あなた」とゲクレプテンが言った。「すぐ戻りますからね。今夜はあばら肉のアサードを戴きましょう、食べたいでしょう?」

「それにミックス・サラダも」とオリベイラが言った。

「呼吸の具合がよくなったようよ」とタリタが言った。

「それからライス・プディングも作ってあげる」とゲクレプテンが言った。「あなた帰ってらしたときとってもいやな顔してたわ」

「電車がひどく混んでたんだ」とオリベイラが言った。

「朝の八時に、しかもこう暑くちゃ、プラットフォームがどんなだかきみも知ってるだろ」

「あなたほんとに彼が眠りつづけられると思う、マヌー？」

「このわしになにかを信じるだけの気力があるかぎりは、イエスだよ」

「それじゃ上に行って座長に会ってきましょうよ、わたしたちを追い出そうと待ちかまえてるわ」

「女房はすっかりお冠」とフェラグートが言った。

「どういうつもりよ、その無礼さは!?」とクカが叫んだ。

「たいした連中だったよ」とオベヘロが言った。

「ああいう手合いはそう滅多にいるもんじゃありませんや」とレモリーノが言った。

「せっかくヘフトピストルが要りますぜって教えてやったのに、あの人はあっしを信じようとしなかったんで」と18号が言った。

「わめくのは自分の部屋へ戻ってやれ、さもないと洗腸薬を飲ませるぞ」とオベヘロが言った。

「くたばれ犬ころめ」と18号が言った。


（－131）

59

だから人は食用にもならない魚を釣って暇つぶしをする。魚が腐るのを防ぐために、魚を水から上げたらすぐ砂中に埋めるよう釣人たちに通達する掲示が砂浜に一定の間隔をおいて立てられている。

クロード・レヴィ＝ストロース『悲しき熱帯』

（－41）

60

モレリは、それまでに発表した自分の作品においてまだ一度も明記するまでには至らなかったが、謝辞のリストを考えたことがあった。そこにはさまざまな名前が含まれていた。ジュリー・ロール・モートン、ローベルト・ムシル、ダイセツ・テイタロー・スズキ、レイモン・ルーセル、クルト・シュヴィッテルス、ビエイラ・ダ・シルバ、アクタガワ、アントン・ウェーベルン、グレタ・ガルボ、ホセ・レサマ＝リマ、ブニュエル、ルイ・アームストロング、ボルヘス、ミシュー、ディーノ・ブッツァーティ、マックス・エルンスト、ペヴスナー、ギルガメシュ（?-）、ガルシラーソ、アルチンボルド、ルネ・クレール、ピエロ・ディ・コシモ、ウォレス・スティーヴンス、イサーク・ディネーセン。それにランボー、ピカソ、チャプリン、アルバン・ベルク、その他の名前が、まるで当然すぎて言及の要もないかのように、きわめて細い線で抹消されていた。しかし結局最後にはすべての名が抹消されるはずであったのだ、なぜならモレリはそのリストを彼の著作のどの巻にも載せないことに決めてしまったのだから。

（－26）

61

モレリの未完のノート

私は決してあの感じを拭《ぬぐ》い去ることができないだろう、そこに、私の顔に貼りついて、私の指の間に編みこまれて、光へ向かってのめくるめく爆発、他者へ向かっての私の侵入あるいは私の中への他者の侵入といったようななにかがあるという感じ、時間も空間もない全き光へと凝結して溶解し得るような、水晶のように限りなく透明なものがあるという感じを。そこから一歩出れば人は己れが真にそうであるものに、己れの欲せざるものに、己れの知らざるものに、己れの成る能《あた》わざるものになり始めるという、オパールかダイヤモンドの扉のような。

そのような渇望、そのような予感には新しいものはなにもなく、この日夜の知性が、この既存事実と思い出の保管所が、時間と皮膚との断片をあとに残して行く私を燃やしつづけているこれらの情熱が、私のすぐそばで私の顔にくっつかんばかりにしているあの他者なる予兆の遥か下方か遠方にあるそれらの予兆が、すでに見神と紛《まご》う予見が、街路と歳月とを通り過ぎて行く私が身に帯びている偽りの自由の告発が、私に差し出しているもろもろの代替物《エルザッツ》を前にしては、かえって困惑が大きくなるばかりである。

私は未来のある時点ですでに腐敗してしまったこの肉体、記時錯誤的にものを書いているこれらの骨でしかないとはいえ、その肉体が呼び活かされ、そうして呼び活かされた肉体がそれに宿る意識に、そうなればもはや腐敗であることもなくなるあの完全に思量を絶した働きを呼び活かすのを感じる。私であるところのこの肉体は、もしその肉体がそうなればその肉体に宿る意識も、そのようなものとしての自己を否定し、また同時にそのようなものとしての客観的相関物を否定して、肉体の外、世界の外に、存在への真の道となるであろうひとつの境地を認めることになるような、そのような境地を予知している。私の肉体は私モレリのものではないもの、一九五〇年においてすでに一九八〇年に腐敗してしまった私ではないものになるであろう、私の肉体はなるであろう、なぜならあの光の扉の背後では（私の顔にくっつかんばかりに迫りくるあの包囲の確実さをなんと名づけたらいいのか）存在は肉体および魂とは別の、肉体を魂およびとは別の、私と他者とは別の、きのうときょうとは別のなにかになるであろうから。すべてが依拠するところは……（一文抹消）。

憂鬱な終局。〈悟り〉は瞬刻にして聞かれ、いっさいを解決する。しかし〈悟り〉を開くためには外の歴史と内の歴史とを逆行しなければならない。Trop tard pour moi. Crever en italien, voire en occidental, c'est tout ce qui me reste. Mon petit café-crème le matin, si agréable...（私には遅すぎる。イタリア語で死ぬほど苦心し、西欧語で悟ること、それだけが私に残されたことである。私の朝の一杯のクリーム入りコーヒーは、もし意にかなうなら）

（―33）

62

ある一時期、モレリは一冊の書物を構想していたことがあったが、結局それはばらばらのノートのままに残された。以下はその過不足ない要旨である。《心理学、蒼《そう》古《こ》たる雰囲気をもつ言葉。一人のスウェーデン人が思想の化学的理論づけに取り組んでいる(1)。化学、電磁気学、生命物質の陰微な流れ、すべてはふたたび奇妙にもマナの観念を喚《よ》び起す。このようにして、社会的行為の周縁に、異質のものの相互作用、誰かある個人が挑んだり挑まれたりする撞球《たまつき》、オイディプスもラスティニャックもフェードルも登場しない劇、登場人物たちの意識と情熱がア・ポステリオリにしか縺《もつ》れあうことのない無人称の劇が、うすうすと感じられる。あたかも劇中で縺れあう群像の糸玉を巻いたり解いたりしているのは識閾《しきいき》下のレベルであるかのように。あるいは当のスウェーデン人を喜ばせることに、あたかもある個人がそれと意図せずに他人の内奥の化学に落ちこんで、あるいは逆に他人が彼の内奥の化学に落ちこんで、その結果、じつに奇妙な心を掻き乱す連鎖反応が、核分裂が、変質が、起るかのように。

　ものごとは万事そうなのだから、自分ではその蒼古たる言葉の古典的な意味において心理学的に反応していると信じているものの実際にはあの生命物質の流れの一例を表象しているにすぎない人間というものの集団を措定するためには、愛すべき外挿法があればことたりる。その昔われわれが欲望、共感、意志、信念と呼んでいた、そしてここでは説明することも記述することもできないようなものに思われる無限の相互作用、すなわち都市の権利を獲得するために進駐してくる外国の占領軍であり、個人としてのわれわれに優越し、その目的のためにわれわれを利用するところの探求であり、陰微な必然性なのだ、ホモ・サピエンスの状態を逃がれ、目指すは……どんなホモなのか？　なぜならサピエンスもまた蒼古たる言葉であって、そこになんらかの意味を託して用いたいならばあらかじめ徹底的に汚れを洗い落しておかねばならないものなのだから。

　たとえ私がそんな書物を書くことになったとしても、スタンダードな行為（極めて突飛な行為、その豪華版をも含めて）は当節流行の器械心理学をもってしては説明できないだろう。役者たちは狂人か、さもなければ完全に精薄と見えるだろう。彼らが愛、嫉妬、敬虔、うんぬんといった通常の〈挑戦と応戦《チャレンジ・アンド・レスポンス》〉の能力に欠けているというのではなく、ホモ・サピエンスが識閾下に秘めているなにかが彼ら役者たちの内面で、あたかも三つめの眼[2]が前額骨の下から懸命に見開こうとしているかのように、懸命に活路を開こうとしているのだった。すべては不安、怯《おび》え、不断の根こぎ、心理学的因果律が混乱をきたす領分ともいうべきものとなり、それらの操り人形どもは互いに滅ぼしあい、あるいは互いに愛しあい、あるいは互いに認めあいながら、じつは人生が彼らの中で、彼らを通じて、彼らによって、解式を変えようと努めていること、ちょうど別の時間の中で解式－理性、解式－感情、解式－実用主義が生じつつあるように、ほとんど想像もつかないような試みが人間の中に生じていることに、気づいていないのだ。つぎつぎと敗北を重ねるたびに窮極的変質への接近があるということ、人間は、言葉や行為や血しぶきを浴びた歓喜やその他この手記のような修辞的属文の間を盗みまわって、存在することを探求し、存在することを企図しないかぎり、存在しないのだということ》

（1）「レクスプレス」、パリ、日付なし。

二カ月前、スウェーデンの神経生物学者、イェーテボルィ大学のホルジェル・ヒューデンは、サンフランシスコに集まった世界中の著名な専門家たちを前に、心的過程の化学的性質に関する理論を披瀝《ひれき》した。ヒューデンによれば、思考や想起や感受、あるいは決断といったことがらは、脳の内部や、脳を他の組織とつないでいる神経の内部に、神経細胞が外界から刺激を受けた結果として生産するある特定の微分子が現われることによって明らかになるという。〔……〕スウェーデン・チームは兎のまだ生きている組織から二種類の細胞を分離するという難事を成しとげ、それらの（何億兆分の一グラムという）重量を計り、いろいろの場合にこれらの細胞がどのようにその燃料を使うかを分析によって決定した。

　神経細胞の基本的な機能の一つは神経への刺激を伝達することである。この伝達はほとんど瞬間的な電気化学的反応によって行なわれる。現行中の神経細胞を抑えるのは容易ではないが、スウェーデン・チームはさまざまな方法の的確な採用によってそれを達成したらしい。

　これまでにわかったところでは、刺激は、それに託された情報の性質に応じてその微分子も千差万別となるような、神経細胞内のある蛋白質の増加によって翻訳される。同時に、衛星細胞の蛋白質の量は、あたかも神経細胞のために予備の分を犠牲にするかのように、減少する。蛋白質の微分子に含まれている情報は、ヒューデンによれば、刺激へと変えられて、その刺激を神経細胞がまたその隣の神経細胞へと伝えるのである。

　脳のより高度な機能——記憶や推理能力——はヒューデンによれば、各種の刺激に対応する蛋白質の分子の特定の形によって説明される。脳の各神経細胞はリボ核酸の幾百万という別々の分子を含んでおり、それらはそれらを構成している基本的な元素の配列によって区別される。リボ核酸（RNA）のそれぞれ特定の分子は、まるで鍵が錠前にぴったり合うように、明確な輪郭をもつそれぞれの蛋白質に対応している。核酸は神経細胞に、それが形成すべき蛋白質の分子の形を指令する。こうしてできた分子が、スウェーデンの研究者たちによれば、思考の化学的翻訳というものなのである。

　したがって記憶は脳の中の核酸分子の指令に対応しており、それらの分子は現代のコンピューターにおけるパンチ・カードの役割を果たしている。たとえば、耳でとらえられた場合に「ミ」の音に相当する刺激は、ある神経細胞から次の神経細胞へと矢つぎばやに伝わっていって、ついにその特定の刺激に対応するRNAの分子を含んでいるすべての神経細胞に行きわたる。それらの細胞は、その核酸によって支配された、それに対応する蛋白質の分子をただちに製造し、こうしてわれわれはその音の聴覚的認識を得るのである。

思考の豊かさと多様性は、平均的頭脳でもおよそ百億個の神経細胞から成っていて、それらのおのおのが相異なる何百万個もの核酸の分子を含んでいるという事実によって説明される。可能な組合せは天文学的な数にのぼるのである。さらに、この理論には、なぜこれまで脳の内部に、そのより高度な機能のそれぞれのための、純粋に限定された特定の地帯を発見することができなかったのかを説明し得るという利点がある。個々の神経細胞は、各種の核酸をもっているから、種々の心的過程に加わって、多様な思考や記憶を喚起することができるのである。

（2）ウォンの注記（鉛筆で）。《彼が目指している方向を暗示するために、ことさら選び出された比喩》　（－23）

63

「動かないで」とタリタが言った。「冷たい圧定布のかわりにわたしがあなたに硫酸をかけてるみたいに思われちゃうじゃないの」

「まるで電気をかけられてるみたいだよ」

「ばかなこと言わないで」

「ありとあらゆる燐光《りんこう》が見えるよ、まるでノーマン・マクラレンのみたいだ」

「ちょっと頭をもちあげて頂戴、枕が低すぎるのよ、取り替えてあげるわ」

「むしろ枕はそのままそっとしておいて、ぼくの頭のほうを取り替えてもらいたいよ」とオリベイラが言った。

「外科なんてまだおしめをしている段階なんだ、そいつは認めてもらわなくちゃ」　（－88）

64

彼らがカルチエ・ラタンで逢引《あいび》きしていたころのあるとき、ポーラは歩道のほうを見ていたし、通行人の半分は歩道を見ながら歩いていた。彼らはつい立ち止まって、ナポレオンの横顔や、その隣のシャルトルのみごとな模写、その少し先の、一頭の牝馬《めすうま》とその仔馬《こうま》が緑の野を背景にしているさまを眺めていた。それらの絵を描いたのは、二人の金髪の青年と、一人のインドシナ娘だった。チョーク・ボックスに一〇フランと二〇フランがいっぱい投げこまれていた。ときどき絵書きの一人が細部の仕上げのために屈みこんだりしていたが、そんなとき、お布施の数が一段と殖えるのは歴然としていた。

「彼らはペーネロペイア方式を採ってるが、前もってほぐすことはしていない」とオリベイラが言った。「たとえばあの女性は、可愛いツォン・ツォンが地べたに這《は》いつくばって青い目のブロンド女に何度も筆を加えないうちは、腰巾着《こしぎんちゃく》の紐をゆるめようとしない。制作って人を感傷的にするもんだな、たしかに」

「あの女の子、ツォン・ツォンていう名前なの?」とポーラが尋ねた。

「知るもんかい。かわいい踝《くるぶし》してるな」

「こんなにたくさん描いても今夜道路清掃人たちがきたらそれでおしまいね」

「まさにそれだからこそいいのさ。終末論的絵図としての色チョークについて、か、恰好《かっこう》の論文の題目だな。もし市の撒水車《さんすい》が明け方までにあんなのをみんな消してしまわなかったら、ツォン・ツォン自身が水をいれたバケツを持ってやってくるさ。ほんとうに終りになるものだけが毎朝再開される。人は騙《だま》されているのも知らずにお布施を投げ与えるのさ、だってそうじゃないか、実際にはあれらの絵はぜんぜん消されはしなかったんだから。そりゃあ確かに歩道を変え色を変えはするけれどしかしすでに、チョーク・ボックスと、ずる賢い移動方式の、お手のものになってるのさ。まったく、もしこういう若僧の一人が腕を空に振り動かして一朝過ごせば、ナポレオンを描いたときと同じ権利で一〇フランは貰えるだろう。しかし論より証拠だ。あそこにやつらがいる。二〇フラン投げてやりなよ、けちっちゃだめだよ」

「あなたがくる前にもうやっちゃったわ」

「おみごと。結局、そういう金《かね》を、ぼくらは死者の口に、宥《なだ》めのオボロ金貨として置いているのさ。はかなきものに脱帽、カテドラルもちょっと水を流すとたちまち消えてしまうチョークの幻像でしかないという事実に脱帽。お布施はそこにあり、カテドラルは翌朝また忽然《こつぜん》と生ずるだろう。ぼくらは不滅性に対して代価を払うのさ、持続に対して代価を払うのさ。*No money, no cathedral.*(地獄の沙汰も金次第)きみもチョークの質かい?」

しかしポーラはそれにには答えず、彼が彼女の肩に腕をまわして、二人でブール゠ミッシュを北へ、ブール゠ミッシュを南へと濶歩《かつぼ》したあと、ドーフィヌ通りのほうへゆっくりと歩いて行った。色チョークの世界が彼らのまわりで旋回し、彼らをその輪舞の中にまきこんでいた。黄色いチョークのポム・フリット、赤いチョークの葡萄酒、川べりの緑をうっすらと刷《は》いた、青いチョークの青ざめた淡い空。彼らはもう一度お金を今度はタバコの空き箱の中に投げいれてカテドラルの遁走を引きとめたが、その同じ動作で、じつはカテドラルを、消滅してふたたび甦るべく、水に流されてふたたび黒、青、黄色のチョークまたチョークのカテドラルとして回帰すべく、運命づけていたのかもしれなかった。ドーフィヌ通りはグレーのチョーク、階段はたんねんに黄褐色のチョーク、その遁走の線をもつ部屋は明るい緑色のチョークで狡猾《こうかつ》にも一目散に描かれ、カーテンは白いチョーク、ポンチョの置かれたベッドにはありとあるチョークが、メキシコ万歳《ビーバ・メヒコ》！　愛、自分たちを現在に釘づけにしてくれる定着液に飢えたそのチョークたち、香わしいチョークの愛、蜜柑《ナランハ》色のチョークの口、知覚され得ぬ埃となって舞い、眠っている顔々の上に、肉体という疲れ切ったチョークの上に降り積もる、色のないチョークの悲哀と飽満。

「あなたにつかまると、いえ、あなたに見られただけで、どんなものでも解体してしまうのね」とポーラが言った。

「あなたって恐ろしい酸みたい。なんだか怖いわ」

「きみはちょっとした比喩を過大に考えすぎるよ」

「あなたはそう言うけどそれだけじゃないわ、なんて言うか……。よくわからないけど、漏斗《じょうご》みたいなの。どうかすると、わたし、あなたの腕から滑り抜けて、深い坑の中へ落ちて行くような気がするときがあるの。虚空に落下する夢をみるよりもっと悪いわ」

「おそらく、きみは完全に失われてしまうことなんかないよ」とオリベイラが言った。

「お願い、わたしをそっとしておいて。わたしだって、いかに生くべきか知ってるわ。わたし今のような生き方で立派に生きてるのよ。ここパリで、必要な物もあるし、お友達もちゃんといるわ」

「名前を挙げてごらん、名前を。そうすれば助けになるよ。それらの名前を掴むんだ、そうすれば落ちないよ。そこにナイトテーブルがあるし、カーテンは窓から移動して行ってしまったこともない、クローデットは依然として同じ番地にいる、ダントン三百四十何番地だったか忘れちゃった。それからきみのママは相変らずエクス＝アン＝プロヴァンスからきみに手紙を寄こす。すべてよし、さ」

「あなたが怖いわ、南米の怪物みたい」と言いながらポーラは彼に体を押しつけた。「約束したでしょ、わたしの部屋ではその話はしないって……」

「色チョークの話か」

「そういう話はいっさい」

オリベイラはゴーロワーズに火をつけて、ナイトテーブルの上の折り畳まれた紙を見た。

「それ、分析の書類かい？」

「そうよ、わたしそれをすぐやってみるよう言われたわ。ここにさわってみて、先週よりひどくなったわ」

すでにほとんど夜になっていて、窓から差しこむ最後の光が黄色味をおびた緑色に包みこんでいるベッドの上に長々と身を横たえたポーラは、まるでボナールの絵から抜け出てきた女性のように見えた。《明け方の清掃人か》オリベイラはそう考えながら、片方の乳房に、彼女がたった今ためらい勝ちな指で示したまさにその場所に、キスしようとして身を傾けた。《しかし彼らは五階までは昇ってこないさ、五階まで上ってきた清掃人や撒水車なんて聞いたことがないよ。明朝また線画書きたちがやってきて、まったく同じことを繰り返すだろうということを別にすれば、この優美な曲線、そこにはなにか……》彼はどうにか思考を停止し、ほんの一瞬ではあったが彼自身のキスとなりきってどうにか彼女にキスをした。

（－155）

65

〈クラブ〉の整理カードの記入例

Gregorovius, Ossip.
無国籍者。
満月（あのプレ－スプートニク時代には見えなかった裏側）。クレーターか、海か、灰か？
黒やグレーや茶系を着る傾向あり。上下揃えてちゃんと正装している姿をついぞ見かけず。背広は三着持っているくせにいつもジャケツとズボンを別々に着ているのだと言う者がいる。そのことを確認するのはむつかしいことではない。
年齢　四十八歳と言っている。
職業　知的職業。大伯母がかなりの送金をしてくれる。
「滞在証明書」AC 3456923（六カ月間有効、更新可。すでに九回も更新したが、毎回面倒になってきた）
出身国　ボルゾーク生れ（グレゴロヴィウスがパリ警察に申告したところによれば、おそらくは偽りの出生地）
出身国　彼が生まれた年にはボルゾークはオーストリ

ア＝ハンガリア帝国の一部をなしていた。明らかにマジャール系の出身。彼は好んでチェコ人であることを匂わす。

出身国　おそらくは大ブリテン島。グレゴロヴィウスはグラスゴー生れで、父は船乗り、母は陸上生活者だった。つまり、緊急避難港、暫定的な荷積み、スタウト・エール、そしてスチュアート街22番地のミス・マージョリー・バビントンの側における極端な外国人好みから出た結果だ。

グレゴロヴィウスは誕生前の悪女ぶりをでっちあげ、彼の母たち（彼には酔っぱらうと三人の母親がいることになる）をこきおろして、彼女らにふしだらな習性があったとするのが好きらしい。ウィスキーかコニャックとともに登場するヘルツェゴヴィナ女のマグダ・ラゼンスウィルは、*carezza*（愛撫）に関する似而非《えせ》科学的論文（四カ国語に翻訳された）をものしたレズビアンだった。ジンを飲むと心霊体《エクトプラスマ》のように現われるミス・バビントンはマルタ島で売春婦となりはてた。第三の母は、ボジョレーかコート・デュ・ローヌかブルゴーニュ・アリゴテを媒介としてぼんやりと出現するもので、その亡霊の目撃者たるエチエンヌやロナルドやオリベイラにとっては絶えず問題になるのはこの人だ。機に応じて彼女はガレともアドガレともミンティとも呼ばれ、ヘルツェゴヴィナにもナポリにも自在に住まい、ヴォードヴィル一座と合衆国を旅行し、スペイン最初の喫煙女性にもなり、ウィーン国立歌劇場の出口で菫《すみれ》の花を売り、避妊法を発明し、チフスで死んだかと思えばウエルタで盲人になって生きているし、ツァルスコイエ－セロでツァーの運転手と駈落ちし、閏《うるう》年ごとに息子にたかり、水治療法を究め、ポントワーズの司祭といかがわしい関係を持ち、グレゴロヴィウスを産んで死んでしまった。しかもグレゴロヴィウスはサントス・デュモンの息子でもあるらしい。ある説明のつかない方法によって、目撃者たちは、第三の母に関するこれら一連の（あるいは同時的な）諸説にはいつも必ずグルジャーエフへの言及が伴っていることに気づいていた。このグルジャーエフなる者については、グレゴロヴィウスは振子の揺れに応じて褒めちぎったり忌み嫌ったりするのである。　（－11）

66

モレリのさまざまな局面、彼のブヴァールとペキュシェ的側面、文学年鑑の編纂《へんさん》者としての側面（いつか彼は彼の作品全体に〈年鑑〉という名を冠することだろう）。

彼はある観念を素描することが好きらしいが、そうすることができない。彼のノートの余白に見られる略図はまったくひどいものだ。インドはサンチのストゥーパを飾る螺旋模様にも似たリズムをもって、なにかに取り憑かれたように反復される、顫動《せんどう》する螺旋。

彼はその未完の書物のいくつかの締めくくりの一つを練り、一つの下書きを残す。そのページにはただの一句だけが書かれている。《とどのつまりそんなものはないのだからそこより先へは行けないことが彼にはわかっていたのだ》この文句がページ全部にえんえんと反復され、壁のような、障害物のような印象を与えている。ピリオドもコンマも余白もない。事実上これは句意を例証して見せている言葉の壁であり、その背後になにも存在しない障壁への衝突だ。しかしページ下方の右側に一カ所だけ、反復される同文の一つに《そんなもの》という一語が欠けているところがある。目敏《めざと》い読者なら煉瓦の壁に開いた穴、差しこんでくる光を発見するだろう。（－149）

67

ぼくは靴の紐を結んでいる、満足げに、口笛なんか吹いて、すると突然、不幸が。しかし今度こそおまえを捕まえたぞ、苦悶め、おまえを感じ取ったぞ、精神がどんな受入れ態勢を整えるより早く、最初の拒絶の判断より早く。悲哀かもしれず胃かもしれない灰色のようなやつ。そしてほとんどいっしょに（しかしあとでだ、今度はおまえなんかにごまかされんぞ）意味明瞭な目録が、それを説明する最初の観念とともに、道を拓《ひら》かれたのだった。《そしていまやもう一日生きて、云々》それに続いて《ぼくは苦悶している、なぜなら……云々》

もろもろの観念が帆を上げて、下の方から（しかし下の方とはただの物理的な位置認定でしかないが）吹いてくる原初の風に推され。風の変化さえあれば（しかし風向きの象限を変えるものは何か？）そうすればたちまちここに色とりどりの帆を上げた至福の小舟が忽然と生ずる。《結局最後にはなにも愚痴をこぼす理由なんてないんだよ、な》といった調子。

ぼくは目を覚まして鎧戸の覗き窓から射しこむ夜明けの光を見た。それはあまりにも夜の深いところから射してきていたので、ぼく自身が嘔吐を催しているような気持になり、良心、光の感覚、目を開く、鎧戸、払暁、そのどれに対しても毎度の機械的無関心で、すべてを白日のもとに曝《さら》す、新たな一日へと入って行くのが恐ろしかった。

その瞬間、半睡の全知をもって、宇宙の永遠の完全さ、地軸をめぐる地球の、永久の回転といった、それこそどんな宗教をも驚嘆させ魅惑するものの恐ろしさを計画した。嘔吐、有無を言わせずこみ上げてくる堪《こら》えがたい感じ。ぼくは太陽が毎日昇るのを我慢しなければならないのだ。こいつは大変なことだぞ。非人間的なことだぞ。

ふたたび眠りに陥るまえにぼくは想像した（見た）、可塑性の、可変的な、驚くべき偶然にみちみちた宇宙を、弾力性のある空を、不意に消えたり、一点に止まったり、形を変えたりする太陽を。

ぼくは聖時計職人トラストのあの汚れた照明宣伝、けちな星座の、分散を熱望する。

（－83）

68

彼が el noema を amalar するが早いか、el clémiso が彼女にどっと押し寄せ、彼らは hidromurias の中へ、粗暴な ambonios の中へ、苛立たしい sustalos の中へ落ちていった。彼は las incopelusas を relamar しようとするたびに、あわれっぽい grimado の中に縺れこみ、顔を nóvalo に当てて envulsionarse せざるを得ないまま、las armillas が徐々に espejunarse し、apeltronando しつつ、reduplimiendo しつつ立ち去ってついには unas fílulas de cariaconcia を滴らす el trimalciato de ergomanina のように長々と伸びて横たわるに至るのを感じていた。とはいえそれはまだほんの始まったばかりであった、というのも、たちまち彼女は los hurgalios を tordular させ、彼が彼の orfelunios を感触も柔らかく近づけるのを許したから。彼らが entreplumarse するが早いか、なにか ulucordio のようなものが彼らを encrestoriar し、extrayuxtar し、paramovir し、突然それは clinón となり、la esterfurosa convulcante de las mátricas となり、la jadehollante embocapluvia del orgumio となり、una sobrehumítica agopausa の中の los esproemios del merpasmo となった。Evohé! Evohé! la cresta del murelio の中に volposado して、彼らは自分たちが balparamar し、perlinos と márulos であるのを感じていた。el troc が震え、las mariopluma が克服され、すべては深い pínice の中へ、niolamas de argutendidas の中へ、彼らを las gunfias の限界まで ordopenar したほとんど残酷なまでの carinias の中へと resolvirar した。（－9）

69

（『レノビーゴ』第五号）

もう一人の自殺者

陸軍大佐（退役に際して大佐に昇進した）オドルフォ・アビラ・サンヘスが去る三月一日にサン・ルイス・ポトシで死亡したという記事を《オルトグラフィコ》で読むとは驚きだった。なにしろ彼が寝こんだという話は聞いていなかったので驚きだった。だがそれはそれとして、もうだいぶ以前に、彼はわれわれの仲間うちでは自殺者のリストに載っていて、ある機会に《レノビーゴ》が、彼に観られるある種の兆候について言及したことがあった。それはただ、アビラ・サンヘスが反聖職権支持者の作家ギイェルモ・デロラのようにピストルを選ぶことはないし、フランスのエスペラント学者ユージェヌ・ランティのように首つり縄を選ぶこともあるまい、というだけのことであった。

アビラ・サンヘスは注目と評価にあたいする男であった。名誉を重んずる兵士として、彼は理論の上でも実践の上でも軍に名誉を与えた。彼は忠節を重んじ、戦場にも勇んで赴いた。教義人として彼は青年にも成人にも学問を教えた。思想家としては新聞雑誌に多くのものを書き、残されたいくつかの未刊の著作の中には「兵営訓言集」というのもあった。詩人としてはそれぞれ別の韻律形式でじつにやすやすと韻文を書いた。線描画家としての彼はその創造力でしばしばわれわれをよろこばせてくれた。言語学者としての彼は好んで自作を英語やエスペラント、その他の言語に翻訳した。

結論的に言って、アビラ・サンヘスは思想と行動の人、倫理と教養の人であった。そういったものが彼という存在を構成する要素をなしていたのであった。

彼が受け持った別の欄にはいろいろな内容が盛られていて、彼の私生活のベールを上げる前に当然ながら躊躇《ちゅうちょ》をおぼえる。しかし公人には私生活はなく、アビラ・サンヘスはまさにその公人だったから、貨幣の裏側を見せなくてはわれわれは片手落ちの謗《そし》りを免れまい。伝記作家、歴史家としてのわれわれの性格からして、われわれはためらいを棄てなければならない。

われわれは一九三六年ごろ、N・L（北リナレス州）リナレスでアビラ・サンヘスと個人的に知りあい、その後、モンテレイに彼の家を訪れた。裕福で幸福な家庭と見受けられた。それから何年かたってサモラに彼を尋ねたときの印象は、それとはまったく違っていて、一見して彼の家庭が崩壊しつつあることがわかり、それから数週間後には彼の最初の妻が家出をして、つづいて息子たちも散り散りになってしまった。後にサン・ルイス・ポトシで、彼は親切な若い女性とめぐり会い、彼女は彼に好意を寄せて彼との結婚に同意してくれた。こうして彼は第二の家庭を築き上げることになり、その家族は最初の家族よりも寛容で、決して彼を見棄てたりはしなかった。

アビラ・サンヘスに最初になにが起ったのか、乱心か、アル中か？　それはわれわれにはわからないが、その両方がいっしょになって、彼の生の崩壊と、彼の死の原因になったのだ。晩年は病床にあった彼だが、われわれは、その彼が不可避な終りへと死に急いだ自殺者だったことを知って、彼を締め出してしまっていたのだった。差し迫った悲劇的な死へと向かってあのようにまっしぐらに進んで行く者をまのあたりにすれば、誰だって宿命論に陥ってしまうものだ。

この消えた男は来世を信じていた。もし彼がそのことを確認したのであれば、彼にはそこで幸福を見いだして欲しい。それぞれ特性を異にこそすれ、われわれすべての人間は幸福を求めているのであるが。　（－52）

70

《私が自分の第一原因の中にあったとき、私はまだ神を持たなかった……、私は自分自身を愛し、他のなにものをもそれほど愛してはいなかった。私は自分が愛したところのものであり、私はあるがままの自分を愛し、私は神から、またすべてのものから、自由であった……。それゆえにこそわれわれは神に嘆願するものである、われわれを神から解放してくれるように、またわれわれが真理を認識して、至高の天使たちと蝿と魂とが同じ族《やから》であるところのあそこ、かつて私がそこにいて、私があるがままの自分を愛し、また自分の愛したものであったところのあそこにおいて、その真理を永遠に享受しつづけるようにと……》

マイスター・エックハルト、説教『生くるに貧しき者は幸いなり』（－147）

71

モレリアーナ

結局この至福千年王国を、エデンを、別天地を発見するという話はなんなのか？　近頃書かれた、読むに耐えるものはみな懐古を目ざしている。アルカディア・コンプレックス、大いなる子宮への復帰。アダムへ帰れ《バック・トゥ・アダム》、よき野蛮人《ル・ボン・ソヴァージュ》（云々……）、失われた楽園、失われたのだ、なぜならおまえを、私は、永遠に光のない世界に探さねばならないのだから……。そうだ、島々なんて勝手にしろ（ムシルを参照せよ）、あるいはヒンズーの導師なんて（たとえパリ—ボンベイ間の飛行機代を現金で持ちあわせていても）糞喰《くそく》らえ、あるいはたんに小さなコーヒー・カップをつまみ上げて、それをカップのようにではなくわれわれみんながとっぷりと漬かっている途方もない愚劣さの証拠とばかりにあらゆる角度から眺め、この物体は小さなコーヒー・カップ以上の何物でもないと信じる一方、どんなにばかなジャーナリストでも量子だのプランクだのハイゼンベルクだのの大筋をまとめることを依頼され、森羅万象が振動であることを三段ぽっちで説明しようと身をすり減らしていて、それはまるで猫がこれから水素的あるいはコバルト的大跳躍を披露しようというのでわれわれ一同飛び上がったまま脚を宙に浮かせっぱなしにしているみたいなのだ。これじゃまったく粗っぽい自己表現の方法だ。

　小さなコーヒー・カップは白く、よき野蛮人は褐色だ。プランクはすごいドイツ人だった。そうしたすべての背後に（いつもきまって背後にだ、これは現代思想の鍵になる考えであることを納得する必要がある）楽園が、もうひとつの世界が、踏みにじられて泣きながら暗闇にフルカルヤーの地を求める無垢が、ある。なんらかの形で誰しもそれを求めているし、誰だって戯れ遊びに行くために門を開けたいと希《ねが》っている。それもただエデンのためではなく、エデンそれ自体のためというほどのことではなく、ただジェット機だとか、ニキタのだのドワイトのだのチャールズのだのフランシスコのだのの顔、目覚時計のベルでの起床、寒暖計や通風の具合にこちらの体調を合わせなければならないこと、尻を蹴っとばされての退職、などといったことどもからおさらばしたいだけ（少しでも痛みを和らげようと四十年間も臀部《でんぶ》を引き締めてきたが、痛みは相変らずだし、靴の爪先も相変らず一蹴りごとに少しずつますます深くめりこみやがり、一発蹴上げられるたびに現金出納係だの少尉殿だの文学の教授だの看護婦だののあわれなけつの穴はほんの一瞬間ますます深くほじくられるのだ）、そしてわれわれは言ったものだ、ホモ・サピエンスが扉を探しているのは至福千年王国へ入るためではなく（たとえそれがひどいところではなくとも、ほんとうにひどいところではなくとも）、ただその扉を背後で閉めて、あとに取り残された人生という名の淫売女《いんばい》の靴が閉ざされた扉を蹴上げていることを意識しながら、また、ほっと安堵の吐息を洩らしてあわれなけつのボタンをゆるめ、しゃんと立って庭園の可憐な花々の間を歩みはじめ、それから腰をおろして一片の雲を眺めながらなんと五千年も、あるいはもしそれが可能なら、そして誰も怒るやつがいなければ、そして運よく可憐な花々を眺めて庭園にとどまるチャンスがあれば、二万年でも過ごせるのだと意識しながら、満足した犬のように尻を振るためなのだ、と。

四つん這いになってけつを人目に曝して歩く群衆の中には、ときたまひとりぐらいは、悟性のカテゴリーから、あのありあまる理性やその他際限なく小うるさいものどもの腐敗しきった原則から生ずる三次元世界は言うまでもなく、せめて伝統的な三次元世界の足蹴《あしげ》から身を守るために扉を閉めたがるやつがいるが、そういうやつはさらに加えて、他の大ばかどもといっしょにこんなふうに信じているのだ。われわれはこの世界には存在していない。われわれのとんでもない両親がわれわれを逆方向へ向かう航路に乗せてしまったので、もし騎馬像となりはてたり、模範的な祖父母になりすましたりするのを望まないならば、われわれはそこから脱出しなければならない。また、もしかりに、すべては失われてしまったが、ふたたびすべてをやり直さなければならないと宣言するだけの勇気さえ最後まで持ちつづけていればなにものも失われはしないのだ、ちょうど一九〇七年にあの有名な労働者たちが、八月のある朝になって、モンテ・ブラスコのトンネルが間違った方向に掘り進められており、結局ドゥブリーヴナから進んだユーゴスラヴィアの労働者たちの掘ったトンネルと十五メートル以上もずれてしまったことを発見したときのように。あの有名な労働者たちはなにをしたか？　有名な労働者たちは彼らのトンネルをそのままにしておいて地表に現われ、ピエモンテのいろいろな酒場で何昼夜も思案したあげく、彼らの危険と責任においてブラスコ山の反対側めざして掘鑿《くっさく》を始め、ユーゴスラヴィアの労働者のことは気にかけずにそのまま前進をつづけて四カ月と五日後にはドゥブリーヴナの南部に達し、退職した学校の先生が自宅の風呂場の高さに地から湧《わ》いたように姿を現わした彼らを見て少なからず驚いたのだった。これはドゥブリーヴナの労働者たちが（かの有名なる労働者たちがこちらの労働者に彼らの意図を伝達しなかったことを認識する必要があるが）、夜の夜中に居間の窓から半身以上のりだしている多くの詩人たちの場合がそうであるように、存在しないトンネルと接合することにいつまでも執着していないで、そのかわりに見習ったらいい立派なお手本なのである。

　まあそんなふうに笑いとばして、なにも深刻な話をしていたわけじゃなしと考えることもできるが、もし深刻な話をしていたのだとしたら、その笑いだけで有益なトンネルを、地上の涙の全量をもってした以上に掘ってしまったのだ、そういうことはメルポメネー（悲劇のムーサ）のほうやマブ女王（英・蘭民話の妖精の女王）より豊饒《ほうじょう》と信じている頑固な猪首《いくび》の成金どもにはまずわからないことかもしれないが、今回限りこの問題では見解を異にしておいたほうがいいだろう。たぶん出口はある、しかしその出口はまた入口でもあるに違いない。たぶん至福千年王国というものはある、しかし敵の攻撃から逃げ出していては砦を攻略することはできない。今までのところ今世紀は山ほどたくさんのことどもから逃れて出入口を探しまわり、ときには出入口の底を抜いたりすることもある。そのあとになにが起るかは誰にもわからない。ある者たちはたぶんついにものが見えるようになったとたんに黒々とした忘却の大河によってたちまち抹消されて消滅してしまい、またある者たちは郊外の小さな我が家、文学上・科学上の専門化された分野、遊山旅行といったちゃちな逃避に甘んじてしまう。もろもろの逃避が計画され、テクノロジー化され、モドゥロールだのナイロン法だので身固めさせられている。酔いというものが、あるいはメスカリンでも同性愛でも、それ自体豪奢《ごうしゃ》または空虚な、しかし愚かしくもひとつのシステム、王国の鍵にまで高められたものならなんでも、ひとつの方法であり得ると、いまも信じつづけているようなやつはばかだ。現実の世界の中にもうひとつ別の世界が存在しているのかもしれないが、われわれはそれが日々の生活のとほうもない騒々しさからくっきりとその輪郭を際立たせているところを見ることはけっしてないだろうし、萎縮《いしゅく》と膨脹にもそれを見ることはないだろう。その世界は実在しているものではなく、不死鳥のように創造しなければならないものだ。その世界はこの世界の中に実在しているが、それはちょうど水が酸素と水素の中に存在しているような、あるいはアカデミア・エスパニョーラの辞書の七八、四五七、三、二七一、六八八、七五、四五六ページの中にガルシラーソのある十一音綴詩句を書くために必要だったもののすべてがあるようなものだ。言ってみれば世界はひとつの比喩形象《フィグラ》であって、人はそれを解読しなければならない。解読するとは生みだすこととわれわれは理解する。いったい誰が辞書を辞書それ自体として珍重するだろうか？　もしも微妙な錬金術や滲透や単体の混合などからついにはベアトリーチェが河岸にすっくと立ち上がるものならば、逆に今度はどうして彼女から生まれるかもしれないものを超経験的に予知できないのか？　なんと空しい営為だろうか、人間の営為は！　まるで自分自身の床屋みたいに、吐き気を催すまで、半月ごとに調髪し、同じお膳立てをし、同じことを繰り返し、同じ新聞を買い、同じ機会に対しては同じ原則をあてはめて。たぶん至福千年王国というものは存在するだろうが、もしもいつかわれわれがそこに到達したら、もしわれわれがそれであったら、それはもはやそうは呼ばれないだろう。時間から歴史の鞭《むち》を奪い取るまでは、そんなに多くの《までは》の瘤《こぶ》を処置するまでは、われわれはいつも扉のこちら側から、美を目的として、平和を本願として受けとめつづけるだろう。扉のこちら側だって実際には必ずしも悪くはないところだし、多くの人はそこで満足すべき人生に、快い香水に、結構な俸給に、高級な文学に、ステレオフォニック・サウンドにめぐり合せている、とすればどうして世界は有限かもしれないとか、歴史はその最適条件に近づいているとか、人類は中世を脱却してサイバネティックスの時代に入ろうとしているとかいったことを思い思うのか。万事うまく行っております《トゥ・ヴァ・トレ・ビアン》、侯爵夫人様《マダム・ラ・マルキーズ》、万事うまく行っております《トゥ・ヴァ・トレ・ビアン》、万事うまく行っております《トゥ・ヴァ・トレ・ビアン》。

それはともかく、愚者か、詩人か、狂人でもないかぎり、瞬刻にして溶解してしまうそのようなノスタルジアにかかずらって五分以上も時間を空費できるものではない。国際的要人が、科学者が再会するごとに、新しい人工衛星が、ホルモンが、原子炉が出現するごとに、そうした偽りの期待は少しずつ潰されて行く。王国は可塑物質で出来ているのかもしれない。それは事実だ。また世界は必ずしもオーウェル的またはハックスリー的悪夢に変らなければならないものでもないだろう。そんな世界はもっとひどいものだろうが、そこの住人の規準からすれば、なんとも快い世界だろう、蚊はいないし、文盲もいないし、鶏といえば特大の、おそらく十八本も脚のあるやつで、しかもそれが全部美味ときているし、遠隔操作式の浴室があり、曜日によって違う色の水が出るという、国立衛生サーヴィス局の心憎いまでの配慮、

各室にテレビが備えつけられ、たとえばアイスランドのレイキャヴィックの住民のためには大きな熱帯風景の絵がかけられ、ハバナの住民のためにはエスキモーの雪の家イグルーが眺められるという、あらゆる反抗を順応させる巧妙な代償、

エトセトラ。

ということはつまりちゃんとした人間には満足できる世界。

それでちゃんとしていない人間は誰でも、ひとりで、そこに残るだろうか？

忘れられた王国の廃址《はいし》、どこかの片隅に。王国を想起した罰としての、ある暴力的な死の中に。王国の生き、残り、ある笑いの中、ある涙の中に。つまるところ人間は人間を殺して仕舞うとは思われない。人間はそうすることを免れ、電子工学器械の、宇宙ロケットの、舵《かじ》を握り、なにかいんちきなことをやって、それから猟犬に追いかけられるのだ。王国のノスタルジア以外のものはすべて抹殺してしまってもかまわない。われわれはそのノスタルジアをそれぞれの目の色の中に、それぞれの愛の中に、心の奥深くで苦しめ解き放ち欺くすべてのものの中に、秘めているのだ。願望的思考（*Wishful thinking*）ってやつだろう、たぶん。しかし羽のない二本足の、もう一つの可能な定義といえばそれしかない。（－5）

72

「家に帰ってくれればよかったのに、あなた、そんなに疲

れてたんなら」

「我が家に若《し》くところなし」とオリベイラが言った。

「マテ茶をもう一杯お飲みなさいな、いまいれたばかりよ」

「目を閉じてると苦みが増すみたいだ、不思議だな。もうしばらく眠らせてくれないか、その間きみは雑誌でも読んでたら」

「いいわ、あなた」とゲクレプテンは言って涙を乾かし、素直に服従して、なにも読めはしなかったが《イディリオ》を探した。

「ゲクレプテン」

「なあに、あなた」

「こんなことときみはなにも心配しなくていいんだよ」

「もちろんよ、あなた。待ってて、別の冷たい圧定布を当ててあげるから」

「もうじき起きるよ、そうしたらアルマグロのあたりを散歩しよう。たぶんカラーのミュージカル映画をやってるはずだけど」

「あしたにしましょうね、あなた、いまはお休みなさいな。あなたが入ってきたときの顔ったら……」

「仕事なんだ、どうにもならないよ。きみが心配することはない。それより下で囀ってるシエン・ペソスの歌でも聴きなよ」

「餌の烏賊《いか》を替えてもらってるんだわ、あなた」とゲクレプテンが言った。「それでとっても感謝して……」

「感謝して、ねえ」とオリベイラがおうむ返しに言った。

「自分を籠《かご》に閉じこめたやつに感謝するなんて」

「動物たちにはそんなことわからないわ」

「動物たち、ねえ」とオリベイラがおうむ返しに言った。


（－77）

73

そうだ、しかし誰がぼくらの音たてぬ火を癒してくれるだろうか、夕暮に、崩れかけた表玄関から、小さな出入口から出て、ユシェット通りを突っ走る色のない火、石を舐《な》め、戸口の空間に待ち伏せている姿なき火を。いつまでも続く快美な燃焼をどのように浄化したらいいのか、時間や思い出と結託し、われわれをこちら側にとどめさせるべとべとしたものと結託して、われわれの内部に居座りつづけ、われわれを灰になるまで甘美にも焼きつくすこの快美な燃焼を？　そのくらいなら協定を結ぶほうがいい、猫たちや苔《こけ》の類のように、嗄《しやが》れ声の門番や、窓辺に身をひそめて乾いた小枝などを翫《もてあそ》んでいる青白い悩める者と友誼《ゆうぎ》を結ぶほうがいい。このように小止みなく燃えつづけ、果実のゆるやかな成熟のようにゆっくりと進行する中心の燃焼に耐えながら、この涯しない石の茂みの中で篝火《かがりび》の脈搏となり、やみくもに循環する血の従順さをもってわれわれの生の夜々を歩んで行くこと。

不可謬《ふかびゆう》の方程式と順応主義の機械との間でわれわれが迷妄へと赴く時代に、はたしてこんなのはただの作文にしかすぎないのではないかとわたしはしばしば自問してみる。しかし、習慣の向う側をどうやったら発見できるのか、あるいはその陽気なサイバネティックスに身を委ねるほうがいいのではないかと自問すること、それではまたしても文学ではないのか？　反抗、順応主義、苦悶、地の糧、そして陰と陽、観照と活動、オートミールと旬の鷓鴣《しやこ》、ラスコーとマチウ、といったあらゆる二分法、これでは言葉のブランコではないか、パジャマ姿の嵐とリビングルームの天変地異をめぐるポケット版の弁証法ではないか。可能な選択をめぐって自問するというただその事実だけで、選ばれる可能性のあるものを損ない、濁してしまう。そうであろうとなかろうと、ここに原因がある……。どうやら選択は弁証法ではあり得ない、弁証法などを持ち出せば選択を貧弱なものにする、つまりそれを歪める、つまりそれを別物に変えてしまうように思われる。陰と陽との間には、じつに悠久の時が、またイエスからノーに至るまでにはおそらくじつに悠久の時が流れているのであろう。すべては属文、つまり寓話である。しかし正直な地主を安心させるような真実がわれわれにいったいなんの役に立つというのか？　われわれのあり得べき真実は創作でなければならない、つまり属文《エスクリトウラ》、文学《リテラトウラ》、絵画《ピントウラ》、彫刻《エスクルトウラ》、農作《アグリクルトウラ》、養魚《ピシクルトウラ》、この世のすべてのトゥラでなければならない。もろもろの価値はもろもろのトゥラ、聖性はひとつのトゥラ、社会はひとつのトゥラ、愛は純粋なトゥラ、美はトゥラの中のトゥラ。モレリはある著書の中で、自分の家の戸口のところに座りこんだまま地面の上の一本のねじを見つめて何年も過ごしたあるナポリの男の話をしている。男は夜になるとそのねじを掻き寄せて取り、マットの下に入れるのだという。そのねじは初めは笑いの種、冷やかしの種であり、共同のいきり立ち、隣近所の噂の種、市民としての義務の不履行の象徴であったが、ついには誰もが肩をすくめるもの、平和を感じさせるものになって、その通りを行く人は誰でも横目でそのねじをちらりと眺めて平和だなあと感じないわけには行かなくなったのだ。そいつが卒中で死んだとき、ねじは近所の人たちが駆けつけたとたんに消えてしまった。誰かがそれを隠し持ち、たぶんひそかに取り出しては眺めいり、それからたぶん仕舞いこんで、なにやら得体の知れない、漠然とした後めたさを憶えながら工場へ出かけて行くだろう。その者はそのねじを取り出して眺めているときだけ心が落ち着き、そうして眺めているうちに誰かの足音を聞きつけて慌ててそれを仕舞いこむ。モレリは、そのねじは神とかなにかそういったもの、なにか別の物なのだと考えた。あまりにも安直な解答。おそらくその物がねじの形をしているという事実からねじであると思いこんだところが間違いであった。ピカソは玩具の自動車をとりあげてそれをマント狒々《ひひ》の顎《あご》に変えてしまう。おそらく例のナポリ人は知恵遅れだったのだろうが、同時にまたひとつの世界の発明者かもしれない。例のねじから一つの眼へ。一つの眼から一つの星へ……。なぜ〈大いなる習慣〉へと自己を滅却するのか? 人は誰でも自分のトゥラを、創作を、つまりねじでも玩具の自動車でも、選ぶことができる。そういうわけでパリはわれわれをゆっくりと、心地よく滅ぼすのだ、古い花々と、葡萄酒のしみのついた紙のテーブルクロスとの間で、夕暮に崩れかかった表玄関から出て突っ走る色のないその火をもって、われわれを押し潰しながら。発明の火がわれわれを焼く、白熱したトゥラ、種族の小細工、〈巨大ねじ〉たる都市、その夜の目をセーヌの糸が通って流れる恐るべき針、とどめの剣のような責め道具、憤激した燕《つばめ》たちでぎゅうぎゅう詰めの鳥籠の中の塗炭《とたん》の苦しみ。われわれは自分の作品という、死すべき者の虚構の栄誉、不死鳥のいや高き挑戦の中で身を焼くのだ。誰もわれわれの音たてぬ火を、夕暮にユシェット通りを突っ走る色のない火を癒してはくれぬ。不治の、完全に不治のわれわれは〈巨大ねじ〉をトゥラとして選び、そのねじの上に身をかがめ、そのねじの中に入りこみ、それを毎日、テーブルクロスについた葡萄酒のしみの一つ一つ、クール・ド・ロアンの払暁の黴《かび》くさいキスの一つ一つに、繰り返し創作し、われわれの炎上を創作し、内側から外側へ向かって燃えるのだ、たぶんそれが選択というものであろう、たぶん言葉がまるでパンを包むナプキンのようにそれを包みこむのであろう、そして内部にこそ芳香はあるのであろう、ふっくらと脹らんだ小麦粉、ノーのないイエス、あるいはイエスのないノー、死者の霊のない目、オルムスもあるいはアリマンもない日、一回限り、平和のうちに、もうたくさん。

（－1）

74

モレリが見た非順応主義者の、洗濯屋の勘定書にピンで留められた覚書。《石ころとケンタウルス座ベータ星を受けいれること、鎮痛剤－を通しての－純粋なるものから不節制－を通しての－純粋なるものへ。この男は最低の周波数と最高の周波数で行動し、その中間ゾーンを、つまり人間の精神的集塊の流行ゾーンを、故意に軽蔑している。状況を打開することができない彼は、状況に背を向けようとする。状況を打開しようと努力する人々の仲間入りができないので、彼は、この打開というのもじつは同じように偏頗《へんぱ》な、我慢のならないものと置き換えるだけのことではなかろうかと考え、肩をすぼめて立ち去るのである。彼の友人たちにすれば、彼が些細なこと、幼稚なこと、紐切れやスタン・ゲッツのソロに、満足を見いだしているという事実は、嘆かわしい衰退を示すものである。しかし彼らは知らないのだ、彼にはそれと正反対の一面、自己を否定して細々と列なり隠れながら続いている総和に接近しようとする一面もあることを。また、その探求には終りがなく、たとえ当人の死をもってしても終るものではないことを。なぜなら彼の死は中間ゾーンの死、つまりジークフリートの葬送行進曲を聴く耳で聴き取られるような周波数の範囲内で起る死、ではないだろうから》

たぶんこの覚書の高ぶった調子を修正するために、一枚の黄ばんだ紙切に鉛筆で次のようになぐり書きされていた。《石ころと星。ばかげたイメージだ。しかし丸い小石との親密な交感は、ときとして一つの道への接近となる。手と石ころとの間で、時間の外の和音が震える。燦然《さんぜん》と輝く……（一語解読不能）……それについてはケンタウルス座のベータ星もそのとおりだ。名前と光度は退き、霧消して、科学的にそうだとされるものであることをやめる。そうしてある純粋に存在するもの（なに？なに？）の中に入る。震える手が同じく震えている透明な石を包みこむ》（ずっと下のほうに赤インクで、《それは汎神論でも、快い幻想でも、海のほとりで火を放つ天へ向かって上方へ落下することでもない》）

別の個所には次のような説明がある。《低い周波数や高い周波数を云々することは、またしても*idola fori*（市場の偶像）に、西欧の幻想たる科学的言語に、屈服することだ。わが非順応主義者にとって、楽しげに紙凧《かみたこ》を作って現在の子らの喜びのためにそれを上げることは、けっして小さな（高いという点からすれば低い、多いという点からすれば少ない、等々）仕事ではなく、もろもろの純粋な要素との偶会であり、そうしてそこから、束の間の調和が、満足が生じて、それが他の者たちを引き上げようとする彼の助けとなる。同様にして、彼の天国となり得るかもしれないなにかとの束の間の接触へと彼を急き立てる、脱我の瞬間、幸福な放心の瞬間も、彼にとっては凧を作ること以上に高級な経験を意味しはしない。ひとつの終局のようではあるが、それ以上でもそれを越えた彼方でもない。またそれは時間的に理解され得るような終局、剥奪《はくだつ》することによってかえって豊かになるような過程がそこにおいて頂点に達するような接近でもない。それはW・Cに腰かけたときにでも起り得るし、とりわけ女の股間にあるとき、もうもうたる柴煙に包まれているとき、日曜のグラビヤ版教養人にはつねにほとんどその価値を認めてもらえないような読書の最中に、起り得るものだ》

《日常の出来事の次元においては、わが非順応主義者の態度は、すでに受けいれられている思想とか、伝統とか、恐怖心や不当にも互恵的な利益に基づく群居構造といったものの匂いのするものをいっさい拒否する態度に変化している。彼なら苦もなくロビンソン・クルーソーになることだってできるだろう。彼は人間嫌いなのではなく、ただ社会的上部構造によってプラスティック被膜をかぶせられてはいない部分を、男たちや女たちから受けいれているだけなのである。彼自身、体半分は鋳型にはまりこんでいて、そのことを自覚しているが、彼にあってはその認識こそが活動しているのであって、一定のペースで歩く人間の諦念《ていねん》が活動しているのではない。彼は自由な方の手で顔をぴしゃぴしゃ叩きながら一日の大部分を過ごし、暇があれば他の連中の顔をぴしゃぴしゃ叩く、すると連中はそれを三倍にして彼に返すのである。そうやって彼は恋人たちや友人たち、債権者や役人まで巻きぞえにする恐ろしい紛糾に時間を取られてしまい、残されたわずかな時間に、他人をあっと驚かせるようなやり方で、彼は自分の自由を活用するが、そのやり方は、彼の尺度からすれば、また実現の可能性のある彼の野望を尺度とすれば、つねにちゃちな、ばかばかしい破局に終るのである。別のもっと秘密めいた、捉えがたい自由が彼に働きかける。しかし彼はただ（しかも辛うじて）その戯れを意識することができるにすぎない》　（－6）

75

十四行詩、星トノ天文対話、ぶえのすあいれすノ夜ノ瞑想、ころん劇場ノぼっくす席ヤ海外ノ学者タチヲ交エタ会議ニオケルげーて的晴朗ヲ権威ヅケテイタ堂々タル生活様式ニ自分ガ腰ヲ据エテイルト感ジルコトハ、以前ナラ、ジツニ立派ナコトデアッタ。彼ハマダソノヨウニ生キツヅケテイル世界、ソノヨウニアルコトヲ希ッテイル、ワザトラシイホド立派デ粉飾ヲホドコシタ、建築学的ナ世界ニ囲マレテイタ。イマヤ彼ヲソノ地下納骨堂カラ隔離シテイル距離ヲ感ジトルタメニハ、おりべいらハ苦笑イヲ浮カベテ昨日ノ大仰ナ文句ヤ豪勢ナりずむ、宮廷風ノ言イ方ヤ沈黙ヲ模倣シサエスレバヨカッタ。不安ノ都ぶえのすあいれすデ彼ハフタタビ取リ囲マレルノヲ感ジテイタノダ、良識ト呼バレルコトニ執着スルアノソレトナク角ヲ立テサセマイトスル雰囲気ニ、ソシテトリワケ、老イモ若キモゴロゴロト喉ヲ鳴ラシナガラ発スルアノ充チ足リタ肯定ノ声ニ、アルイハアノ感覚デ直接捉エラレル現実ヲ真実相トシテ受容スル態度ニ、アルイハ代用ノモノヲ、その、なんとしてと言ったらいいか（鏡の前で歯磨きのチューブを握りしめたまま、オリベイラはもう一度顔に笑いをほころばせ、歯ブラシを自分の口に持って行くかわりに鏡に映った姿に近づけ、ピンクの練り歯磨きを虚妄の口にていねいに塗りたくって、なんと口の上に心臓を描き、両手、両足、文字、猥《みだ》らなものを描き、ブラシとチューブで鏡面を駆けめぐり、身をよじって大笑いしているうちにやがてゲクレプテンがスポンジなどを持って嘆きに打ち沈んだように入ってきた)。　（－43）

76

ポーラの場合は、いつものような手だった。夕暮があり、いつも同じ変りばえのしない新聞を読みながらカフェで時間を浪費した疲労があり、胃の高さのあたりにやさしく押しつけてくるビール瓶の蓋《ふた》のようなものがある。もうどんなことにも驚かないし、無気力と投げやりという最悪の穽におちることだって可能だ、と突然、ひとりの女がカフェ・クレームの代金を払うために財布をあけようとして、その指が一瞬、いつもちゃんとあかない財布のチャックと戯れる。まるでそのチャックが、十二宮図の各宮に入ることを妨げているような印象を受ける、そうだあの女の指がどうやったらその精巧な金色の金具にそって滑るかを発見し、さりげなく中途で反転して止め金があくとき、不意打ちのようなものがペルノーかトゥール・ド・フランスを飲んでいる常連たちを眩惑するだろう。あるいはむしろ彼らを飲みこんでしまうだろうし、菫《すみれ》色のびろうどの漏斗が世界の蝶番《ちょうつがい》を引っこ抜き、リュクサンブールでも、スーフロ通りでも、ゲ・リュサック通りでも、カフェ・カプラードでも、メディシの噴水でも、ムッシュー・ルプランス通りでも、テーブルになにも残さずにすっかりごくんごくんと飲んでしまうだろう。あいた財布、百フラン紙幣を出してラゴン親爺にそれを手渡している女の手、その一方では当然ながら、華麗なる破局の生存者オラシオ・オリベイラは、大異変の際に誰しもが口にするような言葉を言おうとするだろう。

「あら、そうでしょ」とポーラが答えた。「不安ていうのはわたしの得手じゃないわ」

彼女はあらそうでしょ《オー・ヴ・サヴェ》と言ったのだ、ちょっぴりスフィンクスが謎をかける前に言ったに相違ないような口調で、ほとんど言いわけするように、自分でも大きいことを承知している特権を拒否しながら、彼女の口のきき方は、小説家が時間の浪費を惜しんで記述の大部分を対話体にして有効性と娯楽性とを結びつけているような類の多くの小説に登場する女のようであった。

「ぼくが不安と言うときにはね」とオリベイラは言いながら、同じ赤いフラシ天の腰かけの、スフィンクスの左隣に座りながら、「なによりもその裏側を考えるんだ。きみはその手をまるで極限にでも触れるように動かしていたね、そうしてそのあとで、ひとつの世界が、毛並に逆らって始まったんだ、たとえばぼくがあの財布であり、きみがラゴン親爺であり得るような世界が」

彼が期待していたのはポーラが笑い、事実がそんなにも捏《こ》ねくり返されるのを拒否することだったが、ポーラは（彼はあとになって彼女の名がポーラだと知ったのだが）そのような世界の可能性をそれほどばかげているとは考えないのだった。彼女が笑うと、濃いオレンジ色に塗られた唇が少し歯のほうに押しつけられて、よく揃った小さな歯が覗いた。しかしオリベイラは、いつでも女の手に魅せられていたとおり、いぜんとして彼女の手の虜《とりこ》であり、彼はどうしてもその手にさわり、自分の指を彼女の指骨の一本一本に這わせ、日本の按摩《あんま》のような動きで血管の目に見えぬ筋を探り、爪の状態を知り、凶兆の線と吉兆のふくらみに手相師のように推測を逞《たくま》しゅうし、愛ゆえか一椀の茶のゆえか少し濡れたその小さな手のひらを彼の耳にあてがって、ぜひとも太陰の物音を聴きたいと感じていた。

（—101）

77

「おわかりでしょうね、このあとは……」

「物なり、言葉にあらず」とオリベイラが言った。「毎日約七〇ペソで八日。八かける七〇で五六〇、つまり五五〇とあとの一〇で患者たちにコカコーラ一本ずつの代金を払ってやれる」

「あなた個人の所持品はただちに除いてください」

「ええ、今日明日じゅうには、まあ多分今日よりは明日ってとこでしょうな」

「これがそのお金です。領収書にサインしてください」

「よしてよ、自分でサインするよ、要するに。ほーれ《エッコ》」

「わっしの女房はひどく不機嫌でね」とフェラグートは言って、背を向けると唇にくわえていたタバコを手に取った。

「それは女の敏感さ、更年期とかなんとかだよ」

「自尊心ですよ、あんた」

「それほれ、それこそぼくの考えてた言葉さ。自尊心といえば、サーカスの仕事のおかげさ。楽しかったし、あまりすることもなかったし」

「わっしの女房はまだわかってないんで」とフェラグートが言ったが、オリベイラはすでにドアのほうに行っていた。二人のどちらか一方が、目を開いたか閉じたかした。ドアもまた、開いたり閉じたりする目のようなところがあった。フェラグートはタバコの火をつけ直し、両手をポケットにつっこんだ。彼は自分では意識していないその狂人が近づいてきたらすぐに言ってやるべき言葉を思案していた。オリベイラは額に圧定布を当てられて（あるいは目を閉じていたのは彼のほうだったのかもしれないが）、呼ばれたらフェラグートになんと言ってやろうかと考えていた。

（—131）

78

トラベラー夫妻の懇《ねんご》ろ。玄関や町角のカフェで彼らと別れるときなど、ふとそのまま彼らのそばにいて、彼らの生活を見ていたいという思いがこみあげてくることがある。欲望のない、友好的な、ちょっぴり悲しい視姦者。懇ろ(intimidad)、なんて言葉だ、それじゃ実際あの不吉なHを語頭にくっつけたくもなるよ。だが、いったい他のどんな言葉が、知了ということの虜そのもの、タリタとマノロとぼくとが親密な仲だということの上皮的な理《ことわり》を(その第一義的な意味において)《伝達する》(*intimar*)ことができようか。世の人々は、週に数時間ソファに座り、映画に行き、ときどきベッドに入ったりするだけで、あるいはたまたまオフィスで同じ仕事をしているというだけで、親密な仲だと信じこんでいる。若いころ、カフェで、なんとしばしば仲間たちとの一体感という錯覚がぼくらを幸福な気持にさせてくれたことか。ぼくらがその存在の一面、その従事していることとの一面、横顔すらろくに知らないような男たち女たちとの一体感。今でもブエノスアイレスのカフェのことを、時間を越えてありありと憶えているが、あのころはそこで何時間も家族やもろもろのしがらみから自分を解放し、紫煙のたちこめる、自分自身と仲間たちへの信頼の領域へ入りこみ、不安定な状態にあるぼくらを慰めて一種の不滅性を約束してくれるなにかを認めることができたものだった。そしてそこで、二十歳の若さで、ぼくらはぼくらなりのもっとも明晰な言葉で語りあい、互いのもっとも内奥の愛情を認めあい、中ジョッキと生粋のハバナの葉巻に酔い痴れる神々のようだった。カフェの小さな天国、可愛らしいミニ天国。そのあとで街路に出ると、いつでもまるで追放された天使たちのようだった。焔を噴く剣でコリエンテス通りやサン・マルティン通りの交通を指し示す天使。遅くなって帰宅すれば、いろいろ弁解したり、結婚の床へついたり、おばあさんの菩提樹茶《ぼだいじゅ》をいれたり、あさっての試験の準備をしたり、ヴィッキー・ボームなんて読んでるくだらない、ぼくらが結婚するかもしれない恋人の相手をしたり、処置なしだ。

(妙な女だな、タリタって。火をともした蠟燭を手に、行手を照らしながら案内してまわってるような印象を受ける。そうしてそれはまさに慎ましさそのものだよ、アルゼンチンの女学士様には珍しいことじゃないか、ここは測量師の肩書さえあればなにごとであれ真面目に受け取ってもらえる土地柄だっていうのに。考えてもみろ、彼女は薬局に勤めてたんだぞ、すげえや、これぞまさしく接合剤だ。それにあのなんとも可愛い髪の結いよう。）

いまやっと気がついたことだが、マノロがマヌーって呼ばれるのは二人が懇ろのときだ。タリタにしてみればマノロのことをマヌーって呼ぶのはごく自然なんだろうが、彼らの親友にとってはそれは秘密のスキャンダル、血の出る傷だってことが彼女にはわかっていない。しかしぼくは、いったいなんの権利があって……。放蕩《ほうとう》息子の権利さ、いずれにしても。ついでに言えば、放蕩息子は仕事を探さなくちゃならないだろうな、この前の、金庫を探る会計監査ってのはまったく洞穴学的なもんだったよ。もしぼくが哀れなゲクレプテンの口説きを聞きいれれば、彼女はぼくと寝るためならなんでもする気でいるが、まずは保証つきの部屋とシャツとその他なんでも不自由しなくなるだろうな。なにか試しにやってみることとしては、布地を売り歩くなんて考えほどばかげたこともないもんだが、いちばん面白いのはマノロやタリタといっしょにサーカスに入るってことだろう。サーカス入りとは美しき定まり文句だ。太初《はじめ》にサーカスありき、それからあのカミングズの詩、天地創造にあたって爺さんはサーカスのテントと等量の空気を肺の中に吸い集めたとかいう。スペイン語じゃそうは言えない。いや、言えることは言えるが、juntó una carpa de circo de aire（空気のサーカス・テントを吸い集めた）とでも言うしかないな。ゲクレプテンの申し出を受けいれよう。彼女はすばらしい女だよ。そうすればもっとマノロやタリタのそばで暮せることになる。なにしろ地形的には二枚の壁と薄い空気の層で隔てられているにすぎなくなるわけだから。曖昧屋はすぐ手近だし、食品店は近いし、市場はほんのそこだ。ゲクレプテンはボクヲ待ッテイルンダと思ってみろ。こんなことが他のやつらの身にも起るなんて信じがたい。あらゆる英雄的行為は少なくとも一家族の中にとどめられねばならぬ、そうしてここトラベラー夫妻の家であの女は、海の向うでのぼくの航路をすべて知らされ、その間彼女のオデュッセウスを待って、マイプー通りの食品店で働きながら、同じ菫色のセーターを編んだり解いたりしていたのだ。ゲクレプテンの申し出を受けいれないのは男らしくないし、彼女の全面的な不幸に目をつぶることになる。そうして冷笑から冷笑へと／おまえはおまえ自身を変えながら立ち去るのだ。ひやらしいホデュッセウスよ。

いや、しかし率直にそのことを考えてみるに、こうしたぼくらが送っているつもりの生活のなによりばかげた点は、その偽りの接触ということだ。それぞれ孤立した軌道、ときたま握手する二つの手、五分間のおしゃべり、競走の一日、オペラの一夕、みんなが少しは連帯感をいだく夜会（それはそうだが、いざ接合というときになると、それもおしまいだ）。それと同時に、やはり人は信じつつ生きているのだ。そこに友達がある、たしかに接触はある、協調とか不和とかは奥深い永続的なものなのだと。ぼくらはなんとすべてを憎んでいることか、愛情がじつはその憎しみの現在の形態であるとも知らず、深い憎しみの理由がじつはこの偏心にあり、ぼくときみ、これとあれとの間の救いがたい空隙にあるとも知らずに。すべての愛情は存在論的《猫の手の一撃》なんだよ、ね、ものにできないものをものにしようとする試みなんだな、ぼくはもっとよく知りたい、ほんとうに友達になりたいという口実のもとにトラベラー夫妻の懇ろの中に割りこみたいんだ、実際にはマヌーのマナを、タリタの小妖精を、彼らのものの見方を、ぼくのとは違う彼らの現在と彼らの未来を、わがものにしたいというのがぼくの願望なのに。それでなぜこんな精神的な占拠に熱中するんだ、オラシオ？　なぜこんな併合ノスタルジアに取り憑かれているんだ、たったいま錨綱を断ち切って、混乱と無気力をばらまき終えたばかりのおまえが（おそらくぼくはもう少しモンテビデオにとどまって、もっとよく探すべきだった）ラテン的精神の名高い主都で？　一方においておまえはおまえの人生の華やかな一章から故意に絶縁し、数カ月前にはあんなに睦言《むつごと》に使いたがった甘い言葉でのものを考える権利をすら自分に許そうとしない。そのくせ同時に、ああ矛盾撞着《どうちゃく》する大ばか者め、おまえは文字どおりトラベラー夫妻の懇ろに割りこむために、トラベラー夫妻となるために、サーカスを含めてトラベラー夫妻の中に住みつくために、断ち切ったのだ（しかし座長はぼくに仕事をくれたがらなかった。そこでぼくは船乗りに化けてギャバジンの布地をご婦人方に売りつけることを真剣に考える必要があったというわけだ）。なんていい加減な。いったいおまえはもう一度隊列の中に混乱をばらまくつもりか、平和な人々の生活をめちゃめちゃにしようとて現われたのか、見たいもんだ。あのとき人々は、自分をユダと思いこんで、そのためにブエノスアイレスの上流社交界で犬の生活を送っていたやつのことをぼくに話してくれたっけ。みえを張るのはやめようや。せいぜい情深い審問官てとこさ、いつかの晩みんなにそう言われたように。ご覧なさい、奥さん、いい布地だよ。あんたならメートル当り六十五ペソで結構。あんたのとお……いや失礼、あんたの旦那が喜びますぜ、仕ご……いや失礼、お勤めから帰ったら。きっと旦那が壁に登っちまうよ、ほんと、これベレン川の船乗り言葉。いえね、副収入かせぎのちょっとした密輸品でね、餓鬼が屈背《くぐせ》なもんで、わっしの女《にょう》……家内は店に出て縫い物なんかやってんですがね。ちっとは手伝わんと、わかるでしょう。　（－40）

79

モレリのペダンチック極まる覚書。《本文がどうやら本文とは別の意味の広がりを暗示するに至り、したがってわれわれが今でも可能と考えているあの人間顕現（antropofanía）に一役買っている、という意味においての『喜劇的小説』（roman comique）を企てること。通常の小説は読者をその範囲内に限ることによって、その目指すところを逸しているように思われ、小説家が大家であればあるほどそれだけかえっていっそう局限されたものになってしまう。劇的なもの、心理的なもの、悲劇的なもの、風刺的なもの、あるいは政治的なものを、さまざまな程度に留めているのは止むを得ない。それに反して、読者を掴むのではなく、ありきたりの展開の下から別のもっと秘教的な方向を読者に囁くことによって必然的に読者を共犯者に変えてしまうような本文を企てること。雌読者（el lector-hembra）にとっては、僧《イエラテイカ》用文書としての漠然たる裏側の一面をもった、俗《デモテイカ》用文書たること（さもないと雌読者は最初の数ページと進まないうちに無作法にも途方に暮れ、呆れ返って、そんな本に高い代価を払ったことを呪うだろう）。

だらしのない、八方破れの、不適当な、細部に至るまで反小説の（反小説的なというのとは違うが）本文を誘い出し、引き受けること。状況によって必要なら、小説というジャンルのもつ大きな効果を自らに禁ずることなく、後天的に得た飛躍をけっして利用しないこと（*ne jamais profiter de l'élan acquis*）というジッドの忠告を思いだそう。西欧のすべての選ばれた人間たちのように、小説は閉ざされた秩序の中で満足している。それと決然と対抗して、ここでもまた開かれた小説を探求し、そのために人物《カラクテール》と場面《シトウアシオン》とのあらゆる体系的構成を根こそぎにすること。方法は、アイロニー、絶えざる自己批判、不適合、誰のためにも奉仕しない想像力。

　この種の試みは文学を拒否することから出発する。言語に依拠するからには部分的な拒否であるが、作者と読者が企てるどんな操作にも目を配っていなければならない。そのようにして、ちょうど平和を守るためにピストルが、その象徴する意味を変えて用いられるように、小説を用いること。文学から、人間と人間との間に架け渡された生きた橋ともいうべき部分、専攻論文やエッセイが専門家の間にしか許さない部分を取り出すこと、《内容》（内容などというものはない、あるのは伝達手段であって、ちょうどアモールが愛する人であるように、それが内容なのだ）の伝達のための口実ではないような物語。生活経験の凝結剤として、混乱したよくわからない概念の触媒として働くような物語。しかもその物語は、まず第一に、物語を書く人の中に切り込んで行き、したがって反小説として書かれなければならない。なぜならあらゆる閉ざされた秩序はあの告知さるべき内容を組織的に排除するであろうからだ、われわれを伝達手段に変え、われわれがこんなに遠く隔たって向かいあっているわれわれ固有の境界へとわれわれを近づけさせてくれるかもしれないあの内容を。

　作品による作者の奇妙な自己創造。もし日常的時間、生活への埋没であるところのあのマグマから、結局は人間顕現を告知する奥深い意味の潜勢力を引き出したければ、純粋な悟性、尊大な論証的理性をどうしたらいいのか？　エレア派以来現在まで、弁証法的思考はその成果をわれわれに与えるためにあり余る時間をかけてきた。われわれはいまその成果を味わっているが、それは美味で、放射能をたっぷり含んでいる。その饗宴の果てようとするいま、なぜわれわれはそんなに悲しいのだろうか、千九百五十何年だかの兄弟たちよ？》

　どうやらそれと相補いあうらしい別の覚書。

《読者の位置。一般にすべての小説家は読者が作家の経験を共有して作家を理解してくれるか、あるいは一定の内容を把握してそれを肉化してくれることを期待している。ロマン主義的な小説家は自身を通じて、あるいは彼の創造した主人公を通じて、理解されることを望み、古典主義的な小説家は教えることを、歴史の道の上に足跡を残すことを望む。

　第三の可能性。つまり読者を共犯者に、旅の道連れに、仕立てあげること。読むことが読者の時間を廃止してそれを作者の時間に転位させるであろうからには、読者を同時存在たらしめること。こうして読者はついに小説家が経てゆく経験を、同時にしかも同じ形で共有し共に悩む者となることができるだろう。それを達成するのに芸術的小細工はいっさい無用だ。ただ懐胎された素材、生活経験の直接性だけが有効である（たしかに言葉で伝達されてではあるが、可能なかぎり美的要素の少ない言葉でだ。ここから『喜劇的』小説、漸降法《アンチクライマックス》、アイロニー、その他もろもろの、直接言っていることとは別のことを指し示す矢印が生れる）。

　そのような読者、わが同類、わが友人にとって、喜劇的小説は（『ユリシーズ』は喜劇的小説でなくていったいなんだろうか？）夢のように経過して行くものに違いない。夢の中ではわれわれは、ある些細な出来事の縁に、われわれがつねにその核心に触れるとは限らないなにかもっと重大な負託された意味を予感するものだ。その意味では喜劇的小説は模範的なまでに慎しみ深いものでなければならない。読者を欺かず、読者をどんな感情、どんな意図の尻馬にも乗せず、むしろなにか意味深長な粘土というか、たぶん集合的、人間的なものではあるが個人的なものではないなにかの痕跡をとどめる祖型のようなものを、読者に与えるのである。さらにもっといいことに、それは読者に、読者＝共犯者が探求しなければならない（そこで共犯関係が成り立つ）、そしておそらくは発見できないであろう（そこで共に悩むことになる）ある神秘が、扉や窓の背後で働いているような建物の、正面ともいうべきものを与えてくれる。そのような小説の著者が独力で達成したかもしれないものは（たぶん巨人的に拡大されて、それはすばらしいことだ）読者＝共犯者の中に反復されるだろう。雌読者はというと、正面にとどまっているだろうし、なかなか美しい正面が、なかなかのトロンプ－ルイユがあること、そうしてそれらの前で『紳士』の喜劇や悲劇を心ゆくまで上演しつづけることができることを、われわれはすでに知っている。そのような『紳士』にあってはこの世のなにごとも満足がゆくが、抗議する者たちにはおぞましい脚気《かっけ》が取りつくのである》

（－22）

80

爪を切り終えたり頭を洗い終えたりしたとき、あるい

はたんにいまこうしてものを書きながらでも、ぼくは胃のあたりでごぼごぼと鳴っている音が聞こえ、
ぼくの肉体がぼくのあとに残されたという感じが戻ってきて（ぼくはふたたび二元論に陥っているのではないが、ぼくとぼくの爪との区別はつく）
それから肉体がぼくらにとってまずい具合になり始め、（次第によっては）ぼくらに足りなかったり過ぎたりする。
さもなければ、ぼくらにはすでにもっと立派なからくりが要るんだ。精神分析は肉体についての瞑想がいかに早期のコンプレックスを生みだすかを示している。（またサルトル、彼は、女は《穴が開いている》という事実に、女の全生涯を危うくするような実存的矛盾を見る）ぼくらはこの肉体に先行するけれども、先行するということはすでに過ちであり、障害であり、おそらく無益なことである、そう思うと悲しくなるよ、だってこの爪、この臍《へそ》、
ぼくが言いたいのはもっと別の、ほとんど捕捉しがたいこと、つまり《魂》（ぼくの爪－ならぬ－ぼく）は、実在しない肉体の魂であるってこと。魂はたぶん人間をその肉体的進化の過程へと押したのだろうが、いま引っぱり疲れてそのまま単独で先に立って歩いているってわけさ。あと二歩も前へ踏み出せば魂はああ潰れてしまう、なぜって、魂が宿るべき真の肉体は存在せず、魂はそのまま落下してぺちゃっとなるのだから。
哀れ魂は家へ帰る、とかなんとか、しかしそんなんじゃないんだ、ぼくが、つまり。
狂気についてトラベラーとの長談義。夢について話しながら、ぼくらは、夢に見ているある構造が、もしそれが目覚めているときにもしばらく続くならば、狂気の現行の形態かもしれないということにほとんど同時に気がついた。夢の中ではわれわれは、身に備わった狂気への適合性をただで練習させてもらえる。同時にまた、あらゆる狂気は夢がそのまま定着したものではなかろうかとも思う。
民衆の知恵。《あれなるは哀れ狂いし、夢みる人……》

（－46）

81

ソフィストの本質は、アリストパネスによれば、新し

い理屈をつくりあげることである。
われわれは新しい情熱をつくりあげるか、古い情熱を同じ激しさで再創造するよう努めよう。
この結論はもう一度、パスカル的な根っこから分析することになるだろう。真の信仰は迷信と不信心の中間にある。

ホセ・レサマ＝リマ『ハバナにおける論集』

(－74)

82

モレリアーナ

なぜ私はこれを書くか？　私は明確な観念を持たない。いや観念すら持っているとは言えない。切れ切れの断片、衝動、量塊があり、すべてがひとつの形式を求める、するとその遊戯の中にリズムが入ってくる。そこで私はそのリズムにのって書く。リズムによって書く。リズムに動かされてだ、思想と呼ばれるもの、散文とか文学とかなんとかになるものに動かされてではない。まず第一に混乱した状態があり、それは言葉でしか定義できない。この半影から私は出発し、もし私が言わんと欲すること（もし言わんと欲すること）に充分な力があれば、ただちに《スウィング》(*swing*)が始まる。そのリズミカルな揺動は私を表面に引っぱり出し、すべてのものを照らし、その混乱した素材と、それに悩まされている者とをうまく結婚させて、明白な、宿命的とも言える第三審の段階に入る。すなわち文句、段落、ページ、章、本が生まれる。混乱した素材がその揺動に身をまかせることによってはっきりと形を整えてゆくところの《スウィング》は、私にとってその必要性を確信できる唯一のものである。なぜなら《スウィング》が止まるとたちまち私は言うべきことがなにもないことを知るのだから。それにまたそれは私の仕事の唯一の報酬でもあるのだ、自分の書いたものが、撫でられて火花を発し、律動的に弓なりになる猫の背中のようだと感じることが。そのようにして、書くことによって私は活火山の下に入りこみ、〈妣《はは》たち〉に接近し、〈中心〉と連結するのだ——それがなんであろうとも。書くということは私のマンダラを素描することであり、同時にそれをつき抜けて、自己浄化しつつ浄化を考えだすことである。ナイロンの靴下なんかはいた貧乏な白人シャーマンの仕事。

(－99)

83

肉体は寄生虫のようなもの、自我にへばりついている蛆《うじ》虫のようなものだという感情が頭をもたげるたびに、魂なんて人間がでっちあげたものではないかと思われてくる。自分が生きているのは（それも唯々諾々《いいだくだく》として、そうなる－ことは－結構な－ことだといった生き方ではなく）、たとえば右手といった、肉体のうちでもっとも身近な親愛なるものでさえ、とつぜん、いやらしいことに、自分ではないものであると同時に自分にへばりついているものであるという二重の条件を備えた客体となるためである、などと感じるのはもうたくさんだ。

ぼくはスープを飲む。その後で、読書中に考える。《スープはぼくの中にある。ぼくがけっして見ることのないであろう小さな袋の中、ぼくの胃袋の中にある》ぼくは二本指で触れてみて、その嵩《かさ》を、その内側に摂取された食物の蠢《うごめ》きを感じとる。それじゃこれがぼくなんだな、中に食物のはいったこの袋が。

それから魂が生まれる。《いいや、ぼくはそんなんじゃない》

しかしそれにしても（もう一度正直になろう）そう、ぼくはそれだ。華奢《きゃしゃ》なやつが使うにはたいそう立派な逃げ口上で、《ぼくはそれでもある》あるいはほんの一段上がって、《ぼくはその中にいる》

ぼくは『波』を読んでいる、あの灰色の縁取りレース、水泡《みなわ》の寓話を。ぼくの目の下三十センチのところを、スープが胃袋の中でゆっくりと動き、ぼくの股に毛が一本長く伸びている。肩には脂肪の皰《ほう》がひとつ、それと気づかぬくらいわずかに吹き出している。

バルザックなら乱痴気騒ぎと呼んだであろう会合の終りごろ、形而上的なところのぜんぜんないやつが、冗談を言ってるつもりで、脱糞するということは非現実めいた印象を引き起すものだとぼくに言った。ぼくはいまでも彼の言葉を憶えている。《立ち上がり、振り返って見て、それから言うのさ、でも、これはおれがしたのか？　ってね》

ロルカの《仕方ない、わが子よ、吐き出しちまえ！　打つ手はないのだ》っていう詩句みたいだ。また思うにスウィフトもだ、狂人め。《しかしシーリア、シーリア、シーリア、せえ》

形而上的刺戟としての形而下的苦痛について書かれたものは多い。あらゆる苦痛は両刃の剣を揮《ふる》ってぼくを襲う。それはかつてないほどぼくの自我とぼくの肉体（そしてぼくの虚偽、その慰撫《いぶ》的な捏造）との乖離を感じさせると同時にぼくの肉体をぼくに接近させ、苦痛としてそれをぼくに押しつけるのである。ぼくはそれを快楽よりも、あるいはたんなる全身感覚よりも、ずっと自分のものと感じる。実際それは絆である。もし素描することができるなら、ぼくは苦痛が肉体から魂を追い払う図を寓意画ふうに描くだろうが、同時にいっさいは虚妄であり、肉体をもたないということにその統一性がある一つのコンプレックスの諸様態にすぎないとの印象を与えることになるだろう。（—142）

84

セレスタン河岸をぶらぶら歩いていて枯葉を踏みつけ、一枚拾い上げてよく見ると、それは古びた金色の埃をいっぱいかぶり、その下に、ぼくの手に付着する苔の匂いのような深い土がついている。そうしたすべてが気にいって、ぼくは枯葉を何枚もアパルトマンに持ち帰ってはそれらをランプシェードに貼りつけておく。オシップがやってきて、二時間いても彼はランプを見ようともしない。別の日にエチエンヌがやってきて、まだベレーを手に持ったまま、ねえねえ《ディ・ドンク》、素敵じゃない《セ・テパタン》、これさ《サ》！　とランプを持ち上げ、しげしげと葉っぱを眺めて夢中になる。デューラー、葉脈、とかなんとか。

同じ一つの状況に二つの態度……。ぼくは自分が見ることのないすべての木の葉について考えつづける、枯葉の（押葉、無味乾燥なページの）掻き集め役たるぼくが、虚空に存在し、この目がけっして見ることのないであろうじつに多くのもの、小説や映画の哀れな蝙蝠たち、押葉にされた花々について。到るところどこにでもランプはあるだろう、ぼくの見ることのない葉っぱたちはあるだろう。

さてそうして、葉《それ》から針《それ》へと（*de feuille en aiguille*）、ぼくは目に見えない葉っぱやランプが、一瞬、空間の外の虚空に透視され感知されるあの例外的な状態について考える。それはきわめて単純なもので、あらゆる躁揚《そうよう》と抑鬱《よくうつ》がぼくをあることにふさわしい状態へと押しやるわけだが

ぼくはそれをパラビジョン、擬似視像と呼びたい。

つまり（こいつは最低だな、そんな言い方は）

自我を逸脱して、とつぜん外から、あるいは内からと

いっても異次元にいて、自我を認識するための、瞬間的な適性だな、

まるで自分が誰かぼくを見ている人になったみたいに（もっと上手に言えば——なにしろ現実にぼくはぼく自身を見ることができないわけだから——誰かぼくを生きている人になったみたいに）。

それは少しも長くは持続しない。通りを二歩、深呼吸をする間《ま》だけ（ときたま目を覚ましたときにもう少し長く続くことがあるが、そうであれば最高だ）

でその一瞬の間にぼくはぼくがそうであるものを認識するのだ、なぜならぼくはぼくがそうでないもの（やがてぼくが狡猾《こうかつ》にも無視するであろうもの）を正確に認識しているのだから。しかし言葉と純粋な幻との間にある、証拠書類のようなものに対しては言葉はない。ぼくがその瞬間に捉えたあの欠如を客観化し、明確にすることは不可能だ、あの欠如は明らかな不在、あるいは明らかな過誤、あるいは明らかな不足だが、その欠如が

なんのなのか、なんなのかはわからない。

それを言おうと試みる別の方法。それがそうなったとき、ぼくはもはや世界のほうを、自我から他者を、見ているのではなく、一瞬ぼく自身が世界、外の平面となり、他の者たちがぼくを見ている。ぼくは他人がぼくを眺め得るのと同じように自分を眺める。それは感知できないくらいのものであり、だからほとんど持続しない。ぼくは自分の欠如を計測し、われわれが不在や欠落を通してはけっして見ることのないすべてのものを目にとめる。ぼくはぼくがそうでないものを見る。たとえば（これはぼくが咄嗟《とっさ》に引きあいに出しているようだが、じつはあそこから出てくるものだ）、ぼくがまだ行ったことのない地帯は広大であり、自分がまだ知らないものはまだ存在していないものなのだ。走り出したい、家の中へ、あの店へ、入りたい、電車に跳び乗りたい、ジュアンドーを全部貪り読みたい、ドイツ語を覚えたい、オーランガバドを知りたい、という焦慮……。局限された哀れな例ばかりだが、ある観念（ある観念《イデア》？）は伝えることができるだろう。

それを言わんと欲する別の方法。欠如しているものはたんなる経験不足としてよりも直観の貧困として感じられる。事実、ジュアンドーを全部読んでいないからといってひどく悲嘆にくれることはない、せいぜい多すぎる本に対してあまりにも短い人生の憂愁とか、そんなものだ。経験不足は明らかで、もしぼくがジョイスを読んだ

ら自動的に他の本を犠牲にするだろうし、その逆もまた成り立つ。不足の意識がもっと尖鋭になるのは

それはまあこういうことだ。きみの頭、きみの視線のそばに、幾すじもの空気の線がある、

きみの目、きみの嗅覚、きみの味覚の拘留地帯だ、

つまりきみはきみの限界をかかえて外へ歩いて行く

そうしてきみがなにかを充分に捉えたと思ってもその限界から外へは一歩も踏み出すことができないのだ、そのなにかは氷山と同じでほんの一角を外へ出してきみに見せているだけで、あとの巨塊はきみの限界の彼方にあり、だからこそタイタニック号は沈んだのだ。かく申すオリベイラ、つねに自分なりの範例をもって。

まじめになろう。オシップがランプに貼りつけられた枯葉を見なかったのは、たんに彼の限界があのランプの意味していたもののこちら側にあるからであるにすぎない。エチエンヌは葉っぱをちゃんと見たが、そのかわり彼の限界ゆえに、ぼくが苦い思いでポーラとの一件をどうしていいかわからずにいることを見抜くことはできなかった。オシップは即座にそれを看破して、ぼくにそうだろうと言ったのに。万事ぼくらはそんな調子なのだ。

アメーバのように仮足を出して餌を捕え、包みこんでしまう人間をぼくは想像する。長い仮足も短い仮足もあり、運動と囲い込みがある。ある日こうしたことがすべて固まる（いわゆる成熟、正しい成人だ）。一方で彼はもっと遠くまで理解できるが、他方で彼は二歩離れたランプを見ることもできない。そうなってからでは、罪を犯してしまった者たちの言いぐさではないが、もうどうしようもない。蓼食《たでく》う虫も好き好きさ。そういうふうにして、そやつは自分の好きなものはなにも逃がさないと自信満々で生きて行くのだが、そのうちに俄《にわか》に側の方へ流出が起って、残念ながらそれがなんなのかを知る暇も与えずにそれが束の間そやつに示すのは、

そやつに示すのはそやつの分身、不恰好な仮足が、
はるか遠くの、ぼくがいまそこに清澄な空気を見ているあたりで、
あるいはこの不決断、選択の十字路で、
ぼく自身が、ぼくの知らない現実の残り部分で
ぼくをむなしく待っているのではないかという疑念だ。

（続篇）

ゲーテのような連中はこういう型の経験に富んでいたはずがない。適性か決断によって（天才とは自ら天才的

たることを選んでうまくやり遂げることだ）連中はあらゆる方向に極限まで仮足を伸ばしている。連中は一様な直径で囲い込み、連中の限界は途方もない遠方まで精神的に投射された皮膚だ。連中がその途方もなく広大な勢力圏の彼方に始まる（あるいは続く）ものを欲しがる必要があるとは思われない。だから連中は古典なんだよね。〈われらが慣い〉アメーバに、未知なるものがあらゆる所から接近する。与えられた意味においてぼくは多くを知ることが、あるいは多くを生きることができるが、それでもそうなれば〈他者〉がぼくの欠乏の側から近寄ってきて、その冷たい爪でぼくの頭を掻く。まずいのはこちらが痒《かゆ》くもないのに掻かれることで、いざむず痒さを覚えたときには——知りたく思うときには——ぼくを囲い込んでいるすべてのものがすっかり確立され、すっかり定置され、すっかり完成、充塡《じゅうてん》、作法化されてしまっているので、ぼくは自分が夢を見ていたのだ、これでよし、充分に身は守れる、もう想像力によって遠く運び去られずにすむ、と思うまでに至るのである。

（最終続篇）
　これでは想像力があまりにも誉めそやされすぎている。哀れな想像力は仮足の限界より彼方へは一センチたりとも行くことができないものだ。こちら側では、すごい多様さと活発さ。しかし向う側の、リルケが頭上を吹き渡るのを感得した宇宙的な風が吹いている別の空間では、〈想像力夫人〉も通用しない。言っちゃった。

（－4）

85

第一ページではあんなに派手に始まったのに終りのほうは生彩のない尻尾みたいに、三十二ページの、競売や歯磨きチューブの広告の間に埋もれてしまう、新聞雑誌の文学記事みたいな終り方をするさまざまな人生。

（－150）

86

〈クラブ〉の連中は、二人の例外を除いて、モレリは彼個人の曲言蛇行文からよりも彼の引用文からのほうが理解しやすいと主張していた。ウォンはフランスを発つまで（警察は彼の〈滞在証明書〉を更新してくれなかった）、いったん次のような二例の引用文の所在を突きとめてしまえば、そんな老人のロゼッタ・ストーンをシャンポリオンする労を取りつづける価値なんか少しもないと主張した。二つともポーウェルズとベルジェからのものである。

《おそらく人間の内面にはそこから現実全体が認識され得るような場所があるのだ。このような仮説は戯言《ざれごと》のように思われるかもしれない。かつてオーギュスト・コントは、一個の星の化学的組成などけっして認識されはしないだろうと断言した。ところがその翌年にブンゼンが分光器を発明したのであった。

……………………………………………………

言語は、思想と同じく、われわれの脳髄の二分法的、算術的な働きから発する。われわれはイエスかノーか、正か負かに分類する。〔……〕私の言語が証明する唯一のことは、二分法によって限定された世界観の悠長さだ。このような言語の不充分さは歴然たるものであり、まことに歎かわしい。しかし二分法的知性それ自体の不充分さはなんと言うべきか？　内的実在、もろもろの事物の本質はそのような知性では見逃がされてしまう。知性は、光は連続であると同時に非連続であるとか、ベンジンの分子はその六つの原子の間に二重の関係を確立するが、それにもかかわらず二重の関係は相互に排斥しあうとかいったことを発見することができ、それを認めるけれども、それを理解することはできず、自分が検証する深遠な構造の現実を知性本来の構造に編入することはできない。それを達成するためには知性がその状態を変えねばならないだろうし、通常のものとは別のからくりが脳髄の中で機能を果たし始める必要があるだろうが、そうなれば二分法的論証は類推的意識に取って替わられ、それがあれらの深遠な構造の形状を帯び、それらの構造の想像を絶した律動を同化することになるであろう……》『魔術師たちの朝』

（－78）

87

一九三二年にエリントンが吹き込んだ〈*Baby when you ain't there*〉は彼のもっとも評判の悪かったものの一つで、かの忠実なるパリー・ウラノフも、なんら特別の言及をしていない。妙に乾いた声でクーティ・ウィリアムスがその歌詞を歌っている。

I get the blues down North,
The blues down South,
Blues anywhere,
I get the blues down East,
Blues down West,
Blues anywhere.

I get the blues very well
O my baby when you ain't there
ain't there ain't there ——

なぜ、あるとき、《ぼくはこれを愛した》と言うことがそれほど必要なのか？　ぼくはブルースを、通りの人影を、北方の哀れな干上がった川を愛した。証言し、われわれを押し流すであろう虚無と戦うこと。かくして魂の空中にそういった些細なものがなおも残るのだ、レスビアのものであった小さな雀、記憶の中で香水や切手や文鎮のための小さな場所を占めるいくつかのブルースが。（－105）

88

「おい、そんなに脚を動かしたらおまえの肋骨に針を刺しちゃうじゃないか」とトラベラーが言った。

「その黄色人の話をつづけてくれよ」とオリベイラが言った。「目隠しされてるもんで万華鏡みたいだ」

「その黄色人はね」と言ってトラベラーは脱脂綿でオリベイラの股のあたりを擦りながら、「それぞれ当該の人種のための仲買人のための国家行政機関の管轄下に置かれているのさ」

「黄色い毛の動物、黄色い花の植物、黄色く見える鉱物」とオリベイラはすなおに列挙した。「どうしていけないんだい？　どっちみちここでは木曜が賑《にぎ》やかな日で、日曜日は仕事がないし、土曜の午前と午後では大違いの変りよう、みんながじつに静かじゃないか。なにしてんだい、痛いじゃないか、怖くなっちゃうよ。あれは黄色く見える金属かい、それともなにかい？」

「蒸溜水だよ」とトラベラーが言った。「それでモルヒネだと思ってるんだな。おまえの言うとおりさ、セフェリーノの世界は、部外者の超脱的な態度で自分たちだけの機関を信じているような連中には、奇妙としか映り得ないんだな。もしきみが歩道の縁を離れて石畳の道に三歩踏み出したと思うとたちまち一変するいっさいのものを考えてみるならば……」

「黄色人からパンパの有色人へと移行するように」とオリベイラが言った。「こいつのせいで少し眠くなってきた」

「その水は催眠剤だよ。おれにできるならネビオールを注射してやりたいところさ。そうすりゃもっとぱっちり目を開いていられるだろうよ」

「眠っちまう前に一つだけぼくに説明してくれないか」
「おまえが眠るとは思わないが、まあいいだろう」
(-72)

89

弁護士フアン・クエバスからの手紙が二通あったが、そのどちらが先に読まれるべきかは論争の的であった。第一の手紙は彼が《世界の至上権》と呼ぶものの詩的な説明をその内容とし、第二の手紙は、やはりサント・ドミンゴ門のさるタイピストに口述したもので、第一の手紙の余儀なくされた控え目な語調の仕返しをしていた。

本状のコピーは、とくにONU(国際連合機構)のメンバーや全世界の政府といった、まったくの豚どもや国際ジャッカル族のためであれば、お好きなだけ何部でも取ってかまいません。一方、サント・ドミンゴ門の騒々しさは悲劇ですが、それでも私は気にいっております、と申しますのは、ここへやってきて史上最大の飛礫《つぶて》を投げることができるからであります。

それらの飛礫には次のような文が書かれているわけだ。

ローマ法王は史上最大の豚でこそあれ、どうしたって神の代理人ではありません。ローマ聖職至上主義は正真正銘、悪魔の糞です。ローマの聖堂という聖堂は真っ平にならしてしまわなければなりません。そうすればキリストの光が人間の心の奥深くでのみならず、神の宇宙的な光の中にも透明に浸透して、光り輝くでありましょう。私がかく申すわけは、じつは私は前便をたいへん魅力的なお嬢さんを前にして書いたのですが、そのさい彼女がまことに懶《ものう》げな眼差しで私を見つめていたので、あからさまな暴言を吐くことができなかったからであります。

高潔なる弁護士よ! カントの強敵たる氏は《世界の現代哲学を人間化する》ことを主張したあとで、この判決を下した。

それで小説はもっと霊魂精神病学的になるべきです、つまり魂の真に精神的な要素が真に宇宙的な精神病学の科学的要素として設定されるべきです……

そこでしばらく豪勢な弁証法的兵器廠《しょう》を棄てて、彼は世界宗教の王国を覗きこんだ。

しかし人間性がそれら二つの宇宙的戒律によって軌道に乗るかぎりにおいてであります。そして世界じゅうの固い飛礫が明るい光で絹のような蠟に変じるまで……

詩人だ、それもなかなかの。

世界じゅうのすべての飛礫の声が世界じゅうの激湍《げきたん》や峡谷から響き渡るでありましょう、細糸のような銀の声で。それぞれ女たちと神とのいつ果てるともない合歓のとき……

とつぜん原型の幻が侵入し、散らばって、

心に映じた宇宙的な神の御姿のように内面的なものであり、のちに濃密な物質へと変じてゆくはずの大地という世界《コスモス》は、旧約の中では、頭《こうべ》を回《めぐ》らして朧《おぼろ》な光の世界を見やる大天使によって象徴されている。もちろん私には旧約から文字どおりに章句を思いだすことはできませんが、だいたいそんなところだったと思います。それはまるで宇宙の顔がまさしく大地の光となり、太陽をめぐる宇宙的エネルギーの軌道としてとどまったかのようであります。同様にして全人類とその民衆もその肉体を、その魂を、そうしてその頭を、回らせるべきであります……。それこそが宇宙であり、全地はキリストのほうへと転じ、地の法のすべてをキリストの足下に置き……

それから、

……ただひたすら無数の同等のランプから発するひとつの宇宙の光としてとどまって、民衆のもっとも内奥の心を照らし……

ところがまずいことに、とつぜん、

紳士淑女のみなさん、私は本状を然るべき騒音のさなかで書いているのであります。とは言え、ここでみなさんに申し上げたいことがございます。みなさんはまだおわかりになっていらっしゃらないが、**世界の至上権**がもっと完全な形で自らを書く(?)ために、そうしてそれがほんとうに宇宙的な深い内容をもった理解を得るために、私は少なくともみなさんから広汎な支持を受けるに値するはずであり、そうすれば各行、各文字が、すべての母たちの酔っぱらった太母の子の子らの子らのこうした騒々しさではなく、それぞれの然《しか》るべき所を得ることになるだろう、ということであります。さもないとあらゆる騒音がその太母のために乾杯して飲んだくれている。

しかしそれも物かは、次行ではふたたび忘我の境に入り、

もろもろの宇宙のなんという威厳！　それらのすべての民衆の心の中で魅惑の薔薇の精神的な光として花開かんことを……

そのような手紙は進行して花と散ろうとしていた。もっとも、最後の瞬間になって、奇妙な接ぎ木が行なわれているが。

……どうやら全宇宙は、地上のすべての道を永遠に照らす無限の花弁を持つ、それぞれの人間花の中で、宇宙的キリストの光のように輝いているらしいのです。そのように全宇宙は**世界の至上権**の光の中で輝きつづけるでありましょう。あなたは別の恋人がたくさんできて、もう私を愛していないそうですね。

敬具

メキシコ連邦特別区、一九五六年九月二十日、五月五日通り三十二、一一一号――パリ・ビル。弁護士ファン・クエバス。

(－53)

90

そのころ彼はくよくよと思い悩んでいて、なにごとも長時間反芻《はんすう》する悪い癖で、万事いやいや、しかし避けるわけには行かずにやっていた。それまで大問題のまわりをさんざんどうどうめぐりしたあげく、ラ・マーガとロカマドゥールのせいで嘗《な》めさせられている不便さに刺激されて、自分が立たされていると感じている十字路を、しだいに乱暴に分析するようになっていた。そういう場合、オリベイラはよく一枚の紙きれを掴んで、彼の反芻がどうしてもその上で滑ってしまう大仰な言葉をそこに書きなぐるのだった。たとえば彼は《大問題》(el gran *hasunto*)とか《十字路》(la *hencrucijada*)と書いた。それだけで彼は笑い出して、意欲も新たにマテ茶をもう一杯いれることができるのだった。《一致》(la *hunidad*)とオリベイラ(*Holiveira*)は書いた(*hescribía*)。《自己と他者》(el *hego* y el *hotro*)。彼はこのhをまるで他の者たちがペニシリンを打つように用いるのだった。そうすると彼はもっとゆったりとした気持でその問題にもどり、気分がよくなるのだった。《大事なのは気負わないことだ》("Lo *himportante* es no *hinflarse*")とオリベイラは独りごとを言うのだった。そんなことのあとでは彼は言葉に汚い勝負で弄《もてあそ》ばれずにものを考えることができるようになるのだった。しかし大問題は依然として不死身だったから、それで順序立った進歩というわけにはいかなかった。《いつも最後には形而上学的になるなんて、いったい誰に教わったのかねえ、坊や》とオリベイラは自問するのだった。《三人住いの衣裳部屋なんてものには抵抗してさ、毎晩のように徹夜でナイトテーブルに向かうことにも慣れなくちゃ》ロナルドがやってきては、判然としない政治活動とかをいっしょにやると言い出し、一晩じゅう（ラ・マーガはまだ田舎からロカマドゥールを連れてきていなかった）あのアルジュナと御者のように議論をするのだった。たとえば活動と不活動、未来のために現在を危険にさらす理由、冒した危険の度合いが大きければ少なくとも個人的な罪の意識をやわらげる効果のある、社会的目的をもったあらゆる活動につきものの恐喝めいた部分、毎日の個人的な下卑た行為、といった問題を。ロナルドはアルジェリアの反乱に行動で支援する必要があるということをオリベイラに納得させることができず、いつも最後にはがっくりと項垂《うなだ》れてしまうのだった。オリベイラは自分自身に対してよりもロナルドに対してのほうがノーと言いやすいので、一日中あと味の悪い思いをしたものだ。彼が一つだけ確信をもっていたことは、パリにきて以来ずっと生活信条としてきた受け身の忍耐という態度を裏切らずに譲歩できないということであった。安易な博愛精神に溺れて、秘密のビラを貼りに街頭へ出かけて行くことは、彼にとっては大いなる疑問への真の回答であるよりも、むしろ世俗的な釈明、彼の勇気を正当に評価してくれている友人たちとの貸借勘定の調整であるように思われるのだった。現世的な規準と絶対的な規準からその問題を考量してみて、彼は第一の場合には間違っており、第二の場合には的中しているように感じていた。アルジェリアの独立のために、あるいはユダヤ人排斥や人種差別に反対して戦わないのは間違いだ。しかし集団行動の安易な麻酔剤を否定してふたたび苦いマテ茶を前に孤独になり、あの大問題を考えながら、それをまるで糸口の見つからない、あるいは糸口が四つあるのか五つあるのか見当もつかない縺《もつ》れた糸玉のようにぐるぐる回しているのは正しかったのだ。

そう、それは確かに正しかったが、彼の性格がまるであらゆる行動の弁証法を『バガヴァッド・ギータ』の流儀で踏みにじる足のようなものであったことも認めないわけにはいかなかった。マテ茶をいれたり、ラ・マーガにいれさせたりしている間はなんの疑念も生ずる可能性がなかった。しかしすべてのものは分裂の可能性を孕《はら》んでおり、たちまち対立する解釈を許すのだった。受け身の性格には最大限の随意と自由裁量がふさわしく、原則や確信を怠惰ゆえに欠いていることがかえって彼を生の中軸的条件にたいしてより敏感にし（いわゆる日和見《ひよりみ》タイプだ）、怠惰なるがゆえに拒否することを、しかし同時にその拒否によって生じた空隙を良心で、あるいはもっと開かれた、言ってみればもっと全世界的な本能によって自由に選ばれた内容で満たすことを可能ならしめたのであった。《もっと全世界的な（*hecuménico*）とオリベイラは周到にも書きとめた。

その上、どれが真の行動の倫理なのか？　サンディカリスムのそれのような社会的行動は歴史の領域ではお釣がくるほど正当と見なされている。歴史上に生き、かつ眠っている者は幸いだ。自己放棄はほとんどつねに宗教に根ざす態度として正当化される。隣人をわが身のごとく愛する者は幸いだ。オリベイラはあらゆる場合に、あの自我の出撃を、他人の囲い場へのあのおおらかな侵入を、最後の瞬間に到ってそれを投げた当人を富ませ、彼によりいっそうの人間性、よりいっそうの尊厳を与えるべく運命づけられた存在論的ブーメランを、拒否したのであった。人はいつだって他人を犠牲にして聖人になるものだ、とかなんとか。そのような行為自体に反対する理由はなにもなかったが、彼は自分の個人的行状に疑いを抱いていたのでそれを退けたのだった。彼は街頭のビラとか社会的性格をおびた活動に譲歩したとたんに裏切りを感じ取るのだった。満足すべき仕事、日常的な喜び、得意の良心、果たされた義務を粧った裏切りを。彼はブエノスアイレスやパリの、卑劣きわまることもやりかねないが彼ら独自の意見によれば《闘争》によって、会合に駈けつけるとか仕事をやり遂げるためなら夕食の途中でも飛び出して行かねばならないことによって、救われるというコミュニストたちを、いやというほど知っていた。そういう連中においては社会的行動はあまりにもアリバイに似ているようであった。ちょうど息子たちがしばしば母親にとってはこの人生で労苦に値することを何も持たないことのアリバイとなり、目隠しされた学殖が、別の区の監獄で断頭台に登るいわれのない者が断頭台の露と消えつづけている事実を知らずにいるためのアリバイとなるように。虚偽の行動はほとんどつねにもっとも華々しいものであり、尊敬と特権と乗馬姿の銅像（las *hestatuas hecuestres*）とを引きずり下ろすものである。それは上履きみたいにつっかけやすく、功績となることさえあり得る（《とどのつまりアルジェリア人が独立するのはいいことなんだし、ぼくらはみんな少しは手助けすべきなのだ》とオリベイラは内心思っていた）。裏切りはそれとは別種のことで、つねにそうであるようにそれは中心を放棄して周縁に就くことであり、同じ行動に出た他の者たちとの友愛に狂喜することだ。ある種の人間が英雄として頭角を見わすことのできるそのような場では、オリベイラは自分がおよそ最低の喜劇の端役にふりあてられていることを知っていた。それならば違犯《コミシオン》による罪よりも怠慢《オミシオン》による罪のほうがまだましだった。役者をつとめるということは平土間席を諦めることを意味しており、彼は最前列の観客たるべく生まれついているようだった。《困ったことに》とオリベイラは内心思っていた、《その上ぼくは行動的な観客になりたがっている、そこにことの起りがあるんだ》

行動的な観客（*Hespectador hactivo*）。この問題（*hasunto*）をとっくりと分析（*hanalizar*）しなくちゃ。その瞬間にある種の絵画、ある女たち、ある種の詩歌が、そこからならばそのときほど吐き気を催すことも猜疑心をいだくこともなく自分を受けいれることができるであろう一つの地帯へ、いつかは到達するだろうという望みを彼に与えてくれたのだった。あるのは道ではなくてむしろあらゆる道に先立つ停止への探求であったという点で、彼の最悪の欠点がかえって彼に有利に働きがちだったことは、彼にとっては無視し得ぬ利点だった。《ぼくの強みはぼくの弱みにある》とオリベイラは考えた。《大きな決断、それらをぼくはいつも逃避の仮面と受け取ってきたのだ》彼の企て（彼の *hempresa*）の多くは、エリオットの言う《バタンではなくシクシクで》(**not with a bang but a whimper**) 頂点に達するのだった。大きな決裂、引き返すことのないバタンは窮鼠《きゅうそ》の噛みつき以外のなにものでもなかった。それと正反対なのは、おごそかに旋回しながら、疲労によって――彼の感傷的な冒険の結末のように――あるいはさながら人がますます友人を尋ねなくなり、ますます詩人のものを読まなくなり、ますますカフェに寄りつかなくなって、自分を傷つけまいと静かに虚無を服用しはじめるときのような緩慢な退却によって、猛威を失い、時間の中、空間の中、あるいは行為の中へ溶解して行くことだった。

《ぼくの身には実際にはなにも起り得ないのだ、たとえ中途半端にもせよ》とオリベイラは考えた。《植木鉢ひとつぼくの頭上に落っこちてくることはけっしてないだろう》それならなぜ不安なのか、もしそれが対立物の陳腐な牽引《けんいん》、召命と行動へのノスタルジアでなかったとしたら？　不安の分析は、オリベイラが明確化し得ない一種の秩序に関しては、可能なかぎりつねにひとつの転位、ひとつの偏心を暗示するものであった。彼は自分が、劇場において目隠しされているみたいに、見世物の縁で見物している観客であることを自覚していた。ときおりある言葉なり、ある音楽なりの副次的な意味が彼のもとにやってきたが、彼には直観的にそちらのほうが本来の意味であることがわかるために、彼は不安でいっぱいになるのだった。そんなとき、彼は、われこそ車輪の軸なりと信じて生きている多くの人々よりも自分のほうが中心に近いことを自覚していたが、彼のは無益な近さであり、責苦の質を帯びることすらないタンタロスの苦しみの瞬間なのであった。かつて彼は、取りなす力を富ましめ、高めるものとしての愛を信じていた。ところがある日、彼は、ほんとうに愛している者なら愛以外にはなにも期待せず、昼がいよいよ蒼く、夜がいよいよ甘美になり、電車の乗心地の悪さがしだいに薄らいでゆくことをただ盲目的に受けいれているのに対して、自分の愛はそうした期待を前提にしているが故に不純なものであると悟ったのだった。《たかがスープについてさえぼくは弁証法的操作なんかほどこしている》とオリベイラは考えた。彼は自分が愛した女たちをさえ、周囲の状況を特殊な視点から眺めているうちに、仲間というか、共犯者に仕立ててあげてしまうのだった。女たちは初めのうちは彼を崇拝し（ほんとうに彼を〈崇拝〉*hadorar* した）、彼を称賛し（〈限りない称賛〉una *h*admiración *h*ilimitada）、そのうちなにかのはずみであの空虚を嗅ぎとって飛び退《しさ》ったが、彼は彼女らの逃亡を幇助《ほうじょ》して扉を開け、彼女らが扉の向う側で遊戯しつづけられるようにしてやるのだった。二度ばかり彼はいまにも憐れみを感じそうになって、彼女らが彼を理解しているという幻想をいだくのをそのままそっとしておいてやったが、なにかが彼に、おまえの憐れみは本物ではなく、むしろおまえのエゴイズムと怠惰と習慣が依拠する安易な手段ではないかと彼に言うのだった。《憐れみが清算をしているのだ》とオリベイラは独りごとを言って女たちを去るにまかせ、たちまち彼女らのことは忘れてしまった。（－20）

91

テーブルの上に散らかった紙、片方の手（ウォンのだ）。誰かの声がゆっくりと、間違えながら読み上げる、鉤《かぎ》みたいな*l*、なんともひどい*e*。覚書、なにやら一語が書きつけられたカード、何語かで書かれた詩句、作家の台所。別の手（ロナルド）。ちゃんと読み方を心得ている重々しい声。悔悛《かいしゅん》してやってきたオシップとオリベイラに低い声で挨拶する者たち（バブズが真っ先に挨拶して、両手に一本ずつナイフを持ったまま二人を迎えたのだった）。コニャック、金色の光、聖餐冒瀆《せいさんぼうとく》の伝説、小型版ド・スタール。レインコートは寝室に置いていいわ。彫刻が一つ、作者は（たぶん）ブランクーシ。寝室の奥のほうに、軽騎兵の服を着せられたマネキン人形と、針金や厚紙のはいった箱の山との間に隠れて。椅子の数が足りなかったが、オリベイラがストゥールを二つ持ってくる。沈黙が生み出されるが、それはジュネによれば、教育のある人たちがサロンにいて、突然、音なしの屁の臭いを嗅いだときに陥る沈黙にも匹敵するようなものであるという。ちょうどそのときエチエンヌが折鞄《かばん》を開けて書類を取りだす。

「きみが来てからこいつを分類するほうがいいと思って待ってたところだ」と彼が言う。「いままでずっと、あちこちページをひっくり返して眺めてたのさ。いちばんきれいな卵をごみ入れに捨てちゃうなんてばかだなあ」

「あら腐ってたわよ」とバブズが言う。

グレゴロヴィウスは一目で震えているとわかる手を紙挟みの一つの上に置く。外はきっと寒かったでしょ、それじゃコニャックはダブルにするわ。照明の色が彼らを暖める。緑色の紙挟み、〈クラブ〉。オリベイラはテーブルの中央を見つめ、彼のタバコの灰が灰皿にいっぱいの灰に加わりはじめる。

（－82）

92

いまや彼はそれまで自分が欲望のもっとも高まった瞬間に頭をどうやって波頭に突っ込んで、とほうもない大音響をたてる血の怒濤《どとう》を乗り切ったらいいのかわからないでいたことに気がついた。ラ・マーガを愛することは、もはや啓示を期待することのできない儀式のごときものとなっていた。言葉と行為が工夫を凝らした単調さで相継起し、月明りの床の上の毒蜘蛛の踊り、ねちねちと引き伸ばされたこだまの操作となり果てていたのである。その間ずっと彼はあの快い陶酔から、なにか目覚めのようなものを、それがたとえホテルの華やいだ色調の壁紙であれ彼の行為一つ一つの理由であれ、彼を取り巻いているものがもっとよく見えてくることを、期待しつづけていたのだった、あらかじめ自分を狭苦しいけちな現在に縛りつけてしまったかのようにひたすら待つことだけに自分を局限することがあらゆる現実の可能性を廃棄してしまっていることを理解したいとも思わずに。彼はラ・マーガからポーラへあっという間に乗りかえてしまい、ラ・マーガの感情を害することも自分自身の感情をすることもなく、ポーラの薔薇色の耳をラ・マーガの昂奮をさそう名前で愛撫《あいぶ》することに困惑することもなかった。ポーラとの失敗は無数の失敗の反復、最終的には負けるにせよ遊んで楽しい遊戯であったのに対し、ラ・マーガとの遊戯では、歯垢《しこう》の後味を意識し、早暁の匂いのする吸いさしを口の端にくわえて、憤然として飛び出してくるようになっていた。だからこそ彼はポーラをヴァレット通りの同じホテルへ連れて行き、心得顔に挨拶する同じ老女に会ったのだ、ほかになにをすることができただろうか、あんなひどい天候では？　まだ化粧石鹸とスープの匂いがしていたが、絨緞のしみは洗ってあり、新しいしみをつける余地が残っていた。

「どうしてこんなとこなの？」とポーラが驚いたように言った。彼女は黄ばんだベッドカヴァー、しょぼくれた黴くさい部屋、天井から吊るされた薔薇色の房飾りのある電灯の笠を見ていた。

「ここか、どこか他所《よそ》でも……」

「もしお金が無いんだったら、ただそう言えばよかったのに、あなた」

「もし嫌だっていうんだったら、ただ立ち去ればいいんだよ、きみ」

「嫌っていうんじゃないわ、醜い、ただそれだけよ。たぶん……」

ポーラは彼に頬笑みかけていた、まるで理解しようと努力するかのように。たぶん……。二人がベッドカヴァーを取り除こうとして同時に身をかがめたとき彼女の手がオリベイラの手と出会った。その日の午後じゅうずっと彼はふたたび、もう一度、それまでも幾度となく繰り返されたように、自分自身の肉体の皮肉な激しく動く目撃者として、あの儀式の不意打ちと蠱惑《こわく》と欺瞞《ぎまん》に立会っていた。それと意識せずにラ・マーガのリズムに慣れてしまっていた彼を、とつぜん新しい海、異なる波のうねりが押し流して自動運動にまきこみ、彼と対向し、幻影の網に捕えられた彼の孤独を人知れず告発しているようだった。口から口へ受け渡される陶酔と覚醒、それまで手が修道尼のようにひっそりと眠っていた襟首のあたりを目を閉じてさぐる魅惑と幻滅。曲線の違い、より濃い鼠蹊《そけい》部、接吻か愛咬《あいこう》のために上体を起こそうと力むとき暫し痙攣する腱を、触感で知る呪縛と解縛。彼の肉体が快い離脱に直面する瞬間瞬間に、もう少し体を伸ばすか、以前にはすぐそばにあった口と出会うために頭を下げなければならず、もっと細い腰を撫で、刺激して応答を得ようとして得られず、上の空で、なおも執拗に求めるうちにすべてはまた最初から工夫してやり直さなければならないのだし、愛の法典など制定されてはいないのだということを思い知り、鍵や合言葉はやがてまた新しく生み出され、違うものになり、別のものに合うことになるであろうと悟るのだった。重さ、匂い、笑ったり哀願したりする声の調子、緩と急、どれをとっても同じでありながら一致せず、不死でありながらすべては新たに生まれかわり、愛はみずからつくりあげるために戯れ、自分自身から逃れてその意表をついた螺旋をえがいて回り、乳房はまた別の旋法で歌い、口はもっと深く、あるいは遠くからのように接吻し、またある瞬間には、以前は怒りと苦悶があったところにいまや純然たる戯れ、信じがたいいちゃつきがあるかと思えばあるいはその逆のこともあり、以前には眠りに陥ったり他愛ない睦言《むつごと》をかわしたりした時間に、いまは緊張があったり、なにやら伝達不可能ではあるが現に存在して具現されることを要求するもの、なにやら飽くなき憤怒といったものがあったりする。ただ彼の最後の羽搏《はばた》きに秘められた快楽だけは同じもので、世界はこっぱみじんになって前後に飛び散り、またしても指一本ずつ、唇ひとつずつ、影ひとつずつ、世界を新たに命名しなければならない。

　二度目に会ったのはドーフィヌ通りのポーラの部屋だった。多少の言葉をつらねて彼が出会おうとしていたものの概念を彼に与え得たとしても、真の現実は、想像し得るもののはるか彼方にあった。そこではすべてのものがその所を得ており、それぞれのものにそれぞれの場があった。現代絵画の歴史でさえ壁の絵葉書の中につつましやかに刻印されていた。クレー、ポリアコフ、ピカソ(すでにあるやさしい寛容さをもって)、マネシエ、フォートリエ。間隔をよく計算して芸術的にピンで止めてある。小型だからダヴィッド・デ・ラ・シニョリアでさえ押しつけがましくない。ペルノーが一瓶、それにコニャックも一瓶。ベッドの上にはメキシコのポンチョ。ポーラはときどきギターを爪弾いた。高原の愛の思い出。彼女の部屋では彼女はミシェル・モルガンみたいだったが、きわだって浅黒い肌をしていた。二つある本棚には、熟読して書き込みをしたダレルのアレクサンドリア四部作、口紅の汚れのついたディラン・トマスの翻訳、*Two Cities* のバックナンバー、クリスチアーヌ・ロシュフォール、ブロンダン、サロート（ページがアンカット）、それにN・R・Fが数冊。あとはベッドのまわりに引き寄せられたように置かれていたが、そのベッドの上でポーラは自殺した女友達のことを思いだして暫し涙にかきくれた（数枚の写真、心の秘密を明かした日記から引き千切られた一ページ、押葉の花片）。のちにオリベイラには、あのときポーラがみずから性倒錯者たることを示し、歓喜への道を開いてくれた最初の女となったことも、海藻をいっぱい含んだ水がゆっくりと砂を浸してゆく浜に長々と伸びて横たわる二人をあの夜が見いだしたことも、奇異なこととは思われなかった。彼が彼女のことを、戯れに、ポーラ・パリと呼んだのはあのときが最初だったが、それが彼女の気にいって、彼女は何度もそれを繰り返し、彼の唇を噛んでポーラ・パリと囁《ささや》きながら、まるでそれがほんとうに自分の名前であり、自分はそれに値したいと思っているかのように、ポーロ（極）・デ・パリ、パリ・デ・ポーラ、ネオンの緑色の明りが黄色いラフィアのカーテン越しに明滅し、ポーラ・パリ、ポーラ・パリ、そのセックスをカーテンの鼓動に協和させる裸形の都市、ポーラ・パリ、ポーラ・パリ、一回ごとにますます彼のものになってゆき、驚きを知らぬ胸、以前も以後も限界に達して狼狽《ろうばい》するおそれなどこれっぽっちもなしに愛撫の手が正確に辿ってゆける腹部の曲線、すでに見いだされ実体を明らかにされた口、より小さく、より鋭い舌、より少なめの唾液、刃のない歯、彼がその歯茎に触れ、中へ入りこみ、コニャックとタバコの匂いがかすかに残るその生温かい襞《ひだ》の一つ一つを駈け抜けて行けるようにと開かれた唇。（―103）

93

シカシ愛、ソノ言葉……。道学者オラシオ、深海的理由のない情熱を恐れ、愛があらゆる街路の、あらゆる建物の、あらゆる階の、あらゆる部屋の、あらゆるベッドの、あらゆる眠りの、あらゆる忘却または記憶の、あらゆる名で呼ばれる都市で、なにかしっくりしない、気むずかしいやつ。ねえ、きみ、ぼくがきみを愛しているのはきみのためでも、ぼくのためでも、二人いっしょのためでもないんだよ、ぼくがきみを愛しているのは血がぼくにきみを愛するようにって命じているからでもないんだよ、ぼくがきみを愛しているのはきみがぼくのものではないからなんだよ、きみが向う側の人で、そこからぼくに跳び越えてこいって差し招いているのにぼくがどうしても跳び越せないからなんだよ、所有のもっとも深い瞬間でさえ、きみはぼくの中にいず、ぼくはきみに到達せず、きみの肉体、きみの笑いを通り過ぎることはないからなんだよ、きみがぼくを愛していることがぼくを苦しめるときがある（おまえもずいぶん愛する amar という動詞が好きなんだなあ、なんできざったらしくその動詞を皿やシーツや乗合バスにばら撒くんだろう）。ぼくのために橋となってはくれないきみの愛がぼくを苦しめるのだ、橋は片側だけで支えられるものではないのだからね、ライトだってル・コルビュジェだって片側だけで支えられる橋を造ることはないだろう。そんな鳥の目でぼくを見ないでくれ、きみには愛の操作はじつに簡単で、きみはぼくを、ぼくがきみをそこまでは愛せないほど愛してくれているけれども、ぼくより先にきみは癒えるだろう。もちろんきみは癒えるだろうさ、きみは健康な生き方をしているのだから。誰か他の男がぼくのあとがまに座るだろう。それは胴着を取り替えるようなものだ。皮肉屋のオラシオの話を聞いているのはじつに悲しいことだ、彼が欲しがっているのは旅券としての愛、覆面としての愛、鍵としての愛、ピストルとしての愛、百眼巨人《アルゴス》の無数の眼を、遍在性を、そこから音楽が可能になる沈黙を、そこから一つの言語が織りなされ始める根を、彼に授けてくれるかもしれない愛だ。そんなのばかだよ、だってそんなものはみんなおまえの中でちょっと眠っているだけなんだから、おまえは水をいれたコップの中に日本の水中花のように潜りさえすればいい、そうすれば徐々に色鮮やかな花弁が開きはじめ、縮んでいた姿が膨らみ、美が満ちてくるだろうから。限りなく与えてくれる女よ、ぼくは受け取ることを知らなかったのだ、許してくれ。あなたはわたしにリンゴを手渡そうとしているのよ、でもわたしは歯をナイトテーブルの上に置いてあるわ。ストップ、もうそれでいい。ぼくだって粗暴になることもあるさ、よく注意したまえ。しかしよく注意したまえ、理由がないことじゃないんだから。

なぜストップなのか？　でっちあげを始めることを恐れてだ、それはじつに容易だからな。おまえはあっちから一つの概念を、別の棚からは一つの感情を引っ張りだし、その二つを言葉という黒い売女《ばいた》の助けを借りて結びつけ、その結果、ぼくはきみが好きだったことになる。

小計は、きみが好き。総計は、きみを愛している。というわけで、一人の伯父と二人の従兄は言わずもがな、ぼくの多くの友人たちは、彼らの－妻たち－に－感じている－愛を固く信じて生きているのだろう。言葉から行為へ、だよね。一般には言葉《ウェルバ》なくしてもの《レース》はなし、だ。多くの人が愛と呼ぶものは、一人の女を選んで彼女と結婚することにある。女を選ぶんだ、嘘じゃない、ぼくはそういう男たちを見たことがある。まるで愛において選ぶということが可能であるかのように、まるでおまえの骨を引き裂いて、中庭の中央におまえを長々と伸びたまま放置したのは稲妻ではないかのように。彼女を－愛している－から彼らは彼女を選ぶときみは言うが、ぼくに言わせればそんなの逆詞《さかさことば》だよ。ベアトリーチェは選ばれたわけではないし、ジュリエットだって選ばれたわけではない。おまえはコンサートから出てきたとき、骨の髄まで浸みとおるあの雨を自分で選んだわけではない。しかしぼくは部屋の中に一人いて、写字生の小細工に陥っている。黒い雌犬どもめは好きなように報復してきて、テーブルの下から噛みつきやがる。下《アバホ》でって言うのかな、それとも下《デバホ》からかな？　どっちにしても噛みつきやがる。なぜ《ポル・ケ》、なぜ《プルクワ》、なぜ《ホワイ》、なぜ《ヴァルム》、なぜ《ペルケ》、黒い雌犬どもがそんなに怖いんだ？　見ろ、そこの、あのナッシュの詩の中にいる、蜜蜂に変えられた黒い雌犬どもを。また、そこのオクタビオ・パスの二行には、太陽の両股、夏の構内。しかし同じ女の肉体がマリアであると同時に娼婦ブランヴィリエでもあり、美しい落日を見て愁いに曇る目も、絞首刑に処せられた男の身悶《みもだ》えに快感を味わうのと同じ光学機械なのだ。ぼくはそんな売春婦斡旋《あっせん》が、インクと言葉が、世界の肛門を舐める言海が、こわい。おまえの言語の下には蜜と乳がある……。そのとおり、しかしまた、死んだ蝿は香水商の香水をも鼻もちならない臭いに変えると言うじゃないか。言葉との戦いにおいては、戦争においては、知性は放棄しなければならなくとも、手当り次第どんなものでも必要なんだから、揚げたじゃがいもを注文するだけのことにでも、ロイター電にでも、わが高貴なる兄からの手紙や映画の対話にでも、とにかくしがみつくこと。妙だな、じつに妙だ、パッテナムが、言葉をまるで客体のように、固有の生命をもつ生命体のようにさえ感じたというのは。ぼくもときどき、自分が、世界を食いつくす獰猛な蟻たちを川のように生み出しているのではないかと思うことがある。そうだ、もし沈黙の中で怪鳥ロックがよく卵を抱くようなことになれば……。ロゴス、輝ける過誤！　素描とか舞踏とかマクラメとか抽象的なマイムで自己を表現する人種を考えてみろ。彼らは言外の意味、迷妄の根を避けることができるんだろうか？　人間の栄光、とかなんとか。そのとおり、しかし一語ごとに恥をかく栄光さ、もしそんなものがあるとすれば、処女たちの淫売屋みたいに。

　愛から言語学へ、おまえは冴《さ》えているよ、オラシオ。そもそもの間違いはおまえに強迫観念のように取り憑いているモレリにあり、彼の非常識な企図がおまえに、失われた楽園への、スナック・バーにたむろする、セロファンに包まれた黄金時代の哀れなアダム以前人への、復帰をかいま見させているのだ。いまはプラスチックの時代さ、きみ、プラスチックの時代だよ。雌犬どものことなんか忘れろ。やっつけちまえ、猟犬ども、おまえたち考えなくちゃ、いわゆる思考ってやつだ、つまり感得することだ、自己の位置を見定めて、主文だろうが、副文だろうがどんなつまらぬ文でもその通行を許可する前にまず対決することだ。知ってのとおりパリは中心であり、弁証法抜きで歩きまわらねばならないマンダラであり、実用的な公式などなんの役にも立たずに踏み迷ってしまう迷路なのだ。それからコギトだ、それはパリを呼吸するようなもの。パリが中へ入ってくるのを許しながらパリの中へ入るようなもの。気息《プネウマ》であって理《ロゴス》ではない。不良アルゼンチン人よ、十五の教養をたっぷりと身につけて上陸し、なにごとにも精通し、万事につけ時代に遅れず、結構いい趣味をもち、人類の歴史をよくわきまえ、芸術の各時代、ロマネスクでもゴシックでも、哲学の流れ、政治的緊張、シェル・メックス、行動と反省、拘束と自由、ピエロ・デルラ・フランチェスカとアントン・ウェーベルン、きちんと分類整理されたテクノロジー、レッテラ22、フィアット一六〇〇、ヨハネス二十三世、おみごと、おみごと。シェルシュ・ミディ通りの小さな本屋があった、ゆっくりと旋回する軟風があった、午後と時間があった、一年の花咲く季節があった、〈言葉〉があった（初めに）、自分を人間だと思っている人間があった。なんて際限もなくばかなんだ、やれやれ。そうして彼女がその本屋から出てきて（たったいまわかったことだが、あれは隠喩のようなものだったのだ、彼女がほかならぬ本屋から出てきたということは）、ぼくらは二、三言葉をかわし、プリュール・ドワニョン（「玉葱の皮」色の葡萄酒）を一杯飲みにセーヴル＝バビローヌのカフェに行った（隠喩で言えば、ぼくはまだ陸揚げされたばかりの壊れやすい磁器、**取扱注意**、彼女はバビロニア、時間の根源、未生以前のもの、始源的存在、太初の恐怖と歓喜、アタラのロマン主義、しかしほんものの虎が木の陰で待ち構えていた)。そうしてセーヴルはバビローヌと連れ立ってプリュール・ドワニョンを飲みに行き、ぼくらは互いに見つめあい、思うにすでに互いに欲望を感じはじめ(しかしそれはもっとあとの、レオミュル通りでのことだった)、突如として記憶すべき対話が生まれ、誤解と不調節とに完全にすっぽりと包まれて、それがしだいに曖昧な沈黙へと解消し、ついに手と手がおしゃべりを始め、互いに見かわし頬笑みかわしながら手を愛撫しあうのは快く、ぼくらは互いの口の端にくわえたゴーロワーズに火をつけあい、互いに目で擦りあい、破廉恥にもすべてのことであまりにもよく一致し、パリはぼくらを待ちながら外で舞い踊り、ぼくらはやっと陸に揚がったばかりで、やっと生きることを始めたばかりで、すべてはそこでは名前もなく歴史もなかったのだ(とりわけバビローヌにとってはそうで、哀れなセーヴルは、ゴシックをそのレッテルに頓着せずに眺めたり、ノルマンのあひるどもが飛び立つさまを見もせずに河岸を歩く彼女のバビローヌ式の流儀に魅せられながら、大奮闘していた)。別れを告げるときのぼくらはまるで誕生日のお祝いパーティーで賑々《にぎにぎ》しく仲好しになった子供同士が、両親に手を取られて引かれて行く間、なおも互いにいつまでも見つめあっているのにも似て、それは甘い悲しみと期待であり、ご存知、その一方の名はトニー、他方はルルというわけで、それだけでもう心は小さな果実のようになり、そうして……

オラシオ、オラシオ。

糞ったれ。なんでいけないんだ? ぼくが話しているのはあのときのこと、セーヴル＝バビローヌのことで、このぼくらがすでに遊戯は終ったことを知っている悲劇的な収支決算書のことではないのに。(―68)

94

モレリアーナ

散文は牛の腰肉のように腐ることもあり得る。私はもう何年来、私の書きものの中に腐敗の徴候を嗅ぎとってきた。私と同様、散文も散文の喉頭炎や黄疸《おうだん》や虫垂炎にかかっているが、散文のほうが私より先に最終的な分解への道を進んでいる。結局のところ、腐るということは化合物の不純さに結着をつけて化合物の権利を化学的に純粋なソジウム、マグネシウム、炭素へと返すことを意味している。私の散文は文章法的に腐っており——大いに苦労しながら——単純性へと進んでいる。だから私はもはや「理路整然と」書くすべを知らないのだと思う。言葉の曲乗りをやってもほんの数秒で振り落されてしまうのだ。眩暈《めまい》を定着すること、たいへん結構。しかし私はもろもろの要素を定着することが必要であろうと感じている。詩はそのためにあるのだし、小説や短篇物語や戯曲のある局面だってそうだ。あとは水増し仕事であって、私はそれには失敗している。

「そのとおり、しかしもろもろの要素だが、それらは本質的なものなのか？　炭素を定着することにはゲルマント家の人々の沿革を定着することほどの価値はない」

「私の目指すもろもろの要素とは〈調合〉（*composición*）の終極であると私は漠然と考えている。学校化学の視点のひっくり返しだ。調合がその極限に達したとき、要素の領分が開かれる。もろもろの要素を定着し、できればそれらの要素となること」　（—91）

95

ある覚書の中でモレリは、おもしろいことに彼のもろもろの意図について、はっきりと手のうちを見せていた。奇妙な時代錯誤の徴候を示しながら、当時ビート・ジェネレーションの麻疹《ましん》だった禅仏教といったような研究または非研究に興味を示していた。時代錯誤といってもそれはそのようなものに興味を示したことにあるのではなく、モレリのほうがその精神的要請において、サンスクリット（梵語《ぼんご》）や缶ビールに酔っているカリフォルニアの若僧どもよりもはるかに過激であり若々しいということにあった。その覚書のひとつは言語のことを、スズキ流に、まさしく内的経験から噴出する感嘆の声または叫びのようなものではないかと仄めかしていた。それにつづいて、師弟の問答の例がいろいろあげてあったが、それらはちょうど弟子の問いに対する禅師の返答のように、たいていは頭に痛棒を喰わせるとか、水の入った壺を投げつけるとか、乱暴に家の外へ追い出すとか、せいぜいよくても問いをそっくりそのまま返してよこすといった、合理主義の耳や二元論の論理ではまったく理解不可能なものばかりだった。モレリはどうやら一見したところ錯乱したように見えるそのような宇宙の中を、気のむくままに動きまわり、そのような禅師の行為こそが真の教えをなすものであり、弟子の心眼を開いて心理を明らかにする唯一の《方法》であることを当然のこととしているらしかった。こういう暴力的な非合理は、西欧の特性をなしているもろもろの構造を廃絶し、人間の歴史的悟性がそれを軸として回転するところの心棒、推論式思考（それに美的情緒、さらには詩的情緒まで含めて）にこそ選択の手段を見いだすような心棒を廃絶するものであるという意味において、彼には《自然な》ことに思われたのであった。

　覚書（記憶術、または充分に説明されていないある目的を念頭に置いての粗描）の調子は、モレリが過去何年も苦心して書き上げ出版してきた作品と類似したある冒険に乗り出していることを示しているようだった。彼の読者の一部（そして彼自身）にとって、話の筋道の論理的明瞭度を排除したような小説を書こうと意図することは、笑うべき結果をもたらすものであった。それではひとつの妥協として、手順の見当さえつけてしまえば済んでしまう（物語的とも思われないような目的のために物語を選ぶことの不合理さは依然として残るだろう）。*

＊　物語的とも思われないのはなぜか？　という疑問は、端のほうに野菜のリストが載っている方眼紙、おそらくは *memento buffandi*（息吹く記憶＝備忘録）に、モレリ自身が書きこんだものである。予言者、神秘家、魂の暗い夜。弁明または幻想という形を取った物語の頻繁な使用。明らかに小説というものは……。しかしそんな中傷は真の内的矛盾からよりは西欧の猿の種族マニア、分類マニアから出たものだ。**

＊＊　言うまでもなく内的矛盾が激しくなればなるほど、いわば禅の流儀にならった手法によりいっそう有効性が与えられるだろう。脳天に痛棒を喰わせるかわりに、中傷とそれによるショックを内容とし、そしてたぶん、より炯眼《けいがん》な読者を開眼させる、絶対に反小説的な小説。***

＊＊＊　炯眼な読者を開眼させるということへの希望として別紙にさらに引用文が続いているが、それは禅師の異様な言語を理解することがその言語の意味の理解ではなく、弟子のほうで自分自身を理解することを意味するという意味においてスズキ的なものだ。ヨーロッパの抜かりない哲学者が演繹《えんえき》するかもしれないものとは逆に、禅師の言語は感情とか直観とかではなく観念を伝える。それゆえそれは言語それ自体に関するかぎり無用であるが、言句の選択が禅師に由来するよ

うに神秘はそれにふさわしい領域において成就され、弟子は自己を自己に開示して自己を理解し、かくて凡庸の言句が一転して秘鑰《ひやく》となるのである。****

**** だからエチエンヌは、モレリの策略を分析的に研究してみて（オリベイラにはそれは失敗を保証するものと思われていたが）、全章を含むその本のある部分に、禅の痛棒のようなものの、〈ホモ・サピエンスの慣いに従った〉一種大々的な敷衍《ふえん》が認められるように思っていたのだ。その本のそうした部分をモレリは〈原章〉（arquepítulos）とか〈断型〉（capetipos）とか呼んでいたが、そうした言語的荒唐無稽の個所では、とうぜんながらジョイス的混合が見いだされた。それが原型とそこでどんな関係があるのかということは、ウォンとグレゴロヴィウスにとって気がかりな問題だった。*****

***** エチエンヌの見解。モレリは菩提樹や、シナイや、いかなる形であれ一段高い啓示の壇に登りたがっているようには見えなかった。読者を新しい緑の牧場に導くといった教導的態度はまったく取ろうとしていなかった。いささかも卑屈になることなく（このご老体はイタリア生れで、いわば胸の急坂の琴線のハ音まで、やすやすと登れる人だったということは言っておかねばならない）彼はあたかも彼自身が、絶望的、感動的な試みにおいて、彼に啓示を与えてくれるはずの師を脳裏に思い描いていたかのように書いていた。彼は禅風の言句を言い放ち、そのままじっとしてそれに耳を澄ましているのだったが——あろうことか、ときにはなんと五十ページも——、それらのページがはたして読者に向けられたものかどうかと疑うのは不合理であり、意地の悪いことでもあっただろう。モレリがそれらを公刊したとすればそれはひとつには彼のイタリア的側面（〈勝者よ帰還せよ！〉）のせいであり、ひとつにはそれらのページが結果させた華やかさに彼が魅了されたからであった。******

****** エチエンヌはモレリの中に、完璧な西欧人の姿を、植民開拓者の姿を見ていた。モレリはその仏教的ひなげしの慎ましい収穫を了《お》えると、その種を持ってカルチエ・ラタンに戻ってきたのである。かりに窮極の啓示がおそらく彼のもっとも待望していたものであったにせよ、彼の書物がなによりもまずひとつの文学的企てであったことを認めなければなるまい。なぜならまさしくそれは文学的形式（お定まりの公式）の破壊として目論まれたものであったのだから。*******

******* たとえそれがモレリへの賛辞として言われたものにせよ、それもまた、個人の救済はあり得ず、一人の過ちは全体を汚すものであり、その逆もまた真であるというそのキリスト教的信念ゆえに、西欧的なことであった。おそらくそれゆえにこそ（オリベイラの予感だが）モレリは己れの冒険行のために小説形式を選んだのであり、しかもその上、

彼が遭遇したもの、あるいは遭遇することなく終ったものを、公にしたのであった。（—146）

96

情報の流れるは、如火之燎于原《ひのはらをやくがごとし》、それで事実上〈クラブ〉の全員が夜の十時にはそこに集まっていた。エチエンヌは鍵の保有者、ウォンは門番のおばさんのぷりぷりした応接へのお返しに平身低頭、最敬礼のしっぱなし、mais qu’est-ce qu’ils viennent fiche, non mais vraiment ces étrangers, écoutez, je veux bien vous laisser monter puisque vous dites que vous êtes des amis du vi... de monsieur Morelli, mais quand même il aurait fallu prévenir, quoi, une bande qui s’amène à dix heures du soir, non, vraiment, Gustave, tu devrais parler au syndic, ça devient trop con, etc.（しかしあの人たちいったい何をやろうってのかしら、いやはや、まったく、どこの馬の骨ともわからんやつらが、いいかいお聞き、あたしゃおまえさんたちがあの爺……あのムシュー・モレリのお仲間だって言うから上がって貰おうってんだよ、夜の十時にどやどやっと来るような人たちにゃ、その、あらかじめお引き取り願わなくちゃならないんだけど、ほんとだよ、ギュスターヴ、おまえさん管理人に言ってこなくちゃね、こいつはえらいことになるよ、とかなんとか）、バブズはロナルドのいわゆる the alligator’s smile（わにの笑い）で武装し、ロナルドは熱狂して、エチエンヌの背中を叩きながら彼を押して急がせ、ペリコ・ロメロは文学を罵倒し、二階ロドー、フーリュール、三階ドクトゥール、四階ユスノ、こいつぁまったく信じがたいや、ロナルドはエチエンヌの肋骨のあたりを肘で突きながらオリベイラのことをこきおろして、the bloody bastard, just another of his practical jokes I imagine（ひでえやろうだ、あいつまたほんとにふざけやがって）、dis donc, tu vas me foutre la paix, toi（もしもし、静かにしておくれよ、あんた）、パリっていつもこうなんだよ、にゃけ、どこへ行ってもしけた階段ばっかし、なんと六階までじゃまったくうんざりだよ。Si tous les gars du monde...（もしあの若いもんたちがみんな……）ウォンがしんがりになり、ウォンがギュスターヴに笑顔を見せ、bloody bastard, coño（ひでえやろうだ、にゃけ）ta gueule（黙れ）、salaud（こん畜生）。五階で右手の扉が三センチほど開いて、ペリコは、鼻と片目を出してこちらを窺《うかが》っている、白い寝間着姿の巨大な鼠を見た。彼女がふたたび扉を閉めるより早く、ペリコは隙間に片方の靴をかっちりと挟むと、またぞろ例のごとく、蛇の中でもこのバジリスコはすごい毒のある生殖器を持ち、他のすべての者の征服者だから、その威嚇する声だけでみんなを驚かし、姿を現わすだけでみんな逃げて隠れてしまい、見ただけで死んじまうほどなんだぞと脅した。フランシヨン生れのマダム・ルネ・ラヴァレットはなにを言われたのやらあまりよくわからなかったが、返事のかわりに憤然と鼻嵐を吹いて荒々しく扉を閉めようとし、ペリコは危うく1/8秒前に靴を抜いて、バタン。一同は六階で止まってエチエンヌがしかつめらしく鍵を差し入れるのを見守った。

「こんなはずないんだが」とロナルドがこれを最後にまた同じことを言った。「ぼくらは夢を見てるんだ、フォン・トゥルン・ウント・タクシス侯爵夫人らが言ってるように。飲み物を持ってきたかい、バブシー？　地獄の沙汰も金次第だよ。さあ扉が開いて驚異が始まるぞ、今夜はどんなことが起っても驚くものか、まるで世の終りという雰囲気だな」

「危うく足を挟まれるところだったよ。あのひどい魔女めに」とペリコは靴を見ながら言った。「一気に開けろよ、もう階段はうんざりだ」

しかし、鍵はうまく合わず、ウォンが当てこすって、入会式ではどんな単純な動きも〈忍耐〉と〈狡智《こうち》〉とをもって克服すべきもろもろの〈力〉に牛耳られて見えるものさと言った。明りが消えた。誰か燧《ひうち》道具を持って

バブズ

ないかな、にゃけ。あんたフランス語もしゃべれないの？　あんたの仲好しのアルゼン頓馬さんそこにいない。じゃない、あんたのちんぷんかんぷん聞けないわね。はい、マッチ、ロナルド。いか

ロナルド

れた鍵だよ、すっかり錆びちまってる、あの爺こ

エチエンヌ

の鍵をずっとコップの水の中に入れてたんだ。ぼ

エチエンヌ

くの仲好し、ぼくの仲好しだって、ぼくの仲好しなんかじゃないよ。彼が

ウォン

来るとは思わないな。き

ペリコ
ロナルド
ペリコ
ウォン
バブズ
エチエンヌ
エチエンヌ
バブズ　ロナルド
バブズ　バブズ
ロナルド
ロナルド

みを彼は知らないんだ、きみよりましだよ。そうとも。なんか賭けない？ああ糞、だけどバベルの塔だよな、おれの言葉は。きみのライター貸してよ、わが頓馬の黄河君、ついてないよな。〈陰〉の日には堪忍のほぞを固めなくちゃ。二リットル、でも上物よ。後生だから階段から落ちないでくれよな。〽覚えているかい、アラバマの夜を　〽星がいっぱい出てたわ、ねえあなた。おもしろいわ、あなたラジオののど自慢にでも出たら。これでよし、回りだしたぞ、なにか詰ってたんだ、〈陰〉か、もちろん、〽アラバマに星は降り。もう足がへとへとだよ、マッチをもう一本擦ってよ、なにも見えやしない、どこじゃいな、自動タイム・スイッチは？　つかないよ。誰かわたしのお尻にさわってるね、ねえあなた……シーッ……シーッ……シーッ……シーッ

エチエンヌ
&コーラス

……。ウォンを最初に入れてやれよ、悪魔祓いにさ。とんでもない、けっして。やつを押してやれよ、ペリコ、結局彼は中国人だってこと。

「黙って」とロナルドが言った。「ここは別の領分なんだ、真面目な話。もし誰か楽しみにここへ来たんだったら、黙って消えてくれ。瓶をこっちへ渡してよ、バブシー、きみは感動すると瓶を落っことしちゃうんだから」

「暗がりで触る人、わたし嫌いよ」とバブズがペリコとウォンを睨みながら言った。

エチエンヌは扉の内枠に沿ってゆっくりと手を滑らせた。みんなは黙って彼が電灯のスイッチを探り当てるの

を待った。アパルトマンは小ぢんまりとして埃っぽく、低くて落ち着いた照明が屋内を黄金の雰囲気で包んでいて、〈クラブ〉は初めてほっと息をつくと、他の部屋も覗いて見て、互いに声をひそめて印象を語りあった。ウルの粘土板の複製、聖体冒瀆の伝説（パオロ・ウッチェルロこれを描けり）、パウンドとムシルの写真、スタール夫人の小肖像画、壁面はおろか床やテーブルの上、はては便所の中、狭い台所の中まで占領する厖大《ぼうだい》な量の本、さてその台所では腐ったのか固くなったのか目玉焼が置きっぱなし、それがエチエンヌには何よりも美しいと映り、バブスにとってはごみ缶行き、故《エルゴ》に声を潜めての議論、その間ウォンはツヴィンガーの『病気から妖術へ、および病気的妖術についての論文』をうやうやしく繙《ひもと》き、ペリコはまるで特技のように丸椅子にのぼって黄金世紀のスペイン詩人たちの列を見渡し、錫《すず》と象牙で作られた小さなアストロラーベを調べ、ロナルドはモレリの机の前で両脇にコニャックの瓶をかかえてじっと立ったまま、緑色のビロードを貼った文箱、モレリではなくバルザックがものを書くために座ったかもしれないまさにその場所を見つめていた。そのころたしかに老人はそこに住んでいたのだ、〈クラブ〉とはつい目と鼻の先のところに、そうして性悪の編集者は彼らが電話で彼の住所を尋ねるたびに、オーストリアに行っているとかコスタ・ブラバに行っていると言うのだった。右にも左にも、二十から四十の、あらゆる色の文箱が、いっぱいのもあれば空っぽのもあり、中央にある灰皿はモレリのもう一つの古文書館、灰と燃え残りのマッチのポンペイの遺跡みたいなものであった。

「静物をごみ缶に捨てられちゃった」とエチエンヌが憤然として言った。「もしこれがラ・マーガだったら頭の髪の毛一本残して行かないだろう。でも、きみ、ご亭主は……」

「見ろよ」とロナルドは、彼を宥《なだ》めるためにテーブルを示しながら言った。「それにバブズは腐ってたって言ってるんだし、きみが邪魔をするいわれはないよ。例会を開こう。エチエンヌ、主宰してくれ、どうやって進行しようか、アルゼンチン君どお?」

「アルゼンチンとトランシルヴァニアがいないな、ギュイは田舎に行ってるし、ラ・マーガはどこか知らないが放浪中だ。ともあれ定足数には達している。ウォン、議事録の作成者になってくれ」

「もうしばらくオリベイラとオシップを待っていようよ。

バブズ、会計監査」

「ロナルド、幹事。バーの責任者。ねえ、バブシー、グラスを少し持ってきてくれない？」

「十五分の休憩に入ります」とエチエンヌが言って、テーブルの一方の側についた。「〈クラブ〉は今夜はモレリ老の希望にそうために開くことになりました。オリベイラを待つ間、彼くると思うんですが、ご老体が近日中にふたたびこの席へ座ることを願って乾杯しましょう。やれやれ、なんとも痛ましい光景だな。ぼくらはおそらくモレリが病院で魘《うな》されている悪夢みたいに見えることだろう。恐ろしい。本番でこうならいいのに」

「それまでの間、彼のことを話そうよ」と言ったロナルドは、目に偽りのない涙をいっぱい浮かべて、コニャックのコルクと奮闘していた。「こんな例会は二度と持てないかもよ。もう何年もぼくは見習いをやらされてきてそのことを知らないでいたんだ。それなのにきみたち、ウォンもペリコも。みんなだ。畜生、泣きたくなるよ。山の頂上を窮《きわ》めるとか、記録を破るとか、なんかそういうことをやり遂げたときってきっとこんな気持だろうな。ご免」

エチエンヌが彼の肩に手を置いた。みんなテーブルのまわりに集まって席についた。ウォンが、緑色の文箱を照らしている一灯だけ残してランプを消した。まるでエウサピア・パラディーノのための一場面みたいだ、と降神術に敬意を払っているエチエンヌは思った。みんなはモレリの本の話をしたり、コニャックを舐めたりし始めた。（－94）

97

変則的な能力の発動者たるグレゴロヴィウスにとって、モレリのある覚書は興味深いものであった。《現実の中であるいは現実の可能態の中へ沈潜し、そうして感じ取ることだ、最初の瞬間には法外至極の不条理と見えたものが、やがて価値あるものとなり、他の不条理な、あるいはけっして不条理ではない形態と結びついて、ついにはその（日常の型に塡《はま》った絵模様に比例して）多様に分化する織物から、前者との細心な比較によってのみ非常識とも戯言とも不可解とも映るであろう首尾一貫した絵模様が、輪郭もくっきりと現われ出るに至るのを。にもかかわらず私は自信過剰ゆえに罪を犯していないだろうか？　心理描写を行なうことを自らに禁ずると同時に、敢えて読者を――たしかに一部の読者を――個人的な世界と、個人的な生活体験や黙想と、接触させること……。そのような読者はいっさいの橋、いっさいの中間的な結びつき、いっさいの因果の連接を欠いている。すべては生の素材のままだ、もろもろの行状、合成運動、軋轢《あつれき》、破局、お笑いぐさは。別れがあるべきはずのところに壁面の粗描があり、叫び声のかわりに釣竿があり、一つの死が溶解してマンドリンのための三重奏となる。しかもそれは別れであり、叫び声であり、死であるのだ、しかし果たして誰が進んで自己転位し、自己褫奪《ちだつ》し、自己偏心し、自己暴露するだろうか？　小説の外面的な形態は変ってしまったが、その主人公たちは依然としてトリスタンの、ジェイン・エアの、ラフカディオの、レオポルド・ブルームの化身たちであり、街の、家の、寝間の人々であり、人物たちである。一人の主人公、たとえばウルリッヒ（ムシル以上に）とかモリー（ベケット以上に）のかわりに、五百人のダーリー（ダレル以上に）がいる。私はと言えば、私の書くものがある程度は読者を変異（mutar）させ、転位（desplazar）させ、異化（extrañar）させ、脱我（enajenar）させるのに与《あずか》っているはずだという限りにおいて、私の興味を引きつける唯一真実の人物は読者であるということを、果たしていつの日か感じ取ってもらえるかどうか訝《いぶか》しく思う》この結語に読み取られる言葉少なの敗北の告白にもかかわらず、ロナルドはこの覚書に自惚れの匂いを嗅ぎとって不愉快になった。　（－18）

98

そうであればこそわれわれを照らしてくれる人は盲人なのだ。

だからこそ誰かが、それと知らずに、自分では辿ることのできない道を、反駁《はんばく》しようもなく、おまえに示すことになるわけだ。ラ・マーガはけっして自分でも知ることはないだろう、なぜ彼女の指が鏡に罅割《ひびわれ》となって走る細い線を指し示すのか、また、果たしてどの点まである沈黙なり、あるばかげた留意なり、ある目が眩《くら》んだ百足《むかで》の遁走なりが、ぼく自身の中に立派に確立したぼくの存在――そんなものはどこにもないが――にとって合言葉であるのか、などといったことは。つまりその細い線というのは……。もしおまえが、おまえがぼくに言うように幸福になりたいんだったら／詩化しちゃいけないよ、オラシオ、詩化しちゃいけない。

客観的に見て、彼女はぼくの領分内にあるものをなにひとつぼくに示すことができなかったばかりか、彼女の領分内で、まごつき、計測し、手探りしながら旋回していた。狂乱の蝙蝠、室内を飛ぶ蝿が宙にえがく粗描。とつぜん、そこに座って彼女を見つめているぼくにとって、ひとつの指標、ひとつの予兆が。彼女はそうと知らなくとも、彼女の涙のいわれ、あるいは彼女の買物の順序、あるいは彼女のじゃがいもの揚げ方は、《しるし》だった。モレリは以下のように書いたとき、なにかそういうもののことを語っていたのだ。《正午までハイゼンベルクを読み、ノートとカードを取る。門番のおばさんの息子が郵便を持ってきてくれ、二人で坊やが坊やの家の台所で組立てた模型飛行機の話をする。坊やは私に話をしている間、左足で二回、右足で三回、また左足で二回、小さく跳ねた。私は坊やに、二回と二回でも、三回と三回でもなく、なぜ二回と三回なのかと尋ねた。坊やはびっくりして私を見つめ、なんのことか理解できなかった。ハイゼンベルクと私はある領分の向う側にいるのに対して、少年は、それと知らずに依然として両側に足をかけて馬乗りになっている、がそのうちとつぜんその少年も私たちの側にはいなくなってしまうだろうし、そうなればあらゆるコミュニケーションは失われてしまうだろうという感じ。コミュニケーションって、なにとの？　なんのための？　つまるところ、読書をつづけよう。おそらくハイゼンベルクは……》（－38）

99

「彼が言語の衰退に言及しているのはこれが初めてではないよ」とエチエンヌが言った。「例はいろいろ挙げられると思うけど、登場人物たちは、自分たちがどの程度まで自分たちの思想や言説によって描出されていると感じられるかという点で自信を失くし、またその素描はごまかしが多いのではないかと心配しているんだ。人間の栄光、聖なる言語……。ぼくらはそこからはほど遠いよ」

「そう遠くないよ」とロナルドが言った。「モレリが望んでいるのは言語にその権利を返還することだ。彼は言語を清め、彫琢《ちょうたく》し、衛生のバロメーターとして《下降する》を《下る》に変えるという。しかし彼がその根本において求めているのは、《下降する》という言葉にその輝きのすべてを回復し、その結果、言葉が装身具用の断片、ありふれた小物としてではなく、ちょうどぼくがマッチを使うように使われるようになることなんだ」

「そのとおり、しかしその戦いはさまざまな平面で行なわれるんでね」とオリベイラが長い沈黙のあとで口を切った。「いまきみが読んでくれたところからすれば、明らかにモレリは言語における偽りの、あるいは不完全な光学器械というか目という《器官》の反映を、われわれから現実を、人間性を隠蔽するものとして断罪しているんだな。彼にとって言語は所詮それほど重要ではないのさ、美的次元を別にすればね。しかしそれがエートスに触れていることは見紛《まご》うべくもない。モレリにはわかってるのさ、たんに美文を書くだけなら詐欺や嘘っぱちにすぎず、そんなものは雌読者を、つまり問題をではなく解決を求め、あるいは、当然ながら自分のものでもあるはずのドラマに巻きこまれもせずに、自分はのうのうと椅子にすわったまま悩んでいれば済む他人ごとの似而非《えせ》問題を好むような手合いを、挑発するだけで終るということがね。アルゼンチンでは、話が地方主義に堕して

〈クラブ〉の諸氏には申し訳ないけど、その手の詐欺にみんな満足しきって一世紀間もそれはそれは平穏無事のていたらくさ」

「自分と対等の、積極的な読者と出会う者は幸いなり」とウォンが朗誦した。「ファイル21の、この青い小さな紙にそう書いてある。ぼくが初めてモレリを読んだとき(ムードンで、秘密映画、キューバ人の友人たち)、まるでその本全体が足を上にしてひっくりかえった〈大亀〉みたいに思えたよ。難解で。モレリは非凡な哲学者だよ、ときどきひどく大ざっぱになるけど」

「きみみたいにね」と言ってペリコが丸椅子から降りるとテーブルを囲む一座の中へ肘で人を押して割りこんできた。「言語を正すとかいうそんな幻想は学者先生の仕事だろ、坊や、文法家は言わずもがな。下降する、だろうと、下る、だろうと、問題は人物が階段を下へずらかるってだけのことじゃないか」

「ペリコのおかげでぼくらは過度に閉塞されずにすむ」とエチエンヌが言った。「どうかするとモレリがあまりにも好んで求めすぎる抽象論に追いこまれずにね」

「いいかい」とペリコが脅すように言った。「ぼくにはこういう抽象論てのは……」

コニャックがオリベイラの喉を焼き、彼はなおしばらく我を忘れることのできる議論に有難く滑りこんでいっ

た。ある一節で（どの個所だったか正確に覚えていない、当って探してみなくちゃ）モレリは作文の方法についていくつかの鍵を提供している。彼にとってそもそもの問題はいつでも、なんとしても道を拓かねばという要請と時を同じくする、枯渇、素白のページを前にしてのマラルメ的恐怖、であった。必然的に彼の著作のある部分はそのことを書くという問題についての省察たらざるを得ない。そのようにして彼は文学の職業的な利用から、そもそもの出発点から彼の特権を実効あるものにしてくれた短篇小説や詩といった形式から、一歩一歩遠ざかっていったのである。また別のある一節では、モレリは何年も昔に自分が書いた本文を、郷愁をもって、さらには感嘆して読みかえした経験があると言っている。こんな作り話が、こんな語り手とその物語との、すばらしいとは言えじつに安楽で単純な展開が、いったいどうして芽生えたのだろうか？　当時はまるで彼の書くものが彼より先にすでに展開されてしまったものであるかのようだったし、書くということは、目には見えないが確かに存在している言葉の上に、まるでレコードの溝にダイヤ針を通すように、レッテラ22を猛然と叩くことであった。ところが今は苦心惨憺《さんたん》しなければ書くことができず一歩ごとに、予想される反対、隠れた虚偽を吟味し（エチエンヌを狂喜させた奇妙な一節をもう一度読み返してみなくちゃ、とオリベイラは考えた）、およそ明白な観念というのはつねに誤謬か中途半端な真実ではないかと疑い、作家自身を最初の犠牲者としたあとで読者を催眠術的に魅了する幸福なごろごろにゃんこの喉鳴らしで、口調もよく、リズムに乗って整えられるきらいのある言葉を信用しない。（《それはそうだけど、詩は……》《それはそうだけど、彼が思考を動かす『スウィング』ということを言っているその覚書はね……》）ときにはモレリも苦い思いで素直な結論を出すことがあった。もはや言うべきことはなにもない、職業上の条件反射が必要と日課とを混同している、五十歳を過ぎ、重要な賞ももらった作家たちの典型的な例だ。しかし同時に、彼はかつてこれほどまでに書きたいと切望し、書きたいという衝動にかられたことはないように感じている。反射といい、日課というが、一行一行、自分自身との戦いを始めるあの甘美な不安がそんなものだろうか？　だとすればなぜピストンの反動、下降衝程、喘《あえ》ぎ喘ぎの疑惑、枯渇、放棄がすぐにやってくるのか？

「ねえ」とオリベイラが言った。「きみの大好きなその一語が出てくる段落はどこだったっけ？」

「そんなの暗記してるよ」とエチエンヌが言った。「章尾に脚注記号がついている、接続詞《si》（もし）だよ、その脚注の末尾にも脚注記号がついていて、その脚注の末尾にもまた脚注記号がついているところさ。ペリコに話してたんだけど、モレリの理論は厳密には独創的なものじゃないね。彼を親しみあるものにしているのは彼の実践であり、彼の言いぐさを借りれば、健康な足で人間の家にふたたび歩み入る権利を獲得するために（しかもその権利を万人のために獲得するために）書き消つ(desescribir) 努力をしているその勇気なんだ。ぼくは彼の言葉をそのまま、あるいはいかにも彼らしい言葉を使ってるんだけどもね」

「シュルレアリストはもうたくさんだよ」とペリコが言った。

「問題は言葉の解放を企てるなんてことじゃないんだ」とエチエンヌが言った。「シュルレアリストたちは、真の言語と真の現実とは西洋の合理主義者的、ブルジョワ的な構造によって検閲され放逐されていると考えていた。詩人なら誰でも知ってのとおり、彼らに理はあったわけだが、それはしち難しいバナナの皮剥きにおいてはほんの一瞬のことでしかなかった。その結果、皮つきバナナを食わされた者も一人二人ではなかったわけだ。シュルレアリストたちは、モレリが言語それ自体から離脱することを望んでいたように、言語から粗暴に離脱するかわりに、言語にぶら下がっていたのさ。純粋状態にある言葉狂、神憑《がか》り的な巫女《みこ》ともいうべきシュルレアリストたちは、あまりにも文法的と見えないかぎりはなんでも受けいれた。一言語全体の創造は、最終的にはその意味を裏切ることになるけれども、中国人の言語であれレッド・インディアンの言語であれ、論駁のしようもなく人間の構造を示すものだということを、シュルレアリストたちは充分に察知していなかったんだ。言語とは現実の中での居住、現実の中での生活経験の謂《いい》だ。たとえわれわれの使う言語がわれわれを裏切るとしても（そしてそのことを四方に大声で喚《わめ》いているのはモレリ一人ではない）言語をそのもろもろの禁忌《タブー》から解放することを願うだけでは充分ではないよ。必要なのは言語を再び生きることさ、言語に再び命を吹きこむことではなく」

「おそろしく勿体《もったい》ぶってるなあ」とペリコが言った。

「ちゃんとした哲学論文ならどれだってみなそうですよ」と、それまでファイルのページを昆虫学的にめくりながら、半分眠ったように見えたグレゴロヴィウスが、おずおずと口を挟んだ。「われわれの現実を構成しているもののほとんどすべてを別の方法で直観することから始めないかぎり、言語を再び生きるってことはできませんよね。存在から言葉へです、言語から存在へではなく」

「直観ていうのはね」とオリベイラが言った、「落ちこぼれにも役立たずにも適用できる言葉の一つだよ。ディルタイとか、フッサールとか、ヴィットゲンシュタインとかの問題を、モレリに帰するのはやめようや。この老人が書いた全著作においてはっきりしている唯一のことは、もしぼくらがこのまま言語を、その現行の解式において、その現行の目的性をもって用いつづけるならば、ぼくらは今日という日のほんとうの名さえ知ることなく死んでしまうということだけさ。繰り返すのもやぼだけど、マルカム・ラウリーが言ったように、人生はわれわれに売られたもの、プレハブ式に急造されてわれわれに売られたものなんだよ。モレリもそんなことを繰り返し力説するなんてちょっとやぼだけど、エチエンヌはうまく図星を指してるよ。ご老体は実践によって自己を顕示し、ぼくらに出口を示しているのさ。作家は文学を破壊するためでなかったらいったいなんのために奉仕するんだい？　また、ぼくら、雌読者にはなりたくない者たちとしては、その破壊にできるだけ助力するためでなかったらいったいなんのために奉仕するんだい？」

「でも、それでそのあと、わたしたちはそのあとなにをしようというの？」とバブズが言った。

「どうかな」とオリベイラが言った。「二十年くらい前までだったら立派な答えがあったんだけど。詩《ラ・ポエシア》だよ、鼻ぺちゃさん、詩だよってね。ご大層な言葉で口を封じられちゃったもんさ。世界の詩的ヴィジョン、詩的現実の制覇とかね。しかしこの前の大戦以後、そんなものがおじゃんになったことはきみも先刻ご承知のとおりさ。そりゃ今だって詩人はいるさ、それは誰も否定しないよ、でも誰も詩人のものなんて読みやしない」

「ばか言え」とペリコが言った。「ぼくは詩をじゃんじゃん読んでるぞ」

「もちろん、ぼくだって。しかし問題は詩作品じゃあなくてね、つまり問題はシュルレアリストたちが声明したもの、全詩人が希求し探求するもの、かの有名な詩的現実さ。そうなんだよ、きみ、五〇年以後ぼくらは明らかに科学技術的現実の中にいるのさ、少なくとも統計学的に言ってね。じつにまずい、情ないよ、頭の毛を掻きむしりたくなっちまう、しかしそうなんだ」

「科学技術なんてぼくはこれっぽっちも問題にしてないぜ」とペリコが言った。「たとえばフライ・ルイス……」

「ぼくらは一九五〇年代にいるんだよ」

「そんなことわかってるよ、にゃけ」

「そうは見えないな」

「ぼくがしけた歴史主義者の立場に身を置こうとしているとでも思ってるのかい？」

「いや、しかしきみも新聞くらい読めよ。ぼくだってきみとご同様に科学技術なんて真平さ、ただこの二十年間で世界は一変したと感じているってことさ。四十を過ぎたら誰だってそのことに気がつかなくちゃ、だからこそバブズの質問がモレリやわれわれを壁際に追いつめるんだ。娼婦と化した言語に、いわゆる文学に、戦争をしかけるのはたいへん結構さ、われわれが真実だと信じ、手を伸ばせば届くと信じ、こう言ってよければ精神のどこかある部分に存在すると信じている現実の名においてね。しかし当のモレリは彼の戦いの消極的な側面しか見ていない。彼は戦いをやらなければならないと感じているのさ、きみやぼくらみんなのように。それで？」


「話の筋道をきちんとしておこう」とエチエンヌが言った。「きみの《それで？》はそのままそっとしておくとして、モレリの教えは第一段階としては充分だよ」

「あらかじめ目的地を仮定しないで段階なんて言うことはできないよ」

「それを作業仮説でもいい、なんでもそんな名前で呼ぶとしよう。モレリが追求しているのは読者の心の習慣を撃破することだ。そりゃあ、たいそう慎ましいもので、ハンニバルのアルプス越えとは比べものにならない。今までのところは、少なくとも、モレリにはあまりたいした形而上学はないよ、きみオラシオ・クリアシオが、トマトの缶詰にも形而上学を見いだすことができるっていうんなら話は別だけどね。モレリは、これはれっきとした芸術家なら誰にでも通用することだけど、なによりも通常の形式を打破することからなる、特別な芸術観を持った芸術家だ。たとえば中国の巻物小説は彼をうんざりさせる。まるでいい子みたいに初めから終りまで読み通せる本てわけだ。すでにきみも気づいたことだろうけど、彼はますます各部分の結びつきということに心を奪われなくなっているんだよ、ある語が他の語を引き寄せるっていうあの結びつきにはね……。ぼくはモレリを読むと、彼は自分が扱っているもろもろの要素の、もっと機械的ではない、もっと偶然的ではない相互作用を求めているなっていう印象を受けるんだ。すでに書かれた部分が、現にいま書かれつつあることに対してほとんど前提条件となっていないのは残念だし、なによりもご老体が、何百ページも書いてきたあとで、それまでにやってきたことをたいして覚えていないのは残念だ」

「そのことだが」とペリコは言った。「二十ページでは小人だった男が百ページでは二メートル五センチあるなんてことが現に起ってるよ。そういうことに気がついたのは一度や二度ではない。午後六時に始まった場面が五時半に終った例もあるし。げんなりさ」

「それじゃきみは、そのときどきの気持の赴くままに従って、小人になったり巨人になったりしたいと考えることはないの?」とロナルドが言った。

「ぼくは肉体のことを話してるんだ」とペリコが言った。

「彼は肉体を信じているのさ」とオリベイラが言った。「時間の中に存在する肉体を。彼は時間を、以前と以後を、信じているのさ。可哀そうに彼は二十年前に書いた手紙が文箱の中に見つからなくてそれを読みかえすこともできず、われわれが時間の内実で支えてやらなければ、われわれが錯乱しないように時間を捏造してやらなければなにものも自立し得ないということを悟りもしなかったんだ」

「そんなのはみんな表向きさ」とロナルドが言った。

「しかし背後に、その背後に……」

「詩人だなあ」とオリベイラが心底感じ入ったように言った。「きみは《背後《ビハインド》》とか《向う《ビヨンド》》という名にすべきだよ、アメリカさん。それとも《彼方《ヨンダー》》か、いやじつにいい言葉だ」

「もし背後というものがなかったらそんなのなんの意味も持ち得ないだろうよ」とロナルドが言った。「どんなベスト・セラー作家だってモレリよりは上手に書く。ぼくらが彼を読むのも、ぼくらが今夜ここに集まったのも、モレリにはロバート・M・バードの持っていたものがあるからだろ、カミングズとかジャクソン・ポロックとかが急に所有するなにかが、まあ、例を挙げるのはもういいけど。それでなぜ例を挙げるのはもういいんだ?」とロナルドが憤然として叫び、それをバブズが、彼の言葉をうのみにしながら、いかにも感じ入った様子で、眺めていた。「ぼくはそうしたくなったらなんでも引用するよ。こんなことわかんないやつはいないだろうけど、モレリは好んで人生をややこしくしているわけじゃないし、その上、彼の本はおよそ価値のあるすべてのものと同様に、ひとつの不敵な挑発だよ。きみの言っていたこの科学技術世界の中でモレリは死に瀕しているなにものかを救いたいと思っているんだけど、それを救うためにはまずそれを殺すか、少なくとも復活らしきものになるように輸血をしなければならないわけだ。未来派の詩の間違いは」とロナルドはバブズをますます感心させながら、「近代工業の機械化について弁じたがり、そうすることで白血病から救われると信じたことだよ。しかしケープ・カナヴェラルでなにが行なわれているかを文学的に言ってみることでわれわれが現実をよりよく理解するようになるとは、ぼくには思えないね」

「きみの言うとおりらしいな」とオリベイラが言った。「《彼方《ヨンダー》》の探求をつづけようよ、ひとつずつ開かれてゆく《彼方》がわんさとあるんだから。まず皮切りに言っておきたいことは、こんにち科学者や《フランス－ソワール》の読者たちが受けいれているこの科学技術的現実、コーチゾンとガンマ線とプルトニウムの抽出《エルシオン》の世界は、『薔薇物語』の世界と同じように現実とはなんの関係もないってことだ。そのことをさっきペリコに言ったのは、彼に気づいてもらいたかったからさ、彼の美的規準と彼の価値の尺度は破産したのだという事実、人間は知性と精神にすべてを期待したあとで、裏切られたことに気づき、自分を守るべき武器が一転して自分に突きつけられていることを漠然と意識しているという事実、文化が、la civiltà（イタリア語）が、人間を、科学の残虐性でさえよく理解できる反作用でしかないようなこの袋小路に誤って導いてしまったのだという事実に。こんな大仰な言葉遣いをしてご免」

「それはクラーゲスがすでに言ったことですね」とグレゴロヴィウスが言った。

「ぼくはぜんぜん著作権を狙ってなんかいないよ」とオリベイラが言った。「ぼくの考えているのは、現実というものは、たとえきみが法王庁の現実を、あるいはルネ・シャールの現実を、あるいはオッペンハイマーの現実を容認しようとも、つねに旧来の、不完全な、細分化された現実でしかないということなんだ。誰かが電子顕微鏡の前でいくら感心して見せたところで、ルルドのマリアの奇蹟に対して女門番どもが示す鑽仰《さんぎょう》ぶりほどの実りがあるとも思われない。いわゆる物質を信じるもよし、いわゆる精神を信じるもよし、救世主《エンマヌエル》のうちに生きるも、あるいは禅の修行を積むもよし、人間の運命を経済問題として、あるいは純粋に不条理なものとして提起するもよし、目録は長く、選択は多様だ。しかし選択することが可能であり、目録は長いという事実だけで、われわれがまだ先史時代に、人類以前の時代にあるということを示すのに充分さ。ぼくはオプティミストじゃないから、いつかわれわれが真の人類の真の歴史を容認する日がくるかどうか大いに疑問に思っている。かの有名なロナルドの《彼方》《ヨンダー》に到達するのは難しいだろう、なぜなら現実の問題は、たんに選ばれた少数者の救済という形ではなく、集合的な見地から提起されなければならないからだ。悟りを開いた人々、時間の外に跳躍して、言ってみれば一個の総体として完全無欠になってしまった人々……。そう、そういう人は今までもいたし、いまもいると思うよ。でもそれでは充分ではない。ぼくの感じではぼくの救済は、まあそういう境地に到達できるとするならば、人間の最後の一人に至るまで、万人の救済でもなければならない、と思うんだ。しかもそれは、ねえきみ……。われわれはすでにアッシジの野にいるわけではなく、一聖人が聖性の種を播《ま》くとも、すべてのヒンズー導師が全門弟の救済たり得るとも期待するわけにはいかないさ」

「聖都ベナレスはあとにしようよ、モレリの話をしてたんだろ」とエチエンヌがたしなめるように言った。「それできみが言ってたことを繋げてみると、かの有名な《彼方》《ヨンダー》は時間的にせよ空間的にせよ未来とは想像できないと思うんだ。もしわれわれがこのままカント的範疇《はんちゅう》を拠《よりどころ》としつづけるならば、われわれはこの泥濘《でいねい》から這い出せなくなる、とモレリは言いたいらしい。われわれが現実と呼んでいるもの、われわれが《彼方》《ヨンダー》とも呼んでいる真の現実（ときには半端な現実像《エントレビジオン》に対して多くの呼び方をするのは有効なことだし、少なくとも概念が閉鎖的になったり枯渇したりするのが避けられる）、もう一度言うとその真の現実は、なにか生成するもの、目標、最終段階、進化の終局といったものではない。いや、それはなにかすでにここに、われわれの内部に、あるものだ。触ればわかるよ、暗中に手を伸ばす勇気がありさえすればいいんだ。ぼくは絵をかいているときにそれを感じる」

「それは悪魔かもしれないぜ」とオリベイラが言った。

「ただの美的高揚かもしれない。しかし問題のものということもあり得るね、そうさ、問題のものということもあり得るね」

「それここにあるわ」と言ってバブズが額に手をやった。「わたしそれを感じるわ、少し酔ったときとか、その……」

彼女は高笑いをして顔を蔽《おお》った。ロナルドが情をこめて彼女を押した。

「ここにある、ではない」とウォンが大真面目で言った。「それなんだ」

「この道じゃそう遠くまで行きそうにないね」とオリベイラが言った。「詩はあの半端な世界像のほかにわれわれになにを与えてくれるか？　きみ、ぼく、バブズ……。人間の王国が二、三の孤立した火花から生まれたためしはない。人間誰しも自分なりの世界像幻視の瞬間を経験してきたが、まずいのは *hinc*（ここ、こちら側）と *nunc*（いま）とにふたたび陥ることだ」

「ばか言え、なにごとも絶対名辞においてでなければ理解できるものか」とエチエンヌが言った。「ぼくの言いたかったことを終りまで言わせてくれたまえ。モレリが考えているのは、われらがペリコの言っているように、もしも竪琴持てる人たち（los liróforos）が、様態の副詞であれ、時相の意識であれ、あるいはそうしたいと思うなんであれ、石化し衰退した形式を越えて道を拓くならば、彼らは生涯で初めてなにか有益なことを行なったことになるだろう、ということだったんだ。雌読者を切り捨てる、あるいは少なくとも雌読者に重大な冒瀆を加えることで、彼らは、なんとかして《彼方《ヨンダー》》に到達しようと努力するすべての人にとって裨益《ひえき》となるだろう。そういう型の物語の技法は、常軌からの逸脱を挑発することに他ならないさ」

「そうなんだ、泥んこの中に盆の窪《くぼ》までつかるためさ」とペリコが言った。夜の十一時にはなにごとにも反対していた彼がである。

「ヘラクレイトスは糞の中に盆の窪までつかって水腫を直したんでしたよね」とグレゴロヴィウスが言った。

「ヘラクレイトスはそっとしておこうよ」とエチエンヌが言った。「ぼくはもうだらしなくも眠くてしょうがないが、なんとしても次の二点だけは言っておきたい。もし作家が、自分の身に帯びている衣類や、名前、洗礼、国籍ともども彼に与えられた言語に依然として服従しつづけるならば、彼の作品は美的価値以外のいかなる価値をも持たなくなるだろう、そうモレリは信じていたらしいこと、それから爺さんはその美的価値をますます軽蔑するようになったらしいこと。ある部分でそのことは充分明らかなんだ。彼によれば、なにものも、その告発が告発される当のものに属する組織内で行なわれるならば告発されることはあり得ない、ということだ。資本主義に由来する知的経験と語彙とをもって資本主義に反論を書くなんて時間の浪費さ。マルクス主義でもなんでもいいが、そういった歴史的産物は手に入るだろうが、《彼方《ヨンダー》》は厳密には歴史ではないよ、《彼方《ヨンダー》》は、どこかしがみつくところを求めて歴史の海から突き出された指先みたいなものだよ」

「おためごかし」とペリコが言った。

「だからこそ作家は言語《レンガーヘ》に放火し、凝固した形式はお仕舞いにしてなおその向うまで行き、そんな言語が、それが言及しようとしているものとなおも相交わる可能性など疑問視する必要があるのさ。問題はひとつの論術の、言葉《パラプラス》それ自体ではなくて、というのはそれは重要性が薄れているからだけど、そうじゃなくて、一言語《ウナ・レンガ》の総体的構造だよ」

「それにしちゃまったく明瞭な言葉を使ってるじゃない」とペリコが言った。

「もちろん、モレリは擬声語の体系も、レトリスム（詩においてオノマトペーや表意記号の採用を推奨した前衛的文学一派）も信じてはいない。問題は統語法を自動筆記とかなにか他の当用のいんちき手法に替えるということではないんだ。彼が望んでいるのは全文学的営為を、もしそう言いたければ、書物の範囲を逸脱することなのさ。ときには語《パラブラ》の点で、ときには語が伝達するものの点で。彼はゲリラのように行動し、できるものはぶっ飛ばし、他の者たちが彼の拓いた道に続く。彼を文学者だなんて思っちゃいけない」

「そろそろ帰ることを考えなくちゃ」と眠くなったバブズが言った。

「きみは言いたいことを言ってるけどさ」とペリコが憤然と言い張った、「真の革命は形式に対して行なわれるものではけっしてないよ。大事なのは内容だよ、きみ、内容だよ」

「われわれは何十世紀間もの内容の文学を持っているのに、その結果はすでにきみも見たとおりさ」とオリベイラが言った。「文学っていうのは、きみにはわかってるだろうが、語り得るもの、思考し得るもののすべてであるとぼくは理解しているけどね」

「でも形式と内容との区別なんて嘘っぱちだってことはわかっていない」とエチエンヌが言った。「何年も前からそんなことは誰だって知ってるよ。区別をするならむしろ表現する要素、あるいはそういうものとしての言語と、表現されるものとの、あるいは意識と為り変る現実との間だよ」

「お好きなように」とペリコが言った。「ぼくが知りたいのは、モレリがやろうとしているその破砕、つまりきみの言う表現されるものへとよりよく到達するための、表現する要素の破砕に、現段階でほんとうになにかの価値があるのかってことだ」

「たぶんなんのためにもならないだろうな」とオリベイラが言った、「だけど《西洋理想主義＝現実主義＝唯心論＝唯物論的大逆上》株式会社に仕えてこの袋小路にいるわれわれの孤独を少しは慰めてくれるさ」

「きみは誰か他の者が言語に突破口を開いてその根に触れることができたと思うかい？」とロナルドが尋ねた。

「たぶんね。モレリはそのために要するだけの天分も忍耐も持ちあわせていない。彼は道を示し、鶴嘴《つるはし》を二、三度揮《ふる》い……。一冊の書物を後に残す。たいしたもんじゃあない」

「行きましょうよ」とバブズが言った。「もう遅いし、コニャックも無くなったし」

「それからもう一つ別のことがある」とオリベイラが言った。「彼が追求しているのは、誰も自分が知っていること以外は知らない、といった程度のばかばかしいこと、つまり人類学的な周縁だ。ヴィットゲンシュタイン風に言えば、もろもろの問題は後向きに繋がっている、つまり、ある人の知っていることはその人の知識であるわけだが、その人の現実概念が受けいれられるものとなるようにその同じ人について知るべきことのすべてを知るということはもはやできなくなっている、ということだ。認識力認識論者たちはこの問題を提起し、そこを出発点として前方へ、形而学へと向かう競走を再開すべき強固な地盤を発見したとさえ考えた。しかし、デカルトというやつの衛生的な後戻りは、いまのわれわれには部分的で取るに足りないものと思われるよ、だってさ、いまこの瞬間にも、クリーヴランドのウィルコックス氏なる人物がいて、電極やその他の装置を使って思考と電磁回路との等価性を証明しつつあるんだからね（そういうのは、あることを定義する言語をよく知っているというだけの理由でそのこと自体を熟知していると思いこんでしまうようなものだけど）。おまけに付け加えれば、最近あるスウェーデン人が脳の化学についてたいへんご立派な理論を打ち上げたばかりさ。思考とは、そんな名称は思いだしたくもないが、いくつかの酸の相互作用の結果なんだって。酸アリ、故ニ我アリ。きみの脳膜に一滴垂らす、するとたぶん傑出した殺人者オッペンハイマーかペシオ博士の誕生さ。もうきみにもわかるだろ、あの我思ウ《コギト》が、とりわけ《人間的な機能》が、こんにちでは電磁気学と化学との間の、じつに曖昧な領域に置かれていることが、そしてたぶん極光とか赤外線写真といったものについてわれわれが考えるほどの相違もないんじゃないかってことが。そこにきみの我思ウ《コギト》が、もろもろの力のめくるめく流れの環となって行くわけで、それらの力の各段々は一九五〇年にはなかんずく、電気的インパルス、分子、原子、中性子、陽子、陽電子、マイクロボトン、放射性同位元素、微量の辰砂、宇宙線と呼ばれているんだ。言葉、言葉、言葉、だよ、『ハムレット』第二幕だったね。もしかしたらその逆かも知れないなどと考えなければ」とオリベイラは溜息をつきながら言い添えて、「その結果、極光は《霊的》現象である、なんてことになり、そうなれば確かにわれわれは望みどおりに……」

「似たようなニヒリズム、あのハラキリをもって」とエチエンヌが言った。

「まあ、そりゃそうさ、おまえさんよ」とオリベイラが言った。「しかしね、老人に話を戻すと、かりに老人の追求しているものが不条理だとすれば、それはシュガー・レイ・ロビンソンをバナナで殴るみたいなことだからだし、ホモ・サピエンスの古典的理念が全面的な危機と破産に瀕している最中に仕掛けられた取るに足りない攻撃でしかないからなのさ、忘れちゃいけないよ、きみはきみ、ぼくはぼく、あるいは少なくともぼくらにはそう見えるってことをね、またたとえわれわれの巨人的な親たちが反論の余地なしとして受けいれたすべてのものにわれわれが全然確信を持てなくとも、われわれには依然として《かのように》生きかつ行動する、心やさしき可能性ってやつが残されているのさ、作業仮説を選択し、モレリのように、われわれには虚偽と見えるものをなにやら曖昧な確信らしき感情の名において攻撃しながらさ。もっとも、確信といったって、おそらく他のものと同様に不確かなんだけど、それがあるからわれわれは昂然と面を上げて、六連星《むつらぼし》を数えたり、ふたたび昴星《すばる》を、子供時代の虫を、測り知れぬ蛍を、探すわけだ。コニャック」

「もう終りよ」とババズが言った。「帰りましょうよ、わたし眠くなっちゃったわ」
「最後は毎度のとおり、信仰の段で幕か」とエチエンヌが笑いながら言った。「信仰というのはまだまだ人間の最大の定義だよ。さて、問題を目玉焼に戻すと……」

（－35）

100

彼は小銭をスロットに入れ、ゆっくりとダイヤルを回していた。その時刻にはエチエンヌは絵をかいているはずで、制作中に電話をかけられるのを迷惑がっていたものだが、どっちにしても電話をかけなくてはいけなかったのだ。電話は線の向う側で、ダントン通りの郵便局から四キロ離れたイタリー広場の近くのアトリエで、鳴りはじめた。鼠みたいな様子をした一人の老婦人がガラスの電話ボックスの前に立ち止まり、電話機に顔をくっつけるようにして腰掛に座っているオリベイラのほうを知らぬ顔をしながら窺《うかが》っていたが、オリベイラは老女に見られていること、彼女が時計を見て無慈悲にも分を数えはじめたことを意識していた。ボックスのガラスは、珍しいことに、きれいに磨かれていた。人々が電話局に出入りし、切手にスタンプを押す鈍い（それに、なぜかしら陰気な）音が聞こえた。エチエンヌが線の向う側でなにか言い、オリベイラがニッケル・メッキのボタンを押すと電話が繋がって、二十フランの白銅貨がカチャリと落ちていった。

「よしてくれ冗談じゃない」とエチエンヌは文句を言って、すぐに相手が誰だかわかったらしかった。「この時間にぼくが狂ったようになって制作に熱中していることはきみも知ってるだろ」

「こっちだってそうさ」とオリベイラが言った。「きみを呼び出したわけは、ちょうど仕事中にある夢をみたからなんだ」

「仕事中にっていうと？」

「うん、それが朝の三時ごろにさ。夢で台所へ行って、一切れ切ろうと思ってパンを探したんだ。それがこの辺のとは違うパンでね、ブエノスアイレスのみたいなフランスパンなんだよ、知ってるだろ、ぜんぜんフランス風じゃないのにフランスパンて呼ばれているやつ。あのうんと厚い、色が淡くて中味のとってても軟らかいパンさ。バターとジャムをこってり塗って食べるパンだよ」

「ああ、知ってるよ」とエチエンヌが言った。「イタリアで食べたことがある」

「ばかだな。そんなんじゃないよ。きみにわかってもらうためにはいつかそのスケッチでもしてやらなくちゃ。いいかい、それは幅の広い、長さ十五センチあるかないかの短い魚のような形をしているんだけど、真中がうんと太くなっているんだ。それがブエノスアイレスのフランスパンさ」

「ブエノスアイレスのフランスパンね」とエチエンヌがおうむ返しに言った。

「そうだよ、しかしこれは、ぼくがラ・マーガといっしょに引っこす前のトンブ・イソワール通りの台所で起きたことでね。腹が減ったんでパンを一切れ切ろうとして手に取ったんだ。すると、パンが泣くのが聞こえるじゃないか。そりゃもちろん夢さ、でもぼくがナイフを入れたらパンが泣いたんだよ。どこにもあるフランスパンさ、それが泣いたんだよ。そのあとどうなったか、目が覚めちゃったから知らないけど、ぼくは目を覚ましたときまだナイフをパンにぴったりと当てていたと思うよ」

「まさかね」とエチエンヌが言った。

「さてもうきみにもわかるだろう、そんなふうに夢から醒めて、廊下に出て水に顔を浸してからまた寝床に戻って、一晩じゅうタバコをふかしている……。そんなとき、どうすればいいんだい、きみと話をするのがいちばんじゃないか、きみに話したあの事故にあった老人を見舞いに行く日時の約束をしてもいいってことは別にしてもさ」

「きみのしたことは間違ってないよ」とエチエンヌが言った。「きみの話を聞いてると子供の夢に似てるな。子供たちはまだそういう夢を見ることが、あるいはそういうことを想像することができるものだよね。ぼくの甥にいつか聞いた話だけど、そいつは月に行ってきたって言うんだ。なにを見てきたかって質問したら、《パンと心臓があったよ》だとさ。こういうパン屋体験のあとではもはや不安をおぼえることなく子供を見るってことはできないよね」

「パンと心臓か」とオリベイラがおうむ返しに言った。

「そうなんだ、でもぼくはパンしか見なかったよ。ついに。ボックスの外に婆さんがいてね、険しい顔つきでぼくを睨みつけはじめてるんだ。こういうボックスでは何分まで話せる？」

「六分だよ。六分たったらその女がガラス戸をとんとん始めるだろう。それで、婆さん一人だけかい？」

「婆さんと、子連れの斜視の女と、セールスマンみたいな男。セールスマンに違いないよ、狂ったようにノートのページを繰ってる上に胸ポケットから鉛筆が三本見えてるもの」

「集金人かもしれないな」

「いままた二人やってきたよ、なんにでも鼻をつっこむ十四くらいの餓鬼と、まるでクラナハの絵から出てきたような、おっそろしく鍔《つば》の広い帽子をかぶった婆さんと」

「少し気分がよくなったようだな」とエチエンヌが言った。

「そうね、このボックス悪くないよ。こんなに大勢待ってるとはお気の毒。もう六分しゃべったかなあ？」

「とんでもない」とエチエンヌが言った。「辛うじて三分、いやまだそんなに経ってないよ」

「それじゃ婆さんガラス戸を叩く権利はないよね、そうだろ？」

「とんでもない婆さんだ。もちろんそんな権利はないさ。六分たっぷりかけて話したいだけの夢の話をぼくにしなよ」

「夢の話はそれだけさ」とオリベイラが言った。「でも困るのは夢じゃないんだ。困るのは、目覚めっていうやつでね……。ほんとうはぼくはいま夢をみているんだって、きみにはそう思われないかい？」

「それは誰にもわからないよ。しかしそれはもう言いつくされた主題だろ、ね、かの哲人と胡蝶《こちょう》、周知のことさ」

「そうなんだ、でもね、もう少し言わしてくれたまえ。ぼくはきみにパンの一本くらい細切《こまぎり》にしても恨みごとを言われずにすむような世界を想像してもらいたいんだよ」

「それは想像しがたいね、ほんと」とエチエンヌが言った。

「いや、真面目にさ。きみはときどき目を覚ましたときに、その瞬間からなにかとんでもない間違いが始まったという意識をもった経験はないの？」

「そういう間違いの真只中ですばらしい絵をかくのさ」とエチエンヌが言った。「ぼくが胡蝶であるか荘周であるかはそうたいした問題じゃあない」

「それはなんの関係もないことさ。いろいろの間違いが重なったお蔭でコロンブスはグアナハニだかなんだかそんな名前の小島に到着したらしいよね。例のギリシアの真理と誤謬の判断規準はなんのためかね?」

「でもそんなのぼくの知ったことかい」とエチエンヌが憤慨して言った。「とんでもない間違いなんて言い出したのはきみのほうだぜ」

「それもものの譬《たと》えさ」とオリベイラが言った。「それを夢と呼ぶも同じこと。その実体を決めることはできないし、正確にはそれは間違いであるとさえ言い得ないのがその間違いさ」

「婆さんがガラスを叩きだしたな」とエチエンヌが言った。「ここからでも聞こえるよ」

「あの婆ァ地獄に堕ちろ」とオリベイラが言った。「まだ六分も経っているはずがないよ」

「そろそろかな。それじゃいつも評判のいいあの南米式の挨拶でもやって見せたら」

「六分は経ってないよ。きみに夢の話をしてよかった。それじゃこんど行ったら……」

「好きなときにおいでよ」とエチエンヌが言った。「もう今朝は絵をかかないさ、きみのお蔭で気勢を殺《そ》がれちゃった」

「ガラスを叩いてるの、わかるかい?」とオリベイラが言った。「鼠みたいな顔をした婆さんだけじゃなくて、餓鬼と斜視の女もだ。いまにも局員が飛んでくるかも」

「張り倒すつもりだな、きっと」

「いや、とんでもない。フランス語は一語もわからない振りをするのが奥の手さ」

「実際あんまりよくわからないんだろ」とエチエンヌが言った。

「そうね。悲しいことに、きみにとってはそれは冗談だけど、実際には冗談なんかじゃないってことさ。ほんとのところぼくはなにも理解なんかしたくないよ、もし理解するためにはぼくらが間違いと呼んでいるものを受けいれなければならないんだとしたらね。やあドアを開けてぼくの肩を叩いてるよ。チャオ、話を聞いてくれて有難う」

「チャオ」とエチエンヌが言った。

背広の着こなしに気を配って涼しそうな顔をしてオリベイラはボックスから出てきた。局員が規定の条項を耳もとでがなりたてていた。《もし今この手にナイフを持っていたら、たぶんこいつはこっこ、こっこと大騒ぎするか、花輪と変ずるかだろうな》とオリベイラはタバコを出しながら考えた。ところが事態は硬化して恐ろしく長い間そのまま持続し、手がひどく震えるので火傷しないように注意しながらタバコに火をつけなければならず、そうして遠ざかって行きながら二歩ごとに振りかえって凄《すご》んで見せるそいつの叫び声を聞いていなければならなかったが、あの斜視の女とセールスマンは片方の目で彼を眺めながら、もう片方の目はすでに例の婆さんを六分を超過しないように監視していて、ボックスの中の婆さんはというとまさに人間博物館の、小さなボタンを押すと照明に照らし出されるあのケチュア族のミイラそっくりだった。しかしそれは多くの夢の場合と同様にその逆で、婆さんは中で小さなボタンを押して、測り知れぬ夢のどこかの屋根裏部屋にとじこもる誰か別の老女との通話を始めていたのだった。（－76）

101

ポーラはろくに顔も上げずにＰＴＴ（郵便・電信・電話公社）のカレンダーを見た。碧空《へきくう》の下の菫《すみれ》色の山脈を正面の背景にした緑の野に赤い牝牛が一頭、木曜日1、金曜日2、土曜日3、日曜日4、月曜日5、火曜日6、聖マメール、聖ソランジュ、聖アシル、聖セルヴェ、聖ボニファス、日ノ出4時12分、日ノ入19時23分、日ノ出4時12分、日ノ入19時24分、日の出《レ・ヴェ》、日の入《クシエ》、日の出入《レヴエクシエ》、入《クシエ》、入《クシエ》、床入《クシエ》。

　彼女はオリベイラの肩に顔を寄せて、タバコと眠りをにじませているその肌にキスをした。はるか遠い自由なほうの手で彼の腹部を愛撫し、股のそちこちを往き来し、彼の体毛をもてあそび、それに指をからませて、オラシオが怒って戯れに彼女を噛むように、ちょっとばかり、やさしく、引っぱるのだった。階段の上で二組のスリッパが這いずりまわり、聖フェルディナン、聖ペトロニーユ、聖フォルチュネ、聖ブランディン、いち、に、いち、に、右、左、右、左、いい、よくない、いい、よくない、前へ、後へ、前へ、後へ。片方の手が彼女の肩に沿ってゆっくりと下方に這い、蜘蛛のように戯れ、一本の指、次の指、その次の指、聖フォルチュネ、聖ブランディーヌ、一本の指はこっち、次の指はもっとあっち、次は上、次は下。愛撫はゆっくりと、異次元から、彼女の中に入りこんでいった。ゆっくりと腐蝕する、華麗なる、剰余の時間、秘境探険の至楽との、偽りのためらいとの、接触を求める時間、舌の先を肌にあて、ゆっくりと爪をたて、囁き、床入りする時刻、19時24分、聖フェルディナン。ポーラは少し顔を上げて、すでに目を閉じているオラシオを見た。この人、わたしのお友達ともこうするのかしら、あの子供を連れた母親とも、と彼女は自問した。彼はあのもう一人の女の話をしたがらず、やむを得ないとき以外はその女の話をしないことを、彼への敬意として要求していた。彼にものをたずねるときは、二本の指で、彼の片方の目を開け、答えを拒む彼の口に激しくキスをする、そんなときの唯一の慰めは沈黙で、そうして互いに体を寄せあったままじっとして互いの息づかいに聞きいり、ときおり一方の足か一方の手で相手の体まで遠出の旅を試み、さほど重要ではない労《いたわ》りの旅程を開始し、やがて抱擁の名残りが寝床の中に、空中に、消えて行くのだ、キスの妖怪、香水を匂わせた、あるいは習慣の、小妖精たち（ちっぽけな蛆虫ども）。いいえ、この人わたしのお友達とあれするの好きじゃないんだわ、ポーラだけよ、それがわかるのは、この人の気紛れな欲望にうまくぴったり合せられるのは。それはとっても普通じゃできないほどぴったりによ。この人が呻《うめ》き声をあげるときでさえもよ、なぜってこの人が呻き声をあげたその瞬間にわたしも自分を解放したいんですもの、でも時すでに遅しね、結合は終り、わたしの反逆もただ喜び（快楽）と悲しみ（苦痛）を、かえって深く掘り下げることにしかならないのだわ、偽りであるからこそ、抱擁のさなかにしかあり得ないからこそ、もしも、そう、もしもそうなるのが必定ではないかぎり、克服すべき二重の過誤を。（—144）

102

まったく蟻のように、ウォンはついにモレリの蔵書の中から、ムージルの『少年テルレスの惑い』の献呈本を見つけ出した。そこには勢いよく、アンダーラインが引かれた次のような一節がある。

ぼくにとって異様と思えるものはなにか？　じつに瑣末なもの。とくに無生物。そういうものについてなにが異様と見えるのか？　ぼくの知らないなにか。しかしそれこそまさに異様だ！　このなにかなる概念をぼくはいったいどこから得るのか？　ぼくはそれがそこにある、それは実在していると感じている。それはぼくの中に、あたかもそれが語り出そうと努力しているかのような効果を生む。ぼくは、まるで中風患者の歪んだ唇を読もうと努力して、そうすることができないでいる人のように、苛立たしくなる。それはあたかもその人が他の人よりも一つ多い、しかしまだ完全に発達していない余分の感覚を、たしかにそこにあって、それと認識はできるのに、ちゃんと機能を果たしていない感覚を、もっているかのようである。世界はぼくにとって沈黙の声にみちみちている。そのことは、ぼくが透視力をもつことを意味しているのだろうか、それともぼくが幻覚を視ていることを意味しているのだろうか？

ロナルドはホーフマンスタールの『チャンドス卿の手紙』から次のような引用を発見した。

かつて顕微鏡で自分の小指の皮膚の一部を見たことがあり、それは溝あり穴ありの平原に似ていましたが、ちょうどそれと同じようなことが、今や人間たちや彼らの行状について眺めるときのぼくの意識に起ったのです。人間たちを、なにごとも単純化してしまう習慣の目で理解することは、ぼくにはもはやできなくなったのです。すべては瓦解して部分となり、部分はさらに細分化されて、なにものももはや一つの概念で包括することができなくなりました。

（―45）

103

ポーラには、なぜ夜になると彼が息をひそめて彼女の眠りに耳を澄まし、彼女の肉体のざわめきに聞き耳をたてるのかということもわかっていなかったことだろう。顔を上に向け、満足して彼女は重い息をついており、たとえあったにせよ、ある定かならぬ夢から醒めて手を動かすこともほとんどなく、あるいは下唇をあげて息を吐き出し鼻に向かって空気を吹きかけることもなかった。オラシオはやや頭をもたげ、あるいは銜《くわ》えタバコをだらりと下げて片手の拳で上体を支えながら、じっと身じろぎもしないのだった。午前三時のドーフィヌ通りは静まりかえって、ポーラの呼吸だけが行き交い、それから、ある軽やかな流出のようなもの、ほんのちょっとした束の間の旋風、第二の生にも似た内なる攪拌《こうはん》のようなものがあって、オリベイラはゆっくりと上体を起すと裸の肌に耳を近づけ、張りつめた生温かい湾曲した鼓胴に押し当てて、じっと聴きいっていた。ざわめき、下降音と落下音、もぐり人形と囁き声、蟹やなめくじの這いずる音、フラシ天から滑り出て、あちらこちらとのたうち回り、ふたたび偽装の中に隠れる黒い生気のない世界（ポーラは吐息をもらし、ちょっと身動きした）。夜の懐胎において、流動する、液体の宇宙、上昇し下降する原形質、気乗りのしない動きをする、映えない、緩慢な絡繰《からくり》人形、と突然、鋭い呻き声、ほとんど肌に衝突せんばかりのめくるめく走行、漏出、そして遮断または濾過《ろか》のごくごくと鳴る喉音《こうおん》、ポーラの腹部は脂肪質の緩慢な星々の、きらめく彗星たちの、黒い空、絶叫する限りなく大きな天体の回転、囁きのプランクトンのいる、つぶやくメドゥーサたちのいる海、ポーラは小宇宙、ポーラはヨーグルトと白葡萄酒が肉や野菜と混じりあうその沸きたつ小夜において宇宙的な夜の縮図、限りなく豊かで神秘にみちて遠くてしかも隣りあった、化学のセンターだ。

(－108)

104

人生、われわれが到達することのない、そしてそこに、われわれが敢えてしない跳躍の到達距離内にある、ある別のなにかの《注釈》としての。

人生、ある歴史的主題に基づくひとつのバレエ、ある生きられた行実《こうじつ》に基づくひとつの歴史、ある現実の行実に基づくひとつの生きられた行実。

人生、本体の写真、暗黒の中での所有(女? 怪物)、人生、死の女衒《ぜげん》のすばらしいトランプの一組、痛風を病む幾本もの手が解式を忘れて悲しい一人遊びへと堕落させたタロット。

(－10)

105

モレリアーナ

徐々に失われ、けっして受け継がれることなく、時間の樹木から一つまた一つと凋落《ちょうらく》していった、祖先たちの忘れられた仕種を、多様な身振りや言葉を、私は思う。今宵、テーブルの上に一本の蠟燭を発見し、戯れにそれに火を点《とも》してかざしながら廊下を歩いた。その動作が起す風で蠟燭の火が消えそうになった、そのとき、私の左手がひとりでに上がって手のひらを丸く窪ませ、風を遠ざけるその生きたシェードで焰をまもるのを私は見た。焰がふたたび用心深そうにまっすぐに立ち上がる間、私が考えたことは、私のこのような仕種は過去何千年もの間、〈火の時代〉の間、われわれの時代に蠟燭が電灯に変るまでは、われわれみんなのものであったのだということであった(私は《われわれ》と考えたのだ、そしてこの言葉をとくと考え、あるいはとくと味わった)。私はもっと別の仕種、スカートの裾をもちあげる女たちの仕種とか、刀の柄に手をやる男たちの仕種とかを思い浮かべた。幼児期に失われ、死に行く老人たちが最後に聞いた言葉たちと同じだ。わが家でももはや誰ひとり《樟《くす》の箪笥》（"la cómoda de alcanfor"）とは言わないし、誰も《五徳》（"las trebes"）——カスティーリャ語で las trébedes——の話はしない。一九二〇年のワルツ、祖父たちを涙ぐませたポルカ、そのときどきの音楽と同じだ。

　私は、ときたま穀倉とか台所とか人目につかない所とかで見かけることのある、その用途はもはや誰にも説明できないような、そういった物や、箱や、什器《じゅうき》のことを考える。われわれが時間の行業《こうぎょう》を理解していると思うことの虚しさ。時間はその死者たちを埋葬して、その鍵を手許から離しはしない。ただ夢の中でのみ、詩の中でのみ、遊戯の中でのみ——蠟燭を点し、それをかざして廊下を歩くならば——われわれは、はたしてわれわれであるのかどうかもわからないこのわれわれの存在よりも以前にわれわれであった存在を、ときとして垣間見るのである。

（－96）

106

ジョニー・テンプル——

夜中と夜明けの中間で、ベイビー、ぼくたちさよならしなくちゃね、
でも一つだけ言わせておくれ、ベイビー、ぼくはきみのハートでありつづけたと。（歌詞は英語）

ヤー・ヤー・ガール——

さてもわが家はブルース、屋根の上から地面まで、
どこもかしこもブルース、恋人が町を出て以来。
郵便箱にもブルース、だって手紙がこないんだもの、
パン入れ箱にもブルース、だってパンまで饐《す》えちゃったもの。
粗粉の樽にもブルース、棚の上にもブルース
わたしのベッドにブルース、だって独り寝してるんだもの。（歌詞は英語）

（－13）

107

病院でのモレリの手記——

私の祖先たちの最大の特性は死者であるということで

ある。私は慎ましく、しかし誇りをもってその特性を受け継ぐ瞬間を待ち望んでいる。私は、うつむいてほんものの小さな蛙どものいる水たまりを覗きこんでいる姿を写した私の像を必ず造らずにいないだろうと思われるような友達にはこと欠かない。スロットにコインを一枚落すと、私が水面に唾を吐くところが見られ、そうなると小さな蛙どもが狂喜して騒ぎだし、一分半の間、げろげろと鳴きたてることになり、それだけの時間があれば私の像への興味はもうすっかり醒めるだろう。（―113）

108

「La cloche, le clochard, la clocharde, clocharder.（鐘、男浮浪者、女浮浪者、浮浪者する）でもさ、浮浪者の心理についてソルボンヌに論文まで提出されたんだって」

「さもありなん」とオリベイラが言った。「しかし彼らのために『群衆』を書くフアン・フィリョイのような作家は彼らからは出ないよ。いったいフィリョイはどうなっちゃうのかねえ？」

　とうぜんながらラ・マーガにしてみれば、第一そういう人物の存在すら知らないわけだから、そんなことは知るべくもないことだった。オリベイラはなぜフィリョイなのか、なぜ『群衆』なのかを彼女に説明してやらなければならなかった。ラ・マーガはその本の梗概、クリオーリョののらくら者たちが浮浪者たちの同類であるという考えが、たいそう気にいった。彼女はのらくら者を乞食と混同するのはもってのほかと固く信じて疑わず、ポン・デ・ザールの女浮浪者への彼女の共感が根ざしている由縁は、いまや科学的なものに思えてきたのだった。とりわけ、彼女が河岸通りを歩いていて、女浮浪者が恋をしていることに気づいたあの日々、共感と万事うまくいって欲しいと願う気持は、ラ・マーガにとってはつねに彼女を感動させる橋のアーチのようなもの、あるいはオリベイラが散歩のおりふしに屈みこんでは拾い集めてくる真鍮《しんちゅう》片や針金の切れっ端のようなものであった。

「フィリョイか、あん畜生」と言ってオリベイラはコンシエルジュリの塔群を眺め、カルトゥーシュ小僧（十八世紀初頭のパリを震撼させた追剥ぎルイ・ドミニク・ブルギニョンの綽名）を思った。「ぼくの祖国はなんて遠いんだ、ねえ、この狂人どもの世界にこんなに大量の塩水があるなんて信じがたいよ」

「そのかわり空気はあんまりないわ」とラ・マーガが言った。「三十二時間よ、せいぜい」

「ああ、確かに。それで銭はどうなの？」

「それで、行っちゃう気？　だってわたしは行く気なんかないもの」

「そりゃぼくだって。でも仮にの話さ。問題外だよ、話にもならない」

「あなた帰るって話はしたことなかったわ」ラ・マーガが言った。

「誰もそんな話はしないよ、嵐が丘ちゃん、誰もそんな話はしないよ。ただ、銭のない者には何事もうまく行かないっていう意識をもってるだけさ」

「パリはただよ」とラ・マーガが口真似をした。「わたしたちが会った日にあなたそう言ったわ。女浮浪者と会いに行くのもただ、愛するもただ、あなたにあなたは悪い人って言うのもただ、あなたを嫌いになるのも……。あなたなぜポーラと寝るの？」

「香水のせいだよ」とオリベイラは水際の手摺《てすり》に腰かけながら言った。「彼女は雅歌の匂いがするんじゃないかと思うんだ。肉桂《につけい》とか没薬《もつやく》とかそういったような。それは確かさ、ほんとだよ」

「あの女浮浪者、今夜はこないみたい。もうここへはきちゃったんだわ、ほとんど欠かさずくる人だから」

「ときどき手入れがあるんだ」とオリベイラが言った。「虱《しらみ》退治のためか、それともパリ全市がその不感無覚の川の岸辺で安らかに眠れるように。浮浪者のほうが盗賊より手に負えないことは周知のとおりさ。つまり浮浪者に打つ手はなく、平穏にそっとしておくしかない」

「ポーラの話をして。たぶんそのうちに例の女浮浪者に会えるわよ」

「夜の帳《とばり》が落ちてきて、アメリカの観光客たちはそろそろホテルのことを思いだし、足は痛み、つまらない物をどっさり買いこみ、サド、ミラーだ、《*Onze mille verges*》だ、芸術写真だ、淫逸な版画だ、サガンだ、ビュッフェだ、とすでになんでも持っている。見てご覧、橋の輪郭がどんなにすっきりしたか。ポーラはおとなしく放っておきなさい、どうってことないから。さて、あの絵描きは画架を折り畳んでいるよ、もう誰も立ち止まって眺めて行く人がいないもの。どんなにきれいさっぱりしたか信じがたいほどだ、空気は、ほら、あそこを走っている、赤い服のあの少女の髪のように洗われて」

「ポーラの話をして」とラ・マーガは繰り返し、手の甲で彼の肩を叩いた。

「純然たるポルノグラフィアだよ」とオリベイラが言っ

た。「きみの好みじゃないだろう」

「でも確かに彼女にわたしたちのことを話したわね」

「いや。ただ当りさわりのないところでね。ぼくが彼女になにを話すことができるっていうんだい？　ポーラなんて実在しないこと知ってるくせに。彼女がどこにいる？　ぼくに彼女を見せてごらんよ」

「最低の詭弁《きべん》ね」とラ・マーガが言った。彼女はロナルドやエチエンヌとの議論でそんな言葉を覚えたのだった。

「ここにはいないでしょうけど、ドーフィヌ通りにいるのよ、それは確かよ」

「でもドーフィヌ通りってどこだい？」とオリベイラが言った。「おや、女浮浪者がやってくる。どうだい、あれはまた絢爛《けんらん》たるもんじゃないか」

　女浮浪者はごみ缶から拾ってきたぼろ上衣の袖や破れマフラーやズボン、布切れ、さらには黒ずんだ針金の輪まではみだした大きな包みの重みでよろめきながら、石の階段を降りてきて、下の埠頭の高さまでくると、仔牛の鳴声とも溜息ともつかぬ叫び声を上げた。窺い知るよしもないが、たぶん肌に直接シュミーズ、心地よいブラウス、不吉な乳房を包むことのできる、ブラジャーなどを重ね着したファウンデーションの上に、加えて服を二着、三着、おそらくは四着も重ねてまさに完全な衣装簞笥、その上に、袖が片方ほとんど取れかかった男物の背広の上衣を重ね、マフラーを緑色の石と赤い石のついた真鍮のブローチで止め、信じがたいことにブロンドに染めた髪には紗《しゃ》の緑色の鉢巻きリボンのようなものが片側に下がっていた。

「すごいなあ」とオリベイラが言った。「あれで橋の上の男たちを誘惑するんだ」

「彼女、恋してるのよ、見ればわかるわ」ラ・マーガが言った。「それにあんなにお化粧して、見て、あの唇。それにアイ・シャドーして、全財産を身につけてるわ」

「グロック（スイスの道化役者）をひどくしたみたいだ。あるいはエンソルの人物画ってとこかな。崇高なもんだ。あの二人どうやって愛しあう手筈《てはず》をととのえるのかな？　だってまさかきみ、彼らが離れたまま愛しあうなんて言うつもりじゃないだろう」

「わたし、浮浪者たちがそのために集まる、オテル・ド・サンスの近くの溜り場を知ってるわ。警察も見逃がしてるのよ。マダム・レオニに聞いたんだけど、浮浪者の中にはいつだって警察に情報を流す者がいて、そういうときは秘密がばれるんですって。浮浪者って暗黒街のことよく知ってるらしいわね」

「暗黒街か、なんて言葉だ」とオリベイラが言った。

「そうさ、もちろん知ってるさ。やつらは社会の縁辺に、漏斗のへりにいるんだからね。それに財産家や牧師たちのこともよく知ってるはずだよ、ごみ缶の中を漁《あさ》ってるから……」

「こっちに男浮浪者がやってくるわ。あれまたすごく酔ってるみたい。可哀そうに、あんな男を待ってたのね、見て、包みを傍に置いて合図なんかして、思い入れたっぷりなんだから」

「オテル・ド・サンスについてきみがなんと言おうと、やつらがどうやってやるのかまだ疑問だな」とオリベイラが呟いた。「あんなに服を着ててさ。だってさ、そりゃあまり寒くなきゃ一枚か二枚は脱げるだろうけど、その下にあと五枚か六枚は着てるんだからな、下着は別にしてもさ。きみはそれがどんな具合になるか想像つくかい、しかもがらんとした場所でさ！　野郎のほうはもっと簡単さ、ズボンなんて扱い易いもの」

「あの人たち脱がないのよ」とラ・マーガが推測した。「警察がそんなこと許さないわ。それに雨だわ、ちょっと考えて。あの人たち隅っこで雨宿りするでしょ、あの空き地には半メートル位の穴がいくつかあって、穴のまわりには瓦礫が積んであるわ、そこに労務者たちがごみや壜を捨てるのよ。わたしの想像では、あの人たち、立ったまま愛しあうんじゃないかしら」

「あんなに服を着たままかい？　そいつは信じがたいな。きみは、あいつが彼女の裸を見たことはないって言いたいのかい？　そいつはさぞつまらないことだろう」

「見て、あの人たちがどんなに相愛の仲か」とラ・マーガが言った。「あの見つめ合いよう」

「野郎は目から葡萄酒を流してる。愛情味は十一度、タンニンは充分」

「相愛なのよ、オラシオ、あの人たちは相愛の仲なのよ。女のほうはエマニュエルっていう名前で、以前は田舎で娼婦だったの。伝馬船でやってきて、そのまま埠頭に住みついたのね。いつかの夜わたし寂しかったとき二人で話をしたわ。彼女、それはすごい臭いだったもんで、わたし、早々に退散しなくちゃならなかったわ。彼女になんて訊いたと思う？　いつ服を着替えるかって質問したのよ。そんなこと訊くなんてほんとにばかね。彼女はとってもいい人よ、なかなかすてきな狂人よ、あの晩彼女は舗石の上に野の花が咲いてるのを見たと信じて、その名前を教えてくれたのよ」

「オフェリアみたいに」とオラシオが言った。「自然が芸術を模倣する」

「オフェリア？」

「ごめん、学をひけらかしたりして、で、服のこと訊いたとき、彼女はなんて答えたの？」

「笑いだして一息で半リットルも飲んじゃったわ。この前なにかを脱いだときは、膝から引っぱって下に脱いだんですって。ずたずたに破けちゃったそうよ。冬にはとても寒いので、見つけ次第なんでも上に着るらしいわ」

「ぼくは自分が看護人で、ある晩彼女が担架でかつぎ込まれてくるなんて嫌だよ。ほかの人と同じように偏見はあるよ。社会の親柱とか言ったって。喉が渇いたな、マーガ」

「ポーラのところへ行きなさいな」とラ・マーガが言って、橋の下で情夫と抱きあっている女浮浪者のほうを見ながら、「よく見て、そろそろ踊り出すわ、いつも今頃になると少し踊るのよ」

「あの男、熊みたいだな」

「彼とっても幸福なのよ」と言ってラ・マーガは白い小石をひとつ拾い上げ、それをあらゆる側から眺めまわした。

　オラシオはその小石を彼女から取り上げて舐めた。塩からい小石の味だった。

「それわたしのよ」とラ・マーガは言って、それを取り返そうとした。

「そうさ、でもぼくが持ってるとすばらしい色をしているだろ。ぼくといっしょだと輝きを発するんだ」

「わたしの手許だともっと満足そうよ。返して、わたしのよ」

　二人は見つめあった。ポーラ。

「じゃあいいよ」とオラシオが言った。「いまだっていつだって同じことさ。きみってほんとにおばかさんだなあ、可愛い子ちゃん、おとなしく眠ることだってできるとわかっていながら」

「ひとりで寝たって、いいのよ。わかってるでしょ、わたし泣かないわ。あなたはお話をつづけていいのよ、わたし泣いたりしないわ。わたし彼女みたいよ、彼女の踊り方、見て、彼女まるでお月様みたい、山よりも重くって、踊ってるわ、瘡蓋《かさぶた》だらけで踊ってるわ。お手本よ。小石を返して」

「ほら。ねえわかるだろ、とっても言いにくいんだけど、愛してるよ。とっても難しいな、いまは」

「ええ、まるであなたがわたしにカーボン紙のコピーをくれたみたい」

「ぼくらはまるで二人の詐欺師みたいに話してるな」

「笑うためよ」とラ・マーガが言った。「欲しいならそれしばらく貸してあげるわ、女浮浪者の踊りが続いている間」

「いいだろ」とオラシオは言って、石を受け取ると、もう一度それを舐めた。「なぜポーラの話をしなきゃならないんだい？　彼女は病気だし一人だ、ぼくは会いに行くし、まだ愛しあうよ、でもそれだけさ。彼女を言葉に変えたくないよ、たとえきみとであろうと」

「エマニュエルが水に落ちそうだわ」とラ・マーガが言った。「男より酔っぱらってるみたい」

「いや、なにごとも最後にはかならずきまって汚辱にまみれて終るものさ」とオリベイラが手摺から立ち上がって言った。「権威の高貴なる代表がこちらへ近づいてくるのが見えるかい？　行こう、あまりにも痛ましくて。もしも哀れな彼女が踊りたいんなら……」

「誰か謹厳家の意地悪婆さんがあそこの上で騒いだのよ。あのお婆さんに会ったらお尻を蹴っとばしてやりなさいよ」

「うん、そうだな。そうしたらきみは謝ってさ、ごめんなさい、この人の足ったら変な具合に飛び出しちゃうの、曲射砲のせいよ、ほらスターリングラード防衛の、って言えよな」

「そしたらあなた、さっと不動の姿勢なんかとってさ、婆さんに敬礼するのよ」

「それ、ぼく得意なんだよ、な、パレルモで習ったんだから。さあ、なにか飲みに行こう。うしろを振り返って見たくないよ、サツが手入れで彼女をひっとらえてるのが聞こえるだろ。問題はすべてそこにあるんだ。引き返してサツの野郎を一発蹴っとばしてやらなくていいかい？　おお、アルジュナよ、われに助言を与えよ。そして制服の下に警官の汚辱の臭いがある。言っちゃった。さあ、もう一度追っ払ってやろう。ぼくのほうがきみのエマニュエルより汚いよ、そんなのもう何世紀も前に出来はじめた瘡蓋だよ、ペルシなら真白に洗えます、父なる洗剤が必要だろうよ、可愛い子ちゃん、宇宙の洗濯だよ。きみはきれいな言葉が好きかい？　今晩《サリュ》は、ガストン」

「今晩は、旦那さんと奥さんがた」とガストンが言った。

「それじゃ、いつものように辛口の白の小瓶を二本で？」

「いつものようにだよ、爺さん、いつものように。ペルシもいっしょに入れて」

ガストンは彼を見て、首を振りながら遠ざかっていった。オリベイラはラ・マーガの手を取って、丁寧に指の数を数えた。それから彼女の手のひらの上に例の小石を置いて、指を一本ずつ折り曲げ、最後にひとつキスをした。ラ・マーガは彼が目を閉じて、うっとりとした様子をしているのを見た。《喜劇役者ね》と彼女はやさしい気持になって考えた。


（－64）

109

ある個所でモレリは彼の物語の支離滅裂ぶりを正当化しようとして、いわゆる現実の中でわれわれのもとにやってくるような他人の人生というものは、映画というよりは写真である、つまりわれわれは行動というものをエレア派的に運動から切り離された断片としてしか理解できない、と主張している。われわれがその人の人生を理解していると思っている他人とたまたま同席している瞬間とか、その人の噂を聞いたときとか、あるいはその人が経験したことをわれわれに話してくれたり、しようと思っている計画をわれわれの前に投射して見せたりするときとかがあるだけだ。そうして結局あとに残るのは写真という、定着した瞬間瞬間のアルバムであって、われわれの前に撮影される未来でもなければ、昨日から今日への歩みでも、記憶の中にささった忘却の最初のとげでもないのだ。だからモレリが登場人物たちについて、考えられるかぎりの引き攣《つ》った形で語っているのも何ら異様なことではない。一連の写真に、それらが映画になるように（彼が雌読者と名づけたような読者にとってはそのほうがはるかに面白いだろうが）首尾一貫性を与えることは、写真と写真との間の欠落部分を、文字や臆測、仮説、でっちあげで補填《ほてん》することを意味していた。それらの写真はときには背中であったり、扉にかけた手や、田野の散策の最後であったり、叫び出そうとして開かれた口とか、衣裳部屋の靴とか、シャン・ド・マルス通りを行く人々とか、使用済みの切手とか、マ・グリッフの香りとか、そういったものであったりした。モレリは、彼が可能な限りの鋭い明察をもって提示しようとしたそれらの写真を体験することが、当然ながら読者をみずから冒険に乗り出させ、登場人物たちの運命にほとんど関与するような状況の中に読者を投げいれるはずだと考えていた。読者がそれらの写真から想像力を媒介として徐々に知るようになって行くものは、すでに書かれたか書こうとしていることの中へそれを組みいれるべく運命づけられた技法など俟《ま》たずとも、たちまちのうちに行動へと具体化するのであった。じつに曖昧模糊《あいまいもこ》とした、あまり特徴のないそれらの人生のある一例と別の一例との間をつなぐ橋は、もしモレリが述べていなければ自分の髪の梳《す》き方から、もしそれが異常とか奇矯とか思われるようなら一つの行為の、あるいは無為の、理由に至るまで、読者がすべて措定もしくは発明しなければならないだろう。その本はなにかゲシュタルト心理学者たちが提出する粗描のようなものに違いなく、したがって、ある種の線はそれを見る者を誘って、その図を完成させるような線を想像で描くように仕向けるであろう。しかし、ときには不在の線がいちばん重要な線、ほんとうに考慮に値する唯一の線であったりする。この領域におけるモレリの色目使いと衒《てら》いには際限がなかった。

その本を読んでいると、モレリは断片の集積が突如としてひとつの全体的現実へと結晶化することを期待していたのだなという印象を絶えず受ける。もろもろの橋をでっちあげ、あるいは別様のタペストリーを織りあげるまでもなく、都市が、タペストリーが、男たちや女たちが、それぞれその未来の絶対的透視図の中に忽然《こつぜん》として現われ、作者モレリは首尾一貫性を帯びたその世界を驚嘆して打ち眺める最初の観客となるのであろう。

しかしそんなことは自信をもって言うべきではなかったのだ、なぜなら首尾一貫性とはひっきょう空間と時間への同化、離読者の好みへの迎合の謂《いい》なのだから、モレリはそんな考えには同意しなかっただろう。いやむしろ、彼の小さな太陽系の天体たちが運行している無秩序ぶりを変更することなく、よしんばそれらの天体たちが無秩序そのものであれ、空虚であれ、無限であれ、それらの存在理由の遍在的‐全体的理解を許すような結晶作用を追求していたように思われる。その結晶作用は、なにものもそこに包摂されて残ることはないが、澄んだ目の持主ならば万華鏡を覗いて多彩な大輪の薔薇をそこに判じ、それを、万華鏡の外に、田舎風のリビング・ルームあるいはバグリー・ビスケットでお茶を飲むおばさんたちの和協となって溶解するひとつの絵模様、《世界像》として理解することのできるようなものなのである。(‐27)

110

その夢の構造は、無限の層をなして積みあげられた塔のようであって、上方へと聳《そび》え立ち無限へと消えてゆくかとも、また重なる層が下方へと渦巻きながら滑りおりて地中深く潜入するかとも思われた。それがうねりつつ私を急に掬《すく》いとったときに、その螺旋運動が起きたが、この螺旋はひとつの迷宮だった。穹窿《きゅうりゅう》も基礎も壁も帰路もなかった。ただ、正確に繰り返される主題だけがあった。

アナイス・ニン『技芸の冬』

（—48）

111

この物語はその主人公のイヴォンヌ・ギトリによって、ボゴタ在住のガルデルの友人、コラス・ディアスにあてて書かれたものです。

《私の家族はハンガリアの知識階級に属していました。母はある女学校の校長で、そこでは、ここでその名を出すことはご免こうむりたいと思っておりますある有名な都市の上流の子女が教育を受けていました。戦後の荒廃した時期となって、王制や階級制は覆《くつがえ》され、資産は奪われるというご時勢となって、その先どのように生きてゆけばよいものか私には見当もつきませんでした。私の家族も他の大勢のかたたちと同様にトリアノン（Trianón《ママ》）の国境の犠牲者となって、財産を失いました。私は美貌《びぼう》と若さ、それに教養がわざわいして、つつましいタイピストなどになることはできませんでした。そこにわが人生の魅惑の王子さまが現われたのです。コスモポリタンな上流社会の貴族で、ヨーロッパの避暑地や避寒地などによく出入りしている人でした。私はまだ若すぎるし、彼は外国人だという理由で家族の反対を受けましたが、私は青春にありがちな幻想を抱き、彼と結婚したのでした。

蜜月旅行。パリ、ニース、カプリ。そこで幻想が崩れたのです。どちらに方向変換すべきかもわからず、家族に結婚の失敗を知らせることもあえてしませんでした。私を母親にしてくれることができない夫だったのです。私はすでに十六になっていましたので、巡礼のようにあてどなく旅をして、悩みをまぎらそうとやっきになっていました。エジプト、ジャワ、日本、中国など極東をめぐり、砕かれた心を抱きつつ、シャンペンとまがいものの幸せに酔うお祭り騒ぎに明け暮れしました。

時は流れ、一九二七年、私たちはとうとうコート・ダジュールに落ち着きます。私は上流の出身。カジノ、舞踏会、競馬場といったコスモポリタンの社交界ではみんなが私に一目おきます。

夏のある晴れた日に私は断固として決意しました。別居です。自然は花につつまれ、海も空も野も愛の歌となって開き、青春を謳歌していました。

カンヌのミモザ祭、ニースでは花のカーニバル、パリの頬笑む春。そんなふうに家庭も贅沢も、富も捨てて、私は一人ぼっちで世間に出たのです……

当時十八歳で、どうしようと言うでもなくパリに一人住いをしていました。一九二八年のパリ。乱痴気騒ぎと夥しくシャンペンの消費されるパリ。価値の下落したフランのパリ。外国人の楽園となったパリ。小銭を持った小粒な王様たちとなったアメリカ人や南アメリカ人ばかり。一九二八年のパリ、そこでは、日毎に新しいキャバレーが開店し、外国人の財布の紐を緩めさせるために新しいセンセイションをまき起していました。

十八歳、ブロンドで青い眼。パリで一人ぼっち。

わが身の不遇を忘れようと、自分をすっかり快楽に溺れさせることにしました。キャバレーで私はいつも注目を浴びていました。連れはなく、踊り子たちにはシャンペンを湯水のように奢り、給仕人たちにはチップを大いにはずんだからです。お金銭《かね》の価値なんて知りませんでした。

ときには、そうしたコスモポリタンな環境の中をいつもうろついている連中の誰かが、私の秘められた悲しみをかぎつけて、忘却のためのある治療法を勧めてくれることもありました……。コカイン、モルヒネ、各種の薬。それから私は異国的な場所、異人の容姿をもった踊り子たち、長髪の浅黒い南アメリカ人たちを求めるようになりました。

その頃、登場したばかりのあるキャバレー歌手が成功をおさめ賞賛をあつめていました。彼は〈フロリダ〉でデビューし、異国の言葉で珍しい歌を歌っていました。

そうした場所ではそれまで見られなかった民族衣装をまとい、アルゼンチンのタンゴやランチェラやサンバなどを歌っていたのです。彼はほっそりした若い男で、やや浅黒く、パリの美女たちの眼を捉えて離さない白い歯を持っていました。誰あろう、カルロス・ガルデルだったのです。全霊をこめて歌われる哀調をおびたガルデルのタンゴは、知らず知らずのうちに聴衆を魅了していました。あの頃の彼の歌は――〈小径〉〈農園の女主人〉〈あの白てんの襟巻〉〈インディオの嘆き〉〈夢の中で〉などでしたが――現代風のタンゴではなくて、昔のアルゼンチンの歌、つまりパンパのガウチョの魂そのものだったのです。ガルデルは大流行《はやり》でした。彼の招かれていない上品な晩餐会や華やかなレセプションはありませんでした。彼の浅黒い顔、白い歯、生気のある明るい頬笑みはあらゆる場所に輝きました。キャバレー、劇場、ミュージック・ホール、競馬場。彼は〈オテイユ館〉や〈ロンシャン亭〉の常連でした。

しかしガルデルは友人たちの間で、親しい仲間といっしょに気ままに過すほうが性にあっていました。

当時とくに南アメリカの人たちがよく行っていた〈パレルモ〉というキャバレーが、パリのクリシー通りにありました……。そこで私は彼に逢ったのです。ガルデルは女性と言えばことごとく興味を示しましたが、私の興味はひたすらコカイン……。そうしてシャンペンだけでした。もちろん、パリで今を時めく男、女たちのアイドルと連れだっているのを目撃されるのも、たしかに女性としての自尊心を擽《くすぐ》られる思いがしたものですが、私の心底にまで訴えるものではありませんでした。

その友情は、そんな場所とは違った、蒼白《あおじろ》いパリの月のもと、花咲く野辺をゆく夜に、散策のときに、また打明け話のときに、固められたのです。ロマンチックな関心をそそられる日々が多く過ぎてゆきました。その人は私の心に深く入りこんできました。彼の言葉は心地よく、その話しぶりは私の無関心という岩盤にも穴を穿《うが》ちつつあったのです。私は夢中になっていました。贅を尽してはあってもどこか寂しかった私のアパルトマンは、いまや光輝あふれる所となりました。私ももうキャバレーにまい戻ったりはしませんでした。グレーの綺麗な私の居間においては、スタンドの光のそばで、ブロンドの小さな頭がきりっと引きしまった浅黒い顔と重なりました。私の青い寝室は彷徨《さまよ》える魂の郷愁をことごとく見まもってきていましたが、いまやまったく愛の巣となっていました。私の初恋でした。

時は飛ぶように過ぎてゆきました。どのぐらいの時がたったかわかりません。その狂態、その〈最新型の〉(dernière cri《ママ》) 衣裳、ロシアのキャビアとかシャンペンが日々の憂さ晴しに供されるその饗宴でパリ中を眩惑させてきたブロンドの外国娘はいつのまにか姿を消していました。

数カ月後、〈パレルモ〉〈フロリダ〉〈ガロン〉の常連は新聞で知らされました、青い眼の二十になったブロンドの踊り子が、ラ・プラタ流域のアルゼンチンの主都の若旦那たちを、その霊妙な舞踊、その前代未聞の大胆さ、花開く彼女の若さの肉感によって、夢中にさせてしまったということを。

それはイヴォンヌ・ギトリでした。　以下省略》

『ガルデル派』、シスプラティーナ書肆、モンテビデオ

(−49)

112

モレリアーナ

私はある物語を推敲しているが、それをできるかぎり文学的な臭みの少ないものにしたいと思っている。〈われわれは行く〉(vamos) から始まった絶望的な試み、その推敲の過程でただちに耐えがたい文句が浮かぶ。ある登場人物が階段のところまでやってくる。《ラモンは下降を開始した……》(Ramón emprendió el descenso...) 私は抹消してこう書く。《ラモンは降りはじめた……》(Ramón empezó a bajar...) 推敲の手を止め、この《文学的な》言語への嫌悪のほんとうの理由をもう一度自分に問うてみる。〈下降を開始する〉(*Emprender el descenso*) はその平明さが悪いというのでなければ別に悪いところはなにもない。しかし〈降りはじめる〉(*empezar a bajar*) は、それと同じことが言えるほかに、

さらに粗野であり、散文的（つまり、ただの伝達手段）であるのに対して、前者は効用と快適さを結びつけているように思われる。要するに《下降を開始した》で私がいやなのは、日常の会話の中でわれわれがほとんど用いることのない動詞と名詞を装飾的に用いていることである。要するに、私は文学的な言語が嫌いなのだ（私の作品の中でのことであることは、ご了解いただきたい）。なぜなのか？

　過去数年間に私が書いたほとんどすべてのものを目まぐるしいほど急速に貧困なものにしてしまったこのような態度をとりつづけていたら、間もなく私はどんなに些細な観念を構築することも、どんなに単純な記述をめざすこともできなくなるような気がする。私の理由がホーフマンスタールのチャンドス卿のそれであるとすれば、恨み言をいういわれはなにもないのだが、もし修辞（というのも結局それは修辞だからだが）に対するこの嫌悪が、生命の涸渇と相関的、併行的な、言語の涸渇にもっぱら由来するものならば、そのときはおよそ書くということを根本的に断念するほうがむしろ好ましいだろう。自分がこのごろ書いたものの結果を読み返してみると退屈する。しかし同時に、その故意の貧困の背後に、《下降を開始する》に取って替るあの《降りはじめる》の背後に、私は私を鼓舞してくれるなにものかを垣間見る。私はひどく下手に書いているが、それでもそこをなにかが過《よぎ》っていくのだ。以前の《文体》は読者－ひばりたちにとっては鏡であった。彼らは互いに見つめあい、互いに慰めあい、互いに認知しあっていたのだ、ちょうどサラクルーとかアヌイとかの登場人物たちの返答を待ち受け、認知し、味わい楽しむあの観衆のように。そのように書くことは、私がいまそうしたいと思っているように書く（ほとんど、《書き消つ》というべき）ことよりもはるかに易しい。なぜならもはや特定の読者との対話、あるいは出会いというものはなく、ただ、不特定の遠い読者との不特定の対話への期待があるだけなのだから。もちろん問題の所在は倫理的な次元にある。おそらくは動脈硬化が、寄る年波が、エートスを高揚し、美的秩序こそ形而上学的不安にとっては通路であるよりも鏡なのだということを発見することになるこうした傾向を（私自身の場合には、それはむしろ遅ればせの発見なのであるが）強めているのであろう――よく考えてみれば、いささか人間嫌いの気味があるが。

　私はいまでも二十歳のときと同じくらい絶対を渇望し

つづけているが、創造行為、あるいは美の観照ひとすじの、微妙な引き攣り、ぴりっとした、噛むような快感は、もはや私には、ある絶対的な満足すべき現実への接近とは思われなくなっている。ただ、そのような接近をまだ私に与えることのできる美が一つだけある。それは目的であって手段ではない美であるが、それがなぜそうかというと、そのような美の創造者は彼自身の内面で、人間の条件に対する彼の意識と、芸術家の条件に対する彼の意識とを、同一のものとして確認しているからである。それにひきかえ、たんに美的なだけの次元は私にはただそれだけのものとしか見えない。ただそれだけ。私にはそれよりもっとうまく説明することはできない。(－154)

113

グラシエール通りからソムラール通りまでの徒歩旅行の節々。

「いったいわれわれはいつまで《西暦元年》なんて日付けを使いつづけるんだろうね?」

「文書なんて二百年後に見たら、糞石さ」

「クラーゲスの言い分は一理あったわけだ」

「モレリとその教訓。ときどき汚らしかったり、恐ろしかったり、哀れだったり、あんなに多言を弄《ろう》したのも他の言葉を洗い落すため、あんなに汚物にまみれたのも、ピベルやカロンやカルベンや西暦紀元の臭いをさせないためさ。おそらく彼がそういったものすべてを通過しなきゃならないのは、失われた権利を、言葉の始源的用法を、回復するためだろう」

「言葉の始原的用法(?)たぶん空疎な文句かも」

「小さな棺、タバコの箱、カロンテが一服やれば、きみはたちまち揺籠《ゆりかご》のように平衡をとりながら三途の川を渡ることになるのさ。渡し舟は、未成年者お断り。ご婦人方や子供は無料、一押しすればもう向う岸。メキシコの死神、砂糖の頭蓋骨。亡き子の歌《トーテンキンダー・リーダー》……」

「モレリはカロンテを注視するだろう。ひとつの神話が別の神話と対峙する。黒い水を渡る不可測の旅!」

「路上での石蹴り遊び。赤いチョーク、緑のチョーク。〈天〉。歩道、あの遠いブルサコで、あんなにも愛をこめて選んだ小石、靴の爪先で軽く一蹴り、ゆっくりと、ゆっくりと、たとえ〈天〉は近くとも、全人生が前方に」

「無限のチェス、措定するのはいとも簡単。しかし寒気は穴のあいた靴底から、道化役者のような顔がガラスの向う側でおどけ顔をしてみせるあのホテルの窓の中へ入ってくる。鳩の影が犬の糞と肌擦りあわせる、パリ」

「ポーラ・パリ。ポーラ？　彼女に会いに行け、愛しちゃえ、抱いちゃえ。のろまの蛆虫《ラルバ》みたいに。しかし蛆虫《ラルバ》には仮面《マスカラ》の意味もあるからな。モレリがどこかでそう書いてるよ」

（－30）

114

一九五×年五月四日（A・P）　弁護士たちの幾多の努力、さらに五月二日の最後の控訴にもかかわらず、ルー・ヴィンセントは今朝、カリフォルニア州のサン・クウェンティン刑務所のガス室で処刑された。

……彼の両手両足が椅子に縛られた。刑務所長は四人の看守に室外へ出るよう命じ、ヴィンセントの肩を軽く叩いたあと自分も室外へ出た。受刑者はただ一人ガス室に残され、いっぽう立会人五十三名が多数の小窓ごしに見守っていた。

……彼は頭を後方にのけぞらせて深呼吸をした。

……さらに二分後、彼の顔は汗でびっしょりと濡れ、いっぽう彼の手足の指はまるで縛《いまし》めを解こうとするかのように動いていた……

……六分たち、ひっきりなしに痙攣が繰り返され、ヴィンセントは頭を前後に激しく振り動かした。口からは泡が少し吹き出しはじめた。

……八分後、最後に一つ痙攣したあと、彼はがっくりと項垂《うなだ》れた。

……十時十二分にドクター・レノルズは受刑者がついに死亡したと宣告した。立会人たちは、三人の新聞記者をも含めて……

（－117）

115

モレリアーナ

しばしば矛盾撞着《どうちゃく》しあう一連のバラバラの覚書にもとづいて、〈クラブ〉は、モレリは同時代の物語に、誤って抽象と呼ばれている方向への前進を見ているのだと推論した。《音楽はメロディーを失い、絵画は逸話を失い、小説は描写を失っている》弁証法的コラージュの名人ウォンは、ここでその一節を要約した。《われわれの関心を引きつける小説は、人物を情況の中に置いて行くのではなく、情況を人物の中に設定する小説である。そうすることで後者のような人物は、人物であることをやめて人々となる。つまり外挿法のようなものであって、それを媒介にすれば彼らがわれわれのほうであるいはわれわれが彼らのほうへと飛躍するのだ。カフカのK《カー》は読者と同じ名前をもっているし、あるいはその逆のことも言えるのである》さらにこれに加えて、かなり混乱した覚書をひとつ言い添えておかねばならない。その中でモレリは、個々の場合にその仮想された抽象が必然的にある一つの仮説の属性へと為り変るようにと、登場人物たちの名前を空白のままにしておくような一つのエピソードを構想している。（－14）

116

モレリの書いたもののある一節に、ジョルジュ・バタイユの『C神父』から次のような題辞が引かれている。《錯乱した世界の中を移動する、けっして人を納得させることのできないような痩せこけた人物たちを導入したことで、彼は悩んでいる》

ほとんど判読もできないような、鉛筆書きのメモ。《そのとおり、彼はしょっちゅう悩んでいる。しかしそれは唯一の穏当な言い逃れでもあるのだ。心理学にみちみちた、快楽主義的な、噛んで含めるような小説はもう結構。最大限に背伸びをして、ランボーが望んだように見者にならなければならない。快楽主義的小説家なぞは視姦者にすぎぬ。他方において、純然たる描写の技法、〈行状の〉小説、映像の請け戻しが行なわれることのないただの映画シナリオはもう結構》

また別の一節と関連して、《台所もなく、化粧もなく、読者への目くばせもなくて、どうやって物語るか？ おそらく、物語は芸術作品であるという仮説を放棄することによって。われわれが仮面を造るために顔の上に塗りたくる石膏を感じとるように、物語を感じとること。しかしその顔はわれわれの顔でなければならない》

また、おそらく次のような断章も関連するであろう。《リオネルロ・ヴェントゥーリはマネとその「オランピア」について語りながら、マネは可塑的な映像に集中するために、自然、美、行動、倫理的意図を排除した、と教示している。こうして彼は、それと知らずに、現代芸術の中世への復帰を工作している。中世は芸術を一連の映像として理解していたが、ルネサンスから現代に至る間にそれは現実描写に取って替られたのである。同じヴェントゥーリは（それともそれはジューリオ・カルロ・アルガンだろうか？）こう付け加えている。「現実描写が客観的となり、最後には写真的、機械的となりつつあったまさにその瞬間に、リアリズムをやろうとしていた一人の明敏なパリっ子が、その恐るべき才能によって、芸術を、映像の創り手としてのその本来の機能へと引き戻すよう促がされたことは、けだし歴史の皮肉であった……」》

モレリは付け加える。《混乱を避けるために、「映像」のかわりに「比喩形象《フィグラ》」という表現を採用することに慣れること。そう、すべてのものは一致する。しかし問題は中世への復帰でもそれに似たようななにかでもない。絶対の歴史的時間を措定することの間違い。よしんばそれらが互いに併行して流れるとしても、さまざまな異質の時間というものがあるのだ。この意味で、いわゆる「中世」の時間のひとつがいわゆる「現代」の時間のひとつと一致することは可能なのである。そしてその時間は、自分たちを取りまいているものの中に拠《よりどころ》を求めることを拒否し、同時代人が理解するような意味において「現代的」であることを拒否する画家や作家たちによって、知覚され生きられた時間であり、そのことは彼らがみずから選んで時代錯誤的たろうとしているという意味にはならない。彼らはただ、彼らの時代の表面的な時間の周縁にいるというだけのことであって、すべてのものが比喩形象の状態を許容し、すべてのものが描写の主題としてではなくひとつの徴表としての価値をもつあのもうひとつの時間から、彼らは、彼らを取りまいている時間と歴史にとっては異種とも対立的とも見えるような、しかしそれにもかかわらずそれらを包摂し、それらを説明し、窮極的にはそれらを、人間がその境界内で待ちながら生きているところの超越のほうへと方向づけるような、そのような作品を企てているのである》（－3）

117

科学に抗し、哲学に抗し、人道主義に抗し、経験に抗し、今日のより人間的でより進歩した思想をもはばからず、脅迫も同然に、二人の少年に死刑の判決が強要されるのをわたしは見た。

埋もれた過去の遺物から判例を掘り起し野蛮人たちを恥辱に赤面させているわたしの友人、マーシャル氏は、なぜ以下の部分をブラックストンから読みあげなかったのか。

《十四歳以下の子供は、一見したところ犯罪能力がないと判断されるかもしれないが、もし判事と陪審員にとって、その子供に犯罪能力があり、善悪の区別がつけられると考えられるならば、罪を認めさせ、死刑とすることもありうる》

かくして、ひとりの十三歳の少女が女主人を殺害した廉《かど》で火刑に処せられた。

仲間を殺した十歳の少年と十一歳の少年は死刑の判決を受けたが、

実際に絞首刑を受けたのは十歳の少年だけだった。
なぜか？
彼は善悪の違いを知っていた。日曜学校で習っていたからだ。
クラレンス・ダロウ「レオポルドとラーブの弁護」一九二四年（－15）

118

暗殺された男がその暗殺者に、おれはおまえに化けて出るつもりはないなどと、どうやって納得させることができようか？

マルカム・ラウリー『活火山の下』（－50）

119

翼も広げられないオーストラリアのぼたんいんこ

英国動物愛護協会（RSPCA）の視察官は、ある家に入って、やっと八インチほどの幅しかない鳥かごの中に、その鳥を発見した。飼い主は二ポンドの科料を支払わなければならなかった。無防備な動物を保護するためには、精神的援助以上のものを必要としている。RSPCAは資金の援助を求めている。連絡先は……。
〈オブザーバー〉紙上　ロンドン（－51）

120

午睡の時間でだれもかれもが眠っているときだったから彼はやすやすと母の目を覚まさせずに寝床から抜け出して扉のほうへにじり寄り、地面の湿った土の匂いを貪るように嗅ぎながらゆっくりとおもてに出ると、門を過ぎて奥の牧草地まで逃げ出すことができたが、柳の木に蓑虫《みのむし》がいっぱいいて、イレネオはうんと大きいやつを一匹選んでつかまえると蟻塚のそばに座りこみ、蓑の底を少しずつ押していって虫が絹のような首飾りから頭を出すとそいつの首ねっこの皮を猫みたいにそっとつまんで傷つけないようにあまり力を入れずに引っ張り上げる、と虫はもう蓑を脱いで、滑稽にも宙で身をよじっている、それをイレネオは蟻塚のそばに置き、自分は木蔭に腹這いになって、待ち受けていたのだったが、そのころ黒い蟻たちは猛然と働いていて、牧草を噛み切り、虫けらの死んだのや生きたやつを四方八方から運んでいたが、たちまち一匹の斥候雌蟻がグロテスクに身もだえしているこの裸の蓑虫を望見し、まるでそんな僥倖《ぎょうこう》は信じられないとでもいうように触角でそいつにさわり、あっちこっちと走りまわって他の蟻たちと触角をこすりあわせ、それからものの一分とたたないうちに蓑虫は取り囲まれ、乗っかられ、皮膚を噛む鋏状の大顎から逃がれようとむなしく身をよじったが蟻たちは蟻塚のほうへそいつを引きずって運んで行き、イレネオはなによりも蟻塚の穴の入口から蓑虫を中へ入れることができなかったときの蟻たちの狼狽ぶりを楽しんで眺めていたが、その遊戯は蟻塚の入口より大きい虫を彼が選んだことにあったので、蟻たちは愚かなためにそれがわからず、蓑虫を穴に入れたくて四方八方から引っぱるが虫のほうは猛烈に身をよじり、きっと虫のやつが感じていたことは恐ろしいものだったにちがいないが、蟻たちの足や鋏状の大顎やらで目玉から皮膚から全身を刺され、蓑虫は逃れたくて大奮闘し、もっと蟻たちが殖えたのでますます形勢は不利になったが、なかにはほんとうに狂暴なのがいて大顎でがっぷりと噛みついていっかな離さずついに蓑虫の頭が蟻塚の穴の中に少し突っこまれると穴底のほうから上がってきた別のやつらが引きずりこもうと全力で引っ張っているにちがいなく、イレネオはできることなら自分も蟻塚の中に入って蟻たちが蓑虫の目玉や口に大顎で食らいついて引っ張るさまを見たかったが、そうして全力で引っ張りながら蟻たちはついに蓑虫の全身を引きずりこんで穴の底まで運びこむとそいつを殺して食ってしまい

（－16）

121

赤インクで、明らかに満足げに。モレリはファーリンゲッティのある詩の結びの部分をノートに書き写していた。

それでもぼくは美しい人と眠った
　いつものぼくの奇妙な流儀で
そうして一、二度もうれつに渡りあった
　美しい人と寝床の中で
そうして一、二の詩篇をはき出した
そうして一、二の詩篇をはき出した
　ボッス風の世界の上に

（－36）

122

看護婦たちがヒポクラテスの話をしながら行ったり来たりしていた。ほんのちょっとした努力で、どんなに片々たる現実でもちゃんと折り畳んで一篇の秀句に仕立ててあげることが可能だった。しかしなんのためにエチエンヌに謎をかけたのか、エチエンヌはあのときスケッチブックを出して、楽しそうに、白い門とか、壁に寄せかけられた運搬寝台や、白い絹のようなものがそこを通って入ってくる大窓、ブルジョワ的餌袋《えぶくろ》をもった二羽の鳩がとまっている骸骨のような樹木などの速写をやっていたのだった。オリベイラはエチエンヌに別の夢の話をするつもりだったのだ。午前中ずっとパンの夢に取り憑かれていたのはじつに奇妙なことだった、それがとつぜん、ラスパイユとモンパルナスの角で、別の夢がまるで壁のように彼の上に倒れ落ちてきたのだ、あるいはむしろ午前中ずっと彼はパンの壁に押しつぶされてぶつくさ言っていたのが、とつぜん、まるで映画の巻き戻しのように、壁が一跳びで直立して、あっという間に彼を別の夢の思い出に直面させたまま、彼から出て行ってしまったのだった。

「そういう気になったときにはね」とエチエンヌは言って、スケッチブックをしまった。「そういう気になったら、けっして急いじゃいけない。ぼくはまだあと四十年は生きるつもりさ、だから……」

「現在の時も過去の時も、おそらくは未来の時の中にあり（Time present and time past / are both perhaps present in time future）」とオリベイラが暗誦した。「こんにちではなにもかもこのT・Sの詩句のようになって行くって書いてあるんだ。ぼくは夢のことを考えてたんだよ、ごめん。今すぐ行こう」

「そうだね、夢のことならもうたくさんだからな。我慢に我慢をすることさ、でも最後には……」

「じつは別の夢のことなんだけど」

「哀れなことよ！」とエチエンヌが言った。

「その話は電話ではしなかったんだよ、あのときは忘れていたもんだから」

「それに六分間のことだったしね」とエチエンヌが言った。「つまるところ当局は賢明なもんだよ。人はいつだって当局をクソミソに言うけど、当局はやるべきことをちゃんと心得ていると言わないわけに行かないよ。六分間とはまた……」

「もしあの時ぼくがそのことを思いだしていたら、ボックスを出て隣のボックスに入りさえすればよかったんだ」

「いいんだよ」とエチエンヌが言った。「その夢の話とやらを聞こうじゃないか、それからこの階段を降りて、葡萄酒を少し飲みにモンパルノへ行こうよ。きみのそのご老人と面会するかわりに夢の話を聞いてやるよ。そのどっちもっていうのはちょっとね」

「まさにそのとおり」とオリベイラは言って、興味ありげに彼を見つめた。「問題はそれとこれとが交換できるものかどうかを知ることだ。きみがほんの今日、ぼくに言ったことさ、胡蝶《こちょう》か、蔣介石かってね。おそらくぼくのために老人を捨てて夢を取るというとき、きみは夢を捨てて老人を取っているのさ」

「ほんとうを言うと、ぼくにはどっちだってちっとも構わないさ」

「画家だなあ」とオリベイラが言った。

「形而上学者だなあ」とエチエンヌが言った。「ぼくらがここにこうしているもんだから、あそこにいる看護婦が、はたしてこのぼくらは夢なのか、二人の浮浪者なのかと自問し始めている。どういうことになるのかな？もし彼女がぼくらを追っ払いにくるとしたら、ぼくらを追っ払うのは看護婦だろうか、それとも、いろいろ他のものに混じって一人の老人と一匹の荒れ狂う蝶とがいる病院のことを夢想している二人の哲人を、夢が追っ払うのだろうか？」

「それはもっと単純なんでね」とオリベイラは言って、ちょっとベンチの上で腰を滑らせながら目をとじた。「いいかい、それはほかでもない、ぼくの少年時代の家と、ラ・マーガの部屋とでね、その二つのものが同じ夢の中にいっしょに出てきたんだよ。その夢をいつ見たのかは憶えていないんだ、完全に忘れてしまっていたんだよ、それが今朝、パンの夢のことを考えている間に……」

「パンの話はもう聞いたよ」

「とつぜんもう一度別のになって、パンなんかどこか遠くへ行っちゃったのは、だって比べものにならないからね。パンの夢はぼくが霊感を受けたのかもしれないいな……。霊感を受けた、か、なんて言葉だ」

「その言葉を口にすることをきみが恥ずかしがることはないさ、もしそれがぼくの想像するような意味あいのものならばね」

「きみはあの子供のことを考えてるな、もちろんそうさ。やむを得ない連想だ。でもぼくはなんの罪の意識も抱いていないよ、きみ。ぼくはあの子を殺してなんかいないからね」

「ことはそう簡単じゃあないぜ」とエチエンヌは怒ったように言った。「爺さんに会いに行こうよ、ばかげた夢の話はもうたくさんだ」

「実際その話をきみにすることは不可能だよ」とオリベイラは諦めたように言った。「想像してみてくれ、火星に着いてみたらそこのやつに灰ってどんなものか説明してくれって頼まれたって感じに近いんだな」

「爺さんに会いに行くのか行かないのか？」

「ぼくにはどっちだってまったく同じことさ。すでにここまできた以上……。十号室だったと思うけど、なにか持ってくればよかったな、こんなふうに手ぶらでくるなんて間が抜けてるよ。どっちにしろ、デッサンを一枚進呈したら？」

「ぼくのデッサンは売れるんだぜ」とエチエンヌが言った。


（−112）

123

ほんとうの夢は、目覚めと隣りあわせの、しかしけっして彼がほんとうには目覚めていることのないような、定かならぬ地帯《ソーナ》に位置していた。その夢について語るためには、他の多くのことに言及することや、なんの意味もないような soñar（夢みる）とか despertar（目覚めさせる）といった調子の高い語は排除すること、少年時代の生れ家が——居間と庭とが清らかな現在の中に、十歳の子供の目に映ずるような色彩を帯びて、赤はあくまでも赤く、青は色硝子《ガラス》の嵌《はま》った扉の青、緑は葉っぱの緑、芳香の緑、鼻と目と口との感覚の次元には香りと色だけが唯一の存在として——ふたたび姿を現わしてくるような地帯《ソーナ》にわが身を置くことが必要であっただろう。しかしその夢の中では、庭に面して二つの窓が開いているあの部屋は、同時にまたラ・マーガの部屋でもあった。ブエノスアイレスの忘れかけた町とソムラール通りとが、対置されてでも、瓦合わせに重ねられてでもなく溶けあって、無理なく一体になっており、その苦もなく解消された矛盾には、あたかもまだ子供だったころにその部屋が、譲渡し得ない所有物として一生涯そこにありつづけることをつゆ疑わなかったように、本来的なもの、本質的なものの中にいるかのような感じがあった。そのようにしてブルサコの生れ家とソムラール通りの部屋とがその《場所》であり、夢の中では、夢の条理とはもっぱらそういうもののようであるが、その場所の中でもいちばん静かなところを選ぶことが必要だった。その場所にはもう一人、彼の妹がいて、彼女は、ちょうどある種の夢の中では姿を現わすことすらせずに力を及ぼしているものがあるものだが、その場合、人物なり事物なりがそこに存在していて干渉していることが当然のことのように認められているように、視覚的に顕示することのないある潜勢力、現象を越えることのできるある存在を通して存在もしくは行動するなにかとして、兄が静かなところを選ぶのを無言で手助けしていた。そのように彼と彼の妹は居間をその場所のいちばん静かなところとして選んでいたが、ラ・マーガの部屋では夜の十時以降にピアノを弾いたりラジオを聴いたりはできず、たちまち上の階の爺さんが天井を叩きはじめるか、五階の住人が斜視の少女を使いに上がってこさせて文句をつけるかだったのだから、それはいい選択だった。彼と彼の妹は、なにも言わずに、というのは二人ともそこにいるようには見えなかったからだが、ラ・マーガの部屋を拒んで、庭に面した部屋を選んでいた。そこのところで、おそらくラ・マーガが彼の両脚の間に足を入れてきたからだろうが、オリベイラは夢から覚めたのだった。暗がりの中で彼はただ、その瞬間まで妹といっしょに子供時代の居間にいたことと、それに加えてすごく小便をしたいという気持だけを感じていた。彼はラ・マーガの足をにべもなく押しやって立ち上がると、踊り場へ出てトイレの明りを手探りで点け、ドアも閉めずに片手を壁についで上体を支えながら放尿し、そのまま眠りこんだり汚いトイレにごろりと寝ころんだりしないように奮闘しながら、夢の霊気の中に完全につかり切って、指の間から放出されて穴の中に消えて行ったり黒ずんだ陶製の便器のふちを漫然とさまよったりしている流れを見るともなく眺めているのだった。もしかしたらほんとうの夢はあの瞬間に始まったのかもしれないのだ、彼が目を覚まして朝の四時にソムラール通りの六階で小便をしているつもりになり、ブルサコの庭に面した居間が現実なのだと認識し、そのことをあたかも否認すべくもないほんの少数の事物が知覚されるときのように、つまり彼はまぎれもなく彼自身であり、ほかの誰でもないまさしく彼自身がそのことを考えているのだと認識されるときのように認識し、目を覚ました人間としての彼の生活は、ベッドに戻ったあとはもはや居間など存在せず、ただソムラール通りの部屋があっただけだが、居間の存在の確実性、持続性と隣り合わせになった幻想であることを、驚きも呆れもせずに認識し、その場所が、二つの窓から入ってくるケープ・ジャスミンの香りのするブルサコの居間、ブルートナーの古いピアノが置かれ、ピンクの絨緞が敷かれ、詰め物をした数脚の小さな肘掛椅子が置かれ、これまた詰め物をした彼の妹がいる居間であることを認識した、あの瞬間に。彼は夢の霊気から脱出して、彼を誑《たぶら》かしているその場所を拒絶し、その誑かしの概念を夢と目覚めの概念の中へ導入するに足るほどぱっちりと目を開けていようと激しい努力をしたが、最後の滴を振り落として明りを消し、目をこすりながら踊り場を横切って部屋へ戻る間に、すべてはそれらしさを、減少して行って、徴らしさを失い、踊り場らしさを減じ、扉らしさを減じ、光らしさを減じ、ベッドらしさを減じ、マーガらしさを減じた。努力して息をつきながら、彼は《マーガ》と呟き、《パリ》と呟き、たぶん《今日》と呟いた。その声はまだ遠くで、うつろに、ほんとうに生きてはいないもののように響いた。彼は雨と冷気の下で長い道程を歩いたあとに自分の落ち着くべき場所と家とを探し求める人のように、眠りへと戻って行った。(―145)

124

モレリによれば、あらゆる〈雅致《グラシア》〉の周縁には、ひとつの運動が提示される必要があった。そういう運動について彼がそれまでに為しとげた成果には、登場人物たちのほとんど類人猿的ともいえる貧困さにのみならず彼らの行為の、またとりわけ彼らの無為の、たんなる経過にもはっきりと露《あら》われているような、彼の小説世界のほとんど目くるめくばかりの貧困化が容易に認められた。彼は結局、彼らの身の上に何事も起らなかったように結末をつけており、彼らは彼らの間抜けさ加減に対する皮肉な注釈の間を右往左往して、彼らが発見したと称している滑稽な偶像を崇拝すると見せかけていた。モレリにとってそれは重要なことに思われたはずであった。それはなぜかというと、彼はある仮想の要請をめぐって、つまり、彼が中軸的と呼び、ときには〈敷居〉と呼んでいたある裸形のものの探求において、内在的、超越的な倫理の軌跡から離脱するための最後の絶望的な手段をめぐって、覚書を累加していたからであった。さてその敷居というのは、なんの、またなにへの敷居なのであろうか？　推定するに、まるでなにか手袋みたいに己れを裏返しにするような、厚かましくも神話や宗教や体系や網状組織など抜きで現実とじかに接することを容認しようとするような、あることへの使嗾《しそう》だった。奇妙なことに、モレリは物理学や生物学の最新の作業仮説をせっせと抱えこんでいて、旧来の二元論など物質も精神も等しなみにエネルギーの概念に還元されるという証拠を前にしては罅《ひび》割れてしまっていると確信しているような態度を示していた。その結果、彼の物知り猿どもは、ますます自分たちだけの殻の中へ退却したがり、ひとつには仮想の認識手段によって動かされ裏切られた現実のキマイラどもを無と化しながら、同時に彼ら固有の神話形成力、彼らの《魂》を無と化しながら、結局は〈卵から〉(*ab ovo*)の出会いというか、あの（偽りの）人間性の窮極の火花が消えてゆく点まで、ぎりぎりの極限まで、萎縮することに終るらしかった。彼は——けっしてそのことを定式化するには至らなかったけれども——あの外面と内面の液化を起点として始まるであろう道を提示しているようであった。しかし彼は、ほとんど言葉もなく、人々もなく、事件もなく、そしてもちろん潜在的には読者すらないままの状態にとどまっていた。〈クラブ〉は消沈とも憤然ともつかぬ様子で溜息をつくばかりだったが、いつでもまったく、あるいはほとんど、そんな具合だった。

（―128）

125

人間の中にまぎれこんだ一匹の猿のような存在であるという概念、二杯のカーニャと郊外の散策の間だらだらと続いた気乗り薄の省察の材料。アルファだけがオメガを生みだすということ、中間段階——エプシロン、ラムダ——への固執は地面に片足を固定して旋回するのに等しいということへの、次第に募りゆく疑惑。矢は手から標的へと進む。そこには途中というものがない。十世紀と三十世紀の間に二十世紀というものはない。人は種そのものの中で種から己れを孤立させ、犬なり原魚なりを自己自身への進行の原点として選ぶことができるべきである。文学博士のための章句もなければ、著名なアレルギー専門医への開業もない。種に嵌めこまれて、彼らはあるべき姿となるだろうし、そうでなければなにものでもないだろう。大いに褒めそやすべき者たちであることは言うまでもないが、いつでもエプシロンかラムダかパイであって、けっしてアルファでもオメガでもないのだ。問題の男はそういう擬似実在化、西洋の腐敗した大仮面を受けいれない。サン・マルティン大通りの橋までぶらぶら歩いて行って、町角で、女がストッキングを直しているのを眺めながらタバコをふかしているそいつは、自分で実在化と称しているまったく非常識な観念を抱いているのであり、しかもそのことを嘆いたりはしない。なぜなら、なにかが彼に、その非常識さには種子があること、犬の咆《ほ》え声のほうがティルソ・デ・モリーナにおける動名詞の研究論文などという代物よりもオメガに近いことを、教えているからである。なんという愚かしい比喩か。しかし彼は強情を張りづつける、それが彼の表現の事例なのだ。彼はなにを探求しているのか？　自己を探求しているのか？　もしすでに自己を発見してしまったのでなければ自己を探求することはあるまい。ということはつまり彼は自己を発見してしまっているということだ（しかしこのことはすでに非常識ではない、故《エルゴ》に疑問視されなければならない。きみがそれを解き放つが早いか、〈理性〉はきみに特別の告示を出して、卒業証書か、さもなければカリフォルニアの小別荘《シャレー》と、絨緞の上で遊んでママを大いに喜ばせる赤ん坊という図かへ行きつく以外にはどこへもきみを導いて行きはしない連鎖の最初の三段論法できみを武装する）。どれ、もっとゆっくり行こうよ。あいつが探しているのはなんだ？　自己を探求しているのか？　個人として自己を探求しているのか？　無時間的と仮定される個人としてか、それとも歴史的存在《エンテ》としてか？　もし後者なら、失われた時だ。もし逆に彼があらゆる偶然性の周縁に自己を探求しているのであれば、おそらく犬の件も悪くはないだろう。しかしもっとゆっくり行こうよ（彼はそうやって、父が子に対するように、自分に話しかけるのが好きで、そのためにあとであらゆる子らの大いなる喜びを自分に与え、老人の計画をぶちこわしにすることになるのだ）、静かに《ピアノ》、ゆっくり《ピアノ》行こう、この探求というのはなんなのかを見きわめるために。さて、探求とは存在ではない。微妙なもんだな、え。彼はすでに自己を発見したんだからそれは探求ではない。ただ発見するだけでは成就したことにならない。肉とじゃがいもと洋葱《ねぎ》はあるが、土鍋がないんだ。あるいはぼくらはもはや他の者たちといっしょではなく、市民たることをすでにやめてしまったのかもしれない（なにかわけがあってぼくはあらゆる土地から草掻きされて引っこ抜かれているのだ、ルテーティアをしてそのことを語らしめよ）、しかしぼくらはまた、犬から脱出して名もないものへ、そう、あの調停へ、あの和解へ、到達するすべを知らない。

恐ろしい仕事だ、スコラ学的に言えば中心は至るところにあって周縁はどこにもない円を、パチャパチャッと遊泳するのは。なにが探求されているのか？　なにが自己を探求しているのか？　それを一万五千回も繰り返してみろ、壁を鉄鎚《てっつい》で叩くように。なにが探求されているのか？　それなくしては人生も不分明な冷やかしの域を出なくなってしまうようなその和解とはなんなのか？　聖者の和解ではない。なぜなら、もし犬になり下がるという、つまり犬から、あるいは魚から、あるいは脂垢《あぶらあか》と醜怪さと悲惨さ、その他なんでも価値を下落させるものからもう一度やり直すという概念の中に、つねに聖性への懐古のようなものがあるとすれば、そこで懐古されている聖性は、どうやら宗教的ではないもの（かくしてここに無分別が始まる）、〈無差別〉のもの、聖者のいないもの（聖者というものはいつでも、なんらかの形で、聖者であってしかも聖者ではないものであり、そのことは、捩《よじ》れたストッキングを直すのに夢中になっている女のふくらはぎを眺めて悦に入っているような哀れなやつを憤慨させるのであるが）であるらしい、つまり、もし和解があるとすればそれは聖《ひじり》たる状態、我らは行くとは相容れない状態、とは別のものであるはずなのである。それは鉛を棄てて金を取り、セロファンを棄ててガラスを取り、短所を棄てて長所を取ることのない、なにか内在的なものでなければならない。それどころか逆に、無分別は、鉛が金に値し長所が短所の中に包含されることを要求する。錬金術、非ユークリッド幾何学、精神の働きとその所産のためのアップ・トゥ・デイトな不確定。〈高揚〉なんて問題ではない。歴史によって否認された古い精神的偶像、もはや驢馬を喜ばせることもなくなった古い人参なんて。完成すること、デキャンターに移すこと、取り返すこと、選択すること、自由意志ですること、アルファからオメガへ進むことは問題ではない。もうすっかり済んじゃった。誰でももう済んだことだ。あとはピストルをぶっ放すだけ。しかし撃鉄を打ち出さねばならない、その結果、指が合図をしてバスを停めるとか、なにかそんなことになるわけだ。
なんというおしゃべりだ、なんておしゃべりなんだ、この郊外のぶらぶらしている喫煙家は。娘さんはもうストッキングを直し終っていた。わかる？　いろいろな和解の形態さ。わが懊悩……。おそらくすべてのことはじつに簡単なことなのだろう、メッシュをちょっと引っ張るとか、かわいい指を唾で濡らして伝染病になったところを一撫でするとか。おそらく自分の鼻をつまんでそれを耳の高さに置き、ちょっぴり情況を不自由なものにすれば充分だろう。でもだめだ、そんなことをしても。まるで内と外とが家屋の二本の主桁であると確信でもしているかのように、天秤の外のほうに重量を載せることほど安易なことはない。しかし実際にはすべてのことがまずいんだ、歴史がそのことをきみに教えているだろう、それできみがそれを生きるかわりにそれを考えているという事実は、きみに教えているのだ、それはまずいことであり、われわれは、われわれの拠るべき手段のすべてが社会的構築物で、歴史で、イオニア様式で、ルネサンスのよろこびで、ロマンティシズムのうわべの悲しみで、変装している、全体的不調和の中にはまりこんでしまっているのだということを。そんなふうにわれわれは行くのであり、しかもわれわれは猟犬をけしかけられているのだ。

（－44）

126

「ええ、あなたの地獄のような魅力でもって、あなたはわたしの若い年月の平安を、わたしから捥《も》ぎとってしまった……。太陽や月は公明正大にわたしに光を送ってくれた。だからわたしは優しい気持で目を覚まして、夕べには、書を閉じて祈りをささげた。わたしはなんら悪しきものを見ることはなかった。眼を持たなかったからだ。なんら悪しきことを聞くこともなかった。耳を持たなかったからだ。しかし、わたしは復讐を忘れないであろう」

「マンドラゴラの話」アヒム・フォン・アルニムの『エジプトのイザベラ』より

（－21）

127

かくて怪物どもの跳梁するその巣窟《そうくつ》はクカには耐えが

たいものとなり、そのために彼女は薬局から出て行って、あとに残った者たちは静かになった。ざっと、また非常に真剣に、彼らはセフェリーノ・ピリスの分類法とモレリの構想について論じあった。モレリはアルゼンチンではあまり知られていなかったので、オリベイラは彼らに本を貸してやり、かつて彼が見たことのあるばらばらのノートの話をした。彼らは、看護人として仕事をつづけながらマテ茶やカーニャ酒の時間になると、姿を見せるレモリーノが、ロベルト・アルルトのことならなんでも知っているという事実を発見し、そのことは彼らの間にかなりの感動を生み出し、そのためまる一週間も彼らはもっぱらアルルトの話と、絨緞のほうが好まれる国では誰もポンチョを踏みつけたりしないという話ばかりしていた。しかしなによりも彼らはセフェリーノのことをたいへん真剣に話題にして、なにやら特別な流儀で互いに顔を見あわせるようなことがしょっちゅう起るのだったが、それはたとえば同時に目を上げて三人とも同じことをしていることに気づくというような、つまり、いかさまトランプをしているときのある目付きのような、あるいは絶望的に恋をしている男がお茶とお菓子といろいろのご婦人連、はては退役した陸軍大佐が田舎ではなにごともうまく行かないわけを説明するのまで我慢して付き合っていなければならないときの目付きのような、特別の、曰く言いがたい顔の見あわせ方であり、椅子にすわったその男は、大佐も愛する女も女の叔母さんたちもみんなを同じ目で眺め、みんなをやさしく見つめるのだ、なぜなら実際それはほんとうで、国家が秘密共産党員のやつらの手中にあるなんて恥辱なのだから、それから大皿の左の方にある第三の、クリーム菓子から、叔母さんたちが縫い取りしたテーブルクロスの上に仰向けに置かれたスプーンから、やさしい視線が一瞬上げられ、秘密共産党員にはかまわず、ナイル緑のプラスチック製の砂糖入れから上げられた別の視線と空中で結婚し、もうなにも存在しなくなり、時間の外での完全成就がこの上なく甘い秘密に変じ、もし今日の男たちがほんとうの男たち、若者たちであって、糞いまいましい女みたいな男ではないとすれば（《しかしリカルド！》《よかろう、カルメン、しかしわが国になにが起っているかを思うと、おれは腹が立って、腹が－立っ－て》）、必要な変更を加えて、それは、いくつかの場合にたまたま怪物どもが、盗み見るようでもあれば同時に全体的でもあるような、秘密めいてしかも長い間互いに顔を見あわせているときよりもずっと澄んだ視線で互いに顔を見あわせているときの、怪物どもの目付きにちょっと似ていたが、そいつはクカが夫に言っていたように、怪物であろうはずはなく、三人は笑いくずれて、いかさまトランプをやっているわけでも不倫の恋をしているわけでもないのにそうやって互いに顔を見あわせたことをいたく恥ずかしく思ったのだった。（—56）

128

われわれは現代において、もろもろの事物を犯し、われわれの内部に生きた空間を、存在することもなく、当然空間の中に存在の場があるとも思われていなかったもろもろの空間を、創造しようと願ってきた者である。

アルトー『神経の秤《はかり》』（—24）

129

しかしトラベラーは眠っていなかった。一、二度眠ろうと努力してみたが、悪夢は彼のまわりを回転し続けたので、とうとう彼は寝台の上に起きあがり、灯りをつけた。あの夢遊病者、あの不眠のしゃくとり蛾のタリタはそこにいなかった。そこでトラベラーはカーニャを一杯飲んで、パジャマの上衣を着た。こりやなぎの安楽椅子のほうが寝床より涼しげに見えたし、彼のセフェリーノ・ピリスに関する研究を続けるのにふさわしい夜だった。

この報告または図表でもって——原文どおりに書くとセフェリーノはかくのごとく語っている——ユネスコのための提案をという貴下の課題を前にしてと申しますか、その課題の下にと申しますか、私の解答を出しまして、モンテビデオの雑誌《エル・ディアリオ》に載せております。

フランスかぶれのセフェリーノだ。しかし大丈夫。《世界平和の光明》は、トラベラーもそれからの抜き書きをいくつか大切に所有しているが、素晴らしいスペイン語で書かれている。たとえば緒論は、

この表明において、私は《世界平和の光明》という表題の私の最近の著作から、抜粋をいくつかしてみたいと思っています。前述の著作は国際コンクールに応募中でして……が、全文はたまたま転載

することができません。というのも前述の著作を載せて下さった雑誌社が一定の期間はその了解を得ていない何人にも完全な形でそれを渡してはならないと禁じているからでして……

そこでこの表明においては前述の著作の抜粋を転載することに甘んじることにしますが、これからお読みいただく抜粋も現在はまだ公表すべきものではないのです。

たとえばジュリアン・マリアスによる同様の文章よりはるかに明確だ。カーニャを二杯も引っ掛ければ関係は確立し、よしきたということになる。トラベラーは自分が起きてしまっていて、タリタは他所でロマンティシズムを振りまきに行っているので不在だということに、喜びを感じはじめていた。もう十回目になるが彼はゆっくりとセフェリーノの本文に没入していった。

本書においては、いわゆる《世界平和のための大いなる公式》について論述されます。この大いなる公式によれば、諸国連盟、つまり国連ができるとまで考えられ、その連盟は、（貴重な、その他もろもろの）価値と人種を保護することを目標としています。そうしてついに、国際的なものの紛れもない例証として、まったく典型的なひとつの国家が存在することになるでしょう。というのもそれは四十五の国家行政機関または素朴な者たちの内閣、それに四人の国家的実力者から成っているからです。

ままあだ。素朴な者たちの内閣だって。まったくセフェリーノらしいや。自然哲学者、ウルグアイの楽園の草本学者、雲を追う者……

また一方ではこの大いなる公式は、それはそれなりに、それぞれ透視家の世界とも、〈幼児〉原理の自然とも無縁ではないし、各個別々に生み出される公式において、各個別々に与えられた当の公式におけるいかなる改変も認められないという自然律をも必要としない。

ご多分にもれず、この賢者は透視とか直観とかに郷愁を感じているらしいが、たちまち西洋人の分類癖がセフェリーノの小さな牧場を襲撃し、二杯のマテ茶のあいだに、それは文明を三段階に整理した。

文明の第一段階

文明の最初の段階は有史以前から一九四〇年までの時代と考えられる。あらゆるものが一九四〇年頃の世界大戦に向かって存在していた段階である。

文明の第二段階

文明の第二段階はやはり、一九四〇年から一九五三年までの時代と考えられる。あらゆるものが世界平和、世界の再建に向けて存在してきた時期である。

（世界の再建。それはこの世にあっては、めいめいが自分の分限を守るよう振舞うことであり、それまでに破壊されたものをことごとく効果的に復興することである。つまり建物、人権、価格の全世界的な均衡など。）

文明の第三段階

文明の第三段階はやはり、今日、つまり現代においては、一九五三年から未来の二〇〇〇年までを含むと考えられる。あらゆるものが、効果的な整理整頓へ向けて、ゆるぎない足どりで行進しているという時代である。

トインビーにとっては明らかに……。しかしセフェリーノの人類学的体系を目のあたりにしては、批評も沈黙することになる。

さてそこで、前述の各段階における人間の態度を考えてみることにする。

（A）まさに第二段階に生きる人間たちは、当の時代においては、第一段階についてはあまり考えることがなかった。

（B）現代というこの第三段階に生きる人間、つまりわれわれは、この同じ時代においては、第二段階についてはあまり考えていない。

（C）後に到来する、つまり紀元二〇〇〇年に始まる未来において、その時代の人間は、その時代においては、第三段階つまり現代についてはあまり考えないであろう。

あまり考えないというが、それは確かにそうだ。心の貧しき者は幸いなり。で今度はセフェリーノはポール・リヴェットの方式で、すなわち、クレスポ氏の中庭での午後の会話の大論点となった分類を大胆に続けるのだった。すなわち、

世界の人種は全部で六と数えることができる。白色人、黄色人、褐色人、黒色人、銅色人、それにパンパ色人である。

白色人種　この人種については、白い肌の住民すべてがはいる。バルト海沿岸、北欧、ヨーロッパ、アメリカなどの諸国の住民たちである。

黄色人種　この人種については、黄色の肌の住民すべてがはいる。大部分の中国人、日本人、モンゴル人、大部分のヒンズー人、などである。

褐色人種　この人種については、生れながらにして褐色の肌をも

った住民すべてがはいる。褐色肌のロシア人、褐色肌のトルコ人、褐色肌のアラブ人、ジプシーなどである。

黒色人種　この人種については、黒い肌の住民すべてがはいる。大多数の東アフリカの住民などである。

銅色人種　この人種については、赤銅色の肌をもったすべての住民がはいる。浅黒い赤銅色の肌をもった大部分のエチオピア人、そうした人々については、〈ニガス〉、つまりエチオピア皇帝が赤銅色の肌としての好例となっている。浅黒い赤銅色、つまり《コーヒー色》のヒンズー人の大部分、浅黒い赤銅色の肌のエジプト人の大部分などである。

パンパ色人種　この人種については、雑色、つまりパンパ色の肌をもった住民すべてがはいる。南北および中部アメリカのインディアンすべてである。

「オラシオがここにいればな」とトラベラーはひとりごちた。「彼ならこのことについては一家言あるだろうに。とにかく、そうだろう。セフェはラベル張りという古典的な難問に躓《つまず》いて、リンナエウス（リンネ）とか百科事典の一覧表のように、彼にできることだけをやっている。褐色人について言っているところなど、天才的な解決だな、確かに」

玄関で足音が聞こえ、トラベラーは、管理棟に通じている扉に向かった。第一の扉、第二の扉、そうして第三の扉は閉ざされているとセフェリーノだったら言ったかもしれない。タリタは薬局に戻ってしまったにちがいない、彼女が科学、秤、解熱の張り薬に戻ることにあんなに熱意を示すなんて信じられないくらいだった。

そうした瑣事には関知せず、セフェリーノは皺型となる諸国連盟について説明を続ける。

ヨーロッパにあるのがいちばんだが、世界のどこに本拠があってもかまわない連盟だ。永久に、つまり休日でない限りいつも、その機能を果たしている連盟。その本館、あるいはパレスにはかなり大きな部屋、あるいは空間が少なくとも七つあることになる連盟だ。等々。

さてそこで、前述の連盟のパレスの前述の七つの部屋について言えば、一番目の部屋は白色人種の国々から送られる代表者たちによって占められ、その議長も同じ肌の色となるだろう。二番目の部屋は黄色人種の国々から送られる代表者たちによって占められ、その議長も同じ肌の色となるだろう。三番……

そんなふうにすべての人種についても同様だと言えると言おうか、いちいち列挙しなくてもおそらく構いやしないのだが、カーニャを四杯も飲んでしまうと、事情は違ってくる（アンカップでなく、マリポサなのが残念、だってこのさい愛国的敬意こそが相応しいと思われるからだ）。まったく同じことだとは言えないのだ。なぜならセフェリーノの思想は結晶学的であり、あらゆる稜線と交点が凝結していて、シンメトリーと〈空間の恐怖〉によって支配されているからだ。言い換えれば、

……三番目の部屋は褐色人種の国々から送られる代表者たちによって占められ、その議長も同じ肌の色となるだろう。四番目の部屋は黒色人種の国々から送られる代表者たちによって占められ、その議長も同じ肌の色となるだろう。五番目の部屋は銅色人種の国々から送られる代表者たちによって占められ、その議長も同じ肌の色となるだろう。六番目の部屋はパンパ色人種の国々から送られる代表者たちによって占められ、その議長も同じ肌の色となるだろう。そうして——第——七番目の部屋は前述の諸国連盟全体の《参謀本部》によって占められるであろう。

トラベラーはここで、大系の厳密すぎる結晶化を阻止する《第》という文字にいつも魅了されてしまうのだった。それは一個のサファイアの中の神秘の〈花園《ハルディン》〉〔瑕《きず》〕のようであり、また、おそらくはその宝石の組織の融合を決定したあの神秘の瑕瑾《かきん》、サファイアの中にあって貴石の中心にある凝結されたエネルギーのように、その透明で清冽《せいれつ》な十字の光を発しているあの瑕瑾のようであった。（それにしてもどうしてそれは〈花園〉なんて呼ばれているのだろう。もし東方の物語にある宝石の花園から来ているのでなければ）

あまり脱線をしないセフェは、ただちに問題の重要性の説明にかかった。

前述の第七番目の部屋についての詳細。諸国連盟のパレスの上記の第七番目の部屋には、上記の連盟すべての書記長と、上記の連盟すべての議長代表もいることになるだろう。ただし、書記長は同時に前述の議長代表個人の秘書も務めることになるであろう。

さらに詳細を付け加える。第一番目の部屋には、当該の議長がいて、前記の第一番目の部屋の議事をいつも取り仕切ることになるであろう。第二番目の部屋に敬意を表して語るならば、前室に同じ。第三番目の部屋に敬意を表して語るならば、前室に同じ。第四番目の部屋に敬意を表して語るならば、前室に同じ。第五番目の部屋に敬意を表して語るならば、前室に同じ。そうして第六番目の部屋に敬意を表して語るならば、前室に同じ。

こんなふうに《前室に同じ》などと書いたときには、セフェリーノもだいぶ涙を呑んだに違いないと思うと、トラベラーの心にも熱いものがこみ上げてきた。それは

読者に対する異例の寛容さだ。しかし今や彼は問題の核心に迫って、《雛型としての諸国連盟の微妙な仕事》と彼が呼んでいるものを列挙しはじめた。すなわち、

（一）国際的流通における貨幣価値を（不動のものとするとまでは言わないが）管理すること。（二）労働者の日給、被雇用者の給料を明示すること。等々。（三）国際的な事物のため価値を明示すること（あらゆる販売品の価格を決定または固定、また他の多くの事柄についても価格または価値を決定する。たとえば、ひとつの国家はどれだけ兵器を所有したらよいか。一人の女性は国際的慣例として、何人子供を産んだらよいか。等々）。（四）退職金として、退職者、つまり年金生活者にどれだけ金銭的還付がなされるべきか明示すること。等々。（五）世界中の女性一人一人が何人まで子供を産むことができるか。（六）国際的次元における平等な分配について。等々。

明敏にもトラベラーは、子宮の自由と人口統計学に関する事項の重複の理由はなにかと考えた。（三）項の下では、それはひとつの価値として理解されるが、（五）項の下では、〈連盟〉の権限に関する具体的な問題と理解される。シンメトリーにたいする、つまり、一貫した秩序ある列挙の執念深い厳格さにたいする興味ある反則だ。それはある心配、古典的秩序はいつも美のために真実を犠牲にすることに他ならないのではないかという疑いを意味していた。しかしトラベラーが嗅ぎつけたそのロマンティシズムから回復して、セフェリーノは模範的な分配について語りはじめた。

兵器の分配
　世界の各国はそれぞれに相応する平方キロメートルの領土を有していることは、すでに理解されている。
　そこで事例を挙げると次のようになる。
（A）千平方キロメートルを有すると仮定される国家は、千門の大砲を保有することになろう。五千平方キロメートルを有すると仮定される国家は、五千門の大砲を保有することになろう。等々。
（このことによって、一平方キロメートルあたり一門の大砲となることが理解されよう）
（B）千平方キロメートルの国土を有すると仮定される国家は、二千挺のライフルを保有することになろう。五千平方キロメートルの国土を有すると仮定される国家は、一万挺のライフルを保有することになろう。
（このことによって、一平方キロメートルあたり二挺のライフルとなることが理解されよう）
　この事例は現存するすべての国家に適用されるであろう。フランスは一平方キロメートルあたりライフル二挺。スペインも同じ。ベ

ルギーも同じ。ソ連も同じ。合衆国も同じ。ウルグアイも同じ。中国も同じ。等々。このことは現存するあらゆる種類の兵器を含む。(a)戦車、(b)機関銃、(c)恐るべき爆弾、ライフル。等々。

(ー139)

130

ジッパーの恐ろしさ

英国医学誌は男の子にふりかかる新型の災難について語っている。この災難はズボンの前あきにボタンのかわりにジッパーを使うことに原因がある(本紙医学通信員の報告である)。

その危険とは、ファスナーが包皮を噛んでしまうことである。すでに二つの実例が報告されている。どちらの場合にも包皮切開によって、子供を助けてやらねばならなかった。

このような災難は子供が一人で手洗いに行くときに起きる可能性が高い。子供を助けようとして、両親はまずい方向にジッパーを引いて、事態をさらに悪化させることがある。それというも子供が災難にあったそのときに、ジッパーを引き上げていたのか、下ろしていたのか話せる状態ではないからだ。子供がすでに割礼を受けている場合には、その傷害はさらに深刻なものとなる。

医師たちは忠告として、ベンチまたは大鋏でジッパーの下部を切りとれば、両側は簡単に外れると言っている。しかし、皮膚に食い込んだ部分を抜くためには局部麻酔をかけることが必要であろう。

〈オブザーバー〉紙上 ロンドン

(ー151)

131

「わしらが十字を切る祈りの修道士の国家行政機関に加入するとしたらおまえはどう思うかな」

「そうするか、国家予算に入れてもらうか……」

「いやあそれじゃひどい忙しさになるぞ」と言ってトラベラーは、オリベイラの息づかいを見守った。「わしは完璧に憶えているよ、わしらの責任は、祈ったり十字を切ったりすることだったってことをね、いろんな人のため、いろんなもののために、また、セフェリーノが処々の中の所々と呼ぶ、あのじつに神秘的な地域のために」

「そいつは単数でなくちゃ」とオリベイラがまるで遠くからのように言った。「それはまさに然るべき処の中の所さ、きみ」

「それにまたわしらは野菜畑のためにも、競争相手に悪影響を受けた新郎たちのためにも、十字を切るだろうな」

「セフェを呼びなよ」とオリベイラの声がどこかの処の所から言った。「ぼくは好きなんだ……。ねえ、考えてみたら、セフェはウルグアイ人だぜ」

　トラベラーはそれには返事をせず、そのとき部屋へ入ってきて身を屈めてヒステリア・マティネンシス・ユグラータ（頸部静脈切断による朝発性ヒステリー症患者）の脈を取っていたオベヘロを見た。

「修道士たちはつねにあらゆる悪霊と闘わなければいけない」とオリベイラがはっきりと言った。

「はあ」とオベヘロが元気づけるように言った。（－58）

132

　それで誰かがいつものようになにごとかを説明している間、ぼくはどうしてか知らないがカフェにいるのだ、あらゆるカフェに、エレファント&カースルに、デュポン・バルベに、サシェに、ペドロッキに、ヒホンに、グレコに、カフェ・ド・ラ・ペに、カフェ・モーツァルトに、フロリアンに、カプラドに、レ・ドゥ・マゴに、コレオーヌ広場に椅子を出して並べているバーに、スカリゲル家の墓と、石竹色の大理石の棺に収められたエジプトのサンタ・マリアの涙で焼かれたようなあの顔から五十メートルのところにあるカフェ・ダンテに、年老いた貧しい侯爵夫人たちが埃まみれのいんちき大使たちといっしょに、ほんの一口ほどの紅茶を飲んでいつまでも粘っている、ジューデッカの向かいのカフェに、ジャンディーラに、フロッコに、クリュニに、リッチモンド・デ・スイパーチャに、エル・オルモに、クロズリ・ド・リラに、ステファヌに（これはマラルメ通りにある）、トーキョーに（これはシヴィルコタにある）、カフェ・オ・シアン・キ・フュムに、オペルン・カフェに、ドームに、カフェ・デュ・ヴィユ・ポールに、いたるところのカフェに入ってそこで

　　われらは忍耐強い調整をするのだ、
　　よく滑るだぶだぶのポケットの中に
　　風が置いてゆくような
　　手当り次第の慰み物で満足して。

ハート・クレイン言へり。しかしこれらのカフェはそれ以上のものであり、魂の無国籍者にとっては中立地帯、車輪の不動の中心であって、そこからならば、ただひたすら疾走する自分自身に追いついて一緒になることも、

女たちや約束手形や認識論的主題やにまきこまれて気が狂ったように右往左往している自分を見ることもできるし、日々の二分点あたりで口から口へと運ばれるデミタースの中のコーヒーが攪拌《こうはん》される間、つい一時間前にそこへ入ってきた自分からも、あと一時間もすれば出て行く自分からも同じように距離をおいて、突き離した態度で再検討や収支勘定をもくろむこともできる。自己証人、自己裁判官、タバコ二本の間の皮肉な自伝。

カフェでぼくはいろんな夢を思いだし、ひとつのノー・マンズ・ランドが次のを誘発する。いまぼくはひとつの夢を思いだす、しかしそうではない、ただなにか驚異すべきものを夢に見たはずだということと、結局は取り返しようもなくぼくの背後に残されたその夢から、自分が締め出されたように（あるいは自分から出て行ったように、といっても強制されてだが）感じたということを憶えているだけだ。はたして自分の背後で扉が閉まったことさえわからない。そうだとは思うが。実際、すでに夢みられた（完全な、球状の、完結した）ことと現在との間にはひとつの分離が定着していた。しかしぼくは夢を見つづけ、あの締め出しのことも、閉ざされた扉もぼくは夢に見た。ただひとつ恐ろしくも確かなことが夢の中のあの通過の瞬間を支配していた。取り返しようもなくあの締め出しが、それに先立つ驚異の完全な忘却をもたらしたという認識である。想像するに、それは扉が閉じたという感じ、宿命的な瞬間の忘却であった。なによりも驚くべきは、ぼくが前の夢を忘れてしまったことをもまた夢に見たということ、そしてその夢は忘却される（ぼくがその閉じた球から締め出される）必要があるということを思いだすことである。

こうしたことはすべて、想像するに、エデンの園に根をもっているのだろう。おそらくエデンの園は、好んでそんなふうに考えられるように、無意識の中にも生きつづける楽しい胎児期の神話創造的投影なのであろう。不意にぼくはマサッチョのアダムの驚き恐れる身振りをいっそうよく理解する。彼が顔を蔽っているのは、彼の幻影を、彼のものであった幻影を、保護するためなのだ。彼はそのささやかな手の夜の中に彼の楽園の最後の風景を護持する。そうして彼は泣きながら（というのはその身振りはまた落涙に伴うものでもあるからだが）、それが無用の身振りであり、真の罰はいま始まっているということを、了解するのである。エデンの園の忘却、ということはつまり牛の忍耐、労働に汚れた安手の喜びと額の汗と有給休暇だ。

133

（－61）

もちろんトラベラーがすぐさま思ったように、重要なのは結果なのだ。それなのに、どうしてこうも実用主義が蔓延《はびこ》るのだろう。トラベラーはセフェリーノを公平に評価してはいない。なぜなら彼の地政治学的分類法は、同程度に愚かな（そうして同程度には将来性があると認めないわけにはいかない）彼のとは別の多くの分類法と同じく、まだ試されたことがなかったからだ。セフェは果敢に彼の理論的領域を固守し、ほとんど即座に、次のような呆然とさせるような論証にとりかかった。

世界の労働者の賃金。

諸国連盟に従えば、次のようになるだろう、というか、ならねばならぬ。もし仮にフランスの労働者が、いま鉄鋼労働者としよう、仮に最低基本給八ドルと最高基本給十ドルのあいだで一定額の日当を得ているとすれば、その場合には、イタリアの鉄鋼労働者も八ドル乃至十ドルの同額の日当を得るべきであろう。加えて、もしイタリアの鉄鋼労働者が、八ドル乃至十ドルの前述の日当を得ているならば、その場合にはスペインの鉄鋼労働者も八ドル乃至十ドルの日当を得るべきだろう。加えて、もしスペインの鉄鋼労働者が八ドル乃至十ドルの日当を得ているならば、その場合にはソ連の鉄鋼労働者も八ドル乃至十ドルの日当を得るべきであろう。加えて、もしソ連の鉄鋼労働者が八ドル乃至十ドルの日当を得ているならば、その場合には、アメリカの鉄鋼労働者も八ドル乃至十ドルの日当を得るべきであろう。等々。

「こんなふうに《等々》と書く理由はなんだろうか、任意のある瞬間にセフェリーノがそれ以上続けるのを止めて、彼にとってひどく苦痛な《等々》を選ぶということの理由はなんだろうか」とトラベラーは独りごとを言った。「セフェリーノは反復を好んでいるのだから、反復に疲れたというだけでもなかろうし、また、単調さを好んでいるのだから、一本調子だと感じているからでもなかろう（彼の文体には伝染力がある）。《等々》がセフェリーノにいくぶん心残りだと感じさせなかったわけはなく、さしもの宇宙論者も、苛立つ読者の消化力に譲歩せざるを得なかったのだという事実だ。鉄鋼労働者のリストの末尾に次のように書き加えて、このあわれな男はその埋合せをしている」

（それはともかく、この論文においては、さらに語り続けるならば、あらゆる国についてそれぞれ、あるいは、あらゆるそれぞれの国のあらゆる鉄鋼労働者について、書く余地があるか、あるいはあるはずなのだ）

《だけど》とトラベラーはもう一杯カーニャを注いでソーダで割りながら考えた。《タリタが戻って来ないのはおかしいな》行ってみなければなるまい。セフェが模範的な国家を形成する四十五の国家行政機関を列挙しようというそのときに、セフェリーノの世界の全般的展開を見とどけずに出かけるのは残念な気がした。

（一）**内務を司る国家行政機関**（内務を司る全部局および一般職員）。（すべての制度の安定をはかる行政、等々）。（二）**財政事務を司る国家行政機関**（財政事務を司る全部局および一般職員）。（国土内のあらゆる財産〔あらゆる不動産〕の保全のための行政、等々）。（三）

という具合に行政機関は四十五の数にのぼるが、中でも、五、十、十一、十二は独特の権限によって傑出している。

（五）**市民福祉の事務を司る国家行政機関**（上述の事務を司る全部局および一般職員）。（教育、啓蒙、隣人愛、管理、登録〔カードの〕、健康、性教育、等々）。（〔弁護士の〕事務すなわち管理と登録。これを以て次の全職務を代行するものとする。《予審裁判所》《民事裁判所》《児童相談所》《未成年者の裁定官》《戸籍登録係》出生とか死亡とか、等々）。（市民の福祉となり得るすべてを含むはずの行政。**婚姻、父親、息子、隣人、住所、個人、品行の良い人または悪い人、公衆道徳を破る人、悪病人、家庭〔家族と〕、好ましからざる人物、家長、子供、未成年、婚約者、内縁関係、等々**）

（十）**大牧場を司る国家行政機関**（動物の大規模飼育のための全地方施設と同施設の一般職員全員）。（大規模飼育、または大型動物の飼育。去勢牛、馬、駝鳥《だちょう》、象、駱駝《らくだ》、きりん、鯨、等々）

（十一）**農場を司る国家行政機関**（農場もしくは大農園のすべてと当該施設の一般職員全員）。（野菜と果樹を除く各種の植物すべての栽培）

（十二）**動物養育所を司る国家行政機関**（動物の小規模飼育の全施設と当該施設の一般職員全員）。（小規模飼育もしくは非大型動物の飼育。豚、羊、子山羊《やぎ》、犬、虎《とら》、ライオン、猫、兎、雌鶏《めんどり》、家鴨《あひる》、蜜蜂（avejasだが正しくはabejas）、魚、蝶、鼠、昆虫、微生物、等々）

感動のあまりトラベラーはすっかり時のたつのも忘れてしまって、カーニャがどんどん減ってゆくのも気づかなかった。問題がまるで愛撫するように次々と彼の前に現われてきた。なぜ野菜と果樹を除外するのか。なぜ蜜蜂（*aveja*）という言葉には悪魔的なものが付きまとうのか。山羊が虎や鼠や蝶やライオンや微生物と並べて飼育されるという農園のあのほとんど楽園とも言うべき光景は。大笑いして噎《む》せ返り、彼は部屋から廊下に出た。当該－施設－の－職員たちが鯨を養殖しようとして、議論を闘わせている大牧場の光景が、まるで手に取るように浮かんできて、夜中の廊下のいかめしい様子に重なって見えた。それは場所と時間とにふさわしい幻影だった。タリタが薬局か中庭でなにをしていようと、そんなことを考えるなんてまったくばかげたことだ。行政機関の整理が続行され、それが啓蒙の光となっているのだから。

（二十五）**病院ならびに関連施設を司る国家行政機関**（あらゆる種類のあらゆる病院、修理修繕工場、皮革鞣《なめ》し工場、馬の調教のための厩舎、歯科医院、床屋、植物の剪定《せんてい》のための農事小屋、七面倒臭い一件書類の代書屋、等々、それに当該施設の一般職員全員）

「ほうら」とトラベラーは言った。「セフェリーノの芯の完璧な健全さを示すぎくしゃくぶりだ。オラシオは間違っていない。もろもろの秩序を、わしらが親爺から受け継いだとおりに受けいれるべきだなんていう理由はないんだから。セフェには、なにかを整えるということが歯科医と七面倒臭い一件書類とを結びつけると映るらしい。偶然は本質と同じように貴重なのだ……。しかしそれぞまさしく詩だよ、きみ。誰かが言ったように、セフェは乾いた精神の上皮を突き破って、世界を別の角度から眺めはじめているんだ。それじゃあ狂人呼ばわりされるのもあたりまえだよ」

タリタが入って来たとき彼は二十八番目の行政機関にかかっていた。

（二十八）**遍歴の科学捜査員ならびにその科学研究所を司る国家行政機関**（捜査員および／または調査官の全部局、検証官［視察官］の全部局と科学的検証官の全部局、そして同上当該施設の一般職員全員）。（上述の職員はすべて《**遍歴の**》と形容される予定の階級に所属すべし）

タリタとトラベラーはこの部分が他の個所に比べると好きではなかった。セフェリーノがあまりにも性急に追跡への焦慮に身を委ねているかのように思われたからだ。しかしおそらく遍歴の科学捜査員とは単なる刑事ではないのだ。《遍歴の》業務は彼らにドン・キホーテ的風体を帯びさせたが、それを多分セフェは了解ずみのことと判断していたので、あらためて強調することなど念頭になかったのだ。

（二十九）**請願に関する科学捜査員ならびにその科学研究所を司る国家行政機関**（捜査員および／または調査官の全部局、検証官の全部局、そして同上当該施設の一般職員全員）。（上述の職員はすべて、《請願》と呼ばれる階級に所属し、この階級の部局と職員とは前述の《遍歴》など他の階級のものとは区別されるべし）

（三十）**最終の傍注に関する科学捜査員ならびにその科学研究所を司る国家行政機関**（捜査員および／または調査官の全部局、検証官の全部局、そして同上当該施設の一般職員全員（上述の職員はすべて《傍注》と呼ばれる階級に所属し、この階級の職員は前述の《遍歴》《請願》の階級のものとは区別されるべし）

「彼はまるで騎士の階位について話しているようだわ」とタリタは納得して言った。「でも妙だと言えば、この三つの捜査員たちの行政機関について彼が言及しているのは、部のことだけね」

「それもそうだが、他方で、《最終の傍注》（acotación a fin）ってなにを言いたいのかね？」

「それはきっと一語なのよ、*afín*（隣接の）よ。でもそう考えたって答にはならないわね。どうでもいいわ」

「どうでもいいよ」とトラベラーが繰り返した。「君の言うことは確かに当っている。すばらしい処はね、遍歴の捜査員、請願の捜査員、傍注の捜査員がいる世界の可能性が存在しているってことなんだ。そうした理由のために、セフェが騎士の階位から宗教的階位へと、当代の（なんとか名称を与えてみると）科学的精神への譲歩とも見える幕間狂言を経て、転向することは、まったく自然なことと思われるんだ。そこんところをきみに読んでやろう」

（三十一）**適合科学の学者ならびにその科学研究所を司る国家行政機関**（適合科学の学者の共同体のためのすべての研究所または部局と、前述の学者のすべて）。（適合科学の学者たち、すなわち医者、ホメオパチー療法医、治療医〔すべての外科医〕、産婆、技術者、職人〔あらゆる業種の技術者〕、二流の技師またはあらゆる分野の建築家〔二流の技師のように、前もって引かれた図面どおりに施工する者〕、あらゆる分類屋、天文学者、占星術師、交霊術師、法というものの、あるいは法律の、あらゆる分野における正真正銘の博士たち〔すべての専門家〕、同属分類屋、会計係、翻訳家、小学校教師〔すべての調教師〕、殺人犯の手引きをする者——男——たち、

道案内人あるいは先導者、植物の接木師、床屋、等々）

「ほらね」とトラベラーはひと飲みでカーニャのグラスをあけて言った。「絶対的天才だ」

「床屋にとっては素晴らしい国になるでしょうね」とタリタはベッドにごろんと寝ころがり、眼を閉じて言った。「たいした出世だわ。どうしてもわからないのは、なぜ殺人犯の手引きをする者が男性でなくちゃならないかってことよ」

「女の手引きってのは聞かないな」とトラベラーは言った。「それにたぶんセフェは女はふさわしくないと思ったのさ。性がからんでくると彼はすごいピューリタンになるってことには気がついているだろう。それはいつも表に現われてしまうんだ」

「暑いわ、ずいぶんひどい暑さ」とタリタは言った。「彼が分類屋をとても加えたがっていて、その名称を繰り返していることに、あなた気がついていたでしょ。さあ読んでくださるという謎の飛躍はどうなってるの」

「中止だ」とトラベラーは言った。

（三十二）**十字を切る祈りの修道士とその研究所を司る国家行政機関**（修道士のための全修道院、および全修道士）。（修道士とはすなわち神の御加護を祈願する者、およそ肌のあわない祭儀には参列せずに、ただひたすら言葉の世界と加持祈禱と言葉の《征服》にのみ属する者）。（所有物つまり肉体に報いとして受け、または加えられたあらゆる悪意、あらゆる傷害と弛《たゆ》まず闘う修道士、等々）。（あるときは人物の、あるときは事物の、あるときは場所の、あるときは野菜畑の、あるときは恋敵にひどい仕打ちを受けた新郎のために、祈ったり十字を切ったりする悔悟の修道士と隠者、等々）

（三十三）**信仰篤い蒐集品保管人とその蒐集品保管所を司る国家行政機関**（蒐集品のすべての保管所、および同上の建造物——貯蔵所、倉庫、公文書館、博物館、共同墓地、刑務所、収容所、盲人ホーム、等々、および上記施設の一般職員全員）。（蒐集品。例。公文書館は、蒐集された書類のファイルを保管する。共同墓地は蒐集された死体を保管する。刑務所は蒐集された受刑者を保管する。等々）

「共同墓地のことなんかエスプロンセーダでさえ思いつかなかったんだ」とトラベラーは言った。「チャカリタ墓地と公文書館のあいだの類似性は否定できないな……。セフェリーノは異同を直感的に判断する。そうしてそれこそが基本的にはほんとうの知性と言えるんだ。そうだろう。このような緒論を読んだあとでは、逆に彼が到達した分類法もまったく珍妙だとばかりは言えなくなる。

世界はこうやって試作してみなければならないものなのさ」

タリタはなにも言わず、花綵《はなづな》のような上唇をあげて、いわゆる眠りの最初の兆候である欠伸《あくび》をした。トラベラーはもう一杯カーニャを飲むと、最後のどんづまりのほうの行政機関にとりかかった。

（四十）**赤色の有色種のための仲買人と赤色種のための能動的な仕事場を司る国家行政機関**（赤色属種のための仲買人のすべての共同施設、あるいは同上仲買人の大事務所、ならびに、同上仲買人のすべて）。（赤色属種。赤毛の動物、赤い花の植物、赤色にみえる鉱物）

（四十一）**黒色種のための仲買人と黒色種のための能動的な仕事場を司る国家行政機関**（黒色属種のための仲買人のすべての共同施設、あるいは同上仲買人の大事務所、ならびに、同上仲買人のすべて）。（黒い、あるいは黒いだけの属種。黒い毛の動物、黒い花の植物、黒く見える鉱物）

（四十二）**褐色種のための仲買人と褐色種のための能動的な仕事場を司る国家行政機関**（褐色属種のための仲買人のすべての共同施設、あるいは同上仲買人の大事務所、ならびに、同上仲買人のすべて）。（褐色の、あるいは褐色なだけの属種。褐色の毛の動物、褐色の花の植物、褐色に見える鉱物）

（四十三）**黄色種のための仲買人と黄色種のための能動的な仕事場を司る国家行政機関**（黄色属種のための仲買人のすべての共同施設、あるいは同上仲買人の大事務所、ならびに、同上仲買人のすべて）。（黄色い、あるいは黄色いだけの属種。黄色い毛の動物、黄色い花の植物、黄色く見える鉱物）

（四十四）**白色種のための仲買人と白色種のための能動的な仕事場を司る国家行政機関**（白色属種のための仲買人のすべての共同施設、あるいは同上仲買人の大事務所、ならびに、同上仲買人のすべて）。（白色属種。白毛の動物、白い花の植物、白く見える鉱物）

（四十五）**パンパ色種のための仲買人とパンパ色種のための能動的な仕事場を司る国家行政機関**（パンパ色属種のための仲買人のすべての共同施設、あるいは同上仲買人の大事務所、ならびに、同上仲買人のすべて）。（パンパ色の、あるいはパンパ色だけの属種。パンパ色の毛の動物、パンパ色の花の野菜、パンパ色に見える鉱物）

硬い金属の表層を砕け……。セフェリーノは自分の書いたものを、どんなふうに視覚化していたのだろう？どんな目くるめく（あるいはそうではない）現実が、大理石の舞台の上で、ケイプ・ジャスミンの間を、白熊が動きまわっている場面を、彼の心にありありと思い浮かばせたのか？　あるいは嘴《くちばし》に黒いチューリップをくわえて、石炭層の断崖に巣くっている烏《からす》たち……。それに何故それは《黒い》であり《白》でなければならないのか、それは《色のついた》ではいけないのか？　しかしそれならなぜ《黄色い、あるいは黄色いだけの》なのか？　ミショーやハクスレーのマリファナによっても解明できなかったというのは、いったいどんな色なのか？　セフェリーノの注釈は（役に立つとしても）さらに少々混迷へと導く役に立つだけであって、あまり多くは語っていなかった。とにかく、

前述のパンパ色について。パンパ色とは、その色の変化あるすべての色合いを含む、つまり、それは二種またはそれ以上の顔料で調合されている。

また極めて必然的な説明。

前に触れた、あるいは前に述べた、属種の仲買人について。当該仲買人には、地球上からいかなる属種も消滅することのないように、すなわちもろもろの属種が同種内で、あるいはまたある部類が他の部類と、あるいはまたある型が他の型と、あるいはまたある種族が他の種族と、あるいはまたある種の色が他の種の色と、交配することのないように、長官がなるべきである、等々。

セフェリーノ・ピリス、純粋主義者、民族差別主義者だ。ひとつの純粋色宇宙、我慢ならないほどにモンドリアン風ではないか。危険人物セフェリーノ・ピリス、いつでも議員候補になり得る者、それもおそらくは大統領候補に。警戒せよ、ウルグアイの人々。セフェが色彩に酔い痴れて最後の詩の一篇をものしている間に、寝酒にカーニャをもう一杯といこう。その詩ではエンソルの巨大なキャンバス画におけるように、仮面劇と反仮面劇という点では、爆発の可能性のあるものはみな爆発しているのだ。彼の体系に軍国主義がとつぜんふき出す。そうしてこのウルグアイの哲学者とっておきの雅俗混淆《こんこう》体とトリスメギストス風の中間に位置する処理の方法が検討されなければならない、つまりそれはこういうことになるだろう。

前掲の書『世界平和の光明』について言えば、問題はそれが軍国主義のかなり詳細に亘る説明を含んでいることであるが、ここで手短に、軍国主義を論じている次の部分を引用しよう。

雄羊座の下に生を受けた軍人たちの憲兵隊（「主都警察」型）。雄牛座の下に生を受けた軍人たちの根源的反政府シンジケート。双子座の下に生を受けた軍人たちのための祭典や社交界の監督と後援（舞踏会、夜会、婚約整い、許婚者《いいなづけ》同士をめあわせ、等々）。蟹座の下に生を受けた軍人たちのための（軍の）飛行隊。獅子座の下に生を受けた軍人たちのための根源的政府を支持するペン（軍事ジャーナリズムとあらゆる根源的国家政府の利益のための政治的魔術）。乙女座の下に生を受けた軍人たちのための砲術（重砲一般ならびに爆弾）。蠍座の下に生を受けた軍人たちのための公の、および／または祖国の後援ならびに実行（軍隊パレードとか、謝肉祭パレードとか、謝肉祭風仮装行列とか、《葡萄収穫祭》といったような祭とかに参加する場合に軍人にふさわしい仮装の使用）。山羊座の下に生を受けた軍人たちのための騎士団（おのおの分限に応じて、小銃兵、槍騎《そうき》兵、鉈《なた》軍人などの参加する普通騎士団と機動騎士団。普通の場合《共和国警備隊》で、参加者は剣士、等々）。水瓶座の下に生を受けた軍人たちのための実際的軍務（飛脚、使者、索敵兵、実務使節、実務の奉仕者、等々）。

タリタをゆすると、彼女は不機嫌に目をさました。そこでトラベラーは彼女に軍国主義のその部分を読んで聞かせたが、二人とも頭を枕で覆って、病院じゅうを起してしまわないように気を使った。まず彼らは大多数のアルゼンチンの軍人は雄牛座の下に生を受けたのだということに意見の一致を見た。蠍座の下に生を受けたトラベラーは酔態をしめし、自らの位は予備少尉であるとただちに上訴して、軍人としてふさわしい仮装の使用許可を願うのだと宣言した。

「収穫と呼ばれる型の大々的な祭を組織するのだ」トラベラーは枕の下から頭をつき出し、そう言い終るとすぐ頭をもとに引っこめた。「お前にもパンパ人種の同胞と一緒に見せてやろう。だってお前がパンパ人であることは、つまり、二色以上の顔料から出来あがっているってことは、少しの疑いもないことなのだから」

「わたしは白人よ。あなたが山羊座の下に生れたのでなくって残念、だってあなたには剣士になってほしかったんですもの。それか少なくとも飛脚か使者にはね」

「飛脚ってのは水甕座だよ。オラシオは蟹座だろうね」

「そうじゃなくったって、充分その資格ありよ」とタリタは目を閉じて言った。

「飛ぶってことは幾ばくか彼の心を刺激するんだな。ちょっと彼が例のバン・バンを操縦しているところを想像してみればいいんだよ。そうするとお茶とお菓子の時間にはアギラ菓子店に彼が飛行機をつっ込ませるのを見ることになる。かならずそうなるね」

タリタは灯りを消して、少しトラベラーのほうに寄り添った。彼はさまざまな黄道十二宮や、仲買人の国家行政機関や、黄色く見える鉱物などに包囲されてじっとりと汗をかき、床の中で寝がえりをうった。

「今夜オラシオはラ・マーガを見たのよ」とタリタは寝言のように言った。「二時間まえ、中庭で彼は見たの、あなたが当直に立っているときに」

「へえ」とトラベラーは両肩をすぼめてみせて、ブラーユ式紙まきタバコを捜して言った。「わしらは彼を信仰篤い蒐集品保管人の部類に入れなければならないだろうな」

「ラ・マーガはわたしだったのよ。あなた気がついてらしたかしら」とタリタは言って彼にすり寄ってきた。

「そりゃ大いに」

「いつかは起るべきことだったのよ。彼がその混同にあんまり驚いたみたいなのでわたしもびっくりしちゃったわ」

「ああ、そうなんだ、オラシオは面倒を引き起しておいてそれからそれを、まるでオシッコを漏らしてなにがあったんだろうかと考えながらびっくりしつつ立っている子犬みたいな顔で見つめているんだから」

「わたしたちが波止場で彼を出迎えたあの日もそうだったと思うわ」とタリタは言った。

「なぜってその説明は簡単ではないけれど。でもあの人はわたしを見もしなかったし、あなたたちの態度といったら、わたしを二人の間に挟んで、まるで猫を抱いたわたしを追う犬のようだったでしょ」

「非大型動物の飼育」とトラベラーは言った。

「彼はわたしをラ・マーガと混同したのよ」とタリタは主張した。「その他のことはみな、セフェリーノが列挙するみたいに、連鎖反応なのね」

「ラ・マーガもウルグアイの出身だ」と言ってトラベラーはタバコを吸い、暗闇の中にタリタの顔が浮かび上がった。「そこにある秩序があるのがわかるだろ」

「わたしの言うこと聞いて、マヌー」

「そんなことしないほうがいいよ。いったいなんのためになるんだい」

「最初、鳩を持った老人がやってきて、それからわたしたちは地下へ降りて行ったの。オラシオは降りて行くあいだずっと彼を苛《さいな》んでいるあの穴についてしゃべり続けていたわ。彼は絶望していたのよ、マヌー。彼がいかにも安らかな様子なので、怖くなってしまったわ。そうしてずっと……。わたしたちは貨物用エレベーターで降下して、彼は冷凍庫のひとつを閉めに行ったのよ。怖かったわ」

「そんなふうにお前たちは地下へ降りて行ったのか。なるほど」とトラベラーは言った。

「違うのよ」とタリタは言った。「降りるってことじゃないの。わたしたちはしゃべっていたんだけど、でも、オラシオはまるで心ここにあらず、誰か他の人に、そうね、溺死した女などに話しかけてるみたいなの。今ちょっと思ったんだけど、彼はラ・マーガが川で溺れたなんてことまだ言っていなかったわ」

「彼女は溺死じゃない。わしがそれについてなんにも知らないことは認めなければならないけれど、確かに溺死じゃない。オラシオを知ってるだけで充分だ」とトラベラーは言った。

「彼はあの女の人が死んでいると思っているのよ、マヌー。それなのにそれと同時に彼女がすぐそばにいるって思っているの。そうして今夜は、それがわたしだったのよ。船内でも見かけたって言うの、それにサン・マルティン大通りの橋の下でも……。白昼夢について話しているってふうじゃないの、それなのに、人に信じてもらえるとも期待していないし。彼はしゃべって、それだけでいいの。ほんとうなのよ。誰かいるっていうことが大切なの。彼が冷凍庫を閉めたとき、わたしは怖くなって、なにやら口走ったんだけど、そのときになって彼は初めて私だと気がついたの。彼が見ていたのは別の人だったのよ。わたしはゾンビじゃないわ、マヌー。ゾンビなんて御免だわ」

トラベラーは彼女の髪を撫《な》でてやったが、タリタはいらいらして彼を押し退けた。彼女がベッドの上に腰掛けたとき、彼は彼女が震えているのを感じた。この暑さの中で震えている。オラシオは彼女にキスをしたのだと言って、彼女はその意味を説明しようとしたが、言葉が見つからなかったので、暗闇の中でトラベラーにやさしく触れた。彼女の腕は布のように彼の顔や腕を覆い、胸を滑り降りて膝の上で止まった。こうした仕種のすべては、トラベラーが拒絶することのできない一種の説明となった。それは、もっと遠い処から、どこか深淵から、あるいは高みから、この晩のこの部屋とは違う処からやってきた接触伝染病であって、今度は彼がタリタから移された伝染病、それは翻訳不可能な声明のように不明瞭なおしゃべりであり、また、相手がなにか言いたげだということはわかるのだが、それを伝える声が途切れてしまうとか、あるいはいざそれが話し始めたとしても、それがなにか理解できない言語で語られているとかで、しかも、それは手の届く範囲の唯一のものであり、認識と受容を要求し、煙とコルクの海綿状の壁にぶつかり、捉えどころもなく、また腕の中に裸の自分を投げかけてくるが、それも水のように涙とともに流れ落ちてしまうのではなかろうかという懐疑ともなるものであった。

《精神の硬い瘡蓋《かさぶた》か》とトラベラーはやっとのことで考えた。纏まりのつかないままに、彼は恐怖が、オラシオが、貨物用エレベーターが、鳩が、と聞いていた。そんなふうに疎通を可能にする仕組が、わずかながら耳に入るようになってきた。それじゃ可哀想なやっこさんは自殺するのを恐れてたんだ。そいつはお笑いだ。

「やつはほんとにそう言ったのかい？　信じがたいな、おまえも知ってるだろ、やつがどんなに誇り高い男か」

「そうじゃないの」とタリタは言って、彼からタバコをとり返すと、無声映画にあるように、むさぼるようにタバコをふかした。「彼が感じている恐怖は最後の避難所みたいなものだと思うの。飛び降りる前に掴まっている横木なのよね。彼は今夜、恐怖を経験できて満足なのよ、わたしはわかるわ、結局満足なのよ」

「そいつはクカだったらとても理解しそうにないことだな、おまえだってそう思うだろう」と言ってトラベラーはほんとうのヨガ行者のように息をした。「わしも今夜は最高に聡明な気分らしいな。なにしろ幸せな不安なんてことはちょっと理解しがたいことだからね。そうだろう」

タリタはベッドの上でちょっとばかり腰をずらして、トラベラーに寄りかかった。彼女はふたたび彼のそばにいるのだと感じていた。彼女は溺れてなぞいなくて、彼が彼女を水面に支えていてくれることを、そうして結局そこには憐憫《れんびん》が、すばらしい憐憫があるのだということを感じていた。二人は同時にそれを感じ、まるで相手の中へ、共通の地中へと落ちこむように、二人は互いに躙《にじ》り寄った。そこではまるで円を囲む円周のように、言葉が、抱擁が、口が、彼らを包みこんでいたのだ、あの沈静作用のある暗喩たちが、また、いつも変らず同じものへと立ち戻り、連結し、風や潮に逆らって、呼びかけと落下に逆らって、浮かびつづけるあのいつもの満ち足りた悲しみが。

（－140）

134

花園

幾何学的に配置された植込みやふちどりや花壇からなる《フランス式庭園》の様式にしたがって、きわめて厳格に計画されている庭園は、大きな権限とたいへんな手入れを要するという事実は知っておいたほうがいい。

それに対して、《英国》式の庭園においては、素人の失敗もより簡単にごまかすことができる。二、三の灌木《かんぼく》、ちょっとした芝生、場所のよい壁ぎわとか垣根のそばに、小ぎれいに目立つ混ぜ植えの花壇がひとつもあれば、それで大そう装飾的で実行可能な組合せとして欠けるところがない。

不幸にして望ましい結果をもたらさない品種がいくつかあるとすれば、植え替えによって簡単に解決がつく。そうすることによって全体の不完全さ、あるいは失態もあまり目立たなくなる。外観、丈、色合いもまちまちのまだら模様にとり合せられている他の花々が、いつでも見た目に美しいひとつの花卉群を構成するからである。

この型の植込みは、英国や合衆国で盛んで、ミックスド・ボーダー、つまり《混合植込み花壇》の名で呼ばれている。こんなふうに植えられ、混り合って、自然に生い出たように互いに入り乱れて咲く優美な花々が庭園に田舎風の自然な眺めを与えるのに対し、四角や円を描く整然たる植込みは、つねに人工的な性質を帯び、絶対の完全さを要求する。

審美的であるのみならず実行可能だということで、「混合植込み花壇」の計画を素人の園芸家におすすめしても悪くないと思う。

『アシェット年鑑』（－25）

135

「すごくおいしいわ」とゲクレプテンが言った。「わたし揚げながら二つも食べちゃった。これぞまさしく絶品ね、ほんとよ」

「苦いやつをもう一杯いれてよ」とオリベイラが言った。「すぐにね、あんた。待って、そのまえにまず圧定布を新しい水で搾りかえてあげるから」

「ありがとう。目隠しされたまま揚げたトルテを食べるのはじつに妙なもんだね。宇宙探険に行くやつらはこうやって訓練を受けなきゃならないんだな」

「ああいう装置に入って月に飛んで行く人たちのことでしょ。カプセルとかなんかそんなものに入れられるんじゃなかった？」

「そうだよ、そして揚げたトルテとマテ茶をもらえるの

さ」（－63）

136

モレリの引用癖。

《同じ一冊の書物の中に、詩と、詩の否定と、物故したある男の日記と、わが友人であるひとりの高僧の手記とを発表する真意を理解してもらうのは、なかなか難しいであろう……》　ジョルジュ・バタイユ『詩への憎悪』（－12）

137

モレリアーナ

もし作品の分量もしくは調子が人をして作者は足し算を意図していたと信じさせるに至るようならば、急いでその人に指摘すべし、作者はそれとは逆の試みを、容赦のない引き算を、めざしているのだと。（－17）

138

ラ・マーガとぼくはときどきぼくらの記憶を冒瀆してみたい気持になることがある。そんな気になるのも、午後の不機嫌とか、もしも互いに目を見つめあい始めたりすると起る可能性のある苦悶とか、ごく些細なことに左右されてである。少しずつ、ずたずたのぼろ切れみたいな対話の行き当りばったりの成り行きに、ぼくらも調子を合わせ始める。ほとんどいつでも融和しがたい二つの遠い異質の世界がぼくらの言葉の中に入ってきて、まるで共通の了解があっての上であるかのように悪ふざけが生じる。ぼくはよく、友人たちに対するぼくの昔の盲目的な礼賛や、誤解され報われるところの少なかった忠誠や、政治取引だの知的角逐だの熱烈な恋愛だのを目指してしおらしくも頑《かたくな》に捧持される旗印やを、蔑《さげす》みの念をもって思いだすことから始める。ぼくは疑わしい正直さを嘲笑《あざわら》う。正直さというやつは、じつにしばしばそれ自身の、あるいは他人の、不幸を招くのに一役買うものなのに、他方その下では、裏切りや不正直がその蜘蛛の巣を張りめぐらすのをぼくは阻止することもできず、他人がぼくの前で、裏切り者か不正直者になるのを、二重に罪深いことにぼくがそれを阻止しようにもなにひとつできずに、ただ手を拱《こまね》いて座視するのみなのだ。ぼくは、いまだに清浄無垢なる堅い襟が光り輝いているその頸すじまでどっぷりと糞の中につかった、ぼくの叔父たちの純正なる廉直さを嘲笑う。もし彼らが、ひとりはトゥクマンに、もうひとりは七月九日《ヌエベ・デ・フリオ》通りに住んでいて、そこで自分たちは「純正なるアルゼンチン性」（argentinidad acrisolada という言葉を彼らは使っているが）の模範であると信じこんでいるのに、じつはただの馬糞の中に浮かび漂っているだけだと知ったら、彼らは仰向けに卒倒することだろう。それにもかかわらずぼくは叔父たちについてはよい思い出を持っている。それにもかかわらずぼくは、ラ・マーガとぼくとがパリの倦怠にとりつかれて自虐の日々を送っていた当時のあの思い出を踏みにじるのだ。

ラ・マーガが笑い止んで、なぜぼくはぼくの二人の叔父たちのことをそんなふうに言うのかと尋ねるとき、ぼくは彼らがそこにいて、扉の背後で六階の爺さんのように盗み聴きをしていればいいのにと思う。ぼくは不公平や誇張に陥りたくはないので、慎重に説明を準備する。ぼくはまた、それが、それまでけっして倫理の問題を理解することのできなかったラ・マーガにとって、なんらかの助けとなることを願う（エチエンヌもそうだったがラ・マーガのほうがまだしも身勝手さがそれほどひどくはない。その理由はただ、彼女が現在の責任だけを、善良もしくは高尚でなければならない瞬間だけを、信じているからである。つまるところ、彼女が倫理的な問題を理解できないのは、エチエンヌの場合のように、快楽主義的で利己的な理由によるわけだ）。

それからぼくは、誠実この上ないぼくの二人の叔父たちが、一九一五年という、農牧からお役所仕事への彼らの人生の絶頂期において一般に理解されていたような意味での完璧なアルゼンチン人であることを説明する。《むかしのラテンアメリカ白人》（criollos de otros tiempos）と言えば、ユダヤ人嫌い、外国人嫌いで、月十ペソで雇われてマテ茶をいれてくれる召使い女のいる小農場への郷愁に根を下ろしたブルジョワジーのことであって、みんな純粋な青と白の国旗への愛国的感情と、およそ軍事的なものや砂漠探険への大いなる敬意を抱き、家族みんなで《ロシア人》と呼んで、怒鳴りつけたり脅したり、たいていは空威張りの文句ばかりつけているその身分卑しい連中に月末に支払う給金さえままならないくせに、アイロンをかけたワイシャツだけは何ダースも揃えていたものだ。ラ・マーガがこういう幻想を（それについて彼女は個人的にはまるっきりなんの観念ももちあわせていなかったが）共有しはじめると、ぼくは、ぼくの二人の叔父と各々の家庭のそうした一般的な像の中に、多くの秀《すぐ》れた資質をもつ人たちがいることを、急いで彼女に示してやる。献身的な両親とその子供たち、選挙に参加し、まともな新聞を読む市民、上司や同僚にたいへん好感をもたれる勤勉な役人、病人のそばにいて一晩じゅう不眠の看護をしたり、あるいは誰にでも献身的な奉仕をすることのできる人。ラ・マーガがぼくが彼女をからかっているのではないかと不安になって、途方に暮れたようにぼくを見つめる。ぼくは自説を繰り返し、なぜぼくがそんなに叔父たちを好きなのか、なぜぼくたちが通りや天気に飽き飽きするときにだけ叔父たちのぼろ切れを陰から引っ張り出して、ぼくに残されている彼らの記憶の残闕《ざんけつ》を踏みにじるのかを彼女に説明してやらなければならない。するとラ・マーガは少し元気になって、そのときそのときで好きにも嫌いにもなる母親のことを、悪しざまにぼくに話して聞かせ始める。どうかすると、別の機会に何度か彼女がまるでたいへん楽しいことのように笑いながら話してくれたことのある幼女時代の逸話に、どういうわけかふたたび言及する彼女の様子が、ぼくを震え上がらせる。それは不意に不吉な結び目となり、追いかけ吸いついてくる蛭《ひる》やダニの生息する沼沢地のようなものとなる。そういう瞬間のラ・マーガの顔は、突起した鼻が鋭くとがり、血の気が引いて、狐の顔のように見え、彼女がとぎれとぎれにしゃべるうちに、巨大で猥《みだ》らなチューインガムの球のような彼女の母親のぶよぶよした顔が現われ始めるのだ、母親のみすぼらしい衣装をまとった肉体が、母親が未開発地の古い痰壺《たんつぼ》みたいに取り残されている郊外の街路が、母親が脂じみたぼろ切れで平鍋を拭く手となっている悲惨が。まずいことにラ・マーガは長時間そうして続けていることができず、たちまち泣き出してぼくから顔を隠し、信じがたいほど嘆き悲しむので、お茶を用意してすべてを忘れ、その辺まで出かけるか愛しあうか、しなければならない。叔父も母親もみんな忘れて愛しあうか、しなければならない。ほとんどいつもそうするか、あるいは眠るかだが、ほとんどいつもそうするのだ。

（－127）

139

ピアノの旋律（ラ、レ、ミ・フラット、ド、シ、シ・フラット、ミ、ソ）、ヴァイオリンの旋律（ラ、ミ、シ・フラット、ミ）、ホルンの旋律（ラ、シ・フラット、ラ、シ・フラット、ミ、ソ）は、ArnolD SCHoenberg Anton WEBErn、そうしてAlBAn BErGという人名の音楽的等価物を表わしている（ドイツ式に言えばHはシを、Bはシ・フラットを、S［ES］はミ・フラットを表わしている）。この種の音楽的アナグラムは別に新しいものではない。バッハも自分の名前を同様にして織り込んだし、そうしたやり方は、十六世紀の多声音楽の作曲家たちには共有財産であったということを思いださねばならない［……］。未来のヴァイオリン協奏曲におけるもうひとつの重要な類似関係は、全曲をとおしての厳格なシンメトリーにある。このヴァイオリン協奏曲では、鍵となる数は二である。おのおの二部に分けられている二つの独立した楽章があり、楽器編成におけるヴァイオリンとオーケストラの構成についてもそうである。それに対して《室内協奏曲》の中では、三という数が目に付く。献辞は巨匠とその二人の弟子のことを示し、楽器はピアノ、ヴァイオリン、混成の管楽器の三つの部門で編成されている。その構造は三つの連関する楽章で組立てられ、そのおのおのの楽章が程度の差はあれ三部構成をとっていることが明らかになる。

アルバン・ベルクによるヴァイオリンとピアノと十三管楽器のための室内協奏曲についての無署名の解説（録音パテ・ヴォクスPL8660）。（—133）

140

いったんクカが快い—眠りを—貪《むさぼ》りに出て行ってしまえば（あるいはその前なら、彼女が出て行くように）、真夜中から午前二時までの間、なにかもっと刺激的なことを期待して、薬局でくりひろげられる瀆《とく》神と奇異のかぎりの言辞の練習（クカは辛抱強い女だが、怪物どもの言葉の攻撃に、笑顔をふりまきながらお返しとして抵抗するその努力が彼女をひどく疲れさせる。彼女は回を追って就寝するのが早くなり、怪物どもは愛想よく笑いかけて彼女におやすみを言う。誰よりも中立派のタリタは、ラベル貼りをするか、『インデックス・ファルマコールム・ゴッティンガ』を検索している)。

練習のサンプル。ある有名なソネットを明暗教的《マケニア》に逆転させて翻訳すること。

落花、死者、おぞましい過去、
枝に還るか、そのかすかな羽搏《はばた》きで?

トラベラーのノートの一葉を読む。《床屋の順番を待つ間、ふとユネスコの出版物に視線が落ち、以下の名称が目に入る。Opintotoveri / Työläisopiskelija / Työväenopisto. これらはどうやらフィンランドの教育雑誌の誌名らしい。読者にはまったくのちんぷんかんぷんだ。実在の名称か? 何百万人かの金髪にとってOpintotoveri は普通教育の監督官を意味する。わしにとっては……(怒り)。しかし彼らは〈cafisho〉がどんな意味かを知らないのだ(アルゼンチン人の満足感)(cafisho はジェノヴァのイタリア語 cafiscio から借入した隠語で「売春宿の主」の意)。非現実の増殖。考えてみれば専門家ならあらかじめ知ってるんだ、ボーイング七〇七のおかげでヘルシンキまで数時間で行けるという事実から……。個人的に引き出すべき結果。搭乗員刈りにしてくれ、ペドロ》

奇異の言語学的諸形式。タリタが Genshiryoku Kokunai Jijo を前にして考えこんでいる、なんていうのは日本の核活動の論述にとって似つかわしいとは思われない。タリタは、床屋で手にした資料の意地悪な調達者たる彼女の夫から、別刷りの Genshiryoku Kaigai Jijo という、見たところ海外における核活動の論述らしいものを見せられて、重ね合せの原理やら微分やらに納得させられそうになる。分析の結果、Kokunai =日本《ハポン》、Kaigai =国外と納得したタリタの感激。タリタが外国語通ぶりをひけらかして、あわれ両脚の間に尻尾を隠して立ち去るのを前にしたときの、ラスカーノ通りの染物屋マツイさんのあわてようったら。

瀆神《とくしん》。たとえば《目にも著《しる》きキリストの同性愛》といったような有名な詩の仮定から出発して、ひとつのまとまった満足すべき体系をつくり上げること。ベートーヴェンは屎《くそ》虫の類なりと仮定するとか。『黒い日記』から推量されるような、サー・ロジャー・ケイスメントの否定すべくもない聖性を擁護すること(サー・ロジャーの日記は彼の同性愛的傾向を示すといわれる)。堅信礼をほどこされるようにそりゃそうさと言われ、聖体拝領のように恭しく御高説を拝聴するクカの驚き。

問題は結局のところ純粋な職業的自己犠牲によって自らを異化すること alienarse である。彼らはまだまだ笑いすぎる(アッティラが切手を蒐集するなんてあり得ない)が、あの *Arbeit macht Frei*(「労働が自由をつくる」)はその結果を生みだすだろうさ、ぼくを信じたまえ、クカ。たとえばファーノの僧正が暴行したとなれば必ずひとつの事件となって……　(—138)

141

モレリの狙いが別のことに向けられていたことは何ページも読まなくてもわかった。時代精神の深層への彼の言及と、その論理《ロヒカ》(狂気《ロカ》)が、ひとつの法則となってしまった不適合を斥《しりぞ》けることすらできずに、上履の紐で縊《い》死《し》し果てるに至った章句とは、その作品の洞穴学的意図を明らかに示していた。モレリは、平衡や、空間の倫理とでも呼べるような原理をあまりにもあっけらかんと侵犯して前進したり後退したりしたために、彼の物語るかずかずの事件はたかだか五分の間に継起したものなのに、それだけの時間があればアクティウム Actium の戦いとオーストリア Austria の〈合併〉*Auschluss*(これら三つのAはもしかしたらそれらの歴史的瞬間を選んだこと、あるいはむしろ受けいれたこととなんらかの関係があるのかもしれない)とを関連させることが可能であるといった事態、あるいはコチャバンバ通り一二〇〇番の家の呼鈴を押した人物はポンペイのメナンドロスの家の中庭に通ずる敷居をまたいで入ることもあるといった事態が、起っても当然だったのだ(実際にはそんな事態が起ったのではなくて、ただ誰も確かめることができなかっただけなのであるが)。そうしたことはすべてむしろ瑣末なこと、ブニュエル的なことであり、〈クラブ〉のものたちは、もっと別の、より深く猥らな意味への単なる誘因としての、あるいは開かれた寓喩としての、その価値を見逃すことはなかった。そういう軽業師のような練習のおかげで、福音書やウパニシャッドやその他もろもろのシャーマン的トリニトロトルエン(TNT)爆弾を装弾された問題を派手にひねくる連中とそっくりに、モレリは、文学を装いつづけながら、内実は文学の内奥に坑道を掘り、囮《おとり》の対坑道を掘って、文学を嘲笑うという喜びを味わっていたのだ。突如として語群が、ひとつの表現法全体が、ひとつの文体の上部構造が、意味論が、心理が、わざとらしさが、急転直下、身の毛もよだつハラキリへと転落していった。バンザイ！　新しい秩序へ、あるいはなんの保証もなく。結局最後にはいつでも一本の糸が遥か彼方に、書物から出発して、おそらくを、たぶんを、誰ぞ知るを目指して張り渡され、それが当の作品の、ひとを茫然自失させるようなヴィジョン全体を、そっくり宙吊りの状態にしているのだった。そうしてこのペリコ・ロメロという、確かさを必要とする人物を絶望させたものが、オリベイラを歓喜に打ち震えさせ、エチエンヌの、ウォンの、ロナルドの想像力をかきたて、ラ・マーガをして跣《はだし》になって両の手にそれぞれ一本の朝鮮あざみを持って舞い踊らせたのであった。

　カルヴァドス・ブランデーとタバコとで汚された議論の長い道すがら、エチエンヌとオリベイラはなぜモレリが文学を憎悪していたのか、またなぜ彼がランボーの〈退場〉を自分でも演じたり、自分の左こめかみにコルト32口径の悪名高き効力のほどを実地に検証したりせずに、文学それ自体の側から文学を憎悪したのだろうかと自問していた。オリベイラは、モレリがあらゆる気晴らしめいた属文《エスクリトウラ》の悪魔的な本性にうすうす気づいていたのだろうと信じかけていた（それにいったいどんな文学がそうではないと言えようか、たとえそれが、そのへんにあったか発明されたのかもしれない多くのものの中から神秘的直観《グノーシス》とか実践《プラクシス》とかエートスとかを飲みやすくするための賦形剤のようなものでしかなかったとしても？）。なかでもきわめて刺激的ないくつかの章句の重みを考量しているうちに、いつしか彼はモレリの属文が持っているある特別な調子に敏感になってしまっていた。その調子の品質を評定するとすればそれは第一に魅惑の解消と言っていいだろうが、その下には、魅惑の解消といってもその本の中で物語られている情況や事件に関わるものではなくて――モレリはできるだけそれらしく装っているが――〈物語られる内容〉に決定的に取って替わった〈物語り方〉に関わるものであることが感じられるのだった。質料と形相との擬似矛盾の解消という問題がふたたび持ち出され、モレリ老はそれを自分なりに利用しながら、形相的質料ということを宣言するまでに至った。彼は自分の道具を疑い、同時にそんな道具によって実現された仕事を欠格と認定していた。そのような本が語っていることはなんの役にも立たず、なにものでもない。なぜなら、それは語られ方が悪いから。なぜならそれはただたんに語られただけにすぎないから。それは文学だから。またしてもおのれの属文にたいする、そして属文一般にたいする著者の苛立ちという問題に立ち戻ったわけだ。明らかにパラドックスは、モレリがじつに多様な形式に焦点をあわせた想像上の挿話を累々《るいるい》と積み重ね、おのれの職分を全うし得るひとりの作家の持てる限りの力を結集してそれらに襲いかかり、それらを解決しようと奮闘しているところにある。そこに理論が提示されているようには見えず、知的省察を加えるに困難なものがなにひとつあるわけではないが、彼が書くに至ったすべてのものから、いかなる言明またはいかなる分析のそれよりもなお限りなく大きな効力をもって推量されることは、虚妄なりと告発された世界の深く潜行した腐食、累積によりこそすれ破壊によるものではけっしてない襲撃、華麗なブラヴューラ紛《まが》いのご大層な断片ごときの成功には疑いを抱くこともあり得るような、ほとんど悪魔的な皮肉、厳密に組立てられたかずかずの挿話、もう何年も前から短篇物語や小説の読者の間で彼の名声を打ち立ててきた文学的幸運の見せかけの感慨、といったものであった。華麗なオーケストレーションを施された世界は、鋭敏な嗅覚にとっては消散して無と帰した。しかし神秘はまさにそこから始まっていたのだ、なぜならその作品の全面的虚無を提示されたのと同時に、もっとぐずぐずしていた直観が、モレリの意図はそんなことにはなく、この書物の各断章における実質的な自己破壊はまったくの鐚石《ひせき》の中に貴金属を探し求めるようなものであることを、うすうす感じ取っていた可能性があったからである。ここで立ち止まることが必要だった。扉を間違え、抜け目なくやりすぎて失敗する懸念があったからだ。オリベイラとエチエンヌの熾烈《しれつ》をきわめた議論は、彼らの期待がこの段階まできたときに起きたのだった。なぜなら、彼らは自分たちが間違っているのではないか、自分たちが二人とも、バベルの塔は所詮、無用の長物となるためにでなければ建てられはしなかったのだと頑に信じている完全なばかではないかという恐怖心を抱いていたからである。西洋の倫理はそのとき彼らにとって、不可避的に受け継がれ同化され咀嚼《そしやく》されてきた三千年の幻想のすべてをひとつひとつ取り持つ女衒《ぜげん》のように思われた。一輪の花はなんのためでもなくただそれだけで美しいものであり得るという信念を棄てることはむつかしい。暗闇の中でも踊れるという事実を受けいれることは悲しい。記号の逆転、他の次元とともに、他の次元から見られた世界へのモレリの言及は、より純粋な世界像の（しかも光耀燦然《こうようさんぜん》と書かれ、それと同時に愚弄とも、鏡の前での凍った皮肉とも疑われるような一章句のうちにすべて盛られた世界像の）必然的な準備として、まずほとんど希望といってもいいものの、ひとつの正当な理由づけの、止まり木を彼らのほうに差しのべて彼らを憤慨させたが、しかし同時に彼らの全面的な安全は拒否して、彼らを耐えがたい曖昧性の中に置き去りにしたのであった。もしなんらかの慰めが彼らに残されていたとすればそれはモレリもまたそれと同じ曖昧性の中を動きまわりながら、その正当な初演の試聴がたぶん絶対無二の沈黙であるに相違ない作品のオーケストレーションを行なっていたのだと考えることであった。こうして彼らは呪いの言葉を吐きちらしながらも魅惑されてページを繰り、ラ・マーガは最後にはいつもかならず不安に倦《う》み疲れて肘掛椅子の上に猫のように丸くなり、両の目と閉めきった窓と激しくも無益な夜との間に充満することもあるあの煙のすべてを通して、夜明けの光がスレート屋根の上に射し初めるのを眺めるのだった。（－60）

142

1.「彼女がどんなだったか知らないよ」とロナルドが言った。「ぼくらにはけっしてわからないよ。彼女についてぼくらが知っているのは彼女が他人に与えた影響だけさ。ぼくらはちょっぴり彼女の鏡だったんだ、さもなきゃ彼女がぼくらの鏡だったのさ。説明なんてできないよ」

2.「彼女はひどい愚か者だったんだ」とエチエンヌが言った。「愚かなる者に称《たた》えあれ、とかなんとか、誓って、これは真面目な話さ、真面目に唱えてるのさ。彼女の愚かさ加減にはぼくは苛々しどおしだったよ、オラシオはただ知識が足りないだけだって言い張ってたけど、それは間違いさ。無知と愚鈍との間には明々白々の相違があり、誰だってそんなことは承知してるさ、知らぬは当の愚者ばかり、当人にとっては幸いなことにね。彼女は勉強さえすれば、あの有名な勉強ってやつだが、聡明になれると思っていたんだね。知識と理解ってものを取り違えてるよ。あの哀れな女はぼくらが知識として知っているために見過ごしてきた、じつに多くのことがらを理解していたよ」
3.「言葉の反響症状におちいるなよ」とロナルドが言った。「そんな二律背反や分極ばっかり。ぼくに言わせれば彼女の愚鈍さは、あれほど植物的であり、蝸牛《かたつむり》的であり、きわめて神秘的なものにべったりだったことの代償だったのさ。そうだよ、よく考えてみなよ。彼女は名辞を信じることはなかったし、なにかに指を触れて初めてその存在を受けいれていたんだ。そういうやり方ではそれほど遠くまで行けるもんじゃあないさ。それはまるで西洋全体に、もろもろの学派に、背を向けるようなものだ。都会で生活するには向かないよ、白分で働いて生活して行くのにはね。それで彼女は心身を擦り減らしたのさ」
4.「そう、そうなんだ、でも、逆に彼女は無限の幸福を容れることができるわけで、ぼくはよく羨望《せんぼう》の念をもって彼女を見まもっていたものさ。たとえばこのコップの形。ぼくは絵画にそれ以外のどんなものを求めるだろうか？　自分を殺し、うんざりするような行程を自分に課しておきながら、それも一本のフォークと二個のオリーブの実に行きつくためだ。塩と世界の中心とがそこに、そのテーブルクロスの上に、なければならない。彼女はやってきて、そのことを感じ取っていたのだ。ある夜、彼女がぼくのアトリエに上がってきて、ふと気がつくと、ぼくがその朝仕上げたばかりの絵の前に立っていたことがあってね。彼女は、泣くときはいつもそうするように、顔全体で、それは恐ろしくも見事に泣いていたっけ。ぼくの絵を見ながら泣いていたんだよ。ぼくは意気地のないことに、その日の午前中ぼくだって泣いていたんだって彼女に言いそびれちゃった。そうしていればどんなにか彼女の気持を鎮めてやれたことだろうに、彼女はとてもためらっていたんだよ、われら頭脳明敏なる悪知恵どもに囲まれて、自分を卑小なものに感じていたんだよ」
5.「人が泣く理由はたくさんあるさ」とロナルドが言った。「泣いたからってなんの証拠にもなりはしないよ」
6.「少なくともひとつの接触の証拠にはなる。いったい彼女以外にどれだけの人がそのキャンバスを前にして、磨き抜かれた言葉で、影響関係を見渡し、その周囲にあらゆる可能な注釈をめぐらして、それを正しく観賞するだろうか。いいかい、まず二つのことを結ぶことのできるレベルに到達しなくちゃ。ぼくは自分がすでにそこにいると思っているけれど、ぼくは少数者の一人だよ」
7.「その少数者の中の第一人者なんだろ」とロナルドが

言った。「きみの提灯を持つためならどんなものだって役に立つよ」

6.「わかってるよ、そのくらい」とエチエンヌが言った。「そうだってことは知ってるさ。しかしぼくは二つの手をつなぐのに一生かかったよ、心臓を守る左手と、絵筆や直角定規を持つ右手とをね。初めにぼくはラファエロを眺めながらペルージョのことを考えるって手合いの一人だった。それがバッタみたいにレオン・バッティスタ・アルベルティの上にぴょんと飛んで、こっちでピーコを、あっちでロレンゾ・ヴァルラを結びつけては溶接していたのさ、ところが、いいかい、やれブルクハルトが言っている、ベレンソンが否定している、アルガンは考える、あれらの青はシエナ派のものだ、ああいうぼかしはマサッチョからきている、っていう次第さ。いつだったか忘れたが、ローマにいたときガレリア・バリベリーニで、アンドレア・デル・サルトを分析していて、いわゆる分析というやつさ、それでふとぼくはその絵を見たんだ、なにも理由は訊《き》くなよ、ぼくはそれを見たんだ(それも絵の全体をではなく、背景のほんの細部、路上の小さな女人の姿をだ)。涙が出てしょうがなかったよ。ぼくに言えることはそれだけだ」

5.「泣いたからってなんの証拠にもなりはしないよ」とロナルドが言った。「人が泣く理由はたくさんあるさ」

4.「きみに返事しても無駄だね。彼女のほうがもっとずっとよく理解していただろうよ。実際ぼくらはみんな同じ路上にいるんでね。ただある者は左手から、別のある者は右手から出発するのさ。ときにはちょうど中点で誰かがテーブルクロスの上にコップとフォークと二個のオリーブの実とが置かれてあるのを見るってわけだ」

3.「比喩を使って話すんだね」とロナルドが言った。「いつも同じだ」

2.「完全に失われたもの、遠く距てられたものに近づく方法はひとつしかない。彼女はもっとそれに近く、それを感じていたんだよ。彼女の唯一の間違いは、その近さが、ぼくらの全修辞と等価であるという証拠を求めたことにあった。そんな証拠は誰も彼女に与えることなどできなかったさ、第一ぼくらはそれを概念として持つことができないし、第二に、どういうわけかぼくらはぼくらの集合的知性に居心地よく安住し満足しているからね。周知のとおり、リトレの辞書があればこそぼくらは安心して眠らせてもらえるんだ、リトレがそこの手に届くところにあって、あらゆる答えを用意してくれているんでね。そのとおりなんだ、しかしそれはただ、ぼくらがもはやリトレをも破産させるような質問を発することができないからだよ。ラ・マーガがなぜ樹木は夏になると身を包むのかと尋ねたときには……しかし無駄だよね、口を閉じて黙ったほうがましだ」

1.「そうさ、そういうことはいっさい説明することができないものさ」とロナルドが言った。　（－34）

143

午前中は、目覚時計のけたたましい連続音によってもパッチリとした目覚めに変るまでに到らなかった浅い眠りの中にまだしがみつきながら、彼らは互いに夜の間に見た夢のかずかずを忠実に語りあっていた。頭と頭を合わせ、抱きあって脚と脚、手と手をからませながら、彼らは彼らが暗黒の時間の中で生きたすべてのものから言葉で世界を表現しようと努力していた。オリベイラの青年時代の友達であるトラベラーは、タリタの夢、物語に応じて引き攣《つ》ったり綻《ほころ》んだりする彼女の口元、物語にアクセントをつける身振りや感嘆の声、自分が見た夢のいわれや意味をめぐる彼女のあどけない臆測に、すっかり魅了されていた。さてこんどは彼が自分の見た夢を物語る番になり、ひとつの話の途中でしばしば彼の手が愛撫を始めると二人は夢から愛へと移行しては、もういちど新たに眠りに沈み、道草ばかりで話は一向進まないのだった。

眠さのために少し甘ったれたようなタリタの声を聞き、枕の上に広がった彼女の髪を眺めながら、トラベラーはすべてがこんなふうであり得ることに驚きを感じていた。彼は指を伸ばしてタリタのこめかみに、ひたいに触れた。(《そしてそれからわしの妹が叔母のイレーネになってね、しかしはっきりはせんな》)、彼は自分の頭からほんの数センチのところにある障害物を確かめていた(《そしてわしは藁草の原で裸になって、増水したどす黒い川、とてつもない大波を眺めていた……》)。彼らは頭と頭をくっつけあってそこに眠っていたのだったが、そうして肉体的には直《じか》に接し、そうして姿態、位置、呼吸ともにほぼ完全に一致し、二人にとっては部屋も同じ、枕も同じ、暗さも同じ、チクタクも同じ、街路や市街の刺激も同じ、磁気放射も同じ、コーヒーの銘柄も同じ、星の会合も同じ、夜も同じで、そこにそうしてしっかりと抱きあっていながら、互いに異夢を追いつづけ、相似ぬ冒険を生きたのであって、一方で男が笑みを浮かべている間に他方で女は震えあがっていたのだし、一方で男がもう一度幾何の試験を受けていた間に他方で女は白い石の町へ行っていたのだった。

　朝になっての夢の再話の中に、タリタは喜びを、あるいは苦悩を込めるのだったが、トラベラーは密かに対応するものを探すことに固執していた。いったいどうして昼間の同伴者である妻が、こんな離縁に、夢を見る者のこの容認しがたい孤独の状態に、はまりこんでしまうといったようなことがあり得るのか？　ときどき彼の姿がタリタの夢の一部を形成したり、タリタの姿がトラベラーの悪夢の恐怖を分担したりすることがあった。しかし当人たちはそのことを知らず、目を覚ましたときに相手がそのことを教えてやる必要があった。《そのときあなたはわたしの手を掴んでこう言ったのよ……》するとトラベラーは、タリタの夢の中で彼が彼女の手を掴んで彼女に話していた間に、彼自身の夢の中でタリタの第一の親友と同床中だったり、サーカス《ラス・エストレリャス》の座長と話しこんでいたり、マール・デル・プラータで泳いでいたりであったことに気づくのだった。他人の夢の中に自分の幽霊が出るということは、マネキンにも、知らない町にも、鉄道駅にも、石の階段にも、夜の悪夢のどんな装置にも、けっして優越することのない、道具の状態、たんなる仕事の材料に、彼を貶めるものであった。タリタと結合して、彼女の顔や頭を自分の指と唇とで包みこむようにしながら、トラベラーは越えることのできない障害を、愛でさえも越えることのできない目くるめく距離を、感じていた。長い間、彼は、タリタが朝に語ろうとする夢はまた彼が夢みたものでもあるという奇蹟を待ち望んでいた。彼はそれを待ち、それを唆《そそのか》し、それを誘いながら、あらゆる可能な類似を呼び求め、彼をとつぜんの認識へと導いてくれそうな相似を求めた。ただ一度だけ、タリタのほうではそのことに少しも重きを置かなかったのに、彼らは類似の夢を見たことがあった。タリタは母と連れ立ってあるホテルへ行かねばならなかったが、そこへは誰もがめいめい自分の椅子を持参しなければならなかったという話をした。トラベラーはそのとき彼の夢を思いだした。それはバスルームがなくて、誰もがめいめい自分のタオルを持参しなければならないホテルで、どこなのかはっきりしない場所へ風呂に入りに行くために鉄道駅を横切って行かねばならなかったのだ。彼はタリタにこう話した。

《わしらはほとんど同じ夢を見たのだよ、わしらは椅子もバスルームもないホテルにいたんだ》タリタはおもしろがって笑った。もう起きる時間だった。彼らはすっかり怠け者をきめこんでいた。

トラベラーは次第に望むことも待つこともあまりしなくなっていった。夢が彼らそれぞれの側に戻ってきた。二人はまたもや頭と頭をくっつけあって眠りに落ち、それぞれの頭の中で別々の舞台のカーテンが上がった。トラベラーは、二人の頭はまるでラバル通りに隣り合って並ぶ二軒の映画館みたいだと皮肉な考えをめぐらし、完全に望みを失ってしまった。彼は望んでいたことが起るという信念を失い、信念がなければそれは起らないということを知っていた。信念なくしては起るべきことも起らないし、信念があってもやはりほとんど起らないことを彼は知っていた。（−100）

144

香水、オルペウス賛歌、algalia の第一義（麝香《じゃこう》）および第二義（導尿管）……。きみのここは紅縞瑪瑙《しまめのう》の匂い。ここは緑玉髄。ここは、ちょっと待って、ここはパセリのようだ、しかしせいぜいセーム皮の中に見失われたほんの小片。ここからきみ自身の匂いが始まる。なんて奇妙なんだ、ほんとに、男が女の匂いを嗅《か》ぐことができるようには女は自分の匂いを嗅ぐことができないなんて。ここだ、まさに。動かないで、ぼくにやらせてくれ。きみはロイヤル・ゼリーの匂い、きざみタバコ入れの蜜の匂い、海草の匂いだ、そういえば局所薬なんだが。海草にもじつにいろいろあり、ラ・マーガは海の最後の一揺れで根こそぎ打ち上げられた新鮮な海草の匂いがした。波そのものの匂いだ。日によっては海草の匂いがもっと濃厚な律動と混じりあい、そんなとき、ぼくは倒錯に訴えなければならなかったものだ——しかしそれは口蓋の倒錯だよ、わかるだろ、bulgaróctono の、夜の服従にがんじがらめにされた家令の、贅沢だよ——、ぼくの唇を彼女の唇にまでもって行き、闇に包まれて震えるあの軽やかな薔薇色の火焔に舌で触れ、それから、ぼくが今きみにしているように、ゆっくりと彼女の両ももを分け、彼女を少し側に倒して彼女の中に涯しなく息を吹きこみ、ぼくが求めなくとも彼女の手がまるで焔が皺だらけの新聞紙からその黄玉を引っ張り出して奮い起たせるように、ぼくをぼく自身から切り離し始めるのを感じる。それから香水の匂いが止み、奇蹟のようにぴたりとしなくなると、すべては味わいと愛咬《あいこう》、口のまわりに流れる精髄液、あの闇の中への転落、原初の闇、始源の車の轂《こしき》になる。そうだ、あのうずくまる獣性の最たる瞬間に、排泄・分泌とその曰く言いがたい器官とにもっとも近く、そこ最初と最後の図形が素描されるところ、そこ、きみの日々弛緩のねばねばした洞穴に、戦《おのの》くアルデバランは立ち、遺伝子と星は群れ飛び、いっさいはアルファにしてオメガとなり、**coquille, cunt, concha, con, coño**（いずれも女陰を意味する卑語）、至福千年、ハルマゲドン、テラマイシン、ああ、黙って、そんな見下げた恰好で近づかないで、おまえの安易な鏡、おまえの肌のなんという沈黙、エメラルドの骰子《さい》の転がるなんという深淵、虻と不死鳥と噴火口……　（－92）

145

モレリアーナ

ある抜き書き。

故に、これが私に個別の部分を基礎にして作品を構築するように促した、根源的で肝要な、また哲学的な理由である——作品を作品の部分と考え、人間を肉体の部分と魂の部分の融合体として取り扱う——そうである以上人類全体は部分の混合体と考えられる。しかし、誰かが私に次のような反駁をしたら、つまり、この恣意的な私の着想が、実はなんら着想などではなく、諧謔《かいぎゃく》、冗談、揶揄《やゆ》、そうして欺瞞《ぎまん》にすぎず、芸術の厳格な規範や規準に従わずに、無責任や軽口、猥《みだ》らな冗談、顰面《しかめつら》などによって、それらを笑い物にしているのではないかと言われれば、私はそれを肯定し、私の目的はそれに他ならないと応えるであろう。そうして、いやまったく——私は躊躇《ためら》わずに告白する——諸君、私は諸君の芸術などもう結構と言いたいのだ、諸君自身に対しても同様だが。というのも諸君が抱く思想、芸術的態度、そうしてすべての芸術的結社が係わるあの〈芸術〉には組することなどできぬ相談だからである。

ゴンブローヴィッチ『フェルディドゥルケ』
四章「子供で裏うちされたフィリードルの前置き」　（－122）

146

オブザーバー紙への投書

拝啓
　今年は蝶の姿が少ないという便りが貴紙購読者から寄せられているでしょうか。例年、多数見かけられるこの地方で、ひょうもんちょうの飛翔を二、三見かけたのを除けば、事実上まったく姿を見ないのです。三月以来私が見かけたものは、アパンテシス・ヴィルゴは一例のみ、カトカラ・カラスは一度もなく、きあげははほとんどなし、クウェロニアは一度、ピーコックス・アイもヒポスカティクスもなし、そうして去年の夏は蝶でいっぱいだったわが家の庭に、一匹のレッド・アドミラルもいないのです。
　この減少は広汎にわたっているのでしょうか。もしそうだとしたらその原因はなんでしょう。

M・ウォッシュボーン
ピッチコム、グロスタシャー
（－29）

147

なぜ神々からそんなにも遠いのか？　たぶんそう尋ねることによってだろう。
　それでなぜ？　人間は尋ねる動物である。われわれがほんとうに尋ねることを知る日には対話が生まれるだろう。いまはまだ尋ねることがわれわれを答えから目もくらむほど遠くへ引き離す。もしわれわれが、自由の中でも虚偽の最たるユダヤ－キリスト教的弁証法の中で窒息しているのだとしたら、どんな公現 *epifania* をわれわれは期待できようか？　われわれは真実の〈新機関〉**Novum Organum** を必要とし、窓をいっぱいに開け放って、いっさいを路上に投げ棄てなければならない。しかしなによりもわれわれはまた、それとともに、窓とわれわれ自身をも投げ棄てなければならないのだ。それは死であり、あるいは遁走である。われわれはそれをしなければならない、なんらかの形で、それをしなければならない。勇気を出して饗宴のさなかに飛びこんで行き、お屋敷のきらめく女主人の頭上に、夜の贈物である、美しい緑色をした蝦蟇《がま》を載せ、召使いどもの仇討ちに恐れず立ち向かわなければならない。

（―31）

148

ガビオ・バッソによって提示された、*persona* の語源について。

〈語源について〉というガビオ・バッソの論文の中の、*persona*（仮面）という言葉についての彼の説明は、私の識るところでは、見事で卓抜なものと言える。彼はこの言葉の語源として *personare*（鳴り響く）という動詞を考えている。以下が彼の説明の仕方である。《仮面は口にあたる開口部を除けば、顔をすっぽり蔽っているので、音声は四方に散ることなく絞られて、唯一の開口部から漏れ出るが、そのため、より強靭《きょうじん》な通る音声となる。このように、仮面は人間の声をよりよく響かせ、よりく強くするので、*persona* という名称が与えられてきた。またこの語形成の結果として、この言葉の中の o の文字は長音となっている》

アウルス・ゲリウス『アッティカの夜』

（―42）

149

この路を行くぼくの歩みは
別の路に
　　反響し
そこで聞く
　　ぼくの歩みは
この路を通ってゆく
ここでは
実在するのは蛙だけ。

オクタビオ・パス

（―54）

150

病院関係記事

グラフトン公爵未亡人は、先週の日曜日に脚を挫《くじ》かれたが、昨日は落ち着いた一日をおくられたと、ヨーク州立病院は発表している。

「サンデー・タイムズ」、ロンドン

（―95）

151

モレリアーナ

猫なり蝿なりの行動を日常の目で一瞬見やれば充分に感じ取れることであるが、科学が目指しているらしいあの新しい世界観、すなわち生物学者や物理学者が本能や植物的生命といったものと結びつく唯一の可能性として緊急に提起しているあの反擬人神観 des-antropomorfización なるものは、仏教やベーダーンタやスーフィー教や西洋神秘思想がどの聖句を取っても今こそ生者必滅の理を拒否して永生を得よとしきりに説いている、あの遠い、孤絶した、執拗な声と別のものではないのである。

(―152)

152

意識の濫用

私がいま生活しているこの家はあらゆる点で私の家に似ている。間取り、玄関の匂い、家具、朝には斜めに射し込み、正午には弱まり、夕方になると暗くなる光。すべてが同じなのだ。庭の小径や木立、古い、崩れかけた門や中庭の敷石などでさえも。

時間も、過ぎゆく時の瞬間も、私の人生の時間や瞬間に似ている。それらが私の周りを巡るときに私はひとりつぶやく。《それらはまるで実在しているようだ。いまこの瞬間に私が生きている実在の時間に、そっくりではないか》

私としては、家じゅうの反射するものすべてを取り片づけたとしても、それでもなお避けることのできない窓ガラスなどが、かたくなに私の影を私に向かって送り返してくるならば、私はその反映の中にまさしく私に似た人物を見る。そう、じつによく似た人物をだ、私はそれが誰であるかよく知っている。

でもそれが私だとは考えないで欲しい。とにかく。ここではいっさいが虚妄なのだ。私が〈私の〉家、〈私の〉生活に戻ったら、その時こそ私は私の真の顔を発見するだろう。

ジャン・タルディユー

(―143)

153

「アルゼンチンっ子だろうとなんだろうと、気を付けないと怒鳴られるよ」
「それじゃ、気を付けるさ」
「それがいい」

カンバセレス「ムシカ・センチメンタル」(−19)

154

ともかく彼らの靴はリノリウムらしき材料の床の上を踏み、鼻には甘酸っぱい消毒薬の臭いがつんとしていたし、ベッドではご老体が、二枚重ねた枕をあてがわれ、その鼻は、上体を腰かけた姿勢に支えておくために宙吊りにされている鉤のようだった。顔は土色をして、死相を思わせる隈《くま》が現われていた。体温表の異常なジグザグ変動。それでいったいなんのためにわざわざこんなことを?

別になんでもないんだそうですがね。こちらのアルゼンチンのかたはたまたま事故を目撃なさった方、こちらのフランスの方は絵描きさんです。病院でどこもみな同じでひどく汚いもんですね。モレリです、ええ、作家の。

「まさか、あの」エチエンヌが言った。

ええ、そうなんでしてな、エディシオネス−ピエドラ−エン−エル−アグア(水中石出版)、ぽちゃん《プロップ》、わしについて知られておることはそれだけなんじゃが。モレリはわざわざ、売れたのは(それに贈呈本も含めて)ざっと四百部ぐらいのものだと彼らに言った。そうなんでしてな、うち、ニュージーランドで二部、感動的な細目。

オリベイラは震える手でタバコを取り出して看護婦のほうを見た。彼女はどうぞという身振りを示すと、黄ばんだ一対の屏風《びょうぶ》を立てて彼らを囲って出て行った。彼らはノートやロール紙の類をちょっとわきへ寄せて、ベッドの足もとのほうに腰をおろした。

「もしぼくらが新聞で事故のことを読んだんでしたら……」とエチエンヌが言った。

「〈フィガロ〉には出てましたな」とモレリが言った。「あのひどい雪男とかのニュースの下のほうに」

「そんなことはおわかりでしょうが」とオリベイラはやっとのことで呟くような声を出した。「一面ではそのほうがよかったと思うんです。自筆原稿の綴りと自家製マーマレードの瓶を持った、しりの大きな婆さん連中がわんさと押しかけてきたかもしれませんから」

「ルーバーブのジャムか」とモレリが言った。「あれは最高ですな。しかしまあ、押しかけられないほうが有難い」

「ぼくたちでしたら」とオリベイラはすっかり気にしながら言葉を挿んで、「もしお邪魔ならそうおっしゃってさえくだされば。また改めて出直すとかなんとかしますから。よろしいですか？」

「あなたがたはわしが何者かをご存知なくともお出でくださった。個人的にはいましばらくゆっくりしていって頂きたいですな。この病室は静かでしてな、いちばん大声を出していた御仁はゆうべ二時になにも言わなくなってしまいましたわ。この屏風は申し分ないものですな、わしが書きものをしているところを見た医師のご厚意ですわ。一方で医師はわしが書きものを続けるのを禁止しとったですが、看護婦さんたちが屏風を運んでくれましたもので、誰にも煩わされません」

「いつお宅に戻られるようになりますか？」

「それは駄目のようで」とモレリが言った。「一生ここから離れられんことになりました」

「そんなばかな」とエチエンヌが敬意を示しながら言った。

「時間の問題でしょうな。しかし気分はいいですよ、門番の女とのいざこざもこれで終りだし。誰も手紙を持ってきませんしな、ニュージーランドからの手紙も、綺麗な切手を貼った。死児みたいな本を出版したときも、ちょっとした、しかし忠実な手紙が一、二きただけですわ。ニュージーランドのご婦人からと、シェフィールドの青年から。慎み深い秘密結社めいた、冒険に加わった少数者の一人という快感でしょうかな。それがいま、現に……」

「あなたにお手紙を差し上げようなどとはぼくには思いもよりませんでした」とオリベイラが言った。「何人かの友人とぼくはあなたの作品を知っております。それはとても……。こんな言い方は失礼ですが、ぼくも同じ考えです。じつはぼくらは何日も夜を徹して議論したんです。それはともかく、あなたがパリにおいでだったとは夢にも思っておりませんでした」

「一年前まではヴィエルゾン（フランスのシェール県の町）に住んでましたがな。パリへ出てきたわけは図書館を少し探ってみたいと思ったからですわ。ヴィエルゾンは、もちろん……。出版社にわしの住所を明かすことを禁じられておりました。どうやってあの読者の方がわしの住所をつきとめましたものやら。背中がひどく痛みますな」

「ぼくらは退散したほうがいいんじゃありませんか」とエチエンヌが言った。「いずれにせよ、明日出直します」

「あなたがたがおられんでも、どっちみち痛むんでな」とモレリが言った。「タバコを吸いませんかな、幸いわしはタバコは禁じられておりませんのじゃ」

問題は文学にわたることのない言葉を見つけることだった。

看護婦が通りかかったとき、モレリは火のついたほうの端を悪魔のように巧みに口の中へ突っこんで、老人に変装した子供のような表情でオリベイラを見た。じつに愉快だった。

……エズラ・パウンドの中心的な思想から出発したところがちょっとあって、しかし彼の衒学趣味や、周辺の象徴と根本の意味との間の混乱はないはず。

三十八度二分。三十七度五分。三十八度三分。X線(なにやら不明の記号)。

……それがなにか新しい文学的遊びだとは考えずにそういう試みに接近できる人は少ないということは知っているつもり。なにより結構。なによりいけないのは、それでもやはり失敗が多くて、この遊びを終らずに死んで行くだろうということ。

「二十五年、黒の負けだな」と言って、モレリは頭を後にのけぞらせた。彼は急に老けたように見えた。「残念、せっかく勝負がおもしろくなりかけたところなのに。双方に六十個ずつの駒《こま》でやるインドのチェスがあるっていうのはほんとかな?」

「あるかもしれませんね」とオリベイラが言った。「終りのない勝負ですね」

「中心を制する者が勝ちじゃ。その中心から、あらゆる可能性が支配されるんで、相手が勝負の続行をいくら言い張っても意味がない。しかし中心はどこか脇のほうの枡であったり、盤の外であったりすることもあり得る」

「あるいはチョッキのポケットだったり」

「比喩だよ」とモレリが言った。「比喩から逃れるのはじつにむつかしいことだ、いくらそれが美しいものでもな。精神的な女だな、ほんとに。わしはもっとよくマラルメを理解しておきたかったな、彼の不在と沈黙の意味は、ただ窮極の拠《よ》りどころ、形而上的袋小路というだけのことではなかったのじゃ。ある日、ヘレス・デ・ラ・フロンテラで、わしは二十メートルの距離から一発の砲声を聞き、もうひとつの沈黙の意味を発見したよ。それから、わしらには聞こえない口笛の音を聞きとるあの犬どもが……。あなたは画家でしたな」

彼は両手で脇のほうをまさぐってノートの綴りを一つ一つ取り上げ、皺になったページを伸ばしたりしていた。ときどき、それでも話をやめずに、モレリは、あるページにちらと目をくれてはそれをクリップで綴じたノートの中に挿入していた。一、二度はパジャマのポケットから鉛筆を取り出してページに番号を書き入れた。

「あなたは書いておられるのかな」

「いいえ」とオリベイラが言った。「なにを書けばいいというのでしょうか、書くためにはなにか生きたという確証を持たなければなりません」

「存在は本質に先行する」モレリはそう言って笑った。

「お望みなら。厳密にはそういうんじゃないんです、ぼくの場合は」

「あなたはお疲れになったでしょう」とエチエンヌが言った。「失礼しようよ、オラシオ、きみは話しはじめると……。こいつはいつもこうなんです、ひどいやつでして」

モレリは笑顔を浮かべたままページを閉じて、二人を眺めながら、彼らの本質を見きわめ、比較しているようであった。彼は少し体をずらして頭を載せるのにもっといい位置を探した。オリベイラは立ち上がった。

「これはわしのアパルトマンの鍵ですわ」とモレリが言った。「そうしてもらえるとたいへん有難いんだが、ほんとに」

「ひどい面倒なことになりませんか」とオリベイラが言った。

「いやあ、心配するほどむつかしいことではありませんや。文書挟みが助けになるでしょう。色と、数字と、文字とで分類する方式になっていましてな。すぐ呑みこめますよ。たとえばこのノートの綴りは青い文書挟み、わしが海と呼んどる部分に入れてもらうわけです。しかしそれは周縁ですわ、わしが自分をもっと理解するための遊びってわけで。ナンバー52とあれば、然るべき位置、つまり51と53の間に入れていただくだけで結構なんで。アラビア数字、こいつは世界一やさしいものですな」

「しかし数日もたてばあなたご自身でおできになるのでは」とエチエンヌが言った。

「わしはよく眠れませんでな。わしもノートの綴りから弾き出されていますのじゃ。お手伝いくださらんかのう、せっかく会いにお出でくださったのじゃから。こいつを全部しかるべき位置に挟んでくださると、わしもここで気分が晴れますのじゃが。いやあ、すてきな病院ですな」

　エチエンヌはオリベイラを見つめ、オリベイラも、という次第。その驚きも想像できよう。まことの名誉、かくも過分な。

「それから全部を小包にしてパクに送ってくださらんか。アヴァン＝ギャルドの本を出しとる出版社でな、ラルブル・セック通りの。パクというのはヘルメスのアッカド名であるのをご存知かな？　わしはいつも思うんじゃが……。ま、しかしその話はまた別の日にしよう」

「いらぬおせっかいをして、ひどい混乱を惹き起したりしては」とオリベイラが言った。

「第一巻はすごく錯綜していたもんで、こいつとぼくは本文の印刷に間違いがあったんじゃないかって何時間も議論したんです」

「ちっとも構いませんのじゃ」とモレリが言った。「わしの本は誰でもお好きなように読んで結構でしてな。*Liber Fulguralis*（光輝の書）というんでしょうか、占卜編とでもいうんでしょうか。せいぜいこのわしにやれることといえば、自分がそれを再読したいと思う順序に並べることくらいのものでね。最悪の場合でも、かりに間違っても、たぶん完璧なものになるでしょうな。ヘルメス・パクの悪戯《いたずら》ですわ、あの言遁《いいのが》れや囮《おとり》の翼ある工作者の。こういう言葉はお好きかの？」

「いえ」とオリベイラが言った。「言遁れも、囮も。二つともぼくには腐った言葉に思われます」

「用心しないと」と言ってモレリは目を閉じた。「わしらはみんな、古いごてごて塗りたくった水ぶくれを潰して、純粋を追求しているんでね。いつだったか、ホセ・ベルガミン（スペインのエッセイスト、編集者）のやつ、卒倒して死にかけおったよ、わしがやつの二ページの文章の空気を抜いてぺしゃんこにしてやったものだからな、つまりその証明してやったのさ、その……。だが用心じゃよ、あなたがた、いわゆる純粋というやつは、たぶん……」

「マレーヴィッチの真四角とか」とエチエンヌが言った。

「はい、これ。ヘルメスのことを考えなきゃいかんと言ったが、彼には彼の遊びをさせておけばいい。これを全部持ってって、順番に挿し入れておいてくださらんか、せっかくわしに面会にこられたんだから。たぶんそのうちわしもあっちへ行って、ざっと見ることはできると思うがの」

「明日また参ります、あなたさえよろしければ」

「結構。しかしそれまでにもっと書き上げておきますぞ。あなたがたを狂人にしようとしているんだから、ご用心あれ。ゴーロワーズを持ってきてくださらんか」

　エチエンヌは自分のを一箱進呈した。鍵を手にしたまま、オリベイラはなんと言っていいかわからなかった。なにもかも間違っている、こんなことが、この一日に、あい次いで起ったはずはない、みんな六十個の駒でやるチェスの穢《けが》らわしい手だ。最悪の悲嘆の最中の無益な喜びだ、そんなものは蠅でも追っ払うように斥《しりぞ》けなくてはいけない、この手に入った唯一のものが歓喜へのこの鍵、ぼくが感嘆し必要としていたなにかへの一歩、モレリの扉を、モレリの世界を開くこの鍵だけであるときにこそむしろ悲嘆を選ばなくてはいけないのだ、そうして歓喜の最中に悲しい、うす汚れた自分を感じなくてはいけないのだ、ぼくの肌は疲れ、目は脂《やに》だらけ、不眠の夜の、罪深い不在の、匂いをぷんぷんさせ、以前やっていたのに最近はやらなくなったことのすべてを果たしてちゃんとやっていたのかどうか理解するのに必要なだけの距離の不足を匂わせ、ラ・マーガのしゃくり上げる声、天井を叩く音を聞き、顔に降りかかる凍てつくような雨を我慢しながら、ポン・マリの上で迎える夜明け、葡萄酒とカーニャとウォツカ、さらにまた葡萄酒と、ちゃんぽんをやったあとの酸っぱい噯気《おくび》、ポケットにぼくのものではない手、ロカマドゥールの手を突っこんでいるような感じ、涎《よだれ》をたらしてぼくの太腿を濡らす夜のやつ、こんなに遅い、あるいはおそらくあまりにも早すぎる歓喜（ひとつの慰め、おそらくあまりにも早すぎ、まだまだ過分の、しかしそうであるなら、**tal vez**《おそらく》, **vielleicht**《おそらく》, **maybe**《おそらく》, **forse**《おそらく》, **peut-être**《おそらく》 ああ糞、糞、それじゃ明日《みようにち》また、先生、糞、糞、際限もなく糞、そうだ、面会時間にはあくまでも糞に固執だ、顔にも、世界にも、糞の世界、彼に果物を持ってきてやろう、副糞の主糞、下部糞の上部糞、再反糞の再糞、当病院にてラエネク聴診を発見せり、おそらくまだ……。一個の鍵、名状しがたい形。一個の鍵。まだ、おそらく、通りへ出て歩きつづけることができるのだ、一個の鍵をポケットにいれて。おそらくまだ、モレリ鍵、鍵を一回転させれば入ることができるのだ、別世界へ、おそらくまだ。

「結局、死後の出会いさ、多かれ少なかれ日付けの問題だよ」とエチエンヌが、カフェで言った。

「行ってよ」とオリベイラが言った。「こんなふうにきみを煩わして悪いけど、行ってロナルドとペリコに伝えてくれないか、十時にあの老人の家で会おうって」

「まずい時間だな」とエチエンヌが言った。「門番のおばさんがぼくらを通してくれないよ」オリベイラは鍵を取り出して、それを陽の光の下でくるりと回し、まるで一つの都市を明け渡すようにそれを渡した。（－85）

155

ズボン一着からなんでも出てくるのは、それは信じがたいほどだ、けば、腕時計、切り抜き、虫食いみたいになったアスピリン、きみがハンカチを取り出そうとしてこういうものの中に手を突っこむと、死んだ鼠の尻尾をつかんで引っ張り出すなんてこともありそうな気がする。オリベイラは、あのパンの夢と、路上の事故のように突然、いやまったく突然、なす術もなく顕われたあの別の夢の記憶とに惑乱しながら、エチエンヌを探しに行く途中、ちょうどラスパイユ大通りとモンパルナスの角で、栗《くり》色のフラシ天のズボンのポケットに手を突っこみ、それと同時に彼の部屋着の身をよじる大蝦蟇《がま》の模様、バルザック・ロダンかロダン・バルザック、荒々しい螺旋状をした二条の稲妻の錯綜した混合を、見るともなく眺めていたが、手が引っ張り出したのは、ブエノスアイレスの終夜営業の薬局の切り抜きと、あとひとつのほうは、予言者やカード占いの広告のリストだった。ハンガリー人予言者コロミエ夫人は（おそらく彼女はグレゴロヴィウスの母親たちの一人であったが）

アベッス通りに住んでいて、〈失われた愛情を取り戻すためのボヘミアンたちの秘訣（*secrets des bohèmes pour retour d'affections perdues*）〉を持ちあわせていた、ということを知るのは愉快だった。そこから今度は〈憑物《つきもの》落し（*Désenvoûtements*）〉という大いなる約束へ颯爽《さっそう》と移行することもでき、そのあとでは〈写真透視（*voyance sur photo*）〉への言及が一抹のおかしみを湛えているようだった。素人東洋学者のエチエンヌなら、ミーン教授が〈あなたにインドの聖樹の正真正銘の護符を進呈。説明書有。国際通貨、新フラン、切手可。B・P・27 カンヌ（*vs offre le vérit. Talisman de l'Arbre Sacré de l'Inde. Broch. C. l. NF timb. B. P. 27, Cannes*）〉というのを知ったら興味をそそられたかもしれない。誰だってマダム・サンソン、〈霊媒－タロット占い師、驚嘆すべき超能力。エルメル通り23（*Medium-Tarots, prédict. étonnantes, 23 rue Hermel*）〉なる存在を知れば驚かないわけにはいかないし（ましてや、おそらく動物学者だったエルメルが、さる錬金術師の名を持っていたので）、アニタの〈葉書、正確な日時（*cartes, dates précises*）〉、ジョアナ・ジョベス（sic）の〈インドの秘密、スペインのタロット（*secrets indiens, tarots espagnols*）〉、マダム・フアニータの〈ドミノ、貝殻、花による予言者（*voyante par domino, coquillage, fleur*）〉という、朗々たる宣言を発見すれば、南米人の誇りというものを禁じ得ない。これではラ・マーガを連れてマダム・フアニータに会いに行かないわけにはいくまい。貝殻、花！ しかしラ・マーガといっしょには行けない、もういっしょには行けないのだ。ラ・マーガは花々を通して運命を知ることが好きだったろうに。〈ひとりマルサク運勢愛情を証明（*Seule* MARZAK *prouve retour affection*）〉しかしなにかを証明するどんな必要があるのか？ それはじきにわかるよ。むしろジャン・ド・ニの科学的口調のほうがいい、〈写真、ただし髪色記入、にて実相を観ます。完全無欠なる催眠術師（*reprend ses* VISIONS *exactes sur photogr. cheveux, écrit. Tour magnéliste intégral*）〉モンパルナス墓地のあたりでその切り抜きを丸めたあと、オリベイラは狙いを定めて女占い師どもを塀の反対側のボードレールやデヴェリアやアロイシウス・ベルトランやと交尾《つる》めとばかりに投げつけた。あいつらは女占い師に手相を観てもらうにうってつけの男たちだ、マダム・フレデリカ、〈世界の新聞・ラジオの予言で有名な、カンヌ帰りの、選ばれたパリジェンヌと国際人のための女占い師

〈*la voyante de l'élite parisienne et internationale, célèbre par ses prédictions dans la presse et la radio mondiales, de retour de Cannes*〉みたいなのに。それに、できればみんな火刑にしたかったバルベイ・ドールヴィイともだ、それにもちろんモーパッサンともさ。あの丸めた紙がモーパッサンの墓の上にかアロイシウス・ベルトランの墓の上に落ちてくれたらいいが。しかし、そいつは外からじゃわかんないな。

　エチエンヌはオリベイラが来たら見せてやろうと思って新作の絵を三点用意して待っていたとはいえ、朝のそんな時刻にオリベイラが彼を困らせにやってくるのはばかげたことに思われたが、オリベイラはやって来るなり、モンパルナス大通りの上に懸かっている嘘のようにすばらしい太陽に便乗して、ネッケル病院まであの老人を見舞いに行くのが一番だと言い出した。エチエンヌはぶつぶつ文句を言いながらアトリエを閉めて出た。門番のおばさんは彼らに好意を持っていたが、その彼女に、お二人とも墓から発《あば》かれた死人か宇宙人みたいな顔ね、と言われて、この宇宙人という言い方から彼らはマダム・ボベがサイエンス・フィクションの愛読者であることを知り、それはすごいと思ったのだった。〈シャン・キ・フューム〉まで来ると彼らは白葡萄酒を二杯飲み、OTAN（NATOの逆読み）その他の現今の横根みたいなものへの可能な対抗手段として、夢と絵画について議論をたたかわせた。エチエンヌはオリベイラが一面識もない人に会いに行こうとしていることをさほど奇矯なこととは思わず、そのほうがずっといいだろうと賛成した。カウンターでは一人の婦人が、ナントの日没の美しさについて熱烈に弁じていた。彼女の言うところによると、娘さんがナントに住んでいるらしい。エチエンヌとオリベイラは、太陽とか微風、芝生、月、かささぎ、平和、足の悪い少女、神、六千五百フラン、霧、石楠花《しゃくなげ》、老年、あなたの叔母さん、空の、忘れられないことを願うわ、植木鉢、といった言葉に熱心に聴きいっていた。それから彼らは〈当病院にてラエネク聴診を発見せり〉という立派な銘板を称え、そして二人は考え（もし言いもし）たのだった、聴診とはネッケル病院に隠れ潜むある種の蛇かサラマンドラであり、なぜかは知らないが見知らぬ廊下や地下室じゅうを追い回されたあげくついに息切れして少壮学者に降参したのだ、と。オリベイラが受付けで尋ね、右側三階の〈Chauffard（轢逃《ひきにげ》運転手）〉室だと教えてもらってきた。

「たぶん誰も面会に来てないよ」とオリベイラが言った。

「その人の名前もモレリだとはまた偶然の一致と思わないか」

「行ってみたらもう死亡しましたっていうんじゃないだろうね」とエチエンヌが言って、広々とした中庭の、赤い金魚のいる噴水盤のほうを眺めやった。

「だったらぼくにそう言っただろう。あいつはただぼくを見て、それだけだったよ。ぼくらより前に誰も面会に来なかったかなんて訊く気がしなかったな」

「ぼくらも守衛室なんか素通りして面会に行けたんじゃないのかい」

などなど。むかつきや不安のせいで、あるいは三階まで上がって行く間にフェノールの臭いを嗅がされたために、対話はじつにくどくどと続くことになった。それはちょうど誰か息子に死なれた人を慰める必要から、いろいろつまらない話題を考え出して会話を途切れさせまいとするときのように、その母親のそばに座って、少しはだけた部屋着のボタンを掛けてやりながら、《さあ、風邪を引きますよ》と言うようなものだ。そうすると母親は溜息をついて《どうもご親切に》と言うだろう。そこで《そうは思われないかもしれませんが、今頃の時候は早く冷えこみますから》と言う。母親は《ええ、ほんとうに》と言う。そこでこう言う。《ショールをお持ちしましょうか?》だめだ、外面掩護《えんご》の章、終り。内面掩護の章、攻撃開始。《お茶をいれてあげましょう》しかしだめだ、彼女はそんな気分じゃない。《そうですよ、なにか飲まなくちゃいけません。そんな長時間なにも摂らずにいちゃいけません》いま何時かしら。《八時過ぎました。四時半からあなたはなにも召し上がっていませんよ。それに今朝だってほとんど食べたとは言えませんし。なにか食べなくてはだめです、ジャム・トースト一枚でもいいから》食べたくありませんわ。《食べてくださいよ、ぼくのためにも、いまにわかりますよ、すべてが始まりであることが》溜息。ええでもいいえでもない。《いいですか、もちろんあなたはなにか欲しいはずなんです。ぼくがいますぐお茶をいれて差し上げます》もしそれでうまく行かなければ、椅子という手が残っている。《ここじゃとっても座り心地がよくありません、これじゃ腓《こむら》がえりを起しますよ》いえ、結構でございます。《でもいけませんよ、背中がしびれたでしょう、午後じゅうずっとこんな固い椅子に座ってたんじゃ。しばらく横になられたほうがいいですよ》いえ、いいんです、そうはしていられませんから。どうしてか、ベットというやつは裏切りのようだ。《でもそうなさい、まあ、しばらく休んだほうがよろしいですよ》二重の裏切り。《あなたには必要なんです、いまにご覧なさい、眠くなりますよ。ぼくがそばにいてあげます》いえ、これで結構でございます。《そうですか、でもそれじゃ背中に当てがう枕を持ってきてあげましょう》そうですか。《足がむくんでますね、足をもっと高くしていられるように、ストゥールをお持ちしましょう》それはどうも。《しばらくしたら、ベッドへどうぞ。ぼくに約束してくださいよ》溜息。《そうです、そうですとも、はにかみ草を装っていちゃいけません。医者がそうしろと言ってるんですから従わなくてはいけませんよ》結局。《眠ることが必要ですよ、あなたには》アド・リブ異文。

「あるいは夢を見ることが」とエチエンヌが呟いた。彼は右の異文を一段ずつ瀬踏みするように吟味していたのだった。

「コニャックを一瓶買ってくるべきだったな」とオリベイラが言った。「きみ、金を持ってるだろ」

「でも一面識もない人なんだぜ。それに、もしかしたらほんとにもう死んじゃってるかもしれないし。あの赤毛の女、あんなのに喜んでマッサージしてもらいたいもんだね。ときどきぼくは看護とか看護婦について想像を逞しくするんだけど。きみはそういうことないの?」

「十五のときに、だったね。なにやらぞっとするな。矢のような筋肉内注射で武装したエロス、すてきな娘さんたちに頭のてっぺんから足の先まで洗ってもらって、ぼくはよく彼女らの腕の中で息絶えたものさ」

「自瀆《じとく》常習者だな、一言で言えば」

「それがどうだっていうんだい？　なぜ自瀆を恥ずかしがるんだい？　本番に比べればけちな方法さ、しかし、とにかく、それはそれなりに、聖なる和合、時と行為と場所の三一致、その他どんな美辞麗句でも連ねられるようなところを持っているんだな。ぼくは九つのころオンブーの下で自瀆に耽ったものだが、あれはじつに愛国的だった」

「オンブーというと？」

「バオバブの木の一種みたいなものでね」とオリベイラが言った。「もしきみが他のフランス人には絶対に口外しないと約束するなら、ひとつ秘密を打ち明けてあげよう。オンブーは木じゃなくて、雑草なんだ」

「ああ、そう、それじゃあたいした重大なことではなかったんだね」

「フランスの子供はどうやって自瀆をするんだい？」

「もう忘れちゃったよ」

「なんでも憶えているくせに。向うではぼくらはすごい分類法をしてたな。鉄槌型、きのこ型……。わかる？　ぼくはあるタンゴ曲を聴くと、かならず叔母が演奏している様子を思いだしちゃうんだ」

「それ、なんの関係があるんだい？」とエチエンヌが言った。

「それはきみがピアノを見てないからさ。ピアノと壁との間に隙間があってね、ぼくはよくそこに隠れて掻いてたんだ。叔母はよく〈ミロンギータ〉とか〈フローレス・ネグラス（黒い花）〉とか、なにかとっても悲しい曲を弾いててね、それがぼくに、死や犠牲を夢想させる助けになったわけだ。初めて寄木細工の床の上に迸《ほとばし》ったときはひどかったな、しみが消えなくなるかと思ったよ。ハンカチすら持ってなかったし。慌てて靴下を片方脱いで、気が違ったみたいに擦ったっけ。叔母は〈ラ・パヤンカ（子供の遊戯の一種）〉を弾いていたんだよ。もしよかったら口笛を吹いて聞かせようか、悲しい曲でね……」

「病院で口笛は禁じられてるぞ。でも悲しみはきみにも同じように感じられるんだね。きみは汚らしいよ、オラシオ」

「ぼくはそれを目指しているのさ、きみ。死せる王を王に即《つ》かせよ。もしきみの考えていることが、女のせいで……オンブーであれ女であれ、しょせんみな雑草だよ、きみ」

「安っぽいな」とエチエンヌが言った。「あまりにも安っぽい。三文映画、二束三文で買える対話だよ、それがどんなものかわかるだろ。三階だ、ストップ。あの、もしマダム……」

「あちらからです」と看護婦が言った。

「ぼくたちはまだ聴診を発見してないんですが」とオリベイラが言った。

「ばかなこと言わないでください」と看護婦が言った。

「よく覚えておけよ」とエチエンヌが言った。「きみってやつは恨みごとを言うパンをさんざん夢に見たり、誰かまわずさんざん手こずらせたりしておいて、そのあとで一言の冗談も出てこなくなるんだ。しばらく田舎へ行ってたらどうだ？　ほんとにきみはスーチンみたいな顔になったぞ」

「結局きみがうんざりしているのは」とオリベイラが言った、「きみの半音階的マス、きみの日常的な五十点の世界からきみを引き離そうとしてきたことと、連帯感からきみが葬式の翌日にぼくと連れ立ってパリじゅうを彷徨させられたことだ。友達が悲しがっている、じゃあ気を紛らせてやらなくちゃ、友達が電話をよこす、それじゃあ諦めて我慢しなくちゃ、友達が病院と言う、じゃあいいだろう、行こう」

「ほんとうを言うと」エチエンヌが言った。「だんだんきみのことなんかどうでもよくなって来たよ。ぼくは哀れなルシアとこそいっしょにいてやるべきだった。彼女こそそれが必要なのに」

「間違い」とオリベイラが言いながらベンチに座った。「ラ・マーガにはオシップがついてるし、フーゴー・ヴォルフとか、そういった気晴らしもある。結局ラ・マーガはちゃんと個人の生活を持っているのさ、ぼくはそれに気づくのにだいぶ手間取ったけど。ところがぼくときたら空っぽで、夢想し、そこを歩きまわるための途方もなく大きな自由がありながら、玩具はみんな壊れ、なんの問題もないんだ。火を貸してくれ」

「病院ではタバコは吸っちゃいけないんだ」

「われわれは慣習のつくり手なり。聴診のためにはいいことさ」

「〈轢逃運転手〉室はあそこだ」とエチエンヌが言った。

「一日じゅうこのベンチに座ってるわけにもいかないだろう」

「このタバコを吸い終るまで待ってくれ」（−123）

解説

土岐恒二

『石蹴り遊び』（*Rayuela*, 1963）がラテンアメリカ小説、あるいは二十世紀後半の世界文学の中で屈指の問題作と目されてきた最大の理由は、おそらく作者自身による読み方の〈指定〉にある。原書で六三五ページの長篇小説が、見られるとおりまず三部に分けられているが、そのうち、パリを舞台とする第一部「向う側から」は1から36までの章に、また、ブエノスアイレスで展開される第二部「こちら側から」は37から56までの二〇の章に物語が細分されている。そのあとにつづく第三部「その他もろもろの側から」は、「(以下の章は読み捨ててもよい)」とされていて、全体の物語の一部をなすらしいパッセージや、一見どういう関係があるのか見当もつかない雑多な引用などを含む断章が57から155までの番号をつけられて雑然と並べられている。作者の指定する第一の読み方は、このうち第二部の終わり、つまり第56章までを巻頭から順を追って読む普通の読み方で、この場合、第三部は読まないで終わりとする。第二の読み方は、全巻一五五章の各末尾に指示されている数字に従って、第73章から順番に読み進める方法で、この場合、第三部は作品の中にその不可欠な一部として読み込まれ、読者は『石蹴り遊び』という本の形で印刷されている情報のすべてを受け取ることになる。ただし、この〈指定表〉どおりの読み方だと、第一部と第二部の全五六章の連続（ほぼ時間軸に沿った物語の展開）の合間合間に第三部の断章が随時挿入されることになるのだが、実際には54章と56章の間に55章は現れず、また、最後は「－131－58－131－」でオープン・エンディングというよりは、溝の欠けた〔ジャズ〕レコードのように無限反復になっている。

これら二つの読み方があるということは、この一冊の小説が読み手の視点に応じて二冊の別々の書物としての相貌をあらわすことを意味し、読者はどちらでも好きな読み方を選んでいいとされているわけだが、さらにその前に、作者によれば「本書は、本書独自の流儀において多数の書物から成り立っている」というのだから、『石蹴り遊び』は読者の「読み方」次第で、一冊でありながら実は何冊もの書物となる可能性をもつことになり、その意味では、読者はどのような「読み方」を選ぶかによって、読者意識のレベルが問われているとも言えるのである。

さてその第一の書物としての読み方は、第一部と第二部の全五六章を物語として読むことである。第一部はパリを舞台として、ブエノスアイレス出身の作家志望のボヘミアン、オラシオ・オリベイラと、ウルグアイ出身の、小児をかかえて歌手を目指す謎めいた女ルシアとの、出会いから別離にいたる愛の生活を中心に、オリベイラとその仲間たちの芸術談義、巷を彷徨するオリベイラの思索や行状が点綴される。作中ではラ・マーガ（女魔術師、あるいは拝火教の聖職者〈マギ〉の女性形）と呼ばれるルシアとの出会いを求めるオリベイラのパリ市街放浪や思索の軌跡は、クレーかミロのタブロー、あるいはマンダラの構図に近似し、また〈地〉から出発して〈天〉で上がりとなる路上の遊戯「石蹴り」の動きに重ねあわされる。第二部では、失踪したラ・マーガの幻影を追ってブエノスアイレスに帰ったオリベイラが、親友トラベラーとその妻タリタとの奇妙な三角関係のうちに精神に異常をきたすというか、常識の世界から逸脱してゆくさまが、サーカス団と精神病院とを舞台に展開されてゆく。

第一部と第二部の示すロマネスクな二部物語は、しかし物語の時間に沿って物語的に展開されているとは言い難い。むしろそれは哲学的、文学的、芸術的言辞や無数の引用によってたえず分断され、物語とは別の「なにか」を読者に示そうとしているかに見える。その「なにか」を追求しようとする読者は、第三部を含み込む第二の読み方を試みるだろう。その「なにか」の存在に気づき、その「なにか」の存在が大きな意味を帯びて浮かび上がってくる。作中人物としてはほんのわき役に過ぎない（第一部第22章で言及される交通事故に遭った老人）モレリが、第三部のいくつかの断章を読むとどうやらこの『石蹴り遊び』の作者であるらしく、われわれの読むこの小説は実はモレリの創作の未定稿であり、妙な因縁で病院にモレリを見舞うことになったオリベイラとその仲間たちが、モレリから書きかけの原稿の整理を託されて、モレリのアパルトマンで、ファイル別に細かく分けられたモレリの原稿とノートを前にその内容について議論しているのは、作中人物たちが彼らが生きて動いているこの『石蹴り遊び』という作品世界の構築の方法論をめぐって議論をたたかわせ、モレリの意図に沿って断章のファイルを配列しようということらしいのである。そのモレリ自身の文学方法論は「モレリアーナ」という小見出しをつけられた断章に記されているが、たとえば第79章には次のような表現が見られる。

本文がどうやら本文とは別の意味の広がりを暗示するに至り、したがってわれわれが今でも可能と考えているあの人間顕現（antropofanía）に一役買っている、という意味においての「喜劇的小説」（roman comique）を企てること。通常の小説は読者をその範囲に限ることによって、その目指すところを逸しているように思われ〔るが……〕、それに反して、読者を掴むのではなく、ありきたりの展開の下から別のもっと秘教的な方向を読者に囁くことによって必然的に読者を共犯者に変えてしまうような本文を企てること。雌読者（el lector-hembra）にとっては、僧用文書（hierática）としての漠然たる裏側の一面をもった、俗用文書（demótica）たること……

だらしのない、八方破れの、不適当な、細部に至るまで反小説の（反小説的なというのとは違うが）本文を誘い出し、引き受けること。〔……〕小説は閉ざされた秩序の中で満足している。それと決然と対抗して、ここでもまた開かれた小説を探求し、そのためには人物《カラクテール》と場面《シトウアシオン》とのあらゆる体系的構成を根こそぎにすること。方法は、アイロニー、絶えざる自己批判、不適合、誰のためにも奉仕しない想像力。〔……〕

読者の位置。一般にすべての小説家は読者が作者の経験を共有して作家を理解してくれるか、あるいは一定の内容を把握してそれを肉化してくれることを期待している。〔……〕

第三の可能性。つまり読者を共犯者に、旅の道連れに、仕立てあげること。読むことが読者の時間を廃止してそれを作者の時間に転位させるであろうからには、読者を同時存在たらしめること。こうして読者はついに小説家が経てゆく経験を、同時にしかも同じ形で共有し共に悩む者となることができるだろう……

ここにはモレリ＝コルタサルの目指す小説世界の性質とそれを表現するための文体、作者との共犯者たるべき読者像が示されている。まず「人間顕現」というコルタサルの造語は、ジョイス文学における聖なるものの「顕現」(epiphany) に対し、人間この俗なるものの聖性の発現を暗示させるものであろう。「僧用文書」と「俗用文書」は、古代エジプトの聖刻文字（ヒエログリフ）の筆記体である「神官文字」（ヒエラティカ）と、その簡略化した「民衆文字」（デモティカ）のことで、ここではそれぞれの文字で書かれた文書を意味している。あるひとつのセンテンス、字句、文字のうちに、聖と俗との二面のメッセージが刻印されている文書、それが（『石蹴り遊び』という）「反小説」の内実だというのである。たとえばオリベイラとラ・マーガの出会いと愛の睦《むつ》み合いは、芸術という場での言語と詩人との僥倖《ぎょうこう》のような出会いとして読むことができるように、この小説の本文は仕組まれている。パリ市内のセーヌ川にかかるポン・デ・ザール、芸術の橋は、全篇に現れるさまざまな橋、向う側とこちら側とを結ぶ通路・手段の象徴的なイメージである。第二部の初めのほうで、通りを隔てて向かい合って住んでいるトラベラー夫妻とオリベイラの、それぞれ四階の窓から窓框《まどがまち》を支点にして空中に差し出された板が、室内側の端に重石として箪笥と百科事典（実生活と言語）を載せ、室外に出された部分を縛り合わせた危うい橋となっていて、「時間と空間の二重の破砕」と形容されるこのサーカス的な懸橋の中央で、オリベイラとタリタが「言葉」の馬上槍試合を行なうのである。

アリス・バーサ・ゴム著『イングランド、スコットランド、およびアイルランドの伝統遊戯』によれば、石蹴りはプリニウスにも記述された起源の古い遊戯で、かつては「地から途中さまざまな中間領域を経て天に至る魂の巡歴」を象徴していたらしい。石蹴りという遊びもまた、こちら側（地）から向う側（天）へ至るための橋であり、われわれは石蹴り遊びを通してこちら側（俗、日常的、現実、等）と向う側（聖、非日常性、理想、等）とが不適合の結合のうちに連続することを知るのである。

フリオ・コルタサルは一九一四年八月二六日、ベルギーのブリュッセルで生まれた。父親は大使館勤務の外交官だった。フリオが四歳になった一九一八年、一家はアルゼンチンに戻り、ブエノスアイレス郊外のバンフィールドにある親戚の屋敷に住むことになるが、どうやら父は家族を残して出てしまったらしく、フリオは母と伯母の手で育てられ、孤独な少年時代を過ごしたようだ。

やがてブエノスアイレスの高等学校を出て一九三五年に初等中等学校教員資格を得、さらにブエノスアイレス大学に進学するが、母の苦労を見かねて一年で中退し、高校教員となって四四年まで勤めたあと、一年間メンドサ地方のクヨ大学で文学を教えた。四六年、ブエノスアイレスのアルゼンチン出版協会理事となり、四八年から公の翻訳官として働いたが、五一年、フランス政府給費生として渡仏してからは、パリを拠点として、ユネスコの翻訳官の仕事のかたわら、作家活動に入った。五三年、アウロラ・ベルナルデスと結婚し、プロヴァンスの山村セニョンに別荘をもって、パリでのユネスコの仕事以外はここを創作の仕事の本拠地とするようになった。コルタサルは、五一年の渡仏前に完成していた『動物寓意譚』をもってラプラタ川幻想短編作家として出発して以来、『遊戯の終り』（五六年、増補再版六四年）、『秘密の武器』（五八年）、『すべての火は火』（六六年）など、つねに幻想的、超現実的な作風を保ちつづける一方、『当選者たち』（六〇年）、『石蹴り遊び』（六三年）、『マヌエルの書』（七三年。七四年度メディシス賞〈外国人部門〉）などの意欲的な長編を発表してきた。とくに『石蹴り遊び』は、ジェイムズ・ジョイスの『ユリシーズ』の実験的技法を大胆に発展させ、ラテンアメリカ小説を世界文学の水準に高めた問題作として評価が高い。（第34章の隔行同時進行文はそれと気付きさえすれば理解できるが、『フィネガンズ・ウェイク』ばりの溶解して癒着した変形語の連続で綴られた、おそらく聖俗二様のメッセージを同時に発しているらしい第68章となると、非力な訳者にはいまもって翻訳不可能である。）

　コルタサルの読書リストや好きな画家の名前をほんの少し列挙するだけで、彼の作風の一端が推察されるかもしれない。ポー、カフカ、ボルヘス、アルルト、ジャリ、ブルトン、エリュアール。クレー、ミロ、ダリ、エルンスト、マグリット。それに彼自身、トランペットを吹き、またカメラに凝ってコラージュを試みたりしている。

　作品には他に、長編『62・組立モデル』（六八年）、短編集『八面体』（七四年）、『通りすがりの男』（七七年）、『ルーカスとかいうやつ』（七九年）、『グレンダが大好き』（八一年）、『最後の島』（八三年）、『宇宙航路の自動航行者たち』（八三年）。写真や挿絵入りの詩文集『八十世界一日旅行』（六七年）と『最終ラウンド』（六九年）などがある。

　八一年、コルタサルはフランス国籍を得たが、白血病で倒れ、八四年二月十二日、パリで亡くなった。

　本訳書の底本として使用したテクストは、Julio Cortázar, *Rayuela*. Buenos Aires: Editorial Sudamericana, 1963 の第十一版（一九六九年十一月刊行）である。また、英訳（Gregory Rabassa, trans., *Hopscotch*. New York: Pantheon, 1972）と仏訳（traduit par Laure Guille et Françoise Rosset, *Marelle*. Gallimard, 1966）を参照

した。もともとこの訳書は「集英社版世界の文学29」として一九七八年十二月に出版されたものであるが、その後、八四年に集英社版「ラテンアメリカの文学8」として採録されることになり、若干の修正を加える機会が与えられた。

今回、集英社文庫にいれるにあたって、会話部分には「　」を用いたほか、全体にわたって手直しを行なったが、綜合社編集部の大根田能子さんには終始入念なご協力をいただいた。心から謝意を表したい。

（一九九四年十一月記）

第三の書

柳原孝敦

多数の書物

フリオ・コルタサル（一九一四―八四）の小説『石蹴り遊び』（一九六三）が奇妙な書であることは、冒頭の「指定表」を見ればわかる。三部構成のこの書が「多数の書物から」成り立ち、とりわけ「二冊の書物として読むことができる」としているからだ。第一の書物は、三部構成のこの小説の最初の二部（全五十六章）を順に読むことによって成立する。第三部「その他もろもろの側から」の九十九個の章は「読み捨ててもよい」章とされる。第二の書物は指定表に示された順番に章をあちこちに飛びながら辿るというもの。第73章から始まり、1章→2章→116章→3章→84章→……と続く書物だ。章の序列が解体され、組み替えられることによって新たな読みが可能になる。このような解体・再編が可能だということは、他の順序で章を組み替えることも可能だと示唆されているようだ。つまり、読者の並べ替えかた次第で「多数の書物」になりうる書物というわけだ。

著者によって提案された第二の書物としての読みでは、第一の書物で「読み捨て」にされた第三部の章の数々も組み込まれることになる。実際、そこでは第一部や第二部の登場人物がある章の続きを演じていたり、第一の書物では語られなかった可能世界を生きていたりする。しかし、第三部の章の数々で異彩を放っているのは、第一部「向こう側から」で交通事故で死ぬことになる老人モレリが残したメモと、それに関するコメントの数々だろう。モレリは「一冊の書物を構想していた」ということだが（第62章）、その「書物」の内容というよりは、「書物」のあり方についての考察を連ねたメモ、もしくは創作ノートの断片とでも言うべきものが、第三部には数多く配置されている。これらを通して読み、改めて第一の書との関係を考えてみると、小説『石蹴り遊び』とはモレリの書いた作品なのではないかと主張したくもなる。それもまたひとつの読み方だろう。第三の書の可能性だ。

モレリの書、あるいは読者論的転回

モレリのメモの中でも「ペダンチック極まる覚書」とされる第79章の内容はことに読み応えがある。そこでモレリは受動的な読者（それを「雌読者」と呼んでいるわけだが、こうした語の使用法に問題あり、ということは今は言わないでおこう）のあり方を退け、「すべての小説家」が「読者が作家の経験を共有して作家を理解してくれるか、あるいは一定の内容を把握してそれを肉化してくれることを期待している」ことに反発し、「第三の可能性」としての「読者を共犯者に、旅の道連れに、仕立てあげる」ような小説を志向することを説いているのだ。この主張は、いわば、『石蹴り遊び』発行年における理論の最前線だったことは確認しておいていい。

『石蹴り遊び』の初版が上梓されたのは一九六三年のことだった。このころ、一九六〇年代というのは、この直前の時代に起こった思想・文化のパラダイム転換（構造主義革命、などと称された。あるいは言語論的転回）に呼応するように、批評にも大転換が訪れた時期だった。それはさしずめ、読者論的転回と名づけていいかもしれない。あるいは読者の権利の拡大とでも言おうか。このことは記憶に値する。『石蹴り遊び』の前年、六二年には、イタリアの碩学ウンベルト・エーコ（一九三二―二〇一六）が『開かれた作品』を世に問い、「一つの所与の構造的方向で再生され理解されることを求める完成した作品としてではなく、解釈者によって美的に享受されるその瞬間に完成される開かれた作品」（篠原資明、和田忠彦訳）としての芸術作品を扱うことを打ち出した。音楽の例はこの問題をわかりやすく例示してくれるだろう。音楽には作曲家がいて彼／彼女の作曲した作品があるわけだけれども、現実の音楽には解釈者（演奏者やそれをまとめる指揮者）が介入するのであり、解釈者の解釈次第で作品は全く異なるものとなる。芸術作品はこうして、一度作品として存在すると、その輝きは作者ではなく受容者によってもたらされるのだ。

こうした考え方を文学の分野で展開したのが、フランスの批評家ロラン・バルト（一九一五―八〇）だった。バルトが「作者の死」というショッキングなタイトルの論文を発表し、「作品の説明が、常に、作品を生み出した者の側に求められる」近代の思考法を脱し、小説のエクリチュールの「本当の場は、書物である」と説いたのは一九六八年だった。七一年の「作品からテクストへ」で補強された、文学作品を「記号の織物」、「無数にある文化の中心からやって来た引用の織物」（花輪光訳）としてのテクストと見なす考え方はあまねく行き渡った。テクストはもはや作者 autor の権威 autoridad 下にあるのではない。それと戯れる読者のものでもあるのだ。

同じころ、ドイツでは解釈学の流れを汲むヴォルフガング・イーザー（一九二六―二〇〇七）が受容理論を提唱したことも忘れずにあげておこう。「作品」の概念や読者に焦点を当てる動機などにおいて、イーザーの読者反応批評はバルトの立場とは異なっているにはいるが、細かい議論には立ち入るまい。ともかく、こうしてヨーロッパの国々では六〇年代（そして後の七〇年代）を通じて、文学の中心は読者へとシフトしていった。そんな時代の流れに『石蹴り遊び』は、あるいはその中のモレリの議論は位置づけられていい。一九六〇年の長篇『懸賞』に既に受動的読者への批判が垣間見られることを考えると（『懸賞』の完成時、五八年十二月には、もう『石蹴り遊び』の構想はできていたらしいことは、友人ジャン・バルナベへの手紙から確認できる）、コルタサル作品は読者論的転回の最前衛だったと言っても過言ではなかろう。

『石蹴り遊び』の作者かもしれないモレリ（第三の書としての読み）の理論の中心が読者論にあるのならば、『石蹴り遊び』（第一の書としての）の登場人物たちが読書していることも重要な要素に違いない。パリで、ブエノスアイレスで、芸術談義、音楽談義、文学談義に明け暮れるオラシオとその仲間たちの、その会話の中身が『石蹴り遊び』の面白さのひとつを構成していることは疑いを容れない。とりわけジャズ愛好家としてならしたコルタサルの面目躍如たる音楽談義（たとえば第17章）は特筆に値するだろう。

けれども、話を広げないようにしよう。ここでは読書の話だ。『石蹴り遊び』の登場人物たちは本を読む。読書する人物たちの小説としての『石蹴り遊び』が極まるのは第34章だ。こんな始まりかたをする。

父の没後数カ月たった一八八〇年九月、私は事業から手を引くことを決意し、私それに彼女の読むものときたら、下手くそな、しかも廉価版の、三文小説じゃな**のところと同じくらい名のとおった別のシェリー酒醸造業者に業務を譲ったのです。**いか、どうしてこんなものが面白いんだろう。冷めたまずいスープみたいなこんな**私は資産をできるだけ現金に換え、地所を賃貸し、倉庫と在庫品を譲り渡すと、マ**ものとか、その他の愚にもつかない読物、バブズに借りた〈エル〉だの〈フランス・

［……］

何の予備知識もなしにこの章に取りかかった読者（私たち）は戸惑うかもしれない。一行目の文章が二行目に続かない。むしろ二行目は始まりが一字分だけ空いているし、新しい文章が始まっているらしい。つまりこの章では偶数行と奇数行で異なるテクストが平行して走っているのだ。書体の変化がなければ私たちはこの仕組みにすぐには気づかないかもしれない。

試しに二つのテクストがはめ込まれているこの章を冒頭部分だけ解きほぐして別々に転記してみよう。奇数行は以下のようなテクストとなる。

父の没後数カ月たった一八八〇年九月、私は事業から手を引くことを決意し、私のところと同じくらい名のとおった別のシェリー酒醸造業者に業務を譲ったのです私は資産をできるだけ現金に換え、地所を賃貸し、倉庫と在庫品を譲り渡すと、マドリードへ出てそこで暮すことにしました。〔……〕

そして偶数行は、こうなる。

それに彼女の読むあものときたら、下手くそな、しかも廉価版の、三文小説じゃないか、どうしてこんなものが面白いんだろう。冷めた不味いスープみたいなこんなものとか、その他の愚にもつかない読物、バブズに借りた〈エル〉だの〈フランス・ソワール〉だのといった通俗物〔……〕

奇数行は何らかの小説か回想録（始まりかたから見るに十九世紀小説のようだ）、偶数行はそれを読む読者の独白だ。独白の内容から考えると、ここでの読者はオラシオのようだ。小説中では数章前からオラシオが失踪したラ・マーガの寝室で、彼女の残していった手紙などを読んでいる。その延長として捉えればこれは、ラ・マーガが読んでいた小説をオラシオが読んでいるところだと予想がつく。さらに数章前からの流れをつかんでいれば、この奇数行のテクストはペレス＝ガルドスの小説作品だと予想がつく。

この奇数行のテクストに少し触れておこう。

『禁じられたもの』

ベニート・ペレス＝ガルドス（一八四三―一九二〇）はスペイン十九世紀を代表する作家だ。スペイン文学全体の歴史の中でも『ドン・キホーテ』のミゲル・デ・セルバンテス（一五四七―一六一六）の次くらいに名が知られていると言えるだろう。文学史のマニュアルなどには、同時代ではイギリスのディケンズやフランスのバルザックにも匹敵する存在として讃えられている。

いわゆるリアリズムの大家である。そのせいか、二十世紀の作家たちからは旧時代の、今や忘れるべき存在として言及されることが多かった（彼の『ドニャ・ペルフェクタ』〔現代企画室〕を翻訳した大楠栄三は、その「あとがき」でそうした状況を紹介しつつ反論している。ガルドスは「ひよこ豆作家」ではない、と。大楠はまた『石蹴り遊び』での扱いにも触れている）。本作中のオラシオも、これを「通俗小説」と切って捨て、軽蔑しているようだ。ただし、ペレス＝ガルドスを蔑んでいるのはオラシオであって、作者コルタサルは嫌っているはずはない。でなければ、ここでこのようにに効果的にこのテクストを使うことはできなかっただろう。コルタサルはガルドスを読み込んでいたに違いない。

コルタサルのペレス＝ガルドスに対する評価はともかくとして、ここで最初の一章がまるごと引用されている小説は『禁じられたもの』（一八八五）である。冒頭に読まれるように、ヘレス・デ・ラ・フロンテーラのシェリー醸造業者の息子であった語り手が、父の死を機に財産を整理してマドリードに上り、叔父の家族と同じ建物内に居を構える話だ。都市化の途上にあるマドリードの街並みや自身の「快適な自由」のために「豪勢に飾」って作った空間、いとことの恋などを語る、『石蹴り遊び』に勝るとも劣らぬほどの大部の小説だ。

『禁じられたもの』発行の前年、一八八四年にはフランスでJ・K・ユイスマンス『さかしま』が出版されている。主人公デ・ゼッサントの「人工楽園」を描いた世紀末デカダンスの代表作だ。ブルジョワが支配的階級としての地位を確立していった十九世紀に、ブルジョワのイデオロギーとして機能した小説に逆らい、現代社会を嫌い、ブルジョワ的価値観に反発するダンディや、ダンディ気取りの貧乏人ボヘミアンの「精神の貴族」としてのありかたを昂揚した作品だ。

シェリー醸造業者の地位を受け継がずに捨て、父の弟からもある程度の距離を保ち、独立を守って暮らす『禁じられたもの』の主人公は、ブルジョワジーに反発するブルジョワジーの子弟である。彼はむしろ『さかしま』のデ・ゼッサントに近い存在と言えそうだ。リアリズムの作家とされるガルドスではあるが、いわゆるリアリズム（写実主義）の枠を超えて、このようにデカダンの文学に近い作品なども残しているようだ。少なくとも『禁じられたもの』はそうした試みだ。

ペレス゠ガルドスがリアリズムの枠には収まらない作家であることは、『禁じられたもの』のもうひとつの特徴を示すだけで充分だろう。小説の各章には二、三行にわたるタイトルが付されているのだ。『石蹴り遊び』では引用されていないけれども、第一章のタイトルは「私のマドリードへの出現についで触れる。それから叔父のラファエルといとこのマリーア・フアナ、エロイーサ、そしてカミーラについて長々と話す」である。タイトルというよりは章の中身の要約とも言えるこうした文章を添える習慣は、十九世紀小説にあってはもう見られなくなっていたものだ。これはむしろ『ドン・キホーテ』の時代、十七世紀までの習慣だ。こういう体裁もまた、ガルドスを特異な存在にしている。

読書するオラシオ、あるいは読むことのアレゴリー

『禁じられたもの』がそうした反ブルジョワ、デカダンスの小説（ダンディやボヘミアンの称揚）であ

るならば、パリのボヘミアン青年オラシオにはむしろ馴染みの、親近感の持てそうな内容に思えるのだが、オラシオはガルドスを毛嫌いしているようだ。テクストを読み始める前から「それに彼女の読むものときたら、下手くそな、しかも廉価版の、三文小説じゃないか、どうしてこんなものが面白いんだろう」と、けんもほろろだ。

こうなってくると、ひとつの疑問が湧いてくる。果たしてオラシオはガルドスを読み、理解した上で毛嫌いしているのだろうか？　どうにも怪しいのだ。偶数行のテクスト（オラシオの心の動き）では時折、奇数行のテクスト内の単語や文章が引用されるけれども、その前後を読めば、オラシオが『禁じられたもの』のテクストに没入しようとしていないことがわかる。「〈家庭の暖かさを享受する〉、そりゃ結構、いいじゃないの。ねえ、マーガ、なんでこんな冷えたスープがのめるんだい。大穀倉とはまたなんてこった！　こんなものを何時間も読んでたのか、これが人生だと思い込んでいたらしいな」という具合だ。「家庭の温かさを享受する」という文章、「大穀倉」という単語を見つけては、それにかこつけてこの小説を読んでいたラ・マーガを非難するばかり。これではガルドスの小説の内容など頭に入っていないだろう。

実際、読者は必ずしもテクストの内容を理解するものではない。このシンプルかつ普遍的な命題がオラシオの読みかたにも当てはまる。オラシオはガルドスの文章に触れ、それを部分的に知覚してはいるのだが、ガルドスの文脈を辿ることはできていない。別のことに思いを馳せているからだ。そのせいか彼がピックアップする単語はあっちこっちに飛び、結局、彼は必ずしもテクストを順番に読んでいるわけではないこともわかる。人は読む速さで考えることはできない、あるいは人の意識は言語の展開の速さとは異なる速さで展開する、人は線的なものである言語の線条を順序だって辿ることはできない（あっちに行ったりこっちへ来たりする）、という二つないし三つの命題も、同時に確認することができそうだ。読書とは難しい行為なのだ。いなくなったラ・マーガへの思いや怨嗟に駆られ、オラシオは『禁じられたもの』を理解せず、ただ目で追っているだけなのだ。テクスト上をあちこちしながらいくつかの単語や文章を拾っては、それに引きずられて違うことを考えているオラシオは、『禁じられたもの』第一章を読み終わろうかというころになってある比喩について不在のラ・マーガに説明を始める。ある比喩とは、ブラウン運動だ。

ぼくら二人はね、マーガ、一つの構図を成しているんだ、きみはある場所の一点、ぼくは別の場所の一点で、互いに排斥しあいながら、きみがいまおそらくユシェット通りにいるとすれば、ぼくはいま誰もいないきみの部屋でこの小説本を見つけているし、あす、きみがリヨン駅にいるとすれば〔……〕、ぼくはシュマン・ヴェール通りにいることだろう。その通りでぼくはちょっとしたすごいワインを見つけてあるんだ。そうやって徐々に徐々に、ぼくらは不条理な構図を描いているんだよ、〔……〕

ブラウン運動というのは、周知のごとく、「気体または液体に浮遊する微粒子が行う不規則な運動」（『大辞林』）のことだ。微粒子は、気体または液体の分子に衝突し、一見不規則に、あっちへ行ったりこっちへ来たりの運動をする。ロバート・ブラウンによって発見されたことによってそう命名されたこの運動を、オラシオは、彼とラ・マーガとの関係の比喩として持ち出してくるのだった。

実際、小説『石蹴り遊び』には、その冒頭からラ・マーガと出会うことを期待してパリの街をあてどなく（一見不規則に）彷徨うオラシオの姿が描かれている。

ラ・マーガと会えるだろうか？　たいていぼくが出かけてセーヌ通りを行き、コンティ河岸に出るアーチをくぐれば、すぐにも、川面に漂う灰色にくすんだオリーヴ色の光の中に彼女の姿が見分けられたものだ。そう、ポン・デ・ザールの片側から反対側へと行きつ戻りつしていたり、じっと佇んで鉄の欄干から身を乗り出すように水面を覗きこんだりしている彼女のすらりとしたシルエットが、橋の上にくっきりと刻まれていたものだ。〔……〕

しかし彼女はいま橋の上にはいないだろう。彼女の透き徹るような肌のほっそりとした顔はマレー地区のユダヤ人街の古ぼけた戸口を覗きこんでいることだろう。もしかしたら揚げたじゃが薯を売る女とおしゃべりをしているかもしれないし、セバストポール大通りで熱いソーセージを食べているかもしれない。

パリの地図の上に、この冒頭や、それに続く箇所、あるいはひとつ前の引用でで名が挙げられている地名の数々を確認し、記述されている順番に矢印で辿ってみるといい。コルタサル、あるいは作中のモレリの「読者を共犯者に、旅の道連れに」との誘いに乗って、アクティヴに読んでみようではないか。すると、確かにブラウン運動の比喩が納得できるような迷走ぶりであることがわかるはずだ。

そしてまたこのブラウン運動の比喩は、第34章で展開されるオラシオの意識の動き、というか、ガルドスのテクストを辿るオラシオの目の動きにも当てはめることができそうだ。奇数行（ガルドスのテクスト）と偶数行（オラシオの意識）に共通する単語にマーカーで印をつけ、矢印で繋いでみれば（同じく、アクティヴな読書）、その方向と長さがてんでばらばら、一見不規則な運動をするブラウン運動そのものだということがわかる。

さらにこのブラウン運動は、冒頭の「指定表」に示唆された「第二の書物」の運動であることにも気づかないではいられない。……14→114→117→15→120→……という移動の軌跡は、かろうじて第15章から第14章への逆戻りの可能性がないということを除けば、一見、無秩序だ。ブラウン運動というのはどうやら、小説『石蹴り遊び』全体を律するひとつのモチーフのようだ。

モレリは「本文がどうやら本文とは別の意味の広がりを暗示するに至り、したがってわれわれが今でも可能と考えているあの人間顕現（antropofanía）に一役買っている、という意味においての『喜劇的小説』（roman comique）を企てること」を目指していた。「読者を掴むのではなく、ありきたりの展開の下からもっと秘教的な方向を読者に囁くことによって必然的に読者を共犯者に変えてしまうような本文を企てること」（第79章）と自らに言い聞かせていた。今、彼が書いたかもしれない『石蹴り遊び』の「ありきたりな展開の下」から現れた「秘教的な方向」、「本文とは別の意味の広がり」とは、ブラウン運動という比喩で言い表わすことのできる、意識と目と彷徨の運動性（秩序に反する、一見して不規則な運動）だというわけなのだった。

第nの書へ

しかし、ところで、ブラウン運動の比喩がモチーフと言える、一見無秩序な運動性に支えられた『石蹴り遊び』は、本当に無秩序なのか？　そんなはずはない。

コルタサルが『石蹴り遊び』の中で最初に書いた章は第41章だと言われている。二つのアパートの窓と窓の間に板を渡し、そこを渡ってタリタがオラシオに茶葉を手渡そうとする章だ。踏み外したら落ちて死んでしまう綱渡り（板渡り、なわけだが）の緊迫した状況下、言葉遊びを交えた会話をやり取りするタリタとオラシオ、トラベラーらのコントラストがますますの緊張を産み出す、ハイライトとなる章のひとつだ。

直前にオラシオは辞書を引いて適当な単語を選び、それらを使って文章を作る「言葉の墓場ごっこ」をやっており、タリタとの会話もそれに引きずられている。こうした言葉遊びはシュルレアリスム的（「優雅な死体」という遊びを思い出させる。複数の参加者が紙に思い思いの単語を書いて出し、それを並べてナンセンスな文章を作る遊びだ）であると同時に、ある言語が死んでいるということは無限に豊かだということだと言ったボルヘスの認識をも思い出させる。あるいはシュルレアリスムとボルヘスの統合とでも言えばいいだろうか？　いずれにしろこうした遊びを始終繰り返すのがオラシオという人物の特徴だ。

『石蹴り遊び』は「向こう側から」と「こちら側から」、そして「その他もろもろの側から」の三部から成り立っている。つまり「向こう側」と「こちら側」の橋渡しの小説だ。「向こう側」はパリで「こちら側」はブエノスアイレスだ。パリは周知のごとくセーヌ川で分断されている。小説はオラシオがラ・マーガを探してセーヌ川沿いを歩きながら重ねる思索で幕を開けるのだった。ブエノスアイレスはラ・プラタ川に面し、対岸にはウルグアイの首都モンテビデオがある。ブエノスアイレスに戻ったオラシオは、時折、モンテビデオに渡ってラ・マーガを探している。つまりオラシオは、「向こう側」にいても「こちら側」にいても、川に出て向こう側にあこがれることになる。橋渡しを希求しているのだ。これが小説の表立ったモチーフだ。

二つの側（そして川）の橋渡しとしての小説で、二つのアパート間に橋を渡すエピソードを綴る第41章は、小説のモチーフを繰り返しているという意味で中心的な章だ。そしてまたそれは、物理的にも中心にある章だ。厳密なものではなく、あくまでも概数だけれども、この章は『石蹴り遊び』という書物のほぼ真ん中辺りに据えられている。一九七八年集英社版〈世界の文学〉の一環として出され、後に同社の〈ラテンアメリカの文学〉シリーズに収められた土岐恒二訳の『石蹴り遊び』が、一九九五年に集英社文庫に収録された際、上下巻に分冊されることになるのだが、第41章は上巻の最後の章だった。下巻に「解説」などが付されていることを考えると、つまり、これが物理的な中心、真ん中、へそなのだ（ついでながら言えば、私が重きを置いたモレリの覚書の第79章は、下巻のほぼ中心に位置する）。

この「真ん中」、「へそ」からコルタサルは小説を書き起こしている。小説の構築性が感じ取られる事実だ。こうした構築性に支えられ、ブラウン運動の比喩という「秘教的な」モチーフを顕現させるのが『石蹴り遊び』のひとつの特徴だ。ひとつの読みの可能性だ。コルタサルに、モレリに挑発されるままに、私なりに共犯関係を結ぶと、こうした第三の書物が出現する。読者は第四の、第五の……第nの、第(n+1)…… の書物を構想することになるだろう。

【編集ノート】

底本には、集英社文庫版『石蹴り遊び』（上・下巻、一九九五年）を用いたが、あきらかな誤記・誤植と思われるものは適宜修正した。また、必要に応じてJulio Cortázar, *Rayuela*, Alfaguara, 2013, Julio Cortázar, *Hopscotch*, trans. by Gregory Rabassa, Pantheon, 1972. 等を参照しつつ、本文レイアウト等を、原著者の意図により沿うように若干、改めた部分もある。巻末には、底本所収の訳者による解説と、今回新たに書き下ろしていただいた柳原孝敦氏による解説を付した。

（編集部）

著者／訳者について——

フリオ・コルタサル (Julio Cortázar)　一九一四年、ベルギーのブリュッセルに生まれ、八四年、パリに没した。小説家。一九一八年、両親とともにアルゼンチンに戻り、三七年から四五年までの教員時代を経て、詩や短篇小説の創作を手がける。主な著書に、『対岸』(一九四五年。水声社、二〇一四年)、『遊戯の終り』(一九五六年。国書刊行会、一九七七年)、『すべての火は火』(一九六六年。水声社、一九九三年)、『八面体』(一九七四年。水声社、二〇一四年)、『通りすがりの男』(一九七七年。現代企画室、一九九三年)、『海に投げこまれた瓶』(一九八三年。白水社、一九九〇年)などがある。

＊

土岐恒二 (ときこうじ)　一九三五年、東京都に生まれ、二〇一四年、神奈川県に没した。東京都立大学大学院博士課程中退。専攻、英文学。主な訳書に、エドマンド・ウィルスン『アクセルの城』(筑摩書房、一九七二年)、ハーマン・メルヴィル『タイピー』(集英社、一九七九年)、ホルヘ・ルイス・ボルヘス『不死の人』(白水社、一九八〇年)、ジョゼフ・コンラッド『密偵』(岩波書店、一九九〇年)などがある。

装幀——宗利淳一

石蹴り遊び

二〇一六年八月二五日第一版第一刷発行　二〇二二年六月二〇日第一版第二刷発行

著者――フリオ・コルタサル

訳者――土岐恒二

発行者――鈴木宏

発行所――株式会社水声社

東京都文京区小石川二―七―五　郵便番号一一二―〇〇〇二

電話〇三―三八一八―六〇四〇　FAX〇三―三八一八―二四三七

［**編集部**］横浜市港北区新吉田東一―七七―一七　郵便番号二二三―〇〇五八

電話〇四五―七一七―五三五六　FAX〇四五―七一七―五三五七

郵便振替〇〇一八〇―四―六五四一〇〇

URL : http://www.suiseisha.net

印刷・製本――ディグ

ISBN978-4-8010-0193-0

フィクションの楽しみ

〔価格税別〕

ステュディオ　フィリップ・ソレルス　二五〇〇円
煙滅　ジョルジュ・ペレック　三二〇〇円
美術愛好家の陳列室　ジョルジュ・ペレック
　一五〇〇円
人生 使用法　ジョルジュ・ペレック　五〇〇〇円
家出の道筋　ジョルジュ・ペレック　二五〇〇円
Wあるいは子供の頃の思い出　ジョルジュ・ペレック
　二八〇〇円
ぼくは思い出す　ジョルジュ・ペレック　二八〇〇円
眠る男　ジョルジュ・ペレック　二二〇〇円
傭兵隊長　ジョルジュ・ペレック　二五〇〇円
秘められた生　パスカル・キニャール　四八〇〇円
骨の山　アントワーヌ・ヴォロディーヌ　二二〇〇円
長崎　エリック・ファーユ　一八〇〇円
わたしは灯台守　エリック・ファーユ　二五〇〇円
1914　ジャン・エシュノーズ　二〇〇〇円
家族手帳　パトリック・モディアノ　二五〇〇円
地平線　パトリック・モディアノ　一八〇〇円
あながこの辺りで迷わないように　パトリック・モディアノ　二〇〇〇円
赤外線　ナンシー・ヒューストン　二八〇〇円
草原讃歌　ナンシー・ヒューストン　二八〇〇円
モンテスキューの孤独　シャードルト・ジャヴァン
　二八〇〇円
バルバラ　アブドゥラマン・アリ・ワベリ　二〇〇〇円
涙の通り路　アブドゥラマン・アリ・ワベリ
　二五〇〇円
これは小説ではない　デイヴィッド・マークソン
　二八〇〇円
神の息に吹かれる羽根　シークリット・ヌーネス
　二二〇〇円
ミッツ　シークリット・ヌーネス　一八〇〇円
暮れなずむ女　ドリス・レッシング　二五〇〇円
生存者の回想　ドリス・レッシング　二二〇〇円
シカスタ　ドリス・レッシング　三八〇〇円
メルラーナ街の混沌たる殺人事件　カルロ・エミーリオ・ガッダ　三五〇〇円
モレルの発明　アドルフォ・ビオイ＝カサーレス
　一五〇〇円
テラ・ノストラ　カルロス・フエンテス　六〇〇〇円
連邦区マドリード　J・J・アルマス・マルセロ
　三五〇〇円
古書収集家　グスタボ・ファベロン＝パトリアウ
　二八〇〇円
リトル・ボーイ　マリーナ・ペレサグア　二五〇〇円